야행,
그들의
밤

야행, 그들의 밤 1

초판 1쇄 찍은 날 | 2016년 11월 23일
초판 1쇄 펴낸 날 | 2016년 12월 01일

지은이 | 다인 김민경
펴낸이 | 서경석

편 집 책 임 | 조윤희
편 집 | 이은주
최고은
디 자 인 | 신현아

펴 낸 곳 | 도서출판 청어람
등록번호 | 제387—1999—000006호
등록일자 | 1999. 5. 31
어람번호 | 제11—0043호

주소 | 경기도 부천시 원미구 부일로 483번길 40 서경B/D 3F (우) 14640
전화 | 032—656—4452 팩스 | 032—656—4453
http://www.chungeoram.com
E—mail | chungeorambook@daum.net

ISBN 979—11—04—91021—0 04810
ISBN 979—11—04—91020—3 (SET)

야행, 그들의 밤 1

다인 김민경 장편소설

도서출판 청어람

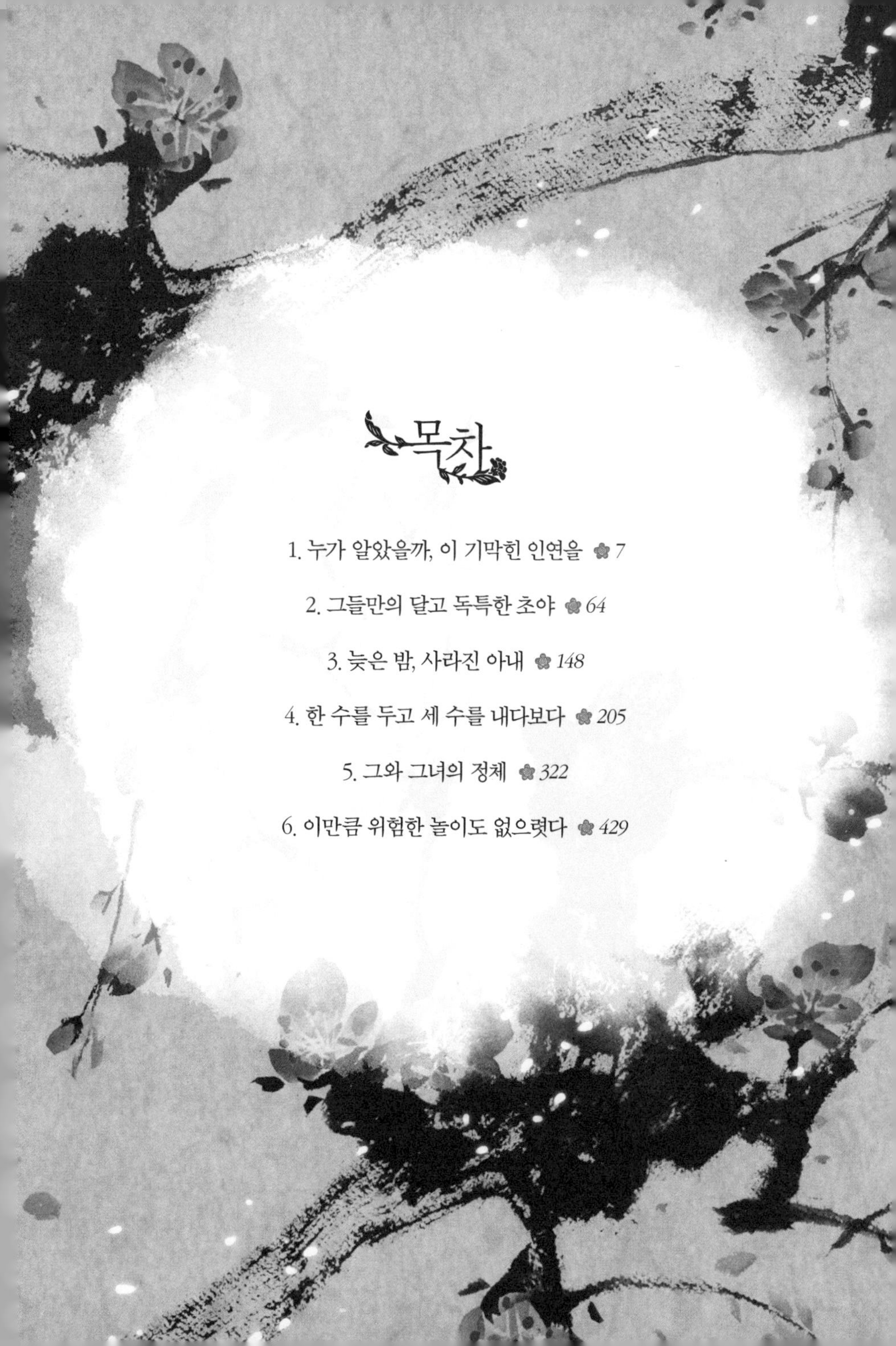

목차

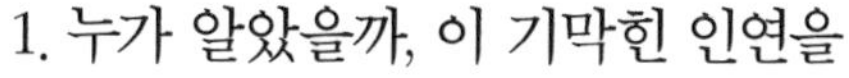

1. 누가 알았을까, 이 기막힌 인연을

역사는 밤에 이루어진다 하였던가, 교교한 보름달이 땅을 비추던 그날 밤도 그러한 날 중의 하나였다.

궁궐의 보루각에서 종소리가 스물여덟 번 울리고 도성을 순시하는 순라군이 활동하는 늦은 밤중에, 날렵한 몸놀림으로 까마득한 포도청의 높은 담을 넘는 이가 있었다. 새까만 무복과 등에 멘 검, 하나로 묶은 긴 머리에 눈 밑을 가린 복면까지 수상하지 않은 곳이 단 한 군데도 없는 그녀는 근처 건물의 처마 밑에 생긴 달그림자 속으로 몸을 숨겼다. 평소와 달리 지키는 이가 소수뿐인 좌포도청은 그녀에게 딱 좋은 먹잇감이었다. 야음을 틈타 은밀하게 움직이면서 주인 없는 포도대장의 방에 숨어드는 건 그리 어렵지 않았다. 그러나 문제는 거기서부터였다. 서랍 하나하나 샅샅이 뒤져 보아도 찾고 있던 은자는 나오지 않았다.

정보통에 따르면 포도대장이 뇌물로 받은 은자를 이곳에 모아두었다고 했으나 옷장까지 뒤적여도 은자는커녕 비녀 하나 나오는 게 없었고, 장물로 팔 만한 건 덩어리가 커서 운반하기조차 어려웠다.

'이를 어쩐다…….'

의금부와 좌포도청이 세상을 떠들썩하게 만드는 의적을 잡겠다고 자리를 비운 지금이 탈탈 털어줄 적기건만, 이렇게 시간만 속절없이 보내게 되니 그녀는 점점 조급해졌다. 그러다 마침내 한쪽 벽면을 차지한 여덟 폭짜리 병풍으로 시선이 갔다. 방을 전부 뒤져도 은자가 나오지 않고 있으니, 남은 건 비밀 장소뿐이었다. 그런 공간은 대체로 병풍 뒤에 있기 마련이었다.

목표물이 정해지자 행동은 신속했다. 가장자리로 다가가서 끝을 좌르륵 밀자 병풍이 몸집을 줄이며 접혔다. 그 순간 드러난 모습에 그녀는 비명을 지를 뻔한 입을 급히 손으로 틀어막았다.

병풍 뒤의 공간에 사람이 서 있었다. 두 눈을 빤히 뜨고 쳐다보고 있는 사내도 그리 떳떳하진 않은지 검은 천으로 얼굴의 반을 가린 상태였다. 그런데도 검은 도포에 갓을 써서 양반임을 한껏 드러낸 그는 이 상황이 아무렇지도 않은지 낮은 음성을 천천히 내뱉었다.

"이런 식으로 발각당할 줄은 몰랐는데."

몰랐다는 말과 달리 그의 말투는 차분하기 그지없었고, 날카로운 눈빛은 당장에라도 베일 듯 매서웠다. 소름이 돋을 만큼 옥죄는 기운에 위험을 감지한 가혜는 급히 등에 멘 검을 뽑으며 뒤로 물러섰다. 심장은 여전히 불뚝불뚝 뛰고 터지지 못한 비명이 목구멍을 맴돌았으나, 그녀는 입을 다물고 두려움을 참아냈다. 겁에 질려 벌벌 떨 시간이 있다면 차라리 그의 정체를 파악하는 데 소모하는 편이 더 나았다.

'비단옷에 갓을 쓴 걸 보면 좀도둑은 아니고, 기세만 보아도 실력이

만만찮은 자야. 날 잡으려고 매복 중이었던 건가?'

포도대장이 심어놓은 인물인가 싶었지만, 그녀는 곧 그런 생각을 접었다. 떳떳하다면 얼굴을 가릴 이유가 없고 두 손에 무기조차 들지 않은 상태일 리도 없었다. 차라리 양반집 자제가 포도대장의 방에서 무언가를 훔치고자 숨어들었다는 게 더 그럴싸했다.

경계하며 유심히 살피는 가혜와 마찬가지로, 인후도 그녀를 신기해했다.

하나로 묶은 긴 머리에 등에 멘 검과 조선에서는 쓰지 않는 손가락 모양의 장갑, 검은색 일색인 옷에 여인처럼 얇은 몸. 그것만 보아도 백성은 칭송하고 양반은 이를 간다는 의적, 양묘가 분명했다.

상대방의 정체를 안 인후는 헛웃음을 흘렸다. 생각할수록 어처구니가 없었다. 좀 전에 포도대장이 양묘를 잡겠다고 포졸들을 이끌고 나갔는데, 정작 그의 방에 추포하려는 대상이 와 있으니 기가 막힐 노릇이었다.

"빈집털이를 하겠다, 이거로군."

그건 본인도 피차 마찬가지였지만, 어린놈이 확실히 보통 배짱은 아니라고 생각했다. 그런데 한 가지, 껄끄럽게 걸리는 것이 있었다.

'저 몸이 정녕 사내인가?'

벗겨보고 싶은 마음이 들 정도로 궁금했다. 과연 소문대로 상투를 틀지 않은 어린 사내일까. 하지만 그렇다고 하기엔 눈썹을 다듬은 모양새가 너무 계집 같았다.

의구심이 든 그는 가혜를 향해 천천히 걸음을 옮겼다. 뒷짐을 지고 거리를 좁히는 그의 당당함에 기세 싸움에서 밀린 가혜는 뒤로 더 물러나야만 했다. 그러나 그녀의 눈동자는 차분히 상대의 빈틈을 찾았고, 그런 태도에 그는 감탄사를 터뜨렸다.

확실히 제법이라는 감정이 다분한 탄성에, 검을 쥔 가혜의 손끝에는 힘이 들어갔다. 상대는 무기도 없는데 그녀는 불안감을 느꼈다. 어쩌면 오늘 그의 손에 복면이 벗겨지거나 포박당하거나 혹은 죽을지도 몰랐다. 그때, 유일하게 드러나 있던 가혜의 눈이 급격하게 흔들렸다. 그건 그도 마찬가지였다.

두 사람은 동시에 창문으로 고개를 돌렸다. 까맣던 창호지가 점점 누런빛을 발하고 있었다. 동이 틀 무렵도 아닌데 밖이 훤하다는 것. 그 현상이 뜻하는 바는 단 하나였다.

'함정!'

덫에 걸렸다. 부러 좌포도청을 비우고 은자를 숨겨두었다는 소문을 흘려 사냥감이 제 발로 걸어 들어오게 한 것이다. 꼼짝없이 죽을 상황에 암담함을 느끼기도 전에, 근엄한 목소리가 쩌렁쩌렁 울려 퍼졌다.

"죄인, 양묘는 나와서 오라를 받아라!"

의금부의 수장이자 조선의 병권을 쥔 병조판서, 최권식의 음성이 분명했다. 현종이 가장 아끼는 신료이자 대쪽 같은 성격으로 금부를 이끌어가는 그는 머리마저 비상해서 좌우 포도청이 지난 이 년간 번번이 놓친 양묘를, 사건을 이관받은 지 단 두 달 만에 좌포도청 한가운데서 포위하는 쾌거를 이뤘다.

그 사실을 각인시키는 목소리에 가혜는 굳어버렸고, 인후의 얼굴에는 낭패감이 스쳤다. 뭐 이런 일이 다 있는지. 금부의 계획을 확실하게 알아두지 못한 게 문제였다. 자신이 의금부 사람이면서.

"하아."

한숨이 팍팍 나왔지만 일은 벌어진 뒤였다. 피할 곳은 없었고, 문은 물론 뒤쪽 창문까지 심히 밝은 것으로 보아 이미 완벽하게 포위당한 상태였다. 의금부에 포도청까지 합세했으니 군졸의 수는 못해도 백 명 이상이었고, 이대로 잡히면 말 그대로 사형이었다.

어떻게든 뚫고 지나가야 할 상황에 인후는 복면을 더 단단히 묶으며 가혜에게 말을 걸었다.

"다섯 놈만 맡아라. 나머지는 내가 처리하지."

'뭐?'

가혜는 소리 내어 묻지도 못하고 벽에 걸어둔 검을 빼 드는 그를 빤히 쳐다보았다. 어디서 그런 자신감이 돋는지는 모를 일이지만, 함께 할 것인지 묻는 눈빛에 자연히 고개가 끄덕여졌다. 돌파하는 것 외엔 달리 방법이 없었다. 잠시나마 함께하기로 의기투합하자마자 그의 발이 창문을 박찼다. 횃불 덕에 한층 밝아진 마당에는 무장한 나졸들이 가득했지만, 그는 주저 없이 뛰어들었다. 그 모습이 가혜의 눈에는 참으로 든든하게 보였다.

반항하는 죄인들과 체포하려는 나졸들의 대치로 좌포도청의 앞마당은 순식간에 아수라장이 되었다. 앞을 막는 군졸의 수는 절대 적지 않았으나, 두 사람은 차분하게 하나씩 쓰러뜨려 나갔다. 오른손에 든 검으로 나졸들의 공격을 막고, 왼손에 든 검집으론 상대의 뼈를 부러뜨렸다. 혹여나 죽는 이들이 없도록 애쓰는 만큼 뚫고 나가긴 힘겨웠고, 그만큼 가혜도 죽을 맛이었다. 숫자를 모르는 어린아이가 보아도 그녀가 쓰러뜨린 수는 절대 다섯 명이 아니었다. 자신감에 차서 인원까지 지정해 주며 맡으라던 그의 모습이 그녀의 뇌리에 악몽처럼 남았다.

'스물은 족히 넘었다, 이 인간아!'

평소엔 쓰지도 않는 저속한 말투가 머릿속을 헤집어댈 만큼 그녀의 상황은 썩 좋지 않았다. 힘겨워 입술을 악물지 않았더라면 양묘는 말을 못 한다는 소문이 순식간에 바뀌었을지도 몰랐다. 그나마 다행인 건 분전 중이라 적들이 활을 쓰지 못한다는 것 정도였다.

오늘은 재수가 옴 붙은 게 분명했다. 살아서 나간다면 꼭 대문 앞에 소금을 뿌리리라 생각하면서도 그녀는 부지런히 검을 놀렸다. 화려함을 버린 대신 실리를 챙긴 검술이 그 자리에서 꽃을 피웠고 덕분에 아직까진 목을 사수할 수 있었다.

두 사람이 열심히 검을 휘두를 때 좌포도청의 대문 위, 누각에는 붉고 노란 구군복을 갖춰 입은 최권식이 있었다. 중년이라는 나이가 무색하리만치 커다란 체구에 부리부리한 눈은 적군의 공포심을 자극했고, 화려하게 꾸며놓은 지휘봉인 등채를 들고 싸움판을 내려다보는 모습은 가히 전선을 호령할 만한 장군 같았다.

그는 나졸들을 쓰러뜨리는 두 사람을 지그시 응시했다. 성격대로라면 이미 화를 내고도 남았을 터인데, 그의 눈은 점점 더 가늘어지기만 할 뿐이었다.

'이상하군.'

확실히 이상했다. 양묘는 그렇다 쳐도 어디서 튀어나왔는지 모를 정체불명의 사내는 권식의 마음속에 의문을 남기기에 충분했다. 양반들이나 입는 도포와 갓도 그렇지만 지닌 실력이 보통이 아닌 데다가 체격까지 낯익었다.

'저런 괴물 같은 놈은 흔치 않은데…….'

무과가 열릴 때마다 항상 참관해 왔던 그였으므로 웬만한 무인들의 실력은 다 파악하고 있다고 해도 과언이 아니었다. 그런 그가 아는 한, 눈앞의 사내와 비슷한 실력을 지닌 젊은이는 조선에 딱 한 명뿐이었다.

'설마 현욱이는 아니겠지?'

아들의 친우를 떠올린 그는 곁에 있던 금부도사에게 명을 내렸다.

"당장 대사헌 댁으로 가서 김현욱 종사관을 불러오게."

"예!"

명을 받은 도사는 곧바로 몸을 돌려 포도청을 빠져나갔다. 혹시나 싶은 생각에 조치를 취한 권식은 현욱에 대한 생각을 잠시 접었다. 지금은 눈앞에 튄 불똥을 처리하는 게 더 시급했다. 두 죄인이 중문에 가까워지고 있었고 이대로라면 놓칠 게 빤했기 때문이었다.

"뭣들 하는 게야! 창은 뒀다 죽 쒀 먹나!"

그의 고함을 들은 나졸들이 창을 사용하기 시작했으나 그마저도 아군을 찌를까 저어한 탓에 큰 효과를 발휘하진 못했다. 지금으로선 인해전술밖에 기댈 데가 없는 권식은 이를 바득바득 갈았다. 군사가 많으면 뚫고 나갈 엄두조차 못 내고 투항하리라 생각한 것이 도리어 발목을 잡았다. 적과 근거리에 있는 아군은 외려 방해가 되었고, 예상치 못한 놈팡이 하나가 끼면서 다 된 밥에 재까지 뿌리니 열이 뻗칠 수밖에 없었다.

"이런 망할 것들을 봤나."

권식은 욕설을 뱉으며 뒤에 서 있던 나졸에게서 활과 화살을 뺏어 들었다. 팽팽하게 당긴 시위에 화살을 메기고 도망치려는 두 죄인에게 겨눈 그는 날뛰는 감정을 가다듬었다.

'놓칠 바엔 죽여서 시신이라도 챙겨야 내 면이 서지.'

즉결 처분을 결심한 그의 눈이 가늘어졌다. 중문을 나오는 즉시 심장을 뚫어버릴 생각이었다.

권식이 활을 겨눈 걸 발견하지 못한 채 끝없이 검을 휘두르던 가혜는 점점 가빠지는 호흡을 느꼈다. 죄 없는 나졸들을 죽이지 않으려 애쓰다 보니 신경 쓸 게 훨씬 많았고, 체력은 곧 바닥을 드러냈다. 민첩하던 움직임도 둔해진 상황에서 그나마 버티고 있는 건 길을 뚫고 있는 사내 덕분이었다. 그의 손에 들린 검집이 화려한 호선을 그리면 주위에 있는 이들이 비명을 지르며 후두둑 쓰러지곤 했다.

'운이 좋았던 건가.'

가혜는 좀 전까지만 해도 원망하던 마음을 고쳐먹었다. 그를 만나지 않았더라면 진즉에 포승줄에 묶여 의금부 마당에 섰을 터였다. 그러나 그 실력에 마냥 감탄만 하고 있을 수만은 없었다. 목숨을 부지하는 게 먼저였기에 집중하자고 스스로 되뇌는 중에 중문 계단에 발이 닿았다.

'이제 대문까지 열 보. 조금만 더.'

희망에 찬 그녀의 입술이 복면 아래서 슬며시 호선을 그렸다. 그리고 그 순간, 바람을 가르는 소리가 들려왔다. 줄기차게 듣던, 검을 휘두르는 소리는 결코 아니었다. 어찌 된 상황인지 파악하기도 전에 옆구리가 후끈해지고, 실로 오랜만에 느껴보는 통증에 가혜의 손이 무뎌졌다. 그 찰나가 그녀의 운명을 벼랑 끝으로 몰아넣었다.

집중할 때면 움직이는 물체가 느려 보이는 인후는 자신의 너풀너풀한 소매를 뚫고 지나가는 화살을 발견했다. 잘 피했다고 생각했으나, 오산이었음을 아는 데는 그리 오래 걸리지 않았다.

화살을 따라 몸을 돌린 그는 양묘의 허리띠가 찢기면서 핏방울이 튀는 걸 보았다. 그와 동시에 그가 감당해야 하는 군졸의 수가 증폭했다.

'이런 난장맞을 일이 있나!'

인후는 턱이 부서져라, 이를 악물었다. 무슨 일이 있어도 멀쩡히 살아서 나가야만 했다.

멀리서 관군들이 외치는 소리가 깊은 밤의 정적을 깼다. 잠에서 깨어난 사람들은 숨을 죽이고 소란스러운 그들의 대화를 엿들었다.

"저쪽이다!"

"잡아라! 양묘가 도망친다!"

여러 명이 한꺼번에 질러대는 고함에 백성들은 조마조마한 마음을 부여잡으며 양묘가 무사히 도망치길 빌었다. 그러나 그들의 기도가 끝나기도 전에 부정적인 소식이 날아들었다.

"다쳤으니 멀리 못 갔을 것이다! 샅샅이 수색해라!"

땅에 올라온 물고기를 놓친 것이 제법 억울했는지 호령하는 동지사의 목소리에는 힘이 가득 들어 있었다. 추상같은 명령에 군졸들이 주위를 이 잡듯이 뒤지고 다녔고, 양묘가 빠져나갈 길은 요원해 보였다. 그렇게 점점 포위망을 좁혀가는 중에, 어느 초가집의 담장 안쪽에선 곤란한 일이 벌어지고 있었다.

키보다 더 높은 장작더미 사이에 숨은 가혜는 거의 껴안듯이 바짝 붙어 있는 사내 때문에 얼굴이 발갛게 달아올랐다. 호흡만 잘못해도 몸이 닿을 듯 가까웠다.

'차라리 다른 곳으로 갈걸.'

경황없는 새에 그의 손에 이끌려 이곳까지 흘러들어 왔는데, 문제는 그녀의 예민한 감각이 그의 존재를 오롯이 받아들이고 있다는 점이었다. 바로 위에서 들려오는 거친 숨소리와 뜨거워진 그의 체온도 고스란히 느껴졌다.

사내와 이리 다붓한 자세를 취하는 건 꽤나 곤혹스러운 탓에 그녀는 부디 이 시간이 빨리 지나가길 빌었다. 그러나 하늘은 그녀의 본능을 시험이라도 하려는 건지 더 가혹하게 굴었다. 군졸들의 소란스러움에 집 안에 있던 이가 불을 켠 것이다.

머리맡 쪽에 달린 창문에서 옅은 빛이 흘러나와 그의 목선을 비추자 침을 삼킬 때마다 오르락내리락하는, 땀에 젖은 목울대가 보였다. 사내의 굵직한 목선을 이리 가까이에서 들여다보는 것도 처음인 그녀는 좀 전에, 검술을 펼치던 그의 화려한 움직임을 떠올렸다. 능수능란하게 검을 다루는 솜씨와 손을 잡고 이끌던 든든한 모습도 뇌리를 잠식하니 무언가에 취한 것처럼 기분이 이상해졌다.

결국, 두 볼마저 발갛게 달아오른 가혜는 그 감정을 피하고자 시선을 좀 더 내렸으나, 목을 벗어나니 이번엔 기대고 싶을 만큼 듬직한 어깨가 시야에 들어왔다. 제 몸을 가뿐하게 품어줄 만한 체격에 유달리 시원하게 느껴지는 그의 체취마저 심장을 들쑤셔 대니, 그녀의 이성이 조금만 부족했더라면 그냥 확 안겨 버렸을지도 모를 정도였다.

'내가 왜 이러지.'

그에게 자꾸 눈길이 가는 걸 자책한 그녀는 최대한 신경을 분산하려 했다. 마침 적당한 관심거리도 있었다. 손으로 눌러 지혈 중인 허리의 상처였다. 화살이 날아올 때 몸을 조금만 덜 비틀었다면 그대로 관통하여 크게 났을 상처는 거구의 병조판서를 떠올리게 했다.

그 정도 거리에서 그렇게 정확히 쏠 줄은 상상조차 못 한 일이었다. 횃불이 주위를 밝혔다고는 하나 낮에 비하면 훨씬 어두웠고, 적과 아군이 뒤섞인 상황에서 거리 또한 멀었다. 그 와중에 화살을 쐈다는 건 누가 맞든 상관없었거나 실력에 자신이 있다는 뜻이었다. 소문으론 그가 부하들을 꽤 아낀다 하였으니 아마도 후자일 가능성이 컸고, 가혜는 두 번 다시 그를 만날 일이 없길 바랐다. 그와 또 마주친다면 그땐 정말 죽을지도 몰랐다.

가혜가 권식에게 공포심을 느끼고 있을 때, 인후는 그녀를 가만히 내려다보았다. 자신의 턱 부근에 정수리가 닿는 것이 여인 중에서는 키가 큰 편에 속하고, 가녀린 어깨와 다듬어놓은 눈썹은 사내라 하기엔 너무 고왔다.

성별이 헷갈리는 만큼 면밀히 살피던 그는 가혜가 지혈 중인 상처를 발견하곤 자신의 도포 자락을 길게 찢어냈다. 그걸로 상처를 감아주던 인후는 손에 닿는 허리의 곡선과 긴장하여 굳어버린 그녀의 몸을 느꼈다. 사내라면 절대 가질 수 없는 굴곡이었다. 비로소 그는 포도대장이 지난 몇 년간 양묘를 놓친 이유를 알 수 있었다.

'성별부터 착각했으니, 놓칠 만도 하지.'

상투를 틀지 않은 어린 사내일 가능성에 무게를 두고 수사를 벌인 터라 처음부터 진범이 용의 선상에서 제외되어 있었다. 여인의 무력을 우습게 본 탓이 컸다. 물론 그녀가 그런 심리를 알고 이용했을 수도 있었다. 머리를 풀어 올리고 목소리를 감춘 것도 성별을 착각하도록 유도하기 위함일지도 몰랐다. 어찌 되었건 정말 대단한 여자라는 생각이 들었을 때, 주위를 수색 중이던 동지사의 우렁찬 목소리가 들려왔다.

"이 근처에서 혈흔이 끊겼다! 집 안까지 전부 뒤져서 확인해라! 죄인을 숨겨주는 이가 있다면 의금부로 압송할 것이다!"

그 말은 인후의 진지한 눈빛에 빠져 있던 가혜에게 이성을 되찾아주었다. 이대로 있다간 발각될 테고 다시 포위당하면 그땐 정말 죽을지도 몰랐다. 이름 모를 사내도 이미 한계치에 도달한 상태였다. 처음과는 확연히 달라진 그의 호흡과 땀 맺힌 이마만 봐도 체력이 바닥났다는 걸 알 수 있었다. 게다가 자신은 다치기까지 했으니 한 번 더 기적을 바라는 건 무리였고, 벼랑 끝에 몰린 그녀는 서로 반대편으로 도망가는 게 최선이라 생각했다. 다친 본인에겐 최악의 결정이었으나 그만큼 군졸을 분산시킬 수 있었고, 저는 몰라도 눈앞의 사내만큼은 살아서 빠져나갈 수도 있을 터였다.

위험을 감내하기로 결단을 내린 가혜가 입을 열었을 때, 그가 선수를 쳤다.

"유인할 테니 조용해지면 도망가시오."

그는 일말의 망설임조차 없이 서둘러 몸을 돌렸고, 놀란 가혜가 다급히 손을 뻗었으나 그의 도포 자락은 그녀의 손가락 사이로 빠져나가 버렸다. 순식간에 담을 넘은 그가 부러 모습을 드러내자 군졸들의 고함이 연이어 들려왔다.

"저기다! 죄인이 저기 있다!"

"잡아라!"

요란하게 쫓아가는 소리가 가혜의 심장을 짓밟고, 찾아드는 고요함이 되레 마음을 어지럽혔다. 손가락 끝을 빠져나가던 그의 옷자락과 잔잔히 스며들던 목소리만 되짚던 그녀는 뒤늦게 정신을 차리고 자리를 피했다.

양묘의 흔적을 찾는 이들로 여전히 소란한 밤길을 뚫고 남쪽으로 향한 그녀는 기와지붕보다 초가지붕이 더 많은 남산골에 들어선 뒤에야 마음을 놓았다. 그래도 다시 한 번 주위를 살핀 후 불 꺼진 어느 초가집의 울타리를 넘었는데, 그곳이 그녀의 보금자리였다.

삐걱대는 마루 위로 올라선 가혜는 부친이 자고 있을 사랑방에 잠시 시선을 주었다가 작은방으로 들어갔다. 그녀가 머무는 방의 내부는 매우 조촐했다. 우측 벽에는 많은 양의 책을 올려둔 낮은 서랍장이 줄지어 늘어서 있었고, 좌측에는 옷장과 창문이 하나씩 있었다. 창은 크기가 작았지만, 그래도 달빛이 제법 들어와서 가혜는 그 빛에 기대어 등에 멘 검을 풀고 장갑을 벗은 뒤 복면을 내렸다.

양묘의 기백은 살그머니 물러나고 온전히 드러난 그녀의 얼굴은 여인 중의 여인이라 할 만했다. 유백색의 미려한 살결 위의 상기된 두 뺨은 분홍빛 꽃잎으로 물들인 듯하고, 잘 다듬어진 눈썹 밑에 자리한 눈동자는 맑고 고아하니 보는 이마다 귀히 여길 만했다. 굳게 다물어진 아려한 입술은 그녀의 성향을 보여주었고, 땀에 젖은 얼굴은 묘하게 색념을 품게 하니 그야말로 천의 얼굴이라 할 만했다.

고되던 하루를 떠올리며 옅은 숨을 흘린 가혜는 의문의 사내가 허리춤에 묶어준 도포 자락을 풀고 저고리를 벗었다. 핏물에 붉게 물든 흰 속저고리마저 바닥으로 내려앉고, 가슴을 짓누르던 넓적한 천을 풀자 탱글탱글하니 적당히 탐스러운 것이 그 봉긋한 자태를 드러냈다. 몸을 속박하던 가슴가리개를 벗은 덕에 숨쉬기가 좀 편안해진 가혜는 그제야 허리의 상처를 살폈다. 육안으로 보니 베인 부분이 그리 깊지 않아서 잘만 관리하면 상흔도 없앨 수 있을 듯했다. 지혈이 완벽히 된 걸 확인한 가혜는 저를 대신해 위험을 무릅쓴 사내를 떠올렸다.

'무사히 몸을 피했을까.'

그가 어찌 되었는지 궁금하지만 확인할 길은 없었다. 이후의 사정을 모르는 그녀의 얼굴에 걱정이 묻어났지만, 그런 그녀의 우려와는 달리 인후는 추격을 피해 멀쩡한 모습으로 한양의 밤길을 거침없이 움직였다.

한참 쏘다니던 그의 발길이 멈춘 곳은 잠겨 있는 물레방앗간 앞이었다. 작은 물줄기에 방아 찧는 소리가 드문드문 들리는 그곳의 문을 열고 들어가자 안에 딸린 작은 방이 보였고, 그 안으로 들어선 인후는 등잔에 불을 붙이고 복면을 벗었다. 선이 뚜렷한 이목구비에 사람을 홀리는 눈매, 쭉 뻗은 눈썹과 순간적으로 풍기는 느낌이 매우 싸한 얼굴이 드러나고 곧이어 조금 부드러운 기운이 그의 눈빛에 섞여들었다.

외양만 보면 조선 최고라는 말이 붙을 만한 그는 벽에 걸린 옥색 도포로 갈아입고 근처에 있던 술병을 집어 들었다. 오늘 같은 날에는 좀 마셔야만 했다. 이대로 집에 들어가면 그 즉시 세상과 하직할지도 몰랐다.

'어쩌면 이것이 마지막 술이 될지도…….'

쌉싸래한 액체를 한 모금 더 넘긴 인후는 떫은 입맛을 다셨다. 집에 들어앉아 벼르고 있을 존재 때문에 목숨이 간당간당한 것도 문제지만, 해가 뜨면 의금부로 등청해야 하는데 양묘의 도주까지 도와버렸으니 마음마저 산란했다. 거기다 더해 아끼는 부하들을 본의 아니게 검집으로 두들겼던 그는 스스로 한 일을 떠올리며 고개를 저었다. 참으로 난감한 밤이었다.

갈색 패랭이를 쓴 삼십대 초반의 사내는 양묘를 쫓던 이들이 사라진, 한산한 새벽녘의 거리를 바삐 걸었다. 그는 얼굴만 보아도 참 사연이 많아 보였는데, 크지도 작지도 않은 눈에 도드라지는 광대뼈, 큼지막한 입은 어딘지 해학적이면서도 정감 가는 얼굴이었다.

"나란 놈은 전생에 나라를 팔아먹었나. 종놈으로 태어난 것도 억울해 죽겠는데, 주인이란 나리는 말썽만 부리고. 아이고, 내 팔자야."

걸으면서도 끊임없이 투덜거리던 그는 사라진 제 주인을 떠올리며 한숨을 흘렸다. 하는 짓은 좀 그래도 생긴 건 돋보이니 눈에 띌 만도 한데 어째선지 보이지가 않았다. 조급한 마음에 걸음은 점점 빨라지고, 몇 채의 집을 더 지난 뒤에야 그는 남의 집 담벼락에 기대어 잠든 양반 하나를 발견할 수 있었다.

커다란 체구에 옥색 도포를 입고 손에 술병까지 쥔 것이 뉘 집 자식인지 안 봐도 뻔했다. 의식 없는 그의 앞에 멈춰 선 달수는 코를 막고 미간을 팍 찌푸렸다. 술에 몸을 절였다고 해도 믿을 만큼 알싸한 냄새가 코를 따갑게 만들었다.

"여봐요, 나리. 나리?"

달수는 죽었는지 확인이라도 하는 것처럼 발을 쭉 뻗어 그의 다리를 툭툭 건드렸다. 가끔 자신을 기생으로 착각하고 달려드는 인후 때문에 생긴 대처법이었다. 이 와중에 다행인지 불행인지, 눈을 뜬 주인이 고개를 삐딱하게 꺾고 올려다보았다.

"이야- 이게 누구냐, 응? 누구기는! 우리 달쑤지!"

술에 취해 방방 뜨는 말투로 혼자 북도 치고 장구도 치는 인후를 보면서 달수는 혀를 쯧쯧 찼다. 어찌 된 양반네가 체통이 없어도 너무 없었다.

"그럼 달수지 박수겠어요? 지금 나리가 여서 이러고 있을 땝니까, 예? 내가 나리 때문에 간땡이가 쪼그라져서 똥구멍으로 나오게 생겼어요!"

신분 차가 확실한 조선에서 양반에게 할 소리는 아니었으나, 달수는 아랑곳 않고 잔소리를 늘어놓았다. 그런 그가 익숙한지 인후는 그저 실실거리며 엉덩이 한쪽을 비스듬히 들고 손을 가져다 댔다.

"이렇게? 똥으로? 뿌띡?"

그는 진짜 똥이라도 싼 것처럼 손가락을 동글게 말고 달수에게 내밀었다. 그 모양새를 실시간으로 본 달수는 기가 차서 말도 못 하다가 열통을 터뜨렸다.

"어이구! 이런! 내 눈 썩네, 썩어!"

이런 화상이 또 있을까 싶은 눈으로 쳐다보아도 인후는 바보처럼 히죽이며 웃어대기만 할 뿐이었다. 그 꼴을 보던 달수는 고개를 저었다. 확실히 취객을 상대하는 건 정신 건강에 썩 좋지 않았다. 체념한 그는 주인 나리의 팔을 잡아서 어깨에 걸치고 낑낑대며 그를 일으켰다.

궂은일로 단련된 달수의 몸이 휘청거릴 만큼 커다란 인후의 육신은 무겁게 그를 짓눌렀다. 그 와중에도 술병을 놓지 않는 애주가의 집착에 달수는 습관적으로 혀를 찼다. 정말 이놈의 나리 때문에 제명에 못 죽을 것만 같았다.

"대감마님이 얼마나 벼르고 계시는지는 아셔요? 이대로 들어가면 나리 송장 치를 판이어요."

"어허, 이누마! 내가 오대 독자니라."

"사대겠지요."

달수는 낑낑대며 걷는 와중에도 인후의 말을 정정해 주었다. 그러면서도 그의 머릿속에는 온갖 걱정거리가 들어찼다. 정말 이 상태로 귀가했다간 제 나리는 뼈까지 가루가 될지도 몰랐다. 술만 취하면 수십 번씩 변하는 인후의 말투 중에서 최 대감이 가장 싫어하는 게, 좀 전처럼 혀 짧은 소리를 내며 어리보기 짓을 하는 것이었다.

'지금 대감마님께 그러면 진짜 죽을 텐데. 다른 데 숨겨뒀다가 술이 좀 깨면 데려갈까?'

말은 퉁퉁거려도 속으로는 인후 걱정에 달수의 머리가 빠르게 돌아갔다. 그는 오늘따라 극에 달해 있던 최 대감의 분노를 떠올리곤 곧 결단을 내렸다.

"안 되겠습니다, 나리. 술 좀 깨고 갑시다."

달수는 방향을 바꾸려고 했다. 그러나 성질 급한 최 대감이 풀어둔 노비들에 의해 두 사람은 금세 발각당해 버렸다.

사랑채 앞에 놓인 거대한 화롯불이 마당을 훤히 밝히고, 구군복도 갈아입지 못한 권식은 마른 땅 위를 이리저리 배회했다. 그러다 문득 그의 시선이 근처에 서 있는 현욱에게 닿았다. 늦은 밤에 급히 불려 나왔음에도 구군복을 갖춰 입고 반듯하게 서 있는 모습이 흠잡을 데가 없었다. 왜소한 대사헌의 아들이라곤 믿어지지 않을 만큼 보기 좋은 체구에 감탄스럽게 생긴 얼굴도 만족스러웠다. 그러나 무엇보다 항상 흐트러짐이 없는 날카로운 시선이야말로 권식이 애정해 마지않는 종류의 것이었다.

'저 아이 반만이라도 닮으면 좋으련만.'

말썽 많은 자신의 외아들을 떠올리다가 속만 뒤집힌 권식은 몇 시각 전에 놓쳐 버린 죄인 쪽으로 생각의 방향을 틀었다.

'현욱이가 아까의 그 괴한이 아니라면 도대체 그건 어디서 튀어나온 것인지…….'

금부도사가 대사헌 댁에 갔을 때 현욱은 이미 잠자리에 들었고, 시간상 그 괴한과 동일인으로 추정하기에는 무리가 있었다. 그렇다면 다른 자란 뜻인데, 권식이 알기로는 조선에 일당백의 능력을 지닌 젊은이는 현욱 외엔 없었다. 물론 제 아들도 한때는 그런 인재였으나, 사냥 중에 낙마하면서 머리를 다친 뒤부터는 그런 기대가 쏙 들어갔다.

"에휴."

화가 좀 가라앉자 한숨이 터졌다. 손자의 재롱이나 보고 여생을 즐겨야 할 나이에 골치 아픈 아들놈 때문에 한숨이 끊이질 않았다. 그렇게 몇 번이나 깊은숨을 내뱉었을 때, 대문과 이어진 행랑채 쪽에서 혀 꼬부라진 소리가 들려왔다.

"이리 오너라, 소향아! 이 나리가 오셨느니라."

조선 최고의 기생이라는 소향이를 불러대는 목소리 뒤엔 노비들의 아우성이 따라붙었다. 그 소란에 권식은 욕이 튀어나오려는 걸 참아가며 중문을 향해 거친 걸음을 옮겼다. 반쯤 닫힌 나무 문을 벌컥 열자마자 노비들을 껴안아대는 아들의 뒷모습이 보이고, 집인지 기방인지, 기생인지 노비인지 구별 못 하는 그의 행태에 참지 못한 분노가 권식의 목젖을 건드리며 터져 나왔다.

"최인후!"

아버지의 노호에 비척비척 몸을 돌리는 그는 열일곱에 장원 급제한 인재였다가 지금은 한양 최고의 한량이 되었다는 권식의 하나뿐인 아들, 바로 최인후였다.

놀란 노비들이 얼른 뒤로 물러서고, 술에 취해 홀로 서 있기 힘든 인후는 술병을 들고 휘청휘청했다. 그 모습이 마치 뭍으로 나오는 귀신을 떠올리게 하는지라 식겁한 달수는 인후가 권식 앞에 꿇어앉도록 도와주었다. 다 큰 자식 놈이 제 몸 하나 못 가누는 꼴을 보던 권식은 아들을 죽일 듯이 노려보았다. 화병이 돋아 미칠 지경이었다.

"내 분명 네게 당직청에서 대기하라 명을 내렸거늘, 또 술이란 말이냐!"

고막을 찢는 소리에 술에 절어 있던 인후마저 움찔했다. 좀 전까지만 해도 인사불성이던 그는 본능적으로 사태를 파악했는지 고개를 숙이고 얌전히 앉아 있었다. 그 다소곳한 자태에도 권식의 호통은 끊임없이 이어졌다.

"아비 얼굴에 먹칠해도 유분수지, 포도대장이 뭐라 생각했겠느냐! 이 밤에 도둑놈 하나 잡겠다고 뛰어다니는 걸 알면서 네놈은 술 처먹으며 기생 치마폭이나 파고들어? 그 대갈통에는 생각이란 게 있는 게냐, 없는 게냐!"

삿대질까지 하며 버럭버럭 화를 내던 권식은 주먹을 꽉 움켜쥐었다. 손이 날아갈 것 같은 감정을 억누르느라 씩씩대는 그의 숨소리가 마당을 휘어잡고, 눈이 뒤집히기 직전인 그가 괜찮아질 때까지 모두 숨을 죽였다. 그가 이성을 잃으면 말릴 수 있는 이는 적어도 이 집 안엔 존재하지 않았다. 모두가 그저 조용히 지나가길 바라는데 불난 집에 기름통을 던지는 인물이 하나 있었으니, 술에 취하여 위험에 대한 감각마저 무뎌진 그의 아들이었다.

"에이, 아버지도 참. 소자도 열씸히 일했습니닷."

여전히 혀가 반쯤 꼬부라져 있는 인후는 나름 항변이란 걸 했다. 기겁한 달수가 그 입 좀 다물라는 뜻으로 계속 눈치를 주었으나, 그는 멈추지 않았다.

"사대 독자의 씨를 이이-마안크음 뿌렸습죠."

말끔하게 생긴 얼굴로 두 손을 쭉 뻗어 큼직한 동그라미를 그리면서 그는 뿌듯함을 담아 자랑스럽게 말했다.

"대를 이으려 노력했으니 잘했따아- 하셔야지요."

차라리 죽여달라고 했으면 더 나았을 것을, 권식의 주먹이 바르르 떨리고, 친우의 술주정을 더 두고 볼 수 없었던 현욱은 눈을 감아버렸다. 주위에 서 있던 권속들은 어깨를 움츠린 채 고개를 숙였다. 모두 인후가 반쯤 죽어 나가리라 생각했으나 뜻밖에도 권식은 이 상황을 잘 참아냈다.

"그래, 최씨 가문의 혈통을 잇는 것도 중한 일이지."

"예?"

발길질이라도 날아올 줄 알았던 인후는 예상치 못한 아버지의 태도에 도리어 당황했다. 그는 술에 취한 척을 해야 한다는 것도 잊고 부친을 올려다보았다. 더 짙어진 새벽녘의 어둠 속에서 횃불에 비친 아버지는 만족스럽다는 듯이 웃고 있었다. 그것은 소름이 끼칠 만큼 묘한 종류의 미소였다.

"기왕 뿌리는 거 제대로 한번 뿌려보자. 천기의 몸에서 내 핏줄이 이어지는 꼴은 눈 뜨고 못 보니, 내 참한 규수 한번 알아보마."

"……."

인후는 제 입이 벌어지는 것도 모르고 아버지를 멍하니 바라보았다. 혼인이라니, 밤에 움직이는 그에게 그것만큼 귀찮고 문제 되는 존재를 만드는 방법도 없었다. 그나마 다행인 것은 망나니라는 소문이 파다한 덕에 한양 땅에선 시집올 규수가 없다는 점이었다. 그 사실 하나만 믿고 그는 마음을 놓았다.

"에이, 아버지도 참. 누가 제게 시집을 옵니까."

사대부들은 혹여나 제 딸이 엮일까 전전긍긍하며 피하기 일쑤였고,

남은 곳들은 집안의 격차가 너무 컸다. 그래서 인후는 관직에 오르고도 스물두 살이 될 때까지 혼례를 올리지 못했는데, 최 대감은 그런 아들의 희망을 무참히 짓밟았다.

"내 이제 집안은 안 보련다. 생김새도, 나이도 아니 따질 게야. 그냥 효부면 돼. 네 녀석에겐 그 정도도 감지덕지지."

아무것도 안 따지고 보내 버리겠다는 말에 충격받은 아들을 모른 체하며, 권식은 순식간에 일을 진행해 버렸다.

"올해 내로 장가갈 준비나 하여라."

"아니, 아버지. 하나뿐인 아들의 장가를 어찌 그런 식으로 보내십니까."

매우 성의 없는 계획에 인후는 식겁하며 따지듯이 큰 소리를 냈다. 하지만 권식도 만만치 않았다.

"시끄럽다, 이놈아! 내년엔 손자나 봐야겠다. 다섯 낳기 전엔 기방이나 첩실은 어림도 없을 줄 알아!"

순식간에 최소 팔 년은 기방 근처에도 못 가게 막아버린 권식은 매달리는 아들을 간신히 떼어놓고 방으로 휙 들어가 버렸다. 졸지에 골칫거리 하나 치우듯이 장가가게 생긴 인후는 망연자실해 넋을 놓았고, 그런 그를 다독이는 건 언제나 그렇듯이 친우인 현욱의 몫이었다.

"그만 일어나게, 이 기회에 장가도 가고 새로운 마음으로 살아보는 것도 좋지 않겠나."

현욱은 긍정적으로 해석해 주었지만, 인후는 받아들일 수 없었다.

'밀명지에 대한 단서도 찾지 못했는데 혼인이라니.'

밤이 되면 종종 밀명지란 서책을 찾아 나서는 그에게 아내란 존재는 방해가 될 수도 있는 데다가 혼인 생활도 즐거울지 의문이었다. 한

양 최고의 기생이라는 소향이에게도 별다른 감흥을 느끼지 못했던 걸 떠올려 보면 다른 여인들이야 뻔하지 않을까 싶었다. 그러나 그런 인후의 생각은 화가 날 대로 난 부친 앞에선 통하지 않았고, 권식은 해가 뜬 직후부터 며느릿감을 찾는 일을 시작함과 동시에 양묘의 거처가 될 만한 곳도 수색했다.

*

시월 초, 낡은 초가집의 작은방에서 중년 선비가 심각한 표정을 지으며 홀로 앉아 있었다. 하도 글만 읽은 탓에 빨리 세어버린 그의 머리 위에는 싸구려 갓이 장식되어 있었고, 잘 먹지 못해 마른 몸을 가려주는 건 빛바랜 옷과 무명 두루마기뿐이었다. 외형만 보아도 청빈의 상징인 그가 바로 가혜의 의부, 이영달이었다.

영달은 딸에게 빌려준 책을 찾기 위해 방에 들어왔다가 길게 찢어진, 피 묻은 검은 비단 자락을 발견했다. 보름 전에 인후가 가혜의 허리에 감아주었던 것이었다.

'여아로 태어났어도 품은 뜻이 있는 듯하여 내버려 두었건만, 내 실수로구나.'

영달은 속으로 한탄하며 지끈거리는 이마를 짚었다.

조촐한 살림살이에 능력 없는 수양아비를 봉양코자 가혜가 밤마다 위험한 일을 한다는 건 그도 잘 알고 있었다. 그런데도 지금껏 모른 척했던 건, 딸 덕분에 목숨을 부지하는 백성들이 많았기 때문이었다. 하지만 영달은 지금 그 선택을 무척이나 후회하고 있었다.

'대체 누구에게 들킨 건지.'

값비싼 비단을 찢어 상처를 감는 데 사용한 것을 보면 가혜가 아닌 다른 인물이 했을 가능성이 컸다. 그자가 어떤 마음을 먹었느냐에 따라 여식의 생사가 갈릴 터였다. 그러니 이제라도 딸이 하는 일을 캐물어볼 생각을 하는 와중에, 갑자기 밖에서 인기척이 들려왔다.

"계시오?"

나이가 들어 보이는 사내의 목소리에 영달은 급히 피 묻은 옷자락을 서랍 속에 숨기고 방을 나섰다.

좁은 마당에는 한 무리의 사람들이 있었는데, 그중에서도 단연코 눈에 띄는 건 고급스러운 행색을 한 중년 양반이었다. 딱 봐도 무관 같은 풍채가 딸의 일로 심란한 영달의 마음에 불길함을 심어주었다.

"뉘십니까?"

애써 침착함을 유지하며 한 물음에 몸종이 대답하려는 것도 막고, 양반이 직접 입을 열었다.

"병조를 맡고 있는 최권식이라 하외다."

조선의 군권을 쥐고 있는 병조의 최고 지휘관이자 더불어 의금부를 통솔하는 판의금부사의 등장에 영달은 혹여나 딸의 정체가 들통난 건 아닐까 싶었다. 그는 떨려오는 손끝을 낡은 소매로 감추고 섬돌 아래로 내려서며 고개를 숙여 표정을 감췄다.

"병판 대감께옵서 이 누추한 곳엔 어인 일로 걸음하셨는지요."

"그것이……."

권식은 주위를 쓱 둘러보았으나 찾는 이는 보이지 않았고, 호기심 많은 백성만 울타리 근처로 몰려들 뿐이었다. 찾아온 목적을 잃은 그는 집 안의 동태라도 파악할 요량으로 적당한 핑곗거리를 꺼냈다.

"듣자 하니 선생께서 병법에도 두루 정통하다 하던데, 양묘의 일로 상의할 것이 있어서 왔소이다."

양묘의 일. 그 말이 심장을 쥐어짜는 듯했으나 영달은 도리어 고개를 들고 권식과 눈을 마주했다. 상대의 마음을 확인할 때 눈을 들여다보는 것만큼 좋은 방법은 없었고, 권식을 지그시 응시하던 그는 옆으로 비켜서며 고개를 숙였다.

"안으로 드시지요."

"그럼, 실례하겠소이다. 크흠."

권식은 헛기침하며 섬돌 위에 신발을 벗어두고 마루로 올라섰다. 영달이 사랑방으로 안내하여 두 사람이 들고 나자, 울타리 밖에서 상황을 지켜보던 아낙 중 한 명이 다급히 잰걸음을 옮겼다. 그녀가 향한 곳은 가혜가 마을 사람들과 함께 버섯 채취를 하러 종종 오르는 산이었다.

참나무 밑동에 자란 느타리버섯을 발견한 가혜는 함박웃음을 지었다. 나라에 기근이 들어 먹을 게 부실한 탓에 이마저도 발견하기 어려운데 운이 좋았다.

'오늘은 아버지께 된장국이라도 끓여드려야지.'

작은 소쿠리에 버섯을 담으며 기뻐하던 그녀는 저를 찾는 아낙을 발견했다. 숨넘어갈 듯 바삐 걸음을 옮기는 그녀에게 천천히 오라 했으나 아낙은 고개를 저으며 손사래까지 쳤다.

"여서 버섯 캐고 있을 때가 아니어요, 아씨. 빨리 댁으로 가보셔요."

"무슨 일인데 그러오?"

무언가 심상치 않은 일이 벌어진 느낌에 가혜의 표정이 굳고, 아낙은 제가 본 것을 설명했다.

"병판 대감이랬던가? 그 의금부 판사 나리 있잖아요. 그분이 찾아와서 지금 어르신이랑 같이 있어요!"

의금부는 항상 좋지 않은 일로 찾아왔고, 그들에게 끌려가 멀쩡히 살아 돌아온 사람도 없었다. 아낙이 그 점을 상기시키자 가혜는 보름 전, 좌포도청의 누각 위에서 자신에게 활을 쏜 인물을 기억해 냈다.

호랑이같이 큰 덩치에 공기마저 떨게 하던 목소리, 찢어 죽일 듯이 노려보던 그 살벌한 눈빛을 떠올린 그녀는 손에 힘이 빠져서 들고 있던 소쿠리를 떨어뜨렸다. 최악의 상황이 뇌리를 스쳤다.

흉통이 올 만큼 쉼 없이 달려서 마을로 간 가혜는 집 근처를 기웃거리는 사람들을 발견하곤 낯빛이 하얗게 질렸다.

"아버지, 아버지!"

그녀는 피를 토하는 심정으로 앞뒤 재지 않고 마당으로 뛰어들었다. 제가 저지른 일로 인해 아버지가 끌려가진 않았을까, 혹여나 반항한다고 구타당하진 않았을까, 온갖 나쁜 상상이 그녀의 머릿속을 지배했다. 그러나 마당은 그녀가 생각했던 것보다 훨씬 멀쩡했고, 평소와 다른 점이 있다면 낯선 사내들이 한 자리씩 차지하고 있다는 점이었다. 오히려 그들은 그녀의 눈치를 보면서 비척비척 일어나 애매한 각도로 고개를 숙였다. 이해할 수 없는 상황에 가혜가 아무것도 하지 못하고 있을 때, 사랑방 문이 열리고 영달이 모습을 드러냈다.

"어찌 이리 시끄러우냐."

"아버지!"

멀쩡한 부친을 발견한 뒤에야 가혜의 얼굴에 안도의 빛이 떠올랐다. 하지만 그것도 잠시, 뒤이어 나온 이를 발견한 그녀는 표정이 딱딱하게 굳었다. 판의금부사. 일전에 좌포도청에서 만났던 그였다. 바위처럼 큼직한 체구에 부리부리한 눈이 한 번 보면 절대 잊을 수 없는 인상이었다. 그런 자가 쓱 훑어보는 시선에 가혜는 호랑이 앞에 선 토끼 같은 기분에 사로잡혔다.

'저자가 도대체 왜 여기에.'

차마 입 밖으론 꺼내지 못한 물음이 공포가 되어 그녀의 가슴을 짓누르고, 그토록 얼어버린 딸의 모습을 처음 본 영달은 긴장도 풀어줄 겸 권식에게 그녀를 소개했다.

"병판 대감, 제 여식입니다."

"허허. 내 권솔들이 좀 놀라게 했나 보오."

"손님이 오는 일이 극히 드물어 그럴 것입니다. 뭐하느냐, 대감께 인사드리지 않고."

영달의 재촉에 그제야 정신이 든 가혜는 급히 고개를 숙였다. 뭔지 몰라도 험악한 분위기는 아니었다. 그녀는 당황했던 감정을 숨기고 최대한 차분하게 인사를 올렸다.

"대감마님을 뵙습니다. 이가 가혜라 하옵니다."

목소리가 반듯하고 청초하니 매우 흡족한 권식은 흐뭇하게 웃었다.

'이만하면 녀석도 만족하겠지. 어디 소향에 비할 외모더냐. 내 한양 땅에서 진주를 찾았구나!'

한양 최고의 효녀들만 모은 용모파기에서 가혜를 발견했을 때는 수백 년 묵은 산삼이라도 찾아낸 기분이었다. 그래서 심봤다 외치며 서둘러 찾아왔는데 직접 만나보니 영달은 고매한 성정을 지녔고, 과연 그 여식도 어여쁜 외모에 총기까지 있어 보이니 완벽하기 그지없었다. 그야말로 숨겨진 보석이라 할 만했다.

"하하하하!"

입이 귀까지 찢어진 권식은 기쁜 마음을 참지 못하고 큰 소리를 내어 웃었다. 그 탓에 주위에 있던 모든 이가 깜짝 놀랐으나 호방한 그의 웃음을 멈추게 할 사람은 없었다. 그렇게 한참을 웃던 권식은 고개를 끄덕이며 영달에게 아쉬운 작별을 고했다.

"오늘 담소는 매우 즐거웠소이다. 내 다음에 다시 찾아도 되겠소이까?"

"이를 말씀이십니까."

"좋소, 그럼 다음에 또 봅시다."

그가 떠날 인사를 하곤 헛기침을 하자 그를 수행하는 도리 아범이 신을 신겨주었다. 그렇게 권식이 집 밖에 세워둔 남여를 타고 멀어질 때까지, 영달과 가혜는 대문 앞에서 고개를 숙이고 예를 갖췄다.

권식이 돌아가고 난 뒤, 부친의 뒤를 따라 사랑방으로 든 가혜는 자리에 앉으면서부터 질문을 쏟아냈다.

"병조판서 대감이 어인 일로 오셨답니까. 평소 왕래가 있던 것도 아니고, 왜 갑작스럽게……."

빠르게 캐묻던 가혜는 부친의 눈빛을 보고 차마 말을 끝맺지 못했다. 그는 가을날 세찬 바람에 떨어지는 낙엽처럼 힘없이 눈을 마주하며 무언가를 희구하고 있었다. 그에 흔들리는 딸의 눈을 보며 영달은 침음을 삼켰다. 가혜가 돌아오면 피 묻은 천을 들이밀면서 밤마다 무슨 짓을 하고 다니느냐고 질책할까 했으나, 그마저도 무능한 자신의 탓이라 생각하니 차마 입이 열리지 않았다. 그래서 그는 딸의 질문에 먼저 답을 주었다.

"별일 아니다. 내가 병법서를 읽었다는 얘길 듣고 대화를 나누고 싶다며 찾아온 게다."

권식이 내민 표면적인 이유도 그러했으나, 영달은 그의 말을 곧이 믿지 않았다. 최 대감은 양묘를 잡는 방안을 논의하기보다는 집안의 내력이나 자신과의 접점을 찾는 데 더 관심을 가졌다. 그건 매우 찜찜한 일이 아닐 수 없었고, 영달은 결단을 내려야만 했다.

"건너가서 짐을 챙겨두어라."

"짐이요?"

갑자기 짐을 싸란 말에 가혜가 당황하여 반문하자 영달은 최대한 침착하게 딸을 설득했다.

"예전부터 고민은 하고 있었으나 오늘 병판 대감을 만나보니 고향으로 돌아가 좀 더 학문에 매진하고 싶단 생각이 드는구나. 살림도 이곳보단 그곳이 나을 게고. 사흘 내로 떠날 수 있게 준비해 두어라."

관직에 뜻이 없어 중앙으로 나아가진 않았으나 생원시까진 합격했으니 고향에서 살림을 차리는 데 큰 불편함은 없을 터였다. 하지만 가혜는 그 뜻을 이해하기가 어려웠다. 겨울이 코앞인데 멀쩡한 집을 두고 아무런 준비도 없이 이사를 한다는 건 옳지 못했다.

무슨 일이 생긴 건 아닐까 싶어서 그녀는 큰맘 먹고 부친의 말에 토를 달았다.

"아버지, 일이 어찌 돌아가고 있는지 알려주시면 소녀도 대비할 수 있지 않겠습니까."

최대한 유순하게 의사를 표현했으나 돌아오는 건 냉랭한 반응뿐이었다. 영달은 싸늘한 눈빛으로 딸을 꾸짖었다.

"네가 어찌하여 아비의 결정에 물음을 다느냐. 그저 따르면 될 일. 나가보아라."

그는 몸을 돌려 앉았다. 학문적인 토론을 할 때는 잘만 들어주면서 이런 일에는 또 강경하게 나가는 부친의 태도에 가혜는 더 묻질 못했다. 조금 야속한 마음이 들 때도 있지만, 부친이 아무런 이유도 없이 고압적인 태도를 취하는 건 아니라고 믿기에 그녀는 순응하고 순순히 물러 나왔다. 작은방으로 건너간 가혜는 짐을 싸기 위해 서랍장을 열었다가 피에 젖어 딱딱하게 굳은, 찢어진 도포 자락을 발견했다. 차마 없애지 못해서 깊이 숨겨둔 그 천이 왜 서랍 한가운데 놓여 있는지, 불길함이 그녀의 심장을 조였다.

'설마 아버지가 이걸 보셨나? 병판 대감이 뭔가 알아차려서 짐을 싸라 하신 걸까?'

꼬리에 꼬리를 무는 생각들은 제법 그럴싸해서 가혜는 떨리는 손으로 도포 자락을 꼭 쥐었다. 그런 와중에도 그 사내를 다시 볼 날이 올지 궁금한 자신이 참으로 한심해서 그녀의 눈빛은 더 어두워졌다.

희번하게 동이 트는 시각에, 가혜는 부엌에서 식사 준비에 한창이었다. 짐도 반쯤 쌌으니 내일이면 십여 년을 함께한 이 부엌과도 헤어져야만 했다. 괜한 감상에 젖어 약소한 반찬에도 정성을 들이고 있는데, 마당에서 부친의 호를 부르는 익숙한 목소리가 들려왔다.

"이보게, 청문(淸文). 안에 있는가?"

'사성 어르신?'

가혜는 가끔가다 집에 오는 부친의 친우를 떠올리고 반가운 마음에 급히 밖으로 나갔다가 그 자리에서 얼어붙었다. 비단 두루마기를 잘 차려입은 중년의 양반 둘이 시종들을 데리고 마당에 서 있었다. 그중 한 명은 그녀도 잘 아는 부친의 친우가 분명했으나, 다른 한 명은 어제 본 병조판서였다.

당황하여 인사도 올리지 못하고 서 있는 그녀에게 인자한 인상의 성균관 사성, 조윤이 말을 걸었다.

"오랜만이구나, 가혜야. 아버지는 안에 계시느냐? 함께 잔이나 기울일까 하여 왔는데."

"아, 예."

가혜는 급히 정신을 수습하고 고개를 숙여 인사를 올렸다. 때마침 부친이 사랑방에서 나와 손님을 맞이했다.

"두 대감께서 일찍부터 어인 일이십니까."

평탄한 영달의 목소리에 담긴 질책에 조윤은 괜히 민망했다. 예법도 무시하고 일찍부터 걸음을 한 건 순전히 자신보다 품계가 높은 권식의 부탁 때문이었다. 영달과 친분이 있다는 이유로 파루가 치자마자 불려갔다가 중신까지 서게 된 것이다.

'이거 참, 저 뻣뻣한 인사를 어찌 설득하나.'

인후에 대한 소문이 한양에 파다한 마당에 그의 중매를 서게 되었으니 난감하지 않을 수가 없었다. 하지만 일은 이미 자신에게 넘어왔고, 잘 성사시켜야 뒤탈이 없을 터였다. 각오를 단단히 한 그는 시중이 들고 있던 백자 술병을 뺏어서 슬쩍 흔들어 보였다.

"좋은 술을 구해서 한잔하며 얘기나 나눌까 하여 왔네. 자자, 얼른 안으로 드세. 언제까지 이리 세워둘 겐가."

그는 막무가내로 밀고 들어갔고 그의 뒤를 따라 권식도 사랑방으로 들었다. 좁은 방은 짐 정리로 인해 어수선했다. 그걸 의아하게 둘러보고 있는 두 사람에게 영달은 차분히 변명을 내뱉었다.

"겨울이 오기 전에 깨끗이 하고자 짐을 들어내고 있었습니다. 불편하시다면 마루로 장소를 옮기심이 어떻겠습니까?"

도망갈 준비를 하고 있다는 걸 알아차리지 못하도록 자리를 옮기길 권했으나, 그의 뜻은 권식에게 바로 저지당했다.

"아니오. 우린 괘념치 않으니 신경 쓰지 마시오. 안이 대화 나누기에도 좋고."

권식은 그리 말하며 조윤과 의뭉스런 눈빛을 주고받았다. 그 뜻을 아는 조윤은 영달이 권하는 자리에 앉으며 그가 관심을 가질 만한 책을 주제로 삼아 말을 꺼냈다.

"이번에 병판 대감께서 귀한 서책을 몇 권 구하셨는데, 필사하여 줄 테니 자네도 한번 보겠나?"

"무슨 책입니까?"

귀한 서책이란 소리에 영달은 호기심을 드러냈다. 덕분에 분위기는 한결 부드러워졌고, 가혜가 안줏감을 들일 때까지 이야기가 끊임없이 이어졌다. 그들이 본심을 드러낸 건 가혜가 방을 나간 뒤, 술잔이 두어 번 더 채워졌을 때였다. 먼저 운을 뗀 건 조윤이었다.

"그러고 보니 가혜가 올해 열아홉이었나?"

영달은 굳이 대답하지 않았으나 조윤은 그의 침묵을 긍정으로 받아들였다.

"언제까지 저리 곁에 둘 건가. 빨리 좋은 짝을 찾아서 맺어줘야지."

"혼인하지 않겠다고 하니, 이 무능력한 아비 탓이 아니겠습니까."

영달은 차분한 어조로 뼈아픈 소리를 스스럼없이 내뱉었다. 그에 조윤의 말문이 막히자 권식이 눈치껏 나섰다.

"허허, 그리 말씀하실 것 없소이다. 급할 것 없고, 내 아들도 스물둘이나 되었는데 아직 혼인시키지 않았으니."

그는 미혼인 아들을 은근슬쩍 대화 속으로 밀어 넣었다. 그 말에 정신을 차린 조윤도 헛기침을 하며 맞장구를 쳤다.

"그러고 보니, 대감께서도 며느리를 들일 때가 되셨습니다."

"내 마음이 그러하면 뭐하는가. 몹쓸 소문이 돌아 골치가 다 아프네."

두 사람은 손발이 아주 잘 맞았다. 그 모양새를 가만 보던 영달은 그들이 하고자 하는 말이 무엇인지 능히 짐작할 수 있었다. 아니나 다를까, 곧 본론이 나왔다.

"소관이 직접 보니 인물도 훌륭하고 문무에 두루 출중한 젊은이던데, 대체 어느 몹쓸 자가 그런 헛소문을 퍼뜨렸는지 모르겠습니다."

조윤은 양심이 콕콕 찔렸으나 연기를 멈추지는 못했다. 제 관직 생활의 무탈함이 이 자리에 달린 것이나 마찬가지였다. 그는 이 혼사를 꼭 성사시킬 필요가 있었다.

"그러고 보니 이렇게 만난 것도 인연인데, 두 분만 괜찮으시다면 여식과 영식을 이어주는 건 어떻겠습니까."

돌고 돌아 목적했던 말이 나오자 권식은 반색했고 영달은 진중해졌다. 두 사람은 거의 동시에 대답했다.

"좋은 생각이구려!"

"안 될 말씀이십니다."

각기 다른 대답에 방 안의 온도가 가라앉는 건 순식간이었다. 난처해진 조윤은 등 뒤로 식은땀이 흐르는 듯했다. 그는 쩔쩔매며 영달의 생각을 바꾸려 애썼다.

"자, 자네 어찌 그러는가. 병판 대감께서는 흔쾌히 괜찮다 하시는데."

"크흠. 흠흠."

권식은 괜히 헛기침만 뱉다가 밖으로 나가 버렸다. 불쾌한 것도 있지만, 가혜를 며느리로 들이지 못할까 봐 조바심이 나서 가만히 있기가 어려웠다. 조윤에게 가혜에 대해 들은 얘기가 있는 터라 더 욕심이 난 그는 근처에 있던 도리 아범을 손짓으로 조용히 불렀다. 도리 아범이 몸을 조아리며 분부를 받을 자세를 취하자 권식은 그의 귀에 대고 인후를 데려오라며 은밀하게 지시를 내렸다.

"관복도 빼 입히고 태 단정히 해서 사랑방으로 들이게나. 내가 부른 것이 아니라, 의금부에서 중한 일이 있어 나를 찾아왔다고 하고. 무슨 말인지 알겠지?"

"예, 대감마님."

눈치 빠른 도리 아범은 권식의 뜻을 단박에 파악했다. 우연을 가장하여 아들의 멀쩡한 모습을 영달에게 보여서 환심을 사려는 것이다. 최씨 집안에서는 가혜가 거의 최후의 보루인 걸 아는 그는 급히 마당을 가로질러 대문 밖으로 사라졌다. 권식이 도리 아범을 시켜 일을 꾸미는 동안, 사랑방 안에서는 조윤이 답답한 척하며 영달을 설득하는 중이었다.

"어찌 이리 고집을 부리나. 가혜에게 그만한 혼처도 없는 걸 잘 알지 않은가. 요즘 같은 시국에 다른 곳에 보내봤자 자네 여식만 힘겨울 뿐이야. 병판 대감의 자제와 혼인시키면 지금처럼 고생할 일도 없고 서방 될 이도 이미 관직에 올랐으니 무에 걱정이겠나. 무려 열일곱에 장원 급제했던 인물일세. 문무에 두루 출중하다며 전하께서도 눈여겨본 젊은이를 어찌 마다하는가."

조윤은 입에 침이 마르도록 인후를 칭찬했다. 솔직히 입에 풀칠하기도 힘겨운 시대였고, 하루가 멀다 하고 굶어 죽는 이들이 수두룩한 시국이었다. 이럴 때 정이품 병조판서가 먼저 사돈을 맺자고 손을 내민 것 자체가 기적이었다. 영달도 그 사실을 모르지 않았으나 그는 여전히 뜻을 굽히지 않았다.

"서책만 보고 산다 하여 귀도 닫고 사는 것은 아닙니다. 돌불연불생연(突不燃不生煙)이라 하였습니다. 소금 먹은 자가 물을 들이켜는 법이지요."

모든 일에는 원인이 있고, 인후의 소문이 나쁘게 나는 것에도 이유가 있다는 뜻이었다. 그 말이 정답인지라 조윤은 아무 말도 하지 못했다. 확실히 인후는 한량과 망나니짓을 번갈아 가며 해왔으니 소문이 그렇게 날 수밖에 없었다. 말문이 막힌 조윤에게 영달은 나직하게 한마디 덧붙였다.

"귀한 옷을 입고 배부르게 먹는다 한들 평생을 함께할 부부가 진실로 마음을 나누지 못한다면, 과연 행복하겠습니까. 제 딸은 제가 압니다."

재물은 육신을 편안하게 해줄 수는 있어도 행복의 절대적인 척도라 할 수는 없었다. 한평생 청빈하게 살아온 그도, 버섯 하나에 웃을 줄 아는 가혜도 그 점을 잘 알고 있었다. 그런 딸의 성정을 모르지 않는 영달은 이 혼인이 여식을 불행하게 만들리라 확신했고, 조윤은 자포자기한 심정으로 앉아 있을 수밖에 없었다.

그 시각, 현욱은 창문이 활짝 열린 외별당의 누마루에 앉아 감잎차를 마시는 중이었다. 입안에 맴도는 구수하면서도 달콤한 과일 향을 음미하는데, 그의 상념을 깨는 소리가 들려왔다.

"차 한 잔 마시면서 무슨 고상을 그리 떠나."

오랜만의 여유를 확 깨뜨리는 소리에 현욱은 미간을 찌푸리고 구군복을 입은 채 앞에 널브러져 있는 인후를 바라보았다. 관복을 입고 등청하였으면 자리에 눌러앉아 일이나 할 것이지, 인사고과에 영향을 주는 공좌부에 서명만 하고 또 도망 나온 게 분명했다. 그래놓고선 온갖 우는 소리를 다 하더니, 이젠 바닥과 한 몸이 된 친우가 그의 신경을 매우 자극하고 있었다.

"자네, 좀 앉아 있으면 안 되겠나?"

입맛이 뚝 떨어진 현욱이 찻잔을 내려놓으며 한 소리 하자 인후는 햇빛을 차단하기 위해 얼굴 위에 올려둔, 붉은 술과 공작 깃이 달린 전립을 슬쩍 들어 올리고 친우를 보았다. 언제나 그렇듯이 넓은 어깨를 쫙 펴고 앉아서 한 점 흐트러짐 없는 상태를 유지하고 있는 현욱의 모습에(그는 탁영(濯纓)이란 호가 참으로 잘 어울렸다. 창랑의 물이 깨끗하면 갓끈을 씻겠다는 의미의 호는 엄격한 관리의 모습을 지니고 있으니,) 인후는 힘겹게 상체를 일으켜 앉았다.

"자네가 그리 피곤하게 구니 곁에 붙어 있는 이가 없는 걸세."

삐딱하게 앉아 핀잔을 준 인후는 제 앞에 놓인, 미지근한 감잎차를 한입에 털어 넣었다. 차를 술처럼 마셔대는 그 꼴을 보면서 현욱은 혈압이 오르는 걸 한숨으로 풀어냈다.

"그럼 자네는 왜 자꾸 찾아오는가. 문지방이 닳도록 드나들면 곤치도 않은가?"

"거야, 나는 정신이 온전치 못하잖나. 그러니 자넬 만나러 오지."

즉각적이면서도 기가 막힌 대답에 현욱은 고개를 절레절레 저었다.

"됐네. 정신이 온전치 못한 자네와 언쟁을 하는 내가 문제지."

묘하게 비꼬는 현욱의 항복 선언에 인후는 실실 웃으며 그의 잔을 채워주었다. 김이 슬슬 올라오는 찻물이 반쯤 찼을 때, 달수가 외별당과 연결된 일각문을 통해 마당으로 뛰어들었다.

"나리!"

급작스러운 달수의 외침에 깜짝 놀란 인후는 조준에 실패했고, 뜨거운 찻물이 현욱의 손으로 떨어졌다.

"앗 뜨!"

출처를 알 수 없는 외마디 비명을 지른 현욱은 급히 옷으로 물기를 닦아냈다. 그리곤 자신이 방정맞은 비명을 질렀다는 사실에 참담함을 느끼며 이를 아득 깨무는데, 그 사실에 신경 쓰는 이는 그 외엔 아무도 없었다.

현욱에게 흑역사를 심어준 달수는 도리 아범의 당부대로 가혜의 일은 함구하고 권식이 급히 찾는다는 말만 전했다. 농땡이를 피우고 있던 인후는 귀찮다는 티를 냈으나 달수의 재촉에 비척비척 일어났다. 어쨌든 상관이 찾는다니 가야만 했고, 그로부터 약 반 시진(1시간) 만에 그는 가혜의 집 앞에 무기력하게 서 있게 되었다. 도리 아범에게 일이 돌아가는 상황을 들은 그는 더욱 하기 싫은 티를 드러내며 미간을 찌푸렸으나 피한다고 될 일이 아니었다. 결국, 그는 달수가 옷매무새를 다듬어 주는 걸 떼어내고 섬돌 위로 올라가 억지로 입을 열었다.

"아버님. 소자, 인후이옵니다."

술에 취하지 않은 상태로 낸 그의 음성은 반듯하니 제법 듣기 좋은 음색을 띠었다. 그 목소리에 권식은 반색했고, 옆방에 있던 가혜는 짐을 싸던 손을 멈추고 닫혀 있는 방문 쪽으로 고개를 돌렸다.

'이 목소리는…….'

보름이 지났어도 알 수 있는 음성이었다. 그 남자의 듬직한 뒷모습과 무척이나 잘 어울리던 그 목소리가 분명했다. 저도 모르게 자리에서 일어난 가혜는 방문으로 다가가 귀를 기울였다. 그가 마루 위로 올라섰는지 삐걱거리는 소리가 저편에서 들렸고, 그와 함께 그녀의 심장도 두근거렸다. 볼이 발갛게 상기되는 걸 느끼며 문고리에 손을 올렸으나 그녀는 차마 힘주어 밀진 못했다. 혼인도 하지 않은 규수가 외간 남자가 밖에 있다는 걸 알면서도 나가는 건 옳은 태도가 아니었다. 그러다 그와 눈이라도 마주친다면, 상상만으로 그리던 그의 얼굴을 직접 본다면, 그땐 정말 어떻게 반응해야 할까. 스스로 감당할 수 없는 감정에 빠질 걸 직감한 그녀는 문고리에서 손을 떼고 떨리는 가슴을 내리눌렀다. 얇은 창호지 너머에 그가 있지만, 그녀는 하염없이 문만 바라보고 서 있을 수밖에 없었다.

인후가 사랑방에 들고, 긴 장검을 옆에 놓고 무릎을 꿇고 앉은 그를 영달은 몸을 반쯤 돌려 찬찬히 뜯어보았다. 의금부의 일로 왔다고는 하나 권식이 자신에게 보여주기 위해 들였다는 것쯤은 능히 짐작하고 있었다. 그 성의를 생각해서 더욱 자세히 보는데, 어딘지 낯이 익었다.

'내 어디서 보았더라…….'

기억에 기억을 거슬러 올라가던 그는 시끌시끌한 사람들 틈에서 보았던 한 사내를 떠올렸다. 낮술을 하였는지 앞섶은 다 풀어 헤치고 비척대며 걷던, 사람들이 모두 그를 피해 움찔움찔 길을 비켜주던 그날의 거리가 문득 뇌리를 스쳤다. 일 년 전의 일이었지만, 술에 취한 자라 하기엔 담담하던 눈빛과 그 속에 억눌린 연민이 인상적인지라 기억의 한끝에 남아 있었다. 그 당시 인후의 행동에서 어딘가 부조화를 느꼈던 영달은 그가 정말 망나니인지 확인하고자 한 가지 질문을 던졌다.

"혼인하였는데 부인이 악처라면 어찌하실 겝니까?"

생각지도 못한 질문에 인후는 고개를 들고 영달을 바라보았다. 무언가에 통달한 성인들이나 지니는, 그 깊이를 알 수 없는 진한 눈동자가 목구멍을 압박하는 듯했다. 쉬이 대답을 못 하던 인후는 입술 안쪽을 꾹 깨물었다가 본인이 생각하는 가장 나쁜 답을 꺼냈다.

"돈과 권력만 있으면 어여쁜 계집을 얼마든지 가질 수 있는 세상인데, 응당 악처를 쫓아내고 이 계집, 저 계집 돌아다니며 즐겨야지요."

조윤은 제 귀를 의심했고, 권식은 얼굴이 새빨개져서 숨이 넘어갈 듯했다. 그와 달리 영달은 눈매를 좁히며 다시 물을 뿐이었다.

"악처라 하지만 행동에 응당한 연유가 있어도 말입니까?"

"응당하다 해봤자 악처의 행동은 결국 투기에서 비롯됨이 아니겠습니까? 앞으로 첩을 몇이나 들일지 모르는데 골치 아파지기 전에 쫓아내야지요."

그의 대답엔 거침이 없었고 참다못한 권식은 자리를 박차고 일어났다.

"됐소이다. 내 자식을 잘못 키운 듯하니. 더는 며느리를 들이길 바라지 않겠소."

성질이 나서 딱딱하게 말을 뱉은 권식은 아들을 노려보곤 성큼성큼 문으로 걸음을 옮겼다. 그가 인후를 지나쳐 문을 열려는 찰나에 영달의 마지막 질문이 그의 발길을 붙잡았다. 그건 누구도 상상한 적 없던 물음이었다.

"죽이진 않으실 겁니까?"

악처라서 죽이는 건 흔한 일이 절대 아니었다. 그런 짓을 함부로 벌였다간 관직을 잃고 귀양을 갈 수도 있었다. 대체 무슨 의도로 그런 질문을 하는지 알 수 없어 흔들리는 인후의 눈빛을 지그시 응시하던 영달은 문 앞에 선 권식에게 시선을 주었다.

"대감. 혼사에 대해 단둘이, 다시 대화를 나누심이 어떻겠습니까."

무표정한 영달의 얼굴에서 마음이 변한 이유를 발견할 수는 없었으나, 권식은 희망을 보았다. 밝아지는 그의 표정과 달리 인후는 낯빛이 굳었다. 어디서부터 어디까지 잘못된 건지 알 수 없었다. 그저 아내가 악처여도 죽이지만 않으면 된다는 건지, 정말 그런 마음으로 여식을 내어주려는 건지도 판단이 서지 않았다.

두 사람이 건설적인 대화를 나누는 동안 강제로 사랑방에서 쫓겨난 인후는 달수가 신발을 신겨주는 내내 표정이 어두웠다. 혼사를 깨고자 부러 마음에도 없는 소리를 했으나 의도했던 것과는 전혀 다른 결론이 내려졌다. 마치 무너지는 다리 위에 선 듯한 감정에 그는 사랑방 반대편에 있는 작은방으로 눈길을 주었다. 그곳에 있을 자신의 내자가 될지도 모를 이에겐 미안하지만, 이대로 혼인을 하는 건 서로에게 좋지 못했다. 밀명지를 찾는 일이 끝나기 전까진 좋은 남편이 되어줄 수 없었고, 그럴 바엔 차라리 시작을 않겠다는 생각으로 인후는 목소리를 높였다.

"거 봐라, 재물이면 딸자식도 다 팔아먹지 않더냐."

"예?"

뜬금없는 말에 되물은 달수는 아차 싶었다. 제 나리가 또 지랄병이 돋은 모양이었다. 아니나 다를까, 말리기도 전에 인후는 다 들으라는 듯이 더 큰 소리를 냈다.

"집안이 이 꼴이니 혼인을 하면 어떨지 안 봐도 뻔하지 않더냐. 홍화루에나 가자! 소향이와 회포나 풀어야겠다."

인후는 제 곁에 서서 경악하고 있는 조윤에게 인사도 하지 않고 갖은 신경질을 부리며 밖으로 휭하니 나가 버렸다. 그를 수행해야 하는 달수는 서둘러 조윤에게 머리를 조아리고 주인의 뒤를 쫓았고, 폭풍처럼 휘몰아친 무례함의 극치에 조윤은 기가 막혀서 입만 뻐끔거리다가 뒤늦은 한탄의 숨을 흘려냈다.

"허허- 뭐, 저런……."

저런 개망나니가 다 있느냐는 소리가 목구멍을 비집었으나 그는 간신히 뒷말을 삼켰다. 사랑방에 있는 권식이 들을 수도 있으니 차마 입 밖으로 소리 내어 욕하지는 못하고, 뜨거운 콧김만 뿜어내며 화를 식혀야 했다. 그러다 마침내 가혜가 있을 작은방에 시선을 주며 침음을 흘렸다.

'저 애가 아깝구먼. 하늘도 무심하시지, 저런 망동한 놈과 짝을 맺어주시다니. 말세네, 말세야.'

본인이 중매를 서놓고도 조윤은 고개를 가로저었다. 영달이 권력이나 재물에 욕심만 있었더라면 그녀의 인생은 지금과는 많이 달랐을 터였다. 하지만 현실은 그렇지 못했고, 그녀는 아마도 남편 때문에 한평생 가슴앓이하면서 살 게 빤했다. 그러한 조윤의 걱정은 바로 그 시점부터 현실이 되었다.

방 안에서 인후의 말을 다 들은 가혜는 이 불쾌한 상황을 어떻게든 이해하고 해석하려 애썼다. 자존심에 비수처럼 꽂힌 말에서 최대한 정보를 찾아내고 조합해 내린 결론은 지금 자신의 혼담이 오가는 중이고, 그 상대가 예의라고는 땅강아지 더듬이만큼도 없다는 사실이었다.

'저런 패륜아가 그때 그 남자라고?'

상대를 압도하던 눈빛과 진중한 목소리, 다정하던 손길과 의협심까지 지녔던 그일 리가 없었다. 겨우 목소리 하나 비슷하단 이유로 잠시나마 그와 혼동했던 자신을 원망하며 가혜는 두 사람의 차이점을 집요하게 파고들었다. 그러다 마침내 그의 이름이 어딘가 익숙함을 상기했다.

'아까 아버님이라고…….'

목소리에 정신이 팔려서 떠올리지 못했던 사실들이 비로소 머릿속을 차지했다. 조윤의 아들 중에는 인후라는 이름을 가진 자가 없다는 것까지 기억해 낸 그녀의 얼굴은 사색이 되었다. 행실에 대해 좋지 않은 소문으로 유명한 사내가 자신의 남편감이란 것도 치가 떨리는데, 왕도 포기했다는 그는 의금부 도사였고 그 부친은 의금부 판사였다. 말 그대로 양묘를 잡으려 혈안이 된 사람들과 그들을 피해 도망쳐야 하는 자신이 한집 안에서 살게 될지도 모른다는 소리였다. 그것도 남편과 아내, 시아버지와 며느리의 관계로.

'말도 안 돼…….'

이러한 운명은 들어본 적도 없었다. 훗날 그들이 제 정체를 안다면 어떤 반응을 보일 것인가. 어쩌면 남편이란 사람의 손에 죽을지도 몰랐다.

힘이 빠져서 앉아 있는 것조차 힘겨운 가혜는 바닥을 짚고 심호흡을 했다. 그러나 이 기가 막힌 현실을 상기할수록 손이 떨리고 머릿속은 어지러웠다. 하루하루 피 말리는 혼인 생활이 될 것은 자명했고, 정체를 들킬 가능성은 커질 터였다. 그것만은 막아야 한다 생각한 가혜는 힘겹게 일어나 방문을 열었다.

우려 섞인 조윤의 시선도 외면하고 사랑방으로 향한 그녀가 문 앞에 서서 혼인 파기를 위한 변명거리들을 떠올리는 중에 믿기 힘든 부친의 말소리가 들려왔다.

“그럼 납폐는 미리 보내주시고, 쌀 천 석은 혼례 전날에 주십시오.”

“좋소. 내 바로 사주단자를 보낼 테니 사돈께선 하루 빨리 택일하여 연길 단자를 보내주시오.”

“그리하겠습니다.”

혼인이 결정되면 신랑 집에서 납폐라는 예물을 보내는 건 당연한 일이었지만, 그 외에 쌀 천 석이 거론될 필요는 없었다. 가혜는 그것이 자신의 몸값이라는 생각이 들었으나 물욕이 없는 부친이 그런 짓을 할 리가 없다고 애써 직감을 부인했다. 그때, 문이 열리고 밖으로 나오려다 눈이 마주친 아버지는 슬그머니 시선을 피했다.

“아버지…….”

처음이었다. 모든 일에 떳떳하던 아버지가 시선을 피한 건. 가혜는 가슴이 무너지는 듯했다. 딸을 팔아먹었다는 인후의 말에 반박하지 못하는 것보다, 망가진 자존심이 주는 고통보다 존경했던 부친에 대한 믿음이 훼손되었다는 사실이 그녀를 더 괴롭게 했다. 충격에 말을 잇지 못하는 가혜를 보며 권식은 이 불편한 자리를 빨리 뜨고자 서둘러 영달에게 인사를 건넸다.

“그럼 다음에 또 봅시다.”

“예, 살펴 가십시오.”

도리 아범이 신을 신겨주자 권식은 말없이 마당으로 내려섰다. 아들놈이 싸지른 망언 때문에 예비 며느리를 볼 면목도 없었다. 그래서 거의 도망치듯이 마당을 나서는데 그를 붙잡는 작은 목소리가 있었다.

"대감마님."

저도 모르게 우뚝 멈춰 버린 권식은 속으로 자신의 다리를 원망했다. 그녀가 할 말이 무엇인지 대충 짐작이 갔기 때문이었다. 그가 자리에 서자 가혜는 권식의 앞에 무릎을 꿇었다.

"이 혼인, 거둬주십시오. 받아들일 수 없는 일입니다."

데리고 온 노비들이 다 보는 앞에서 아들의 혼인을 거부당한 권식은 못마땅함에 크게 헛기침을 했다. 그 뜻을 파악한 영달이 가혜를 꾸짖었지만, 그녀는 물러서지 않았고 권식은 떨떠름한 표정으로 그 연유를 물었다.

"내 아들이 많이 미흡하여 그러하더냐."

그의 질문에 가혜는 그렇다는 소리가 목구멍까지 치밀었다. 자신의 내자가 될 사람이 방 안에 있다는 걸 알면서도 기생이나 찾아대는 그가 멀쩡한 인간 같진 않았다. 하지만 그리 대답하는 건 예가 아니었기에 그녀는 마음과는 다른 답을 올렸다.

"아닙니다. 나랏일을 하시는 분을 어찌 미흡하다 하겠습니까."

주위에 눈과 귀가 많으니 차마 대갓집 자제를 깎아내릴 수가 없었다. 당연히 권식의 눈빛은 한결 부드러워졌다. 그는 적절히 처신할 줄 아는 가혜가 마음에 들었다. 불만을 속에 쌓아두고 답답하게 구는 것보다 할 말은 확실히 하면서도 적당히 선을 지킬 줄 아는 것이 그의 성격에도 맞았다. 덕분에 권식이 완전히 마음을 굳힌 것도 모르고 가혜는 이 말도 안 되는 혼인을 파기하는 데 집중했다.

"자제분이 보시기엔 소녀가 많이 미흡하옵고, 소녀 또한 큰 집안을 이끌기엔 부족합니다."

가혜가 알기로 현재 최씨 집안에는 살림을 관장할 여자가 없었다. 권식은 처와 첩이 줄줄이 절명한 뒤로 아내를 들이지 않았는데, 능력 있는 양반이 첩실 하나 없는 탓에 그 자리를 노리는 이들이 꽤 많았다. 하지만 숱한 유혹 속에서도 권식은 옆자리를 비워두었다. 그건 며느리가 집안 살림을 전부 관장하게 된다는 뜻이기도 했다. 가혜는 그것이 부담스럽다 하였지만, 그는 일말의 주저함도 없이 고개를 저었다.

"도리 아범이 많이 도와줄 것이니 네 능력이면 충분한 일이다. 그래도 힘겨우면 내 첩실 하나 들이마."

첩실을 들여서라도 부담을 줄여주겠다는 말에 당황한 가혜는 서둘러 다른 변명거리를 찾아야만 했다. 다행히 문제 많은 신랑감은 좋은 핑곗거리를 제공해 주었다.

"부부가 서로 마음이 통하지 않으면 어찌 온전한 부부라 하겠습니까. 조상님들 뵙기도 민망할 일이니 자제분께서 원하시는 훌륭한 규수로 짝지어주심이 옳을 것입니다."

부부 생활이 엉망이 되어 대를 이을 아이도 낳지 못할 거란 소리는 꽤 그럴듯해서 권식도 고민에 빠졌다. 허구한 날 계집 치마폭만 파고드는 아들놈이야 가혜의 미색을 보면 정신 못 차릴 가능성이 크지만, 가혜는 이미 마음의 문을 닫은 듯했다. 그래도 포기할 수 없었던 권식은 예비 며느리의 마음을 돌릴 묘책을 하나 떠올렸다.

"이미 집안 어른끼리 약조한 일이니 무를 수는 없다. 무르고 싶지도 않고."

그는 혼인을 확실시했다. 일말의 틈도 없는 단호한 태도는 절망적일 정도였다. 영달도 한 번 뜻을 세우면 끝까지 밀고 나가는 옹고집이었지만 권식도 만만치 않았다. 이제 가혜에게 남은 방법은 울며 악을 써대는 것뿐이었으나 십수 년간 익혀서 몸에 배어버린 품위는 죽음이 주는 공포보다 우위에 있었다. 고고한 자존심에 울지도 웃지도 못하는 가혜에게 권식은 선심 쓰듯 작은 숨통 하나를 만들어주었다.

"혼인하되, 소원 하나를 들어주마. 내가 들어줄 수 있는 것으로 생각해 보아라."

그는 가혜가 소원을 이용해 빠져나갈 궁리를 하는 사이에 재빨리 혼례를 추진하고자 했다. 그 방법은 제법 잘 먹혔고, 시간은 착착 흘러갔다.

*

이경삼점(二更三點, 밤 10시경), 통행 금지를 알리는 인경 소리가 멀리서 울리고 그 시각까지 잠들지 못하던 가혜는 이불을 걷어내고 몸을 일으켰다. 겨울밤은 심히 어두웠으나 그녀는 불도 켜지 않은 상태에서 익숙하게 움직여 옷장 속에 깊숙이 숨겨둔 검은 무복을 꺼냈다.

'과연, 언제까지 할 수 있을까…….'

어떻게든 아버지를 설득하려 했었고 한번은 그리 살 바엔 죽겠다는 말까지 입에 담았었다. 그때 저를 보던 아버지의 눈빛과 원통함에 젖은 목소리는 내내 그녀의 뇌리에서 지워지지 않았다.

"네 친부가 제 뜻을 관철하고자 목숨을 초개같이 던지더니 너도 그리하겠다, 이것이더냐. 나는 그의 의지를 미워하고 또한 존경하나, 네 결정은 존경받을 만한 일고의 가치라도 있느냐? 내 앞에서 네 목숨을 가지고 협박하는 것밖에 더 되느냔 말이다."

가차 없던 영달의 그 말에 가혜는 적잖은 충격을 받았다. 친형제 같던 이의 죽음까지 거론하는 그의 눈빛에서 이번 일을 얼마나 중히 여기는지 느껴졌기 때문이었다. 무를 수 있는 혼인이 아니었다.

의금부 사람들과의 공존을 받아들여야 하는 가혜는 작은 한숨을 흘리며 옷을 갈아입고 땋은 머리를 풀어 하나로 높이 묶었다. 새까만 복면으로 눈 밑을 전부 가려 버리고 등에는 장검을 대각선으로 묶어 찬 뒤, 얇고 긴 암기까지 챙긴 그녀는 귀를 기울여 부친의 동태를 살폈다.

문을 살짝 열어 사랑방에 불이 꺼진 걸 확인한 가혜는 숨겨둔 신발과 장갑을 찾아 꺼내 들고 밖으로 나섰다. 이제 효녀, 가혜의 삶은 잠시 정지시켜 두고 의적, 양묘로 활동할 시간이었다.

예조판서의 자택 서고에서 은밀히 움직이는 이가 있었다. 여전히 고급스러운 검은 도포를 입고 복면을 한 인후는 서고 책장에 꽂혀 있는 책들을 하나하나 살펴보는 중이었다.

그가 찾고 있는 밀명지는 새로운 임금을 세우려는 자들이 결의를 다지며 저들의 이름을 기록한 명부였다. 임금의 건강은 나날이 나빠지는데 세자의 나이는 이제 겨우 열 살이니 왕권이 흔들렸고, 인후는 역모를 막기 위해 이토록 매일 밤 동분서주해야만 했다. 조선의 병권은 임금의 총애를 받는 그의 부친이 쥐고 있지만, 방심할 수는 없는 일이었다.

'여기에도 없는 건가.'

일 년이 넘도록 양반가를 샅샅이 수색하고 있음에도 작은 단서조차 잡기 어려웠다. 게다가 정보책에게 들어보니 밀명지를 찾는 이가 자신 외에도 더 있는 듯했다.

'다른 자가 얻기 전에 먼저 찾아야 하는데.'

역모를 꾀한 이들이 잘못 알려지거나 탐욕스러운 자가 명부를 이용해 사리사욕을 채워도 어느 쪽이든 그 여파로 고통받는 건 백성들일 게 분명했다. 가뜩이나 천재지변으로 하루에도 수백 명씩 죽어 나가는 시기에 더 큰 혼란을 백성들에게 안겨주고 싶진 않았지만, 그의 간절한 마음에도 밀명지는 쉬이 모습을 드러내지 않았다.

인후는 마지막 책을 제자리에 꽂아놓고 근심 어린 얼굴로 잠시 서 있다가 서고 밖으로 나갔다. 들어올 때 열었던 문고리와 자물쇠를 다시 채워두고, 번을 서는 노비들의 시선을 피해가며 담벼락을 두어 개 넘자 인적 드문 큰길가가 나왔다. 그제야 복면을 벗은 그는 뒷짐을 지고 유유자적 걸었다. 딱 밤 산책을 나온 한량같이 이리저리 거닐며 바람을 쐬던 중에 등 뒤에서 터진, 커다란 외침에 걸음을 멈출 수밖에 없었다.

"저기다! 저기 양묘가 도망간다!"

어느 순라군의 외침에 근처에 있던 포졸들이 우르르 모습을 드러내고, 인후는 순식간에 좁은 골목의 어둠 속으로 몸을 숨겼다. 다행히 양묘를 쫓는 데 혈안이 된 이들은 그를 발견하지 못한 채 너 나 할 것 없이 한 방향으로 뛰어갔다. 그 모양새를 가만 지켜보던 인후는 한 달쯤 전에 본 적 있던 양묘를 떠올렸다.

한동안 소식이 뜸하더니 무사히 도망친 모양이었다. 물론 지금도 쫓기는 신세였지만. 양묘를 잡겠다고 이를 갈던 부친을 떠올린 인후는 떨떠름한 웃음을 입가에 매달고 고개를 절레절레 저었다. 어째 오늘 밤도 조용히 보내긴 그른 듯했다.

가혜는 시커먼 짐승이 아가리를 벌리고 있는 듯한 산을 한 번 보고 뒤를 돌아보았다. 밤길을 순찰하던 순라군들과 포도청에서 지원 나온 포졸들이 한꺼번에 달려오고 있었다.

혼인하면 한동안은 활동하기 어렵다는 생각에 어깨가 짓눌릴 만큼 은병을 쓸어 담은 게 패착이었다. 그 탓에 움직임이 평소보다 무뎌졌고, 발각까지 당하고 만 것이다.

"활을 쏴! 사살해서라도 잡아야 한다!"

어느 도사의 외침에 뒤를 쫓아오던 포졸들이 활시위에 화살을 메겼다. 그 끝이 제게 겨눠지는 걸 본 가혜는 이를 악물고 어둠에 잠긴, 호젓한 산속으로 발을 들였다.

"도망간다! 쏴라!"

대여섯 개의 화살이 시위를 떠나고, 날카로운 화살촉은 바람을 가르며 가혜의 등 뒤를 바짝 추격했다. 몇 개는 나무에 박히고 나머지는 그녀의 발치에 떨어졌다. 아슬아슬하게 화살을 피한 가혜는 산속으로 더 깊이 들어갔다. 안으로 들어갈수록 빼곡해지는 나무와 짙어진 어둠은 나졸들의 활을 무용지물로 만들었으나, 마찬가지로 그녀의 운신도 어려워질 수밖에 없었다.

어느 길이 맞는지, 앞에 무엇이 있는지 아무것도 알 수 없는 상태에서 가혜는 가슴이 뻐근해질 만큼 달렸다. 호흡도 불규칙해져서 입으로 거친 숨을 몰아쉬며 귀를 기울이자 여전히 자신을 찾는 이들의 고함이 들려왔다.

'숨을 만한 곳을 찾아야 해.'

위험하더라도 숨기를 택했을 때, 등골이 오싹해졌다. 목덜미를 타고 소름이 돋은 가혜는 등에 멘 검을 뽑아내며 뒤로 돌았다. 주저 없이 공격 태세를 갖춘 그녀의 눈이 커지고, 주위엔 정적만 감돌았다. 그가 있었기 때문이었다. 저번과 마찬가지로 검은 도포를 입고 복면을 한 그는 어디서 나타났는지, 그 움직임이 좀처럼 종잡을 수가 없었다.

검을 겨누는 가혜의 매끄러운 동작에 감탄할 새도 없이 인후는 등 뒤에서 들리는 포졸들의 고성에 작게 목소리를 냈다.

"따라오시오."

그는 좌측에 있는 샛길로 먼저 움직였고, 하도 놀라 얼어 있던 가혜는 그의 재촉을 들은 뒤에야 이성을 되찾고 걸음을 옮겼다.

인후는 산짐승이나 다닐 법한 샛길로만 걸으면서 종종 뒤를 돌아보며 가혜가 잘 따라오는지 확인했다. 그렇게 걷다가 부엉이 울음소리마저 들리지 않게 되었을 때, 두 사람이 도달한 곳은 버려진 작은 암자였다. 오래된 나무 냄새를 풍기는 암자는 고요했고, 인후는 익숙한 듯 마루에 걸터앉았다. 그는 주위를 경계하며 멀찍이 떨어져 있는 가혜를 보면서 옆자리를 툭툭 쳤다.

"그리 서 있지 말고 이리 와서 한숨 돌리시오. 추격을 피해 하산하려면 이럴 때 쉬는 게 좋소."

그건 꽤 일리가 있는 말인지라 가혜는 고민 끝에 그의 시선을 가려주는 나무 기둥 옆으로 가서 앉았다. 혹여나 복면 틈새로 얼굴이 보일까 조심에 또 조심을 기하는 그녀의 태도에 인후는 피식 웃으며 기둥에 등을 기대고 앉았다.

"경계심이 대단하오. 두 번이나 구해줬으면 아군으로 여길 법도 한데."

인후는 그녀가 자신을 믿지 않는다고 생각했지만, 가혜는 그저 저를 바라보는 그의 눈길이 부끄러워 피했을 뿐이었다. 그를 처음 만났을 때 느꼈던 감정들이 또 튀어나올까 봐 두려운 탓이지만 그녀는 목소리를 내어 반박하지 못했고, 대답 없는 대화만큼 처량한 것도 없었기에 인후는 그녀가 말을 하도록 유도했다.

"여인인 걸 들키고 싶지 않아서 대답이 없는 것이라면, 나와 단둘이 있을 땐 그럴 필요 없소."

성별을 정확하게 짚어내는 그의 말에 가혜의 눈이 둥그렇게 커졌다. 반응은 그저 눈을 부릅뜬 것뿐이지만 지금 그녀는 소스라치게 놀란 상태였다. 양묘가 어린 사내라는 오해는 포도청의 수색에서 벗어날 수 있게 해준 든든한 방어막이었건만, 이제 겨우 두 번 만난 남자에게 들켰다는 건 여간 충격이 아닐 수가 없었다.

"어찌, 아셨습니까."

한 박자 천천히 흘려보내며 떨림을 감추는 목소리에 복면 속, 인후의 입술이 호선을 그렸다. 임금마저 그 명성을 두려워할 만큼 백성에게 추앙받는 인사의 음성이 참으로 순진한 까닭이었다. 그러나 그는 그런 속내를 감추고 그녀와의 대화에 더 집중했다.

"검술을 보면 대충 아오."

허리에 천을 감아주다가 손에 닿은 굴곡으로 알았다고는 차마 말 못 하고, 그는 적당히 둘러댔다.

"휘두르는 검이 경쾌하고 유연성을 갖췄으니 고수의 반열에 올랐다 할 만한데, 그에 비하면 힘이 좀 부족하오. 사내라면 응당 근력이 커질 만한 실력임에도 그대는 그렇지 않지."

그건 사실이었다. 목숨을 걸고 노력하는 만큼 실력은 일취월장했지만, 건장한 사내들의 힘을 따라가지 못하는 건 어쩔 수 없었다. 원망하듯 장갑을 낀 손을 내려다보던 그녀의 귓가에 그의 충고가 따라붙었다.

"앞으로는 조심하시오. 관리들이 그대를 거론하며 전하를 괴롭혀대는 터라 의금부도 슬슬 독이 오르고 있소."

그 점은 가혜도 알고 있었다. 백성들이 그녀에게 은혜 은 자를 써서 은도(恩盜)라 부르자 그러한 민심이 불편했던 이들이 임금의 귀에 대고 속살거렸고, 왕은 그 별칭을 불쾌히 여겨 직접 들보 위의 고양이란 뜻으로 양묘(梁猫)라 호를 지어 내렸다. 더불어 사사할 의지까지 내비쳤고, 포도청이 번번이 그녀를 놓치자 의금부로 사건을 이관하여 추포하라 어명을 내렸다. 그건 확실하게 압박이 되고 있었다. 더 조심해서 움직이란 인후의 말에 가혜는 은병이 든 묵직한 자루를 보며 말라붙어 버린 입술을 간신히 떼었다.

"처음으로 회의감이 드네요."

그건 의금부의 오랏줄이 가까워졌기 때문도 아니고, 그만큼 자신의 목숨이 위험해졌기 때문도 아니었다. 지난 몇 년간 천재지변으로 굶어 죽고 얼어 죽는 이들이 하루가 다르게 늘어났지만, 국가에서 구휼미로 푸는 건 부족했고 그마저도 중간에서 빼돌려지는 일이 빈번했다. 내년은 나아지겠지, 후년은 괜찮겠지, 희망을 품어보는 것도 하루이틀이었고 힘써 세상을 바꿔보려 해도 재력과 권력, 성별 그 어떤 것도 그녀에게는 주어지지 않았다. 여인의 몸으론 과거를 치러 관직에 나아갈 수 없었고, 학문에 힘써도 그 재주를 펼칠 기회조차 얻지 못했다. 다른 이들에게 베풀 재산이 있는 것도 아니었고, 탐관오리를 벌할 수 있는 권력도 허락되지 않았다. 비리를 고발해도 아무도 귀 기울여 들어주지 않는 상황에서 당장 굶어 죽어가는 이들의 입에 음식을 넣어줄 방법은 탐관오리들이 비도덕적으로 착취한 재물을 빼돌려 백성에게 돌려주는 것뿐이었다. 그런데 지금은 그 선택이 옳았는지 의문이 들어 속이 번잡했다.

"목숨을 잃을 각오도 없이 시작한 건 아니었지만, 엮이는 이들이 많아질수록 겁이 납니다. 내 존재 자체가 선량한 이들에게도 피해를 줄 테니까요."

혼인하게 되면 대대로 승승장구하던 그 집안도 저로 인해 역풍을 맞을 게 빤했다. 적을 며느리로 들인 병판을 향한 세상 사람들의 비웃음은 어찌할 것이며, 아내를 죽여야 하는 남편 될 이는 또 무슨 죄란 말인가. 그것이 자신이 될 줄은 꿈에도 모르는 채로 인후는 기둥에서 등을 떼고 고개를 돌려 가혜를 시선에 담았다. 녹을 기미가 보이지 않는 언 땅에 시선을 고정한 그녀는 수많은 감정의 해일을 고스란히 맞고 있었다.

"그대는 죄인이 맞소. 적당한 때에 그만두지 않으면 그대의 일가친척도 고초를 겪게 되겠지."

그는 꽤 뼈아픈 소리를 스스럼없이 했다. 백성은 그녀를 의적이라 하지만 도둑질은 도둑질이었고, 그녀가 비도덕적인 방식을 선택했다는 사실이 달라지는 건 아니었다. 정곡을 찌르는 지적에 가혜는 자조 어린 미소를 지었다. 다른 누구도 아닌 그가 상기시켜 주니 더 아팠다.

"알고 있어요."

그 말을 끝으로 두 사람 사이엔 정적만 오갔다. 이쯤에서 관두고 자수를 하는 건 어떨까, 그럼 아버지는 어떻게 될까, 생각에 잠긴 가혜에게 그가 위로하듯 다정하게 말을 건넸다.

"그대의 방식이 옳다고는 할 수 없으나, 지난 몇 년간 그대 덕에 수많은 백성이 목숨을 건진 건 사실이오."

인후는 자신에게 향하는, 의외라는 시선을 피해 다시 기둥에 몸을 기댔다. 누군가에게 마음을 드러낸다는 건 그로서도 익숙지 않은 일이었다.

"옳고 그름, 도덕과 비도덕은 구별하기 쉬워 보여도 가끔은 하나의 잣대로만 판단하기 어려울 때가 있소. 그대의 일도 그러하고."

법을 수행하는 이들과 재산을 빼앗긴 양반들에겐 그녀는 그저 나라의 근간을 해하는 범죄자에 불과했다. 하지만 반대로 착취 속에 굶어 죽어가던 백성에게는 수도 없이 여러 번 목숨을 구해준 은인이었다. 그럼 그녀는 선인가, 악인가. 그걸 판단하기 이전에, 인후는 휘영청 뜬 만월의 힘을 빌려 진심을 전했다.

"한겨울에 동상 걸린 손으로 쌀죽 한 사발을 받아 들고 울던 노인을 보았는데, 그때 처음으로 언젠가는 그대에게 참으로 고맙고 미안하다는 말을 전하고 싶단 생각을 했었소."

그날, 노인이 얻을 수 있었던 쌀죽 한 사발의 온기는 가혜가 목숨을 걸었기에 가능한 일이었다. 양반 사내로 태어나 나랏일을 업으로 삼은 자신보다 그녀가 백성에겐 더 필요한 존재일지도 모르니, 이렇게 부친의 일을 방해하면서까지 돕고 싶은 마음이 들었으리라. 그 마음을 직시한 인후는 자리에서 일어나 그녀와 눈을 마주했다. 또 언제 만나게 될지는 모르지만, 부디 제 손으로 그녀를 잡는 일은 벌어지지 않길 바라며 그는 부드럽게 눈웃음을 지었다.

"그대는 멋진 여인이오. 그러니 본인을 너무 미워하진 마시오. 나와 그댄 공존할 수 없는 사이지만, 그래도 그 노인에겐 그대만 한 영웅도 없었을 거요."

잔잔하게, 그러나 깊은 울림을 지닌 그의 음성은 또다시 가혜의 마음에 많은 흔적을 남겨 버렸다. 음지에서 홀로 외로이 활동하며 위로 받아 본 적이 없었기에 그의 말이 더 크게 다가오는 걸지도 몰랐다. 그간 행해온 일들이 그리 헛되지만은 않았다는 생각에 눈시울이 뜨거워진 가혜는 얼른 고개를 숙였다.

그녀에게 혼자만의 시간이 필요하다는 걸 눈치챈 인후는 암자의 마당을 가로질렀고, 점점 멀어지는 그의 뒷모습이 괜히 아쉬워서 가혜는 눈물을 삼키고 용기를 내 어딜 가는지 물었다. 그녀의 음성에 슬쩍 뒤를 돌아보는 그의 몸짓은 여전히 자상했다.

"일하러 가오. 그래야 그대가 마음 편히 쉴 것 아니오."

나랏일을 하는 이들이 열심히 해야 백성이 편하고 더불어 그녀도 편할 것이었다. 물론 이 난세에 혼자 노력한다고 무언가 갑자기 크게 변하지는 않겠지만, 그리 말해주는 마음 씀씀이가 고마워서 가혜는 웃을 수 있었다.

그가 떠나고 난 뒤, 꽤 오랫동안 많은 생각을 하던 그녀는 더 새카매진 하늘을 바라보았다. 그만 하산하는 게 좋을 성싶었다. 자리를 털고 일어나 발치에 놓아둔 자루를 집으려던 그녀는 그 옆에 있는 돈주머니를 발견했다. 주인을 닮아 새까만 비단 주머니는 제법 두둑했는데, 떨어지는 소리를 듣지 못했으니 그가 일부러 놓아두고 간 것이 틀림없었다. 작은 힘이나마 보태겠다는 그의 마음이 전해져서 가혜는 빙긋이 웃었다.

"감사히 잘 쓰겠습니다."

무언가 해결된 건 없고 혼인을 해야 하는 암담한 상황도 변하지 않앉지만, 그래도 마음만큼은 한결 편안해졌다.

가혜가 산속에서 인후를 만나고 며칠 뒤, 최씨 집안의 노비들은 남녀 할 것 없이 고색이 찬연한 사랑채의 중문 앞에 모여 고개를 문 안쪽으로 들이밀고 저마다 한 소리씩 내뱉었다.

"결국은 왔네요."

"직접 보니 예쁘긴 무척 예쁘던데. 순해 보이기도 하고."

"순하긴, 혼인 전에 여까지 찾아오는 거 보면 모르우? 고집 좀 있어 뵈더만."

"그럼 거절하시려나?"

빗자루를 든 사내의 물음에 답하는 이는 없었다. 대신 다른 아낙이 혼잣말하듯 중얼거렸다.

"나라면 그냥 두 눈 딱 감고 혼인하겠는디. 소문만큼 우리 나리가 그리 거칠지도 않고."

"딴 게 문젠가. 허구한 날 기방에 드시는 게 문제지. 그 소향이 년이 나리를 다 버려놨으니 원."

"어허, 이 여편네가. 말조심해. 그 소향이가 첩실로 들어올지도 모를 일이야."

핀잔을 주는 남편의 말에 풍채 좋은 여인은 눈을 흘기며 코웃음을 쳤다.

"그 여시 같은 년이 들어오면 이 집안은 그냥 말아먹는 거 모르는 사람이 있나?"

"있지. 우리 나리."

완벽에 가까운 정답에 여인은 더 입을 놀리지 못하고 입술만 삐죽였고, 주위에 있던 노비들은 더욱 절실해진 마음으로 사랑채의 동태를 확인했다. 좀 전에 사랑채로 들어간 가혜의 대답 여하에 따라 자신들의 운명도 매우 달라질 터였다.

노비들의 운명을 쥐고 있는 가혜의 절을 받으면서 권식은 흐뭇함을 감추지 못했다. 차분한 눈빛을 지닌 예비 며느리의 다소곳한 자태가 매우 흡족한 그는 부하들이 보면 기함할 만큼 나긋나긋한 음성으로 찾아온 이유를 물었다.

“그래, 어인 일로 예까지 다 걸음 하였느냐.”

“이전에 말씀하셨던 소원을 청하고자 왔습니다.”

가혜의 말에 한 가지 소원을 들어주기로 했었던 걸 떠올린 권식은 고개를 끄덕여 기억하고 있음을 밝혔고, 가혜는 다시금 낡은 암자에서 내렸던 결정을 곱씹었다. 자신의 도움이 필요한 백성들은 여전히 존재하고 완강한 부친들 탓에 혼인은 피할 수 없었다. 그렇다면 그 후에도 최대한 활동하기 편한 쪽으로 조건을 제시해야만 했다. 어떤 방법이 최선인지 알지만 말하기 어려운 탓에 아랫입술을 꾹 물은 가혜는 고민 끝에 어렵사리 입을 떼었다.

“자제분과 혼인을 하겠습니다. 다만, 일 년간 합방을 미뤄주십시오.”

합방 얘기를 꺼낸 가혜는 민망함에 고개를 숙였다. 시아버지가 될 이에게 대놓고 말하기 어려운 내용이었으나, 꼭 필요한 약조이기도 했다. 최대한 합방을 미루고 그사이에 서방의 미움을 사서 쫓겨난다면 소박맞았다고 뒷소문은 돌지언정 다시 활발하게 양묘로 활동할 수 있을 터였다.

아예 내쳐질 각오를 하고 올린 가혜의 조건에 권식은 침음을 삼켰다. 하루라도 빨리 손자를 얻고 싶은 마음이 굴뚝같은데 합방을 미뤄 달라니 받아들이기가 어려웠다. 또한, 가혜의 미색을 보고 망나니 같은 아들이 마냥 내버려 둘지도 미지수였다. 그런데도 그는 꽤 흔쾌히 고개를 주억거렸다.

"좋다. 내 약조하마."

호탕한 성격만큼 자신감에 찬 음성에 가혜는 안도했으나, 그건 조금 이른 감이 있었다. 그도 조건을 건 것이다.

"단, 일 년은 무리고 반년으로 하자. 알다시피 우리 집안은 손이 귀하고 내 나이도 있어 몇 해나 더 버틸지 모르지 않느냐. 반년 이상 기다리긴 무리다."

그는 스스로 오늘내일한다면서 말도 안 될 만큼 약한 척을 하더니 반년으로 확실하게 선을 그었다. 그 짧은 기간 안에 쫓겨나야 한다는 사실이 가혜는 조금 부담스러웠으나 조급해하는 권식에게서 그만큼의 시간이라도 확보한 건 천만다행이었다. 그녀는 고개를 숙여 감사함을 표했다.

"양해해 주셔서 감사합니다, 대감마님. 그럼 그리 알고 소녀는 이만 물러가겠습니다."

가혜는 자리에서 일어나 절을 올리고 권식의 방을 벗어났다. 이제 남은 건 그 망둥이 같은 서방에게서 미움을 사 반년 안에 혼인을 파탄 내는 것뿐이었다. 그렇게 마음을 굳게 먹어도 집으로 향하는 가혜의 발걸음은 무겁기 그지없었다.

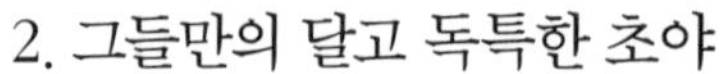

2. 그들만의 달고 독특한 초야

매섭던 겨울바람이 수그러들고 봄꽃이 온 천지를 물들이다가 입하가 시작되었을 때, 병판 대감 댁은 이른 아침부터 분주했다. 현종 재위 십이 년째 되던 해(1671년), 음력으로 사월 중순. 그날이 바로 가혜와 인후의 혼렛날이었기 때문이었다.

신부 집으로 떠날 초행 행렬이 거대한 솟을대문 앞에 길게 늘어서고, 입궐 전에 잠시 들른 현욱은 그 모습을 보며 새삼 섭섭함과 뿌듯함이 몰려들어 싱겁게 웃어버렸다.

'나도 혼인이나 할까?'

딱히 마음에 둔 규수도 없지만, 친우가 장가든다 하니 문득 그런 생각이 들었다. 부인들끼리 왕래하고 지내면 어떨까, 그러한 상상으로 헛헛함을 달래며 외별당으로 향한 현욱은 마루에 걸터앉아 인후가 신을 목이 긴, 검은 목화를 정성스레 손질하고 있는 달수를 발견했다.

"주인 나리는 안에 계시느냐."

"아이코, 나리!"

현욱을 발견한 달수는 벌떡 일어나 반가운 표정으로 그를 맞이했다. 이제 곧 신부 집으로 떠나야 하는 터라 조금만 늦었어도 못 보실 뻔했다며 호들갑을 떤 달수는 섬돌 위에 손질한 신을 내려놓고 안쪽에 그가 왔음을 고했다.

"나리, 종사관 나리 오셨습니다요."

어서 뫼시라는 답이 나와야 하는데 이상하게 안쪽이 조용했다. 한 번 더 고하는 달수의 목소리가 허망하게 울리고, 눈빛이 굳은 현욱은 급히 마루 위로 올라갔다. 설마설마하는 심정으로 문을 벌컥 열자 휑한 방에 청색 관복과 사모관대만이 나뒹굴며 그를 반길 뿐이었다.

말문이 막힌 현욱이 멍하니 서 있자 다가와 방의 내부를 본 달수는 경악했다. 좀 전까지만 해도 안에 있던 인간이 하필 혼롓날에 증발해 버렸으니 그럴 만도 했다. 다리에 힘이 풀려 털썩 주저앉은 달수는 넋을 놓고 중얼거렸다.

"이제 초행해야 하는데……."

당장 떠나야 하건만, 새신랑은 이미 도주하고 없었다. 드넓은 한양 땅 어디 가서 그를 찾을 것이며, 신부 집과 그곳에 모여 있을 손님들에게는 뭐라 말한단 말인가. 초행을 앞두고 도망쳐 버린 신랑과 첫날부터 소박맞은 신부의 얘기는 두고두고 회자될 테니, 망신도 그런 개망신이 없을 터였다.

"나리……."

달수는 어깨를 축 늘어뜨리고 현욱을 올려다보았다. 이제 어찌하느냐는 그의 처량한 눈길에 현욱은 한숨을 푹 내쉬었다. 암담하지만 어떻게든 잡아와야만 했다. 무사히 혼사를 치르지 못한다면 어찌 될지,

그 뒤의 일은 상상조차 하고 싶지 않았다.

"내 어떻게든 찾아서 데려오마. 하나 초행 길이 늦어지는 건 피할 수 없으니, 넌 연통을 넣어 이 사실을 대감께 전하여라."

달수가 대답하며 고개를 끄덕이는 걸 확인한 현욱은 급히 외별당 뒤쪽의 일각문으로 향했다. 그리 멀리 가진 못했을 것이었다. 오늘이 그의 혼삿날이란 걸 온 도성 사람들이 다 알고 있으니 수소문하긴 어렵지 않을 터였다. 게다가 인후의 외형이 눈에 띈다는 점도 자신에게 유리했으나, 그의 표정은 좋아지지 않았다. 방 안에 앉아 신랑이 오기만을 기다리고 있을 신부가 얼마나 큰 상처를 받을지 알기에, 그녀가 매우 가엽게 느껴진 탓이었다.

'잡히기만 해봐라.'

현욱은 이를 아득 물고 일각문을 통해 뒷길로 나섰다. 그가 도망친 인후의 뒤를 추적하고 있을 즈음, 남산골에서는 잔치 준비로 열을 올리고 있었다. 음식 냄새에 이끌린 아이들이 부엌 문간을 기웃거리고, 가혜를 위해 두 팔 걷어붙인 이웃집 아낙들은 한껏 솜씨를 발휘했다.

그렇게 한창 준비에 박차를 가하고 있을 때, 아들 장가보낼 생각에 들떠 영달을 찾아온 권식은 마당에 차려진 초례상을 보며 흐뭇하게 웃었다.

"대례를 치르기에 참으로 좋은 날이지 않소이까, 사돈."

이날을 어찌나 간절히 기다렸는지 아무도 모를 터였다. 그런 자신과 달리 영달은 거의 무표정으로 일관하는 탓에 공연히 양심이 찔리는 권식은 어떻게든 인후와 가혜의 결합을 좋게 해석하려 했다. 하늘마저 끌어들이며 신랑과 신부를 축복하는 그의 눈물겨운 노력에 영달이 희미하게 웃었고, 그 웃음에 기뻐하기도 전에 날벼락 같은 소식이 날아들었다.

"도망? 네 지금 도망이라 하였느냐?"

권식은 부릅뜬 눈으로 제 앞에서 고개를 숙이고 있는 가솔을 노려보았다. 괜히 죄책감이 든 노비는 어깨를 움츠린 채 기어들어 가는 목소리로 답했고, 그에 권식은 얼굴이 벌겋게 달아오르다 못해 끝내 이성을 잃었다.

"이런 미친놈이 있나! 뭐, 도망? 제까짓 게 도망을 가?"

이만한 신붓감을 찾아다 줬으면 감사하다며 넙죽 절을 하진 못할망정 도망이라니. 혈압이 올라 목 뒤가 뻐근해진 권식이 분통을 터뜨리며 길길이 날뛰자 주위의 시선을 느낀 영달은 얼른 그를 제지했다.

"진정하십시오, 사돈. 듣는 귀가 많습니다."

차분한 그의 음성과 소문내서 좋을 것 없었다는 사실이 권식의 이성을 되찾는 데 탁월한 효과를 보였다. 그가 입을 꾹 다물고 화를 참아내자 영달은 가라앉은 시선을 작은방으로 보냈다. 사윗감은 이 혼사가 탐탁잖은 탓에 도망갔고, 가혜는 이번 일로 마음의 문을 더 굳게 걸어 잠글 것이었다. 상황이 이러하니 부부의 연을 맺는다 한들 두 사람의 관계가 깊어질 리가 없었다.

그러한 영달의 짐작대로 경대에 비친 가혜의 얼굴은 웃고 있지 않았다. 금박으로 화려함을 더한 다홍색 혼례복에 그 아래 덧입은 남색 치마와 소매 위에 내려앉은 하얀 한삼, 머리에 꽂은 커다란 금비녀와 칠보화관까지도 전부 최고급이었으나 그녀는 전혀 기쁘지 않았다.

'도망이라니.'

신랑감이 도망쳤단 사실을 되뇌던 그녀의 입술이 살며시 비죽여지고, 그 틈새로 헛웃음과 함께 조소가 흘러나왔다. 처음엔 불쾌하던 것이 곱씹을수록 되레 통쾌하니 이상한 일이었다.

'그래도 나보단 낫구나.'

부친의 뜻이라면 최대한 순응하려는 저와 달리 이런 식으로라도 반항하는 그가 처음으로 마음에 들었다. 이대로 혼사가 없던 일이 된다면 더할 나위 없겠다고 생각했으나 그녀의 바람은 그리 오래가지 못했다. 현욱이 기방으로 도망친 인후를 금세 잡아온 것이다.

말도 많고 탈도 많던 초행을 무사히 끝내게 한 현욱은 권식에게 인후를 인계하고 급히 입궐하러 떠났다. 그가 떠나고 난 뒤, 감시자가 부친으로 바뀌자 인후는 찍소리도 못하고 살아 있는 기러기 한 쌍을 신부 집에 바쳐야만 했다.

비단으로 잘 싸맨 기러기가 초례상 위로 올라가는 전안례 후 교배례가 시작되고, 가혜는 수모의 도움을 받아 초례상 앞에 섰다. 두 손끝을 마주 댄 채 눈 밑까지 올려 얼굴의 반 이상을 가렸음에도 하객들 사이에선 어여쁘단 소리가 끝없이 흘러나왔다.

그쯤 되면 관심을 좀 가질 법도 하건만, 인후는 눈길 한 번 주지 않고 심드렁하게 서서 시키는 대로 움직이기만 할 뿐이었다. 순서에 맞춰 절을 하고 반으로 자른 표주박으로 술을 나눠 마실 때, 아주 잠깐이지만 가혜의 얼굴이 온전히 드러났다. 그제야 비로소 그녀에게 시선을 준 인후는 부친이 자신에게 득의양양하게 군 이유를 인정할 수밖에 없었다.

권식이 콧대를 빳빳하게 세우고 훗날 제게 절을 하게 될 것이라, 호언장담할 만큼 그녀는 아름다웠다. 말간 피부와 술에 젖은 붉은 입술의 조화도 좋았지만, 반쯤 내리깐 눈의 도도함과 몸에 밴 기품은 확실히 그의 시선을 끌었다. 하나 그뿐이었다. 그녀가 한양 제일의 미색이라는 소향이와는 전혀 다른 느낌의 미인인 건 분명했지만, 그녀의 아름다움도 소향이와 같이 그를 들뜨게 하지는 못했다. 그나마 흥미가 돋는 건, 저를 흘겨보는 그녀의 시선 속에 담긴 새치름함이었다. 어딘지 골려주고 싶은 생각이 문득 들었으나 그는 굳이 그 마음을 밖으로 드러내 보이진 않았다.

신랑과 신부가 첫 만남에서 서로에게 별다른 관심을 보이지 않자 고뇌에 잠긴 건 영달이었다. 그는 여식이 서방의 마음을 확실하게 사로잡길 바랐고, 그래야만 한다고 여겼다. 하지만 믿어 의심치 않았던 가혜의 미색에도 인후는 쉬이 흔들리지 않았다. 무언가 특단의 조치가 필요한 시점이었다.

영달의 고민이 깊어짐과 동시에 시간도 흘러 해 질 녘쯤 되자 성대하던 식도 마무리 단계에 도달했다. 관대 벗김을 통해 청색 도포로 갈아입은 신랑이 잠시 밖으로 나가 손님을 대접하는 사이에 신방에는 이부자리가 펼쳐졌다. 꽃과 새가 그려진 화조도 병풍 밑에 청색과 적색이 섞인 원앙금침이 깔리고, 그 옆의 긴 촛대 위에 올라앉은 붉은 홍촉에는 불이 붙었다. 짙어지는 어둠에 은은하게 섞여드는 노란 불빛은 아리아리하니, 묘한 분위기를 자아내며 곧 초야를 치를 신부의 가슴에 잔상을 남겼다.

'내 진정 혼인을 하였구나.'

수모의 도움을 받아 주안상 서쪽에 앉은 가혜는 치맛자락을 살짝 잡았다. 합방을 미루기로 하였다지만 펼쳐진 이부자리를 보니 심장이 잘게 떨렸다. 이젠 늦은 밤에 사내와 한방에 있고 그와 잠자리를 가지는 게 합당해진 것이다. 물론 그 상대가 서방에 한해서라지만, 그마저도 느낌이 이상한 건 어찌할 수가 없었다.

옅은 긴장감으로 그녀의 몸이 굳었을 때, 문이 조금 열리고 영달이 하얀 사기그릇과 새 붓을 수모에게 건넸다. 수모가 받아온 그릇 속에는 연노란빛을 띠는 끈적끈적한 액체가 담겨 있었다. 그 모양새를 의아하게 본 가혜는 문지방을 넘지 않는 부친에게 시선을 주며 연유를 물었다.

"이건 꿀이 아닙니까?"

"눈에다 바르거라."

"예?"

가혜뿐만 아니라 수모도 당황하며 그를 올려다보았다. 눈에다 꿀을 왜 바른단 말인가. 혼란스러워하던 가혜는 설마 싶은 생각에 미간을 살짝 좁혔다.

"소녀마저 도망칠까 이러십니까? 눈도 못 뜨게 하시려고요?"

최대한 차분하게 물으려 했으나 격양되는 말투를 완벽히 숨기진 못했다. 부친에 대한 마음마저 무너질 대로 무너져서 그녀는 처음으로 아버지에게 차갑게 굴었다.

"이제 와 도망칠 생각은 없습니다."

남은 건 초야를 치르는 것뿐이었고, 그녀의 계획에 도망이란 단어는 없었다. 하지만 그 주장은 먹혀들지 않았다.

"너는 이 아비를 믿느냐."

상황에 맞지 않게 생뚱맞은 물음이었다. 가혜는 요즘 들어 부친의 뜻을 짐작하기가 더 어려워졌다고 생각했다. 속내를 파악하고자 눈을 마주해도 보이는 건 떳떳함이 어린 굳건한 눈빛뿐이었다. 그 당당함에 가혜의 시선이 바닥으로 내려앉았고, 무덤덤한 부친의 목소리가 닿았다.

"네가 이 아비를 믿는다면, 꿀이 지워지기 전에는 절대로 눈을 뜨지 말아라."

그는 그것이 딸과 사위를 이어주는 계기가 되길 바랐다. 될 수 있으면 최대한 이른 시일 내에 아들을 낳길 바라며, 영달은 괴로운 마음을 숨긴 채로 문을 닫아버렸다.

그가 그릇만 남겨놓고 떠나 버리자 수모는 어찌할 바 몰라 우물쭈물했다. 그 몸짓을 느낀 가혜는 더 참지 못한 숨을 길게 내뱉었다. 이해할 수 있는 게 아무것도 없었지만, 그녀는 아버지의 뜻을 거역하지 못했다. 부친의 행동에는 연유가 있을 것이라고 굳게 믿기 때문이었다.

"발라주시오."

그녀는 눈을 감았다. 가혜의 길고 새까만 속눈썹 위로 붓이 지나가면서 꿀이 덕지덕지 발리기 시작했다.

수발을 들어주던 수모마저 나간 뒤로 얼마나 시간이 지났는지, 눈주위에 바른 꿀이 더는 차갑게 느껴지지 않았다. 문틈으로 새어 들어오던 소란스러움도 많이 가라앉았고, 밤이 깊어졌을 즈음 누군가 마루 위로 올라서는 소리가 들렸다. 오래된 나무판자가 삐걱거리는 소리는 점점 문에 가까워졌고, 문이 열리면서 밤바람이 들어왔다가 사라졌다. 아마도 서방이 신방에 든 것이리라.

눈을 뜨고 싶은 욕구를 간신히 억누르는 그녀의 귓가에 다시 사부작사부작 옷깃 스치는 소리가 들려왔다. 그가 다가오고 있었다. 가혜는 가만히 숨을 죽였고, 그녀의 앞에 있던 주안상이 밀려나면서 그 자리에 큼직한 무언가가 내려앉았다. 눈을 감고 있어도 바로 앞에서 느껴지는 그의 존재감은 너무나도 강렬한 탓에 그녀를 무척 불편하게 했다. 조금은 거리를 두고 싶단 생각이 그녀를 지배했을 때 어처구니

없다는 듯한 그의 웃음소리가 들려왔다.

"하, 하하."

처음 듣는 신랑의 웃음소리는 가혜의 고운 눈썹 끝을 솟게 했다. 그런 그녀의 감정을 아는지 모르는지, 고개를 절레절레 내젓는 인후의 얼굴에는 씁쓸한 표정이 떠올랐다.

"장인어른도 참으로 대단하신 분이군."

제 신부의 눈에 이런 장난을 칠 수 있는 이는 아마 장인어른뿐일 터라, 그를 들먹이는 인후의 목소리에는 약간의 비아냥거림이 담겼다. 그것이 거슬린 가혜는 눈을 감은 채로 따져 물었다.

"무슨 뜻입니까?"

그녀의 음성은 싸늘하니 겨울에 부는 바람보다 매서웠다. 첫날밤을 치르러 온 서방에게 보이기엔 썩 좋지 못한 감정이었으나, 그 앙칼진 모습이 도리어 인후의 얼굴에 옅은 미소를 띠게 했다.

"말 그대로요. 피도 섞이지 않은 딸을 시집보내면서 병판 대감 댁 창고를 털어가시지 않았소. 그것만으로도 수완이 대단하신 분인 걸 알겠는데, 이렇게 딸의 눈에 꿀까지 발라두셨으니. 놀랄 수밖에."

인후는 손을 뻗어 가혜의 턱을 건드리려 했다. 그러나 그녀는 고개를 돌려 그 손길을 피했다. 목표물을 놓친 손이 허망하게 공중에 머물렀고, 민망해진 손을 잠시 바라보던 인후는 고개를 돌리고 있는 아내의 옆얼굴을 훑어보았다. 섬세한 굴곡과 아름다운 선으로 이루어진 그녀는 다시 보아도 확실히 자태가 남달랐으나, 찌푸린 미간에는 살벌한 기세가 파르라니 어려 있었다. 손을 대면 싫어할 게 빤히 보임에도 망나니로서의 본분을 잊지 않은 인후는 손을 뻗어 가혜의 턱을 힘주어 잡고 억지로 고개를 돌리게 했다. 그 우악스러운 손길에 볼이 얼얼

한 와중에도 그녀는 눈을 꼭 감고 입술을 악문 채로 버텼다.

말 한마디, 소리 하나 내지 않는 건 그녀의 마지막 자존심이었다. 거의 팔리듯이 시집을 가게 된 처지지만, 재물 따위에 굴복해서 서방으로 받아들이진 않겠다는 의지이기도 했다. 부러질지언정 절대 굽히진 않겠다는 그녀의 모습은 의도치 않게 인후의 흥미를 돋웠다. 지금껏 알아서 안겨오는 기생들만 보아왔기에 이토록 꼿꼿한 태도가 신선하기도 했고, 그녀가 사내에 눈을 뜨면 어떤 표정을 지을까 궁금하기도 했다. 과연 그때도 이리 고고할 수 있을지, 다시금 골려주고 싶은 마음이 든 그는 피식 실소를 지으며 혼잣말처럼 작게 중얼거렸다.

"그럼, 장인어른의 마음을 거부하는 것도 예가 아니니, 내 오랜만에 꿀맛 좀 보겠소."

꿀맛을 본다. 그 뜻을 깨닫기도 전에 허리로 손이 들어오고, 꼭 감은 눈 위를 촉촉하고 말캉한 것이 스치듯 지나갔다. 간질간질하면서도 갑작스러운 감촉에 움찔한 가혜는 고개를 돌리며 급히 그를 밀어내려 하였으나, 턱과 허리를 잡은 그의 손 탓에 뜻을 이루지 못했다.

"그만!"

싫다고 거부해도 그는 멈추지 않았고, 눈가를 핥는 느낌이 생소한 가혜는 할 수만 있다면 물리력이라도 행사하고 싶어졌다. 그러나 껴안는 힘만 봐도 육체적인 강함은 그가 몇 수 위니 틈을 봐 기절시키거나 제압하는 방식을 써야 하는데, 그랬다간 논란이 일 터였다. 어느 쪽이든 평범한 여인의 대응 방식은 아니기 때문이었다. 양묘가 되면서 다른 사람의 입에 오르내리는 일을 무척 경계하게 된 가혜는 어느 쪽도 선택할 수 없었다. 지금도 그녀는 그와 혼인하게 되면서 과할 만큼 사람들의 관심을 받는 중이었고, 신방 엿보기를 하러 문가로 몰려든 사람들의 기척은 주의를 기울이지 않아도 알 만큼 시끌시끌했다. 그런 최악의 상황에서 그나마 그녀를 위로해 주는 건 큰 체구를 지닌 서방이 문을 등지고 앉은 덕에 밖의 사람들은 그가 무얼 하는지 정확히 모른다는 것이었다. 그저 입을 맞추고 있나 보다 그리 상상만 할 뿐이었다.

그걸로 가혜가 작은 위안을 얻는 동안 인후는 그녀를 더 꽉 껴안고 꿀을 빨아 먹는 데만 집중했다. 달달한 게 맛있기도 하거니와 반항하던 신부의 손에서 슬슬 힘이 빠지는 것도 신선한 경험이었다. 찌푸려진 미간을 보면 싫은 걸 억지로 참고 있는 게 여실히 보였지만, 그는 그런 그녀의 모습마저도 충분히 즐길 수 있었다.

부드러운 그녀의 살결에 대고 혀를 한 번 굴리면 달콤함이 따라왔고, 조금씩 할짝거리며 먹는 그 맛은 이성으로 묶어두었던 본능을 끊임없이 건드렸다. 그에 자극받은 그는 아내의 턱을 놓아주는 대신 뒷머리를 매만지며 흡입에 집중했다. 그녀도 자신의 운명에 순응하는 듯 좀 전처럼 몸부림치며 크게 반항하지 않았다.

가혜의 모든 신경은 눈에 쏠려 있었다. 그가 한번 훑고 지나가는, 그 녹녹한 감촉은 살갗을 타고 내려와 목까지 퍼져 나갔다. 그건 매우 부드럽고도 은근해서 심장마저 녹여 버릴 지경이었다. 제발 그만하라 애원하고 싶을 만큼 정신을 앗았고, 처지를 잊을 만큼 육신을 홀렸다. 몸을 통해 전해지는 그런 은밀한 감각들이 무척 싫었지만, 그녀 또한 사람인지라 본능적인 부분에서 완전히 자유로울 수는 없었다.

연약한 살갗을 핥아대는 생소한 감촉에 살짝 벌어진 그녀의 입술 사이로 참지 못한 신음이 새어 나왔다. 자신도 모르게 흘린 교성에 그녀는 황급히 소매로 입을 가렸으나, 바로 앞에 있는 그가 듣는 것까진 막을 수 없었다.

생각지도 못한 가혜의 신음에 인후도 움직임을 멈췄다. 그는 입안에서 퍼지는 꿀의 달콤한 꽃향기를 음미하면서 아내를 가만히 내려다보았다. 작고 하얀 얼굴 위에 가지런히 정리된 눈썹은 선이 고왔고, 꿀에 젖어 더욱 탐스러워진 속눈썹은 그의 뇌리에 온전히 박혔다. 어디선가 본 듯도 하단 생각이 살짝 스쳤으나, 더는 생각을 이어가기 어려울 만큼 그녀는 고혹적이었다. 인정하긴 싫지만, 장인의 노림수는 적중했다. 그는 난생처음으로 여인을 품고 싶다는 강한 욕망에 시달리고 있었다. 그녀의 작은 입술 속을 헤집으면 꽃향기가 더 짙게 느껴질 것만 같았다.

'식도 올렸으니 이젠 내 여잔데, 굳이 참을 필요는 없지 않나.'

그는 신방에 들어설 때 했던, 아내에게 손 하나 대지 않겠다던 결심을 지워 버렸다. 생각을 바꾼 그는 아직 꿀이 남아 있는 그녀의 다른 쪽 눈가도 핥아주며 그녀의 가슴 아래를 묶은 대대를 천천히 풀었다.

그가 무슨 짓을 하는지 모르는 가혜는 치맛자락을 움켜쥔 상태로 인고의 시간을 견딘 뒤에야 양쪽 눈을 뜰 수 있었다. 꿀이 지워지고 그녀의 눈이 자유를 되찾은 것이다. 드디어 앞을 볼 수 있게 된 가혜는 숨이 멎는 듯했다. 어느새 눈높이를 맞춘 그가 조금만 더 크게 호흡하면 입술이 닿을 거리에 있었다. 당장 눈에 보이는 건 반듯한 이마와 짙은 눈썹, 날카롭게 뻗은 두 눈뿐이었지만, 그것만으로도 그녀는 시선을 돌리지 못했다. 그의 검은 눈동자에는 차가움과 짙은 열망이 어지러이 뒤섞여 있었다. 그 열망이 가혜를 긴장하게 만들었다. 그가 무슨 생각을 하는지 알 것만 같았다. 그는 저를 원하고 있었고 그걸 깨닫자마자, 가혜는 처음으로 사내에게 입술을 빼앗겼다.

입과 함께 숨이 턱 막히면서 모든 감각이 쭈뼛 일어섰고, 그를 밀어

내려 손을 들자마자 원삼 안쪽 저고리로 그의 손이 쑥 들어왔다. 대대가 풀렸는지 모르고 있었던 가혜는 제 가슴을 움켜쥐는 손을 피하지 못했다. 치맛말기로 최대한 납작하게 눌러두었지만 솟아 있는 그 부분을 그는 놓치지 않았고, 기습에 놀란 가혜의 입술이 벌어졌다.

아내를 덮친 인후는 손을 통해 느껴지는 몽클함에 슬쩍 미소 지었다. 그녀의 모든 것이 다 마음에 들었다. 저를 못마땅해하던 차가운 시선부터 꼿꼿한 태도와 더불어 본인도 모르게 신음을 흘려놓곤 치욕스러워하던 그 표정까지도 좋았다. 적당히 앙칼진 맛도 있었고 순진한 면도 끌리는데, 이젠 그녀의 육체까지도 그의 탐욕을 불러일으켰다. 얼른 치마를 제거해 봉긋하게 솟아 있을 가슴을 쥐고픈 욕망이 샘솟고, 때마침 그녀의 입술이 벌어지는 느낌이 들었다. 그는 작게 벌어진 그녀의 입술 사이를 파고들어 그 안을 공략했다.

갑자기 쳐들어온 그 말캉한 것이 제멋대로 다니며 새기는 이질감에 가혜가 비음을 터뜨리며 반항했으나, 그는 팔에 힘을 주어 그녀를 안고 빠져나갈 틈마저 허용치 않았다. 강인한 사내의 육체는 꿈쩍도 하지 않았고, 기세등등한 적군처럼 그녀를 점령하며 손에 닿는 족족 가질 수 있는 모든 걸 탐했다.

그녀를 한 번 맛본 그는 이미 의지력을 잃었고, 그로부터 시작된 묘한 열기는 가혜마저 홀리려 했다. 좁은 공간에서 서로 한 번 부딪치면 느껴지는 촉촉함이 그러했고, 두 번 닿으면 나는 달콤한 맛도 그러했다. 세 번 뒤엉키면 향긋한 꽃향기가 입안에 가득 퍼지니 정신이 아득해졌고, 벗어나지 못하도록 껴안는 팔에 몸이 으스러질 것만 같았다.

'안 돼.'

가혜는 정신을 차리려 애썼다. 그는 자신의 적이었고, 언젠가는 헤어져야만 할 사이였다. 그 사실을 상기하자 다시 팔에 힘이 돌았다. 그 덕분인지, 아니면 호흡이 거칠어진 탓인지 그가 입안을 헤집는 걸 멈추고 입술을 살짝 뗐다.

이번에는 서방의 얼굴이 온전히 보였다. 한양 땅에서 그의 팔에 매달려 보지 않은 기생이 없다는 소문이 실감 날 만큼 잘난 얼굴이었다. 하지만 가혜는 흠잡을 데 없는 지아비의 얼굴을 오래 보지 못했다. 그가 손을 뻗어 등잔불을 꺼버린 탓이었다.

순식간에 사방이 어둡게 변하면서 남몰래 들어온 달빛만 두 사람 주위를 맴돌았다. 등잔불을 끄는 것으로 신방 엿보기가 종료되자 사람들이 아쉬워하며 물러나는 소리가 들렸다. 그건 천만다행이었으나, 여전히 가까운 거리와 달뜬 분위기가 그녀를 조급하게 만들었다. 그는 본격적으로 무언가를 할 기세였고, 그건 가혜가 원하는 바가 아니었다. 그녀는 즉시 혼인에 대한 조건을 꺼내 들며 그의 행위에 제동을 걸었다.

"내년이 되기 전까진 초야를 치르지 않기로 약조하지 않으셨습니까. 신방 엿보기도 끝났으니 그만 나가주십시오."

약조한 대로 혼례를 치렀으니 이만 나가란 소리였지만, 인후는 전혀 그럴 생각이 없었다. 그 약조에는 자신의 의견 따윈 반영되어 있지 않았고, 정확히 따지면 합방만 미룰 뿐, 몸에 손대지 말라는 조건은 없었다. 그래도 가혜는 집안의 웃어른인 최 대감이 약속한 일이니 잘 이행되리라 믿었다. 그가 감히 아버지의 뜻을 거역하진 못하리라 생각했으나, 달빛에 비친 그의 얼굴에 아찔한 미소가 걸쳐지는 걸 본 순간 그녀는 자신이 그를 너무 만만하게 여겼음을 인정해야만 했다.

짓궂게 웃은 그는 은근하게 속삭였다.

"그대가 잠시 잊은 듯한데, 행실이 바르고 말도 잘 들으면 뭐하러 망나니라 부르겠소."

굳어지는 그녀의 표정을 즐기듯이 그는 천천히 몸을 기울였고, 가혜는 가까워지는 그를 막을 방법이 없었다. 그저 뒤로 물러나며 시간을 버는 것뿐이었지만, 바닥에 깔려 있던 원앙금침이 그녀의 마지막 반항마저 막아버렸다. 그리고 그 순간, 그가 덮쳐 왔다.

숱한 죽음의 위기 속에서도 소리 한 번 내질러 본 적 없던 가혜는 처음으로 비명을 질렀다. 그러나 그가 입술을 포개는 바람에 소리마저 차단됐고, 또다시 그 도톰한 것에 유린당하게 생긴 가혜는 더 참지 못하고 그의 입술을 콱 물어버렸다.

"큭!"

방심하다 당한 인후가 주춤한 틈을 타서 가혜는 그를 밀어내고 후다닥 자리를 벗어났다. 조금만 늦었으면 저도 모르게 주먹이 날아갈 뻔했다. 초야를 치르다 서방을 때린 사건으로 유명해질 뻔한 사태를 간신히 방지한 가혜는 서랍장에 등을 대고 벌어진 저고리를 여미며 그를 노려보았다.

그는 따끔따끔한 입술을 손가락으로 쓱 쓸었다가 피가 묻어나자 미간을 한껏 찌푸렸다. 그 모습이 꽤나 살벌했지만, 가혜도 물러서지 않았다. 잠시의 눈빛 교환만으로도 인후는 그녀를 더 건드렸다가는 입술이 깨물린 정도로는 끝나지 않을 것임을 깨달았다.

혼인 첫날밤에 아내를 범하려다가 입술까지 물려 버린, 이 어이없는 상황은 한없이 날뛰던 그의 본능마저도 얌전하게 만들어주었다. 힘이 들어간 아랫배는 여전히 빽빽하게 아팠지만, 미리 아내의 동의를 구하지 못한 그는 입을 함부로 놀린 벌이라 생각하고 통증을 감내하기로 했다.

"그만하고 잠이나 잡시다."

오늘은 글러먹었다고 판단한 그는 좀 전의 그 과격하던 사내가 맞는지 헷갈릴 정도로 쉽게 그녀를 놓아주었다. 가혜는 여전히 경계를 늦추지 않았으나, 인후는 대충 옷을 벗고 원앙금침 위에 누웠다.

"해가 뜰 때까지 그러고 있을 것이 아니라면 이리 와서 누우시오."

그는 병풍과 가까이 있는 안쪽 자리를 툭툭 치며 회유했지만, 가혜는 대꾸조차 하지 않았다. 그녀의 몸이 아무리 얇아도 서로 몸이 닿을 만큼 비좁은 자리였고, 굳이 중앙을 차지하고 누운 그의 속셈도 빤히 보였다. 그걸 정확히 간파한 가혜가 넘어오지 않자 그것이 다 제가 뿌린 씨앗의 결과물임을 아는 인후는 쓴 입맛을 다시며 그녀를 달랬다.

"내일은 몰라도 오늘은 얌전히 자겠소. 물린 입술이 아파서 더는 건드리지도 못하겠으니 이리 오기나 하시오. 명색이 초야인데 안고나 잡시다."

말투도 아까보다 더 다정하게 변했지만, 가혜는 여전히 꿈쩍도 하지 않았다. 그가 영 못 미더운 탓이었다. 그녀가 계속 말을 섞지 않자, 인후도 포기하고 눈을 감았다. 마치 누가 이기나 보자는 듯이 그는 이부자리의 중앙을 차지하고 잠들어 버렸다.

좀 전의 그 소란이 믿기지 않을 만큼 적막만 감돌고, 가혜는 몸을 돌려 기대고 있던 서랍장 속에서 숨겨둔 단검을 꺼냈다. 익숙한 손놀림으로 검집을 벗기자 푸르스름한 검신에 떨리는 그녀의 눈동자가 비쳤다. 마른침을 삼키고 흐트러진 저고리를 단단히 여민 그녀는 남편에게 조심히 접근했다. 움직이는 동안 치마의 금박이 바스락거리는 잡음을 남겼으나, 그가 깰까 봐 가슴을 졸이면서도 그녀는 멈추지 못했다. 오늘 밤, 그녀는 그를 죽일 생각이었다.

계속 이렇게 살 순 없었다. 오늘 하는 짓을 보아하니 약조를 지키는 건 고사하고 매일 밤 달려들어 저를 괴롭힐 것만 같았다. 그렇게 살 바에는 차라리 아버지와 함께 도망가는 게 나으리라. 너무 무서워서 우발적으로 살해했다고 한다면 아버지도 현실을 인정할 터였다. 관군에게 잡히는 순간 죽을 테지만, 마음에도 없는 사내에게 당하는 수모를 겪는 것보단 도망치면서 양묘로 사는 게 더 나을지도 몰랐다.

오늘 치른 친영례가 고단했는지, 그는 깊이 잠들었다. 반듯하게 자는 모양새가 좀 전의 그 짐승 같던 사내가 맞나 싶을 정도로 단정했다. 새벽녘의 아스라한 달빛도 그에게 홀렸는지 차마 곁을 떠나지 못했고, 매혹당한 바람도 그가 죽을 걸 슬퍼하며 애통한 몸부림으로 창호지 문을 흔들어댔다. 그러나 산천초목을 현혹한 그의 외형도 가혜의 마음까지 녹이지는 못했다.

그의 입술에 농락당한 순간들을 떠올린 가혜는 더 굳건해진 의지로 서방의 심장 위에 단검을 겨눴다. 이제 내려찍기만 하면 이 지독한 악연도 끝이었다.

'지금 죽이지 않으면 내가 죽어.'

의금부 도사인 그가 자신의 정체를 알아차리기 전에, 나라를 혼란케 한 죄로 감옥에 가두거나 형장의 이슬이 되도록 만들기 전에 제거할 필요가 있었다.

단검을 쥔 그녀의 손에 힘이 들어갔다. 어둠 속에서 높이 치켜든 단검의 끝이 예리한 날을 빛내며 때를 기다렸으나, 시간이 지나도록 움직이지 못하고 그 자리에서 바들바들 떨릴 뿐이었다. 그렇게 한참을 보내다가 가혜는 깊은 한숨을 내쉬고 검을 회수했다.

약조를 지키지 않는다는 이유로 서방을 죽일 생각까지 한 자신이 한심하기 그지없었다. 그만큼 불안한 탓이었지만, 당장 순결을 잃은 것도 아니고 정체가 드러나 의금부에 투옥된 건 더더욱 아니니 아직은 이 사태를 무마시킬 기회가 있었다.

'조금만 버티자.'

정체를 잘 숨겨서 반년 안에 벗어나면 그만이었다. 물론 몸을 허락하는 일도 없을 것이었다. 그렇게 생각을 정리한 가혜는 조용히 서랍장으로 돌아가 단검을 숨겼다. 그녀가 최대한 조심해서 서랍을 닫고 있을 때, 굳게 닫혀 있던 인후의 눈이 살며시 열렸다. 그는 시선을 내려 아내의 뒷모습을 좇았고 그녀의 일거수일투족을 낱낱이 눈에 담았다. 이제 그에게는 두 가지 선택지가 남았다. 자신을 죽이려 했던 일을 이대로 모른 체하거나, 아니면 밝히고 어떤 식으로든 행동을 취하거나. 무엇이 더 나을지 계산하던 그의 고민은 그리 오래가지 않았다.

"뭐 하시오?"

상상도 못 한 음성에 서랍을 닫던 가혜의 손이 멈췄다. 그녀는 천천히 고개를 돌려 뒤를 돌아보았다. 좀 전까지만 해도 잠들어 있던 그가 상체를 일으키며 서랍 쪽을 힐끔 눈질하는 게 보였다.

달빛이 있어도 방 안은 꽤 어두웠고 서랍도 거의 닫혔기 때문에 단검이 쉬이 발각되진 않을 테지만, 그럼에도 가혜는 식은땀을 흘렸다.

'대체 언제부터……. 깨어 있었던 거지?'

그는 갓 잠에서 깨어난 사람 같지 않았다. 눈은 말똥말똥했고 입가에 걸쳐진 의뭉스러운 웃음은 그녀를 불안하게 했다. 아무런 판단도 하지 못하고 얼어붙은 채로 가만히 앉아 있는 가혜에게 인후는 손을 내밀며 부드러운 음성으로 그녀를 유혹했다.

"이리 오시오. 같이 잠이나 잡시다."

그는 정말 아무것도 모르는 사람처럼 굴었다. 인후는 그녀가 자신을 죽이려 했던 사실을 잠시 묻어두고자 했으나, 가혜는 눈만 빤히 마주칠 뿐 움직이지 않았다. 포기한 그가 손을 거두자 이번엔 그녀가 한쪽 입술 끝을 끌어 올렸다.

"앞으로 반년간, 합방하는 일은 없다 하였습니다."

자꾸 까먹는 서방에게 한 번 더 약조를 짚어준 그녀는 거의 다 닫았던 서랍을 다시 열었다.

"좀 전에 무얼 하였는지 궁금하십니까?"

그녀는 손을 뻗어 서랍장 속에 든 단검을 꺼냈다. 나오면 안 될 것이 나오자 인후의 미간이 찌푸려졌으나 가혜는 망설이지 않고 그에게 검을 휙- 던져 주었다.

포물선을 그리며 날아온 단검을 낚아챈 인후의 눈빛이 조금 매서워졌다. 도대체 무슨 생각으로 검을 꺼낸 건지 짐작할 수가 없었다. 서로 속내를 알 수 없는 시선이 오가고, 가혜는 미소 지었다. 그리고 마침내 그녀의 입에서 해서는 안 될 말이 흘러나왔다.

"죽이고자 하였습니다. 당신을요."

너무나도 당당해서 더 기막힌 가혜의 선언에 인후는 한동안 말을 잃었다. 무슨 말을 할 수 있을까, 너무나도 뻔뻔하게 서방을 죽이려 했다고 이실직고하는 여자 앞에서. 그는 화도 내지 못하고 실성한 것처럼 헛웃음을 흘렸다. 그러다 갑자기 진지해진 얼굴로 고개를 끄덕였다.

"좋소. 이유나 좀 압시다. 내게 숨겨도 될 일을 왜 굳이 밝힌 거요."

그는 자신을 죽이려 한 사실보다 왜 그걸 말했는지가 더 궁금했다. 양반이 노비를 죽여도 문책당하는 세상인데, 하물며 사대부가의 아녀자가 남편을 살해한다는 건 조정이 발칵 뒤집힐 만한 사건이었다. 그런 일을 그리도 떳떳하게 말한다는 것 자체가 그의 상식을 벗어난 행동이건만 가혜는 여전히 담담하니 낯빛 하나 변하지 않았다.

"알고 계셔야 하지 않겠습니까. 그래야 앞으로 행동에 조심을 기하시겠지요."

가혜는 부디 그가 그래주길 바랐다. 처음에는 들켰을 수도 있다는 불안감에 손이 떨렸으나, 가만 생각해 보니 자신에게 해가 될 것이 없었다. 물론 그가 조심하는 정도로 끝내지 않을 수도 있었고, 인후도 곧바로 그 점을 지적했다.

"내 이 일을 조용히 묻어두지 않을 수도 있는 일이오. 관아에 고발할 수도 있소."

사대부와 엮인 중한 일은 왕의 귀에도 들어갈 테고, 그리되면 남편을 죽이려 했던 그녀는 어찌어찌 사형은 면하더라도 최소한 곤장을 맞고 파혼당할 게 분명했다. 하지만 인후가 한 가지 간과한 부분이 있다면, 가혜는 그렇게 해서라도 부부의 연을 끝내고 싶어 한다는 점이었다.

"그리하십시오. 매일 밤 이리 불안하게 살 바에는 차라리 그것이 낫겠습니다."

그제야 인후는 그녀가 태연한 이유를 확신할 수 있었다. 몸에 손을 대지 말라는 협박이었고, 파혼하고 싶다는 뜻이기도 했다. 게다가 이번 일은 목격자도 없으니 그녀가 임금 앞에서 시치미를 떼면 저만 억울하고 끝날 수도 있었다. 한마디로 그녀는 손해 볼 것이 전혀 없었다.

'효녀라고 명성이 자자하니 망나니 행세를 해온 나보다 평판도 좋을 테고.'

모두가 그녀의 말에 더 귀를 기울일 테니 완벽하게 가혜의 승리였다. 인후는 그것이 불쾌하거나 싫지는 않았지만, 그녀의 뜻대로 해주고 싶지도 않았다. 그래서 자신을 죽이려 했던 벌로 그녀가 싫어하는 짓만 골라서 하겠다는 마음마저 먹어버렸다. 그렇게 조금 삐뚤어진 결론을 내린 그는 묘한 미소를 지으며 손에 들린 검을 빙글빙글 돌렸다.

"검이란 건 아녀자가 함부로 다룰 물건이 아니오. 아무리 호신용이라지만, 제대로 쥘 줄 모르면 주인을 베기도 하는 것이 검이지. 가녀린 그대에겐 너무나 위험한 물건이니 이건 내가 처리하겠소."

가혜를 그저 반응이 과격한 여인으로 오인한 인후는 그녀가 양묘인 걸 알았다면 절대 하지 않았을 말을 내뱉었다. 그 말에 가혜는 코웃음이 나왔지만, 검술 실력에 대해서는 끝까지 함구했다. 양묘와는 거리가 먼 여인인 척해야만 후에 무슨 일이 생기더라도 대비할 여유가 생길 터였다. 그녀의 침묵을 긍정의 뜻으로 받아들인 인후는 원앙이 수놓인 베개 아래에 단검을 넣어두었다.

"오늘은 내가 지니고 자겠소. 그리고 그대의 말뜻이 무엇인지는 알겠는데, 나는 곱디고운 성정을 지닌 인간은 못 되는 터라 그대가 원하는 대로 해줄 생각이 없소. 그러니 앞으로도 밤낮 가리지 않고 그대를 안으려 할 것이고, 포기시킬 생각은 않는 게 그대의 정신 건강에도 좋을 거요."

그의 삐딱한 선포에 가혜는 말문이 막혔다. 자신을 죽이려 했다고 화를 내며 폭력을 가하지 않은 건 다행이었으나 이런 청개구리 같은 반응은 그녀가 원하는 것이 아니었다. 뭐 이런 인간이 다 있는지, 곤장 맞고 내쳐질 각오까지 한 게 허무할 지경이었다. 그러나 가혜도 이대로 물러나진 않았다.

"미리 말씀드리지만, 소첩의 성격 또한 그리 유순한 건 아니니 일찌감치 내치시는 편이 나으실 겁니다."

아예 대놓고 내치라는 말에 인후는 또 한 번 헛웃음을 지었다. 정말 이런 여자는 듣도 보도 못했다. 부친이 어디서 이상한 걸 발견해 제 아내로 들인 게 분명했다. 어쩐지 부부 생활이 그리 순탄하지만은 않을 것 같았다. 그런 생각은 가혜도 마찬가지였다. 어떤 의미로는 참으로 묘하게 불타는 두 사람의 첫날밤은 그렇게 지나갔다.

새벽녘의 소란으로 잠을 설친 인후는 고개를 돌렸다가 서랍장에 기대어 잠든 가혜를 발견했다. 내내 그러고 있었는지 혼례복을 전부 껴입은 그녀의 모습에는 조금의 변화도 없었다.

'고집 한번 억세군.'

저 못지않은 고집에 고개를 저으며 상체를 일으키자 이불이 부스럭거리며 흘러내리는 소리를 들었는지 그녀가 눈을 반짝 떴다. 예상치 못하게 눈이 마주친 인후는 눈매를 가늘게 좁혔다. 어제부터 느꼈지만, 그녀는 기척에 매우 민감한 듯했다. 그것이 아니라면 긴장한 탓에 잠귀가 밝아졌거나. 아마도 후자이리라, 가볍게 여기고 넘어간 인후는 자리를 털고 일어났다.

그가 움직이는 걸 본 가혜는 저고리를 여미며 경계심을 강화했다. 전날 밤에 호되게 당한 일이 있어서 작은 움직임에도 반사적으로 행동을 취한 것이었다. 그 모습에 인후의 입술 사이로 작은 한숨이 흘러나왔다.

"내 아무리 기력이 좋다 해도……."

눈 뜨자마자 이성을 잃고 달려들진 않는다고 하려던 그는 뒷말을 삼켰다. 그녀의 눈을 가만 보니 겁에 질린 것도 아니고 되레 독이 올라 있어서 괜히 한번 건드려 보고 싶어진 탓이었다. 못 먹는 감 찔러나 보자는 심정으로 기회가 될 때마다 치근대리라 결심했던 걸 떠올린 그는 걸음을 옮겨 아내에게 다가가 몸을 사리는 그녀의 볼을 슬쩍 매만졌다.

"좋은 자세요. 내 언제 정신이 나가 달려들지 모를 일이니, 항상 경계하며 조심하는 것이 좋겠소."

본인 입으로 자신을 조심하라는 기막힌 경고에 가혜는 저고리를 더 세게 움켜쥐며 그를 힘껏 쏘아보았다. 몹쓸 인간이긴 해도 꼴에 서방이라고 죽이지 않은 전날 밤의 선택이 벌써부터 진한 후회가 되어 돌아오고 있었다. 그런 가혜의 생각에 불을 지피듯이 그는 입맛을 다시며 작게 속삭였다.

"새벽에 일이 좀 있긴 했으나 전날 밤의 꿀은 참으로 맛있었소. 내 평생 잊지 못할 것이오. 부인이 내는 신음도 제법 자극적이었고."

전날 밤의 그 부끄럽던 상황이 다시 떠올라 얼굴이 발갛게 달아오른 가혜는 결국 속에만 담아두었던 말을 터뜨렸다.

"이 짐승!"

눈 뜨자마자 당한 희롱에 격양된 감정을 참지 못해서 순간적으로 외쳐 놓고도 아차 싶었다. 눈앞에 있는 그는 임금님도 포기한, 한양 최고의 망나니로 유명한 최인후였다. 그가 무슨 짓을 할지 몰라 바짝 긴장했으나, 그녀의 생각과는 달리 그의 입술은 짙은 호선을 그렸다. 그 미소가 너무나도 아찔해서 도리어 소름이 돋았다. 왜 자꾸 웃는 건지, 혼란스러울 지경이었다. 단검까지 보여주며 죽이려 했다고 말해도 그는 웃기만 할 뿐 크게 언성을 높이거나 폭력적인 성향을 보이지 않았다. 그것이 도리어 이상해서 일그러지는 그녀의 얼굴을 재미나게 구경하던 인후는 눈살을 팍 찌푸렸다.

하늘이 벌을 내렸는지 밤사이 살짝 아물었던 입술이 재차 찢어지면서 빨간 피가 아롱아롱 맺혔다. 억지로 초야를 치르려다가 가혜에게 물린 부분이었다. 보쌈해 온 것도 아니고 정당하게 혼인을 치르고도 마누라에게 물렸다는 점이 매우 기가 막힌 그는 가혜를 놀리는 걸 관두고 자리에서 일어났다.

"됐으니 문안 인사 준비나 합시다."

그의 입에서 문안 인사란 단어가 나왔다는 사실에 놀란 가혜를 내버려 두고, 인후는 문을 열고 밖으로 나갔다. 차가운 새벽이슬이 달려들어 체온을 빼앗고, 마루에 걸터앉아 있던 달수가 일어나 설렁설렁 인사를 해왔다.

"일어나셨습니까, 나리."

"오냐. 장인어른께선 기침하셨느냐?"

인후는 영달이 지내는 안방에 시선을 주며 물었으나 돌아오는 대답이 없었다. 뭔가 싶어 고개를 돌리자 제 입술을 보며 히죽대는 달수가 보였다. 무슨 생각을 하는 건지 충분히 짐작하고도 남을 만한 웃음이었다.

"아침부터 웃기는 왜 웃느냐."

괜히 자존심이 상해서 짜증을 내는 말투에도 달수는 아랑곳하지 않고 굳이 다친 이유를 물었다.

"아니, 매력적인 우리 나리께서 아침부터 짐승처럼 구는 바람에 아씨께 맞으셨을 리는 없고. 뭐에다 부딪쳤습니까? 많이 아파 보이십니다요."

아무리 좋게 봐줘도 놀리는 소리였다. 마루에 앉아 있다가 가혜가 한 외침을 들은 게 분명했다. 졸지에 종놈에게 놀림감이 된 인후는 발끈했다.

"어허, 이놈이! 헛소리 그만하고 소셋물이나 떠오너라!"

"예예, 금방 대령합죠."

적당히 꼬리를 말은 달수는 굽실거리며 뜨끈한 물이 있는 부엌으로 향했다. 그가 대야에 물을 퍼 담는 새에 초가집을 감싼, 부실한 울타리에 뚫린 입구로 영달이 들어섰다.

어제와 같이 흰 두루마기에 낡은 갓을 쓴 그는 여전히 지나치게 청빈한 모습이었다. 그를 발견한 인후는 대충 고개를 숙였다. 자세가 바르지도 않았고 공손하지도 않았으나 영달은 크게 개의치 않는 반응을 보였다.

"일어났는가."

"예. 산보 다녀오십니까?"

달리 할 말이 없었던 탓에 가볍게 물었으나 돌아온 건 의외의 답이었다.

"이웃집에서 묵고 왔네. 의관 정제하거든 건너오게."

"예."

인후가 대답하자마자 영달은 안방으로 쌩하니 들어갔다. 그를 지켜보던 인후의 눈빛은 매우 진중해졌다. 여식이 초야를 치르니 작은 집에서 함께 있기 불편하여 다른 곳에서 묵은 건 그렇다 치지만, 속내를 좀처럼 내보이지 않아서인지 볼 때마다 찜찜했다.

인후가 알기론 장인은 관직에 오른 적이 없었고, 생원시에 합격한 뒤로는 초야에 묻혀 글만 읽은 서생이었다. 그런 자가 첫 만남부터 묘한 분위기를 풍기는 탓에 여간 신경 쓰이는 것이 아니었다.
"나리?"
달수가 부르는 소리에 인후는 퍼뜩 상념에서 깨어났다. 그는 순식간에 진지한 얼굴을 감추고 평소대로 표정을 조금 풀었다.

붉은 치마에 녹색 저고리를 입고 문안 준비를 끝낸 가혜는 서방과 함께 사랑방으로 넘어가 부친에게 절을 올리고 그 앞에 얌전히 앉았다. 혼인하여 머리를 올리고 은으로 된 매죽잠을 꽂은 딸을 가만 바라보던 영달은 잔인한 말을 내뱉었다.
"오늘은 본디 동상례를 치러야 하지만, 때가 때이니만큼 소란스럽지 않게 신행하거라."
"예?"
가혜는 눈을 동그랗게 뜨고 아버지를 바라보았다. 예상치 못한 건 인후도 마찬가지였다. 신행은 혼례를 올린 후 신부가 정식으로 시댁에 들어가는 절차였다. 본래는 신랑의 친구들이 모여 신랑을 괴롭히는 동상례와 신랑이 본가와 처가를 오가며 생활하는 재행 기간이 있었지만, 영달은 딸과 마지막으로 함께하는 그 소중한 시간을 가차 없이 버렸다.
"사돈어른께서도 승낙하신 일이니 따르도록 하여라."
"아버지, 어찌 이러십니까. 내치실 만큼 잘못한 일이 있다면 차라리 꾸짖어주십시오."
가혜는 말을 거둬줄 것을 간절히 바랐으나 영달은 그런 딸의 청을 들어주지 않았다.
"내 불편하여 그런다. 아랫것들이 지낼 방이 없어 먼 길을 오가지 않느냐. 이만하면 되었으니 그만 가서 신행 채비를 하여라. 사위는 잠시 머물게. 할 얘기가 있으니."

살림을 도와줄 노비들이 불편할 것을 우려하는 부친의 말에 가혜는 더 반박할 말을 찾지 못하고 방에서 물러 나올 수밖에 없었다. 섭섭한 기색을 숨기지 못하는 딸을 내보내고 영달은 사위에게 다짜고짜 할 말이 있지 않느냐고 물었다.

확신 어린 물음에 인후는 혹시나 싶은 마음이 들었으나, 세월만큼 깊은 눈동자는 여전히 속을 드러내지 않았기에 천천히 입을 열어 그를 떠볼 수밖에 없었다.

"그리 머지않은 시일 내에, 제게 따님을 주신 걸 후회하실 겁니다."

갓 혼례를 올린 사위가 장인에게 하기에는 너무나도 버르장머리 없는 소리였다. 그러나 영달은 웃었고 반대로 인후의 얼굴은 굳어버렸다.

"어찌 웃으십니까?"

"그래, 그럴 수도 있겠지. 내 시 한 수 읊어보겠네."

갑자기 시를 짓겠다는 말에 인후는 매우 황당해했으나, 영달은 개의치 않고 시를 읊었다.

"수절가화황황고(誰折嘉花遑遑顧)하니, 호봉차미심가고(胡蜂遮美甚可苦)라, 절간본봉실가호(竊看本蜂失加胡)라니, 오자원생탐밀로(吾子原生探蜜勞)라."

누가 아름다운 꽃을 꺾을까 봐 황황히 둘러보는데, 말벌이 꽃을 탐하려 드니 심히 괘씸하더라. 한데 가만히 보니 본디 벌이 맞고 실수로 '말'을 붙인 것이니, 너 또한 먹고살고자 열심히 일하는구나.

영달이 마지막 시구까지 읊자 인후는 얼어버렸다. 시 속에서 아름다운 꽃은 가혜였고, 꽃을 탐하러 온 말벌은 자신이었다. 처음에는 괘씸하던 말벌이 가만 보니 얌전한 꿀벌을 오해한 것이고, 먹고살기 위해 열심히 망나니인 척하고 있다는 말이었다.

단정하고 냉철하던 기존의 성격마저 조금 지워질 만큼 공들인 망나니 행세를 단박에 간파당한 인후의 목소리에는 숨기지 못한 떨림이 묻어 있었다.

"어찌 아셨습니까? 도대체……. 어디까지 아시는 겁니까?"

알아야만 했다. 알아야 대처할 수 있었다. 그러나 장인은 속 모를 미소만 지을 뿐이었다. 답답함이 극에 달했을 때야 비로소 그가 입을 떼었다.

"내 딸, 너무 많이 울리지 말게."

진중한 목소리에 담긴 건 대답이 아니었으나 인후는 다시 묻지 못했다. 협박이나 마찬가지인 그 말 속에 담긴, 딸에 대한 걱정과 애틋함이 느껴졌기 때문이었다.

장인과 사위의 비밀스러운 대화가 끝나고, 가혜는 지붕에 호랑이 가죽을 올린 꽃가마 옆에 서서 배웅 나온 아버지를 바라보았다. 이대로 가면 또 언제 올지 몰라 아쉬운 마음만 가득한데, 아버지는 야속하게도 길을 재촉했다.

"어서 가거라. 시부모님 잘 모시고 서방님 내조도 잘해야 하느니라. 이젠 최씨 집안사람이 된 걸 잊지 말고, 돌아올 생각일랑 말아라."

이보다 더 잔인한 말이 또 어디 있을까, 주위가 한순간에 숙연해졌다. 애써 눈물을 참은 가혜는 그리하겠다고 힘겹게 답했다. 그것이 끝이었다. 더는 나눌 말도 없었다. 수모의 도움을 받아 가마에 타자마자 가마꾼들이 들어 올리는 느낌이 들고, 두어 발짝이나 갔을까 다급한 부친의 음성이 들렸다.

"가혜야!"

저를 부르는 소리에 가혜는 닫힌 창문으로 고개를 돌렸다. 창호지를 비추는 빛과 함께 다정한 음성이 가마 안으로 들어왔다.

"정 견디기 힘들거든, 너무 참지만 말고 돌아오너라. 내 언제나 이곳에 있을 터이니."

속에만 담아두었던 아버지의 진정한 마음이었다. 그 따뜻함이 전해져서 가혜는 목이 꽉 메었다. 울렁이는 가슴 탓에 아무 말도 하지 못하는 사이 가마는 다시 출발하고, 떨리는 손으로 창문을 열어 고개를 내밀자 점점 멀어지는 아버지와 그 눈가에 진 깊은 주름이 보였다. 벌써부터 그립지만, 딸은 아버지가 걱정하지 않도록 아무 말 없이 최대한 기쁘게 웃어 보였다.

근 한 시진을 가던 가마가 멈추고 드디어 밖으로 나온 가혜는 석축(돌계단) 위에 지은 최씨 집안의 대문을 올려다보았다. 이전에도 한 번 와본 적이 있지만, 오늘은 느낌이 남달랐다. 솟을대문 옆으로 이어진 담벼락은 또 어찌 그리 높은지 양묘로 활동하면서 넘어본 관아의 담벼락보다도 더 높아 보였다. 그래서일까, 이번에 들어가면 무사히 빠져나오기가 쉽지 않을 것만 같았다. 복잡한 심경을 담아 한숨을 푹 내쉬자 기회를 포착한 서방이 다가와 놀려댔다.

"그리 한숨을 쉰다 한들 이미 한 혼인을 무를 수는 없소. 그대는 이제 내 처요. 아무리 암울해도 받아들여야지."

그의 말에 가혜는 어이가 없어서 작은 탄식을 터뜨렸다. 암울한 줄은 아는 건지, 스스로 할 말이냐고 따져 묻고 싶었지만, 차라리 입을 다무는 것으로 대답을 대신했다. 그녀의 반응이 생각보다 시원찮자 인후는 한마디 더 보탰다.

"내 밤마다 즐거이 해드리겠소. 우리 어젯밤에도 꽤 재밌었잖소."

그는 일부러 목소리도 줄이지 않고 오해를 살 만한 소리를 했다. 그건 가혜의 얼굴을 새빨갛게 만들기에 부족함이 없었고, 설상가상 주위의 가마꾼과 몸종들이 힐끗대는 시선까지 느껴졌다. 팔에 걸쳐 둔 쓰개치마를 꽉 움켜쥔 가혜는 서방의 얼굴로 날아갈 것만 같은 손을 애써 진정시켰다. 정말 한 대 칠 기세를 품은 그녀의 매서운 눈빛에 인후는 헛기침을 하며 몸을 돌려 성큼성큼 돌계단을 올랐다. 그런 서방의 뒷모습을 눈에 담으면서 가혜는 마음을 다잡고 석조 계단 위로 발을 올렸다.

'좋아, 누가 이기나 한번 해보자. 내 무사히 벗어나고야 말 것이다. 이 땅에 둘도 없는 악처가 되어주겠어.'

기왕지사 이렇게 된 것, 가혜는 이길 생각이었다. 그렇게 누구도 상상하지 못했던 그녀의 신혼 생활은 그 첫걸음을 디뎠다.

서방의 뒤를 따라 외별당으로 들어간 가혜는 시아버지에게 절을 올리고 꽤 오랫동안 대화를 나눴다. 예뻐한다는 게 확실히 느껴질 만큼 자상한 그와의 대화는 갓 신행한 그녀에게는 큰 위안으로 다가왔다. 안부부터 살림까지, 알아야 할 기본적인 이야기들이 오가는데 대화하는 중간중간 그는 무언가를 요구하듯이 초롱초롱하기 그지없는 시선을 부담스러울 만큼 주었다. 아버님이란 호칭이 나올 만할 때마다 눈을 빛내는 모양새에 가혜는 떨어지지 않는 입을 간신히 움직였다.

"그럼, 궁금한 점이 생기면 다시 여쭈러 오겠습니다. 아버님."

뒤에 붙는 아버님 소리에 권식의 입이 찢어졌다. 드디어 며느리가 생겼다는 사실이 실감 나서 그는 호탕하게 웃었다.

“하하하하! 그래, 그래! 우리 며늘아기가 이리 어질고 현숙하니 내 마음이 다 놓이는구나! 이제 우리 집안사람이 되었으니 잘 이끌어가 다오.”

“예, 그리하겠습니다.”

곰살갑게 구는 시아버지 앞에서 차마 싫다고는 못 하고 그리하겠다고 약조했다. 이제 중요한 내용은 다 전달받았으니 전날 밤에 무단으로 몸을 탐하려 들던 서방의 일을 따져야 했지만, 그 내용을 상세히 설명하기가 어려운 탓에 가혜는 당사자와 담판을 짓기로 하곤 서방을 곁눈질했다. 그 시선을 느꼈는지 고개를 돌린 그가 가만히 있다가 난데없이 한쪽 눈을 찡긋하며 실실 웃었다. 마음의 준비를 할 시간도 없이 그 꼴을 본 가혜는 소름이 돋아서 입이 벌어질 지경이었다.

‘확실히 제정신이 아니야.’

부친 앞에서 추파를 던지는 건 그녀의 기준으로 봤을 때 결코 정상이 아니었다. 그 때문에 창백해진 얼굴빛을 본 권식은 그녀가 피곤해한다고 추측하고 급히 말을 마무리 지었다.

“먼 길 오느라 곤하였을 텐데, 내당으로 건너가서 쉬어라.”

“예, 아버님. 정리되는 데로 다시 인사드리러 오겠습니다.”

자리를 뜨고 싶었던 가혜는 적절히 대답하고 일어났다. 다행히 그는 더 잡지 않았고, 대신 아들에게 그녀가 익숙해질 때까지 살뜰히 보살펴 주라고 채근했을 뿐이었다. 하도 걱정되어 끝없이 이어지는 잔소리에 인후는 고개를 절레절레 저으며 방 밖으로 나가면서 한 소리 내뱉었다.

"어련히 알아서 잘할까요. 아들도 그렇게 애지중지 안 하시면서 잔소리는."

"저, 저놈의 자식이 진짜!"

장가까지 간 놈이 며늘아기 앞에서 예의 없게 굴자 권식의 얼굴이 붉으락푸르락해졌다. 인후는 부친의 큰 목소리가 고막을 뚫기 전에 급히 문을 닫았고, 그 버르장머리에 가혜는 속으로 혀를 찼다. 하는 태도를 보니 잘 챙기라는 시아버지의 당부는 안중에도 없을 것만 같았다. 역시나 달수가 신겨주는 신을 신고 마당으로 성큼성큼 내려서는 모습이 내당으로 안내해 줄 마음은 요만큼도 없어 보였다.

'그럼 그렇지.'

매번 엇나가는 서방에게 뭘 더 바라나 싶어서 체념하자마자 그가 몸을 돌렸다.

"뭐 하오? 아니 따라오실 거요?"

"예?"

"내당으로 안내해 드리라잖소. 빨리 오시오. 내 바쁜 몸이니."

등청도 안 하면서 뭐가 그리 바쁘다는 건진 모르겠지만, 그래도 직접 안내해 준다는 건 예상외라 가혜는 내심 놀라면서도 얼른 그의 뒤를 따라 걸음을 옮겼다.

사랑채와 담 하나를 사이에 두고 있는 내당은 앞으로 그녀가 지낼 공간으로, 넓은 마당과 기역자 형태의 건물로 이루어져 있었다. 건물의 세로 부분은 부엌 칸으로 사용했고, 길쭉한 가로 부분은 중앙의 대청마루를 기준으로 좌측에 두 개, 우측에 하나의 방으로 구성되었다. 그중에서도 가혜가 주로 사용할 공간은 우측에 있는 제일 큰방이었다.

안내역을 맡은 인후가 그곳의 문을 열자 여종 몇이 짐을 풀어놓다가 분분히 일어나 고개를 숙였고, 그의 뒤를 따라 들어간 가혜는 반쯤 풀려 있는 짐을 발견하곤 가슴이 철렁 내려앉았다. 그 안에 양묘의 검과 옷이 숨겨져 있기 때문이었다. 혹시나 들키기라도 했으면 해명하기도 어려운 일이 벌어질 게 빤하여 당혹스러웠지만, 그녀는 그런 감정을 최대한 티 내지 않고 담담하게 말을 꺼냈다.

"직접 할 테니 다들 나가줘요."

"나가줘요, 가 아니라, 나가게."

불쑥 끼어든 인후가 귓가에 대고 나지막하게 정정해 주자 가혜는 기함하며 한쪽 귀를 막고 그와 거리를 벌렸다. 양묘 일을 하면서 더욱 예민해진 귀는 그의 목소리에 유독 약했는데, 가슴까지 파고드는 저음은 담대하던 그녀의 심장도 어린아이 널뛰듯이 뛰게 했다. 심장에 무리가 오는지라 하지 말라는 경고를 담아 쏘아보자 그는 더욱 싱글싱글 웃어댔다. 본인의 목소리에 약하다는 걸 알아채고 부러 귀에다 대고 저음을 흘린 게 분명했다. 괜스레 약점을 들킨 기분에 부끄러운 감정이 솟았으나, 가혜는 더 타박하지 않고 우선 그의 충고대로 말을 고쳤다.

"다들 나가게."

"예, 아씨."

여종들이 예를 갖추고 물러나자 가혜는 직접 방문을 닫았다. 뒷짐을 지고 유유자적 서 있는 그와 아직 할 얘기가 남아 있었다. 문을 굳게 닫고 소리를 차단한 그녀는 서방과 마주 보고 서서 떡하니 팔짱을 끼며 따져 물었다.

"어젯밤에도 그렇고, 자꾸 이런 식으로 추근거리실 겁니까? 제 경고가 우습다면, 아버님께 말씀드려서 약조를 지키시도록 요구하겠습니다.”

가혜가 고개를 치켜들고 엄히 경고했지만, 그는 되레 눈웃음을 흘릴 뿐이었다. 싫다는 티를 내며 서방을 거부하는 본처는 괴롭히는 맛이 제법 쏠쏠했고, 지금껏 만나온 여인들과는 상반된 그녀의 반응도 그에겐 새로운 유희거리였다.

어른들 앞에서의 태도와 단아한 생김새를 보면 순할 것 같은데 은근히 톡톡 쏘는 가혜의 반응에 재미를 들인 그는 버선발을 옮겨 그녀에게 가까이 다가갔다. 좁혀지는 거리에 긴장하면서도 물러서지 않는 그녀와 이길 자신이 있다는 듯 당당하게 밀착해 가는 그는 창과 방패라 할 만했다.

어느새 기 싸움으로 변질된 상황에 자존심을 걸고 애써 버티던 그녀는 몸이 거의 닿을 듯하자 표정이 굳으면서 눈빛이 떨렸다. 뒤로 물러설지 말지 갈등하는 것이 빤히 보이니 강하고 독한 척해도 순진한 게 티가 나는 그녀를 구경하면서 인후는 본인의 혐의를 부인했다.

“혼인까지 한 처에게 추근거리겠다는데 무에 그리 잘못했다고 이러시오. 또한, 어젯밤에 잠시 이성을 잃고 급히 취하려 한 것은 그대 눈에 꿀이 발려 있던 탓이 아니오?”

다시 나온 꿀 얘기에 가혜의 눈동자에 어려 있던, 당황하는 빛이 더욱 진해졌다. 가뜩이나 기 싸움에서 밀리고 있는데 정신적인 공격까지 당한 그녀는 뒤로 한 발짝 물러섰다. 딱 한 걸음이었으나 닫힌 문이 등에 닿으면서 더는 피할 곳이 없다는 게 느껴졌고, 마치 배수의 진을 친 듯 정신이 든 그녀는 그의 말에 조곤조곤 반박했다.

“아무리 본처라 한들 싫다는 걸 억지로 잡고 힘으로 제압하려 든다면 길거리의 시정잡배와 다를 것이 무엇이며, 잘못을 순순히 인정하는 것 또한 군자의 미덕이거늘 어찌 꿀을 탓하십니까."

말을 하면 할수록 더 다부져지는 그녀의 눈빛과 어투에 인후의 얼굴에는 얄궂은 미소가 어렸다. 그는 두 팔로 문을 짚어 아내가 옴짝달싹 못하게 가둬놓고 고개를 살짝 틀며 상체를 숙였다. 마치 당장에라도 입술을 훔칠 듯한 자세에 놀란 가혜가 고개를 돌리며 피하자마자 그는 제 앞에 제물처럼 놓인, 그녀의 귀에 대고 나직이 속삭였다.

"그럼 어찌하겠소. 꿀에 젖은 그대의 모습이 날 자극하는데……."

그의 말은 가혜의 사고를 아예 멎게 해버렸다. 정지한 이성만큼 더 활발해진 그녀의 감각은 자신의 몸을 타고 위로 올라오는 그의 은근한 눈길마저 고스란히 느끼고 있었다. 가슴과 목을 지나 굳게 닫힌 입술에 오랫동안 시선을 주는 그를 힐끗 보았다가 그녀는 곧바로 후회했다. 그의 눈빛이 너무나도 강렬해서 숨이 막힐 지경이었다.

인후는 제게서 시선을 떼지 못하는 검은 눈동자에 혼란스러운 감정이 고스란히 드러나 있는 걸 보았다. 생각했던 것보다 훨씬 맑고 순수한 눈이 그는 매우 매력적이고 아름답다고 느꼈다. 가만히 들여다보고 있으면 빨려 들어갈 것 같은 그녀의 눈동자는 그를 자극하기에 충분했고, 다시 한 번 조금만 더 고개를 숙여 입술을 찾아 물고 싶다는 충동이 그를 괴롭혔다. 어젯밤에 처음으로 느껴봤던 입술의 감촉이 간절해졌고, 그 사이를 비집고 들어가 말캉한 혀를 건드릴 때의 느낌은 여전히 생생하니 더욱 참기 어려웠다. 제 품에 안긴 그녀의 발그스름한 선홍빛 볼도 다시 보고 싶었고, 자극을 견디느라 눈을 질끈 감던 그녀의 표정도 그를 유혹했다. 마음만 먹으면 지금도 얼마든지 가능하단 사실이 그를 부추겼으나, 누군가에게 이런 감정을 느낀다는 것 자체가 매우 낯선 그는 문을 짚은 손을 꽉 움켜쥐고 인내심을 짜내야만 했다.

그냥 좀 장난만 치려 한 것인데 아내를 놀려먹으려다 되레 제가 그녀의 분위기에 휩쓸려 불이 붙었으니, 이성으로 눌러 참는 내내 고문도 이런 생 고문이 없다는 확신이 들었다. 조금만 움직이면 닿을 거리에 두고 취하지 못하는 터라 더 괴롭고 힘들었지만, 그래도 인후는 자신의 욕망을 접었다. 어젯밤엔 본인도 예상치 못할 만큼 아내에게 혹한 탓에 성급히 가지려 들었으나 그것이 그녀의 마음을 더 닫게 하였음을 모르지 않았다. 어차피 갓 혼인하였으니 함께 보낼 밤은 많았고, 지금은 자신을 향한 그녀의 적개심을 좀 덜어내는 게 먼저였다. 그럼에도 그는 저를 받아주지 않는 아내가 야속해서 그녀의 저고리 고름을 살짝살짝 당기며 끝까지 놀려먹는 걸 잊지 않았다.

"내 오늘 밤에도 꿀을 좀 챙겨 오리다. 먼저 자는 일은 없기요."

그는 곧 다가올 밤을 즐겁게 보내자 기약하며 얼어붙은 그녀에게 한쪽 눈을 찡긋해 보였다.

달아오른 몸도 식힐 겸, 인후가 잠시 출타하자 가혜는 바닥에 풀썩 주저앉았다. 제가 전생에 무슨 죄를 그리 지었는지 능글맞은 서방을 만나 이 고생이냐며 한참을 한탄하니 놀라 두근대던 마음도 좀 가라앉았다.

한숨 돌리고 난 가혜는 그제야 방의 모습이 눈에 들어왔다. 햇살이 잘 들어오는 공간에는 계절에 따라 꽃과 동물을 그려놓은 열두 폭의 화조 병풍이 멋스러운 자태를 뽐내는 중이었고, 붉은 보료와 몇 권의 책을 올려둔 서안도 있었다. 고급스러워 보이는 서랍장에는 생활용품이 가지런히 정리된 상태였다. 모두 시아버지가 신경 써준 흔적이었다.

'내 죄가 무겁구나.'

다시 머리를 치켜드는 죄책감을 억누르며 가혜는 정리하다 만 자신의 짐을 확인했다. 검과 복면은 꽁꽁 싸매서 깊숙이 숨겨둔 덕에 여종들이 건드리지 않았으나 최대한 빨리 안전한 공간을 찾을 필요가 있었다. 그때까지 양묘의 흔적은 병풍 뒤에 잠시 숨겨두기로 하고 가혜는 빠른 속도로 짐을 정리했다.

친정에서 가져온 양이 그리 많지 않아서 금세 정리를 끝낸 그녀가 다음으로 한 일은 노비들을 만나는 것이었다. 이제 그녀의 생활공간이 된 내당의 앞마당으로 서른여 명의 노비들이 모여들었고, 그들은 모두 최씨 집안에서 기거하며 생활하는 솔거노비들이었다. 조금 긴장한 노비들은 새로운 안주인에게 고개를 숙여 예를 갖췄다.

나이대가 제각각인 솔거노비들의 인사를 받으며 가혜는 그들의 건강 상태를 하나하나 찬찬히 살폈다. 다행히 굶거나 핍박받은 이들은 없는지 아이부터 어른까지 모두 혈색이 보기 좋았다.

'노비들은 관리가 잘 되어 있구나.'

살림을 관장하는 안주인 자리가 근 십여 년간 비어 있었던 것치고는 육안상 보기에 나쁘지 않았다. 그건 권식의 호의 덕분이지만 그를 도와 살림을 도맡아온 도리 아범의 능력이기도 했다. 삼십대 후반쯤으로 보이는 도리 아범은 노비들 사이에서도 가장 앞에 서 있었다. 그는 노비들의 수장인 수노였고, 다른 노비들에 비해서 질 좋고 깔끔한 흰옷을 입고 있었다. 모두 그의 능력을 높이 산 권식이 하사한 것들이었다.

"자네가 도리 아범인가."

가혜는 평소보다 조금 더 근엄한 말투로 그를 불렀다. 아까는 급한 마음에 실수로 노비들에게 말을 올렸지만, 좋으나 싫으나 이제 최씨 집안의 며느리가 되었으니 그에 걸맞은 태도를 보여야만 했다. 그래야 나중에 서방에게 소박맞을 때 노비들에게 괄시당하며 우스운 꼴을 당하지 않을 터였다. 그런 가혜의 태도는 꽤 도움이 되었는지, 도리 아범은 고개를 숙이고 두어 발 앞으로 나와 그녀의 물음에 공손히 답했다.

"예, 아씨. 소인의 아들은 죽은 지 오래되었으나 모두 여전히 도리 아범이라 부르옵니다."

수년 전에 죽은 아들을 거론하는 그의 목소리는 꽤 차분했다. 가혜는 고개를 끄덕이며 시아버지에게 들은 그의 노고를 치하했다.

"그동안 자네가 고생이 많았다고 들었네. 이제 살림은 내가 관장할 것이나, 앞으로도 그대가 많이 도와주게."

가혜는 권력을 빼앗기게 된 도리 아범의 마음을 짐작하고 그를 달래듯이 추켜세워 주었다. 반년 뒤에 그에게 돌려주기 전까지는 마찰이 없어야 집안을 이끌어가기가 수월할 터였다. 처음보다 더 공손해진 말투로 그리하겠다는 도리 아범의 답변을 듣고 그녀는 마당에 서 있는 노비들에게로 고개를 돌렸다.

"내 이른 시일 내에 살림살이를 다 파악할 것이니, 다들 지금껏 그러했던 것처럼 맡은 바 임무를 다해주게. 또한, 나는 입조심을 최고의 미덕으로 삼는 사람일세. 무엇을 보고 무엇을 듣든, 집안의 나쁜 일을 밖에서 떠드는 것은 엄히 다스릴 것이야. 알겠는가."

집안의 품격을 좀먹는 소문들과 함께 자신의 이야기가 이리저리 나도는 것을 원치 않는 그녀는 입조심을 당부했다. 그런 가혜의 눈빛과 말투에는 감히 범접하기 어려운 기품이 있었다. 나이 어린 아씨라고 우습게 여길 수 없음이 그 태도에서 확연히 드러나자 노비들은 분분히 고개를 조아리며 명심하겠다고 답했다. 눈칫밥으로 먹고사는 그들은 이번 만남을 통해 가혜의 성격을 대충 파악할 수 있었다. 사실 좀 전까지만 해도 그들 중 대다수가 그녀를 돈에 팔려온 효녀 정도로 생각했었다. 불쌍하면서도 조금은 만만한, 착해 빠진 아씨라 생각했던 이들은 황급히 자신의 판단을 수정해야만 했다. 어쩌면 이 집안에서 가장 대하기 어려운 인물이 그녀가 될지도 몰랐다. 크게 문제만 일으키지 않으면 넘어가 주는 권식과 집안에 거의 붙어 있지 않는 인후보다도 엄하고 까다로울 게 눈에 보였다. 처음부터 미운털 박히지 않으려고 태도 하나에도 조심하는 노비들을 물리고, 가혜는 도리 아범과 함께 집 안을 한번 쭉 돌아보았다.

최씨 집안은 대대로 문관을 지내온 명문가 집안이지만, 무예를 익히는 일도 중히 여겼기에 수련하기 좋도록 집안의 마당들은 대부분 널찍널찍하게 뺐고 그만큼 가옥의 규모도 컸다. 그러한 집 안에서 중앙을 차지한 건물이 바로 내당이었다. 아녀자가 생활하는 내당을 기준으로 좌측에는 사랑채와 내·외별당이, 정면에는 여종들이 생활하는 안 행랑채와 그 너머에 남성 노비들이 쓰는 바깥 행랑채가 대문 곁에 자리했고, 우측에는 별채와 초당, 사당과 그 부속 건물들이 존재했다.

그중에서도 내당과 가장 가깝고 신발을 신지 않아도 오갈 수 있는 회랑으로 이어진 건물이 사랑채였는데, 본디 권식이 사용했으나 오늘부로 인후가 쓰게 되었다. 사랑채는 집안의 중심이 되는 남자가 쓰는 공간이기 때문에 혼인한 아들이 정신을 차리길 바라는 마음으로 권식이 내어준 것이다. 대신 그는 사랑채의 우측에 있는 외별당을 사용했다.

내당과 사랑채, 외별당이 가장 중점적인 건물이었고, 이 외에도 담벼락에 방을 만든 행랑채와 지금은 비어 있는 내별당, 안초당 등이 있었다. 행랑채에는 노비들이 기거했고, 사랑채 뒤쪽에 있는 내별당은 여성 손님이 왔을 때 제공하는 공간이었다. 그러다 보니 가혜의 관심은 자연스럽게 내당 좌측에 있는 안초당으로 쏠렸다. 기와로 만들어진 건물 중에서 유일하게 초가지붕인 안초당은 본래 성인이 된 여성 자녀가 혼인하기 전에 사용하지만 최씨 집안에는 딸이 없으므로 수십 년째 비어 있었다. 하지만 그곳도 자주 청소하는지라 옷과 검을 숨기기엔 적절하지 않았고, 가혜는 안초당 뒤편에 있는 사당과 이어진 부속 건물까지 훑어본 뒤에야 적당한 공간을 발견할 수 있었다.

거대한 집 안을 한 바퀴 돌고 도리 아범에게 장부와 살림에 관련된 모든 것을 정리해서 가져오라 지시를 내린 가혜는 내당에 있는 방으로 돌아갔다. 햇살이 잘 들어오는 보료에 앉아 시아버지가 챙겨준 책을 찬찬히 읽고 있을 때, 방문 앞에서 도리 아범의 목소리가 들려왔다.

"아씨, 장부를 가져왔습니다."

"들어오게."

가혜의 말에 문이 열리고 노비들 몇이 커다란 궤짝 하나를 안으로 들였다. 큼지막한 자물쇠가 채워진 궤짝을 열자 차곡차곡 줄 맞춰 세워져 있는 온갖 장부들이 드러났다. 가혜는 그중에 몇 개를 꺼냈고, 도리 아범으로부터 쇠로 된 열쇠 꾸러미도 받았다. 창고는 물론이고 집 안의 모든 자물쇠를 열 수 있는 꾸러미였다. 그것을 받는 것으로, 최씨 집안의 살림은 당분간 그녀의 몫이 되었다.

수많은 장부를 확인하다 보니 어느덧 창가로 어둠이 몰려오고, 그 색이 까맣게 변할수록 가혜의 마음도 타들어갔다.

'정말 꿀을 들고 오는 건 아니겠지?'

낮에 보았던, 그의 의미심장한 미소가 눈앞에서 아른거렸다. 그와 더불어 어젯밤에 입안을 점령하던 그 달콤한 맛과 말랑한 감촉의 움직임도 살아났다.

'내 두 번은 아니 당할 것이야. 절대로.'

강하게 부정하며 거부반응을 보인 가혜는 애써 정신을 차리고 장부로 시선을 돌렸다. 시간 보내기에 그것만큼 좋은 일도 없어서 다시 집중해서 장부를 훑어보고 있을 때, 바깥이 소란스러워지고 앳된 계집종의 목소리가 부산스럽게 들려왔다.

"아씨, 아씨! 좀 나와보셔요. 나리께서 오셨어요."

오늘부터 시중을 들기로 한, 설이의 목소리에 가혜는 심장이 덜컹했다. 결국, 그가 온 것이다. 잠시 고민하다가 밖으로 나가자 이제 막 열다섯이 된 설이가 귀여운 얼굴에 어쩔 줄 모르는 표정을 담고 대문 쪽을 향해 목을 쭉 뺐다. 의외로 내당 앞마당은 썰렁하고, 중문 너머가 시끌시끌했다. 내당 중문과 대문 사이에 있는 바깥 행랑채로 걸음을 옮긴 가혜는 어디서 구르기라도 했는지 몰골이 말이 아닌 서방이 덜렁덜렁 들고 온 것을 보고 벌어지는 입을 차마 다물지 못했다.

돼지 머리통만 한 갈색 덩어리는 거대한 솔방울처럼 보이기도 했는데, 그는 그 위에 달린 꼭지를 잡고 자랑스럽게 내밀며 화사한 꽃 미소를 지어 보였다.

"부인, 이것 좀 보시오. 내 오늘 밤에 그대와 꿀로 잔치를 하려고 직접 따왔소이다."

꿀을 가져온다더니 벌집을 통째로 따온 그는 오늘 낮까지만 해도 보이지 않던 백치미를 드러내며 환하게 웃었다. 어젯밤에는 짐승 같고 새벽에는 의뭉스럽더니 아침나절엔 능글맞고 지금은 순백의 빛으로만 이루어진 사람 같았다. 그 적응 안 되는 성격의 온도 차에 가혜는 할 말을 잃어버렸다. 멍하니 바라보고만 선 그녀에게 인후는 집을 갈취당한 벌이 그대로 달라붙어 있는 벌집을 재차 내밀면서 작게 속삭였다.

"이게 바로 그 유명한 밤꿀이라오. 부인을 위해 채취해 왔으니 곧 맛보게 해드리리다. 우선 옷부터 좀 갈아입고 넘어가겠소."

인후는 그렇게 말하면서 달수에게 벌집을 안겨주고 휘적휘적 사랑채로 향했다. 그가 떠나고 난 뒤 여전히 충격이 가시지 않아 아무 소리도 내지 못하는 가혜에게 달수가 슬쩍 말을 올렸다.

"나리께옵서 술에 취하시면 종종 기행을 일삼으시긴 합니다만, 그래도 이번엔 아씨를 위해 나무에 오르셨나 봅니다요. 하하……."

달수는 최대한 인후를 감싸주려 했으나 넋 빠진 가혜의 표정으로 보아 실패한 낌새가 느껴지자 어색한 웃음을 흘리며 묵직한 벌집을 다른 노비에게 건네주고 얼른 사랑채로 넘어갔다. 달수마저 사라지고 조용해진 사람들 사이로 벌들만 왱왱대며 날아다닐 뿐이었다. 집을 빼앗긴 벌들의 소란스러운 날갯짓 소리에 간신히 정신을 차린 가혜는 설이의 도움을 받아 내당으로 돌아갔다.

이마를 짚으며 보료에 앉는 가혜를 걱정 어린 눈으로 살피던 설이는 무언가 위로가 될 만한 말을 꺼내고 싶었으나, 마땅한 내용이 떠오르지 않는 탓에 우물쭈물하며 시간만 보냈다. 그러는 사이 후딱 옷을 갈아입은 인후가 꿀 한 사발을 들고 내당으로 넘어왔다.

잠잘 채비를 다 끝낸 그의 등장에 가혜는 못마땅한 표정을 지으며 왼쪽으로 자리를 옮겨 보료를 내주었다. 상석을 넘겨주는 중에도 그녀는 방을 나가려는 설이에게 사랑채에 이부자리를 펴놓으라고 지시했다. 내당에서 자는 건 불가하다는 확고한 의사에 인후는 입맛만 다셨고 설이는 눈치를 살피다 고개를 꾸벅 숙여 인사를 올리곤 얼른 방을 나갔다.

둘만 남은 방은 가혜가 풍기는 냉기 때문에 썰렁했는데, 인후는 그런 아내를 살뜰하게 달랬다.

"이리 좀 가까이 와보시오, 부인. 내 안 잡아먹소."

말은 그리했으나 전날에 한 짓이 있고 아침나절에만 해도 밤에 보자는 식으로 굴었던 터라 믿음을 얻기에는 무리였다. 어차피 부부의 연을 반년 안에 끝내야 하는 가혜는 더 쌀쌀맞은 티를 내면서 할 말이 있거든 얼른 하고 사랑채로 넘어가라 했다.

절대 빈틈을 내보이지 않는 그녀의 반응에 인후는 의외로 순순히 고개를 끄덕였다.

"알겠소. 내 금방 가리다. 단, 그대가 이 꿀을 자신다면 가겠소."

그는 들고 온 꿀에 숟가락을 얹어 아내에게 내밀었다. 그 태도가 하도 낯설어서 되레 미심쩍은 가혜는 의문 어린 시선으로 그를 보며 한풀 꺾인 음성으로 되물었다.

"정말 그리만 하면 가실 겁니까?"

"물론이오. 그대에게 주겠다고 그 고약한 벌들과 싸워가며 채취했는데 맛이라도 봐야 하지 않겠소. 어차피 오늘은 온몸이 다 벌에 쏘여서 그대를 안지도 못하오."

벌에 단 한 방도 쏘이지 않았고, 무공 또한 고강하니 나무 위의 벌집 하나 따는 건 그리 어렵지도 않았다. 하지만 그 사실을 모른 채 인후가 부러 몸에 묻힌 흙과 나뭇잎만 본 가혜는 그의 말을 덥석 믿고 꿀을 입에 담았다.

묵직한 밤꽃 향에 감칠맛이 도는 단맛은 가라앉아 있던 기분마저 바꿔주는지라 가혜의 눈빛은 부드러워지고 입술 끝이 슬쩍 올라가면서 얼굴빛 또한 좋아졌다. 그러자 인후는 제가 꿀을 먹은 것처럼 좋아하며 그 맛이 어떠한지를 꼬치꼬치 캐물었다.

"어떠하오? 맛이 좀 괜찮소?"

"꿀맛이야 말해 무엇합니까. 달지요."

조금 새치름하게 대꾸한 가혜가 혀를 살짝 내밀어 입술에 묻은 꿀을 핥자 그 모습을 본 인후의 목울대가 꼴깍 오르내렸다.

"그대의 입술 맛도 그러했는데……."

그립다는 듯 중얼거린 그는 다시금 서리가 끼는 아내의 눈빛에 얼른 고개를 저어 부정했다.

"아니오, 아니오. 내 허언하였소."

허언이라곤 하지만 입가에 맴도는 미소가 가혜의 가슴속 어딘가에 찜찜함을 불러일으켰다. 부러 그런 말을 하며 제 마음을 떠보는 건가 싶어 흘겨보고 있자 그는 눈웃음까지 살살 치면서 꿀을 더 권했다.

"얼른 한입 더 드시오. 고단할 때는 달짝지근한 꿀이 최고라 하지 않소. 나 때문에 요 며칠 잠도 설쳤을 것 아니오."

혼인 때문에 눈앞이 막막하여 제대로 잠을 이루는 날도 없었겠다고 걱정하며 그는 재차 꿀을 권했다. 어쩐 일로 이리 살갑게 구는지, 어느 장단에 맞춰 춤을 춰야 하는지는 모르겠으나, 그래도 가혜는 지금 그가 제게 주는 다정한 눈빛이 그리 나쁘지 않다고 생각했다.

최씨 집안 노비들이 꿀을 원 없이 먹어본 그날 밤에 인후는 가혜의 뜻대로 얌전히 사랑채로 가서 잠이 들었다. 덕분에 전날 밤보다 더 마음 편히 잘 수 있었던 가혜는 기분 좋게 아침을 맞이했다. 해가 뜰 즈음의 이른 아침부터 설이의 도움을 받아 옷을 갖춰 입고 제일 먼저 찾은 내당 부엌은 밤꿀 냄새로 진동하고 있었다.

전날 밤에 벌집을 부수고 내부에 든 꿀을 짜낸 여종들은 그걸 담은 단지를 보여주었다. 사람 머리만 한 단지를 가득 채운 것이 양이 제법 되는지라 가혜는 일부만 덜어두고 남은 건 저렴하게 팔라고 하며 그 수익을 모아 굶주린 이들을 도울 생각에 기뻐했다. 그러다 그녀는 저를 먹이겠다고 벌집을 들고 온 서방에게 생각이 닿았다.

'어제 그 고생을 하며 따왔으니 꿀물 정도는 보내는 게 좋겠지.'

쫓겨나려면 악처처럼 행동해야 하지만 벌에 쏘여가면서도 들고 온 서방이 기특하니 꿀물 한 그릇 정도는 보내주고 싶었다. 그래야 숙취도 가라앉을 테고 웃어른께 문안 인사를 하러 가서도 실수하지 않으리라. 그리 생각하며 제 행동에 정당성을 부여한 그녀는 달수의 손에 꿀물을 올린 소반을 들려 사랑채로 보냈다.

아씨의 명을 받고 사랑채로 간 달수는 깨우기도 전에 일어나 앉아 있는 인후를 보고 눈을 휘둥그레 떴다. 오늘은 무슨 바람이 불었는지 술만 들어가면 자주 풀어 헤치던 앞섶도 잘 여미고 있었다.

"뭔 일이래요? 장가드시더니 아주 딴사람이 되셨습니다요."

"시끄럽다, 이놈아. 네 녀석은 주인 놀리는 맛으로 사느냐."

"암요, 그 맛이 최고지요."

달수는 말 한마디 지지 않고 따박따박 대꾸하면서 꿀물을 올렸다.

"아씨께서 손수 타주신 겁니다요. 거지꼴로 벌집을 따와도 서방은 예뻐 보이는 법인지, 나리 드시라고 꿀물 타주시는 내내 아씨 기분이 매우 좋으시던뎁쇼."

인후 귀에 듣기 좋은 소리를 하면서도 달수는 벌집을 들고 맑게 웃던 주인의 표정을 따라 하면서 놀렸고, 인후는 전혀 개의치 않는 듯 무시하면서 부인이 보냈다는 꿀물을 들곤 피식 웃음을 흘렸다. 어제 좀 다정히 대한 것이 이리 바로 효과를 보이니 내심 뿌듯하면서도 한편으론 아쉬웠다. 마음이 내킬 때마다 골려줄 예정인데 그리하면 앞으로 꿀물을 얻어먹는 건 포기해야 하니 아쉬울 수밖에 없었다.

'아예 상대도 안 해주려나…….'

대하는 태도를 자꾸 바꾸면 완전히 토라질지도 모른다고 생각하면서 쭉 들이켠 꿀물은 그리 달지도 않고 적당한 것이 아주 좋았다. 그에 한 방울도 남기지 않고 다 마신 인후는 힘차게 일어나 나갈 채비를 서둘렀다.

관복 대신 화려한 도포를 입고 구슬 끈이 길게 늘어진 갓을 챙겨 든 인후는 달수의 안내를 받아 가혜가 있는 내당의 부엌 칸으로 향했다. 때마침 밖으로 나오던 아내와 눈이 마주친 그는 잠시 갈등했다. 저를 보는 그녀의 눈빛이 확실히 어제보다 더 따뜻해진 게 여실히 느껴지니 문득 그 온기를 잃기 싫다는 생각이 들었기 때문이었다.

그가 멈춰 서서 빤히 쳐다보고만 있자 보다 못한 가혜가 먼저 말을 걸었다.

"아직 문안 인사 전이시지요?"

같이 문안드리러 가자고 찾아왔으리라 여긴 그녀의 목소리에 비로소 상념에서 벗어난 인후는 걸음을 옮겨 다가가며 고개를 저었다.

"문안 인사는 그대 혼자 하시오. 난 도망갈 거요."

"예?"

이건 또 무슨 말인가 싶어 쳐다보자 그는 비밀을 얘기하듯 목소리를 낮추고 속삭였다.

"아버지 눈에 띄면 그대로 코 꿰여 등청해야 하는데 뭐하러 인사를 가겠소. 오래간만에 일찍 일어났으니 얼른 외출해야지. 본디 일찍 일어난 새가 많이 노는 법이라오."

이상한 주장을 하는 서방의 작태에 가혜의 표정은 오묘해졌다. 어제는 그리도 순진해 보이던 인간이 오늘은 또 왜 이러는지, 차라리 취해 있을 때가 더 멀쩡해 보였다.

'술을 먹여야 하나…….'

가혜는 제 서방의 성격이 남들과는 달라서 취해야 정상이 되는 걸지도 모른다고 짐작하다가 허리 쪽으로 감아오는 손길에 눈꼬리를 확 치켜떴다. 사납게 노려보자 예의 그 찡긋대는 눈짓을 하니 더 열이 오른 가혜는 그의 손을 확 치워 버리고 쌩하니 방으로 들어가 버렸다.

문이 쾅 닫히는 소리가 서늘하게 들리고, 부부간의 사이가 좋아져서 주인 나리도 마음을 다잡고 정착하길 바랐던 달수는 한숨을 내쉬며 그를 타박했다.

"우째서 나리는 아씨가 싫어하시는 걸 알면서도 그러십니까요!"

"뭐 어떻다고 그러느냐. 저리 토라진 것도 귀여운데."

정말 마음에 든 건지 실실 흘리는 그의 눈웃음에 달수는 턱이 빠질 것처럼 입을 쩍 벌렸다. 칠 년을 모셔온 제 나리지만 정말 사랑스럽다는 듯 흐뭇해하는 표정은 처음 보았다. 심지어 지금 아씨는 토라진 정도가 아니라 매우 버럭, 화를 내고 들어갔는데 그걸 귀엽다고 표현하는 것도 경악할 만한 일이었다.

"세상에……."

달수는 넋이 빠져 중얼거리다가 몸을 돌리는 주인의 가벼운 발걸음을 보며 고개를 절레절레 내저었다. 어쩌면 제가 생각하는 것보다 더, 주인 내외의 관계가 묘하게 돌아가고 있는 건지도 몰랐다.

외출한 인후가 돌아온 건, 그날 밤늦은 시각이었다. 이미 해가 져서 어두운데 거대 화로인 홍로에 불을 피워 주위를 밝힌 집 안은 시끌시끌했다. 현욱에게 자꾸 들러붙는 인후 때문이었다. 술에 취해서인지 평소보다 더 힘이 세진 그는 노비 몇이 달려들어 뜯어내려 해도 좀처럼 떨어지질 않았다. 마치 풀죽으로 붙여놓은 양 끈적끈적하게 엉겨 붙는 탓에 참을성이 많은 현욱도 미간에 주름이 깊게 파인 지 이미 오래였다. 덩치 큰 사내놈이 헤실거리는 것도 썩 달갑지 않았지만, 옷이 흐트러지는 건 더 큰 고역이었다.

"이것 좀 놓게, 차림새가 망가지질 않는가. 이 밤에 무슨 투호를 하겠다고!"

현욱이 짜증 가득한 어투로 한 소리 하자 투호 놀이를 하자며 졸라대던 인후는 곧바로 말을 바꿨다.

"그럼 격구를 할까? 달수야, 얼른 마구간으로 가서 두 마리만 데려오너라. 내 오랜만에 격구를 할 것이다."

말을 타고 긴 막대기로 공을 치는 격구는 단체로 하는 놀이였다. 그걸 둘이, 그것도 이 밤에 하겠다는 소리에 현욱은 혈압이 오르는 걸 간신히 참아 눌렀다. 기방에 눌러앉은 인후를 꺼내달라며 도움을 청하는 달수를 외면하지 못한 게 문제였다.

'이 친구가 부인에게 마음을 못 붙이는 건가. 아내를 들인 지 얼마나 되었다고 이러는지.'

아마도 그 요녀 때문이리라. 소향이를 가까이한 지 일 년이 넘었으니 웬만한 여인으론 성에 차지 않음을 모르지 않았다. 인후의 혼인날에 일 때문에 참석하지 못했던 현욱은 가혜의 미색을 오해하며 한숨지었다. 그 순간에 그의 눈길을 끌어당기는 미인이 내당과 연결된 중문에 나타났다.

무감각한 표정 탓에 차분한 눈매가 더 돋보이는 그녀는 달빛만큼 은은한 매력을 지니고 있었다. 말간 피부와 복사꽃이 핀 두 볼은 대조되었고, 밤의 장막 같은 긴 속눈썹은 신비로운 분위기를 자아내기에 부족함이 없었다. 그런 완벽한 외모에 유일한 흠을 꼽자면 눈과 키가 조금 크다는 것이었는데, 키가 큰 건 단아한 자태로 상쇄되었고 눈이 큰 건 시원시원한 느낌마저 들었으니 현욱은 예법도 잊고 그녀의 모습을 두 눈에 담아버렸다. 스스로 여인의 외형에 흔들리지 않는 기개쯤은 지녔다고 여겼고 소향이조차 친우를 망가뜨리는 요망한 계집으로 볼 뿐이었는데, 태어나 처음으로 자신의 시선을 끄는 여인이 있음을 그는 이 자리에서 인정해야만 했다. 그녀를 찾아낸 권식의 능력은 감탄스러웠고, 가장 아끼는 친우의 처복이 부러우면서도 기뻤다.

'미인도 속 여인도 저만하진 못하겠구나.'

그림으로 그려낸 상상 속의 여인도 그녀만 하진 못하리라. 그렇게 내심 탄복하고 있을 때, 무어라 말이 없는 그를 발견한 인후는 친우의 시선을 따라 고개를 돌렸다. 그 끝엔 자신을 무척 한심하게 바라보고 서 있는 아내가 있었다. 그녀의 등장에 괜히 기분이 뒤숭숭해진 인후는 그러한 감정을 숨기고 더 술에 취한 척, 두 팔을 활짝 벌리고 아내를 향해 돌진했다.

"부이인."

발랄하기 그지없는 말투와 상상치 못한 행동에 얼어붙은 가혜는 미처 대응하지 못하고 그대로 그에게 잡혀 버렸다.

"부인, 보고 싶었소."

사람들이 당황하는 건 보이지도 않는지, 그는 아내를 꽉 그러안고 얼굴을 비비적거리며 온갖 아양을 다 떨어댔다. 마치 덩치 큰 고양이가 애정 표현을 하듯이 끊임없이 비벼대는 느낌이었다. 이런 방식의 감정 표현을 처음 겪어본 가혜는 하도 놀라고 황망해서 벗어나고자 안간힘을 썼으나 그는 꿈쩍도 하지 않았다. 장정 서넛이 들러붙어도 감당 못 하는 그의 힘을 그녀가 어찌할 수는 없었다.

"숨, 숨 막혀요."

정면으로 꽉 안긴 탓에 가혜는 말 한마디도 간신히 내뱉었다. 호흡이 불편한 데다 옥죄는 부분이 꽤 아파서 자칫하면 그의 얼굴로 주먹이 날아갈 것만 같았다. 그러니 제가 사고를 치기 전에 좀 놔주길 바라는데, 거짓말처럼 그녀의 청이 이루어졌다. 뒷목을 억압하던 힘은 사라졌고 허리를 안던 팔은 느슨해졌다.

숨통이 트인 가혜가 고개를 들자 서방의 굳어버린 옆얼굴이 가장 먼저 보였고, 가라앉은 그의 시선이 닿은 곳에는 남편의 친우가 있었다. 저를 괴롭히던 서방의 억센 팔을 단단히 붙잡은 채 서 있는 그는 누가 봐도 이상적인 종사관의 모습을 하고 있었다. 단정하고 진지한 눈매에 시선이 현혹될 때 코끝을 건드리는 청명한 향취가 느껴졌다.

'이 향은.'

몇 달 전에 딱 한 번 맡아봤으나 기억하고 있었다. 두려울 정도로 끌리던 이름 모를 사내의 향기. 난생처음이었던 그날의 감정을 잊지 못하게 만드는 그의 시원한 체취였다. 그 사실을 깨달은 가혜의 눈빛이 건잡을 수 없을 만큼 흔들리고, 상황을 모르는 현욱은 인후를 타박했다.

"부인께서 호흡하기 곤란할 정도로 힘을 주면 어찌하는가. 자넨 취하면 힘 조절이 안 되니 조심 좀 하게."

그건 꽤 옳은 소리였으나 인후의 얼굴에는 못마땅한 기색이 머물렀다. 숨기지 못한 그의 표정을 보고 나서야 현욱은 자신이 성급하게 끼어들었음을 깨달았다. 어쨌거나 두 사람은 혼례를 올린 부부였고, 그들의 애정 행각에 제삼자인 본인이 나서는 건 친우의 자존심을 건드리는 일일 수 있었다. 그러나 인후는 그가 예상치 못한 부분에서 짜증을 부렸다.

"자네나 힘 조절 좀 하게. 아파 죽겠는데 언제까지 붙잡고 있을 건가."

그제야 제 아귀의 힘이 과했음을 알아차린 현욱은 손을 풀었고, 인후는 욱신거리는 오른팔을 탈탈 털면서 투덜거렸다.

"자네 때문에 놀라서 술까지 다 깨버렸지 않은가. 팔목이 부러진 것 같으이."

그 정도에 부러질 리 없으니 엄살인 걸 알지만, 다소 민망해진 현욱은 헛기침을 하다가 그만 귀가할 의사를 내비쳤다.

"시각이 늦었으니 이만 가야겠네."

"어찌 벌써 가는가. 사랑채에서 술이나 하고 가게."

인후의 권유에도 현욱은 고개를 저었다. 기실 왕의 밀명을 은밀히 수행하느라 밤잠이 부족해진 탓에 일찍 들어가 쉬고 싶었다.

"가서 눈 좀 붙여야겠네. 자네도 술은 좀 줄이고."

항상 반듯하니 틈을 보이지 않던 현욱이 피곤한 기색을 비치자 이때다 싶었던 인후는 밤마다 숨겨둔 여인이라도 만나느냐고 물었다. 혼인도 않고 밤낮없이 일에만 매진하고 있는 걸 뻔히 알면서도 할 소리는 아니었기에 현욱의 눈매가 찌푸려졌다. 그의 기분이 상한 듯하자 인후는 여전히 취기가 사라지지 않은 척, 빙글빙글 웃으며 현욱의 경계심을 무너뜨렸다.

"근자에 자네가 잠이 부족한 듯 보이니 하는 소릴세. 사내가 밤에 잠 못 자고 곤한 이유가 뭣 때문이겠는가."

내자가 앞에 있는 것도 잊었는지 하는 소리가 가관이라, 기가 찬 현욱은 말도 안 되는 소리 말라며 인후의 주장을 일축했다. 그저 일이 많아져서 자주 날을 새는 것뿐이라고 답한 그는 여전히 얼어붙어 있는 가혜에게 고개를 살짝 숙여 보였다.

"상황이 여의치 않은 듯하니 다음에 다시 정식으로 인사드리겠습니다. 그럼."

음색마저 정중한 그의 인사에 굳어 있던 가혜도 어렵사리 고개를 숙였고, 현욱은 인후와 눈인사를 나눈 뒤 무언가에 쫓기는 사람처럼 곧바로 그 자리를 떠났다. 그에게 길을 내어주느라 반쯤 열렸던 대문이 완전히 닫힐 때까지 가혜는 그의 뒷모습에서 시선을 떼지 못했다. 그런 아내의 표정을 살피는 인후의 눈동자엔 진중한 빛이 남몰래 어렸다가 사라지고, 언제 그랬냐는 듯 이내 장난기 많은 모습으로 돌아갔다.

"달수야, 목간통에 물 좀 받아두어라. 한잔 더 하며 쉬어야겠다."

목욕하며 술을 더 걸치겠단 소리에 달수는 혀를 내둘렀고, 그가 그러거나 말거나 인후는 멀쩡한 팔로 가혜의 허리를 슬며시 감싸며 은근하게 속삭였다.

"부인, 밤바람이 서늘한데 우리 함께 데운 물에 들어가 같이 즐깁

시다."

귀가 의심스러운 제안에 가혜는 기겁하여 대꾸조차 하지 못했다. 그것이 거부의 반응인 걸 알면서도 그는 근처에서 얼굴을 붉히고 서 있는 설이를 불렀다.

"설아, 넌 가서 아씨의 옷을 가져오너라. 오늘 밤은 목간에서 부부의 정을 돈독히 해야겠다."

그의 음성은 노비들이 다 들을 수 있을 만큼 컸고, 가혜의 얼굴은 하얗게 변했다. 이런 민망한 상황에 익숙지 않은 그녀는 식겁했으나 인후는 아내가 무얼 우려하는지 알면서도 멈추지 않았다.

"물이 식는 것도 모를 만큼 그대를 뜨겁게 달궈, 흡!"

인후는 입을 턱 막는 손에 말을 끝맺지 못했다. 그러고도 안심하지 못한 가혜는 다른 손을 서방의 뒷머리에 얹고 힘을 주어 더 단단히 입을 봉해 버렸다. 그건 본인이 자각하기도 전에 일어난 일이었다. 덕분에 사위가 조용해지고, 놀란 노비들은 그녀를 멍하니 바라보았다. 가혜도 제가 한 일을 깨닫고 얼굴이 발갛게 변했으나 차마 손을 떼지는 못했다. 그의 입에서 나올 말이 듣기 두려운 탓이었다.

'이, 이 망할 놈의 서방 같으니!'

신행한 첫날부터 자신의 체면과 품위를 깎더니만, 점점 수위가 높아지는 그의 희롱에 가혜는 매우 분노했다. 이를 악문 그녀는 그의 귓가에다 대고 작게 속삭였다.

"그런 건 혼자서 마음껏 즐기시지요. 자꾸 이러시면 말도 섞지 않을 겁니다. 절대로요!"

한껏 독이 올라 있는 그녀의 목소리에 인후의 눈이 동그래졌다. 그는 곧 처량한 눈길을 보냈지만, 가혜는 냉정하게 뒤도 돌아보지 않고 방으로 훽 들어가 버렸다.

그녀가 떠난 뒤, 인후는 홀로 목간에 들어야만 했다. 저를 불쌍히 여기는 노비들 앞에서는 부러 더 가엾게 굴었으나, 목간의 문이 닫힌 뒤엔 그런 표정이 싹 사라졌다. 그는 수증기가 모락모락 피어오르는 따뜻한 물에 몸을 담그고 느긋하게 목욕을 즐겼다. 눈을 감은 채 몸을 축 늘이고 천천히 호흡하다 보면 어머니의 배 속에서나 느꼈을 법한 온기를 충분히 만끽할 수 있었다.

그 자체가 바로 안락함인지라 평소에도 목욕을 즐겨 하지만, 오늘처럼 산속에서 몰래 검술 훈련이라도 하고 오는 날에는 뭉쳐 버린 근육을 풀기에도 그만이었다. 그렇게 한참 물의 기운을 즐기던 그는 오른팔 팔꿈치를 통 위에 걸치고 몸에 착 달라붙은 속적삼의 소매를 걷었다. 검술로 단련된 단단한 팔뚝에 붉은 자국이 꽤 큼직하게 찍혀 있었다. 좀 전에 현욱이 만든 흔적이었다.

'얼마나 세게 쥐었으면.'

감정의 절제를 미덕으로 여기는 친우가 한 짓이라곤 믿기 어려울 정도의 힘이었다. 더불어 자신의 아내를 처음 본 현욱의 감탄하던 표정도 떠올랐다. 말문이 막혀서 빤히 쳐다보기만 하던 친우의 모습은 괜한 껄끄러움을 남겼고, 그 감정이 마음 한쪽에 똬리를 틀면서 점점 거대해지자 인후는 본인의 생각에 제동을 걸었다. 제 아내에게 반한 것이 아니라고, 그저 술에 취해서 부인을 질식시킬까 봐, 그것을 염려하여 끼어들었을 뿐이라고 애써 결론을 내렸다. 그렇게 스스로도 믿지 못할 합리화를 하는 건, 누구보다 소중한 친우가 처음으로 연정을 품은 대상이 자신의 아내는 아니길 바랐기 때문이었다.

불편한 감정이 수증기처럼 피어올라 인후의 가슴을 가득 채우는 시각에, 불 꺼진 내당에 홀로 누운 가혜도 현욱을 생각하느라 잠을 이루지 못하고 있었다. 인후가 사냥 중에 머리를 다친 뒤부터 사람들은 현욱을 조선 최고의 검이라 불렀는데, 그것이 가혜를 이 밤에도 잠 못 들게 만드는 원인이었다.

'김현욱 종사관이라.'

이름은 듣지 못했어도 남편의 친우라면 그가 분명했다. 그녀는 작년 겨울에 어느 초가지붕 밑에서 너무나도 깊이 각인되었던 한 남자의 향기를 떠올렸다. 그것이 검술 훈련을 하는 바람에 땀에 젖은 제 남편의 체취임을 짐작조차 못 한 가혜는 오늘 만난 현욱을 의심했다. 목소리가 이전과 조금 다르긴 했지만, 체격과 나이가 비슷했고 변조가 가능한 음성보다는 좌포도청에서 본 인상 깊은 그의 검술 실력이 더 확실한 증거처럼 그녀를 끌어당겼다.

'스승님보다도 뛰어난 실력이 흔할 리가 없어.'

가혜는 오래전에 인연이 닿았던 자신의 검술 스승을 떠올렸다. 더불어 이 년 전에 그의 뒤를 이어 청나라로 떠나 버린 믿음직한 친구이자, 자신의 두 번째 스승이었던 이도 추억 속에서 끄집어냈다. 한 스승 밑에서 가르침을 받았던 그는 그녀의 사형이기도 했는데, 그의 진짜 실력은 가혜도 본 적이 없었으니 현욱과의 비교는 불가능했다.

'정말 김현욱 종사관이 좌포도청에서 만난 그 사람이라면…….'

마음만 흔들어놓고 사라진 그를 다시 한 번 생각한 가혜는 한숨을 내쉬며 뒤척였다. 혼인을 받아들이기로 했을 때, 그녀는 그가 남긴 마지막 흔적이었던 찢어진 도포 자락을 불태워 버렸다. 하지만 막상 그일지도 모를 사람을 만나게 되니 혼란스러운 건 어찌할 수가 없었다.

가혜는 바닥에 내려앉은 쓸쓸한 달빛을 바라보며 눈을 감고 머리를 비웠다. 그러자 그 자리에 좀 전에 있었던 일이 불쑥 끼어들었다. 시끄러운 서방의 입을 단단히 틀어막고 으름장을 놓는 제 행동에 놀라던 그의 눈망울이 매우 처량했음을 상기하자 가혜는 얼른 머리끝까지 이불을 뒤집어썼다. 누에고치처럼 길고 불룩해진 이불 속에서 참으려 애쓰는 웃음소리가 유쾌하게 흘러나왔다.

*

사대부가의 며느리가 된 가혜의 하루는 예전과 비교해서 많이 달라질 수밖에 없었다. 해가 뜨기 전에 일어나는 건 같았으나 그 외의 일은 할 필요가 없어졌다. 대신 등청하는 시아버지를 배웅하고 공좌부에 서명만 하고 도망 나와 치근대는 남편을 떼어내야만 했다. 그러고 나면 그녀에게도 자유가 주어졌다.

그녀는 그 시간의 대부분을 책을 읽는 데 사용했지만, 그날만큼은 도리 아범에게 전달받은 장부부터 집었다. 빼곡하게 적힌 장부에 따르면 집 안에 보관 중인 물품은 다양했고 비옥한 토지는 넓었으며, 그 땅을 경작하는 노비들의 수도 대단했다.

특히 인후의 조부와 증조부 대에서 어마어마한 부를 축적했는데, 문제는 이 년 전부터 쓸데없는 소비가 많아졌다는 점이었다. 정확히 그녀의 서방이 낙마하여 망나니가 된 뒤부터였다.

'도대체 얼마나 쓰고 다니는 거야?'

그가 밖에서 뿌리고 다니는 돈은 그녀로서는 상상도 못 할 액수였다. 거기다 더해 이번 혼인의 조건으로 쌀을 천 석이나 내준 탓에 가을에 있을 추수 전까진 곡식을 비싸게 사들이거나 먹는 양을 줄여야만 했다.

"아버지는 그 많은 걸 어디에 쓰시려는 건지……."

부친을 믿지만 그래도 불안했다. 그 불안감을 억지로 내리누르고 있는데 밖에서 설이가 다급하게 그녀를 찾았다. 들어오란 허락이 떨어지자마자 허겁지겁 문을 연 설이는 놀라운 소식을 전했다. 그녀의 말을 듣는 가혜의 눈동자도 차츰 떨려왔다.

"그게 참말이더냐."

"예, 지금 그 일로 장안이 난리가 났습니다. 다들 소문을 듣고 막 몰려가고 있어요."

"내 직접 나가봐야겠다. 채비 좀 해다오."

"예, 아씨."

설이는 장에서 쓰개치마를 꺼내 옷 시중을 들려고 했으나, 마음이 급한 가혜는 먼저 문지방을 넘었다.

가혜와 설이가 향한, 육조거리 주위에 있는 시전에는 자루나 바가지를 든 사람들이 바글바글 모여 있었다. 마치 한양의 백성이 다 몰려온 듯한 거리에 포졸들까지 나와서 단속하는 모양새가 보통 일은 아니었다.

힘겹게 사람들 사이를 헤치고 들어간 가혜는 줄이 시작된 곳을 자세히 보기 위해 근처 건물의 지대석(집터에 쌓은 돌) 위로 올라섰다. 조금 더 높아진 그녀의 시야에 쌀가마니를 나르는 장정들과 그 쌀을 퍼주는 낯익은 인물이 보였다.

'아버지…….'

바람이 적당히 산들거리는 날에 빈약한 옷을 입고도 부친은 땀을 뻘뻘 흘리며 백성들에게 쌀을 나눠주고 있었다. 혹독한 보릿고개를 버텨주길 바라는 간절한 마음을 담아 한 명이라도 더 구하고자 애쓰고 있는 것이 멀리서도 느껴질 정도였다. 그렇게 하염없이 아버지를 바라보고 서 있던 가혜의 귓가에 사람들이 떠드는 소리가 왕왕 들렸다.

"아 글쎄, 병판 대감께서 며느리를 들이시면서 소원 하나를 들어주겠다고 하셨는데. 그 며느님이 굶주리는 이들을 돕고 싶다고 쌀 천 석을 달라 하셨다, 이 말일세."

"아이고, 참으로 감사한 일이구먼."

"그러게나 말이여. 이번 보릿고개엔 꼼짝없이 죽었구나 싶었는디."

사람들은 하나같이 그녀를 칭송했다. 천 석이나 되는 걸 흔쾌히 내어준 시아버지에 관한 이야기도 들렸으나, 그래도 화제의 주인공은 단연코 그녀였다. 가혜는 그것이 자신을 떠나보낸 부친의 미안한 마음이라 여겼지만, 그녀와는 조금 다르게 생각하는 이도 근처에 있었다.

"장인어른은 참으로 수완이 좋단 말이지."

인후는 영달을 보며 혼자 중얼거렸다. 오늘 일로 장인은 두 가지 이득을 보았다. 하나는 여식을 팔아 부를 챙겼다는 오명을 피한 것이고, 다른 하나는 그녀의 집안이 조촐하단 이유로 양반들이 비웃을 수가 없게 되었다는 점이다. 백성이 소리 높여 존경한다 말하는 그녀를 누가 감히 흉보겠는가. 더불어 실세 중의 실세인 병조판서가 그녀를 얼마나 어여삐 여기는지도 만천하에 공개되었으니 더할 나위 없었다.

거기까지 추론한 인후는 장인의 노림수가 더 있을지도 모른다고 판단했다. 하지만 그는 곧 생각을 중단했다. 맞은편에 있는 아내가 눈에 띈 탓이었다. 눈가가 붉게 충혈된 그녀는 그렁그렁 맺힌 눈물을 참아내다가 결국 몸을 돌렸다. 그 모습에서 시선을 떼지 못하던 인후는 저도 모르게 그녀의 뒤를 따라 걸음을 옮겼다.

인파가 덜한 곳으로 방향을 잡고 걷던 가혜는 며칠간 먹을 양식을 받고 기뻐하는 백성들을 보았다. 그들의 표정은 원치 않았던 혼인마저 그리 나쁘지만은 않다고 느끼게 할 정도였다.

'아버지의 뜻을 오해하여 죄송하다고 서찰을 보내야겠구나.'

저를 팔았다 생각하여 무례하게 굴었던 걸 사죄할 생각으로 그녀는 바삐 걸음을 옮기다가 갑자기 귀에 걸리는 음성에 발길을 멈췄다.

"아이고, 나리. 부탁입니다요. 제발 돌려주십시오."

억울한 마음이 그득한 것이 딱 봐도 핍박받는 이가 내는 소리라 반사적으로 걸음을 멈춘 가혜는 곧바로 웅성웅성 시끄러운 쪽으로 방향을 틀었다.

좀 전에 막 지급받은 쌀을 빼앗긴 남자는 입술이 터져 피를 흘리면서도 무릎을 꿇고 싹싹 빌었다. 그의 앞에는 큰길을 막은 서른여 명의 장정이 있었고, 무기를 든 그들은 빼앗은 쌀자루로 달구지를 채우는 중이었다. 그중엔 피골이 상접한 사내의 것도 있을 터였다.

"나리, 어린것들의 목숨이 달린 겁니다. 그거라도 먹여야 보릿고개를 버틸 것이 아닙니까요."

그는 쌀가마니 위에 걸터앉은 자에게 자비를 베풀어달라 사정했다. 그러나 우락부락한 체구의 사내는 큰 흉터가 난 볼을 씰룩이며 귀찮은 듯 대꾸할 뿐이었다.

"그러게. 곱게 달랄 때 주면 반만 받는댔잖아."

"애들이 많아서 반만 가지고는 부족해서 그랬습니다요."

"아, 거참 말 많네. 애들아, 이놈은 다듬이질 좀 해서 보내라."

두목의 명령에 호위를 서고 있던 자들이 엎드려 있던 남자를 일으켜 세웠다. 붙잡힌 그의 눈에 공포가 차오르고, 근처에서 쌀자루를 빼앗기고 있던 다른 사람들은 눈을 질끈 감거나 고개를 돌렸다. 체격 좋은 비적 한 명이 주먹을 쥐고 팔을 한껏 뒤로 당기자마자 사람들 사이에서는 분기를 띤 비창한 목소리가 터져 나왔다.

"이게 뭐하는 짓들인가!"

모든 이들이 움찔, 몸을 멈추고 소리가 난 곳을 쳐다보았다. 그곳엔 분연한 얼굴로 선 가혜가 있었다. 예상치 못한 그녀의 개입에 곁에 있던 설이마저 놀라 쳐다보고, 비적단 두목은 험상궂은 얼굴을 팍 일그러뜨렸다. 그의 인상은 심약한 이가 보면 오금이 저릴 만큼 강했으나, 격분한 가혜의 시선도 그에 못지않게 매서웠다. 그 험악한 분위기에 설이는 비적들의 눈치를 보며 주인을 말렸다.

"아씨, 저 사람들 묵형단이어요."

두려움에 젖어 한껏 낮아진 설이의 음성에는 쩔쩔매는 기색이 뚜렷했다. 어린아이도 안다는 묵형단은 강도질 등으로 붙잡혀 얼굴에 글자를 새기는 자자형(묵형)을 당한 이들이 모여 만든 비적단이었다. 그 수가 백 명도 넘는다는 소문이 돌았고, 우두머리가 어디에 연줄을 대었는지 포도청에서도 그들을 쉬이 와해하지 못했다. 상황이 이러하니 백성들은 억울해도 마냥 당할 수밖에 없었다.

"그냥 돌아가서 대감마님께 말씀드려요. 예? 아씨."

설이의 설득은 꽤 일리가 있었다. 묵형단은 양반을 건드리지 않았고, 가혜는 이 자리를 빠져나가서 도움을 청할 충분한 능력이 있었다. 그러나 그사이에 더 많은 피해자가 생길 건 불 보듯 뻔했고, 묵형단은 금세 자리를 옮겨 똑같은 짓을 하고 다닐 가능성이 컸다. 그러기에 가혜는 더욱 눈앞에서 얻어맞는 백성을 두고 차마 훗날을 기약할 수가 없었다.

"그자를 놓아주고 쌀도 돌려주게."

엄중한 가혜의 지시에 남자를 포박하고 있던 비적들이 서로 눈치를 보며 어찌하면 좋을지 결정을 내려주길 원하는 시선을 두목에게 주었다. 신분도 신분이지만 모두 그녀의 얼굴을 알고 있기에 쉬이 반기를 들지 못했는데, 그런 부하들의 낌새를 느낀 두목은 손에 든 식칼을 빙글빙글 돌리며 콧방귀를 뀌었다.

"여보쇼, 아씨. 우리도 먹고살아야 할 거 아니요. 그냥 곱게 갈 길 가십쇼."

칼로 위협까지 하는 그의 모습에 사람들은 이쯤에서 가혜가 물러나리라 생각했다. 젊은 아씨가 신분만 믿고 버티기에는 묵형단의 악행에 대한 소문이 워낙 자자했다. 그러나 그녀는 도리어 비적들을 비웃었다.

"쌀을 얻길 원한다면 자네들도 가서 줄을 서게. 멀쩡한 사지로 줄도 못 서는가? 어린아이도 할 줄 아는 것을, 부끄러운 줄 알아야지."

어딘가 후련한 말에 주위에 있던 사람들의 눈에도 공감의 빛이 떴다. 여기저기서 고개를 끄덕이며 쑤군덕대는 이들이 생기자 묵형단 두목은 자리에서 일어나 가혜에게 다가갔다. 그가 가까워질수록 사람들은 슬금슬금 물러났고, 가혜의 곁에는 설이만 남아버렸다. 가녀린 두 여인을 상대하면서 그는 커다란 덩치로 압박하듯이 서서 고개를 살짝 숙였다.

"아씨께서 뭔가 착각하시나 본데, 소인도 사월령이 없어진 걸 압니다."

그가 사월령을 운운하자 가혜의 눈꼬리가 살짝 올라갔다. 한 스승 밑에서 검술을 배운 사월령은 가혜의 든든한 버팀목이자 소중한 친우였고, 검술을 가르쳐 준 두 번째 스승이기도 했다. 그런 그는 매우 은밀하게 사는 사람이라 아는 이가 극히 드물었지만, 묵형단의 두목은 매우 잘 알고 있었다. 그의 얼굴에 흉터를 남긴 이가 바로 사월령이기 때문이었다.

"소인이 예전처럼 설설 길 줄 아셨습니까? 아씨를 지켜주던 그자도 없는데 몸 좀 사리시지요."

대놓고 협박하며 껍죽대는 소리에 가혜의 눈빛에 냉열한 기세가 어렸으나 그녀의 목소리는 되레 잔잔해졌다.

"말조심하게. 그가 없다 한들 자네 같은 이에게 굴할 내가 아니니."

가혜는 당장에라도 그를 제압할 수 있었다. 근력에서는 밀릴지언정 체계적으로 무예를 익혀온 자신이 못 이길 상대는 아니었다. 다만 주위에 보는 눈과 떠들어댈 입이 많다는 사실이 그녀의 행동에 제약을 걸었고 이에 조심하고 있었을 뿐이었다. 그러나 이를 모르는 두목은 헛웃음을 흘리며 그녀를 더 자극해댔다.

"그럼 뭡니까. 이젠 사월령 대신 병판 대감이 저희를 막아주리라, 그리 믿으시는 겁니까? 그분은 저희 같은 놈들이 하는 짓에 별로 관심이 없으실 텐데요."

자신들이 쌀을 뺏든 악행을 하든 신경 쓰지 않을 거란 소리였다. 확실히 그건 의금부의 소관이 아니었으나, 그가 권식을 거론하며 비웃어대는 순간 가혜의 눈이 싸늘하게 식었다.

"지금 자네의 그 더러운 입으로 누굴 욕보이는 건가."

"하이고, 병판 대감께서 망나니 외아들을 아씨께 떠넘겼다는 소문이 자자하던데. 참으로 지극 정성이십니다.”

헛웃음을 지어가며 시아버지에 이어 남편까지 업신여기는 두목의 행태에 가혜는 손을 꽉 움켜쥐었다. 그 소문의 진실 여부를 떠나서 제게는 한없이 다정한 사람들이 욕먹는 게 불쾌했다. 비록 사정이 있어 언젠가 헤어져야 할 관계라지만, 죄인은 자신이었고 그들은 피해자에 불과하니 이런 시선들이 더욱 거슬릴 수밖에 없었다.

“자네같이 힘없는 자만 골라 괴롭히는 파렴치한 자가 어디서 감히 그분들을 입에 올리는가. 또 한 번 그런 망언을 흘렸다간, 내 정말 가만있지 않을 것이네.”

인내심의 끝에 다다른 가혜의 마지막 경고였다. 그러나 사태의 심각성을 모르는 그는 실실 웃으며 칼끝으로 가혜의 턱을 치려 들었다. 그 불경한 짓거리에 그녀의 몸이 움직이기도 전에 접힌 부채가 두목의 이마를 갈겼다.

짜악, 찰진 소리와 함께 큼직한 두목의 몸이 뒤로 휘청거리고, 난입한 자는 한 번 더 부채를 휘둘러 두목의 목을 가격했다. 북 터지듯이 격한 타격음에 묵형단원들은 경악을 금치 못했고, 두목은 맞은 부위를 잡고 나가려는 정신을 붙잡아야만 했다. 기껏해야 종이와 나무 살로 이루어진 부채라지만 누가 어떻게 때리느냐에 따라 그 타격이 매우 다르다는 사실이 만천하에 드러나는 순간이었다. 손쉽게 그를 제압한 사내는 부채를 펼쳐 눈 밑을 전부 가리면서 두목을 꾸짖었다.

“이런 소도둑놈 같은 자가 쓸데없이 보는 눈은 있어서 백주부터 아녀자를 희롱하다니.”

어딘가 익숙하면서도 조금은 인위적으로 꾸며낸 듯한 음성과 말투에 가혜는 설마 하는 생각이 들었다. 그가 제 앞에 서서 부채를 휘두를 때 슬쩍 옆얼굴이 드러나긴 했으나, 여전히 믿기진 않았다. 반신반의하는 그녀에게로 몸을 돌린 그는 고개를 살짝 숙인 상태라 갓의 양태 부분에 가려져 눈이 보이지 않았고, 부채로도 눈 밑을 가려 얼굴을 드러내지 않은 채 느끼한 말을 서슴없이 내뱉었다.

"다치진 않으셨소? 인연은 하늘이 내리신다더니, 내 이리 적시에 달려온 것을 보면 분명 하늘의 뜻이오. 그러니 우리……."

그는 인연 운운하면서 은근슬쩍 손을 잡으려 들었다. 그 무례한 행동에 미간을 찌푸린 가혜는 퉁명스럽게 그를 불렀다.

"지금 뭐하시는 겁니까, 서방님?"

"……."

잠시간 말을 하는 이가 아무도 없었다. 그가 가혜의 손을 잡으려는 걸 막으려던 설이도 어찌할지 갈피를 잡지 못한 채 입만 벙긋거렸다. 정체가 들통난 인후는 부채를 접고 당황한 티가 역력한 얼굴로 횡설수설 변명을 늘어놓았다.

"부인! 예서 만나다니, 우리가 인연은 인연인가 보오. 아니, 아니지. 뒷모습만 봐도 부인인 줄 알았소. 그래서 구해주려고 내 몸소 나섰던 거요. 아무렴. 뒷모습이 젊고 매혹적이라고 부녀자를 유혹하려 했겠소?"

그는 뻔뻔스럽게도 말을 바꾸며 알고 있었던 척했다. 그 어색한 표정과 말투만 봐도 거짓인 티가 심하게 났지만, 가혜는 두 눈만 잔조롭게 뜰 뿐 달리 추궁하진 않았다. 어딘가 석연찮은 구석이 있는 건 사실이어도 그가 나서준 덕분에 따로 손을 쓸 필요가 없어졌으니 고마워할 일이었다.

"서방님이 구해주셔서 큰일을 면했습니다."

가혜는 사람들이 더는 뒷말하지 않도록 지금껏 쓰지 않았던 서방님이란 호칭을 붙여주었다. 그러나 그 단어는 의외의 곳에서 이상 반응을 일으켰는데, 서방님이란 소릴 처음 들어본 인후는 귀밑이 간질간질한 탓에 몰려드는 더위를 탓하며 부채만 펄럭펄럭 부쳤다. 그 호칭이 이리 귀를 즐겁게 하는지 몰랐기에 더욱 적절하게 대응하기가 어려웠다. 문득 한 여인의 지아비로서 책임감까지 생성되고 있을 즈음 설이가 묵형단의 악행을 고자질했다. 덩치 큰 두목을 단번에 제압하는 주인 나리의 실력에 감화되어 한 행동이었으나 그의 입에서 흘러나온 답은 엉망이었다.

"뭐, 이들도 먹고살긴 해야지."

스스로 그렇게 말해놓고도 인후는 실망하는 기색을 감추지 못하는 아내의 표정에 저도 모르게 입을 다물었다. 초야를 치르던 날부터 지금까지 그녀가 싫어하는 말을 골라서 자주했고 질색하는 태도도 여러 번 보았지만, 확실히 이번 반응은 속이 쓰라렸다. 주워 담을 수 없는 말에 후회가 들 만큼 그는 동요하고 있었다.

'내 어찌 이리 흔들린단 말인가.'

낯설기만 한 감정이 이미 방향을 잃은 마음에 더 큰 혼란을 조장했다. 아마도 좀 전에 눈물짓는 아내의 뒤를 따라 걷다가 이 광경을 보게 된 게 영향을 준 듯했다. 양반 사내마저 피해간다는 묵형단을 대하면서도 굽힘 없는 그녀의 의연한 자태는 감탄스러웠고, 멀쩡한 사지를 운운할 땐 웃음이 나왔다. 주위에 있던 이들도 탄성을 흘리는 걸 보면서 아내가 이 사태를 어찌 해결할지 지켜보고 싶어졌다. 그러다 자신의 아버지를 모욕하는 말을 듣는 순간 기분이 싸늘하게 가라앉았으나, 부인이 저 대신 그를 질책하며 시아버지와 못난 서방을 두둔해 주는 걸 보니 고마우면서도 심경이 복잡해졌다. 그녀가 싫어하는 짓만 골라 하는 자신과 달리 그런 서방마저 감싸주는 어질고 정숙한 부인의 모습이 그 어느 때보다 아름다워 보여서 시선을 뗄 수가 없었다. 그렇게 돌연히 매혹당하고 있을 때, 비적이 아내에게 칼을 들이미는 걸 봐버렸다.

'그걸 못 참아서…….'

사고를 당한 뒤로 무예와는 담쌓고 지낸다는 소문을 만들기 위해 그 고생을 했건만 몸이 먼저 반응해 버렸다. 기왕 이렇게 된 것, 우선 제 아내에게서 떨어뜨린 뒤에 얼굴을 가리고 한량으로서의 면모를 한껏 보였지만 실망한 그녀의 표정을 보는 건 생각보다 더 고역이었다. 결국, 그는 한숨을 내쉬며 아내의 기대에 부응할 수밖에 없었다.

"알겠소. 내 잘 타일러 쌀을 돌려주게 할 터이니 부인은 먼저 가 계시오."

인후는 조건을 달았고, 가혜는 받아들일 수밖에 없었다. 대체 어떤 방식으로 비적들을 타이르겠다는 건지 알 수 없어서 찜찜했지만, 거부했다간 그의 도움을 받을 길마저 요원해질 수도 있었다. 지금 이 자리에서 묵형단이 갈취한 쌀을 가장 손쉽게 돌려받을 방법은 그의 힘을 이용하는 것이었기에 가혜는 미소와 부드러운 눈길로 그의 부담을 팍팍 올려주었다.

"하면 소첩은 서방님만 믿겠습니다. 잘 해결해 주시어요."

혼인을 올리고 지금까지 들은 목소리 중에 가장 산들거리는 음성이었다. 그에 좀처럼 적응하지 못하는 인후는 대꾸도 잊고 부채만 연신 부치며 고개를 끄덕였다.

그의 눈치를 보던 비적들은 쭈뼛쭈뼛 길을 열어주었고, 가혜와 설이가 멀어지고 나자 모두의 관심이 인후에게 쏠렸다. 그가 결론을 내려줘야만 했다. 쌀을 돌려받으려는 자와 빼앗은 걸 내어주기 싫은 두 세력 사이에서 인후는 못마땅한 말투로 두목을 불렀다.

"이봐, 은자를 줄 테니 쌀을 내줘라."

돈을 주겠다는 그의 말에 두목은 음흉한 웃음을 지었다. 좀 전엔 방심한 틈에 당해서 공격이 먹혔지만, 지금은 기습하기도 여의치 않으니 꼬리를 바짝 말았다고 생각했다. 그렇게 인후의 실력에 대해 한껏 착각하며 비웃은 그는 부하들 앞에서 망가진 체면도 배상받을 겸 대놓고 가격을 올렸다.

"쌀이 워낙 귀해서 한 섬당 은자 여덟 냥은 하는 걸 나리도 잘 아실 겁니다. 오늘 이 길에서 못해도 삼백 석은 뽑아낼까 하는데."

영달이 나눠주는 천 석 중에 삼백 석을 빼앗는다는 건 말도 안 되는 소리였다. 다른 길로 간 사람들도 많았으니 많이 빼앗아봤자 십여 석이지만, 인후의 신분을 아는 그는 부잣집 강아지를 탈탈 털어 한몫 두둑이 챙길 요량으로 눈에 보이는 거짓말을 해댔다. 그 탐욕스러움을 가만 보던 인후는 부채를 까딱여 그를 불렀다. 양반 체면에 대놓고 승낙하긴 어렵고 조용히 거래하려는 것으로 판단한 두목은 그에게 가까이 다가가 고분고분 귀를 내밀었다. 그에 인후는 다른 사람들이 듣지 못하도록 작게 소곤거렸다.

"우선 돌려주고 따로 좀 보지. 내 내자에 대해 묻고 싶은 것도 있으니, 서로에게 도움이 되면 좋지 않겠나."

필시 사월령에 대한 이야기라 확신한 두목은 좋은 건수를 잡았다는 생각에 실실 웃으며 쌀을 나눠주라 명했다. 양식을 빼앗겼던 사람들은 되찾았고, 비적들에게 가로막혀 집으로 돌아가지 못하던 사람들은 풀려났다. 비록 통쾌하고 멋지게 비적들을 쓸어버린 건 아니었지만 그래도 도움을 준 인후에게 사람들은 고마움을 표하며 떠나갔다.

마침내 달구지가 텅텅 빈 걸 확인한 인후는 두목만 따로 불러 인적 없는 골목으로 데려갔다. 순순히 따라 들어간 두목의 짐작대로 인후는 사월령에 대해 물었다.

"듣자 하니 그 사월령인가 뭔가 하는 작자를 잘 알고 있는 것 같던데, 아는 대로 전부 고해보아라."

아까부터 마음에 걸렸던 부분을 확인하고자 물었으나 아직 돈을 받지 못한 두목은 쉬이 입을 열지 않았다.

"나리, 우선 약조한 은자부터 주셔야지요. 금액에 따라 이놈의 입이 적당한 선에서만 말씀드려야 할지, 혹은 속사정까지 털어놓을지 결정하지 않겠습니까?"

은근슬쩍 눈에 힘을 주며 협박하는 태도에 인후는 입가를 가리고 있던 부채를 쓰윽 내렸다. 그의 얼굴에 얼마나 아찔한 미소가 떠 있는지 확인하자마자 두목은 등줄기를 타고 소름이 쫙 뻗어 올라서 몸을 부르르 떨었다. 무언가 잘못되었음을 본능적으로 감지했으나 내뱉은 말을 번복하기도 전에 그는 눈앞이 새까매지는 경험을 해야만 했다.

밤이 깊어질수록 더욱 화려해지는 기방, 홍화루의 높은 담벼락을 타고 고운 선율과 함께 웃음소리가 흘러나왔다. 평소라면 그 한가운데에서 노닐어야 할 인후였으나, 그는 방에서 기생의 무릎을 베고 누워 심각한 얼굴로 생각에 생각을 거듭할 뿐이었다.

"나리, 소향 언니 때문에 노하신 겁니까?"

이름도 모를 기생은 소향이를 들먹이며 그의 의중을 물었다. 인후가 혼인한 후부터 소향이는 그의 수청을 드는 걸 거부했는데, 자신을 두고 다른 여인과 혼인한 것에 대한 시위였으나 그 덕분에 다른 기생들이 득을 보고 있었다.

"나리?"

그녀가 한 번 더 물었으나 인후는 여전히 묵묵부답이었다. 말 걸지 말라는 듯 눈까지 감아버린 그의 머릿속에는 소향이 대신 묵형단 두목에게서 들은 이야기만 떠돌고 있었다.

"요즘은 그자를 아는 이가 극히 드문데, 아씨께서 부르기는 월령이라 불렀습니다. 은밀하기가 매우 귀신같은 이인지라 신분이나 사는 곳은 모르옵고, 소인이 아는 건 그자가 아씨를 흠모하였는지 오랫동안 뒤를 돌봐주고 지켜주었다는 것뿐입니다."

인후는 그 흠모라는 단어에 마음이 쓰였다. 아내의 미색만 봐도 그녀를 마음에 담은 사내가 없을 리 만무하지만 사월령이란 자는 유독 껄끄러웠다. 그를 부르는 호칭 때문이었다.

'달의 넋마저 죽여 잠재운다라, 자객인가…….'

현숙한 자신의 아내가 자객과 아는 사이라는 건 이상한 일이었다. 대체 어쩌다 엮였는지, 두 사람의 관계를 추리하고 있을 때 기생의 손가락이 가야금을 타듯 목선을 타고 내려와 그의 앞섶 사이로 파고들었다. 그 손길을 피해 상체를 벌떡 일으킨 인후의 눈가에 불쾌함이 어렸다.

'부인이 장성한 사내를 월령이라 다정히 불렀다면 보통 사이는 아니었다, 이 말이지.'

남들 앞이라고 제게 서방님이라 부르며 조심하는 언행으로 보아 아내는 매우 신중한 성정을 지니고 있었다. 그런 여인이 주위를 맴도는 월령의 접근을 거부하지 않았다는 건, 그의 존재를 어느 정도 인정하고 있었다고 봐도 무방했다.

그 사실을 깨닫자마자 인후의 기분이 곤두박질치는데, 그걸 모르는 기생은 본인의 저고리 앞섶을 열고 교태를 부리며 그의 등에 몸을 가져다 댔다. 치마허리로 바짝 감아 매서 풍만함을 강조한 기생의 가슴이 등을 누르며 제 존재를 피력하고 있음에도 인후는 그 사실을 알아차리지 못했다.

'서방인 내게 마음을 주지 않고 반년간 합방을 거부하며 시간을 끄는 것도 그놈 때문인가. 모습을 감춘 지 이 년쯤 되었다 했으니 아직 그를 잊지 못하고 돌아오길 기다리는 것일 수도 있겠구나.'

서방이 한량에 망나니로 소문이 자자한지라 그녀가 자신의 가혹한 운명을 받아들일 때까지 시간이 필요한 줄로만 알았던 인후는 속이 답답해지자 자리에서 벌떡 일어났다.

기댈 곳을 잃은 기생이 움찔 놀라며 그를 불렀지만, 인후는 그녀에겐 눈길조차 주지 않고 주안상 위에 놓아두었던 갓을 집어 들었다.

"가봐야겠다."

"나리, 어이하여 벌써 가십니까. 조금만 더 있다 가시어요."

검술을 잃은 대신 명기란 명기는 다 정복했다는 소문이 자자한 사내를 목전에 두고 제대로 벗겨보지도 못한 기생은 아쉬움에 한사코 말렸으나, 야속한 임은 뒤도 돌아보지 않고 떠나 버렸다.

인후가 서둘러 홍화루를 빠져나가던 그 시각에, 기방 뒤편에 있는 매우 조용한 건물로 한 사내가 들어섰다. 검은 무복에 긴 장검을 들고 까만 삿갓을 깊게 눌러쓴 그가 나타나자 방문 앞을 지키던 무사들이 분분히 고개를 숙여 예를 갖췄다.

그들의 눈앞에 있는 이가 바로 죽을 사(死)에 달 월(月), 신령 령(靈) 자를 써서 사월령이라 부르는 이였다. 더불어 그들을 이끄는 두령이기도 했다. 얼굴을 보지 않아도 그 기세만으로도 압도당한 무사들은 깍듯하게 예를 차리고 안에 그가 왔음을 고했다.

"단주. 두령이 당도하였습니다."

"들라."

짧은 말 한마디에도 무게감 있는 여인의 목소리에 문이 열리고, 월령의 시야에 가장 먼저 잡힌 건 연령층이 다른 두 명의 여인이었다. 이제 열아홉쯤 되었을 부단주, 유화는 참한 외양이 미인이란 소리를 제법 들을 만했으나, 월령은 중년 여인에게만 시선을 고정했다. 용의 힘찬 기백을 닮은 한자가 큼직하게 적힌 열두 폭의 글씨 병풍 앞에 앉은 그녀는 장침에 손을 얹고 삐딱한 자세로 앉아 장죽을 피워댔다. 마흔이 훌쩍 넘은 나이가 믿기지 않을 만큼 얼굴에 주름조차 없는 그녀가 바로 그의 주인이자, 홍려 상단의 단주이며 홍화루의 행수이기도 한 홍 단주였다. 신기하게도 그녀는 이 년 전과 비교해도 별달리 변한 곳이 없었으나 그런 부분에 딱히 감흥이 없는 월령은 멀찍이 거리를 두고 그녀와 마주 앉았다. 무릎을 꿇고 바닥에 검을 내려놓은 뒤, 말없이 품에서 책을 꺼내자 비로소 홍 단주가 한참이나 물고 있던 긴 담뱃대를 떼고 입을 열었다.

"고생이 많았겠구나."

그녀의 말에 월령은 답하지 않았다. 그 깊은 침묵 속에서 유화가 자리에서 일어나 월령의 앞에 놓인 책을 가져다가 그녀에게 건네주었다.

세월이 쌓여 누렇게 빛바랜 표지에는 '밀명지(密命志)'라는 세 글자가 박혀 있었다. 그것이 진품인지 책을 펼쳐 확인한 단주는 월령에게 시선을 주었다.

"밀명지의 위치를 아는 이는?"

"모두 처리하였습니다."

살아남은 이가 단 하나도 없다는 소리였다. 그의 일 처리는 항상 깔끔하니 그녀도 마음을 놓고 좀 더 편안한 대화의 포문을 열었다.

"그래, 지금 도착한 것이더냐."

"예."

"그럼 아씨 소식은 못 들었겠구나."

아씨라는 단어에 월령이 처음으로 고개를 들고 삿갓 밑에 자리한 눈으로 그녀를 똑바로 쳐다보았다. 잘 벼린 검과 같은 눈에 숨길 수 없는 열렬함이 담긴 걸 본 홍 단주는 즐겨 피우던 남초 연기가 갑자기 매우 쓰게 느껴졌다.

'아씨 일이라면 앞뒤 분간 못 하는 녀석인데, 잘 참아낼 수 있으려나.'

가혜를 향한 월령의 마음을 알기에 그녀는 쉬이 말을 꺼내지 못했다. 그녀의 고민이 길어지자 참다못한 월령이 굳게 다물어져 있던 입을 벌렸다.

"단주."

심연보다 깊고 낮은 음성이 무겁게 깔리고, 홍 단주도 결단을 내렸다. 어차피 내일이면 그도 알게 될 일이었으니 차라리 직접 알려주는 것이 나을 터였다.

"며칠 전에, 아씨께서 혼인하셨다."

혼인. 그 단어가 지닌 뜻은 잔잔하던 공기의 흐름마저 사납게 바꿔 버리기에 부족함이 없었다. 검은 삿갓 안에 자리한 그의 두 눈에 형형한 기세가 흐르고, 유화가 치맛자락을 움켜쥐며 공포심을 억누르는 걸 본 홍 단주는 월령을 크게 꾸짖었다.

"예가 어디라고 살의를 드러내느냐! 기세를 물리지 못할까!"

그녀의 노호에 월령은 고개를 숙이고 시선을 낮췄다. 하지만 두 무릎 위에 올려둔 그의 손은 주먹을 꽉 쥔 채로 부들부들 떨리고 있었다. 속에서 끓어오르는 그의 분노가 누구에게 향하고 있는지 아는 홍 단주는 혀를 쯧쯧 차며 다시 장죽을 입에 물었다.

"소용없는 짓이다. 그 꼿꼿한 어른이 어디 무력에 굽힐 인물이더냐. 죽음을 두려워하였다면 진즉에 너와 여식을 맺어주었겠지."

영달의 성정을 잘 아는 홍 단주는 뿌연 연기를 한숨처럼 뿜어냈다. 십 년이 넘도록 가혜만 바라보는 월령의 지고지순한 마음을 알면서도 그가 여식의 근처를 맴도는 것조차 싫어한 영달이었다. 그의 반듯한 성정으론 자객을 사윗감으로 인정할 수가 없었고 앞으로도 그럴 터였다.

"아씨는 잊어라. 예전에도 말했지만, 네가 지켜야 할 이는 내 자리를 물려받을 유화다."

홍 단주는 유화에게 슬쩍 시선을 주었다. 우연히 인연이 닿아 거두게 된 유화는 자신의 완벽한 후계자였고, 월령은 오로지 그녀를 위해 살아가야만 하는 그림자였다. 그렇기에 더욱 나어릴 때부터 세뇌하듯이 그리 말해왔지만, 마음속에 깊이 박힌 연정을 제거하기란 쉬운 일이 아니었다. 그 사실을 증명하듯이 월령은 여전히 가혜의 일만 입에 올렸다.

“누굽니까……. 제겐 허락되지 않은 자리를 차지한 이가.”

그의 질문에 홍 단주는 떫은 감을 베어 먹듯 미간을 찌푸렸다. 십여 년간 바라보기만 하던 여인을 빼앗긴 채 나락으로 떨어지고 있는 자에게 뭐라 해야 할까. 너 대신 병판 댁 망나니 외아들이 선택받았다고 해야 할까, 아니면 머리를 다쳐 한량이 되어버린 사내라 해야 할까. 그도 아니면…….

점점 깊어지는 그녀의 생각이 결론에 도달하기도 전에 월령이 검을 들고 일어났다. 그 모양새를 가만 보던 홍 단주는 그가 몸을 돌리고 나서야 장죽을 입에서 떼었다.

“병판 대감 댁 자제분이시다.”

생각지도 못한 신분에 월령의 발길이 잠시 멈췄다. 그는 몸을 돌려 홍 단주를 바라보았다. 굳어버린 그의 시선을 능히 이해한 홍 단주는 이번엔 순순히 답을 주었다.

“아씨의 운명이 그리 험한 걸 어찌하겠느냐. 부친들끼리 한 혼약을 내 말릴 수도 없는 노릇이고, 병판 대감이 그리 적극적일지는 또 뉘라서 알았겠느냐.”

그건 정말 그녀도 몰랐던 일이었다. 권식이 며느리로 택한 인물이 하필이면 가혜라는 건, 그리고 그녀가 양묘라는 건 참으로 지독한 운명이 아닐 수 없었다. 하루하루 가슴 졸이며 살아야 하는 아씨를 떠올린 월령은 더 참지 못하고 방을 박차고 나가 버렸다. 그가 어디로 가는지 알면서도 홍 단주는 말리지 않았다. 오히려 그녀가 더 부추긴 것도 없잖아 있었다.

‘이상하단 말이지. 쌀 천 석에 그리 쉬이 여식을 넘길 인사가 아닌

데. 분명 뭔가가 있는 게야. 최인후, 그자에게.'

홍화루의 단골손님인 인후를 떠올리는 홍 단주의 눈매가 슬그머니 좁혀졌다. 그에게 무슨 비밀이 있는지는 모르나 찝찝한 부분은 확실히 밝혀두는 편이 좋았다. 애정해 마지않는 가혜를 위해서라도 그리 해야만 했다.

원앙금침 위에 홀로 누운 가혜는 좀처럼 잠들지 못하고 뒤척였다. 병풍 속에 핀 꽃이 시들만큼 밤은 깊어가는데 기다리던 서방은 오지 않았고, 뜬눈으로 지새우는 동안 주기적으로 흘러나오는 한숨은 방 안을 채웠다.

'쌀을 돌려받는 대가로 은자를 주겠다고 했다니.'

그리 호언장담하던 서방의 해결 방법이 고작 묵형단 두목에게 재물을 쥐어주는 것이었다. 그따위로 일을 처리해 놓고 지금쯤 기생들과 웃고 떠들며 한바탕 놀고 있을 걸 상상하니 속에서 천불이 났다. 몇 사발의 냉수를 들이켜도 꺼지지 않는 불은 그녀의 가슴을 새까맣게 태웠고, 처음엔 연기가 피어올라 답답하던 속이 이젠 아플 지경이었다.

'원래 그 정도밖에 안 되는 자에게 내 무얼 기대하였단 말인가…….'

믿었던 제가 바보 천치라고 수없이 되뇌며 병풍 쪽으로 돌아누운 가혜는 억지로 잠을 청했으나 잠기운이 몰려오기도 전에 눈이 번뜩 떠졌다. 좀 전까지만 해도 시끄럽던 풀벌레가 더는 울지 않고 있었다. 긴장감으로 굳은 눈동자가 슬며시 옆으로 움직이고, 곤두세운 감각이 등 뒤에 있는 문으로 쏠리자마자 문이 작은 소음을 남기며 열렸다가 닫혔다.

'자객인가?'

바람이 들어왔다가 그친 것으로 보아 누군가 방 안에 들어온 게 분명한데, 사람의 기척은 전혀 느껴지지 않았다. 능숙하게 기척을 지우는 게 필시 고수인지라 정면으로 맞서는 건 어렵다 판단한 가혜는 기회를 엿보며 숨을 죽였다. 무기 하나 없이 맨몸으로, 그것도 누워 있는 상태에서 일류 고수를 제압할 가능성은 거의 없지만 그렇다고 순순히 항복할 수도 없었다. 살을 내주는 한이 있더라도 뼈는 취할 각오를 다졌을 때, 믿기지 않게도 그가 말을 걸었다.

홍화루를 떠나 곧장 집으로 온 인후는 사랑채에 들려 옷부터 갈아입었다. 갓과 도포는 벗어 던지고, 속적삼과 속고의만 입은 상태에서 하얀 두루마기를 대충 걸친 그는 고름도 매지 않고 상투관을 쓰면서 급히 방을 나섰다.

손에 부채 하나 달랑 들고 내당으로 연결된 회랑을 지나는 그의 버선발이 복잡한 심리를 대변하고, 불 꺼진 건물의 고요함만이 그를 반겼다. 밤이 늦었으니 아내도 당연히 잠들었을 테지만 혹시나 깨어 있을지도 모를 일이라 인후는 한 가닥 희망을 품고 발소리에 주의를 기울이며 살그머니 방문을 열었다. 내부를 메운 어둠 속에서 희미하게 보이는 아내는 돌아누워 있었는데, 고른 숨소리가 영락없이 잠든 느낌이지만 인후는 그녀가 일어나길 바라며 말을 걸었다.

"부인, 주무시오?"

자느냐 물으며 다가간 인후는 입꼬리를 슬쩍 올렸다. 두 눈을 꼭 감고 자는 척 반응하지 않는 그녀였지만 순간 호흡이 흐트러지는 게 느껴졌다. 그러나 다시 한 번 떠보아도 돌아오는 답변은 없었다. 말을 섞기 싫다는 뜻이었다. 그 의지가 확고하니 걸음을 돌리는 게 마땅하지만, 인후는 끈질기게 따라붙는 의문들을 해소하기 전엔 물러날 생각이 없었다. 장기전을 선언한 그는 아내의 등 뒤에 앉아 그녀가 일어나길 기다렸다.

둘 다 만만찮은 닭고집인지라 침묵 속에 시간만 흐르고, 팔짱을 떡하니 끼고 버티던 인후는 이불 위로 드러난 아내의 얇고 하얀 속저고리에 시선이 닿자 저도 모르게 팔이 풀렸다. 혼인 후에 처음으로 온전한 모습을 드러낸 적삼이 낯설었다. 어쩐지 세상에서 가장 부드럽게 생긴 적삼을 빤히 쳐다보자 그것은 참으로 요망하게도 아내의 속살을 보여줄 듯 말 듯 하며 그의 마음에 장난질을 쳐댔다. 가뜩이나 사월령 탓에 속이 타는 그는 상체를 숙이고 가혜의 귀에다 은근하게 속삭였다.

"부인께선 깊이 잠드신 듯하니, 이 짐승 같은 서방에겐 더할 나위 없이 좋은 기회구려."

무슨 짓을 할지 모른다는 암시에 질겁한 가혜가 그를 향해 몸을 돌리자마자 속적삼의 매듭단추가 뜯기듯이 풀려 버렸다. 고정 장치를 잃어버린 앞섶이 벌어지고, 다급히 여미려던 두 팔은 큼지막한 손에 붙잡혀 이불 위에 단단히 고정되었다.

졸지에 제압당한 가혜는 워낙 순식간에 벌어진 일에 소리도 지르지 못하고 제 몸 위를 덮은 그를 올려다봐야만 했다. 눈이 마주친 서방은 술에 취한 느낌이 없었고 어둠에 젖은 눈빛이 차분하면서도 형형해서 되레 평소보다 더 이성적으로 보였다. 그런 얼굴로 이러한 일들을 저질렀다는 사실이 하도 어처구니가 없고 허망해서 그녀는 몸에 들어갔던 힘이 쫙 빠지는 현상마저 겪었다. 반항조차 못 할 만큼 기막혀 하는 그녀와 달리 그는 매우 담담하게 지금부터 있을 대화의 규칙을 설명했다.

"내 묻는 말에 부인께서는 거짓으로 답해도 좋고, 진실을 말씀하셔도 좋소. 그건 그대의 선택이니 원하는 대로 하시오. 다만 그대가 거짓말을 한다고 판단될 땐, 나와 함께 이 밤을 즐겁게 보내고 싶다는 신호라고 여기겠소이다."

거기까지 말한 인후는 경악하는 아내의 표정으로 보아 제 말뜻을 알아들었다고 생각하고 첫 번째 질문을 던졌다.

"그 사월령이란 자는 무슨 일을 하는 자요?"

그가 사월령을 거론하자 가혜의 낯빛이 굳었다. 묵형단 두목의 입방정이 결국 화근이 된 것이다. 답을 기다리는 서방에게 그녀는 떨리는 음성을 최대한 억누르며 대꾸했다.

"상단에서 호위 일을 한다고 알고 있습니다."

월령의 공적인 신분은 홍려 상단의 호위였다. 하여 그리 대답했으나 그는 실소를 흘리며 가혜의 가슴을 긴장감으로 철렁거리게 했다.

"상단의 호위라, 월령이라 다정히 부르면서 그가 진짜 하고 다니는 일이 무엇인지 제대로 모른단 말이오?"

정답이 자객인 걸 알고 있는 인후는 아내에게 대화의 규칙을 상기시켜 준 뒤, 그녀의 목을 따라 좀 더 아래쪽으로 시선을 옮겼다.

그의 눈길이 점점 밑으로 내려가자 가혜는 안절부절못했다. 저고리가 최대한 제 역할을 다하고는 있어도 단추가 풀린 탓에 약간의 틈이 생겼고, 그걸 가리겠다고 붙잡힌 손을 빼내려 했다간 자칫 앞섶이 흘러내려 가슴이 보일 게 분명했다. 상황상 이러지도 저러지도 못하는 가혜는 그도 저처럼 두 손을 쓰기 어렵다는 점에 희망을 걸었으나, 기대는 금세 무너졌다. 그가 고개를 숙여 앞섶을 입으로 문 것이다. 입술이 살갗을 스치면서 닿고, 적삼이 들춰지자 놀란 가혜는 다급히 그를 말리며 결백을 주장했다.

"잠시만! 참으로, 참으로 홍려 상단의 호위입니다. 사람을 시켜 알아보시면 될 일이 아닙니까. 홍 단주의 호위로 일하다가 청으로 가는 상단의 물품을 보호하기 위해 떠난 지 오래입니다."

홍화루의 행수이자 홍려 상단을 이끄는 홍 단주는 인후도 잘 알고 있는 인물이었다. 수 대에 이어 불려온 재산과 정보력은 가히 조선 최고였고, 그 힘으로 어린 나이에 재능 있는 자들은 모조리 데려다 자객이나 상단의 인재로 키웠다. 그렇게 세를 불려온 덕분에 날고 기는 사대부들도 그녀만큼은 함부로 대하지 못했는데, 홍 단주를 지켜주는 힘 중의 하나가 바로 숨길 비(秘)에 그림자 영(影)자를 써서 비영단이라 불리는 자객 집단이었다. 아마도 사월령 또한 그 소속일 터였다.

거기까지 파악한 인후는 물고 있던 적삼을 놓아주었다. 어쨌거나 아내가 아예 없는 소리를 한 건 아니었으니, 규칙대로 앞섶을 고이 내려놓고 이번엔 그와의 관계가 얼마나 깊은지를 물었다.

"그럼 그대와는 어찌 알게 된 사이요."

"소, 소첩이 열 살 때 홍 단주의 도움을 받으면서 알게 된 자입니다. 그 뒤로도 종종 그에게 도움을 받았습니다."

가혜는 바짝 긴장해서 술술 대답했다. 어디로 튈지 모를 서방이 또 기함할 만한 짓을 할까 봐 그리했지만, 발언해도 좋을 선은 확실하게 지켰다. 월령과 홍 단주에게 문제가 될 만한 진술은 절대 하지 않으려는데, 그가 대놓고 그 부분을 지적했다.

"그럼 두 사람 사이가 보통이 아니었다는 것도 사실이오?"

"그건!"

"쉿."

그는 갑자기 조용히 하라는 신호를 보낸 뒤에 심각한 표정을 지으며 문 쪽으로 고개를 돌렸다. 잠시 뒤, 소리 없이 이불을 걷어내며 일어난 서방의 손에는 어느새 부채가 들려 있었고, 성큼성큼 옮기는 걸음은 어울리지 않게 고요했다.

그 틈을 타 얼른 저고리의 매듭단추를 채우던 가혜는 그의 발길질에 문이 떨어져 나가자 깜짝 놀라 고개를 돌렸다. 순간 그녀의 시야에 하얀 옷을 입은 서방과 대비되는 새까만 무복을 입고 검은 삿갓을 눌러쓴 사내가 들어왔다. 산산이 부서지는 달빛을 받으며 내당 마루 위에 고고히 서 있는 그는 그리움과 낯선 감정으로 가혜의 가슴을 파고들었다.

"월령……."

가혜의 중얼거림에 월령이 살며시 고개를 들었고, 인후는 방 안쪽으로 눈길을 주었다. 그녀의 말이 맞다면 자신을 죽이러 온 자객이 아니라, 야밤에 남의 아내를 찾아온 파렴치한 자일 터였다.

인후는 다시 시선을 돌려 월령을 보았다. 삿갓 속에 자리 잡은 그의 두 눈이 가혜의 곁에 머물며 슬픔과 기쁨, 분노 같은 상반된 감정을 서로 충돌시키고 있었다. 그 속에는 집착과 열띤 욕망 또한 존재했다. 마치 그녀가 제 것이었던 양, 빼앗긴 설움과 그리움을 함께 토해내는 눈빛이 인후의 심기를 건드렸다. 자신의 아내를 탐하려는 자를 보게 된 그의 눈매가 매서워지고, 그 시선에 월령도 가혜에게서 시선을 떼고 인후를 보았다.

이미 잃은 자와 잃을 걸 두려워하는 자의 사나운 시선이 얽히고,

두 사람 모두 손에 쥔 무기를 꽉 움켜쥐었다. 가만히 서서 서로의 실력을 가늠하는 두 남자는 당장에라도 충돌할 듯, 살벌하기 그지없었다. 그 모습에 가혜는 옷을 더 챙겨 입어야 한다는 것도 잊고 황급히 달려 나갔다. 그녀는 이 상황에서 좀 더 우위에 있는 서방부터 달랠 요량으로 그의 앞을 가로막았다.

"진정하셔요, 그는 제 벗입니다."

"벗? 지금 벗이라고 하셨소?"

인후는 되물으며 믿지 않는 기색을 드러냈다. 청으로 갔다던 이가 조선에 있는 데다가 사월령의 눈빛만 봐도 그의 감정이 우정 이상인 것을 알 수 있었기에 아내가 거짓말로 모면하려 든다고 생각했다. 떨칠 수 없는 불신의 늪에 빠진 그는 한껏 비아냥거렸다.

"규방 여인과 자객질 하는 사내놈이 교우지간이라."

그동안 신기할 만큼 당당한 아내의 성격이 마음에 들었고, 단정한 품행과 곧은 기질은 흠잡을 데 없다고 여겼었다. 그래서 인후는 그녀가 사월령 때문에 저를 받아들이지 않는 건 아닐까 의심하면서도 한편으로는 그 성격에 자객을 마음에 두었을 리 없다고 판단했었다. 그러나 그건 모두 자신의 착각이었고, 아내는 제 앞에서 사월령을 벗이라 칭하며 두둔할 만큼 지극히 여겼다. 그것이 인후는 매우 불쾌했다.

"조선 팔도에서 대체 누가 그 말을 믿겠소? 내 그 정도도 분별 못 할 것 같소!"

"서방님, 제발."

가혜는 그의 소매를 잡고 호소했다. 자신은 이미 오래전에 내쳐질 걸 각오했으니 괜찮았지만, 혹여나 아랫것들이 몰려와 월령을 발견한다면 그는 목숨을 잃을 수도 있었다. 저와 그의 신분은 이미 그만큼

이나 멀리 떨어져 있었다. 월령을 위해서라도 이 사태부터 수습해야 하는 가혜는 그에게 시선도 주지 않고 책망했다.

"자네는 예가 어디라고 온단 말인가. 내 벗으로 대했다고는 하나 그 또한 오래전 일이고, 이미 혼인까지 한 나를 어찌 이리 곤란하게 만드는가. 두 번 다신 자네를 볼 일이 없으니 더는 찾아오지 말게."

스스로 뱉어놓고도 너무나 단호하게 느껴지는 언사에 가혜는 가슴이 아팠다. 무려 이 년 만이었다. 살해당한 스승의 마지막 임무를 맡고자 청으로 갔다가 무사히 돌아와 주었는데, 저를 찾아온 친우를 이리 대해야 하는 상황이 야속하기만 했다. 그러나 그런 마음을 티 낼 수는 없었다.

그렇게 그녀가 만나지 않겠다는 의지를 확고히 하자, 인후도 노기를 삭였다. 더 소란스럽게 하여 아내에게 다른 남자가 있다는 소문이 퍼지는 건 그도 원치 않았다.

"부인께서 그렇게까지 말씀하시니, 오늘 밤은 저자의 죄를 묻지 않고 돌려보내리다. 하나 저치가 다음에 또 내 눈에 띄는 일은 없어야 할 것이오. 이러한 일이 다시 벌어진다면 나는 물론이고 세상 모두가 그대의 정절을 의심할 테니 말이오."

인후는 일부러 죄나 정절과 같은 단어를 운운했다. 그 말에 월령은 자신이 그녀를 위험하게 만드는 존재가 되었음을 인정할 수밖에 없었다. 유학을 숭상하는 조선에서 혼인한 양반가의 아녀자와 외간 남자의 부적절한 만남은 서로의 목숨까지 위태롭게 만들기에 그는 차마 그녀에게 다가갈 수가 없었다.

가혜의 뒷모습만 바라봐야 하는 월령의 눈매에 애통함이 어리고, 그는 그것을 숨기고자 삿갓을 더 깊이 눌러쓴 채 몸을 돌렸다. 떠나가는 월령의 기척을 느끼며 가혜는 입술 안쪽을 꽉 깨물었다. 소중했던 인연이었으나 속상한 마음조차 함부로 드러내면 안 되는 처지였다. 그렇게 모질게 친우이자 듬직한 오라비였던 이를 끊어낸 가혜는 가슴이 아픈 만큼 서방에게 차갑게 굴었다.

"그만 사랑채로 돌아가십시오."

조금은 나아졌다 싶던 관계가 다시 틀어지고 음색도 딱딱해졌다. 그녀는 그에게 눈길도 주지 않은 채 그의 곁을 지나치려 했다. 하나 인후는 그걸 용납하지 않았다. 좋든 싫든 혼인으로 엮인 관계였고 그 관계가 이어지는 동안은 그녀의 마음속에 저 외의 다른 사내가 들어 있는 건 옳지 못했다. 그렇게 판단한 그는 아내의 팔을 잡아 돌려세웠다. 마주치는 눈빛에 어린 냉기가 가슴을 시리게 하니 이 여름날에도 동상에 걸릴 것만 같았으나, 그는 회피하지 않았다.

"그자와 대체 무슨 관계요."

"벗이라 하지 않았습니까?"

그녀의 퉁명스러운 표정과 말투는 인후를 더욱 자극했다. 이 땅의 그 어떤 벗이 야밤에, 그것도 혼인한 여인의 방문 앞까지 찾아온단 말인가. 그렇게 열렬한 순정을 품은 눈으로 저를 봐달라 간절히 바라면서. 그 감정을 직접 보았기에 인후는 아내의 말을 믿을 수가 없었다.

"어찌 내게 그 말을 믿으라 하오? 그자는 절대 그대를 벗으로 생각지 않았소!"

거칠어지는 눈빛과 높아지는 그의 언성에 가혜의 시선에도 날이 섰다. 월령이 저와는 다른 마음을 품었다는 걸 모르지 않았다. 어느 순간부터 그는 자신을 여인으로 대했고, 은연중에 그런 마음을 드러내곤 했었다. 그럼에도 지금껏 이어지지 않은 건, 부친의 반대도 있었지만 스스로 그를 진정한 벗으로 여겼기 때문이었다. 한데 그 마음을 솔직히 말하여도 곡해되고 있는 지금 이 순간, 제 말을 믿어주지 않는 서방 앞에서 그녀는 평생 후회할지도 모를 소리를 내뱉었다.

"하면 그를 좋아한다, 은애하고 있었다. 그리 말씀드리면 믿으실 겁니까?"

말을 하는 가혜도 듣는 인후도 표정이 얼음장처럼 굳었다. 냉기가 피부 속 깊숙이 침투하여 심장마저 얼어붙게 만드니 생살이 쩍쩍 갈라지는 것처럼 매우 아팠으나, 그 통증을 겪으면서도 가혜는 말을 멈추지 못했다.

"적어도 서방님께 마음이 없는 건 확실할 겁니다. 하니 소첩이 싫으시다면 한시라도 빨리 내치십시오. 부덕한 여인은 내쫓고 새 부인을 들이시는 편이 서방님께도 좋지 않겠습니까."

이 세상에서 가장 아픈 무기가 존재한다면 그건 단연코 세 치 혀이리라. 순식간에 다가와 죽을 것 같은 상처를 남기니 이보다 더 무서운 무기가 존재하기나 할까.

손에 힘이 빠진 인후는 아내의 팔을 놓았고, 가혜는 억지로 몸을 움직여 서책을 모아둔 좌측 방으로 들어가 버렸다. 문을 잠가 버린 그녀는 쓰러지듯 주저앉아 숨죽여 울었다. 왜 이리 가슴이 아픈지, 영문도 모른 채 그 밤을 눈물로 지새웠다.

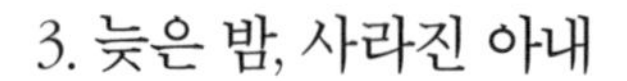

3. 늦은 밤, 사라진 아내

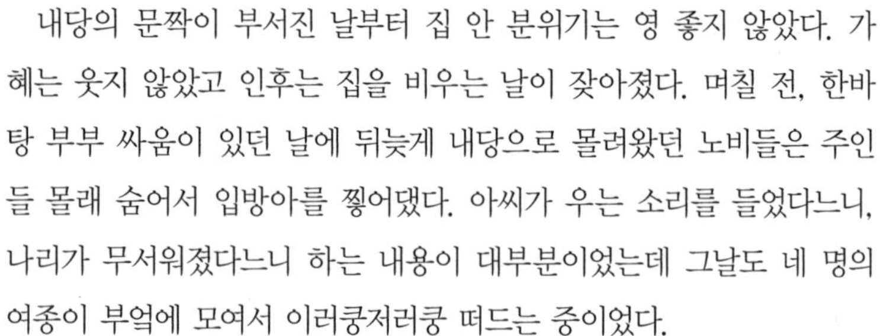

내당의 문짝이 부서진 날부터 집 안 분위기는 영 좋지 않았다. 가혜는 웃지 않았고 인후는 집을 비우는 날이 잦아졌다. 며칠 전, 한바탕 부부 싸움이 있던 날에 뒤늦게 내당으로 몰려왔던 노비들은 주인들 몰래 숨어서 입방아를 찧어댔다. 아씨가 우는 소리를 들었다느니, 나리가 무서워졌다느니 하는 내용이 대부분이었는데 그날도 네 명의 여종이 부엌에 모여서 이러쿵저러쿵 떠드는 중이었다.

"아까 아씨 쪽으론 고개도 안 돌리시는 거 봤어? 며칠 동안 외박하다 오셨으면 좀 미안한 척이라도 하셔야지."

"시집오자마자 소박맞은 거지 뭐. 대감마님도 얼마나 면구하셨으면 벌써 친정 나들이를 허락하셨겠어."

"하긴, 그렇게 해서라도 아씨를 달래야지. 대감마님이 아씨만 한 며느리를 또 들이긴 어려우신데."

세 여성은 곧 친정으로 떠날 가혜가 부친을 위해 만들어놓고 남긴 음식을 집어 먹으면서 한 소리씩 내뱉었다. 그러나 그들이 두어 마디씩 더 해도 입을 다물고 딴생각에 젖어 있는 인물이 있었다.

"박씨는 뭔 생각을 그리해?"

"응?"

박씨라 불린, 풍채가 좋은 여인은 움찔하며 상념에서 깨어났다. 그제야 그녀는 자신을 이상하게 쳐다보는 여자들을 발견하고 황급히 대화에 참여했다.

"아씨가 불쌍하다 생각하고 있었지. 소향이 그년이 우리 나리를 다 망쳐 놓은 거라니까."

박씨는 자신이 적절하게 대처했다고 생각했지만, 그녀의 얼굴에 닿는 시선은 여전히 썩 좋지 않았다. 한 여인은 고개까지 갸웃거리며 위아래로 훑어볼 정도였다.

"이상하네."

"뭐가!"

"아따 깜짝이야! 왜 화를 내고 그랴! 자네가 이 귀한 견병을 앞에 두고 고사만 지내고 있으니 이상허지."

기름에 튀긴 강정을 먹을 수 있는 이 순간에 딴생각만 하고 있었으니 이상하게 여길 만도 했다. 그 말을 듣고 나서야 본인이 매우 수상하게 행동했다는 걸 깨달은 박씨는 이 사태를 무마하기 위해 다시 버럭 화를 냈다.

"네년들은 지금 견병이 입에 들어가? 우리 나리가 소향이년 치마폭에 휩싸여서 밤인지 낮인지도 모르고 저리 사시는데! 넘의 서방 데려다 밤일만 해대는 그런 년은 확 가마솥에 코 박고 죽어야 혀!"

욕인지 말인지 와다다 쏟아낸 박씨는 넋이 빠진 여종들 사이를 씩씩대며 지나쳐 밖으로 쌩하니 나가 버렸다. 멀어지는 그녀의 뒷모습을 보면서 여종들은 멍한 얼굴로 한마디씩 중얼거렸다.

"지 서방이 요즘 딴짓하고 다니나. 왜 저런대?"

"그러게 말이여. 난 소향이년 밤일 잘하는 것도 부럽구먼."

무심코 중얼거린 이에게 다른 여인들이 따가운 눈총을 쏟아냈다. 그때까지 말을 아끼던 여인은 혀를 차며 손에 든 견병 부스러기를 입에 털어 넣었다.

"이리 눈치들이 없기는. 가을이가 요즘 몸이 안 좋으니까 그러지. 애지중지하는 딸년이 아파서 아씨 몸종 자리도 아무 연고 없는 설이가 꿰찼잖아."

그 말을 듣고 나서야 두 여인은 방정맞은 자신들의 입을 봉했다. 그리고 그건 매우 현명한 처사였다. 가혜의 지시를 받은 설이가 다과를 준비하기 위해 부엌으로 들어섰기 때문이었다. 설이는 이상한 분위기에 그녀들을 멀뚱멀뚱 쳐다보았고, 입이 딱 붙어버린 여종들은 한 박자 늦게서야 찾아온 연유를 물었다.

"너도 군음식 하러 왔어?"

"아니요. 아씨께서 직접 차를 내리신다고 다과상 올리라 하셨어요."

"바로 안 떠나시고?"

한시라도 빨리 친정으로 가고 싶을 텐데 찻물을 우린다는 소리에 한 여인이 의아해하며 되묻자 설이는 눈을 샐쭉거렸다.

"손님 오셨어요, 손님. 군음식은 그만들 하시고 상차림 좀 해주셔요. 종사관 나리 자실 거니까 제일 좋은 거로요."

설이는 좋은 걸 강조하며 슬쩍 볼을 붉혔다. 그 꼴을 본 여종들은 군것질을 끝내고 하나같이 혀를 차며 일어나서 바삐 상을 차렸다.

설이의 볼에 꽃물을 들이는 손님인 현욱은 보료 장침에 삐딱하게 기대앉은 친우를 보면서 한숨을 쉬었다.

"자네 정말 이럴 건가. 내달이면 소정도 있는데 춘부장께서 자네의 결근을 눈감아주시는 것에도 한계가 있는 법이네. 오죽 속이 타셨으면 조회가 끝나자마자 나를 따로 불러 말씀하셨겠나. 이러다 정말 파직이라도 당하면 어찌하려 그러는가."

현욱의 잔소리는 좀처럼 끝날 기미가 보이지 않았다. 다음 달에 소정이라 하여 인사고과를 실시하는데, 그해 봄과 여름의 근무 성적이 기준이 되었다. 여기서 점수가 좋지 않으면 녹봉을 받지 못하는 무록관이 되거나 심하면 파직을 당하건만, 이미 무록관인 인후는 부친의 권세 덕에 그나마 파직을 면하고 있었다. 그것이 부친의 얼굴에 얼마나 먹칠을 하는 행동인지 알면서도 인후는 두통이 이는 척하며 관자놀이를 꾹꾹 눌렀다.

"자네나 그 좋아하는 일 하러 얼른 들어가게. 왜 입궐했다가 다시 나와서 아픈 이를 이리 괴롭히는가."

인후는 아프다며 그를 돌려보내려 하였지만, 꾀병인 걸 빤히 아는 현욱은 쉬이 물러나지 않았다. 그는 한 소리 더 하려 했으나 설이의 목소리가 현욱의 입을 봉했다.

"나리, 다과상이옵니다."

"그래, 어서 들어오너라."

인후는 적당한 순간에 온 설이를 반가이 맞이했다. 차를 마실 때는 평소보다 더 말수가 줄어드는 현욱이니 이만한 입마개도 없었다.

주인 나리의 허락에 설이는 상을 들고 조심히 방으로 들어섰다. 정갈하게 차린 다과상을 내려놓으며 그녀는 가혜가 직접 차를 우렸음을 넌지시 밝혔다. 안주인이 손님을 위해 정성을 들였다는 말에 인후가 눈살을 찌푸리는 것과 달리 현욱은 작게 미소 지으며 바로 찻잔에 따라 그 향을 음미하고 입안으로 흘려보냈다. 배 속까지 퍼지는 따뜻한 온도가 친우 때문에 올랐던 혈압을 내려주니, 그는 가혜에게 고마운 마음을 표했다.

"차에 어린 향에 시름을 잊고, 온기에 즐거워지니 부인께 감사하다 전하여라."

"예, 나리."

담백한 칭찬 속에 담긴 현욱의 다정함에 설이는 기뻐하며 물러나려 했다. 그러나 뒷걸음질 치는 그녀의 걸음을 멈칫하게 만드는 인물이 하나 있었다.

"차 맛이 그게 그거지, 무얼 그리 거창하게 답하는가."

또 무엇에 심기가 뒤틀렸는지 인후는 못마땅한 기색을 여과 없이 드러냈다. 설이가 슬쩍 흘겨보고 물러난 뒤에도 인후는 차를 입에 대지 않았다. 심지어 현욱에게 그만 일어나길 재촉하기까지 했다.

"일도 많다면서 예서 차나 즐길 땐가. 얼른 입궐하시게. 전하께옵서 찾으시면 어찌하려고 이러는가."

"안 그래도 지금 갈 생각이었네."

등청하라 설득하길 포기한 현욱은 자리를 털고 일어났다. 그러자 인후는 눈에 띄게 반색했고, 그 표정이 꼴불견이라 현욱은 그냥 더 버텨볼까 싶은 마음이 슬그머니 고개를 치켜드는 걸 느꼈다. 그러나 입 아프게 말해봤자 등청은 고사하고 엉덩이도 떼지 않을 게 분명한 탓에 그는 현명하게 포기하고 인후의 방을 나섰다. 밖에서 대기하던 달수가 얼른 신을 신겨주고, 섬돌 위에 내려선 현욱은 앞마당에서 소나무를 올려다보고 있는 가혜의 뒷모습을 발견했다. 그 모습이 마치 한 폭의 그림 같아서 잠시 바라만 보던 그는 그녀에게 다가갔다. 외출할 예정인지 곁에 서 있는 설이의 손에 쓰개치마와 작은 짐이 들려 있었다.

"출타하십니까?"

부드러운 음성에 몸을 돌린 가혜는 그와 눈이 마주치자 얼른 시선을 내렸다. 좌포도청에서 자신을 구해준 그와 이리 다시 대화를 나누기를 얼마나 고대했는지 모른다. 하지만 그 사실을 밝힐 수는 없기에 그녀는 자신의 사정에 맞게 적당히 대답했다.

"친정에 다녀오게 되어 서방님께 인사라도 드리고 가려고요."

그렇게 말하고 나서 굳게 닫혀 있는 방문에 무심코 시선을 주는 그녀의 모습이 현욱은 애잔하게 느껴졌다. 그녀가 타준 차도 마시지 않는 인후의 태도에서 부부 사이가 틀어졌음을 짐작한 그는 뭐라 위로의 말을 건네지 못하고 다른 화젯거리를 찾았다.

"춘부장께서 배고픈 이들에게 쌀을 나눠주셨다고 들었습니다. 부인의 제안으로 시작되었다던데."

실제로는 영달이 혼자 계획한 일이었지만, 가혜는 부정하지 않았다. 사실대로 밝히면 아버지는 거짓말쟁이가 되고 그 속에 든 뜻도 훼손될 것임을 그녀는 잘 알고 있기 때문이었다. 그래서 침묵하는 걸 긍정의 의미로 받아들인 현욱은 진심으로 그녀의 선행을 칭찬했다.

"나랏일을 하는 사람으로서 부인의 어진 마음에 크게 감명받았습니다."

그의 말은 오래전에 복면을 쓴 사내가 해주었던, '멋진 여인'이란 말을 상기시켰다. 그때도 덕분에 많은 힘을 얻었던 가혜는 곱게 미소 지었다.

“그런 말씀을 자주 하시나 봅니다.”

“예?”

현욱은 가혜의 말을 바로 이해하지 못했다. 되묻는 소리에 비로소 자신의 실수를 깨달은 가혜는 급히 화제를 바꿨다.

“별말 아닙니다. 나리께선 바로 입궐하십니까?”

“예, 잠시 나온 것이라 가보아야 합니다.”

내금위 종사관인 그는 임금을 호위하는 게 주된 임무라 근무지도 궐 안이었다. 그만큼 숙직이 잦은 탓에 다른 직책보다 몸이 고된 편이었고, 얼마 전엔 왕의 밀명까지 받아서 시간을 쪼개 쓰다시피 하고 있었다. 한시바삐 돌아가야 한다는 걸 다시금 직시한 현욱은 가혜에게 헤어짐의 인사를 했다.

“오랜만의 친정 나들이인데 기쁜 마음으로 조심해서 다녀오십시오.”

“아, 잠시만요. 나리.”

아직 용건이 남아 있는 가혜는 설이에게 눈짓하여 들고 있던 통 하나를 그에게 건네게 했다.

“군음식을 조금 쌌습니다. 허기지실 때 드시지요.”

그걸 주기 위해 친정에 가는 것도 미루고 그를 기다리고 있었다. 일전에 관군들에게 쫓길 때 구해준 보답이었지만 그걸 모르는 현욱은 머뭇거리며 쉬이 받질 못했다. 친구의 아내에게 음식을 받는 것이 겸연쩍었기 때문이었다. 그런 그의 마음을 짐작한 가혜는 적당한 이유를 대주었다.

“서방님께서 숙직하시는 날이라 드리려 하였는데, 보아하니 버리게 될 것 같아서……. 정성을 담은 것이니 받아주십시오."

"그래, 웬만하면 받게."

언제 나왔는지 인후가 불쑥 두 사람의 대화에 끼어들었다. 관복 대신 도포를 입고 산책하듯 설렁설렁 걸어온 그는 현욱에게 조언인지 뭔지 모를 소리를 흘렸다.

"내게 주려 했던 것이라 하니 꼭 은수저를 사용하게나."

독이라도 있는지 확인해 보고 먹으라는 말이었다. 농담 속에 진담도 조금 섞인 느낌이라 현욱은 그를 이상하게 쳐다봤고 가혜는 눈살을 찌푸렸다. 난데없는 독 이야기는 분위기를 망가뜨리기에 충분한지라, 상황을 무마하고 싶었던 현욱은 인후에게 등청하려는 것인지 물었다. 그러나 그는 기방에 간다며 나가 버렸고, 기방 얘기에 당황한 현욱은 설이의 손에 들린 보자기를 얼른 받아 들고 가혜에게 감사 인사를 했다.

"감사히 먹겠습니다, 부인."

그는 미소까지 지으면서 가혜의 마음을 풀어주려 애썼다. 덕분에 가혜도 작게 웃으며 그를 배웅하고 친정으로 향할 수 있었다.

가마를 타고 부친을 만나러 가는 동안 가혜는 현욱을 떠올렸다. 두 번이나 구해준 목숨값이라 하긴 뭐하지만, 그래도 작게나마 정성을 표하고 나니 마음이 한결 편안했다.

'다정한 건 예나 지금이나 같구나.'

복면을 쓴 남자는 할 말 다하면서 툴툴대기도 하였으나 가혜는 그런 부분에 대해서는 까맣게 잊어버렸다. 시간이 많이 지난 지금, 그녀의 뇌리에 강하게 박힌 부분은 그의 체향과 뛰어난 검술 실력, 힘이 되어준 말 한마디였으니 이젠 현욱이 그 사내라 믿어 의심치 않았다.

'그에 비해 서방님은…….'

며칠째 쌀쌀맞게 대하는 인후가 떠오르자 가혜는 한숨을 쉬었다. 고맙기만 한 현욱과 달리 자신의 서방은 매우 혼란스러운 인물이었다. 혼인 전엔 그의 모든 면이 정말 싫었고, 혼인 후에는 매일 바뀌는 성격과 태도가 신기했다. 대부분 능글맞지만, 저를 위해 벌집을 따오던 날은 귀여웠고, 월령과의 사이를 추궁하며 제 말을 믿어주지 않던 때는 야속하기까지 했었다. 그래도 그가 그리 싫지만은 않았다. 행동에 품위가 없고 성격이 극과 극으로 바뀌는 건 여전히 거슬리지만, 저를 대하는 태도에서 그녀는 자신과 친밀해지고 싶어 하는 개구진 사내아이의 모습을 엿보기도 했다.

'그에게 좋은 아내가 되어줄 수 있었다면.'

지금보다 더 독하게 굴어서 쫓겨나야 하건만, 가혜는 문득문득 그런 생각에 사로잡혔다. 마음이 맞는 좋은 아내를 들였다면 그도 방황을 멈추지 않았을까, 회생할 기회가 있는 사람을 자신이 짓밟아놓는 건 아닐까, 그런 두려움이 자꾸 그녀를 망설이게 했다. 싸운 뒤로 더 엇나가는 서방을 떠올리던 그녀는 가마가 멈추는 느낌에 창 쪽으로 고개를 돌렸다. 창밖에서 설이가 시전에 도착했음을 알려왔다.

"아씨, 소인이 가서 갓을 사올까요?"

"되었다. 내가 가마."

가혜는 친정에 가기 전, 부친의 갓을 새로 사기 위해 가마에서 내렸다. 가마꾼과 호위들은 쉬게 하고 설이만 대동한 채 육조거리 근처에 있는 시전을 지나 좀 더 안쪽으로 들어가자 친분 있는 상인들이 아는 체를 해왔다. 그들과 친근히 인사를 나누던 가혜는 갓을 판매하는 작은 시전에서 갓 위에 쌓인 먼지를 털고 있는 머리가 하얗게 센 노인에게 말을 걸었다.

"잘 지내셨소?"

가혜가 말을 걸자 그제야 고개를 든 노인은 반색하며 그녀를 반겼다.

"아이고, 아씨."

주름이 자글자글한 눈가를 접어 웃으며 반겨주는 그를 따라 가혜도 기쁘게 미소 지었다.

"갓 하나 장만하러 왔소. 아버님께서 그대가 만든 걸 좋아하시니 하나 내어주오."

"예예, 얼른 가져오겠습니다."

노인은 불편한 몸을 움직여 가장 안쪽에 둔 갓을 꺼내주었다. 장식 하나 없었지만, 그 수수한 모양새에 더욱 만족한 가혜는 설이를 시켜 값을 두둑이 치르게 했다. 그때, 진한 꽃향기와 함께 들려온 고운 음성이 그녀의 심기를 어지럽혔다.

"유랑(遊狼) 나리껜 어울리지 않는 입자로군요. 나리께 그걸 드려봤자 언짢음만 사실 겁니다."

서방의 호인 유랑을 운운하는 소리에 고개를 돌린 가혜는 전모를 비스듬하게 쓴 기생 셋을 발견했다. 그중에 가장 앞에 있는 기생은 유독 눈에 띄었는데, 한눈에 봐도 그 미모가 대단해서 이름을 대지 않아도 누군지 알 만했다. 고혹적인 분위기와 농염한 자태는 뭇 사내의 마음을 들썽거리게 할 만했고, 살짝 올라간 눈꼬리와 묘하게 신비로운 눈빛은 초목도 홀릴 만했다. 사정이 이러하니 그녀를 한 번 본 여성이라면 불공평하다고 원망해도 하늘은 할 말이 없을 지경이었다.

마치 설원 위에 핀 한 떨기 홍매화처럼 시선을 확 사로잡는 그녀를 가만 바라보던 가혜의 눈빛이 차분하게 가라앉았다.

"자넨 누군가."

딱 봐도 알 것 같았지만, 그녀는 굳이 물어보았다. 그 질문에 맨 앞에 있던 기생이 화사한 미소를 지으며 무릎을 살짝 굽혀 가혜에게 인사를 올렸다.

"소향이라 합니다, 아씨."

정체를 밝힌 소향은 설이의 사나운 시선도 무시하면서 가혜에게 조언을 아끼지 않았다.

"갓을 구하신다면 차라리 홍려 상단으로 가시지요. 그곳의 물품은 모두 최상급이니 나리께서도 아씨의 안목에 감탄하실 겁니다."

단순하게 인후의 취향을 알려주는 소리처럼 들릴 수도 있었으나, 그걸 선심으로 받아들일 만큼 가혜는 그리 녹록지 않았다. 안목 운운하는 말 속에 담긴 비웃음과 네 서방에 대해 내가 더 잘 알고 있다는 우월감. 그런 소향의 심리를 가혜는 정확하게 꿰뚫어 보았다. 억지로 혼인했어도 서방을 들먹이며 저를 조롱하는 소리에 당연히 가혜도 말이 곱게 나가진 않았다.

"소향이, 자네는 다음부터 내가 묻기 전에 함부로 입을 열어 말을 걸지 말게. 세이어영수지빈이라, 자네의 그 천박한 말 때문에 물가에 가서 귀를 씻고 싶을 지경이니."

세이어영수지빈(洗耳於潁水之濱), 요임금이 허유에게 천하를 물려주겠다고 하자 허유가 거절하며 더러운 말을 들었다고 영수의 물가에서 귀를 씻었다는 내용이었다. 그 고사를 거론하며 되받아친 가혜의 말에 소향과 기생들은 순간 말문이 막혀 아무런 대꾸도 하지 못했다.

가혜의 단아한 얼굴만 보고 성격이 유순하리라 추측했던 소향은 충격을 다스리기 위해 바들거리는 입술 끝을 힘겹게 끌어 올려야만 했다. 그래도 기생이란 그녀의 특성상 억지로 웃는 일이 잦아서 표정을 바꾸는 건 그리 어렵지 않았으나, 뾰족해진 감정까진 숨기지 못했다.

"이제 병판 대감 댁 며느님이 되셨으니 천한 기생 년과는 말조차 섞기 싫으신가 봅니다."

소향은 신분만 양반일 뿐 가난하기는 천민과 다름없던 가혜를 본 적이 있었다. 그때도 꼿꼿하긴 마찬가지였으나 비단옷 한 번 몸에 걸쳐 본 적 없던 여자라 소향의 눈엔 우습게만 보일 뿐이었다. 그런데 그렇게 무시하던 여자가 제가 이 년간 눈독 들인 자리를 쉬이 꿰차고 콧대를 세우는 꼴이 참으로 볼썽사납기 그지없었다. 그런 감정을 꾹꾹 눌러 담는 소향을 가혜는 담담하게 쳐다보았다.

"자네는 오해하지 말게. 신분이 천하단 뜻은 아니었네."

기생이라 천하단 소리가 아니면 무슨 말이냐는 소향의 시선에 가혜는 들고 있던 갓으로 시선을 내렸다.

"이 입자는 만든 이의 정성이 담긴 물건일세. 형태가 바르고 촘촘한 것만 보아도 알 수 있는 일이지. 한데 외양이 화려하지 않고 재료가 고급이 아니라는 이유로 이 물건을 제작한 이의 면전에다 대고 꼭 그리 말을 해야 하는가."

그제야 소향은 시전 안에 서 있는 노인에게 시선을 주었다. 가혜를 바라보는 노인의 눈가에 고마운 감정이 어리고, 그걸 본 소향은 입술 안쪽을 질끈 깨물었다. 무언가 반박하고는 싶은데 할 말이 없었다. 심지어 가혜의 타박은 아직 한 방이 더 남아 있었다.

"내게 서방님과의 관계를 강조하고 싶은가 본데, 그런 사사로운 감정으로 남에게 쉬이 상처를 주는 자네의 그 마음을 천박하다 하는 걸세. 비단옷을 입고 화려한 장신구를 하면 무얼 하겠는가. 속은 외양만큼 곱지 않은 것을.”

가혜는 신분이 아니라 인격이 못났음을 지적했다. 전혀 예상치 못한 곳에서 타격을 받은 소향은 최대한 정신을 수습하고 반론을 펼치려 했지만, 가혜는 그럴 새도 주지 않고 무표정하게 그녀의 곁을 지나쳤다. 그런 가혜의 뒤를 따르는 설이는 뿌듯한 얼굴로 소향이에게 힐끗 시선을 주었다. 언젠가 저를 몸종 다루듯이 하던 태도를 기억하기에 실로 통쾌하기 그지없었다.

나리의 정실부인이라도 되는 양 행동하더니 꼴좋다고, 비록 입 밖으로 꺼내어 말하지는 못했지만 설이는 열심히 놀리는 표정을 지어가며 약을 올렸다. 그 얼굴 위로 소향의 날 선 시선이 닿고 나서야 설이는 가혜에게 쪼르르 달려갔다.

덕분에 분노가 한계까지 치달아서 그걸 삼키는 데 한참을 소비한 소향은 몸을 돌려 이미 저만치 멀어진 가혜의 등을 쏘아보았다. 망신도 이런 망신이 없었고, 지금껏 맛본 적 없던 짙은 패배감이 그녀를 더욱 분개하게 했다.

‘내가 이 년간 공들인 자리를 앗아놓고 무에 그리 잘났다고 훈계질이야!’

인후가 기방에 드나들 적부터 소향은 그를 자신의 유일한 짝으로 점찍어두었다. 그의 마음만 얻으면 부귀영화는 물론이고 지금껏 본 사내 중에 유일하게 끌리는 외모와 육체마저 가질 수 있었으나 그는 지금껏 마음 한 자락 내어주지 않았고, 하룻밤의 운우지정조차 허락하지 않았다. 항간에 떠도는 소문과 달리 그가 자신을 찾는 이유는 밀명지란 서책을 얻기 위함이었고, 제가 몸에 손을 대는 것조차 싫어했다. 그래서 그의 혼인이 더 충격적이었다. 성벽같이 굳건하던 자존심에 돌이킬 수 없는 상처로 남아버린 것이다.

'저 계집도 아직 그의 마음을 얻진 못했을 테니 쫓아내 버릴 수 있어. 그때도 이리 꼿꼿하게 구나 보자.'

무슨 짓을 해서든 애첩 자리를 차지해서 가혜를 쫓아낼 상상을 하며 소향은 이를 부득부득 갈았다. 그렇게 소향이 복수를 다짐하고 있을 때 가혜는 점점 더 친정과 가까워졌고, 한 식경쯤 지나서 방에서 나오는 부친을 보며 활짝 웃을 수 있었다.

"아버지!"

소향이와의 만남에 불편하던 마음도 익숙하고 그리운 집에 도착하자 빠르게 나아졌다. 그렇게 반가워하는 딸과 달리 영달은 별다른 표정의 변화가 없었다. 도리어 시집간 지 한 달도 안 되어 찾아온 딸이 못마땅한 듯 보이기도 했다. 그래서인지 그의 말투도 그다지 사근사근하지 않았다.

"바깥사돈께서 보내신 게냐."

"예, 한번 찾아뵙고 불편하신 곳은 없으신지 살펴보라 하시어……."

가혜는 침착함을 되찾고 차분히 대꾸했다. 제 생각과 달리 아버지의 반응이 미적지근한 탓에 이대로 돌아가야 하나 싶기도 했으나 다행히도 그는 방문을 허락했다. 그에 반색한 가혜는 준비해 간 음식과 새로 산 입자를 들고 부친의 뒤를 따랐다.

사랑방에 들어서자마자 오래된 종이 냄새와 함께 서안 위에 펼쳐진 책이 눈에 띄었고, 그 곁에 있는 서찰도 보였다. 며칠 전에 그녀가 띄운 서찰이었다. 떠나보낸 여식을 생각하며 수십 번은 꺼내 읽었을 아버지가 눈에 훤해서 가혜는 애써 못 본 체하며 자리에 앉았다. 겉으론 무뚝뚝하게 굴어도 속내는 그 누구보다 따뜻하단 걸 알기에 그녀는 그 마음에 보답하듯 새로 산 갓과 직접 만든 음식을 건넸다.

"견병과 경단병을 좀 만들어봤습니다."

바삭한 강정과 쫀득한 맛이 일품인 찹쌀경단은 영달이 좋아하는 군것질거리였다. 하지만 주재료가 기름과 쌀인 탓에 잔칫날이나 되어야만 맛볼 수 있는 귀한 음식이기도 했다. 가혜는 그런 귀한 걸 준비해왔다고 한 소리 들을 각오까지 했으나 어쩐 일인지 그는 크게 꾸짖지 않았다. 그저 다음에는 서방과 함께 오라고 말을 덧붙였을 뿐이었다.

늦도록 부친과 대화를 나눈 가혜는 저녁상까지 직접 차려 올리고 밤이 깊어서야 집을 나섰다. 하룻밤 지내고 가도 상관없었지만, 부친이 원치 않는 탓에 서둘러 떠나야만 했다. 아쉬운 마음을 뒤로하고 그녀를 태운 가마는 다시 시댁으로 향했다.

한참을 그렇게 가고 있을 때, 누군가의 애절한 통곡 소리가 가마 안까지 파고들었다.

"설아, 이게 무슨 소리더냐."

"누가 우나 봅니다."

설이도 들었는지 대답이 즉각 나왔다. 그 울음 속에 담긴 감정이 매우 서러운 탓에 가혜는 설이에게 호위 둘을 붙여주고 가서 확인해보라 지시했다. 사람들을 보내놓고 가마 안에서 잠시 기다렸을 때, 갑자기 높은 음의 비명이 터졌다. 그 속에 담긴 공포심을 눈치챈 가혜는 창문을 열고 설이를 찾았다. 옆에 난 작은 골목길 안쪽에서 바닥을 굴러다니는 수등(등불)이 보였고, 주저앉아 있는 설이의 곁에는 호위 둘이 멀뚱멀뚱 서 있었다.

"가마를 내리게."

호위들의 태도를 보니 그리 위급한 사태 같진 않았지만, 설이가 걱정된 그녀는 가마에서 내려 가까이 다가갔다. 설이의 앞에는 중년쯤 된 사내가 노모를 부둥켜안고 울고 있었는데, 축 늘어진 모친의 육신이 너무 말라서 뼈의 형태가 보일 정도였다. 그 참담함에 가혜의 얼굴이 일그러졌다.

"이게 무슨 일인가."

"저자가 품삯이라도 벌기 위해 잠시 집을 비운 사이에 노모가 먹을 것을 찾아 나왔다가 죽었나 봅니다."

호위가 시신을 보고 얼이 빠진 설이 대신 자초지종을 알려주었다. 아들이 일하러 간 사이에 정신이 온전치 못한 노모가 굶주림을 참지 못하고 집 밖을 배회하다 죽은 것이다. 하룻밤이 지나면 굶어 죽고 또 하룻밤이 지나면 병에 걸려 절명하는 이들이 생기는 시기라지만, 보고 들을 때마다 생기는 마음의 통증에는 좀처럼 무뎌지지 않았다.

'내 잠시 이들을 잊었구나.'

혼인한 뒤부터 정체를 들킬 위험이 커진 터라 양묘로 활동하는 일을 자제하고 있었으나, 이렇게 길바닥에서 죽어가는 이들이 있는 한 그녀는 멈출 수가 없었다. 오늘 밤에라도 다시 활동하기로 마음먹은 가혜는 치마허리에 달아두었던 호박 노리개를 떼어내 여전히 겁에 질린 설이 대신 호위에게 넘겨주었다.

"저자에게 이것과 함께 들고 나온 은자도 모두 주고 모친상을 치르게 하게."

모친을 떠나보내는 길이라도 제대로 할 수 있길 바라며 베푼 호의에 사내는 노모의 시신을 안은 채로 힘겹게 무릎을 꿇고 땅에 머리를 박을 듯이 절을 올렸다. 울면서 감사하다 되뇌는 그의 절을 가혜는 차마 받지 못하고 몸을 돌렸다.

집에 도착하자마자 권식에게 문안 인사를 드리고 나온 가혜는 잠자리를 봐주려 따라오는 설이를 제지했다. 양묘가 되려면 한시라도 빨리 곁에서 떼어놓고 혼자 있는 것이 좋았다.

"고단하였을 텐데 너도 그만 가서 쉬어라. 잠자리는 내 알아서 할 터이니."

"하지만 아씨……."

설이는 씻을 물이라도 준비하겠다고 말하려다가 가혜의 안색이 어두운 걸 발견하고 입을 다물었다. 길에서 죽은 노모를 안고 있던 사내를 본 뒤로 그녀의 표정이 계속 좋지 않았다. 어쩌면 잠시 혼자 있고 싶어 하는 걸지도 모른다고 판단한 설이는 수등을 바닥에 내려놓고 조용히 물러났다.

설이가 담벼락과 붙어 있는 행랑채로 들어가자 가혜는 바닥에 놓인 수등을 들었다. 양묘의 옷과 검을 숨겨둔 곳으로 가려면 내당 우측에 난 중문을 지나야만 했다. 걸음을 옮긴 그녀가 중문을 향해 손을 뻗자 뻣뻣한 나무 문이 끼익 대며 불만을 토해냈고, 그 너머로 우중충한 어둠이 까맣게 운집한 것이 보였다. 조금은 스산한 그 어둠 속으로 가혜는 서슴없이 몸을 들이밀었다. 아무도 사용하지 않는 초당이 어슴푸레하게 모습을 드러냈고 가혜는 그 뒤쪽에 있는 돌계단으로 발을 디뎠다. 사당과 연결된 계단을 반쯤 올랐을 때, 그녀는 멈칫하며 뒤를 돌아보았다. 보이는 것이라곤 새까만 어둠과 손에 들린 수등이 주는 옅은 불빛뿐이었지만 초당을 바라보는 가혜의 눈매는 점점 좁혀졌다. 누군가 그 뒤편에 있는 느낌이었다.

그녀의 시선이 향한 곳에는 숨소리마저 한껏 죽인 여종, 박씨가 숨어 있었다. 이 야심한 시각에 사당으로 향하는 아씨의 모습은 충분히 이상했고, 그녀는 가혜가 다시 계단을 올라가 두꺼운 중문을 밀어 여는 걸 지켜보았다. 침을 삼켜가며 긴장감을 다스린 박씨는 가혜가 무얼 하는지 확인해 보고자 살금살금 발을 떼었다. 그 순간 누군가 뒤로 다가왔다.

"뭐하셔요?"

"히익!"

소스라치게 놀란 박씨는 비명도 지르지 못하고 털썩 주저앉았다. 다리에 힘이 풀린 그녀의 옆에는 설이가 두 눈을 깜박대며 서 있었다. 그 천진난만한 모습에 박씨는 당기는 뒷골을 부여잡고 작게 을렀다.

"야 이년아, 기척 좀 내고 살어! 애 떨어질 뻔했잖여!"

심장이 불떡불떡 뛰는 것이 이번 일로 수명이 몇 년은 단축된 기분이었다. 달달 떨리는 손으로 땅을 짚고 간신히 일어나는 그녀를 보는 설이의 눈도 샐쭉해졌다. 오늘 낮에 소향이가 가혜에게 된통 당한 일을 알려주려고 기껏 찾아 나섰건만 욕만 바가지로 먹으니 기분이 좋을 리가 없었다.

"그니까."

"쉬잇."

설이가 다시 목소리를 내자 아차 싶었던 박씨는 검지를 입술에 가져다 대고 조용히 하란 신호를 보냈다. 그러나 이미 늦었다.

"두 사람 다 예서 뭐하는 건가."

결국, 직접 걸음을 한 가혜의 엄한 시선에 박씨는 얼른 고개를 숙였고 설이는 당황했다. 그녀가 여기 있는 줄은 몰랐다.

"아씨, 전 그냥……."

"그것이 소인이 낮에 먹은 것이 좀 얹혔는지 속이 답답해서 산보 좀 하고 있었는데, 설이가 찾아온 겁니다. 아씨가 계신 줄 알았으면 대문간에나 가 있었을 텐데. 송구합니다, 아씨."

가혜의 뒤를 밟다가 들켜 버린 박씨는 설이가 이상한 소리를 하기 전에 먼저 선수를 쳤다. 그 말이 틀린 것도 아니었기에 설이도 맞장구치며 호응했고, 억울해하는 눈빛에 가혜도 더는 캐묻지 않았다. 다만 허리를 조아리는 박씨의 얼굴빛을 슬쩍 살필 뿐이었다.

"체기가 가라앉지 않고 통증이 있거든 꼭 말하게. 의원을 불러줄 터이니."

"아, 예에……. 아씨."

꾸중을 들을 줄 알았던 박씨는 의외로 걱정하는 말에 목소리가 기어들어 갔다. 가혜는 그런 박씨를 설이에게 맡겼다.

"체기가 오래가면 좋지 않으니 오늘 밤은 네가 좀 살펴주어라."

"예, 아씨."

설이는 후딱 박씨의 팔을 잡아 부축했고, 가혜는 두 사람이 행랑채로 돌아가는 걸 확인한 뒤에야 다시 사당 쪽으로 걸음을 옮겼다.

가혜가 사당으로 들어간 뒤 얼마 후부터 행랑채는 시끌시끌해졌다. 잠들지 않은 여종들을 모아두고 설이가 낮에 있었던 일을 재미나게 풀어낸 덕이었다. 며칠째 머릿속이 복잡하던 박씨도 피식피식 웃으면서 그 얘기에 귀를 기울였다. 가혜가 귀를 씻고 싶으니 입을 열지 말라 했다는 소리에서는 여종 하나가 제 무릎을 탁 치며 감탄을 터뜨리기도 했다.

"키야. 내 우리 아씨가 혼인 전에 찾아오실 때부터 알아봤다니까."

"아무렴. 우리 아씨가 기개 하나는 장군감이시잖아."

"소향이 고년이 임자를 제대로 만난 거지."

작년 초쯤 권식이 일 때문에 며칠간 퇴청을 못 했을 때 소향이 인후를 따라 집까지 들어왔던 적이 있었다. 그때 기생의 수발까지 들어야 했던 최씨 집안의 여종들은 마치 안주인이라도 된 듯 행세하던 소향에게 마음속 응어리를 하나씩은 다 가지고 있었다. 그래서 다들 냉수 한 사발은 들이켠 얼굴로 설이에게 다음 얘기를 재촉했다. 흥이 돋은 설이는 가혜의 표정까지 따라 하며 실감 나게 들려주었고, 신분이 아니라 마음이 천하다는 말에서는 박수까지 터져 나왔다. 그렇게 한참을 웃고 떠들며 놀고 있을 때 문밖에서 귀에 익은 달수의 음성이 들렸다.

"아따 설아, 재미지긴 한데 소향이 욕은 나중에 하고 싸게 싸게 좀 나와봐라. 나리께서 오셨다."

인후가 왔다는 말에 설이는 기함하며 제 입을 틀어막았다. 나리가 아끼는 소향이를 실컷 욕했으니 혼쭐이 나겠구나 싶었다. 좀 전까지 함께 떠들던 여종들도 입을 딱 다물었고, 설이는 고개를 푹 숙이고 어깨마저 늘어뜨린 채 밖으로 나갔다. 뒷짐을 지고 근엄하게 선 인후 앞에서 설이는 지금이라도 용서를 빌어야 하나 고민했다. 심지어 요 며칠 그의 심기가 불편했으니 곱게 넘어가지 않을 수도 있다는 생각이 들자 그녀는 재빨리 무릎을 꿇었다.

"나리, 용서하셔요. 소인이 미거하여 감히 나리께서 아끼……."

"무슨 소릴 하는 게냐."

인후는 설이의 말을 잘랐다. 아내가 소향이를 만난 얘기는 그도 꽤 재미있게 들었으니 그걸 가지고 화를 내려던 건 아니었다. 그가 궁금한 것은 가혜의 소재였다. 얼마 전에 다툰 일로 대화 좀 나눠보려는데 아무리 찾아봐도 보이질 않았다.

“아씨는 어디 가셨느냐. 내당에 갔더니 불은 꺼져 있고 아무도 없던데.”

“아. 아씨는 좀 전에…….”

설이는 뒷말을 잇지 못하고 어름적거렸다. 초당에서 만나긴 했지만, 그 뒤의 행방은 전혀 모르고 있었다. 혹여나 초당이라 말했다가 그곳에 그녀가 없으면 크게 혼이 날 테고 가뜩이나 소향이 일로 밉보였다고 생각한 설이는 등 뒤로 식은땀이 흐르는 걸 느꼈다. 답을 기다리던 인후의 눈썹이 슬슬 찌푸려지기 시작할 때 설이를 구해준 건 방 안에서 듣고 있던 박씨였다. 그녀는 밖으로 나와 좀 전에 가혜를 본 일을 얘기했다.

“아씨께서는 설이에게 소인을 보살피라 당부하시고 사당으로 향하셨습니다.”

“사당?”

이 밤에 사당에 갔다는 말은 좀처럼 믿기 어려웠다. 그래서 되묻는 그에게 설이가 연유를 덧붙여 주었다.

“아마 귀택하실 때 길에서 본 시신 때문일 것입니다.”

“시신이라니. 어찌 그런 험한 모습을 보여드렸단 말이냐.”

인후의 표정과 음성이 엄해지자 당황한 설이는 고개를 저으며 부러 그런 것이 아니라고 해명했다. 길에서 굶어 죽은 노인의 아들이 하도 구슬피 울어서 아씨가 몸소 가마에서 내리셨다고 말한 그녀는 주인아씨가 사당으로 간 연유에 대해서도 더 자세히 해석하며 인후의 관심을 가혜 쪽으로 돌렸다.

"모친상이라도 치르라며 노리개와 은자를 주시고 귀택하셨는데도 못내 마음에 걸리셨는지 사당으로 가신 걸 겁니다. 많이 가슴 아파하셨었어요."

그녀의 말은 제법 그럴싸했다. 친정에서 돌아오는 길에 그런 모습을 보았으니 마음이 어지러울 만도 하였고, 사당에서 향불을 피우며 가여운 이들의 명복을 빌어주려는 걸지도 몰랐다. 하지만 사내들도 이 늦은 밤에 가는 걸 꺼리는 사당에 그녀가 홀로 갔다는 점이 인후는 여전히 의아스러워서 달수도 물리고 직접 사당으로 걸음을 옮겼다.

인후가 찾고 있는 가혜는 사당에서 향을 피우고 오는 길에 보았던 불쌍한 노인의 명복을 빌어준 뒤, 최씨 가문의 조상들에게는 용서를 구했다. 양묘로서의 삶을 버리지 못하는 한 언젠가는 이 집안에 누를 끼칠 터였다. 정체가 탄로 나도 그렇고 소박맞고 쫓겨나는 며느리가 되어도 마찬가지였다. 그래도 부당하게 착취한 건 돌려주어야 마땅하다 생각하기에 가혜는 뇌물로 재산을 축적한 인후의 조부와 증조부의 신위에 슬쩍 눈길을 준 뒤 자리에서 일어났다. 박씨가 다시 오는 기미가 보이지 않으니 이제 옷을 갈아입으러 갈 심산이었다.

사당에 켜둔 불을 모두 끄고 수등 하나만 든 채 밖으로 나온 가혜는 우측 담벼락 중간에 있는 중문을 열었다. 작은 판문을 열고 들어서자 총 세 칸으로 된 직사각형 건물이 보였는데, 그곳이 바로 가혜가 옷과 검을 숨겨둔 주고였다. 주고는 제사를 지낼 때 사용하는 의물과 제기를 보관하는 곳으로 본래 사당과 붙어 있지만, 최씨 집안은 그 사이로 담을 쌓아 따로 분리해 두었다. 아주 오래전에 그렇게 지은 상태라 굳이 고치진 않은 모양이었다.

주고 건물은 칸의 개수만큼 문도 세 개가 달려 있었고, 자물쇠가 채워진 북쪽과 중간 문과 달리 남쪽 문은 그냥 닫아놓기만 한 상태였다. 주고를 짓는 규칙에 따라 남쪽은 제사 음식을 데우는 부엌이었고 중간 칸에는 제사용 그릇, 북쪽 칸에는 유서와 옷 등을 보관했는데 그녀는 셋 중에 북쪽 방을 열고 안으로 들어갔다.

그즈음, 인후는 사당으로 연결된 계단을 오르고 있었다. 그가 돌계단을 올라 두꺼운 중문을 밀자 불 꺼진 사당이 나타났다. 그곳에 아내가 있을 것이라던 박씨의 말과는 달리 깜깜한 사당에는 적막함만 감돌았다. 작은 인기척조차 없는 사당에서 유일하게 남은 흔적은 미약하게나마 느껴지는 향냄새뿐이었다.

'좀 전까지만 해도 여기 있었던 모양인데……. 어디로 간 거지?'

인후는 아내를 찾아 주위를 두리번거렸다. 혹여나 길이 엇갈렸나 싶은 생각이 들자마자 그는 주고로 통하는 중문이 조금 열려 있는 걸 발견했다. 제사 때만 사용하는 주고에 아내가 갈 이유가 없다고 생각하면서도 인후는 이끌리듯이 그곳으로 향했다.

서방이 다가오는 것도 모르고 가혜는 제사용 옷들을 보관하는 창고식 방에서 옷을 벗고 있었다. 물품을 보관하는 커다란 궤짝과 옷장 두 개만 덩그러니 놓인 방은 여름날에도 꽤 서늘했으나 그녀는 아랑곳하지 않고 저고리와 속저고리를 몽땅 벗었다. 그리고 마지막 남은 얇은 속적삼마저 벗었을 때 가혜는 몸을 굳혔다. 주고로 통하는 중문이 열리는 소리가 들린 것이다. 아까부터 행동이 수상쩍던 박씨가 가장 유력한 인물이었으나 지금은 그런 걸 따질 때가 아니었다.

뻿뻿해진 가혜의 시선이 바닥에 늘어놓은 야행복과 장검에 닿았다. 한눈에 봐도 아녀자가 지닐 만한 것들은 아닌지라 들키기라도 하면 일이 커질 터였다. 양묘의 신분을 온몸으로 증명하고 있는 옷과 검부터 숨겨야 함을 인지한 가혜는 서둘러 그것들을 궤짝 속으로 쑤셔 넣었다. 다급히 움직이는 와중에도 그녀가 침착할 수 있는 건 박씨의 신분상 안에 사람이 있다고 판단되면 함부로 문을 열지 못하기 때문이었다. 그러니 옷을 입고 변명거리를 생각할 시간 정도는 벌 수 있다고 판단했으나, 일이 잘못된 건 바로 알 수 있었다. 바닥에 떨어진 속적삼을 집자마자 문 너머에서 들린 목소리가 박씨의 것이 아닌 탓이었다.

"부인, 안에 계시오?"

'서, 서방님?'

가혜는 벌어지려는 입을 손으로 막았다. 하필이면 행동에 거침없는 남편이 올 건 무어란 말인가. 그런 가혜의 우려대로 인후는 답변을 기다리지 못하고 나무 문을 활짝 열어젖혔다. 그 순간 시선이 마주친 두 사람 모두 심장이 덜컥 내려앉아 말문이 턱 막혔다. 밝은 불빛 아래서 속살을 고스란히 들킨 그녀는 하도 놀라 혼을 잃은 듯 망연히 섰고, 저고리를 벗은 아내를 발견한 인후의 눈은 당혹감으로 물들었다. 그런 그녀의 모습은 상상조차 못 했기에 더욱 그러했다. 도드라진 빗장뼈와 채 다 가리지 못한 가슴의 풍만한 굴곡은 뇌리에 박혔고, 둥그스름한 어깨의 유한 선은 한번 쥐어보고 싶어 손이 꿈질거릴 정도였다. 그때, 다리에 힘이 풀린 가혜가 풀썩 주저앉았다.

"부인!"

대경한 인후는 얼른 뛰어 들어가 쓰러지려는 가혜를 붙잡았다. 손에 착 감기는 몽클한 살결과 적당한 무게감이 아찔한 감각으로 다가오고, 순식간에 솟구치는 사내의 욕정은 스스로도 놀라울 지경이었다. 그러나 그런 본능적인 부분보다 저를 올려다보는 그녀의 눈가가 촉촉이 젖어 있다는 점이 그를 힘겹게 했다. 육체적 접촉이 자연스러워야 할 관계임에도 그녀는 제게 맨살을 보였다는 사실마저 치욕스러운 것이다. 그 심리적 거리감이 아프도록 강렬하게 느껴졌으나 인후는 아내부터 달래기 위해 조심스럽게 말을 꺼냈다.

"내 나가 있으리다. 그러니 진정하시오, 부인."

아내의 몸으로 내려가려는 시선을 애써 억누른 인후는 무관심한 척하며 밖으로 나가 문을 닫아주었다. 굳게 닫힌 문에 등을 기대고 어두운 하늘을 올려다보니 평소엔 감각조차 없던 심장이 두 배로 커졌는지 쾅당쾅당 들뛰는 게 느껴졌다. 목숨이 아무리 위태로워도 이리 소란스럽진 않은데, 낯선 감각에 인후는 고개를 내려 제 가슴을 쳐다보았다.

'고작 저고리 하나에 어찌 이리 뛴단 말인가…….'

여인의 몸을 처음 대면한 것도 아니고, 제 앞에만 서면 앞다퉈 훌렁훌렁 벗어대는 기생들 탓에 여체에 흥미조차 떨어져 나간 지도 제법 오래였다. 그런데 그런 자신이 아내의 몸을 좀 봤다고 이리 격하게 반응하니 기가 막힐 노릇이었다.

'예전에도 그랬던가.'

초야를 치르면서 저고리를 싹 벗기진 못했으나 입술은 제법 탐했었다. 그때도 신기하게 구미가 당겼지만, 그렇다고 이런 식으로 심장이 불뚝대진 않았었다.

좀체 이해할 수 없는 희한한 반응에 그가 고뇌에 빠진 사이, 가혜는 아랫입술을 깨물고 어지러운 감정을 수습하려 노력하고 있었다. 그러나 위기일수록 빛나던 날카로운 판단력은 넋과 함께 증발해 버렸는지, 그녀는 문밖에서 그의 목소리가 들려올 때까지 옷도 제대로 입지 못하고 있었다.

"부인, 이제 들어가도 되겠소?"

인후는 문을 보고 서서 안으로 들어가도 되는지 물었다. 슬쩍 밀기만 해도 열릴 것 같은 문은 그의 참을성을 시험하려 들었고, 불빛이 새어 나오는 문틈은 엿보라는 듯 마음을 현혹해 댔다. 가슴에다 대고 속살거리는 그런 유혹들에 인후는 뒷짐을 지고 손을 봉인했다. 그렇게라도 하지 않으면 또 아내를 울릴 짓을 할 게 빤하기에 그는 참고 또 참았다. 그러나 뚫린 입은 문을 열고 싶은 마음을 숨기지 못했다.

"내 들어가오."

"안 됩니다."

그의 재촉에 가혜는 힘겹게 목소리를 짜냈다. 자신은 혼미하던 정신을 이제 막 수습했는데, 그는 벌써 멀쩡해지다 못해 농까지 건네고 있었다.

"열고 싶은데……. 진짜 열면 안 되겠소?"

진심이 팍팍 묻어나는 음성에 가혜는 어이가 없어서 고개를 저었다. 그래도 실없는 농담 덕에 나갔던 이성이 돌아왔고, 그녀는 손에 쥐고 있던 속적삼을 입으면서 그가 문을 열지 못하도록 말렸다.

"여시면 안 됩니다. 문에서 떨어져 계셔요."

"발이 안 떨어지오. 내 아까 제대로 못 봐서 그러는데 딱 한 번만 더 보면 안 되오?"

"지금 무슨 말씀을 하시는 겁니까!"

두 볼이 발개진 가혜는 발끈했다. 대놓고 보여달라 말하는 그의 정신세계가 도대체 어떻게 생겨 먹었는지 궁금할 지경이었다. 왈칵 성을 내는 가혜의 반응에 인후는 실소를 흘렸다. 그녀의 성격상 충격이 심했을 걸 우려하여 농담 반 진담 반으로 한 말이 제법 효과가 있는 듯했다. 안쪽에서 움직이는 느낌이 나고, 곧 문이 열렸다.

"……."

한바탕 소란이 지나간 뒤에 이루어진 첫 대면은 어색하고 민망하기 마련이었다. 특히 가혜는 그와 눈도 못 마주쳤다. 그런 가혜와 달리 인후는 아무렇지도 않게 안으로 들어서며 주고를 휘둘러보았다. 그녀가 왜 이곳에서 옷을 벗고 있었는지 유추해 보려 했으나, 마땅한 연유를 찾기 어려운 탓에 그는 대놓고 물어보았다.

"부인은 왜 예서 그러고 계셨던 거요."

당연히 할 것이라 짐작했던 질문이었으나 아직 적당한 답변을 찾지 못한 가혜의 시선이 어지러이 흔들렸다. 상황에 맞는 타당한 변명거리가 없었다. 그래서 차라리 초야 때 그에게 검을 겨눈 것처럼 이번 일도 딱 잡아뗄까 싶었으나 아무리 생각해도 내키지가 않았다.

그녀가 쉬이 대답하지 못하자 인후의 눈빛은 무서우리만치 차갑게 가라앉았다. 본능이 물러나고 이성이 몸을 지배하기 시작하니 결코 믿고 싶지 않았던 답이 나왔다. 이런 으슥한 곳에서 남의 눈을 피해 옷을 벗은 이유는 그가 생각하기로는 딱 한 가지뿐이었다.

"그자라도 만났소?"

인후가 말하는 그자가 사월령임을 익히 짐작한 가혜는 그가 무슨 생각을 하는지 깨달았다. 이곳에서 사월령과 밀회라도 즐겼느냐는 말이었다. 얼마 전에 두 사람이 대면까지 했으니 그리 추측할 이유는 충분했지만, 그의 말 한마디에 가혜가 받은 충격은 적잖았다. 그에 말도 잇지 못하고 쳐다만 보고 있자 그가 그렇게 생각한 이유를 나열했다.

"설이도 떼어놓고 사당으로 간다던 그대가 주고에는 왜 들어왔겠소? 처음엔 부인이 옷을 벗는 중이라 생각했고, 사월령도 발견하지 못했으니 그 가능성은 아예 상상조차 하지 않았는데. 스스로 이유를 대지 못하는 그댈 보니 갑자기 그런 생각이 드오. 내가 오기 전에 사월령은 나갔고 그대는 벗는 게 아니라, 입는 중이었던 건 아닐까."

옷을 다시 입기 위해 속적삼을 들고 있었으니 그렇게 보일 만도 했다. 하지만 그걸 인정할 수는 없었다. 억울한 건 둘째 치고 수긍하는 즉시 사월령은 포도청으로 잡혀가 모진 고문을 당할 터였다. 가혜는 굴러가지 않는 머리를 억지로 가동하며 되는 대로 말을 짜냈다.

"설이 보고 쉬라 한 건, 오늘 소첩을 보필하느라 오래 걸었으니 고단할 게 분명하여 그리한 것이고, 사당으로 간 일은 친정에서 돌아오는 길에 좋지 않은 모습을 보아 기도를 올리기 위해서였습니다."

거기까지는 설이가 인후에게 얘기한 것과 같았다. 문제는 사당에서 주고로 넘어와 옷을 벗은 이유였다. 그녀는 향을 피우고 절을 올리는 중에 저고리 안으로 날벌레가 들어왔고, 차마 그 안에서 옷을 벗을 수는 없어서 근처에 있는 주고로 왔다고 설명했다. 그것이 가혜가 생각한 최선의 변명이었으나 그 말을 잠시 곱씹던 인후는 피식 웃으며 농인지 진담인지 모를 소리를 내뱉었다.

"날벌레라. 그놈 참 대단하오. 과감하기가 나보다 낫질 않소."

도통 그 뜻을 짐작하기가 어려운 말에 의문 어린 시선으로 되물어도 그는 더 알려주지 않고 주고 밖으로 나갔다. 그 탓에 가혜는 좀 찜찜하긴 하였지만 그래도 무리 없이 넘어갔다 여기며 조마조마하던 가슴을 쓸어내렸다. 눈에 띄게 안도하는 그녀와 달리 밖으로 나가 밤바람을 쐬면서 머리를 식히고 있는 인후는 씁쓸한 웃음을 흘렸다.

'날벌레를 빼기 위해 주고로 왔는데, 열려 있는 남쪽 칸 대신 자물쇠로 잠가두는 북쪽 칸을 택했다라……'

인후는 그 짧은 순간에 가혜의 말에서 허점을 발견했다. 하지만 그 사실을 거론하며 그녀를 더 추궁하진 않았다. 되짚어 생각해 봤을 때 월령과 밀회를 즐겼다고 하기엔 들어맞지 않는 부분도 많은 탓이었다. 그녀의 육체는 사내를 품었다기엔 전혀 달궈져 있지 않았고 땀에 젖은 상태도 아니었으며, 질투심을 느끼고 있을 사내라면 흔히 남길 법한 홍매화도 필 기미가 보이지 않았다. 육안으로 보아도 그녀의 몸에 별다른 흔적이 존재하지 않는데 마냥 의심하고 추궁하는 건 썩 현명하지 못한 일이었다.

이번 일에 대해 좀 더 알아볼 필요성을 느끼며 인후가 마음을 다잡고 있을 즈음, 월령은 제 연심을 억지로 누르는 중이었다. 그는 새싹조차 돋지 못한 나무에 등을 기대고 서서 정원에 세워둔 석등을 바라보았다. 처음엔 한없이 타오르던 불빛은 바람이 닿자 거칠게 일렁이더니, 이내 그 힘을 잃고 꺼져 갔다. 그 모습이 마치 저와 같다 생각하며 월령은 오래전, 가혜를 처음 봤을 때를 떠올렸다.

당시 검술에 대한 열의로 불타오르던 그녀를 처음 본 소감은 불쾌감으로 뭉쳐 있었다. 저는 날 때부터 자객으로 운명이 정해져 있어서 살기 위해 검을 휘두르는데, 양반의 여식으로 태어난 그녀에게는 검이 유희거리인 것 같았다. 그래서 얼른 떨어져 나가길 바라며 제 수준에 맞는 혹독한 수련을 그녀에게도 요구하곤 했었다. 그런데도 그녀는 하지 못하겠다는 소리를 단 한 번도 하지 않았다. 이를 악물고 쓰러질 때까지 하다가 스승이 중단시킨 뒤에야 휴식을 취하곤 했다. 덩달아 심란해지는 건 저였다. 그녀가 언제 포기할까 싶어 주의 깊게 살필수록 남몰래 응원하게 되는 마음을 알고 몇 번이나 감정을 다잡았었다. 감히 꿈에서라도 바라면 죄가 될 신분 차였다. 그걸 알면서도 귀태가 나는 얼굴에 반짝이는 눈을 하고 사내들처럼 바지를 입은 채 열심히 땀을 흘리는 모습을 보다 보면 반하지 않을 수가 없었다. 그렇게 그녀에게 향하는 마음을 주체하지 못하면서 막으려 애써보고 억압하고 잘라내고 포기하기를 수년. 이젠 세상이 알아서 짓밟아주고 있었다. 그러니 어쩌면 이전보다 훨씬 수월하게 연정을 끊는 데 성공할지도 모른다고 씁쓸히 위안하며 석등의 불빛이 완전히 소멸하길 기다리고 있을 때, 부하 하나가 달려와 홍 단주의 부름을 전했다.

"두령, 단주께서 찾으십니다."

다른 누구도 아닌 홍 단주의 부름이었으니 가야만 했다. 그는 석등의 불이 죽는 걸 보지 못한 채로 홍 단주의 거처로 향했다.

늦은 밤에도 불을 환하게 켜놓은 홍 단주의 방에서 월령은 그녀가 장죽을 물었다가 입을 벌릴 때마다 흘러나오는 매캐한 연기만 쳐다보며 앉아 있었다. 전국 각지에서 보내온 서찰들을 그녀가 다 읽을 때까지 그는 저를 부른 이유를 묻지 않았다.

얼마쯤 시간이 흐른 뒤에 홍 단주는 마지막 서찰을 살펴보면서 대뜸 그의 속을 할퀴어댔다.

"그리 뛰쳐나가더니 잘하는 짓이구나. 네가 나타나면 아씨께서 널 반가이 맞아주기라도 할 줄 알았더냐."

이미 회생하기도 어려운 마음을 아예 짓밟아대는 소리를 그녀는 서슴없이 했다.

"그렇게 불필요한 것이다. 연모라는 감정 따위, 전부 잊거라."

홍 단주는 그리 충고하면서 마지막 서찰을 서안 위에 내려놓았다. 멀찍이 떨어져 앉은 월령의 눈빛이 마치 죽은 자와 같은 걸 보니 만족스러웠다. 그녀가 그에게 원하는 건, 명령을 잘 수행하는 뛰어난 자객이 되는 것. 그 이상도 그 이하도 아니었다.

'돌발 행동도 하게 만드는 연정은 자객에겐 필요 없는 감정이지.'

가혜에게 모진 말도 듣게 하고 충분히 마음을 정리할 시간도 주었으니 이젠 괜찮으리라 여기며 그녀는 마음을 놓았다. 이제 사월령도 그의 스승처럼 충직한 개가 되어 상단을 위해서라면 목숨도 초개와 같이 버릴 수 있을 터였다.

"그래, 최인후. 그자는 만나보았느냐."

자신에게서 모든 것을 앗아간 한 사내의 이름에 비로소 월령의 눈동자가 움직였다. 그의 시선을 받은 단주는 장죽을 한 번 빨고 나서 재차 입을 열었다.

"빤한 것 아니더냐. 네가 그리 흥분해 뛰쳐나갔으니 앞뒤 재지 않고 그냥 내당으로 쳐들어갔겠지. 부부가 합방하였다면 자연히 만났을 테고, 그것이 아니었어도 네놈 성격에 그자의 얼굴 한 번 안 보고 돌아왔겠느냐."

그녀의 판단은 정확했다. 월령은 반박할 수 없었고, 홍 단주는 다시 물었다.

"네 보기에 그는 어떤 자더냐."

"불쾌한 자입니다. 죽이고 싶을 만큼."

하도 속에 응어리가 져서 감정마저 배어 나온 그 말이 그에겐 정답이었다. 하지만 홍 단주가 원하는 내용은 아니었다. 그녀는 그가 어떤 자인지, 무술 실력이나 기타 이상한 점은 없었는지, 그런 정보들이 필요했다. 그 부분을 짚어주자 월령은 떠올리기도 싫다는 듯 미간을 찌푸리고 다시 곱씹더니, 곧 본인이 확신할 수 있는 한 가지 사실을 그녀에게 알려주었다.

"다른 건 모르겠으나 무술 실력은 뛰어난 편입니다."

"그자가? 어찌 확신하느냐?"

홍 단주는 무력과 관련된 일만은 월령의 판단을 믿었으나 확실한 증거가 필요했다. 그에 월령은 그날, 내당의 마루 위로 올라섰을 때의 상황을 간략하게 설명했다.

"방 안에 함께 있는 걸 알고 살심이 일긴 했는데 문이 가로막고 있었으니 범인이라면 알기 어려웠을 겁니다. 그런데도 알고 나온 걸 보면 그런 쪽으로 감각이 발달했거나 제 기척을 읽을 정도로 실력이 뛰어난 자일 것입니다."

"감각만 발달했을 가능성은?"

"없습니다."

서로 분노를 주체하지 못해 기세 싸움을 할 때도 인후는 물러섬이 없었다. 실력에 자신이 없었다면 불가능한 태도였다. 하지만 홍 단주는 한 번 더 확인하길 원했다.

"예전엔 실력이 뛰어났으나 머리를 다친 뒤로 감각만 남았을 수도 있지 않더냐."

"머리를 다치다니, 그게 무슨 말씀이십니까?"

그가 되묻고 나서야 홍 단주는 아차 싶었다. 월령은 가혜를 잊기 위해 외부와 차단하고 혼자 지내왔던 터라 인후에 대해서는 들은 정보가 별로 없었다. 그런 와중에 사모하는 여인의 서방에 대해 좋지 못한 소문을 들으면 어떤 반응을 보일지 짐작이 가지만 수습하기엔 이미 늦었다.

"단주."

월령의 눈에 다시금 빛이 찾아들기 시작했고, 그 눈빛을 본 홍 단주는 혀를 찼다. 미리 파악하지 못한 스스로가 못마땅하기도 했고, 여전히 가혜에게 미련을 버리지 못한 월령이 가엽기도 했다. 그래도 이미 엎어진 물이었으니 그녀는 그가 자신에게 반감을 품기 전에 순순히 알려주는 쪽을 택했다.

"이 년 전쯤 사냥 중에 낙마하였다는데, 사람이 완전히 달라졌다더구나."

홍 단주가 말하는 인후의 사고와 그것이 불러온 변화는 월령의 마음에도 파란을 일으키고 있었다. 그리고 마침내 그가 인후와 관련된 모든 내용을 다 듣고 나서 밖으로 나왔을 때, 바람을 이기지 못해 꺼져 가던 석등은 언제 그랬냐는 듯 다시 활활 타오르고 있었다.

*

이른 아침부터 책을 펴고 앉은 가혜는 내용에 좀처럼 집중할 수가 없었다. 독서를 좋아하는 편이지만 지금은 까만 건 글씨고 누런 건 종이로밖에 보이지 않았다. 이런 사태의 원인은 자신의 허벅지를 베고 누운 서방 때문이었다. 고개를 숙이지 않아도 그의 얼굴이 시야에 들어오니 글씨 따위가 눈에 들어오겠는가. 심지어 그는 매우 부담스러운 눈빛으로 아까부터 말도 없이 계속 쳐다보고만 있었다.

"서방님."

"……."

"등청하실 시각이 지났습니다만……."

쓴소리가 목 근처에서 맴돌았지만, 어젯밤 일로 약점이 생긴 가혜는 그를 크게 타박하지도 그렇다고 방에서 쫓아내지도 못했다. 불만이 있으면 그냥 소박이나 놓으라고 하고 싶은데, 며칠 전에 그 한마디 했다가 상처받은 기색이 완연하던 그의 표정을 떠올려 보면 그조차도 입 밖으로 쉬이 나오질 않았다. 그래서 그녀는 이러지도 저러지도 못하고 아침부터 내당으로 쳐들어온 그에게 한쪽 다리를 내어주어야만 했다.

"아버님께서 오늘은 꼭 입직하라, 누누이 당부하지 않으셨습니까."

"내 고민이 깊어 등청할 마음이 들지 않는 걸 어찌하오."

그 말은 변명이었지만, 고민이란 걸 하고 있긴 했다. 전날 밤에 설이를 불러서 물어보니 그녀와 떨어져 있던 시각은 일각(15분)이 조금 넘는 정도였다. 그 와중에 향냄새가 남아 있었던 걸 보면 사당에 들어가 향을 피우고 주고에서 사월령을 만나 부적절한 관계까지 맺는다는 건 시간상으로도 불가능했다. 그럼 왜 그녀는 주고에서 옷을 벗었을까. 그것이 그의 고민 중 하나였다. 그러나 그의 자세가 매우 부담스러웠던 가혜는 한시라도 빨리 그를 설득시켜서 내보내고 싶었다.

"대관절 등청도 불가한 고민이 무엇이란 말입니까."

이대로 가다간 파직도 당할 마당에 그보다 더 심각한 고민이 어디 있단 말인가. 가혜는 그리 생각했으나, 인후는 눈썹마저 찌푸리며 매우 진지하게 자신의 고민에 대해 토로했다.

"그 날벌레란 놈 말이오."

예상치 못한 화제에 가혜는 좀처럼 표정을 수습하지 못했다. 그러나 인후는 여전히 심각했다.

"참으로 고얀 놈이질 않소. 미물 주제에 감히, 서방인 나보다도 먼저 그대의 저고리 안을 탐방하다니 말이오."

결국, 벌레가 저보다 먼저 저고리 안을 구경하고 건드린 것이 부러워서 죽겠다는 소리였다. 그 기막힌 말에 가혜는 절로 주먹이 쥐어졌다. 한 대 때리고 싶은 마음을 금할 수가 없었다. 그녀가 그러거나 말거나 인후는 벌레에게서 얻은 깨달음까지 운운했다.

“목숨 걸고 뛰어드는 그놈의 대담함을 보시오. 내 실로 탄복하지 않을 수가 없소. 사내대장부로 태어나 날벌레에게 진 기분은 참으로 괴롭소이다. 하여 그 날벌레처럼 과감하게 굴고 장렬히 전사할지, 아니면 앞날을 도모할지, 이리 누워 그대의 저고리 안을 엿보면서 고민하고 있는 중이오.”

저고리 안을 엿본다는 소리에 가혜는 지금껏 그리도 힘써 외면했던 서방을 내려다보았다.

그는 생글생글 웃으면서 가슴 때문에 들뜬 저고리의 아래쪽 틈으로 힐끗 시선을 주었다. 뭔가 보이지는 않을 테지만 그 눈길만으로도 가혜는 목덜미가 화끈해졌다.

“이, 이 인!”

가혜는 ‘이 인간이!’라고 소리칠 뻔한 걸 간신히 삼켰다. 가슴 아래를 팔로 감싸 더는 엿보지 못하도록 했지만, 상승한 혈압 때문에 뒷골이 빳빳하게 당겨왔다.

그만큼 눈꼬리가 치솟아 매서워진 시선에 인후는 순박한 표정으로 대응했다. 마치 아무것도 모르는 고양이처럼 그녀의 다리에 얼굴을 비벼대기까지 했다. 한 번만 봐달라고 애교를 부리는 건지 아니면 기분이 좋아 저러는 건지, 뭔지 모를 그의 행동에 가혜는 주먹을 쥐고도 쓰질 못했다.

‘진짜 때릴 수도 없고.’

그녀가 그런 생각을 하자마자 느닷없이 밖에서 커다란 호통 소리가 터졌다.

"최인후! 이놈은 어디 갔느냐! 내 당장 요절내고야 말 것이다!"

매우 화가 난 부친의 음성에 인후는 상체를 벌떡 일으켰다. 결국, 올 것이 오고야 말았다. 어여쁜 며느리도 들였고 아들도 혼인하였다고 최대한 어르고 달래던 부친이 참다 참다 폭발한 것이다. 눈이 뒤집힌 부친 앞에서 목숨을 부지하기란 저승사자를 설득하는 일보다 더 어렵기에, 인후는 큰소리에 멍해진 가혜의 손을 덥석 잡았다.

"부인, 부인이 좀 도와주시오."

어찌 도와달라는 건지 알 수 없어서 그녀가 눈만 동그랗게 뜰 때, 권식이 내당 마루 위로 올라섰다.

"며늘아기 안에 있느냐."

"예, 아버님!"

당황한 가혜는 황급히 대답하며 몸을 일으키려 했다. 하지만 한쪽 손이 잡혀 있는 상태에서 그가 손을 확 잡아당기자 무방비 상태인 그녀는 그의 품에 그대로 안겨 버렸다. 비명 지를 새도 없이 그의 품에 갇힌 가혜는 서둘러 벗어나려 했지만, 자유를 되찾기도 전에 문이 벌컥 열렸다.

"……."

이놈의 집안은 왜 기척만 내면 문을 벌컥벌컥 열어대는지, 덕분에 민망해진 가혜는 서방의 손길을 급히 뿌리치고 일어났다.

"일찍 퇴조하셨습니까. 아버님."

최대한 아무렇지 않게 굴면 자연스레 넘어갈 수도 있는 일이었다. 무슨 생각을 하고 사는지 알 수 없는 인간이 옆에 있지만 않았더라면 그럴 수도 있었다.

"아버지께서 아들을 이리도 아니 도와주시니, 아쉽지만 그만 입직하러 가야겠소."

그는 뭔가를 하다가 방해받은 분위기를 풍풍 내며 자리를 털고 일어났다. 그런 그의 행동에 가혜는 말문이 막혔고, 권식은 침음을 삼켰다. 오늘은 기필코 귀밑머리라도 잡고 끌고 가리라 마음먹었지만, 고새 또 손자 생산에 박차를 가하는 아들놈을 보니 노기가 싹 가셨다. 그래도 혹시 몰라 권식은 슬그머니 가혜를 떠보았다.

"크흠, 새아가. 내 약조한 것도 있으니 네 서방이 괴롭힌다면 주저 말고 말하여라."

어제까지만 해도 부부 사이가 좋지 않았던 터라 권식은 아들이 잔꾀를 부리는 건 아닌지 의심했다. 머리 좋고 눈치 빠른 시아버지 덕분에 그간의 만행을 밝힐 절호의 기회를 얻은 가혜는 어찌할까 고민하며 서방을 곁눈질했다. 그는 부친 몰래 눈짓으로 열심히 부탁하고 있었는데, 그의 간절한 표정을 보니 갈등이 슬그머니 머리를 들었다. 속 시원하게 터놓고 밝히고 싶었음에도 그녀는 결국 뜻대로 말하지 못했다.

"서방님께서 잘 대해주십니다. 염려치 마시어요, 아버님."

그녀의 말에 인후의 목과 어깨에는 힘이 들어갔고, 권식의 안색은 환해졌다. 아들 내외가 잘 지낸다 하니 며칠 전부터 기도를 꽉 막고 있던 체기가 쭉 내려가는 듯했다. 표가 날 만큼 좋아하는 두 사람을 보고 있던 가혜의 얼굴에도 미미한 웃음이 떠올랐다.

흐뭇한 기색을 감추지 못하던 권식은 서둘러 몸을 돌리고 문지방을 넘었다. 그는 배웅을 위해 따라나서려던 가혜를 만류하기까지 했다.

"되었다. 괜찮으니 방에 있어라. 내 바로 금부로 갈 것이니 인후, 너는 조급해 말고 천천히 준비해서 나오너라."

권식은 눈치껏 아들 내외를 방에 남겨두고 문도 굳게 닫아주었다.

오늘도 공좌부에 적힌 아들의 이름 옆에 점이 찍히지 않도록 뒤치다꺼리를 해야겠지만, 그런 건 아무래도 좋았다. 내년에는 손주를 볼 수 있을지도 모르는데 그깟 점이 대수겠는가. 아들보다는 며느리를 쏙 빼닮은 손주를 얻을 생각에 권식은 덩실덩실 춤이라도 추고 싶었다. 어린것이 두 눈에 총기를 가득 담고 할애비를 똘망똘망 바라보면 얼마나 어여쁠까 상상하니 흡족하기 그지없었다. 호방한 그의 웃음소리가 대문간까지 가득 채우고, 무사히 부친을 돌려보낸 인후는 가혜를 꽉 껴안았다.

"고맙소, 부인! 내 그대 덕에 목숨을 부지했소이다."

이제 부친의 닦달에서 한동안 벗어날 수 있게 된 걸 기뻐하던 인후는 갑작스러운 포옹 탓에 몸이 굳어 있는 아내의 턱을 살짝 들추며 고개를 숙였다.

가까워지는 입술에 당황한 가혜의 눈이 조금 커졌을 때, 그가 바로 앞에서 멈췄다. 어깨를 잡은 손에 힘이 들어가더니 곧 몸을 바로 세우며 뒷짐을 지고 한탄하듯이 중얼거렸다.

"부인이 이걸 싫어했었지."

그가 체념하며 뱉은 말에 가혜는 내심 놀랐다. 싫어한다고 안 할 인사도 아니고, 오히려 자신이 싫어하는 짓만 골라 하던 그가 그런 소리를 한 게 맞나 싶을 정도였다. 그래도 여전히 미련이 남은 눈길에 슬슬 경계심이 발동할 즈음 그가 고개를 살짝 꺾더니 볼에 가볍게 입을 맞췄다. 그 순간 다가온 따뜻함은 심장마저 녹일 듯이 다정하고 깊게 스며들었다. 첫날밤의 입맞춤처럼 그리 진하지도 숨 막힐 듯 아찔하지도 않았으나, 그가 이전보다 훨씬 더 저를 생각해 주고 있다는 인식을 받기엔 부족함이 없었다. 그 생각에 확신을 심듯이 그가 작게 속삭였다.

"아쉽지만 오늘은 이걸로 대신합시다."

특유의 저음이 귓가를 파고들자 가혜는 저도 모르게 그를 보았다. 조금만 움직이면 닿을 거리에 그가 있었고 마음만 먹으면 좀 전에 느꼈던, 그의 입술이 가지고 있는 부드러운 감촉을 다시금 맛볼 수도 있을 터였다. 그도 그걸 원하는 듯 마주치는 눈빛이 어딘가 열렬하면서도 그윽했다. 지금 이 방에는 단둘뿐이고 방해할 사람조차 없다는 걸 깨닫자 평소와 달리 몸도 달아올랐다. 하지만 본능에 충실하기엔 가혜의 이성은 그 뿌리가 무척 깊었다.

그녀가 고개를 돌려 버리자 인후도 더는 유혹지 않고 아쉬운 감정을 다잡았다. 아내가 저고리를 벗은 걸 본 뒤로 몸과 마음이 자꾸 동하긴 하는데, 예전처럼 희롱하며 억지로 가지려 드는 건 껄끄러웠다. 아마도 제게 몸을 보인 게 큰 충격이었던 듯 눈물을 아롱아롱 매달던 아내의 표정이 마음 한구석에 남아 있기 때문일 터였다. 그래서 인후는 이제부터라도 정상적인 부부답게 행동하기로 하고 아내에게 잘 보이고자 늦게나마 입직을 서러 가겠다고 말했다. 그에 가혜가 반색한 건 당연한 일이었다.

"참말이십니까?"

"물론이오. 아버지께서 저리 염려하시는데 이대로 파직당할 수는 없지 않겠소."

갑자기 철이 든 사람처럼 올바른 소리만 하는 그에게 가혜는 칭찬에 칭찬을 거듭해 주었다. 어느새 생글생글 미소를 지으며 좋아하고 있는 아내를 보자니 인후는 뿌듯해져서 기분 좋게 방을 나섰다. 하지만 밖으로 나가자마자 대기하고 있던 달수로부터 의문의 서찰을 전해

받은 인후는 그것을 펴보았다가 미간을 확 찌푸렸다. 발신인이 소향이었다. 기생이 집까지 서찰을 보내는 일이 드문데 떡하니 이름 석 자까지 적은 부분이 그의 심기를 더 불편하게 했다. 그래도 나름 서로 이용하는 처지에 저를 급하게 찾는 서찰을 무시하기도 찜찜한지라, 인후는 금부에 나아가 업무를 보다가 해가 질 즈음 슬그머니 빠져나와 홍화루로 향했다.

인후가 혼인한 뒤로 그를 외면해 왔던 소향이는 곱게 치장하고 나타났다. 하얀 버선코가 내보일 만큼만 홍색 치마를 걷어잡고서 주안상 옆으로 가는 동안 그녀는 시종일관 맵시 있는 자태를 자랑했다. 그럼에도 인후는 그녀에게 눈길조차 주지 않았고, 소향은 익숙한 듯 그의 옆에 앉아 조용히 술잔을 채워주었다.

그의 잔에 술이 차올랐다가 비워지길 몇 번 반복되었을 때, 소향이는 저고리를 벗었다. 치마끈으로 동여맨 가슴이 터질 듯이 부푼 자태를 드러냈고, 뽀얀 살결과 어우러진 눈부신 목선은 사내들이 이성을 잃고 달려들 만하였다. 갓 목욕을 끝내 꽃향기가 넘실거리는 소향의 몸을 눈앞에 두고서도 인후는 그저 눈살을 찌푸리며 퉁명스럽게 굴 뿐이었다.

"뭐하는 짓이더냐."

"기생 년이 옷 벗는 걸 처음 보십니까."

소향이의 대꾸는 인후의 질문만큼이나 딱딱하기 그지없었다. 가혜를 만난 뒤로 자존심 상할 이야기만 전해 듣고 있는 그녀는 이전보다 훨씬 더 적극적으로 그를 유혹하기로 마음먹었다. 그리고 그 결과물이 이것이었다.

"아무리 기다려도 나리께서 이년의 옷을 벗길 줄 모르시니 부끄러워도 혼자 하는 수밖에요."

저고리를 다 벗은 소향은 가슴 쪽의 치마 매듭도 풀려고 했다. 그녀가 아주 저를 눕힐 결심을 했음을 안 인후는 술잔을 탁 소리 나게 내려놓고 으름장을 놓았다.

"당장 옷을 입지 않으면 밀명지 일에서 손을 떼는 것으로 알겠다. 하면 두 번 다시 너를 찾을 이유도 이런 모습을 볼 일도 없겠지."

사무적이고 조금은 날이 선 말투로 확실하게 선을 그어버리는 그의 태도에는 작은 빈틈도 보이지 않았다. 그는 첫 만남부터 그러했었다. 조금만 사적으로 다가가면 칼같이 잘라내니 소향은 섭섭함을 감추지 못했다. 버림받은 여인처럼 눈물을 머금는 모양새가 가련하게 여겨질 법도 하건만 그는 표정을 풀지 않았다. 인후는 그녀가 제 부인 앞에 나타났던 일도 마뜩잖은 상태였다.

"일전에 듣자 하니 네가 부인께 다가가 말을 걸었다던데, 내 혼인 생활에 끼어들어 망치려 들지 말거라."

갓 혼인한 여인을 떠보고 괴롭히려는 시커먼 속내가 훤히 보였기에 도저히 곱게 여겨줄 수가 없었다. 하지만 그가 냉랭하게 대한다고 포기할 소향이도 아니었다. 그녀는 인후가 보기보다 동정심이 많다는 걸 알고 있었고, 그 마음을 이용할 줄도 알았다.

"어찌 그리 말씀이 야속하십니까. 끼어들어 망치려는 것이 아니라 소인도 아씨와 잘 지내보고 싶어서 인사를 드렸을 뿐입니다. 나리께서만 허하신다면 소인이 자주 찾아뵙고 언니처럼 아씨를 따르며 다정히 지내면 좋지 않겠습니까."

양반 사내 중에는 정실부인과 첩의 사이가 정겨운 걸 자랑으로 여기는 이들이 많았다. 첩실을 들였다가 아내에게 맞고 사는 남자들은 그들에게 술을 사며 비법을 얻으려 들기도 했다. 그만큼 첩과 부인의 사이가 좋길 바라는 남자들이 많은지라 첩실 자리부터 꿰차려는 소향은 제가 잘하겠다는 식으로 그를 회유하려 들었다. 그러나 인후는 그런 달콤한 속삭임에도 흔들리지 않았다.

"내 네게 누누이 말하였지만, 나는 첩실을 들일 생각이 없다."

사대 독자이니 대를 이을 책임이 막중하지만, 아들을 보아도 정실 부인을 통해 낳아야지 첩이 낳은 서자는 필요 없었다. 서자나 얼자들은 과거를 통해 요직에 나아가기 어려웠고, 어미가 노비면 그 아들도 노비였다. 그래서 권식도 아들의 마음을 훔쳤다는 소향이에겐 관심이 없고 끝끝내 가혜를 며느리로 들인 것이다. 상황이 그러한 데다 인후 또한 아내 외엔 색욕이 돋는 여인이 없으니 첩을 몇이나 들이든 가혜 한 사람보다 못했다.

'가뜩이나 내소박 맞는 중인데 첩까지 들일 수야 없지.'

그랬다간 평생 부인 얼굴도 못 보고 지낼 터였다. 게다가 첩과 한집에서 지내야 하는 부인들의 속은 얼마나 짓물러 있을까 생각하면 서방으로서 그만큼 못할 짓도 없었다. 처지를 바꿔서 아내와 월령의 사이가 그렇고 그렇다 상상하면 저도 기분이 엉망이 되니, 아내에게 첩을 인정하고 받아들이는 게 미덕이라며 강요하고 싶지도 않았다.

거기까지 생각이 닿은 인후는 사월령의 제법 반반한 얼굴이 연이어 떠오르자 술맛이 뚝 떨어졌다. 그런 그의 상황도 모르고 소향은 닫힌 사내의 마음을 어떻게든 돌리려 애썼다.

"조선 사람이라면 제겐 나리뿐이라는 걸 아는데……."

이미 그렇게 소문이 쫙 퍼졌으니 책임지란 소리였지만 그건 옳지 못한 주장이었다. 그녀가 인후의 일에 동참한 건 그에게 밀명지를 찾아

달라 의뢰한 인물에게 적잖은 양의 은자를 지급받기 때문이었고, 한편으로는 그를 사로잡아 정실부인 자리를 꿰차겠다는 지극히 개인적인 욕심이 발동한 것이었다. 인후는 그 부분에 대해 처음부터 명확히 선을 그어놨었으나 소향은 자만심에 가득 차 지금까지도 그의 뜻을 존중하지 못했다. 그런데 이제 와 책임지라 하니 인후의 입장에서도 기가 찬 일이었다.

"이리 될 것이라 미리 말해주었음에도 네가 택한 일을 어찌 내게 떠넘기느냐."

싫으면 다른 기생을 찾겠다고 했을 때 기어코 제가 하겠다고 한 건 그녀였다. 다른 사내들을 상대하지 않고도 큰 재물을 만질 수 있었으니 거절할 이유가 없었다. 그 부분을 콕 짚어주자 소향이의 눈이 샐쭉해졌다.

"소인이 나리께 많은 걸 바라는 게 아니지 않습니까. 그저 마음 한 자락 내어주시길 원할 뿐인데, 애정도 주지 않으시고 첩실 자리도 아니 된다 하십니까. 나리는 소인에게 어찌 이리 매정하십니까."

"일이 끝나면 널 아껴줄 다른 사내를 찾으라 하지 않았느냐."

"대관절 어느 사내가 소인을 속량해 주겠습니까. 그럴 만한 재산이 있는 자는 소인의 아비뻘쯤 되겠지요."

뜻대로 되는 일이 하나도 없자 그녀는 어울리지 않게 볼멘소리를 했다. 그러거나 말거나 인후는 술잔에 더 집중했지만, 이대로 기생으로 늙어 죽거나 나이 많은 사내에게 팔리듯 시집갈 소향을 생각하니 조금 안쓰럽긴 했다. 그래서 그는 지난 이 년간 일을 도와준 정을 생각해 노비 문서를 사서 없애주는 일에 대해서는 긍정적으로 생각해 보겠다고 답해주었다. 단, 확답은 아니니 훗날 속량을 해주지 않았다는 빌미로 첩실 자리를 운운하는 일은 없어야 한다고 못을 박았다.

인후가 소향을 만나고 있는 그 시각에 가혜는 주고에서 남몰래 옷을 갈아입었다. 새벽부터 조회에 나갔던 시아버지는 일찌감치 잠자리에 들었고, 서방도 처리할 일이 많다고 했으니 어제 못다 한 일을 하기에는 딱 좋은 날이었다. 혹시나 또 남편이 찾아올까 봐 벗은 옷도 옆 칸으로 옮겨두고 자물쇠로 단단히 잠근 그녀는 주고 뒤쪽의 높은 담벼락을 훌쩍 뛰어넘었다.

'좌의정도 모아둔 은자가 제법 된다고 하였었지.'

가혜는 일전에 홍 단주가 주었던 탐관오리들의 재산 목록에서 좌의정이 숨겨둔 은자를 떠올렸다. 오늘은 그 은자를 털 예정이었다. 목표를 정했으니 이제부터는 오로지 생존에만 집중하면 되었다. 순찰을 도는 순라군들과 가까워지면 어둠에 몸을 숨기고, 그들이 멀어지면 재빠르게 움직였다. 풀벌레 우는 소리만 간간이 들려오는 밤은 아침의 번잡하던 마음마저 차분하게 만들어주었다.

'역시 움직이는 건 밤이 편해.'

혼인 후에 더 많은 제약을 받았던 그녀였기에 밤 활동은 묘한 해방감까지 선사하고 있었다. 그 자유로움을 한껏 즐기며 달리는 사이 목표로 정했던 좌의정의 집 근처에 당도했다. 담벼락의 양 끝이 한눈에 담기지 않을 만큼 거대한 기와집에도 어둠은 짙게 내려앉아 있었다. 노비들의 기척이 잠잠한 걸 확인한 가혜는 별당에서 가장 가까운 담을 공략해 가볍게 넘었다. 착지하는 소리조차 들리지 않게 움직이는 가혜는 홍 단주의 상세한 정보 덕에 손쉽게 은자의 위치를 알아냈다. 그녀는 최대한 은밀하게 좌의정의 별당에 숨어들었고, 일각도 채 되지 않아 묵직한 자루를 들쳐 메고 방에서 나왔다.

'양이 엄청난데, 얼른 상단에 주고 돌아가야겠어.'

예전만큼 외출이 자유롭지 않기에 은자는 얻는 즉시 홍 단주에게 넘기는 게 안전했다. 그녀가 가져다 준 은자는 홍려 상단에서 쌀로 바꿔 생활이 어려운 백성들에게 골고루 나누어주었다. 그렇게 수백 명의 백성을 구해온 가혜는 이슬을 머금은 시원한 밤바람을 마음껏 쐬며 홍화루 뒤쪽에 있는 홍려 상단으로 향했다. 조선이 세워질 무렵부터 존재했다는 홍려 상단은 늦은 밤에도 뒷문이 활짝 열려 있었다. 그 문으로 당당히 들어가도 문지기들은 막아서지 않았고, 그녀는 제 집 드나들 듯 자유롭게 홍 단주의 처소로 향했다.

아직 잠자리에 들지 않았는지 불이 환하게 켜진 홍 단주의 방문 앞에 멈춰 섰을 때, 문 앞을 지키던 호위들이 당황하는 표정을 짓는 걸 보면서도 가혜는 무엇이 잘못되었는지 알지 못했다. 오늘은 순라군에게 들키지도 않았고 은자도 두둑이 챙겼으니 오랜만의 야행은 모든 것이 순조로웠다. 적어도 방 안에서 들려오는 목소리가 제 서방의 것임을 인식하기 전까지는 그랬다.

'왜 여기에…….'

입직을 서러 가겠다고 했으니 지금쯤 금부에서 숙직하고 있어야 할 서방이 왜 밤늦은 시각에 홍 단주를 만나고 있는지 알 수 없었다. 게다가 오가는 이야기는 그녀의 속을 뒤집고도 남을 만한 내용이었다.

"나리께서도 아시다시피 소향이는 다른 노비로 대체할 수 있는 수준의 기생이 아닙니다. 그만큼 값을 더 쳐 주셔야 할 텐데 참으로 가능하겠습니까?"

"듣고 결정할 것이니, 우선 값이나 불러보게."

그는 소향이를 속량하는 값이 얼마인지를 묻고 있었다. 속량은 돈을 주고 노비를 사는 것으로, 몸값이 비싼 기생을 속량한다는 건 첩실로 들이겠다는 뜻이나 마찬가지였다. 아침나절만 해도 그가 조금씩 변하는 중이라고 여겼던 가혜의 충격은 이루 말로 다할 수 없었다. 허무하게 흩어진 믿음처럼, 은자를 담은 자루를 쥐고 있던 손도 힘없이 풀어져 버렸다.

쿵-

추락한 자루가 나무 바닥에 부딪치며 큰 소리를 내자 인후의 고개가 자연스레 문 쪽으로 향했다. 민감한 그의 감각은 닫힌 문 너머에 있는 세 명의 기척을 정확하게 잡아냈다.

'양옆 방에 자객이 두 명씩 총 네 명, 하나는 일류 고수급이고. 문 앞을 지키는 이들은 유화의 호위들인데……. 누가 또 온 거지?'

방으로 들어올 때만 해도 없던 인물이 문 앞에 하나 더 있었다. 그러나 그 기척은 곧 복도를 돌아 나갔고, 옆방에 있던 고수도 그 뒤를 따라 움직였다. 큰 소리가 나고 지금껏 저를 경계하던 고수가 움직인 것으로 보아 무언가 심상찮은 일이 벌어진 느낌이었지만, 따라나설 수는 없었다. 소향이의 속량 얘기가 아직 끝나지 않았고, 어쩌면 홍 단주가 밀명지를 가지고 있을지도 모르기 때문이었다. 도성에 있는 양반들의 가옥을 최소한 한 번씩 다 털어보았던 인후는 정보에 밝고 재물이 될 만한 것은 귀신같이 알아내는 그녀가 의심스러웠다. 그래서 이렇게 소향의 속량을 빌미로 방에 찾아왔으니 알아낼 수 있는 정보는 최대한 수집해야만 했다.

인적이 드문 뒷마당으로 간 가혜는 새까만 하늘을 올려다보았다. 남편과 관련된 소문을 들었을 때부터 소향이가 그의 첩실이 되리라,

아예 짐작 못 했던 아니었다. 예상치 못한 건 이토록 흔들리는 자신의 마음뿐이었다.

'소향이가 서방님을 모시면 나에게도 좋은 일이야. 그와 멀어지는 구실이 될 테니. 한데, 이리 마음이 불편해서야…….'

가혜의 입술 사이로 긴 한숨이 흘러나오고, 그녀의 눈 끝은 힘없이 처졌다. 번잡한 속내를 품은 눈동자가 어둠에 잠긴 마당을 정처 없이 떠도는데, 갑자기 시선이 느껴져 고개를 돌리자 월령이 적당히 거리를 두고 서 있었다. 그는 언제나처럼 차분하고 잔잔한 분위기를 유지하고 있었지만, 두 눈을 통해 보이는 속내는 그렇지 않았다. 인후 때문이었다.

"그자가 하는 말, 들으신 겁니까."

가혜는 아무 말도 하지 못했다. 제 서방이 얼마나 못난 사내인지 또 들어봤자 속만 쓰릴 뿐이었다. 더는 듣기 싫어서 고개를 돌려 버리는 가혜를 보며 월령은 이를 악물었다. 저도 사내였고 손만 뻗으면 닿을 거리에 있는 그녀를 볼 때마다 품고 싶었다. 그럼에도 힘겹게 감정을 억눌렀던 건 그녀가 저를 받아줄 준비가 될 때까지 기다리고자 했기 때문이었다. 그래야 서로 행복할 것임을 알기에 그토록 참고 기다려 왔는데, 잠시 청에 가 곁을 비운 사이에 그녀는 팔리듯이 시집가 버렸다. 그럼 자신보다 더 좋은 남자를 짝으로 만나 애정이라도 듬뿍 받으며 살던가, 하필이면 머리를 다치고 여색을 밝히게 된 한량에 금부도사인 건 또 뭐란 말인가.

"그가 아씨의 정체를 알면 가만두지 않을 겁니다."

"알고 있어."

"아니, 모르십니다."

바로 반박하는 말에 가혜는 그에게 다시 시선을 주었다. 알고 있다면 이리 위험을 무릅쓰고 양묘 활동을 이어가진 않았을 거라는 그의 말이 이어지자 가혜는 인정할 수밖에 없었다. 혼인 전보다 무뎌졌던 걸지도 모른다. 저를 향한 시아버지의 맹목적인 애정과 짓궂은 서방이 종종 드러내 보이는 인간적인 빈틈들이 그들을 좋은 사람처럼 여기도록 하고 있었다. 판의금부사에 금부도사라고 하면 무섭기만 하던 것도 이젠 옛말이고, 속히 쫓겨나야 한다는 조바심도 옅어졌다. 가혜가 침묵으로 인정하자 월령은 지난 세월을 되짚었다.

"십 년입니다. 아씨만 바라보며 산 세월이."

"월령."

가혜는 그의 말을 잘랐다. 회한과 그리움이 짙게 어려 있는 그의 음성이 두려웠다. 하지만 그는 이전처럼 쉬이 물러나지 않았다.

"혼인을 하였으니 잊으라 하면, 잊혀지는 것입니까. 마음에 새긴 것을 지우라 하면 지워집니까."

노력해 보았지만 잊을 수도 지울 수도 없었다. 그에게 그녀는 그런 의미였다. 제가 죽는 한이 있어도 그녀를 향한 연심을 버리는 일은 불가능했다. 때때로 삶을 비관하며 죽고자 했을 때 손을 내밀어준 이가 가혜였다. 목숨을 부지할 의미를 찾는 것조차 사치였던 그 시절에, 스스로 없어지는 게 더 이롭다 여기며 방황하던 중에 작은 파문을 만들어준 그녀는 그때부터 삶의 이유가 되었다. 그러니 그녀가 없는 삶은 존재 가치를 잃는 법이다.

"많은 걸 바라진 않겠습니다. 아무도 모르게, 모습도 함부로 드러내지 않을 터이니 멀리서만이라도 아씨를 지킬 수 있게 허락해 주십시오."

최씨 집안에서 무사히 벗어날 때까지 지켜주겠다는 건 참으로 고마운 말이었다. 그럼에도 가혜는 즉각 대답하지 못했다. 월령이 무얼 바라는지 모르지 않았고, 그의 바람대로 최씨 집안에서 나온다 한들 그에게 다시 시집갈 생각은 없었다. 가혜는 그 부분을 확실히 하고자 했으나 어느새 나온 유화가 그녀의 눈에 띄었다.

"유화."

"잠시 걸으시겠습니까?"

유화는 아무 일도 없었다는 듯, 차분하기 그지없는 음성으로 가혜에게 산책을 권했다. 그녀의 등장에 월령은 물러나야만 했고, 두 여인은 어둠에 잠긴 화원을 천천히 거닐었다. 고월의 밤, 군데군데 놓인 석등이 나름의 운치를 자아내는 공간을 십년지기와 함께한다는 건 기쁜 일이었다. 덕분에 가혜의 기분이 좀 나아진 듯하자 유화는 조근조근한 어투로 본론을 꺼냈다.

"월령의 말이 맞습니다, 아씨. 병판 대감은 머지않아 아씨를 찾아낼 겁니다."

유화가 보기에 가혜의 정체가 드러나는 건 시간문제였다. 가혜의 혼사가 결정되었을 때 홍 단주는 권식에 대한 정보를 세밀하게 수집하라 명했다. 그때 그를 조사하면서 가장 먼저 떠오른 단어는 '집요'와 '지략'이었다. 한 번 맡은 사건은 끝까지 파고드는 성미와 남들보다 명석한 두뇌를 바탕으로 한 판단력이 가혜를 위기에 빠뜨릴 터였다.

"아씨의 활동이 뜸해지면서 금부에서도 큰 움직임을 보이지 않고 있지만, 이전에 맡은 사건들을 처리하고 나면 본격적으로 사냥에 나설 겁니다."

유화는 그녀를 다시 설득하려 했지만, 가혜는 고개를 저었다.

"아버님을 속인다는 게 어려운 일인 걸 알지만 지금도 죽어가는 이들이 있는데 포기할 수가 없어."

눈앞에 제 도움이 필요한 이들이 있는 한 멈출 수가 없었다. 그런 가혜의 마음을 유화도 인정해야만 했다.

"굶어 죽는 백성을 보면서 눈을 감고 외면한다면, 내 숨이 붙어 있다 한들 그것이 죽음보다 낫다 할 수 있겠는가."

유화의 말에 가혜는 걸음을 멈추고 그녀를 보았다. 의문이 가득한 눈빛에 유화는 말을 이었다.

"아씨께서 양묘가 되는 걸 말리는 저와 단주께 하신 말씀이지요. 그때 아씨의 길이 그러하다면 언제까지고 지지하리라 결심했습니다."

"고마워, 유화."

"그럼 오늘 심술부리는 건 용서하셔요."

"응?"

무슨 소리인지 알지 못한 가혜가 가볍게 되물었으나 유화는 빙긋 웃으며 그녀의 주의를 다른 곳으로 돌렸다.

"지금쯤이면 유랑 나리와 단주님의 대화가 끝나고도 남았을 것 같은데, 아씨께서는 더 계셔도 되는지요?"

서방이 돌아갔을지도 모른다는 말에 가혜는 기겁했다. 혹시라도 그가 자신보다 먼저 내당에 들어서기라도 하면 큰일이었다.

"이만 가봐야겠어. 다음에 연통 넣을게!"

가혜는 인사를 하는 둥 마는 둥 하며 빠르게 내달렸다. 그녀가 훌쩍 담을 넘어 사라질 때까지 유화는 걱정과 부러움이 담긴 시선을 거두지 못했다.

좀 전에 가혜가 은자가 든 자루를 떨어뜨리는 소리를 듣고 상황을 파악하기 위해 홍 단주의 방에서 먼저 물러 나왔던 유화는 방문 앞에 서 있다가 인후가 짜증 내는 소리를 들었다. 홍 단주가 소향이를 속량하는 값으로 미색을 갖춘 여종 하나에 은자 일만 냥을 얹어달라 요구했기 때문은 아니었다. 요즘 같이 기근이 심할 때는 노비 한 명 값이 은자 두 냥도 채 되지 않았으니, 기생 하나에 은자 일만 냥은 너무한 가격이긴 했다. 홍 단주도 그걸 모르지 않았으나 부러 그리 비싸게 부른 건 인후의 마음을 확인하기 위함이었다.

"소향이는 소인이 매우 애지중지하는 아이입니다. 최고의 기생으로 키우는 데 들인 기간과 정성을 생각하면 은자 일만 냥은 아무것도 아니지요. 물론, 다른 방법이 없는 것도 아닙니다만……."

홍 단주는 값을 치르지 않고도 소향이를 데려갈 방법이 있음을 알려주었다. 얼마나 소향이를 위하는지 보여주는 것. 예를 들어, 첩을 핍박할 수 있는 본처를 내쫓는다거나 하는 방식이었다. 본처를 내보내란 소리 하나에 그의 분위기가 닫힌 문을 뚫고 느껴질 만큼 매서워진 건 정말 의외였다. 그는 더 들어볼 것도 없다는 듯이 자리를 박차고 일어났고, 홍 단주는 마지막 승부수를 띄웠다.

"어찌 그리 열을 내십니까. 거금을 들이지 않고 조선 최고의 계집을 얻을 수 있는 일이 아닙니까. 도리어 쌍수를 들고 환영하셔야지요."

실제로 유화도 그가 기뻐할 줄 알았다. 혼삿날에도 도망쳐 와 소향이를 찾을 정도였으니 그렇게 생각할 만도 했다. 하지만 그는 도리어 홍 단주를 비웃었다.

"단주의 안목이 이리도 대단하니 홍려 상단도 곧 망하겠군."

직접 듣고도 믿기 어려운 말에 유화는 당황한 표정으로 닫힌 문 너머에 있을 그에게 시선을 주었다. 은병만 놓고 간 가혜를 찾으러 나서야 하지만 한 걸음 떼기도 어려울 만큼 그는 충격적인 말을 연이어 쏟아냈다.

"부인께서 자넬 은인이라 여기니 오늘은 참아주겠지만, 다음에도 주제 파악 못 하고 세 치 혀를 놀리면 그 목과 함께 잘라 버리겠네."

방 밖에 있음에도 유화는 그가 풍기는 기운에 소름이 돋았다. 지금껏 그 어떤 고위 관료도 홍 단주를 앞에 두고 이리 고압적인 태도를 보인 적이 없었기에 더욱 그러했다. 나가려는 넋을 간신히 수습하고 가혜의 뒤를 쫓아 밖으로 나오는 중에 등 뒤에서 시원하게 터져 버린 홍 단주의 웃음소리는 여전히 유화의 머릿속을 맴돌았다.

'확신할 수는 없으나, 그는 아씨에게 더없이 완벽한 서방님일지도 모르지요. 그것이 부러워 조금 심술을 부렸으니 용서하십시오.'

아내를 쫓아내란 말에 그가 어찌 반응했는지 알려주지 않았으니 심술은 심술이었다. 또 한편으론 가혜가 누구에게 마음을 내어주든 앞에 놓인 숱한 난관을 무사히 헤쳐 내고 행복해지길 바랐다.

"부디, 들키지 마시길."

유화는 진심으로 기원했으나, 그녀가 우려했던 일은 곧 현실이 되었다.

유화와 헤어진 뒤 밤길을 달려 주고로 향한 가혜는 다행히 순라군들의 눈에 띄지 않고 집 뒤쪽 담을 넘을 수 있었다. 오늘 밤에도 방에 없는 걸 들키면 위험한지라 서방보다 먼저 내당에 도착해야만 하는 그녀는 주고로 들어가자마자 황급히 옷부터 갈아입었다. 여러 겹의 옷을 껴입는 내내 입술은 마르고 심장이 뛰었지만, 그렇다고 소복만 입고 이동할 수는 없는 노릇이었다. 경대조차 없어서 대충 머리를 땋아 비녀로 쪽을 찌고 나선 가혜는 내당에 불이 켜져 있는 걸 보고 아연실색했다. 그리도 급히 달려왔는데 한발 늦었다.

달도 기울고 있는 사경(새벽 1~3시)에 저를 찾은 걸 보면 필시 서방이라 가혜는 내당 마당에는 발도 들이지 못하고 중문으로 이어진 초당 근처를 서성였다. 의심을 피할 만한 방법을 생각해 내야만 했다. 저번에 주고에서 있었던 일도 명쾌하게 변명하지 못한 터라 오늘도 그러면 정말 위험했다. 하지만 심각한 표정으로 고민해 보아도 딱히 마땅한 방법이 떠오르지 않았다. 결국, 그녀는 가장 싫어하지만 그나마 나은 수를 떠올리곤 눈을 질끈 감았다.

주인 없는 내당에 떡하니 버티고 앉은 인후는 차갑게 식어 있는 이부자리를 노려보았다. 아내가 없다는 걸 확인하자마자 손을 넣어 만져 보니 체온이 전혀 남아 있지 않았다. 그건 적어도 한 식경(30분) 전에는 나갔다고 봐도 무방하단 증거였다.

'또 어딜 간 건지.'

가뜩이나 좋지 않던 기분이 더 가라앉았다. 홍 단주에게 있는 성질 없는 성질 다 부리고 돌아 나오는 길에 떡하니 마주친 건 짜증 나는 면상이었다. 삿갓을 쓰지 않아 온전하게 드러난 월령의 얼굴은 인후의 기억보다 훨씬 준수했다. 상투를 틀지 않은 머리를 귀밑까지 잘라 대충 끈으로 묶었는데 그게 또 은근히 잘 어울려서 인후는 눈살을 찌푸리고 그의 곁을 지나치려 했다. 한데 더 언짢은 건 저를 잡는 그의 목소리가 중저음의 미성이란 것이었다.

"소향이의 속량을 원한다 하셨습니까?"

그 좋은 목소리가 무척 귀에 거슬리는지라 인후는 제 옆에 선 그를 흘겨보았다. 그러나 그 서늘한 눈초리에도 월령은 작은 표정 하나 바꾸지 않고 대가로 가혜를 놓아달라 요구했다. 그가 소향이라면 죽고 못 산다고 알고 있었기에 할 수 있는 제안이었다.

그에 인후는 비소를 지었다. 홍 단주에 이어 월령에게까지 아내와의 관계를 간섭받고 있는 제 처지가 참으로 어처구니없었다.

"기생을 줄 테니 부인을 달라? 이 상단에 있는 이들은 하나같이 분수도 모르고 혀를 놀리는 게 특기라도 되는가?"

빈정이 상해 한껏 비아냥댔지만, 월령의 감정에는 작은 파문도 만들지 못했다. 오히려 이어지는 그의 말에 되레 한 방 먹었다.

"어차피 나리는 아씨를 행복하게 해줄 수 없습니다."

그리 말하는 월령의 눈빛에는 어딘가 믿는 구석이 있는 것처럼 확신에 차 있었다. 그것이 인후는 매우 거슬렸다. 격동적인 바람과 성난 바다가 맞부딪치듯이 그들의 기운이 격돌하고, 인후는 억지로 비릿한 미소를 베어 물었다.

"하면 네놈은 다르더냐?"

그 질문에 월령도 쉬이 대답하지 못했다. 그가 가혜와 이어지려면 도망뿐인데 그리되면 그녀는 평생 도망자 신세로 살아야만 했다. 그것은 행복한 삶이 될 수 없었다.

서로 사이좋게 한 방씩 나눠먹고 인후는 상단을 빠져나왔다. 가만히 있다가 난데없이 홍 단주와 월령에게 속을 대판 긁힌 탓에 그는 집에 돌아오자마자 아내부터 찾았다. 그녀를 만나면 기분이 좀 나아질 것 같았건만 왜인지 아내는 보이지 않았고, 시각이 늦어 갈 곳도 없는데 있어야 할 사람이 눈앞에 없으니 이젠 애가 탈 지경이었다.

'설마 또 주고에?'

바로 어젯밤에도 주고에 있었으니 오늘도 그러지 말란 법은 없었다.

어딘가 나갔다가 들어오는 듯하던 월령의 모습이 떠오르고, 불길한 기분이 든 인후는 자리에서 벌떡 일어나 문을 박차고 나갔다. 집 안을 다 뒤져서라도 찾아낼 것이었다.

그가 찾고 있는 가혜는 아무도 쓰지 않는 내별당 곁의 작은 목간에 있었다. 본래 따뜻한 물에 몸을 담그고 쉬는 걸 좋아하는 인후를 위해 권식이 증축한 공간으로, 규모가 그리 크진 않아도 물을 버리는 수로를 만들어둘 만큼 정성을 쏟은 곳이었다. 한쪽에는 물을 끓이거나 목간 안의 온도를 따뜻하게 유지할 수 있는 아궁이까지 있었지만, 전날 밤에 쓰지 않아 아궁이는 차갑게 식어 있었고 가혜는 주기적으로 데우는 내별당의 아궁이에서 물을 퍼 와야만 했다.

김이 모락모락 피어오르는 뜨거운 물을 목간통에 부어 넣은 그녀는 근처에 있는 항아리에서 찬물도 퍼왔다. 얼추 양이 되자 서둘러 저고리와 치마를 벗고 목간통에 들어가 몸을 적셨다. 얇은 속적삼이 몸에 착 달라붙고, 속치마에도 물이 스며들었다. 뛰어다니느라 난 땀도 함께 씻어낸 가혜는 옷이 푹 젖은 뒤에야 목간통에서 나와 남은 물을 수로에 흘려보냈다. 그 모든 작업이 마무리되자마자 문밖에서 남편의 목소리가 들려왔다.

"부인, 안에 있소?"

"네, 곧 나가겠습니다."

가혜는 그가 문을 열지 않도록 나간다 말해놓고 옷을 올려둔 선반으로 향했다. 그러나 그녀의 손이 옷에 닿기도 전에 쾅 소리와 함께 문고리에 걸려 있던 나무 막대가 부서져 나갔다. 큰 소리에 깜짝 놀라 뒤를 돌아본 가혜는 어딘가 매우 화가 난 듯한 서방을 발견할 수 있었다. 그는 문을 부순 건 개의치 않는지 성큼성큼 다가와 대뜸 허리를 낚아챘다. 밀착된 몸에 당황한 가혜가 그를 말려보려 입을 열었지만, 그야말로 먹잇감을 내어주는 꼴이었다.

붉게 익어 더욱 탐스러운 입술이 움직이는 걸 보자마자 인후는 더 참지 못하고 그녀를 덮쳤다. 그는 적당한 감촉이 황홀하기까지 한 입술을 애무하듯이 가볍게 건드리고 물어 자극했다. 가혜가 입을 꾹 다물고 버티려 했으나 그 틈을 비집고 혀를 밀어 넣은 인후는 그토록 가지고 싶던 것을 그곳에서 찾아냈다. 허용할 수 없다는 듯 어깨를 밀어내는 그녀를 꽉 껴안고 반항조차 하지 못하도록 만들자 비로소 원 없이 맛볼 수 있게 되었고 그녀가 제 것이라는 게 실감이 났다.

힘으로는 그를 절대 당해낼 수 없는 가혜는 눈을 질끈 감은 채 어떻게든 내부에서 닿지 않으려 애써보았다. 하지만 움직이면 움직일수록 뒤엉키고 몰입하면 할수록 미끈하고 부드럽게 감기는 감촉이 생생하게 느껴졌다. 그것은 서로에게 너무나 아찔한 감각이었고, 끊을 수 없는 유혹이었다. 호흡이 불규칙해질 만큼 그가 제게 심취했다는 게 맞닿은 가슴을 통해 전해졌고, 이보다 더할 수 없는 격렬한 입맞춤은 귀 뒤에서부터 발끝까지 전율이 흐르게 했다. 강렬한 자극이 몸속 깊은 곳까지 건드리니 다리마저 풀릴 지경이었다.

몸에 힘이 빠져 무방비 상태가 된 그녀를 오로지 팔의 힘으로만 안아 든 인후는 그 상태 그대로 심장까지 태우던 격한 갈증을 해소하는 데 집중했다. 그토록 만져 보고 싶던 어깨도 원 없이 안아보고, 물오른 버들가지 같은 허리를 더 당겨 몸에 붙였다. 그렇게 한참을 거칠게 그녀를 탐닉하던 그는 한쪽 손을 좀 더 내렸다. 허리의 굴곡을 지나서 젖은 속치마 안에 있을 엉덩이가 손에 닿자마자 그는 더 생각을 이어가지도 못하고 그걸 확 쥐었다.

"흐읍!"

입이 막힌 가혜가 비음을 흘리며 반항했으나 그는 놓아주지 않았다. 그녀의 몸은 무엇으로 이루어진 건지 어느 곳 하나 끌리지 않는 부분이 없었다. 심지어 이제 힘에 부친다는 듯 흘리는 신음마저 고와서 몸과 마음이 더 동하니 문제였다. 허락만 해준다면 오늘 밤, 날이 새도록 가지고 싶었다. 그러나 그녀는 바르작거리며 어깨를 밀어냈고, 문득 이대로 계속하다간 또 아내의 눈물을 봐야 할지도 모른다는 생각이 들자 인후는 이성이 돌아왔다.

그가 놓아주자 몸을 지탱하던 힘이 사라져 버린 가혜는 살짝 휘청거리며 뒤쪽 벽에 몸을 기댔다. 후들거리는 다리로 간신히 버티고 선 그녀는 제 눈도 못 마주치는 서방을 노려보았다. 본인이 잘못한 건 아는 건지 슬그머니 사과하는 그를 책망할 힘도 남아 있지 않은지라, 가혜는 대꾸도 않고 옷을 챙겨 밖으로 휑하니 나가 버렸다. 화가 단단히 나서 떠나 버린 아내의 자취를 눈으로만 좇게 된 인후는 허망한 마음에 한숨지었다.

언제부터 이토록 욕망을 절제하지 못하게 된 건지 스스로도 문제가 있다고 생각될 지경이었다. 그녀 앞에만 서면 제멋대로 움직이는 몸과 마음이 하도 답답하여 갓끈을 풀어버린 인후는 그제야 제가 서 있는 곳이 목간임을 상기했다. 더불어 아내에게 취해 정신이 혼미할 때는 보이지 않았던, 어딘가 이상한 목간의 상태가 눈에 들어왔다.

4. 한 수를 두고 세 수를 내다보다

짙푸른 여름이 한창 무르익음을 알리며 비가 쏟아지던 날, 피 냄새를 더 짙게 흘리는 의금부의 당직청에는 권식과 두 명의 동지사가 회의를 하고 있었다. 구휼미를 제때 풀지 않은 지방 관료를 처벌하는 일을 두고 서로 의견을 내고 있는데, 쿵쿵대는 발소리와 함께 거칠게 문이 열렸다. 죽음을 각오한 자가 아닌 이상 병조판서가 있는 의금부의 문을 이런 식으로 열 수는 없었다. 당연히 내부에 있던 사람들은 얼굴을 확 일그러뜨리고 문을 향해 고개를 돌렸다. 그러나 동지사들은 서둘러 안면을 펴고 자리에서 일어나 분분히 허리를 굽혀야만 했다. 문을 열고 들어온 이가 다름 아닌 좌의정이기 때문이었다.

"병판 대감! 대체 언제까지 그놈의 양묘를 내버려 둘 거요!"

대뜸 양묘 타령을 하며 질책하는 소리에 권식의 눈썹꼬리가 치올랐다. 아무리 화가 나도 부하들 앞에서 이런 식의 질책은 곤란했다. 짜증이 솟은 권식은 좌의정의 입을 봉하기 위해 우렁찬 음성을 터뜨렸다.

"대감!"

내장까지 뒤흔드는 큰 소리에 좌의정은 순간 말을 잃었고, 동지사들은 눈을 질끈 감았다가 뜨며 상관의 눈치를 보았다. 하얗게 질린 부하들의 낯빛을 본 권식은 그들을 먼저 내보냈다. 동지사들이 적당히 예를 갖추고 나가자 그제야 권식은 좀 더 부드러운 표정으로 자리를 권했다.

"우선 좀 앉으십시오."

"크흠. 내 실례했소."

자신의 실책을 깨달은 좌의정은 헛기침을 흘리며 자리에 앉았다. 예의상의 대화가 한두 번 더 오간 뒤에야 좌의정은 이리 달려온 이유를 밝혔다. 또 생각하니 열이 받는지 그는 본인의 관복만큼 얼굴을 붉게 물들이고 흥분하여 빠르게 말을 뱉었다.

"빼앗긴 금액을 생각하면 내 피가 거꾸로 솟소이다."

"대감께서 마지막으로 은자를 확인한 날은 언제였습니까."

"정확하진 않지만, 열흘 전이었을 거요."

그 외엔 좌의정에게서 별달리 얻어낼 정보가 없었다. 그의 한탄을 몇 번 들어주던 권식은 빨리 처리하겠다며 달래서 그를 내쫓아 버렸다. 시끄럽던 좌의정이 떠나자 권식은 다시 들어온 동지사들을 데리고 양묘를 잡을 방안을 강구해 보았으나 꼭꼭 숨어 있는 양묘를 유인할 만한 마땅한 계책이 나오지 않았다. 그러던 차에 한 동지사가 무슨 생각이 떠올랐는지 호기롭게 발언했다.

"일전에 양묘를 유인할 때는 손자병법의 근이시지원(近而視之遠)을 따르지 않았습니까."

근이시지원은 본인의 목표는 가까운 곳에 있는데 적에게는 먼 곳에 목표가 있는 것처럼 보여준다는 뜻으로, 작년 말에 의금부에서 양묘를 잡고자 좌포도청으로 유인할 때 쓴 책략이었다.

"그러니 이번엔 반대로 원이시지근(遠而示之近)을 쓰는 겁니다. 우리의 목표는 먼 곳에 두고 가까운 곳에 있는 것처럼 속이는 것이지요."

그의 의견을 들은 다른 동지사가 비슷한 방법에 또 속겠냐며 이의를 제기했으나 권식은 좋게 보았다. 나쁘지 않은 계책이었다. 다만 어떤 방식으로 꾀어내고 허를 찌르느냐가 문제였다. 한참을 고민하던 권식은 홍 단주에 생각이 미쳤다.

"최근 홍려 상단에서 또 쌀죽을 풀었느냐."

"예. 여드레 전부터 사흘간 쌀죽을 배급하였습니다."

여드레 전이면 좌의정이 은자를 마지막으로 본 시기와 거의 일치했다. 매번 이런 식으로 홍려 상단은 양묘가 활동한 시기와 딱 맞물려 백성에게 쌀죽을 나누어주었다. 의금부와 포도청, 심지어 길거리의 어린아이도 그것이 양묘가 빼돌린 은자로 베푸는 쌀죽임을 알았지만, 관료들의 약점을 워낙 잘 아는 홍 단주는 확실한 증좌가 없다면 함부로 추포하기가 어려운 인물이라 건드릴 수가 없었다. 그녀가 입을 열면 목이 떨어질 인사가 한둘이 아니기 때문이었다.

'이 기회에 그것들까지 엮어 추포하는 게 가장 좋을 터인데.'

권식은 홍 단주도 압박할 만한 방법을 떠올리기 위해 고심했다. 그리고 얼마 지나지 않아 굳어 있던 그의 입매가 슬그머니 호선을 그렸다. 그간의 상황으로 보아 홍 단주가 양묘에게 정보를 제공하는 건 공공연한 비밀이었다. 그 정보 덕에 양묘는 양반들이 숨겨둔 은자를 순식간에 훔쳐 냈고, 권식은 그러한 그 둘의 관계를 역으로 이용할 생각이었다.

“정보에 치중하는 홍 단주의 성향을 이용해 양묘를 꾀어내지. 홍려 상단 쪽에 은밀히, 열흘 뒤에 의금부에서 양묘를 잡기 위해 덫을 놓을 것이라 소문을 흘리게.”

“그럼 저쪽에서 더 자세히 알아내려 할 터인데, 그땐 무어라 말하는 게 좋겠습니까?”

무슨 정보를 내어주면 되느냐 묻자 권식은 곧바로 답을 주었다. 우의정의 집에 황금이 있다고 거짓 소문을 내고 양묘가 오면 잡기로 했다고. 거기까진 저번에 좌포도청으로 유인할 때와 같은 책략이었으나 이번에는 거기서 끝나지 않았다.

“하지만 사실은 양묘가 털어간 좌의정 댁 별당, 그 자리에 황금을 숨겨두기로 했다고 말해주면 되네.”

거기까지 말한 권식은 자리를 털고 일어났다. 그는 동지사들의 입을 단단히 단속하고 밖으로 나갔다. 이번 계획엔 아무도 모르게 한 가지 더 준비해야 할 것이 있었다. 그는 그걸 위해 결연한 표정으로 집으로 향했다.

·

추적추적 내리는 비가 운치를 더한 사랑채의 누마루에서 가혜와 인후, 현욱은 둘러앉아 차를 마시며 담소를 나눴다. 정확히 말하자면 가혜와 현욱 사이에서만 활기찬 대화가 오갔고, 인후의 주위에는 빗소리만 떠돌았다. 뚱하니 입을 다물고 있는 그는 화기애애한 아내와 친우 사이에서 홀로 시간을 보냈다. 도시락을 싸준 일로 아내에게 감사 인사를 전해달라고 하기에 그냥 직접 말하라며 불러줬더니 일이 이렇게 되어버렸다. 평소라면 자신에게 먼저 말을 건넸을 현욱도 아예 몸을 틀고 앉아 그녀에게만 시선을 고정한 상태였다.

'현욱이 놈이야 그렇다 치는데…….'

어째 아내까지 즐거워하는 걸 보는데 괜히 배가 살살 아파왔다. 벌써 아흐레째 저와는 일체 대화도 하지 않고 있기 때문이었다. 목간에서 함부로 건드린 벌인지라 달게 받고는 있지만 이게 언제까지 이어질지 알 수가 없어 답답했다. 그나마 다행인 건 오늘은 현욱 덕에 기분이 좋아서인지 종종 제게 주는 시선이 어제보단 훨씬 나아져 있다는 점이었다. 어쩌면 며칠 내로 화를 풀고 말을 걸어줄 것 같다고 분석하다가 인후는 문득 목간에서 발견했던 이상한 부분을 떠올렸다.

'분명 오래 목욕한 것처럼 볼이 붉고 옷도 젖어 있었는데, 아궁이에 불을 땐 흔적은 없었단 말이지.'

그건 참으로 이상한 일이었다. 목간 아궁이에 불을 피워야 주위 공기도 데우고 따뜻한 물도 바로바로 추가할 수 있는데 그날의 아궁이는 불을 땐 흔적이 전혀 없었다. 매우 소소한 부분이지만 주고 때도 그렇고 자꾸 거슬려서 아내를 지그시 바라보는 중에 사랑채 마당으로 들어서는 부친이 보였다.

권식이 나타나자 가혜와 현욱은 급히 일어나 고개를 숙이고 예를 갖췄다. 하지만 인후는 그대로 자리에 앉아서 심드렁하게 부친을 바라보았다. 예의라고는 팔아먹은 듯한 아들내미를 차마 혼내지는 못하고 못마땅한 눈길로 노려본 권식은 인후를 따로 불러냈다.

"외별당으로 좀 들거라."

손님도 있는데 이리 따로 부르는 건 흔치 않은 일이라 세 명 모두 의아해했다. 하지만 인후는 이미 저만치 먼저 가버린 부친을 다시 잡지 못하고, 손님 접대를 아내에게 맡긴 뒤 떨어지지 않는 걸음을 옮겨야만 했다.

외별당에서 아들과 마주 앉은 권식은 단도직입적으로 양묘에 대한 이야기를 꺼냈다.

"열흘 뒤에 양묘를 추포할 생각이니 그날은 꼭 참여하여 자리를 지키도록 하여라."

"양묘를 말입니까?"

"그래, 덫을 놓아 잡으려 한다."

권식은 예전과 달리 어찌 덫을 놓을 것인지 세세하게 알려주었다. 다만 동지사들에게 말했던 내용에서 조금 더 추가되었다.

"이번에 은자를 빼앗긴 좌의정 댁 별당에 많은 양의 황금을 숨겨두기로 했다고 소문을 낼 것이다. 하지만 이조차도 덫이다. 우린 좌의정 댁과 우의정 댁을 모두 포위할 것이다."

그리하면 양묘가 소문을 믿고 좌의정의 별당에 가도 잡을 수 있고, 소문을 믿지 않고 우의정의 자택에 가도 잡을 수 있을 것이었다. 거기까지 알려준 권식은 은밀히, 목소리를 매우 낮추며 아들에게 한 가지 더 언질을 주었다.

"혹시나 양묘가 두 대감의 황금에 손을 댈 수도 있으니, 네가 아무도 모르게 예판 대감 댁의 초당으로 옮겨두어라. 그 과정에서 아무에게도 들켜서는 아니 된다. 일이 끝나고 나면 넌 좌의정 댁의 별당으로 오너라."

"어찌 그런 중책을 제게 맡기십니까?"

지금까지 자신이 해온 행실을 보면 차라리 동지사나 다른 이에게 맡기는 것이 맞았다. 아무리 아들이라고 해도 부친은 이전부터 계략을 알려주는 성향이 아니었다. 작년 가을에 양묘와 함께 덫에 빠진 것도 그 때문이었다. 그 부분을 꼬집는 인후의 질문은 꽤 날카로웠으나, 권식의 대답은 막힘없이 술술 나왔다.

"양묘를 잡고 정승들의 재산을 지킨 건 큰 공이 아니더냐. 이번에 중책을 맡아 잘 해결하면 네 행실에 대해 지적하던 놈들은 입을 다물 테고, 좌의정과 우의정도 만족할 것이다. 이 아비도 그들에게 책잡힐 일이 사라지니 일거양득이지."

흠잡을 곳 하나 없는 완벽한 대답임에도 인후는 어딘가 뒷맛이 찜찜했으나 그 생각을 더 드러내지는 못하고 부친의 방에서 물러 나와야만 했다.

거의 그쳐 가는 빗방울을 맞으면서 복잡한 머릿속을 정리하며 걸음을 옮기던 인후는 외별당 중문 너머로 보이는, 사랑채 누마루의 아내와 친우에게 시선이 닿았다. 현욱이 저리 시원하게 웃음을 터뜨리며 고개를 주억거리는 건 정말 오랜만이었고, 시종일관 입가에 미소를 머금고 있는 아내도 즐거워 보였다. 그들을 방해하고 싶지 않으면서도 자신과 함께 있을 때는 절대 보여주지 않던 아내의 모습이 괜히 씁쓸해서, 그는 사랑채로 옮겨가지도 못하고 외별당의 마당을 한동안 서성였다.

*

권식이 양묘를 잡을 계략을 세운 지 딱 사흘 만에 가혜는 홍 단주로부터 서찰 한 통을 받았다. 속에 든 내용은 특별할 게 없었다. 좋은 상품이 들어왔으니 원한다면 매분구(화장품 행상인)를 보내주겠다는 것이었다. 그건 그들만의 신호로, 급히 넘겨줄 정보가 있단 소리이기도 했다. 혼인 후 홍 단주를 한 번도 보지 못했던 가혜는 직접 찾아갈 필요성을 느끼고 등청하는 시아버지와 서방을 배웅한 뒤에 정오 즈음 가마꾼들을 불러 홍려 상단으로 길을 잡았다.

거리가 그리 멀지 않아 한 식경(30분)쯤 지나서 도착한 가혜는 설이에게 상단 구경을 할 시간을 주고, 그 틈에 홍 단주의 방으로 들었다. 십 년 전부터 드나들어 익숙해진 방에서 홍 단주는 언제나처럼 장죽을 물고 있었다.

마주 앉은 두 여인 사이에 잔잔한 미소가 흐르고, 머리를 올린 가혜를 처음 본 단주는 으름장을 두던 인후의 모습이 떠올라 더 짙은 눈웃음을 흘리며 가볍게 인사를 건넸다.

"저번엔 얼굴도 뵙지 못하였습니다."

유화가 설명해 주어 그날의 일을 알게 된 홍 단주의 말에, 기생의 속량을 요구하던 서방이 떠오른 가혜는 민망하여 대답을 슬쩍 얼버무렸다.

"어찌하다 보니 그리되었습니다. 찾아뵙기가 점점 더 어렵기만 합니다."

가혜는 예의를 갖춰 다정하게 홍 단주를 대했다. 양반과 양인이라는 신분 차이가 있긴 해도 어렸을 때부터 단주에게 신세 진 것이 많은 가혜는 그녀를 어머니처럼 여기며 존중해 왔다. 그런 가혜의 호의를 홍 단주도 기쁘게 받아들였다. 그녀에게도 가혜는 의미가 큰 사람이었고 그렇기에 양묘의 활동도 최대한 돕고 있었다. 다양한 정보를 수집하여 넘겨주는 것도 그러한 일환 중 하나였다.

"그래도 때맞춰 잘 오셨습니다."

그렇게 대답한 홍 단주는 서안 위의 종이 중에서 하나를 골라 가혜에게 내밀었다. 의금부 내부에서 빼내온 정보였다. 자료를 받아 든 가혜는 안에 적힌 내용을 꼼꼼히 확인했다. 우려와 달리 그 계획은 단순하면서도 익숙한 방식이었다. 저번과 거의 동일한 방법인 걸 지적하자 홍 단주도 공감하며 고개를 끄덕였다.

"소인도 그 점이 의아하긴 합니다. 이미 한 번 썼던 계략을 다시 사용한다는 건 어딘가 이상하지요."

홍 단주의 말이 맞았다. 껄끄러운 기분을 감출 수 없던 가혜는 며칠 전, 시아버지가 굳은 표정으로 서방을 따로 불렀던 일을 떠올렸다. 그 당시에 이번 일과 관련된 이야기가 오갔을지도 모를 일이었다. 혹여 그것이 아니더라도 금부도사인 서방이라면 무언가 알고 있으리라 여길 때, 홍 단주가 다른 의견을 보탰다.

"좀 더 알아보긴 하겠으나, 나가지 않는다면 덫에 걸릴 이유도 없습니다."

지난번에는 덫인 줄 모르고 뛰어들어 걸렸다지만, 이번엔 날짜까지 정확히 알고 있으니 피하면 그만이었다. 다만 은자보다 몇 배는 값어치가 높은 황금이 미끼라는 게 가혜의 마음에 갈등의 불을 질렀다. 홍 단주도 그런 가혜의 고민을 모르지 않았다. 황금 한 자루면 수백 명이 묽은 죽으로라도 한 달은 버틸 수 있을 터였다.

"선택은 아씨의 몫입니다."

위험할 게 빤히 보이는 생사의 기로에 섰지만, 선택도 책임도 모두 그녀가 짊어져야 할 것들이었다.

홍 단주와의 대화를 끝내고 방을 나선 가혜는 마당에 서 있는 월령을 발견했다. 몇 마디 말이라도 나눌 수 있길 바라며 기다리고 있었던 그는 일전에 유화가 나타나는 바람에 듣지 못했던 답을 이젠 얻고자 했다. 그런 마음을 품고 다가오는 그를 슬픈 눈으로 보던 가혜는 고개를 저어 막았다. 그의 걸음이 우뚝 멈추고, 가혜는 그에게 현실을 상기시켰다.

"날 위해주는 마음은 항상 고맙게 여기지만 받아들일 수 없다는 걸 알잖아, 월령. 우린 이미 돌이킬 수 없을 만큼 멀리 왔고, 네 삶을 내게만 맞추는 건 원치 않아. 이젠 널 위해서 살아야지."

가혜도 월령의 순정을 모르지 않았고, 그것을 싫어할 여인도 얼마나 되겠느냐마는 그를 향한 자신의 마음이 친우 이상의 감정으로 올라서지 않는다는 게 문제였다. 그런 상황에서 일신의 안위를 위해 그에게 재가한들 서로 행복할 리 없었다. 이쯤에서 끊어주는 게 좋다고 판단했으나 월령은 그녀가 원했던 대답을 들려주지 않았다.

"아씨와 함께하는 삶이 소인을 위한 삶입니다."

그녀가 원치 않는다면 위급할 때가 아닌 이상 앞에 나타나지도 않을 것이었다. 하지만 그녀의 주위에 수많은 적이 포진해 있는 걸 아는데 마냥 내버려 둘 수도 없었다. 그래서 더 설득해 보려던 그는 다른 이의 기척을 느끼고 입을 다물었다. 고개를 돌려보니 홍화루와 통하는 중문 앞에서 소향이 빤히 쳐다보고 있었다. 거리가 멀어 대화 내용은 들리지 않았겠지만, 같이 있는 모습을 계속 보이는 건 좋지 않았다. 불청객을 의식한 월령이 눈짓으로 조용히 인사만 올리고 떠나자 가혜도 소향이에게 눈길을 주었다. 빳빳하게 고개를 들고 무례할 만큼 눈을 마주치던 소향은 가혜가 빤히 쳐다보며 사정을 봐주지 않자 뒤늦게 슬쩍 고개를 숙였다. 그 예의 없는 행동에 대해 한 소리 해도 될 법한 상황이지만 가혜는 별다른 말없이 몸을 돌렸다. 또 언쟁을 해봤자 정신력만 소모될 게 빤한지라 곧바로 설이를 찾아 집으로 돌아가는 가마에 오른 가혜는 좀 전에 보았던 소향이를 떠올렸다.

'첩실이라…….'

사회적으로 첩은 아내로 인정하지 않고 잠자리 시중을 드는 여인일 뿐이었지만, 남편의 마음을 첩실과 나눠 가져야 하는 부인의 속내가 편할 리는 없었다. 스스로 서방에게 마음이 없다고 본인의 감정을 매번 단언하며 정리하려 애쓰는 가혜도 막상 그가 소향이를 싸고돌며 애정을 퍼부어줄 걸 떠올리면 솔직히 싫었다. 저는 그와 헤어져야 하니 그런 마음을 먹는 게 욕심인 걸 알면서도 불유쾌하니, 그녀는 조절되지 않는 감정에 깊은 한숨을 내쉬었다.

그렇게 가혜의 심리에 조금씩 영향을 끼치고 있는 인후는 그새 구군복을 벗어 던지고 금부를 나와 도포 차림으로 인적이 드문 산을 오르는 중이었다. 초입에서 그리 멀지 않은 공터에 덩그러니 놓인 가마가 약속 장소임을 알려주고, 이제 갓 서른쯤 된 여인이 여종과 함께 근처에 서 있었다. 한눈에 봐도 지체가 높아 보이는 그녀는 이십여 년 전에 승하한 소현세자의 둘째 딸, 경녕군주(군주: 왕세자의 적실녀에게 내리는 정이품 작호)였다. 또한, 이 년 전쯤에 인후를 찾아와 밀명지의 존재를 알려준 인물이기도 했다. 그녀에게 다가간 인후는 곧바로 본론부터 꺼냈다.

"밀명지의 위치를 알아냈다는 말이 사실입니까?"

일하던 중에 그리 적힌 연통을 받고 그 즉시 금부를 빠져나왔다. 지난 이 년간 있을 만한 곳은 전부 수색해 보았지만, 눈에 띄지도 않던 것이 드디어 발견되었으니 인후의 마음이 조금 급해질 만도 했다. 그걸 알기에 경녕군주도 군소리를 달지 않고 요점만 정리해서 말해주었다.

“홍 단주가 가지고 있다는데, 그녀는 침소에 중한 걸 두는 편이니 그곳에 있지 않을까 하네.”

“믿을 만한 정보입니까?”

인후의 음성은 제법 심각했다. 그도 홍 단주를 의심하고는 있었지만, 그녀를 건드리는 건 매우 신중해야 할 일이었다. 홍 단주와 그녀의 침소 주위는 비영단이 지켰는데, 그 수가 적잖았고 실력 또한 탁월한지라 그들을 한꺼번에 상대하는 일은 인후라 해도 부담스러웠다. 거기에 월령까지 참전하면 승리보단 패배를 장담하기가 더 수월할 텐데, 이런 와중에 경녕군주는 홍 단주가 밀명지를 가지고 있음을 확신했다.

“비영단을 이끄는 두령이 꽤 오랫동안 홍 단주의 곁을 비웠는데, 그게 수상쩍어 조사하다가 알아낸 사실일세.”

그가 지나가고 난 자리엔 살아남은 자가 없어서 단서조차 얻기 어려웠는데, 하늘이 도왔는지 운 좋게 숨이 꺾이기 직전인 자를 발견해 정보를 얻을 수 있었다. 하지만 그런 설명에도 인후는 어딘가 껄끄러운 느낌에 눈살을 찌푸렸다. 경녕군주는 보안상의 이유로 다른 정보책의 신분을 공개하지 않았는데, 그래서인지 정보가 들어오는 길을 정확히 알기 어려웠다. 지금까진 자신의 실력으로 해결 못 할 일이 없었기에 그 부분에 관심을 가지지 않았던 인후는 이번만큼은 신중하게 접근하겠다는 뜻을 피력했다. 그러자 경녕군주는 이해한다는 얼굴로 그리하라고 대답하면서도 속으론 다른 생각을 품었다.

‘나라와 백성을 위해서라면 목숨도 걸던 인사가 이리 조심스러워지다니, 부인이 마음에 들긴 들었나 보군.’

무서울 정도로 의지력이 강한 그가 이토록 조심스러운 기색을 비치는 건 일의 위험도도 영향을 주었겠지만, 최근에 맞이한 아내 때문일 가능성이 컸다. 사람은 소중한 게 생길수록 잃을까 두려워하는 법이니, 아마도 그리 머지않아 그녀가 그의 약점이 되리라 추측한 경녕군주는 분위기도 바꿀 겸 대화의 주제를 조금 비틀었다.

"밀명지를 찾으려는 자들을 계속 조사하고는 있는데, 움직임이 은밀하여 정체를 알기가 쉽지 않네. 혹 짐작 가는 인물이 있는가?"

그녀의 질문에 인후는 현욱을 떠올렸다. 근래 들어 그의 업무가 과다해졌는데, 이상하게 궐내보다 궐 밖으로 다니는 일이 잦았기 때문이었다. 하지만 인후는 그런 얘기를 경녕군주에게 전하지 않았다.

"좀 더 파악해 보겠습니다."

"그리해 주게나."

경녕군주의 마지막 말을 끝으로 인후는 그녀에게 인사를 하고 먼저 산을 내려갔다. 아직 해가 떠 있으니 금부로 환관해야 하지만, 그는 개의치 않고 홍화루로 향했다.

기방 문턱을 넘는 손님도 하나 없는 대낮부터 인후는 소향이가 따라주는 술로 목을 축이면서 두 가지 생각할 거리를 떠올렸다. 하나는 양묘와 관련된 것으로, 부친이 제게 알려준 덫을 그녀에게 알려야 할지 말지 고민이었다. 양묘의 활동을 그리 부정적으로 보진 않지만, 좌의정까지 날뛰는 마당에 그녀를 잡지 못하면 부친이 곤란해질 수도 있었다. 얼굴도 모르는 여인보단 피붙이인 아버지가 더 중한지라, 그의 고민은 꽤 오랫동안 이어졌다. 그러나 아무리 생각해도 답은 하나였고, 다른 의문거리는 곁에서 눈치를 보던 소향이 의외로 쉽게 해결해 주었다.

"나리께선 사월령이란 자를 아십니까?"

"사월령?"

달갑지 않은 이름이자 눈엣가시인 그를 거론하는 소리에 인후가 되묻자 소향은 그의 흥미를 자극하기 위해 조금 더 떡밥을 풀었다.

"홍 단주가 키운 자객들의 두령이지요."

"그자가 두령이라고?"

인후는 그가 두령이란 말에 술을 마시던 것도 멈추고 소향에게 시선을 줄 만큼 놀랐다. 월령의 실력에 두령 자리를 맡는 건 이상한 게 아니지만, 경녕군주가 말했던 밀명지를 찾아낸 자가 사월령이란 점은 문제가 있었다. 아내에게 듣기로 월령은 청에 가 있었다고 했는데 그렇다면 밀명지를 청에서 찾았다는 소리였다. 하지만 역적들이 의기투합하여 이름을 기록한 서책을 굳이 국경 밖에 둘 이유가 없었다.

'그럼 청에 간다 거짓말하고 조선에서 임무를 수행했다는 건데…….'

그 부분에서 인후는 경녕군주와의 대화 중에 석연치 않았던 것이 무엇인지 깨달았다. 밀명지를 찾아다니던 자가 사람들을 다 죽이는 바람에 정보를 얻는 데 고생했다고 했는데, 그렇다면 금부에 있는 제 귀로 사건 내용이 들려왔어야 했다. 하지만 근래 들어 그런 다수의 죽음은 아사나 전염병 외엔 없었다. 타살의 흔적이 나온 곳은 없는 것이다.

'내가 모르는 무언가가 있는 것인가?'

밀명지에 숨겨진 비밀이 있는 건지 의아했지만 그건 앉아서 고민한다고 해결될 내용이 아니었다. 적어도 밀명지를 직접 봐야 실마리라도 얻을 수 있을 터였다. 그때, 그의 어두운 표정을 본 소향이 다시 월령을 거론했다.

"아는 자입니까?"

그녀의 음성에 생각을 더 이어가지 못한 인후는 다시 술을 입에 털어 넣고 고개를 끄덕였다. 그러자 소향은 대화가 잘 풀려 기쁜 것처럼 미소를 지으며 좀 전에 제가 본 것을 슬쩍 흘렸다.

"하면 오늘 부인께서 그자를 만나러 상단에 오신 것도 알고 계시겠군요."

그저 대화만 나누는 걸 봤을 뿐이지만 소향이는 제멋대로 가혜가 그를 만나러 왔다고 고해놓고 눈으로는 인후를 샅샅이 훑었다. 서늘해지는 눈과 술잔을 꽉 움켜쥐는 손만 보아도 제대로 건드렸다는 확신이 들었다. 원하던 반응이 나왔음에도 소향은 괜스레 당황한 기색을 내보이며 조심스럽게 물었다.

"설마 모르셨습니까? 소인은 나리께서 알고 계시는 줄 알고……."

"둘이 만났다고? 부인이 그를 찾았단 말이더냐."

악문 이 사이로 새어 나오는 음성이 살벌하기 짝이 없었다. 그가 이토록 화를 내는 모습을 본 적 없던 소향은 질투심과 두려움에 사로잡히면서도, 가혜를 나락으로 떨어뜨릴 수 있다는 기쁨을 만끽하며 그의 심기를 더 건드리고자 노력했다.

"그것이, 소인이 잘못 보았나 봅니다. 아씨처럼 조신하신 분이 몸종도 떼어놓고 외간 남자와 단둘이, 그리도 다정히 대화를 나누셨을 리가 있겠습니까. 그저 닮은 분이셨을 겁니다."

설이까지 떼어놓고 단둘이 붙어 있었다는 말에 결국 인후의 손에 들린 술잔이 거친 소리를 내며 깨져 버렸다. 기함한 소향이 그의 손을 펴려 했지만, 인후는 제 손가락 사이로 피가 뚝뚝 떨어지든 말든 마냥 내버려 두었다. 흘리는 피만 봐도 상처가 꽤 깊었으나 가슴이 쓰린 탓에 손바닥의 상처는 느껴지지도 않았다.

'내가 그와의 관계를 의심하는 걸 알면서도 직접 찾아가 만나기까

지 했단 말인가.'

그녀를 행복하게 해줄 수 없을 거라던 월령의 당당하던 태도와 저를 쏘아보며 그를 좋아한다, 그를 은애하고 있었다, 그리 말하면 믿을 거냐던 그녀의 목소리가 가슴을 파고드는지라 인후는 입술을 꽉 악물었다.

해가 저물녘의 하늘은 오늘따라 유달리 핏빛처럼 붉었다. 상단을 배회하던 유화는 후덥지근한 바람에 실린 비 냄새를 맡았다. 오뉴월 장맛비가 찾아올 시기만 되면 그녀는 빗물에 씻겨지다 못해 점점 지워져서 소멸해 가는 느낌이었다.

이 습한 계절이 두려워진 건, 그녀가 열 살이 되던 해부터였다. 그래도 나름 양반가의 여식으로 태어나 부족함 없이 자랐던 그녀가 어린 나이에 모든 걸 잃게 된 나이도 딱 그때였고, 한날한시에 온 가족이 몰살당했던 날에도 오뉴월 장맛비가 내렸다.

어머니에 이어 동생마저 죽었지만 원망할 대상은 남아 있지 않았다. 헛된 욕심으로 불행의 씨앗을 틔운 이가 친부였고 그도 그날 살해당했기 때문이었다. 그래도 기일인 여름이 되면 숨 막히는 두려움과 짙은 그리움에 사무쳐 이렇게 해 질 녘의 밖을 배회하곤 했다. 시간이 얼마나 흐른 지도 모르고 한참을 홀로 걷고 있을 때, 홍화루 쪽에서 잔일을 하던 어린 여종이 다급히 그녀를 찾았다.

"부단주님, 부단주님! 유랑 나리께서 다치셨는데 속히 좀 가보셔야겠습니다."

"다치시다니?"

유화는 표정이 굳어 여종을 추궁했지만, 소향이가 시중을 들던 중에 급히 의원을 찾더란 얘기밖에 들을 것이 없었다. 결국, 유화는 직접 홍화루로 걸음을 옮겼다.

기생들이 알짱거리는 방문 앞에 서서 안에 고하고 문을 열자, 의원에게 손을 치료받고 있는 인후가 보였다. 무표정한 그의 옆을 지키는 건 소향이였는데, 유화는 눈짓으로 그녀를 내보내고 의원의 근처로 가 앉았다. 힐끗 내다보니 약을 바르고 붕대로 감았음에도 피가 멈추지 않는 건 아무래도 그의 입으로 들어가고 있는 술 때문일 터였다. 의원이 쩔쩔매며 위험하다 충고해도 그는 개선할 의지가 전혀 없어 보였고, 보다 못한 유화가 나서서 그를 말렸다.

"나리. 통증을 이기기 어렵다고 술을 드시면 지혈이 되질 않습니다. 조금은 참아보심이 어떻겠습니까."

성질을 긁는 것인지 만류하는 건지 모를 소리에 술잔을 쥔 인후의 손이 멈칫하고 의원의 눈동자가 흔들리는 건 더 심해졌다. 주위를 떠도는 침묵의 무게를 유화는 최대한 무표정으로 견뎌냈으나 그녀도 내심 두려워하고 있었다. 그가 알려진 것처럼 기생이나 좋아하는 한량이었다면 유화도 이토록 압박감을 느끼진 않았을 테지만, 그는 무언가 숨기는 것이 분명 있어 보였다. 지난번에 홍 단주에게 그토록 위압적인 기운을 풍기는 것만 보아도 그러했다.

인후는 그녀가 저를 경계하고 두려워함을 알아차렸다. 그래도 그런 용기가 어떤 여인을 떠올리게 해서 대화할 기분이 좀 든 그는 술병을 내려놓고 적당히 응수해 주었다.

"부인과는 아는 사이겠지? 꽤 오래전부터 도움을 받았다던데."

"예, 그렇습니다."

그녀가 수긍하자 인후는 의원을 내보냈다. 붕대를 감은 손을 꽉 움켜쥐어 지혈하면서 그는 사월령과 아내의 사이를 대놓고 물어보았다. 그가 원하는 게 무엇인지 알아차린 유화는 이전보다 편안해진 표정으로 대화에 참여했다.

"정보를 원하십니까?"

"팔 것이냐?"

"소인은 상인입니다. 상단에 득이 된다면 뭔들 못 팔겠습니까?"

사람 목숨도 물건처럼 거래해야 하는 자리에 앉아 있기에 그녀는 스스럼없이 그렇게 대답했다. 자객을 키우는 일 또한 도덕심 따윈 내던졌기에 가능한 일이었고, 상단을 위해서라면 때에 따라 지인도 능히 배신하고 정보를 팔 수 있었다. 그렇기에 그녀의 정보가 더욱 믿을 만하다 판단한 인후는 얼마면 되는지 물었으나, 유화는 은자보다 물물교환을 요구했다.

"금부에서 양묘를 잡으려 덫을 놓았다던데 그에 대한 정보가 필요합니다."

대놓고 양묘와 관련된 정보를 내어달라는 그녀를 빤히 보던 인후는 헛웃음을 지었다. 병판 대감의 외아들에게 부친을 물 먹일 정보를 내어달라고 하면 곱게 내어주리라 생각하는 건지, 그녀의 결정이 좀처럼 이해되질 않았다.

"내 정보를 준다 쳐도 그 말을 믿느냐? 내가 아버지를 배신하리라 생각하느냔 말이다."

"판단은 소인이 합니다. 나리께서 주시는 정보의 질에 따라 드리는 정보의 질도 달라지는 법이지요. 거래가 만족스럽다면 차후 더 나은 거래도 할 수 있지 않겠습니까?"

미래를 암시하는 말을 흘리는 유화를 보면서 인후는 그녀가 홍 단주에게 제대로 배웠구나 싶었다. 유약해 보여도 속에 든 강단은 보통이 아니었다. 그만하니 위험할 걸 알면서도 양묘를 돕는 것이고, 그 뜻만은 저도 같았기에 인후는 부친의 계략을 솔직하게 털어놓았다.

"양묘는 수면 위로 떠오르지 않아야 할 것이다. 어느 쪽을 택하든 둘 다 덫이니."

우의정 댁으로 가든 좌의정의 집을 선택하든 둘 다 함정이라 나타나지 않는 것이 좋단 소리였다. 그제야 권식이 이전과 동일한 책략을 세운 이유를 이해한 유화는 보답으로 월령과 가혜의 사이에 대해 들려주었다.

"월령이 아씨를 사모한 지는 오래되었습니다. 소인이 확실히 기억하기로는 못해도 칠 년은 넘었을 겁니다. 그러나 그의 마음은 신분 차와 어르신의 반대에 부딪쳤지요. 그래도 그에게 희망이 아예 없었던 건 아닙니다."

어차피 가혜는 부친을 혼자 두고 혼인하는 걸 원치 않았고, 영달은 재물이나 권세에 눈이 멀어 딸을 팔 인사가 아니었다. 그 말은 가혜가 평생을 홀로 지낼 수도 있단 소리였다.

"아마 나리께서 나타나시지 않았다면 월령은 그 뜻을 이뤘을지도 모르지요."

"그럼 부인은 그에게 마음이 있었느냐."

그것이 가장 중요했다. 하지만 유화는 그 뒷이야기 대신 다른 내용을 꺼냈다.

"아씨의 마음까지 말씀드리기엔 정보의 양이 조금 부족합니다. 하니, 금부가 유인책으로 쓰려는 그 황금이 어디 있는지 알려주시는 것이 좋지 않겠습니까?"

"이런, 고얀……."

이미 충분한 정보를 제공해 주었는데 그녀는 알맹이만 쏙 빼놓고 말해주면서 더 많은 정보를 요구했다. 어쩐지 눈뜨고 코 베인 기분에 인후는 고개를 내저었다. 양묘를 놓치고 황금까지 빼앗기면 부친이 임금의 문책을 피하기 어려울 수도 있었다. 그것이 설령 백성을 위한 길이라 해도 아버지를 힘들게 할 수는 없었다.

인후가 거래를 포기하자 유화는 더 캐묻지 않고 자리에서 일어나 몸을 돌렸다. 그러나 방문을 열기 전, 그녀는 인후에게 의미심장한 말을 남겼다.

"기방을 다니면서 어찌 여인의 마음을 얻고자 하십니까. 아내를 기쁘게 하는 방법은 별다를 것이 없습니다. 연모하는 마음을 솔직하게 드러내고 아껴주시면 될 일입니다. 적어도 지금 나리께 기회가 아예 없는 건 아닐 겁니다."

"기회가 있다? 진심으로 그리 생각하느냐."

사월령도 나타난 마당에 아내의 마음을 얻을 기회가 있을까? 그런 불안감이 옅게 묻어나는 그의 음성은 정말 의외인지라 유화는 살며시 미소를 머금었다. 요즘 그를 대할 때마다 몰랐던 사실을 하나씩 알아가는 느낌이 그리 나쁘지만은 않았다.

"양묘를 구해주신 보답으로 드리는 정보이니 의심치 마십시오."

금부의 계략을 알려주어 위험을 피하게 해준 대가라는 소리였다. 불공정한 거래로 쌓인 불만을 완전히 없애준 유화는 조용히 방을 나섰고, 인후는 다시금 고민에 잠겼다. 제게도 기회가 있다는 건 좋은 일이었지만, 유화의 말대로 기방에 다니는 한 아내의 마음을 얻긴 어려울 터였다. 그러려면 속히 밀명지를 찾아서 한량 생활을 청산해야 하는데 그 서책은 지금 홍 단주의 방에서 비영단에 의해 보호되고 있었다.

'비영단의 동태부터 파악해야겠구나.'

상주하는 자객만 얼추 수십은 되리라 판단되는 홍려 상단에 잠입은 불가능했고, 결국은 정면 돌파뿐인데 그러려면 세밀한 조사가 뒷받침되어야 했다. 아내와의 관계를 위해서라도 최대한 빠른 시일 내에 밀명지를 찾기로 결심한 인후는 홍화루에서 며칠 묵으며 물건 구매를 핑계로 상단을 드나들었고, 사흘째에 현욱이 찾아올 때까지 그의 조사는 계속되었다.

서방이 사흘째 집에 들어오지 않았다며 한숨을 내쉬는 가혜를 보다 못해 기방을 찾은 현욱은 순식간에 기생들에게 둘러싸였다. 그가 몸에 손대는 것을 극도로 싫어하니 차마 들러붙진 못하고, 그저 앞을 가로막으며 다들 제 방으로 들길 졸라대는 데 여념이 없었다. 몇 걸음 가다 붙잡히고, 몇 걸음 가다 가로막히니 온후한 현욱도 슬슬 짜증이 치밀기 시작했다. 그의 눈썹이 일그러질 만큼 일그러졌을 때 그를 구해준 이는 유화였다.

"유랑 나리를 찾아오셨습니까."

유화의 등장에 기생들은 눈치를 보며 슬금슬금 길을 내주었다. 덕분에 탈출한 현욱은 머리도 올리지 않은 젊은 여인을 신기하게 바라보았다. 기생들의 행동을 보면 신분이 제법 있어 보이는데, 그런 여인이 기방에 드나드는 것 자체가 흔치 않은 일이었다.

"낭자는?"

"홍려 상단의 부단주, 유화라 합니다."

"유화?"

현욱은 어디선가 들어본 느낌에 그녀의 이름을 곱씹었다. 그가 무언가를 기억해 내려 함을 짐작한 유화는 서둘러 그의 생각을 끊어냈다.

"유랑 나리께 안내해 드리겠습니다."

유화는 홍화루의 동쪽에 자리한 건물로 현욱을 데려갔다. 대낮부터 기생들의 웃고 떠드는 소리가 퍼지는 복도를 지나 그녀의 발길이 멈춘 곳은 건장한 체격의 문지기가 지키고 있는 방 앞이었다. 그녀는 그 앞에 서서 안에 대고 고했다.

"나리, 종사관 나리께서 오셨습니다."

현욱이 왔음을 알려도 안에서는 간드러진 기생들의 웃음소리와 어디 있느냐 묻는 인후의 음성만 흘러나왔다. 그 말만 들어도 어떤 상황인지 알 수 있는 탓에 현욱은 더 기다리지 않고 문을 확 열어젖혔다. 거칠게 열리는 방문에 사위가 조용해지고, 눈을 가린 채 기생들과 잡기 놀이 중이던 인후를 발견한 현욱은 미간에 주름이 잡히는 걸 좀처럼 펴지 못했다.

'부인이 그리 걱정하며 기다리고 있는데, 이 무슨 짓인지.'

정확히는 걱정이 아니라 한심해서 표정이 굳은 것뿐이지만, 가혜의 마음을 오해한 현욱은 한숨을 푹 내쉬었다. 그래도 그는 소리 내어 인후를 질책하진 않았다. 전도유망하던 친우가 사고를 당해 이리 변한 것도 안타까운 일이라, 그는 그저 기생들을 물리고 또 술을 퍼마시려는 인후를 저지했다.

"그만 마시고 가세."

"내 아직 다 마시지도 못했는데 이 귀한 술을 두고 어딜 가자 하는가."

인후는 술병 입구에 입을 대고 들이켜다가 휘청거렸다. 그걸 간신히 붙잡은 현욱은 유화에게 도움을 요청하는 시선을 주었고, 그에 유화는 뒤쪽에 서 있던 문지기에게 간단히 명령을 내렸다.

"나리를 댁까지 안전히 모셔다드리고 오너라. 나리께서 손을 다치신 경위는 내 따로 서찰에 써두었으니 병판 대감 댁 아씨께 전해 드리고."

"예, 부단주."

문지기는 유화가 준 서찰을 품에 잘 갈무리해 넣고 인후를 부축하며 방을 나섰다.

현욱이 기방으로 간 뒤부터 가혜는 대문간 앞을 서성였다. 벌써 사흘째 들어오지 않는 서방이 어디서 무얼 하고 있을지 안 봐도 훤했다. 또 소향이와 있으리라. 썩 믿고 싶지 않지만 그럴 것이라는 확신이 들었다. 일전에 목간에선 저를 간절히 원하는 것처럼 급히 탐하더니만 며칠이나 지났다고 소향이를 찾는 건 무슨 심보인지, 함부로 입술을 훔친 걸 이쯤에서 봐주려 했던 가혜는 이번 일로 다시금 눈빛마저 착 잡하게 가라앉아 버렸다. 그렇게 그녀의 안색이 굳어질 만큼 굳어진 뒤에야 현욱이 도착했고, 그는 대문간으로 나와 있는 가혜를 보며 씁쓸한 표정을 지었다.

"예서 이리 기다리고 계셨습니까?"

"예, 서방님은……."

빈 몸으로 돌아온 현욱의 뒤를 살피자 그제야 인후를 부축하며 계단을 올라오는 달수와 홍화루의 문지기가 보였다. 더불어 문지기의 어깨 위에 걸쳐진 남편의 손이 붕대로 칭칭 감긴 것도 눈에 들어왔다.

예상치 못한 부상에 놀란 가혜는 달려가 그의 손을 잡으려 했다. 하지만 인후가 문지기의 어깨에서 팔을 빼버리는 바람에 그녀는 그에게 손끝 하나 댈 수 없었다. 어쩐지 거부당한 느낌이 들어 가혜는 더 다가가지도 못하고 손을 거뒀다.

인사불성인 인후를 챙기느라 현욱마저 사랑채로 들어가고 나자, 대문간에 남아 있던 문지기는 품에 넣어두었던 유화의 서찰을 꺼냈다.

"부단주께서 아씨께 전하라 하신 서찰입니다."

그가 종이를 내밀자 근처에 있던 설이가 달려와 가혜의 손으로 옮겨주었고, 그녀는 그 자리에서 서신을 펴보았다. 유화의 반듯한 글 속에는 금부의 계략과 서방의 손에 난 상처에 대해서도 적혀 있었다. 아쉽게도 그가 손을 다친 이유는 알 수 없었으나 상처가 그리 심하진 않다는 부분에선 가혜도 마음을 쓸어내릴 수 있었다.

그녀가 서찰을 읽는 동안 인후는 달수의 도움을 받아 사랑채에 누웠다. 술에 강하고 체력도 좋은 편이었지만, 사흘 내내 그렇게 노는 건 그로서도 고단한 일이었다. 거기다 더해 홍 단주의 의심을 피해가며 상단을 염탐해야 했고, 기생들은 틈만 나면 몸을 노려대서 안심하고 잠을 청할 수도 없었다.

심신이 녹초가 된 인후가 눈을 감자 현욱과 달수는 조용히 밖으로 나갔다. 두 사람이 나가고 드디어 혼자만의 시간을 가질 수 있게 된 인후는 다친 손을 들어 눈을 덮었다. 지난 사흘간 비영단에 대해 조사하는 동안 월령과는 수없이 부딪쳤고, 대화는 없어도 서로 주고받는 눈빛은 충분히 적대적이었다. 그렇게 사흘을 견디고 나니 아내가 손을 잡으려 다가온 순간에 그는 저도 모르게 그녀를 피해 버렸다.

'바보같이.'

인후는 스스로 질책하다가 몸을 돌리고 잠을 청했다. 너무 피로한 탓에 우선은 다 잊고 자고 싶었다. 하지만 의식은 계속해서 그를 들들

볶아댔다. 비영단의 삼엄한 경계 속에 있는 홍 단주의 방부터 경녕군주와 밀명지에 대한 의문점, 그리고 아내의 수상한 행동까지 궁금한 부분들이 너무 많았다. 특히 아내와 관련된 내용이 그에겐 가장 난제였다.

'벌레 때문에 탈의했다면서 잠겨 있던 주고를 굳이 열고 들어간 점도 그렇고, 목간 아궁이에 불 피운 흔적이 없던 것도 수상하고…….'

아내의 이상한 행동들을 곰곰이 따져 보던 인후는 문득 떠오르는 생각에 자리에서 벌떡 일어나 앉았다. 그러고 보니 그날, 목간에서 목욕 중이었다던 아내는 속치마와 속적삼이 젖은 채로 목간을 떠났다. 그녀의 손에 들린 건 벗어둔 겉옷뿐이었고, 젖은 걸 갈아입을 여분의 옷은 내부에 없었다.

'확실히, 뭔가가 있어. 내게 숨기고 있는 무언가가…….'

혼인 전엔 그녀에게 관심이 없어서 아는 것이라곤 나이와 이름, 가족관계 정도였지만 이젠 그녀의 모든 걸 알고 싶었다. 알 필요가 있었다.

인후가 아내에 대해 의구심을 품는 동안 현욱은 낯빛이 좋지 않은 가혜가 염려되어 쉬이 걸음을 옮기지 못했다. 유화가 준 것으로 추정되는 서찰을 고이 접어 들고 침착함을 가장하고 있지만, 안색이 나쁜 것이 눈에 보일 정도였다.

"괜찮으십니까?"

"예, 괜찮습니다. 나리께 매번 이리 신세를 지니 송구합니다."

달수의 신분상 기방 안까지 쳐들어갈 수는 없는 노릇이라 인후를 꺼내오는 건 항상 현욱의 몫이었다. 바쁘기도 하거니와 기방을 싫어하는 그가 이런 일을 전담하는 것 자체가 가혜는 마음에 걸렸다. 하지만 현욱은 도리어 그녀에게 미안해했다.

"제 잘못도 있습니다. 그때, 사냥 간다고 할 때 그 친구를 더 말렸어야 했는데……. 그랬다면 지금 부인께서 이리 마음고생 하시지도 않았겠지요."

사고가 나서 머리를 다치기 전, 혼자 사냥을 가겠다는 걸 끝까지 말렸더라면 이런 일은 벌어지지 않았으리라. 그런 생각이 마음에 빚처럼 남아 그를 짓누르곤 했다. 그가 친우의 사고에 대해 죄책감을 지니고 있음을 알게 된 가혜는 애써 웃으며 고개를 저었다.

"그랬다면 서방님과 부부의 연을 맺지도 못했겠지요. 배필을 맞이하는 건 하늘이 정해준다 하니, 나리께서 당시 서방님을 말리셨다 한들 결과는 같았을 것입니다."

하늘이 저와 그를 부부로 맺어주기 위해 무슨 짓을 해서라도 사고가 나도록 했을 것이란 말이었다. 그러니 괴로워하지 말라고 위로해주는 그녀의 다정함에 현욱은 아랫입술을 꾹 깨물고 가슴속 응어리가 조금이나마 녹는 기분을 버텨냈다. 처음으로 받은 위로는 너무나 따뜻했다.

"다행입니다. 부인처럼 현명한 이가 그의 곁에 있다는 건."

그는 느낀 대로 솔직하게 감정을 드러내서 가혜를 놀라게 했다. 외간 남자에게 그런 말을 듣는 것 자체가 부끄럽고 민망한 일이어서 그녀의 뺨이 복사꽃처럼 곱게 물들자 현욱은 저도 모르게 튀어나오려던 뒷말을 애써 삼켰다. 당신을 닮은 여인을 아내로 맞이하고 싶다는 말은 끝까지 가슴속에 묻어두어야만 했다.

가혜와 헤어진 그는 잠시 휴식을 취하기 위해 집으로 향하다가 우뚝 멈춰 섰다. 안구 위를 떠도는 속눈썹처럼 불편하게 거슬리던 이름이 문득 생각난 것이다.

"유화, 선유화?"

현욱은 어딘지 익숙하던 그 이름을 본 기억이 떠오르자 그토록 중시하던 체통과 예법도 잊고 집으로 내달렸다. 놀라는 노비들의 시선도 무시하고 신발까지 신은 채 방으로 뛰어 들어간 그는 서안 서랍 안에서 '수사 일지'라고 적힌 책을 꺼내 빠르게 책장을 넘겼다.

오래된 책이 팔락팔락 넘어가다가 정지한 곳에 현욱이 찾던 이름이 있었다.

「임인년(1662년). 이상하리만치 비가 많이 내리던 봄에 예빈시 직장(연회나 음식 등을 담당하는 관청의 종칠품 관직) 선민영의 사저가 습격당해 그의 식솔들이 모두 살해되었으며, 그의 여식 선유화는 실종되었다.」

당시 열 살이던 선유화는 구 년이 지난 지금까지 시신이 발견되지 않았고 포도청이나 의금부에 나타나 가족의 억울한 죽음을 호소하지도 않았다. 말 그대로 증발하듯이 사라진 상태였다.

"살아 있다면 열아홉. 그 낭자도 그쯤 되어 보였는데."

조선 땅에 유화란 이름을 지닌 젊은 여인이 그녀 한 명뿐이겠느냐마는 아니라고 단정 지을 수도 없는 상태였다. 만약 그녀가 선유화라면 임금이 내린 밀명을 해결할 실마리도 그녀가 쥐고 있을 가능성이 컸다. 거기까지 생각이 닿은 현욱은 선왕이 신임하던 겸사복이 썼다는 수사 일지를 다시 읽었다.

「선민영이 숨겨둔 것으로 파악되던 밀명지도 찾을 수 없었다. 실종된 선유화가 지니고 도망쳤다면 그나마 다행이나, 이미 무도한 자들의 손에 넘어갔을 가능성이 매우 크니 통탄할 일이로다.」

임금의 명을 받아 남몰래 밀명지를 찾고 있던 현욱은 드디어 찾아낸 작은 단서에 희망을 품었다. 그녀가 선유화라면 밀명지를 빼앗겼는지만이라도 확인할 수 있을 터였다. 그래도 지금껏 신분을 숨기고 죽은 듯이 사는 것에는 이유가 있을 터라 현욱은 곧바로 유화를 찾지 않고 그녀의 뒷조사를 시작했다.

홍려 상단의 내부인들은 단주에 대한 충성심이 강해서 쉬이 입을 열지 않다 보니 현욱은 아예 홍려 상단과 오랫동안 거래해 왔던 다른 상단의 나이 많은 일꾼을 찾았다. 그들이 알려줄 수 있는 건 매우 한정적이었으나, 소득도 분명 있었다. 적어도 유화가 홍 단주를 따른 지근 십 년쯤 되어간다는 건 확실했다. 해가 뉘엿뉘엿 저물 시각까지 정보를 수집하며 다닌 현욱은 노을 진 길을 걸으며 생각을 정리했다.

'선유화가 사라진 시점과 홍 단주가 거둔 기간이 비슷하고, 한 상단의 부단주나 되는 인물이 나이조차 제대로 알려지지 않은 건 부러 드러내지 않았다는 뜻이겠지.'

일꾼 중 몇 명은 그녀의 가족이 산다는 곳도 알려주었지만 저마다 답이 달라서 신빙성은 없어 보였다. 그래도 혹시 모르니 임금에게 고하기 전에 좀 더 자세히 알아보는 게 좋을 터였다.

'홍화루의 기생들은 뭘 좀 알고 있으려나?'

낮에 본 기생들의 반응을 떠올리던 현욱은 그들로 인해 괴로워하던 가혜를 다시 상기했다. 더불어 그녀를 위로해 주려다 본인만 위로 받고 나온 기억도 민망함 속에서 슬그머니 고개를 치켜들었다.

"나만 위안받은 꼴이구나."

그는 말 한마디로 많은 위안을 준 가혜를 생각하며 시선을 들어 저물어가는 해를 보았다.

현욱의 머릿속을 채우고 있는 가혜는 등잔불 하나 켜둔 방에서 유화의 서찰을 들여다보고 있었다.

'아버님께서는 나를 우의정과 좌의정의 자택 중 한 곳으로 불러들이려 하시는데. 그렇다면 황금은 존재하지도 않는 미끼일 뿐일까? 아니면…….'

그녀가 황금의 존재 여부에 대해 추측하고 있을 때, 문을 두드리는 소리가 났다. 설이가 잠자리를 봐주러 왔다 여긴 가혜는 들어오라 했지만, 밖에서는 아무런 반응이 없었다. 딱히 기척이 느껴지는 것도 아니어서 잘못 들었다고 여기려 했으나, 문을 두드리는 소리는 다시 반복되었다.

그제야 설이라면 문을 두드리기 전에 먼저 안에다 대고 찾아온 연유를 고했을 것임을 떠올린 가혜는 자리에서 일어났다. 혹시 모를 일에 대비하며 조심히 문을 열었으나 밖에는 아무도 없었고, 마루 위에 얌전히 놓여 있는 구체만이 그녀를 반겼다. 어린아이 머리만 한 그것은 안에 무엇이 들었는지, 별을 따다 박은 듯 노란 빛으로 반짝거렸다. 그 모습이 하도 신기하고 예뻐서 가까이 다가가 들어 올리자 종이로 만든 구체에 적힌 글자가 눈에 들어왔다.

"일반지보?"

한 일(一), 밥 반(飯), 갈 지(之), 갚을 보(報)를 써서 한 번 밥을 얻어

먹은 은혜에 대한 보답을 뜻하는 사자성어였다. 비로소 가혜는 그 구체를 놓고 간 이가 현욱임을 알 수 있었다. 얼마 전에 음식을 싸준 적이 있었으니 그가 확실했다. 요 며칠, 근심만 머물던 가혜의 얼굴에 웃음꽃이 피어났다. 눈과 마음을 모두 사로잡는 반짝거리는 구체엔 그를 닮아 반듯한 서체의 사자성어가 두 개 더 적혀 있었다.

"고진감래."

쓴 것이 다하고 나면 단 것이 온다. 그는 이 말로 그녀를 위로하고자 했다. 지금은 서방 때문에 마음고생을 하더라도 언젠가는 행복해질 것이라고 자상하게 달래주고 있었다. 그 옆에 자리한 마지막 사자성어인 사필귀정은 올바르지 못한 것이 잠시 기승을 부려도 결국은 바른 것이 이기게 되어 있다는 뜻이었다. 단 네 글자이지만 그가 말하고자 하는 뜻이 단박에 느껴져서 가혜는 결국 소리 내어 웃어버렸다. 아무리 기생이 유혹해도 결국은 정실부인의 옆으로 돌아가리란 뜻으로 적었을 게 분명했다.

"고맙습니다."

가혜는 남들의 눈을 피해 어딘가에 숨어 있거나 혹은 이미 떠났을지도 모를 그에게 감사한 마음을 전했다. 덕분에 지금 이 순간, 그녀는 행복할 수 있었다. 종이 구체를 밝히는 것이 수십 마리의 반딧불이란 걸 알았을 때도, 그걸 잡겠다고 수풀을 헤집고 다녔을 그의 모습을 상상하는 것도 그녀를 미소 짓게 했다.

여름밤의 더위를 식혀주는 바람을 맞이하며 가혜는 마루에 앉아 한참 즐거운 감정을 곱씹다가 구체의 위쪽을 찢어내 반딧불을 풀어주었다. 자유를 찾은 존재들이 고마운 마음을 표하듯 반짝이며 날아가고 그로부터 정확히 이틀 뒤에 권식은 인후를 금부로 불러들였다.

거대한 회의 탁자 위에 가로세로 길이가 사람 팔만 한, 큼직한 궤짝 두 개가 뚜껑이 열린 채 놓여 있었고 그 내부를 채운 황금 덩어리들은 눈을 현혹했다. 좌의정과 우의정이 그간 받아왔던 뇌물 중 일부로, 양묘가 건드리지 못하도록 안전한 곳으로 옮기는 것이 내일 새벽녘에 인후가 해야 할 임무였다. 그 전에 미리 황금을 보여주면서 그 일의 중요성을 다시 한 번 상기시킨 권식은 갑자기 금에 대한 흥미가 싹 가실 만한 소리를 해댔다.

"네 눈앞에 있는 그 노란 것은 백성의 피고름이다. 추악한 욕심으로 뭉친 것이지."

자리에 삐딱하게 앉아 황금 덩어리 하나를 던졌다가 잡으며 장난을 치던 인후의 손이 멈추고, 그의 눈길이 아버지에게로 향했다. 그렇게 생각하면서 어찌 이런 걸 눈감아주느냐고 묻는 듯한 시선에 권식은 씁쓸한 미소를 지었다.

"내 그리 정의로운 사람은 아니란 소리다."

뇌물도 청탁도 받지 않고 오로지 임무에만 최선을 다하는 그였지만, 불의를 보고 참지 못하는 성격은 아니었다. 맡은 일에 도움이 되고 필요하다면 이렇게 관료들이 받은 뇌물도 눈감아주고 숨겨줄 수 있었다.

"그러니 네 할아버님이 뇌물을 받는 걸 알면서도 묵과했던 게지."

조선에선 자식이 부모를 고발할 수 없었다. 그렇기에 부모의 행실을 문제 삼지 못했다고 위안할 수도 있었으나 권식은 자신이 정의롭지 않기 때문이라 고백했다. 그건 인후로 하여금 아버지의 안위를 우려하여 양묘에게 황금의 위치를 알려주지 못했던 일을 떠올리게 했다.

수많은 백성보다 하나뿐인 핏줄을 택하던 당시의 기분이 매우 착잡했음을 상기한 인후는 부친에게 정의로운 선택을 하지 못한 걸 후회하느냐고 물었다. 그에 권식은 긍정도 부정도 하지 않았다.

"후회라……. 글쎄다. 남들보단 나를, 나의 가족을 택했을 뿐이다. 그리 말하고 싶지만, 그마저도 대의 앞에 눈을 감은 자의 변명인 것을 내 모르지 않는다."

대의 앞에 눈을 감은 자의 변명. 그 말이 신발 속에서 굴러다니는 모래 알갱이처럼 거슬리는 건, 자신도 며칠 전에 그러한 선택을 했기 때문일 터였다. 인후는 들고 있던 황금을 다시 상자에 넣어두고 자리에서 일어났다.

"맨정신으로는 큰 임무를 맡기가 어려우니 소자는 기방에 가 술이나 한잔 걸치고 와야겠습니다."

중요한 임무 전에 술을 마시는 게 정상은 아닌지라 혀를 차거나 꾸중을 줄 법도 한데, 권식은 해가 뜨기 전엔 돌아오라고 당부만 할 뿐이었다. 그리고 그다음 날, 깜깜한 새벽녘에 도사들의 손에 이끌려 술 냄새를 풍기며 금부로 돌아온 인후에게 권식은 황금이 담긴 상자를 떠넘겼다.

"예판 대감 댁에는 미리 언질을 해놓았으니 초당 안에 잘 숨겨두고 돌아오너라. 절대 다른 곳으로 새지 말고."

"예, 예. 압니다."

인후는 귀찮다는 얼굴로 대충 대꾸하고 금부도사 둘과 궤짝을 들 건장한 체격의 나졸 두 명을 데리고 방을 나섰다. 어딘가 못 미더운 아들이 떠나는 모습을 권식은 오래도록, 그 자리에서 유심히 바라보았다. 어느새 다 자라 버린 아들의 뒷모습은 작년 가을에 양묘를 돕던 한 사내를 떠올리게 했다.

'그만한 골격과 실력을 겸비한 젊은이는 흔치 않지.'

가장 유력하던 현욱이 용의 선상에서 빠지고 나니 의심할 만한 자가 별로 없었다. 홍 단주가 키운 자객 중 하나가 아닐까, 다들 그렇게 짐작했지만 권식은 종종 아들에게 시선이 가곤 했다.

'이 아비는……. 차라리 그게 너라면 좋겠단 생각도 드는구나.'

어릴 때부터 총명하고 몸도 무골인지라 손님이 오는 날엔 뿌듯하게 내보이던 자랑스러운 아들이었다. 학문이면 학문, 검술이면 검술, 어느 것 하나 남부럽지 않게 해내던 아들은 정의감 또한 투철했다. 그래서 양묘를 돕기 위해 잠시 한량인 척했던 것이라고, 그리 믿고 싶었다.

부친의 복잡한 속내에 대해선 전혀 모르고 있는 인후는 지시받은 대로 샛길로 돌아서 예조판서의 자택으로 향했다. 한참을 그리 가고 있을 때 몰래 뒤를 밟는 기척이 느껴졌다. 황금을 옮기고 있는 일행 중에 그걸 눈치챈 이는 인후뿐이었으나 그는 일행들에게 사실을 알리지 않았다. 미행하는 자의 정체가 아마도 양묘이거나 홍 단주의 사람일 가능성이 크기 때문이었다.

전날 밤, 술을 핑계로 홍화루를 찾았던 인후는 술에 취한 척하며 황금에 대한 정보를 은밀히 흘렸다. 부친과 정의에 대해 논하다가 마음을 바꿔 핏줄보다 백성의 목숨을 택하기로 했기 때문이었다. 황금을 빼앗기면 부친은 곤란해지긴 하지만 죽지는 않을 터였다. 하지만 백성은 삶과 관련된 모든 걸 잃을 게 분명했다. 그래서 정보를 흘렸고, 홍 단주는 사실인지 확인하고 황금의 양도 파악하고자 사람을 보냈으니 이제 인후가 할 일은 그들에게 정확한 정보를 주고 양묘가 황금을 가져가도록 유도하는 것이었다.

그는 그걸 위해서 나졸들에게 다가가 그들이 옮기던 궤짝의 뚜껑을 대뜸 열어젖혔다. 말리기도 전에 벌어진 사태에 모두 당황했으나 인후는 금덩어리 하나를 집어 들고 탄성을 흘렸다.

"이것 좀 보게. 내 살면서 이만한 양의 금은 또 처음 보네."

그의 말에 궁금증이 돋았는지 나졸들도 궤짝 안으로 힐끔 시선을 주었다가 넋을 놓았다. 누런 황금의 자태는 입이 떡 벌어지게 할 만했고, 도사들도 궤짝 안에 든 황금을 보며 마른침을 삼켰다. 그러나 임무에 대한 책임감만큼은 권식의 기대를 저버리지 않는 그들은 흩어졌던 정신을 금방 수습했다.

"얼른 제자리에 넣어두게. 누가 보면 어찌하려고 이러나."

"맞네. 예서 지체할 때가 아니야."

두 도사는 인후를 책망하며 재촉했다. 그에 인후는 순순히 황금을 제자리에 두고 뚜껑을 닫으면서도 입으로는 태평한 소리를 늘어놓았다.

"뭘 그리 예민하게 구는가. 우리밖에 없는데 누가 본다고."

확실히 어둠에 잠긴 작은 길에는 그들뿐이었다. 그래도 불안한 도사들은 인후를 재촉하며 속히 걸음을 옮겼다.

해가 뜨기 직전에야 당도한 그들은 예조판서의 안내를 받아 초당의 좌측 방으로 들어갔다. 예조판서에겐 초당을 쓸 여식이 없는 탓에 그곳을 조금 비싸거나 부피가 큰, 장이나 병풍 등을 보관하는 장소처럼 사용하고 있었다.

방의 내부를 쓱 둘러본 금부도사들과 인후는 오래된 나무 장 옆에 궤짝을 두었다. 근처에 비슷하게 생긴 다른 상자들도 몇 개 있어서 특별히 눈에 띄지 않도록 해주었기에 궤짝을 숨기기엔 적당한 곳이었다.

그렇게 맡은 바 임무를 끝낸 도사들은 예조판서에게 뒷일을 맡겼다.

"그럼, 일이 끝나고 나면 가지러 오겠습니다."

"그러게. 다른 이들 눈에 띄지 않게 얼른 가보게."

황금의 양에 간이 졸아붙은 예조판서는 도사들을 급히 내보냈다. 그들이 의금부로 돌아가고 나자 홀로 황금을 떠안게 된 예조판서는 초당 앞에 노비를 딱 두 명만 세워두었다.

'시키는 대로 하긴 하지만, 대체 무슨 생각인지…….'

권식과는 예전부터 믿고 의지하는 사이라 뜻대로 해주긴 했지만, 여전히 속내를 모르기는 매한가지였다. 그에게 들은 것이라곤 황금을 초당에 숨겨두고 아무것도 모르는 노비 둘을 늦은 밤까지 세워두란 것뿐이었다.

예조판서의 불안감을 뒤로하고 인후는 도사들에게 거의 포위당한 상태로 의금부로 가야만 했다. 앞뒤, 양옆에 한 명씩 서서 도망가지 못하도록 감시하며 걸으니 어느새 의금부였다. 나름의 비장함까지 감도는 의금부에 발을 딛자 바쁜 도사들은 각자 할 일을 찾아 뿔뿔이 흩어졌고, 그들 대신 울상인 나졸 둘이 다가와 인후의 곁에 붙었다.

"나리, 오늘도 도망가시면 소인들이 곤장을 맞아야 합니다."

"쉰 대를 맞고 나면 죽을지도 모릅니다. 돌볼 자식새끼도 많은데 제발 좀 살려주십쇼, 나리."

그들은 복도 지지리 없는 자신들의 운명을 속으로 한탄하며 인후에게 간곡히 부탁했다. 큰 임무가 있을 때면 슬그머니 내빼는 아들 탓에 뒷말을 많이 들은 권식이 연좌제로 강수를 둔 것이다. 혹시 모를 일에 대비해 양묘가 위험에 처하면 도와주고자 몰래 빠져나가려 했던 그는 나졸들의 죽는소리에 마음을 접어야만 했다.

아쉬운 일이었으나 그래도 지금껏 그가 한 행동들은 양묘에게 많은 도움이 되었다. 특히 궤짝 안에 진짜 황금이 들어 있다는 사실을 안 건 큰 수확이었다. 그 소식은 곧바로 홍 단주에게 전달되었고, 가혜는 서방의 다친 손을 치료할 약 꾸러미와 함께 단주의 쪽지를 받을 수 있었다.

'예판대감 댁 초당에 진짜 금을 숨겨두었다고?'

금부의 나졸들이 좌의정과 우의정의 집 근처에 매복해 있는 상황에서 황금만 따로 있다는 건 다시없을 절호의 기회였다. 다만 그 황금에 손을 대는 순간 시아버지가 곤혹스러운 일을 겪을 게 분명한지라 가혜는 선뜻 마음을 굳히지 못했다. 수많은 백성의 목숨인지 시아버지의 체면인지, 답은 나와 있음에도 사사로운 감정이 그녀의 가슴에 갈등의 불을 질렀다.

어찌하면 좋을지 결정하지 못하고 있을 때, 장식장 위에 올려둔 종이 구체가 시선에 닿았다. 며칠 전에 김현욱 종사관에게서 받은 그 구체의 사필귀정이란 글자가 눈에 박히고, 그녀는 그 사자성어의 본뜻을 되뇌었다.

'모든 건 반드시 바른 곳으로 돌아간다.'

결국, 올바르지 못한 건 오래가지 못하고 승리하는 건 정의라는 소리였다.

'그러니 아무리 어려운 길이라 하여도 정의로움을 택함이 바른 것이겠지.'

다시 한 번 서방을 속이고 시아버지의 적이 되겠지만, 그녀는 약자들의 정의가 되어야 함을 직시했다. 그녀가 결정을 내린 직후부터 시간은 빠르게 달려 밤이 되었다.

예조판서의 집이 있는 북촌은 가혜가 주로 활동하던 공간이라 이동은 그리 어렵지 않았다. 의금부의 나졸들이 포위했을 것으로 판단되는 우의정과 좌의정의 가옥 근처는 피해서 움직이고, 모든 것에 조심을 기했다. 그 덕분인지 그녀가 예조판서의 자택에 도달할 때까지 호각 소리는 나지 않았다.

'초당이라 하였지?'

가혜는 홍 단주의 서찰을 떠올리며 인적 없는 사당 쪽을 공략해 담을 훌쩍 뛰어넘었다. 작은 소리도 없이 가볍게 착지한 그녀는 어둠 속에 몸을 감추고 모든 감각을 총동원해 주위를 살폈다. 밤에 올 사람이 없는 사당이야 조용했지만, 황금을 숨겨둔 것치고는 집 안 자체가 조용하다 못해 적막했다. 어딘가 불편한 기분을 느낀 가혜는 담 위로 고개를 살짝 내밀어 초당을 살폈다. 어둠이 내려앉은 초당의 뒤편은 사람 그림자도 보이지 않았고, 초가지붕 위로 작은 불빛이 일렁이는 걸 보면 앞쪽에는 횃불을 든 자가 있는 듯했다.

'기척도 별로 느껴지지 않는 걸 보면 해봤자 두셋 정도…….'

수가 적긴 해도 금을 지키는 자가 있다는 점은 되레 그녀를 안심시켰다. 비밀리에 숨겨둔 장소에 이목이 쏠리지 않도록 지나다니는 사람의 수는 적되, 혹시 모를 사태에 대비해 호위를 세워두는 것이 옳았다.

움직여도 괜찮다고 판단한 가혜는 경계를 서던 자들이 무료함을 달래고자 대화를 나누는 틈을 타 중간 담을 넘어서 초당으로 접근했다. 초가집과 비슷한 생김새를 가진 초당은 구조적으로 창이 작아서 들고 날 곳은 마루 위로 난 방문뿐이었다. 그 문으로만 드나들 수 있음을 확인한 가혜는 벽에 딱 붙어 서서 초당을 지키는 자들을 살펴보았다. 그들은 젊고 건장하긴 해도 창을 쥐고 선 자세가 체계적으로 훈련받은 자들은 아니었다.

'한꺼번에 둘을 기절시키는 건 무리고. 금을 챙겨서 나오기 전까진 들켜선 안 되는데.'

두 명을 공격하면서 그들이 소리 지르지 못하게 하는 건 불가능했다. 또한, 들킬 때 들키더라도 최소한 금을 찾은 뒤여야 들고 도망칠 기회라도 얻을 수 있었다.

노비들이 초당 앞을 잠시 비우도록 만들 방법을 고민하던 가혜는 초당 뒤편으로 가서 땅에 굴러다니는 돌멩이 하나를 집어 들었다. 그녀는 그 돌을 맞은편 담을 향해 힘껏 집어 던졌다. 담에 부딪친 돌멩이가 딱- 소리를 내자 두 노비는 동요했고, 눈치껏 합의를 한 그들은 주위를 심히 경계하며 소리가 난 쪽으로 천천히 걸음을 옮겼다.

가혜는 그들과 반대 방향으로 돌아 최대한 발소리를 죽이며 초당의 마루 위로 올라섰다. 나무로 된 마루가 울지 않도록 주의하며 움직이고 있을 때, 초당 뒤편을 확인한 노비들의 목소리가 들려왔다.

"뭐여, 아무도 없잖여."

"분명 뭔 소리가 나긴 났는디. 괭이 새낀가?"

아무도 없다고 판단한 두 노비는 가벼운 발걸음으로 제자리로 돌아가려 했다. 그 기척을 느낀 가혜는 우측과 좌측, 두 개의 방 중에 좀 더 가까운 좌측 방으로 급히 몸을 피했다. 조금 위태위태하긴 했어도 어쨌거나 진입은 성공이었다.

가혜가 졸였던 가슴을 쓸어내릴 때 별이 무수히 박힌, 말간 밤하늘을 올려다보던 인후는 옆으로 고개를 돌려 담벼락 아래에 붙어 있는 부하들을 힐끔 살폈다. 지금 그들은 좌의정의 가옥 근처에 있는 다른 양반가 안에 매복한 상태였다.

밤손님이 활동하기 가장 좋은 시각이 된 탓인지 나졸들은 긴장을 늦추지 않았다. 그들은 양묘가 지나갈 가능성이 있는 길가 근처의 건물 위에 은신한 채로 작은 움직임도 놓치지 않기 위해 눈을 부릅뜨며 사방을 경계하는 중이었다. 그와 달리 홀로 느긋한 인후는 양묘 대신 다른 부분에 집중했다.

'예상보다 나졸들의 인원이 너무 적은데……. 왜 다 동원하지 않으셨지?'

부친이 곁에 감시자로 붙여둔 두 나졸이 눈만 마주쳐도 우는소리를 해대는 탓에 종일 임무에 성실하게 참여하고 있었으니 돌아가는 상황이 대충이나마 보였다. 현재 좌의정의 가옥 근처에는 약 오십여 명의 나졸이 매복한 상태였고, 도사는 본인뿐이었으며 지휘는 동지사가 맡았다. 문제는 우의정의 가옥 근처도 마찬가지란 점이었다. 두 동지사에게 지휘권을 넘겨주고 부친과 남은 세 명의 도사들은 아까부터 코빼기도 보이지 않았다.

인후가 그 소재를 궁금해하는 권식은 예조판서의 사랑채에서 느긋하게 차를 얻어 마시는 중이었다. 양묘를 잡겠다고 일을 크게 벌여놓고서 정작 본인은 태평하니 본의 아니게 예조판서의 심장만 바짝바짝 메말랐다.

"대감, 예서 이러고 있어도 되는 거요?"

양묘를 잡기 위해 덫을 쳐 놓은 우의정과 좌의정의 가택에는 부하들만 보내놓고, 엉뚱한 곳에 앉아서 차만 홀짝이는 태도가 의아하기 그지없었다. 하다못해 초당에서 황금을 지키는 것도 아니었다.

"대감, 영문이라도 좀 압시다."

하도 답답한 마음에 뭔가 말이라도 해달라며 조르자 권식은 그제야 찻잔을 내려놓았다.

"별것 아니외다. 내 약삭빠른 괴를 잡고자 덫을 하나 더 놨을 뿐이오."

그가 말하는 괴(고양이의 옛말)는 양묘가 틀림없었다. 양묘라는 칭호 자체가 들보 위의 고양이를 뜻하니 그건 의심할 여지가 없는데, 다만 다른 덫 하나가 무엇인지 궁금했다. 그 궁금증을 해결하고자 예조판서가 다시 입을 열었을 때, 밖에서 권식을 찾는 작은 목소리가 있었다.

"대감, 나타났습니다."

약간의 흥분이 섞인 그 음성에 권식은 자리에서 벌떡 일어나 성큼성큼 밖으로 나갔다. 초당 근처의 지붕에서 매복 중이던 도사가 상기된 얼굴로 서 있었다. 그는 바로 상황을 보고했다.

"대감의 말씀대로 사당 근처에서 움직임이 포착되었습니다. 조심을 기하는지 한참 움직이지 않다가 초당 쪽으로 향하기에 우선 보고하러 왔습니다."

그의 말에 근처에 숨어 있던 두 명의 도사도 모습을 드러냈다. 권식은 그들에게 각기 다른 명령을 내렸다.

"금부에 남겨둔 나졸을 불러 주위를 포위하고, 자네는 동지사들에게 가서 양묘가 빠져나갈 만한 길목을 전부 차단하라 전하게. 자넨 날 따라오고."

"예!"

명을 받은 두 명이 재빨리 달려 나가고 권식은 남은 도사를 데리고 초당으로 향했다.

'결국은 이리되는구나. 인후야.'

권식은 아들을 생각하며 침음을 삼켰다. 이번 계획에서 예조판서의 집에 황금을 숨겨두는 걸 정확히 알고 있던 이는 딱 둘뿐이었다. 자신과 아들. 그 외의 사람들은 전부 오늘 새벽녘에 임무를 맡으며 알았고, 그 이후에는 본인이 데리고 다녔으니 정보가 새어 나갈 곳은 없었다. 심지어 집을 빌려준 예조판서조차도 당일 날이 되어서야 금에 대해 알았고, 그의 곁에도 나졸 한 명을 종일 붙여두었으니 양묘에게 정보를 넘길 시간이 되는 건 오로지 인후뿐이었다. 아마도 어제 기방에 술을 마시러 가서 홍 단주에게 정보를 넘겼을 가능성이 컸다.

'내 그리하도록 유도하긴 하였으나, 막상 이리되니 심경이 복잡하긴 하군.'

아들이 지금껏 양묘를 돕다가 이번엔 부친을 걱정하여 정보를 주길 거부하지 않았을까 싶어 죄책감을 없애주고 정보를 흘리도록 유도하고자 부러 정의로움과 부친을 고발하는 내용으로 대화를 이끌었었다. 그래서 임무를 앞두고 술을 마시러 간다 해도 막지 않았던 것이었다.

자신이 맡은 일에 대해선 무서울 만큼 이성적인 권식은 하나뿐인 아들까지 의심하고 이용해 가며 치밀하게 계략을 세웠고, 지금 그러한 그의 성향이 빛을 발하고 있었다.

'녀석이 어쩌다 양묘를 돕게 됐는지는 확인해 봐야 하지만, 우선은 사정거리 내에 있는 죄인부터 잡아야지.'

인후의 행동은 몇 가지 의문을 남겼기에 좀 더 파헤쳐 볼 시간이 필요했고, 지금 해야 하는 건 양묘를 추포하는 일이었다.

시아버지가 잡으러 다가오는 것도 모르고 가혜는 어둠에 익숙해진 눈으로 조심히 방 안을 수색했다. 작은 소리도 나지 않도록 주의하며 궤짝 몇 개를 열고 나서야 그녀는 노란 황금을 확인할 수 있었다. 두 개의 방 중에 좌측 방을 택한 건 정말 잘한 일이었다.

가혜는 가장 먼저 눈에 띈, 주먹만 한 금덩어리를 가져온 자루에 담고 또 하나를 손에 쥐었다. 그때, 당황한 노비의 목소리가 들려왔다.

"대, 대감마님!"

순간 가혜는 숨을 죽였다. 예조판서가 황금을 확인하러 온 건 아닐까 했지만, 그것이 착각임은 곧바로 밝혀졌다.

"기절해 있어야 할 놈들이 어찌하여 이리 멀쩡히 서 있는 것이냐."

'아버님?'

밖에서 나는 익숙한 음성에 가혜는 경악을 금치 못했다. 좌의정과 우의정의 집 근처에 있어야 할 시아버지가 왜 여기 있는 것인지, 머릿속이 하얗게 물들어서 아무런 생각도 떠오르지 않았다.

그런 내부 사정을 모르는 권식은 멀쩡히 경계를 서고 있는 두 노비를 보며 미간을 일그러뜨렸다. 예조판서의 초당은 출입문이 하나라 양묘가 그들을 기절시키고 방에서 황금을 챙기고 있으리라 예측하며 왔지만, 그의 판단은 보기 좋게 빗나갔고 문지기들은 여전히 영문 모를 얼굴로 눈치만 보며 서 있을 뿐이었다. 권식의 뒤에 서 있던 도사도 뭔가 일이 잘못 돌아가고 있다고 판단하고 목소리를 냈다.

"대감, 양묘가 주위에 숨어 있거나 포기하고 돌아갔을 가능성도 있습니다."

그 말이 맞는다면 자신들이 너무 빨리 등장했거나 혹은 너무 늦게 당도한 것이었다. 권식은 손에 든 검을 꽉 움켜쥐고 황금을 숨겨둔 방을 노려보았다.

'우선 금부터 확인해 봐야 한다.'

미끼만 먹고 사라진 건 아닌지 확인해 볼 필요가 있었다. 그는 노비들을 제치고 마루 위로 올라가 좌측에 있는 방문을 벌컥 열어젖혔다. 각종 물건을 집어삼킨 방 안에는 새까만 어둠과 고요함만이 적적함을 안고 떠돌았다. 날카로운 눈으로 방 안을 쓱 훑어본 권식은 금을 담은 궤짝을 쉽게 발견했다. 뚜껑을 열어보니 탐스러운 금들이 바글바글 모여 서로 제 자태를 뽐내기에 여념이 없었다. 하지만 든 자리는 몰라도 난 자리는 안다고, 권식은 한눈에 금덩어리 두 개가 비는 걸 눈치챘다.

'금에 손을 대긴 했다.'

권식은 창이 작아 빛조차 제대로 들어오지 않는 방에 다시 시선을 주었다가 몸을 돌려 마루로 나갔다. 아침부터 경계를 서던 노비들은 뭔가 알고 있을 것이었다.

"좀 전에 왔다 간 자가 없었느냐."

"예, 괭이 새끼 한 마리도 못 봤……. 아!"

좀 전에 이상한 소리가 나서 자리를 이탈했던 걸 떠올린 노비는 얼굴이 새하얗게 질렸다. 그 표정을 본 권식은 이를 아득 깨물었다. 금부에 있는 나졸들이 주위를 포위하거나 동지사가 길을 막으려면 시간이 좀 더 필요한데, 잠시나마 양묘를 붙잡아두려 했던 계획이 다 틀어지게 생겨 버렸다. 이를 어찌하면 좋을지 권식이 고민에 빠진 사이, 방 안의 옷장 뒤에 숨어 있던 가혜도 같은 생각을 하고 있었다.

'이대로 있다간 빠져나가지도 못하고 발각당할 텐데.'

좀 전에는 사방이 어두워서 눈에 띄지 않았지만, 그것도 잠시간의 요행일 뿐이었다. 해가 뜨거나 누군가 방 안으로 조금만 더 깊이 들어와도 바로 들킬 터였다.

이러지도 저러지도 못하고 가슴만 졸이고 있는 가혜의 귀에 도사의 우려 섞인 목소리가 걸렸다.

"대감, 멀리 가지 못했을 테니 주변이라도 좀 수색해 보겠습니다. 나졸들이 오기도 전에 빠져나가면 곤란하니 속히 발견하여 잡아둬야 합니다."

결정을 내려달라고 청하는 그의 말에 가혜의 눈빛이 일순 차분해졌다. 갑작스러운 시아버지의 등장에 극에 달하던 혼란스러움도 더는 그녀를 흔들어대지 못했다. 가혜는 몸에 배어 있는 대로 침착함을 되찾고 순서대로 상황을 판단했다.

'시간은 내 편이 아니다. 승부를 봐야만 해.'

이대로 더 시간이 흐르면 나졸들에게 포위되어 빼도 박도 못하게 될 것이었다. 예전엔 운 좋게 복면을 한 조력자를 만났다지만, 이번에도 그런 요행을 바랄 수는 없었다. 이성을 되찾은 가혜는 시간이 부족함을 인지하는 와중에도 적당한 때를 노렸다. 기회는 그리 머지않아 왔다.

"자네는 사당 쪽으로 가보게."

"예, 대감."

권식의 명을 받은 도사가 사당을 수색하러 달려가자 가혜는 이를 악물었다. 딱 한 번, 이번이 그녀에겐 최선이자 최후의 기회였다. 도사의 발소리가 멀어지자마자 가혜는 순식간에 밖으로 뛰쳐나갔다. 그녀의 움직임에 본능적으로 고개를 돌린 권식이 눈을 부릅뜨고, 그가 급히 검을 뽑자마자 가혜도 발검하며 그를 공격했다. 맑은 금속성에 경악한 노비들이 비명도 지르지 못하고 있는 와중에, 가혜는 검이 맞닿으면서 받은 권식의 힘을 이용해 방향을 비틀어 노비들 사이를 뚫고 빠르게 지나갔다. 모든 건 찰나에 벌어졌고, 그 유연함에 잠시 놀랐던 권식은 곧바로 정신을 차리고 그녀의 뒤를 쫓았다.

높다란 대문 쪽 담벼락을 짚고 날렵하게 뛰어넘은 가혜는 뒤도 돌아보지 않고 뛰었다. 혹시나 시아버지에게 얼굴이 드러날까 두려워서 돌아볼 엄두조차 나지 않았다.

"잡아라! 저쪽이다!"

긴 호각 소리가 심장을 두드리고, 사방에서 달려오는 나졸과 순라군들의 기척이 많아졌다. 그들은 그녀를 발견할 때마다 고함을 치며 동료를 불러 모았고, 가혜는 모여드는 이들을 피해 필사적으로 도망해야만 했다. 사방에서 적들이 몰려들면 그녀는 어느 집의 처마를 붙잡고 몸을 회전시켜 지붕 위로 올라가서 방향을 바꿔 달렸다. 하지만 지붕 위도 안전한 건 아니었다. 서늘한 바람 소리를 내며 달려온 화살이 스쳐 지나갈 때면 심장이 터질 듯이 뛰어댔다.

'의금부가 합세하기 전만 해도 이 정도는 아니었는데. 아버님이 대단하긴 하구나.'

지략이 뛰어난 그가 판의금부사일 땐 얼마나 두려운 존재가 되는지를 가혜는 다시금 깨달았다. 집에선 항상 다정한 모습만 보여서 그간 마음을 편히 먹은 것이 잘못이었다.

그녀는 지붕에서 뛰어내려 다시 좁은 골목길을 따라 달리다가 급히 걸음을 멈췄다. 앞의 두 갈래 길에서 검을 빼 든 나졸과 순라군들이 달려오고 있었다. 낭패감에 뒤를 돌아보자 그곳에서도 수십 명의 나졸이 빠른 속도로 거리를 좁히는 게 보였다.

도망이 여의치 않자 가혜는 이를 악물고 등에 메고 있던 검집을 풀어 무기처럼 쥐었다. 시아버지와 남편의 부하들이라 더 불편해져 버린 마음을 느끼며 그녀는 앞에 있는 두 갈래의 길 중에 그나마 나졸의 수가 적은 쪽을 택해 달려들었다.

적들 사이를 뚫고 지나가면서 공격을 주고받는 횟수가 많아질수록 숨은 가빠오고 검을 든 손은 저릿함을 전해주었다. 그 와중에 살생은 피하느라 점점 더 고역인데, 미처 막지 못한 창 하나가 그녀의 왼쪽 허벅지를 스치고 지나갔다.

피부가 찢기면서 느껴지는 뜨거운 통증은 간신히 참아냈지만, 순간적으로 몸이 휘청하며 수비에 빈틈이 생기는 건 막을 수가 없었다. 그 잠깐의 틈은 그녀의 생사를 가를 결정적인 빌미를 제공했고, 날카로운 쇳조각은 한 사람의 육체를 뚫어버릴 각오를 지고 달려들었다.

'이렇게 죽는구나.'

약자를 위해, 고통받는 백성을 위해 살아온 삶은 나름 만족스러웠으나 한 가지, 조금 아쉬운 건 여인으로의 삶이었다. 불현듯 저를 부인이라 부르며 곁에서 알짱대던 서방이 떠오르고, 가혜는 작은 후회를 품으며 눈을 질끈 감았다. 제가 죽은 뒤에 서방과 시아버지가 얼마나 놀랄지, 양묘를 딸로 둔 아버지는 어떤 벌을 받게 될지 걱정하자마자 소름 끼칠 만큼 익숙한 금속성이 울렸다.

검과 검이 부딪치는 소리에 자연히 눈을 번쩍 뜬 가혜는 앞을 가로막는 검은 옷을 보고 과거의 한 사내를 떠올렸다. 검은 도포 자락을 휘날리던 그 사내가 뇌리를 스치고 지나갔으나 눈앞에 나타난 이는 다른 자였다.

'월령?'

부하들을 이끌고 온 월령 덕에 길은 금세 뚫렸고, 가혜는 금부 나졸들이 더 몰려들기 전에 자리를 피할 기회를 얻었다. 그녀가 무사히 몸을 빼내고 나자 자객들은 순식간에 자취를 감췄고, 그들이 떠나고 난 자리에 남은 건 어딘가 한 군데씩 부러져서 끙끙대며 앓는 자들과 뒤늦게 합류한 자들의 장탄식뿐이었다.

다리를 다친 가혜는 월령의 품에 안겨 홍려 상단으로 가야만 했다. 그에게 그런 식으로 안긴 것이 민망한 탓에 속히 집으로 가고 싶었지만, 다친 곳이 하필이면 다리라 걷기 어려운 데다가 월령이 치료 전에는 보내줄 수 없다고 못 박는 바람에 다른 방법이 없었다.

별수 없이 월령에게 안긴 와중에도 가혜는 죽음을 직감하던 순간에 떠오르던 서방의 모습을 머릿속에서 되새겼다. 그는 지금쯤 자신을 놓친 걸 속상해하고 있을까, 아니면 이러나저러나 상관없다며 기방으로 갈 기회만 노리고 있을까. 잠시 그런 쓸데없는 생각을 하던 차에 점점 심해지는 허벅지의 통증이 다리를 마비시킬 듯 저릿하게 파고들었다.

"흐윽."

고통에 젖은 그녀의 신음이 옅게 새어 나오고, 그 소리를 들은 월령의 마음도 불안과 괴로움으로 점철되어 심히 흔들렸다. 거의 다 왔으니 조금만 참으라 말하면서도 짙어지는 피비린내에 낯빛이 창백해진 월령은 최대한 빠르게 홍려 상단으로 향했다.

상단에서 가장 안전한 곳이라 생각되는 자신의 방에 가혜를 내려놓은 월령은 등잔에 불부터 붙였다. 노란 불빛에 비친 가혜의 안색은 썩 좋지 않았다. 이마에 식은땀이 맺힌 그녀는 피에 흠뻑 젖은 손으로 허벅지를 눌러 지혈하려 했지만, 피가 새는 건 여전해서 월령은 부하에게 깨끗한 물을 가져오라 시키고 자상에 바를 약과 붕대를 꺼냈다.

"상단에 의녀가 있으니 부르겠습니다."

기생들이 아플 때 치료해 주기 위해 홍려 상단은 내부에도 약방을 두어 운영했다. 그들도 홍 단주의 사람이라 믿을 만했으나, 가혜는 의녀의 도움을 받는 걸 거부했다. 기어코 혼자 하겠다는 그녀의 고집에 월령은 별수 없이 물러났고, 가혜는 바지를 벗고 상처를 확인했다. 흘러내린 피를 씻어내자 가로로 길게 난 상처가 제 모습을 드러냈다. 작년에 시아버지의 화살에 맞아 생겼던 허리의 상처는 그리 깊지 않아서 흉이 지진 않았는데, 이번 상처는 아무리 관리를 잘해도 상흔이 남을 듯했다.

지울 수 없는 흔적에 착잡한 마음을 애써 감추며 가혜는 지혈을 돕는 약을 바른 뒤 붕대로 상처를 단단히 감았다. 옷도 다시 갖춰 입고 피가 멎길 기다리는 중에 홍 단주와 유화가 그녀를 찾아왔다.

"아씨, 들어가도 되겠습니까."

"들어오세요, 단주."

가혜는 억지로 표정을 폈다. 다쳐서 아파하면 단주와 유화가 걱정할 걸 빤히 알기 때문이었다. 하지만 그런 노력은 큰 효용을 거두지 못했다. 방에 들어온 두 여인의 마음이 표정에서 고스란히 드러났기 때문이었다. 특히 유화는 속상한 마음을 금치 못했다.

"괜찮으신 겁니까?"

"응. 괜찮아. 매번 이리 도움만 받아 미안합니다, 단주."

가혜는 홍 단주에게 고마움을 표했다. 그녀가 비영단을 보내주지 않았더라면 진즉에 죽었을 것이었다. 하지만 홍 단주는 그에 대한 답은 않고 월령에게 잠시 시선을 주었다가 다른 쪽으로 말을 돌렸다.

"움직이실 수는 있으십니까? 해가 뜨기 전엔 댁으로 돌아가셔야지요."

가혜는 설이가 깨우러 오기 전에 내당으로 돌아가 있어야만 했다. 그래야 의심을 피할 수 있었지만, 월령만은 그 말에 발끈했다.

"단주! 어찌하여 아씨께 또 위험을 무릅쓰라 하십니까. 다시 돌아가는 건 안 됩니다!"

그는 그토록 위험한 집안에 다시는 그녀를 밀어 넣고 싶지 않았다. 이번 일만 해도 그랬다. 의금부가 양묘를 잡으려 황금으로 덫을 놓았다는 소식을 듣자마자 달려갔으니 망정이지, 그렇지 않았다면 그녀는 시아버지가 놓은 덫에 빠져 죽었을 것이었다.

월령의 말에 유화와 홍 단주는 반박하지 못했다. 그 집안에 시집가는 걸 택했을 때부터 위험한 건 알고 있었다. 다만 가혜가 월령과 함께 도망가면 그녀의 명예가 더럽혀지고 평생 쫓기는 신세가 될 게 분명하기에 그리 말했을 뿐이었다. 그러나 월령은 죽는 것보단 그게 낫다고 여겼고, 기왕 이렇게 된 것 차라리 저와 청나라로 가서 마음 편히 살자고 설득하려 했다. 그때, 비영단원 하나가 다급히 홍 단주를 찾았다.

"단주, 의금부에서 밀고 들어왔습니다!"

금부에서 상단까지 침범했단 소리에 월령은 당혹스러운 감정이 담긴 눈빛을 문 쪽으로 보냈다. 하지만 홍 단주는 짐작하고 있었던 듯 차분한 태도로 가혜에게 잠시 다녀오겠다고 말하곤 방을 나섰다. 그 뒤를 유화가 따르자 월령도 가혜를 두고 나갈 수밖에 없었다. 홍 단주와 유화의 안위는 그의 몫이었고, 금부에서 쳐들어온 상황에 나 몰라라 할 수는 없는 처지였다. 대신 그는 밖으로 나가기 전에 가혜가 홀로 떠나지 못하도록 당부에 당부를 거듭했다.

"지혈이 충분히 되기 전까진 움직이지 말고 계십시오. 함부로 움직였다가 상처가 벌어지면 정말 걷잡을 수 없습니다."
"그래. 가만히 있을 테니 다녀와."
가혜는 불안해하는 그를 안심시켰다. 어차피 의금부가 상단을 포위한 상황에서 빠져나가려다가 들키기라도 하면 안 된다는 걸 그 누구보다 그녀가 잘 알고 있었다.
'아버님이 예까지 찾아오시다니. 나 때문에 홍 단주가 고생하는구나.'
항상 물심양면 도와주는 홍 단주에게 미안한 마음이 들어 가혜의 표정이 어둡게 변했다. 그녀를 궁지로 몰아넣고 있는 시아버지, 권식은 상단을 호위하는 자들과 넓은 마당에서 대치하고 있었다.
"이런 도당 같은 놈들이 있나."
권식은 무기를 버리지 않는 홍 단주의 부하들을 보며 불쾌한 감정을 고스란히 드러냈다. 금부에 대적하는 건 반역 행위임을 알면서도 그들은 기세마저 흉흉하기 짝이 없었다. 대대로 홍려 상단의 가신처럼 살아왔고 어릴 때부터 세뇌당하며 자란 사람들이기에 지금과 같은 상황에서도 주인을 목숨처럼 지켰다. 그들 덕에 홍 단주도 목을 꼿꼿이 세우고 권식의 앞으로 나설 수 있는 것이었다.
"대감께서 이 야심한 시각에 예까진 어인 일이십니까."
다 알면서도 시치미를 뚝 떼는 그녀에게 권식은 단도직입적으로 대꾸했다.
"자네가 숨겨주고 있는 양묘를 내놓게."
"참으로 이상한 일입니다. 어찌하여 양묘를 상단에서 찾으십니까."
홍 단주는 수십 명의 금부 나졸이 무기를 빼 들고 있는 걸 보면서도 안색 하나 변하지 않고 권식을 상대했다. 그 배짱이 가히 여장부라

할 만했지만 권식은 도리어 혀를 쯧쯧 찼다.

“자네도 늙었군. 이리 실리를 따지는 일에 무뎌져서야. 단주 자리에서 그만 물러나지 그러나.”

상단을 위해서라면 사람 목숨 같은 건 장기 말 다루듯이 쉬이 버릴 줄도 알던 홍 단주였다. 그런 그녀가 도적 하나 숨겨주고자 위험을 무릅쓰고 금부와 대치하는 걸 그는 실컷 비웃었다. 하지만 여인의 몸으로 지금껏 조선의 모든 상단을 휘어잡고 잘 이끌어왔던 홍 단주는 그리 만만한 인물은 아니었다. 그녀도 웃으며 권식을 비꼬았다.

“사람을 인의로 다스리는 걸 중히 여기신다던 분이 실리를 따지라 권하다니요. 연세를 드시더니 상인보다 셈이 빨라지셨습니다.”

정곡을 콕 찌르는 옳은 말에 권식은 눈살을 찌푸리며 그녀를 을렀다.

“달라 할 때 곱게 내놓는 것이 자네에게도 좋지 않겠나. 중죄인을 숨겨주다가 걸리면 아무리 자네라 해도 무사치는 못할 터인데.”

“소인보단 대감께서 더 타격이 크실 겁니다.”

뜻을 알기 어려운 그녀의 말에 권식의 눈매가 더욱 좁아들었다. 약점 잡히는 걸 매우 싫어하는 성미라 뇌물이나 청탁은 한 번도 받아본 적이 없건만, 제가 더 타격이 크다는 건 쉬이 이해하기 어려운 소리였다.

“내 한평생 떳떳하게 살아왔으니 어디 자네 마음대로 입을 놀려보게. 건물 내부까지 샅샅이 수색해라!”

권식의 명이 떨어지자 금부 나졸들의 기세가 강해졌다. 그저 대치만 하고 있던 좀 전과는 달리 제압하고 명을 이행해야 하는 상황이 된 것이다. 홍 단주의 뒤쪽에서 사태를 지켜보고 있던 비영단도 명령을 기다리고, 분위기는 좀 더 극렬하게 변화했다.
일촉즉발의 상황에서 홍 단주는 냉정하게 자신이 버릴 수 있는 패들을 계산했다. 추진력 좋은 권식의 성미도 알고 있었고, 마당이 뚫리면 가혜가 발각되는 것도 시간문제였다. 홍 단주는 자신의 곁을 지나쳐 건물로 들어가려는 권식에게 딱 한 마디, 차분하게 내뱉었다.
"후회하실 겁니다."
정말 후회하리라. 순간 그런 느낌을 받은 권식은 걸음을 멈추고 그녀를 돌아보았다. 마주치는 홍 단주의 시선 속에서 그는 묘한 웃음기를 발견했다. 마치 승기를 잡고 있다는 듯이 조소를 짓던 그녀는 마침내 그의 숨통을 조일 패를 꺼내 들었다.
"대감께선 완벽하실지 몰라도, 아드님은 아니십니다."
그의 유일한 약점이 외아들임을 홍 단주도 모르지 않았다. 또한, 그녀는 임무와 관련된 중요한 정보를 발설한 인후의 잘못도 알고 있었다.
"이번 의금부의 중요 정보를 소인에게 넘긴 이가 누군지는 아십니까?"
그녀의 말 한마디에 금부 나졸과 도사들, 심지어 동지사들까지 동요하기 시작했다. 내부에 첩자가 있단 소리였으니 그럴 만도 했다. 권식은 눈동자만 돌려 도사들 틈에 서 있는 아들을 바라보았다. 그리고 다시 홍 단주를 본 그는 뜬금없이 웃음을 터뜨렸다.
"자네, 지금 내 아들이 황금에 대한 정보를 넘겼다고 말하고 싶은 건가."
억죄기 위해서 내민 패를 그가 스스로 읊자 홍 단주의 표정도 미미하게 찌푸려졌다. 이 양반이 무슨 꿍꿍이로 이러나 싶었다.
주위의 웅성대는 소음이 점점 더 심해지고, 인후는 동료들의 껄끄러운 시선에 입맛이 썼다. 저를 제물로 쓰는 홍 단주야 같은 편이라는 개념이 없으니 그러하다지만, 부친이 무슨 생각으로 저리 당당하게 자신의 죄를 끄집어내는지는 의문이었다.

그런 인후와 홍 단주의 생각은 별반 다르지 않았다. 인후가 정보를 흘렸다는 건 권식을 제압할 완벽한 약점이었으나 그녀가 한 가지 잘못 짚은 것이 있다면, 이번 계획은 권식이 아들과 양묘의 접촉을 의심하며 세운 계략이라는 점이었다. 그는 이 사태를 한마디 말로 정리해 버렸다.

"내가 시켰네."

웅성대던 자들이 한꺼번에 입을 다물고 권식을 바라보았다. 이게 무슨 소리인가 싶은 그들에게 권식은 시원시원하게 이번 계획에 관해 설명했다.

"영악하기 그지없는 양묘를 잡기 위해 내가 아들보고 자네에게 잘못된 정보를 흘리라 명했네. 그렇지 않았다면 양묘가 어찌 예판 대감댁으로 올 줄 알고 내 도사들과 거기로 가서 기다리고 있었겠는가."

정보가 새어 나간 게 아니라 일부러 주었고, 그렇기에 미리 가서 매복하고 있었다는 소리였다. 되레 당했음을 깨달은 홍 단주는 입술을 악물었고, 그녀의 살벌한 눈빛을 담담히 받아낸 권식은 재차 입을 열었다.

"작은 틈도 놓치지 말고 샅샅이 수색해라! 양묘가 발견되면 홍려상단에도 중죄인을 숨겨준 죄를 엄히 물을 것이다."

"대감!"

홍 단주는 힘주어 권식을 불러 세웠다. 양묘가 발견되고 정체가 드러나면 자신보단 권식이 더 큰 타격을 입을 것이었다. 그렇다고 어디 한번 당해보라는 듯이 내버려 둘 수는 없었다. 다른 누구도 아닌 가혜를 위해서 그녀의 정체가 밝혀지는 건 막아야만 했다.

"그만 명을 거둬주십시오."

"아직도 자네가 내게 영향력을 발휘할 수 있다 착각하나."

그는 냉정했다. 또다시 임무에 실패해 자존심이 무너지는 걸 극도로 경계하고 있었다. 그런 그의 굳건한 마음을 돌리려면 그녀도 그만한 손해를 감수해야만 했다.

"소인, 홍려 상단의 단주입니다. 대감께 양묘보다 더 가치 있는 걸 내어드리면 되지 않겠습니까."

양묘보다 더 가치 있는 것. 지금 권식에게 그런 건 없었다. 재산도 권력도 원하는 만큼 지녔고, 그 이상은 원치 않았다. 오로지 양묘를 잡아 망신살이 뻗쳤던 작년의 일을 정리하고 명예를 굳건히 하는 것. 그것뿐이었으나 홍 단주라는 이름의 무게는 그의 예상보다 훨씬 더 크게 작용하고 있었다.

"더 가치 있는 것?"

그가 들어볼 생각을 품고 나졸들의 움직임을 잠시 정지시키자 홍 단주는 숨을 살짝 들이마셨다. 그녀가 내밀 패는 밀명지였다. 알아본 바로는 현욱이 유화의 뒷조사를 하고 있으니 가까운 시일 내에 왕의 손으로 넘어갈 물건이긴 했지만, 이런 식으로 빼앗길 줄은 몰랐다. 그래도 가혜의 외할머니에게 은혜를 입었던 홍 단주는 기꺼이 그녀를 위해 사용했다.

"주상 전하께옵서 소인에게 한 가지 원하는 것이 있으십니다."

"전하? 자네 지금 전하라 하였나."

일국의 왕이 일개 상인에게 원하는 것이 있다는 말 자체가 어불성실이었다. 하지만 홍 단주는 확언했고, 조선 최고인 그녀의 정보력에 비춰보면 아예 불가능한 느낌도 아니었다.

"전하께옵서 자네에게 무얼 원하신단 말인가."

왕까지 거론되자 권식은 좀 더 조심스러운 태도를 취했다. 하지만 밀명지는 매우 은밀한 내용을 담은 책이었고 그가 원하는 대로 다 밝힐 수는 없었다.

"예서 말씀드릴 수는 없는 일입니다. 그저 대감께서 문책당하시거든 양묘를 놓친 대가로 홍 단주가 전하께 중한 정보를 넘기기로 하였다, 그리 고하시면 됩니다."

그것이 무엇인지 정확하게 알려주지도 않으면서 그저 왕에게 고하면 된다는 소리에 권식은 눈썹 머리를 찌푸리며 불쾌한 감정을 고스란히 드러냈다.

"지금 내게 실체도 없고 신빙성도 없는 그 말을 믿으란 건가."

두루뭉술한 말만 믿고 다 잡은 양묘를 눈앞에서 놔줄 수는 없었다. 그에게 양묘는 자존심을 세울 중한 먹잇감인 걸 잘 아는 홍 단주는 급히 말을 덧붙였다.

"선대왕 전하의 유지와 관련된 일이니 크게 기뻐하실 겁니다. 도리어 양묘를 놓아주고 이 정보를 택한 대감의 혜안을 높이 사시겠지요. 그건 소인이 보증할 수 있습니다."

그녀가 선대왕의 유지까지 거론하며 나오자 권식은 나졸들과 대치하고 있는 홍 단주의 부하들과 그 뒤에 있는 비영단의 자객들을 쓱 훑어보았다. 그들은 이미 홍려 상단을 위해 죽을 각오가 되어 있는 자들이었고, 홍 단주 역시 그리 중한 정보를 선뜻 내놓을 만큼 양묘를 아끼는 게 분명했다. 그건 무력 충돌로까지 진행될 수도 있단 소리였다. 잠시 고민하던 권식은 이득이 되는 쪽을 저울질하다가 곧 답을 내렸다.

"철수한다."

그의 명에 동지사와 도사들이 조금 당황하긴 했으나 그들 중 누구도 권식의 말에 대놓고 반기를 드는 이는 없었다. 그만큼 그들은 상관을 믿었고, 그리 머지않아 그가 다시 양묘를 잡아내리라 확신하고 있었다.

조금 전, 홍화루의 기생들은 홍 단주와 권식이 한참 대치하고 있다는 소식을 듣고 몰려와 멀리서 그 장면을 구경했다. 어떤 이는 홍 단주를 건드리는 권식의 남다른 배짱에 감탄했고, 어떤 이는 자신들의 뒤를 봐주는 홍 단주가 무너질까 두려워했다. 평생에 한 번 볼까 말까 한 관부와 홍 단주의 충돌을 눈앞에 두고 소향은 다른 생각에 빠져들었다.

'밀명지를 홍 단주가 지니고 있다 하였지?'

그녀는 얼마 전에 경녕군주로부터 밀명지란 서책이 홍 단주의 방에 있음을 전해 들었다. 그것을 빼돌려만 주면 평생 손에 쥐기 어려운 재화와 할 수 있는 모든 지원을 다 해주겠다는 약조까지 받은 그녀는 그때부터 단주의 방 안을 살펴볼 틈을 노렸고, 미인계로 비영단원을 유혹한 적도 있었다. 하지만 그런 방식보다는 지금처럼 어수선한 시기가 더 좋은 기회일지도 몰랐다. 홍 단주를 지킬 생각에 비영단원들도 대부분 밖에 나와서 사태를 주시하는 데 여념이 없었다. 이런 기회는 다시없을 걸 알기에 그녀는 남들의 시선을 최대한 끌지 않도록 조심하며 홍 단주의 방이 있는 건물 안으로 들어갔다.

보초를 서고 있는 이들도 있었지만, 당당히 걸어 들어가는 그녀를 의아하게는 봐도 제지하진 않았다. 대놓고 정보를 털러 들어오리라곤 상상도 못 했기 때문이었다. 그들의 시선을 의식한 그녀는 의심을 피하기 위해 홍 단주의 거처로 바로 가지 않고 그 옆에 딸린 호위들이 머무는 방으로 들어갔다. 가구 하나 없이 텅 빈, 그 방의 미닫이로 된 창을 열자 홍 단주의 거처가 나왔다. 다행히 등잔불도 켜져 있는 상태라 소향은 서책을 넣어두는 서장부터 열어 안에 빼곡히 쌓여 있는 책을 뒤적였다.

'밀명지, 밀명지를 찾아야 돼.'

그것만 찾으면 그녀는 많은 걸 가질 수 있었다. 어쩌면 인후의 옆자리를 꿰찰 기회가 생길지도 몰랐다. 그러니 사태가 종료되기 전에 빨리 찾고 나가야 하는데, 책은 좀처럼 보이지 않았다. 정보를 중시하는 홍 단주에게 걸리기라도 하면 뼈도 못 추릴 게 분명한 상황에서 빠른 속도로 서장에 쌓인 책을 뒤적이던 소향의 손이 멈췄다. 그녀의 턱 아래로 차갑고 긴 물체가 닿은 탓이었다.

소향은 조심히 고개를 돌려 제 목숨줄을 틀어쥔 사내를 올려다보았다. 예전부터 자신을 보는 눈이 예사롭지 않아 최근에 한 번 유혹한 적이 있던 비영단원이었다. 당시 그를 유혹하는 데 실패했던 소향은 서장 문을 닫고 천천히 일어났다.

과묵함을 미덕으로 삼는 비영단의 자객답게 무어라 말을 하진 않았지만, 그는 이 상황이 충분히 혼란스러운 듯했다. 그의 갈등을 확신한 소향은 두려운 마음을 감추고 그에게 다가갔다. 최대한 당돌하게, 그와 계속 눈을 마주치며 몸이 닿을 만큼 가까이 간 그녀는 얼어붙은 그의 입술에 살며시 입을 맞췄다. 처음 느껴본 부드러운 접촉에 그의 눈동자가 갈피를 잃고 흔들리자, 소향은 그의 뒷머리를 매만지며 더 깊이, 그의 심장까지 삼킬 듯이 과감하게 그를 유혹했다.

여인이 주는 달콤한 기쁨을 뒤늦게 알아버린 그는 눈을 감고 그녀를 받아들였다. 점차 쾌락이 몸을 잠식하고, 떨리는 가슴으로 그녀를 느낄 때, 방으로 돌아오고 있는 홍 단주의 기척이 그의 감각에 잡혔다. 황급히 입술을 뗀 그는 서둘러 소향의 손을 잡아 옆방으로 이끌었다. 걸리면 그 즉시 둘 다 죽는다고 봐도 무방했다.

열어두었던 창문을 닫고 소향이 움직이지 못하도록 껴안아 그녀의 기척을 숨기자마자 홍 단주의 방에 사람들이 드는 것이 느껴졌다. 그는 두령인 월령이 소향의 기척을 알아채진 않을까 간을 졸였지만, 단단히 화가 난 월령은 주위를 살피는 데 크게 관심을 두지 않았다. 홍 단주에게 따질 것이 많았기 때문이었다.

"이대로 둘 수는 없습니다. 더 위험해지기 전에 아씨와 함께 청나라로 가겠습니다."

'아씨?'

소향은 아씨란 단어를 듣고 월령의 말에 귀를 기울였다. 무슨 뜻으로 하는 소리인지 좀처럼 감이 잡히진 않았으나 지금 그녀가 할 수 있는 건 그것뿐이었다. 옆방에서 소향이 엿듣고 있다는 것도 모르고 홍 단주는 버럭 화를 냈다.

"또 그 소리더냐! 안 된다고 몇 번을 말해!"

"단주!"

"너도 보지 않았느냐! 병판 대감이 저 성질머리에 며느리를 빼앗기면 가만둘 것 같더냐. 네 그 욕심이 모두에게 얼마나 큰 타격을 주는지 생각 못 하는 게야!"

"어차피 시간문제……."

월령은 말을 하다가 끊었다. 그의 고개가 스르륵 옆으로 돌아가고, 창호지도 뚫고 들어오는 듯한 그의 시선에 소향을 안고 있던 비영단원은 낭패감에 심장이 덜컹 내려앉았다. 그는 더 생각할 것도 없이 소향의 손을 잡고 방 밖으로 뛰쳐나갔다. 그와 동시에 창을 발로 차고 들어간 월령은 도망가는 두 남녀의 뒷모습을 보며 이를 악물었다. 믿었던 부하의 목숨을 이런 식으로 거두게 될 줄은 몰랐다.

소향을 데리고 뒤뜰로 도망친 비영단원은 등줄기를 싸늘하게 파고드는 살기에 더 뛰는 것도 포기하고 뒤로 돌아 소향의 앞을 가로막았다. 그 순간 월령이 검을 뽑는 것이 보이고, 그는 눈을 질끈 감았다. 그것으로 끝이었다. 날이 선 발검 소리도 더는 들리지 않았고, 살갗이 찢기거나 뼈가 부러지는 소리도 들리지 않았다. 바짝 긴장해서 몸이 뻣뻣하게 굳은 상태로 눈만 살며시 뜬 단원은 검을 반쯤 뽑고 베려다가 멈춘 월령을 발견했다. 그의 눈빛에 서린 인간적인 감정에 단원은 털썩 무릎을 꿇었다.

"죽여주십시오, 두령."

홍 단주를 배반했으니 죽어야만 했다. 그것이 그들의 삶의 기준이었다. 하지만 월령은 그런 부하를 차마 죽이지 못하고 눈을 돌려 소향을 노려보았다. 저 계집은 죽여야 할까, 말아야 할까. 어디까지 들고, 어디까지 보았을까. 잠시 고민하는 그의 살벌한 눈빛에 소향은 제가 삶과 죽음의 경계선에 서 있다는 걸 깨달았다. 무슨 수를 써야 하는데, 미인계는 통하지 않을 상대고 교류도 없어서 그가 원하는 게 무엇인지도 알지 못했다. 그때, 소향은 방 안에서 들었던 홍 단주와 월령의 대화를 떠올렸다.

"청, 청나라! 청나라로 가고 싶다 하지 않았습니까? 병판 대감 댁 아씨와. 맞죠?"

소향은 기억나는 대로 떠들며 어떻게든 살 방법을 강구했다. 그러나 좀 전에 들은 내용을 그대로 꺼내는 걸 본 월령은 역시 죽여야겠다는 쪽으로 마음이 기울었다. 그녀는 너무 많은 걸 알고 있었다. 하지만 소향의 명줄은 생각보다 길었다.

"제가 아씨와 유랑 나리를 찢어놓을 방법을 압니다. 그리만 되면 당신은 아씨와 함께 청나라로 갈 수 있지 않겠습니까."

이미 부부의 연을 맺은 두 사람을 찢어놓을 수 있다는 말에 월령은 조금 더 숨이 붙어 있을 시간을 주었다. 그래도 여차하면 죽이겠다는 기운을 풀풀 풍겨댄 탓에 소향은 서둘러 그 방법을 알려주었다.

"유랑 나리께서 밀명지란 서책을 원합니다."

"밀명지?"

월령은 처음으로 그녀의 말에 반응했다. 희망을 본 소향은 반색하며 설명을 덧붙였다. 그 서책을 이용해 인후의 첩실로 들어가 가혜와 그의 사이를 갈라놓겠다는 것이었다. 그럼 그때 가혜와 함께 청나라로 떠나라며 주절대면서도 소향은 자신의 계책에 매우 만족했다.

급한 마음에 그냥 한 말이었지만 자신은 물론이고 월령에게도 나쁠 것이 없는 방법이었다. 특히 조선에서 가혜를 치워 버리는 목적까지 달성할 수 있었으니 이보다 더 좋은 계략은 없었다. 자신은 나리를 가지고 당신은 아씨를 취하라는 소향의 눈빛이 탐욕으로 번들거렸다. 그 눈을 가만 보던 월령은 시선을 내려 무릎 꿇고 있는 제 부하를 보았다.

"이깟 계집을 위해 네 목숨을 내놓았던 게냐."

"……"

그는 아무 말도 하지 못하고 고개를 숙였다. 소향도 입을 다물었고, 월령은 버림받은 모습이 마치 저와 같은 부하에게서 시선을 떼고 소향을 쳐다보았다.

"이번 한 번은 살려주겠지만, 또 염탐하면 그땐 즉결 처분하겠다."

가혜가 양묘라는 건 알지 못하는 듯하고 인후의 정보를 빼내는 데는 쓸모가 있을 듯하니 우선은 살려두는 쪽으로 가닥을 잡았다. 하지만 그에게서 원하는 답을 다 듣지 못한 소향은 제 계획에 찬성하는지를 확인하고자 했다.

"그럼 내 제안은!"

"거절이다."

월령은 딱 잘라 대답하고 그 자리를 벗어났다. 미치도록 가혜를 가지고 싶어도 그따위 비열한 수법에 놀아날 생각은 없었다. 소향에게 이용만 당하고 버려질 처지였음을 깨달은 비영단원도 그녀를 매섭게 노려보았다. 이번 일에 대해 홍 단주에게 처분을 받겠지만, 목숨이 붙어 있다면 두 번 다시 미인계 따위에 넘어가지 않겠다고 다짐하고 또 다짐하면서 그는 뒤도 돌아보지 않고 떠나 버렸다.

홍 단주는 반성하는 단원을 오래도록 바라보며 그의 감정을 바닥까지 끌어 내렸다가 후회하는 마음이 극에 달했을 때야 비로소 그를 용서해 주었다. 다시금 충성을 맹세하는 그의 어깨를 다독여 주고 곧바로 가혜를 찾은 그녀는 상처가 얼추 지혈된 걸 확인하고 상황이 어찌 흘러가는지 세세히 설명해 주었다. 밀명지 얘기는 하지 않았지만, 금부가 저를 포기하고 물러날 만한 무언가를 내주었음을 눈치껏 알아차린 가혜는 홍 단주에게 심히 미안해했다.

"저로 인해 단주가 큰 손해를 보았습니다."

"아씨를 위해 쓰는 것이니 아깝지 않습니다. 마음에 두지 마십시오."

아무에게도 말하지 않았지만, 사실 홍 단주는 수십 년 전에 가혜의 외가에 몸담고 있던 노비였다. 병자호란 당시 갈 곳을 잃고 떠돌던 그녀의 어머니를 가혜의 외할머니가 거둬주었는데, 어린 홍 단주가 총명함을 드러내자 노비 문서를 불태워서 양인이 되도록 해주고 상단으로 보내 전대 단주의 눈에 띄게 해준 것도 가혜의 외할머니였다. 그 덕분에 인생이 바뀐 홍 단주는 어머니가 돌아가실 때까지 편히 모시게 해주었던 은혜를 잊지 않았다.

그 사실을 모르는 가혜는 왜 이렇게까지 하면서 자신에게 잘 대해주는지, 그 연유를 물었다. 그에 홍 단주는 잔잔한 미소를 머금으며 둘러댔다.

"아씨와 연을 맺은 지 십 년이 훌쩍 넘었습니다. 그 긴 세월 동안 반듯하게 자라는 아씨를 보면서 많이 깨닫고, 놀라고, 반성하기도 하며 살아왔습니다. 그에 대한 보답이라 여기십시오."

부모에 대한 기억이 별로 없는 가혜에게 함부로 외할머니 이야기를 꺼낼 수 없어서 에둘러 한 말이었지만, 그 또한 거짓은 아니었다. 아낄 만한 가치가 있었고 그만큼 정이 들어 손해를 감수하는 것이었다.

"철수하지 않고 염탐하는 나졸이 있는지 살피고 있으니 확인이 끝나면 제 가마를 타고 근처까지 가시면 될 겁니다."

"늘 감사합니다, 단주."

고마워하는 가혜의 손을 홍 단주는 가만히 잡았다.

"이만하면 많이 노력하셨습니다. 이 일, 그만두는 것도 잘 생각해 보십시오.”

다친 모습을 봐서일까, 홍 단주는 평소라면 내보이지 않았을 감정을 드러냈다. 더불어 그녀는 가혜를 구해준 이가 월령이고 자신은 아무것도 하지 않았음을 고백했다. 또한, 권식이 얼마나 위험한 사람인지, 그가 정체를 알게 되면 그냥 넘어가진 않을 거란 사실과 월령과 함께 떠나는 일도 고려해 보라 말했다. 그녀는 오늘부로 월령을 놓아주는 것도 염두에 두기로 했다. 이번 일로 확실히 알 수 있었다. 월령의 마음은 통제할 수 없다는 걸. 자신의 명령도 없이 비영단을 움직인 것만 봐도 곁에 두어봤자 불안할 뿐이었다.

‘비영단원들이 월령에게 이끌리는 것도 문제고.’

단원들이 섬기는 유일한 주군은 상단을 이끄는 단주여야 했지만, 언제부터인가 그들은 월령에게도 슬금슬금 충성을 바치는 느낌이었다. 아무래도 무를 숭상하는 자들이라 고강한 무력을 지닌 그에게 끌리는 듯했는데, 그 점이 염려된 홍 단주는 가혜가 원한다면 함께 도망시키는 방법도 나쁘지 않음을 인정했다. 그러나 가혜는 여전히 청나라 이야기엔 난색을 표할 뿐이었다.

“월령의 마음을 모르지 않고 항상 고맙게 생각하고 있습니다. 하나 그가 단주와 유화에게 필요한 사람이란 것도 압니다. 어차피 다 나을 때까진 활동도 못 하니 들키는 건 염려 마셔요.”

가혜는 그녀를 안심시키고 허리춤에 달아두었던 작은 자루를 풀어 금덩이 두 개를 꺼냈다. 좀 더 챙겨 나오지 못한 건 아쉬웠지만, 그래도 두 개라도 건진 걸 다행으로 삼았다.

“이번에도 부탁합니다.”

가혜가 목숨을 걸고 가져온 금은 따뜻한 죽으로 변해 굶주린 자들의 고통을 조금이나마 달래줄 것이었다.

해가 뜨기 전, 아직은 침침한 시각에 박씨는 불안한 눈으로 주위를 두리번거렸다. 그녀의 옆에는 경녕군주의 몸종이 성난 얼굴을 하고 박씨를 노려보고 있었다.

"그래서 나리와 아씨 사이는 모르겠다, 이 말이야?"

"아, 말했잖소. 사이가 좋아질 만하면 소향이 그년이 옴팡지게 재를 뿌린다니까. 이번에도 나리를 사흘이나 기방에 붙들어놔서……."

박씨는 짜증을 부리다가 목소리를 낮췄다. 가혜가 집 안의 일을 밖으로 발설하는 걸 엄히 다스린다 하였기에 더욱 조심스러웠다. 하지만 그런 박씨의 사정 같은 건 안중에도 없는 경녕군주의 몸종은 또 다른 정보를 요구했다.

"아씨는 요즘 이상한 건 없고?"

"없소."

"자네 자꾸 이럴 거야? 가락지 먹은 만큼은 토해내야 할 거 아냐. 진짜 경을 치러 그래?"

아픈 딸의 약값을 대기 위해 경녕군주의 제안을 받아들인 게 문제였다. 주인들의 일거수일투족을 낱낱이 살펴서 보고하면 딸이 완쾌할 때까지 모든 약값을 다 대준다는 말에 혹해 제안을 받아들였다. 그 약조의 증표로 소정의 돈과 경녕군주의 가락지까지 이미 받은 상태에서 협박과 독촉을 받자 박씨는 어쩔 수 없이 좀 더 머리를 굴려 가혜와 인후에 대한 내용을 끄집어냈다.

"저번에 김현욱 종사관 나리가 오셔서 우리 나리랑 아씨와 다 함께 차를 마셨는데, 그땐 분위기가 괜찮았다고는 하드만. 그리고 또 친정

가시는 날에 아씨가 소향이를 만나 콧대를 눌러줬다는 얘기도 들었고."

그때 일을 생각하면 속이 후련해서 어둡던 박씨의 얼굴도 슬쩍 펴졌다. 그러다가 몸종이 다시 물어볼 듯하자 그녀는 재빨리 선수를 쳤다.

"다들 깨기 전에 들어가야 하니까 나중에 보소. 아씨도 그렇고 나리도 요즘 별로 이상한 건 없으니까."

떳떳하게 만나는 상황은 아닌지라 의심받기 전에 들어가야 한다는 박씨의 말에 그제야 몸종도 물러났다. 그녀가 떠나는 걸 잠시 바라보며 서 있던 박씨는 품속에 잘 숨겨두었던 가락지를 꺼냈다. 옥에 대나무 모양의 금장식을 감은 가락지는 경녕군주에게 증표로 받은 것이었다.

'내가 미친년이지.'

이용만 당하다 보상도 못 받고 버려질까 두려워서 경녕군주의 손가락에 있던 옥가락지를 요구했고, 그녀는 흔쾌히 가락지를 빼주었다. 예뻐서 자주 끼긴 했으나 큰 의미가 있던 건 아니었기에 가능한 일이었다. 그렇게 타낸 작은 가락지가 이제는 족쇄가 되어 박씨를 억압하고 있었다. 동이 틀 무렵까지 그 자리에 서서 굳은살이 박인 손으로 가락지를 매만지던 박씨는 그것을 다시 품에 집어넣고 마음을 다잡았다. 어둠이 옅어지기 시작했으니 이제 진짜 들어가야만 했다. 몰래 빠져나왔던 뒷문으로 돌아가기 위해 뒤쪽의 담 귀퉁이를 돌던 박씨는 새까만 옷을 입은 사람이 담을 넘는 걸 봐버렸다. 그 모습을 보자마자 본능적으로 담벼락에 몸을 숨긴 그녀는 너무 놀라 도둑이라고 소리 지르지도 못하고 얼어붙었다. 쾅당거리는 심장을 애써 억누르던 그녀는 마침내 그 도둑의 낯익은 인상착의에서 한 사람을 떠올렸다.

'양묘?'

거리가 있어 자세히는 보지 못했지만, 긴 머리를 하나로 묶고 등에 장검을 멘 모양새가 포도청에서 배포한 용모파기와 같았다. 그 양묘가 간도 크게 판의금부사의 집을 털려는 것이다. 권식과 인후가 밤사이 돌아오지 않은 걸 상기한 박씨는 어쩔 줄 모르고 발만 동동 구르다가 급히 의금부로 가려던 발길을 돌려 담벼락 밑에 쭈그리고 앉았다.

제가 신고하러 금부로 가는 동안 신출귀몰한 양묘가 사라지면 어찌할 것인가. 거기다 더해 양묘가 은자를 훔치지 못하고 돌아가 버리면 신빙성 없는 소리로 수사에 혼선을 주었다고 문책당하지나 않으면 다행이었다. 설혹 훔쳤다고 해도 그것으로 없는 자들을 도와주는데 굳이 자신이 위험을 감수해 가며 고발할 이유도 없었다. 그러한 생각들이 그녀의 머리를 복잡하게 했다. 제게 잘 대해주던 권식에겐 미안한 일이었지만 이 집안의 풍족한 재산에서 일부를 양묘가 가져간다면 저 같은 약자들에겐 더 좋을 수도 있었다.

'아무렴, 재산이 줄어들면 우리 나리가 기방에서 펑펑 써대는 일도 적어지겠지.'

소향이를 배부르게 해줄 바엔 양묘가 훔쳐 가서 이로운 데 쓰는 게 낫다는 결론을 내리고 박씨는 자리를 털고 일어났다. 제 편한 대로 자기 합리화를 심하게 하긴 했으나, 어쨌든 해는 떴고 고달픈 노비는 바지런히 움직여야만 했다.

주고에서 옷을 갈아입고 피 묻은 의복을 돌돌 말아 궤짝 안에 숨겨둔 가혜는 내당 마당까진 무사히 들어갔다. 하지만 다친 다리 탓에 시간이 많이 지체되었고, 노비들은 이미 일어나 활동하고 있었다. 최대한 산책하다 온 것처럼 태연히 굴었으나 저를 발견하고 뛰어오는 설이를 보고 그녀는 작게 신음을 흘렸다. 이미 방에 들어가서 제가 없는 걸 확인한 얼굴이었다. 아니나 다를까, 설이는 사라진 주인을 찾아 집 안을 다 확인하고 다녔음을 밝혔다.

"아씨, 어디 계셨어요. 한참 찾았어요."

가혜는 무어라 대답할까 하다가 속이 좋지 않아 소화도 시킬 겸 바람을 쐬다가 몸이 상한 것 같다고 말했다. 어딜 가든 함께 다니는 설이의 도움은 꼭 필요하다는 판단하에 몸 상태가 좋지 않음을 밝힌 것이다. 그제야 가혜의 안색이 나쁘단 걸 알아차린 설이는 급히 그녀를 부축하며 방으로 들어갔다. 이부자리에 눕는 것까지 도와주고 나서 곁에 앉은 설이는 안절부절못했다.

"의원을 부를까요? 진맥을 받아보시는 게……."

"아니다. 좀 쉬면 될 거야. 아버님과 서방님께서 오시거든 내게 알려다오."

의원에게 진맥 받는 걸 거부하고 설이를 내보내고 나서야 가혜는 고단했던 하루를 정리하며 부족한 잠을 청할 수 있었다.

잠든 그녀가 깨어난 건 해가 질 즈음이었다. 꼬박 한나절을 자고 일어나서 식사를 마치자마자 설이의 독촉에 못 이겨 의원과 의녀를 들여야만 했다. 방 안에 대나무 발이 내려져 벽처럼 공간을 분리하고, 의원은 발 밖에, 그가 데려온 의녀는 발 안쪽에 자리를 잡았다. 아녀자의 진맥은 여성인 의녀가 하고, 의녀의 말을 토대로 의원이 처방을 내리는 형식이었다. 가혜의 손목에 손가락을 올리고 살짝 눌러 맥을 짚어본 의녀는 어지럽진 않은지 물었다. 혹시나 다친 걸 들킬까 봐 우려한 가혜는 사실대로 밝히지 못하고 두루뭉술하게 대답했다.

"잘 모르겠네. 그런 듯도 하고."

"다리에 힘이 없진 않으십니까?"

의녀는 정확히 다리를 물어보았다. 조금 놀란 마음에 잠시 주춤한 틈을 타 옆에 있던 설이가 끼어들었다.

"맞습니다. 부축할 때 다리에 힘이 없으신 듯했어요."

아무것도 모르는 설이의 순진무구한 대답에 가혜는 입을 다물었고, 의녀는 의원에게 본인이 짚은 맥에 대해 소상히 전해주었다. 두 사람은 알아듣기 어려운 이야기를 주고받더니 곧 의원이 진단을 내렸다.

"허로입니다."

"허로?"

"예, 고단함이 점점 쌓이다가 결국 몸을 해하고 있다고 보시면 됩니다. 기력과 혈이 부족하고 그로 인해 다리에 힘이 없는 증상이 나타납니다. 십전대보탕을 달여 드시면 차도가 있을 것입니다."

지난 몇 년간 밤에는 양묘로 활동하고 낮에는 집안일까지 병행했으니 젊고 건강하던 가혜의 몸도 슬슬 한계에 다다랐다고 봐도 무방했다. 오랫동안 갈고 닦은 그녀의 정신력과 체력으로 지금껏 버텼다고 해도 과언이 아니었다. 더구나 어젯밤에는 다리에 상처를 입어 피를 많이 흘리기까지 했으니 더 몸이 상했을 터였다.

한양에서 가장 의술이 뛰어나다는 의원은 그녀의 몸 상태를 정확하게 짚어냈고, 그 자리에서 처방전을 써서 설이에게 주었다. 할 일을 마친 그들은 값을 치르기 위해 밖으로 나갔고, 자상을 입은 걸 들키지 않은 가혜도 한시름 놓을 수 있었다.

도리 아범에게 진료비를 두둑이 받은 의원은 뒷짐까지 지고 느긋하게 대문간을 벗어났다. 그가 문 앞의 대로에 발을 디뎠을 때 박씨가 그를 찾아 석축을 뛰어 내려왔다.

"의원님, 잠시만. 우리 딸도 좀 봐주셔요."

아픈 딸을 봐달라는 박씨를 의원은 위아래로 쓱 훑어보았다. 딱 봐도 별 볼 일 없는 여종인지라 그는 불쾌한 티를 팍팍 냈다.

"내 얼마나 바쁜 사람인데, 일없네. 다른 사람 찾아보게."

"다른 분은 이미 보았습니다. 그래도 차도가 없으니, 이름 높은 의원님이 봐주셔야 하지 않겠습니까. 약 한 첩만 지어주셔요. 값은 치르겠습니다."

경녕군주의 가락지는 팔 수 없지만, 은자도 조금 받았으니 그걸로 진료비와 약 한 첩은 받을 수 있으리라 생각했다. 하지만 값을 치른다는 말 자체를 믿지 않은 의원은 길을 막고 통사정하는 박씨에게 짜증을 냈다. 그럴 시간에 맥 한 번 잡아주면 좋으련만, 무의미한 실랑이만 하던 중에 관엄한 음성이 그들의 행동을 저지했다.

"어찌 이리 소란인가."

시아버지와 서방이 오고 있다는 전갈을 받고 마중 나온 가혜는 애걸하는 박씨와 고압적인 의원의 태도를 보며 눈살을 찌푸렸다. 시아버지의 의심을 피하고자 아픈 몸을 이끌고 나왔다가 본 장면이 썩 달가운 모습은 아니었기 때문이었다.

가혜의 불쾌감을 느낀 의원은 박씨를 힐난하듯 곁눈질했고, 그 시선에 그녀는 더욱 절절맸다. 최씨 집안의 노비 중에서는 성격이 제법 강한 축에 속하던 박씨의 약한 모습이 유독 안쓰러운 설이는 편들어줄 요량으로 나름대로 그녀의 사정을 주인아씨에게 설명했다.

"가을이가 아파서 의원에게 보이려고 했나 봅니다. 한양에서 의술이 가장 뛰어나다 하니 처방을 받으면 나을 수도 있지 않겠습니까."

설이 덕에 가혜는 박씨의 외동딸인 가을이가 아프다는 걸 알았다. 좋은 이야기가 아니라서 다들 고하지 않았고, 가을이가 제 아비와 함께 외거노비로 밖에서 지내다 보니 마주칠 일이 없어 미처 그녀의 건강을 확인하지 못하기도 했었다.

'내 불찰이구나.'

가까이에 도움이 필요한 이가 있는데 잘 살피지 못한 건 변명할 여지도 없이 자신의 실수라 여긴 가혜는 주저 않고 머리에 꽂고 있던 비녀를 잡아 뺐다. 곱게 땋아 올렸던 삼단 같은 머리가 풀어져 내리고, 모두 놀라 멍하니 그녀를 바라보았다. 가혜는 저를 쳐다보는 이들의 표정은 개의치 않고 은비녀를 박씨에게 내밀었다.

"이걸로 여식을 치료하게."

그녀의 말에 박씨는 물론이고 의원과 의녀, 심지어 설이마저도 입만 벌리고 서 있었다. 은자 두 냥 값에 거래되고 있는, 죽어도 그만인 여종을 위해서 값비싼 비녀를 서슴없이 빼줄 줄은 누가 상상이나 했겠는가. 심지어 그것이 가혜가 지닌 몇 안 되는 패물 중에 하나임을 아는 박씨는 감히 손을 뻗어 받지도 못했다. 그 마음을 익히 짐작한 가혜는 그녀의 부담감을 덜어줄 요량으로 비녀를 받을 타당한 연유를 붙여주었다.

"내 부끄럽게도 자네의 여식이 아픈 줄도 모르고 있었네. 미안한 마음에 주는 것이니 부담 갖지 말고 받게. 이것이 아이가 낫는 데 도움이 된다면 내 마음도 조금은 가벼워지지 않겠는가."

"아씨……."

가혜를 바라보는 박씨의 눈동자가 물기를 머금은 채 흔들렸다. 주인아씨가 몸종들의 생활에 관심을 두고 세심히 살피려 애쓰는 건 익히 알고 있었지만, 이 정도는 생각지도 못했다. 오늘 아침에도 그녀에 대한 정보를 팔아넘기던 스스로가 부끄러운 탓에 박씨는 주저하며 선뜻 손을 내밀지 못했으나, 가혜는 기어이 그녀의 투박한 손에 비녀를 쥐어주고 의원에게 당부하는 것도 잊지 않았다.

"재능을 이용해 재물을 탐하는 건 내 뭐라 할 수 없으나, 받은 만큼 진료는 제대로 보게."

"여부가 있겠습니까, 아씨."

그녀의 눈 밖에 나고 싶지 않았던 의원은 좀 전의 태도는 싹 버리고 저자세를 취했다. 가혜는 환자보다 재물을 좇는 그에게 가을이를 맡기고 싶지 않았지만, 어머니의 마음은 한양 최고란 말에 약할 수밖에 없음을 잘 알기에 그의 행태를 눈감아주었다.

"어서 가서 아이를 봐보게."

시아버지가 오기 전에 의원을 보내 버리는 것이 여러모로 좋았지만, 권식이 탄 남여가 시야에 닿자 의원은 미적거리다가 기어코 그에게 눈도장을 찍었다. 권식은 못 보던 인물들과 언제나 단정함을 잃지 않던 가혜의 머리가 풀어져 있고, 며느리의 비녀는 박씨가 들고 있는 걸 보고 이 상황이 무언가 싶었다. 남여에서 내린 그의 의문 어린 시선에 가혜는 적당히 대답해야만 했다.

"속이 좋지 않아 의원을 들였는데 이참에 박씨의……."

"속이 좋지 않다니. 많이 안 좋은 게냐?"

권식은 하나뿐인 며느리가 아프다는 소리에 깜짝 놀라서 이 이상한 상황보다 그 부분에 더 마음을 썼다. 심지어 그는 곁에 있던 죄 없는 아들을 질책하는 시선으로 쳐다보기까지 했다. 서방이란 놈이 부인의 건강조차 챙기지 않은 게 못마땅하단 눈초리였다. 괜히 억울한 인후의 마음을 알아주는 건 가혜뿐이었다.

"조금 쉬면 좋아진다 합니다. 염려 마시어요, 아버님."

그녀의 말에 때를 노리던 의원이 한마디 거들고, 권식은 가장 좋은 약재를 쓸 것을 당부했다. 아픈 며느리에게 얼른 내당으로 들어가 쉬라고 재촉한 그는 가혜가 설이의 부축을 받아 방으로 들어가는 걸 직접 확인하고 나서야 인후와 함께 사랑채로 들었다. 드디어 조용히 마주 앉아 둘만의 대화를 나눌 수 있게 된 부자의 분위기는 매우 무겁게 가라앉아 있었다. 특히 권식은 인후를 보는 눈빛이 자못 매서웠다. 아들이 머리를 다쳐 불효자가 된 것보다는 차라리 양묘와 한패인 게 더 낫다고 위안했었지만, 홍 단주가 대놓고 말하는 걸 보니 그들과 같은 패도 아닌 모양이었다.

"대체 무슨 연유로 그들에게 정보를 넘긴 것이냐."

"그것이……."

인후는 뒷말을 흐리며 부친의 눈치를 보았다. 엄한 시선에 무언가 마려운 것처럼 안절부절못하는 척 한참을 연기하던 그는 권식의 표정이 일그러질 만큼 일그러진 뒤에야 기어들어 가는 목소리로 중얼거렸다.

"기생들과 놀다가 술에 취해서 그만……."

"네 지금 취해서 중요한 정보를 발설하였다는 것이더냐!"

눈을 부릅뜬 권식은 손을 올려둔 장침을 움켜쥐었다. 그가 조금만 덜 이성적이었다면 집어 던졌을 기세였다. 이걸 죽여야 하나 살려야 하나, 화가 치밀어서 머리가 뜨거웠다. 권식의 손이 비단 장침을 찢을 듯이 부들거리며 꽉 쥐자, 그것을 본 인후는 서둘러 변명 같지도 않은 변명을 내뱉었다.

"소자도 영문을 모르겠습니다. 분명 어제는 그리 취하지 않았었는데, 나흘 전에 기방에서 지낼 때는 기억이 잘 나질 않아서, 홍 단주가 말하는 걸 듣고 나니 그때가 아닐까 싶긴 합니다."

"이런! 이런 못난 놈이 있나! 썩 나가거라, 꼴도 보기 싫다! 그딴 걸 말이라고 해!"

권식은 다 큰 아들을 때리지도 못하고 버럭버럭 성질을 내며 쫓아내 버렸다. 씩씩대는 숨이 가빠질수록 뒷목은 뻣뻣하게 당겨왔다. 홍 단주가 제 아들을 걸고넘어질 때 둘이 같은 패가 아님은 알아봤지만, 그래도 아들이 정상일지도 모른다는 희망을 버리지 못했었다. 하지만 눈앞에서 하는 꼴을 보니 다 제 망상일 뿐이고, 계책을 세운 스스로가 한심스러울 지경이었다. 아픈 뒷목을 주무르며 보료 장침에 기대누운 그는 깊은 한숨으로 쓰라린 실망감을 달래야 했다.

'내 무얼 기대했단 말인가. 똑똑한 손주나 낳아주면 그만인 것을.'

손주를 잘 키워서 사대부가의 영광을 이어간다면 나중에 죽어 저승에 가더라도 조상과 아내에게 면이 설 터였다. 물론 그조차도 아들내외의 정이 돈독해야만 가능한 터라, 인후와 가혜가 데면데면한 걸 상기한 그는 무슨 수라도 써야만 함을 인지했다. 눈만 마주쳐도 불이 붙어야 할 신혼에 서로 본체만체하니 손주를 간절히 원하는 시아버지 입장에선 답답할 노릇이긴 했다.

'기방 출입은 아예 금해 버리고 날이 좋을 때를 잡아 뱃놀이나 보내 버릴까.'

외딴섬에 식량만 넣어주고 이박 삼일 정도 둘이 함께 지내게 하면 서로 의지하다가 자연히 사이가 좋아질지도 모를 일이었다. 아니면 그보다 더 좋은 방법이 있을지, 권식이 아들 내외를 이어주기 위한 수단을 생각하고 있을 때, 외별당에서 쫓겨 나온 인후는 사랑채 마루 위를 서성이는 중이었다.

'아들까지 이용해 양묘에게 덫을 놓으시다니.'

판단력만큼은 기가 질릴 만큼 탁월한 부친이 자신을 의심하고 있는 게 분명했다. 제게 황금을 맡기긴 했으나 예조판서 댁에는 다른 도사들만 차출한 것도 그러한 심증에 확신을 심어주었다.

'어찌 되었든 밀명지만 손에 넣으면 끝날 일인데…….'

그것만 손에 넣으면 이렇게 몸에 맞지 않은 한량 짓도 그만둘 수 있고, 아버지가 원하는 대로 다시 자랑스러운 아들이 될 수도 있다. 그러려면 속히 홍 단주의 처소로 들어가야 하지만, 큰 피해를 감수해야 한다는 점이 인후의 행동에 제약을 걸었다. 어느 쪽이든 목숨을 건 싸움이 될 게 분명하기 때문이었다. 그나마 홍 단주가 상단 밖으로 나가야 비영단의 수도 절반 이하로 줄일 수 있다. 문제는 그녀가 밖으로 나갈 일이 없단 점이었다. 고관대작들도 직접 찾아오게 하는 그녀를 움직일 만한 사람은 저 넓디넓은 구중궁궐 속에 자리한 이 나라의 군주, 임금뿐이었다. 거기에 생각이 닿자 한 가지 사실이 인후의 머릿속을 스치고 지나갔다. 새벽녘에 홍 단주가 임금에게 중한 정보를 넘기겠다고 했던 말, 그건 곧 임금을 알현하러 상단 밖으로 나간다는 소리였다.

'이르면 오늘, 늦어도 수일 내에.'

부친이 임금을 알현하고 양묘의 일을 고하면 왕은 홍 단주를 불러 그녀가 건네기로 한, 그 비밀 정보를 물을 터였다. 그 시점에 상단을 기습해야만 승산이 있었다. 과격한 방식이고 위험부담도 컸지만, 지금이 아니면 또 언제 이런 기회가 올지 모를 일이었다. 결국, 그는 습격을 선택할 수밖에 없었고, 어쩌면 스스로를 죽음으로 몰아붙이게 될지도 모를 그런 일을 앞두고 문득 아내가 보고 싶어졌다.

안색이 좋지 않던, 아픈 아내가 떠오른 인후는 내당과 이어진 회랑으로 들어섰다. 잠자리에 들 시각이 지났지만, 다행스럽게도 내당에는 불이 켜져 있었다. 마루로 올라서니 방 안쪽에서 아내의 이부자리를 봐주는 설이의 목소리가 들리고, 인후는 정말 오랜만에 아내에게 말을 걸었다.

"부인, 나요. 잠시 들어가도 되겠소?"

그리 묻자 안쪽에서 대화가 끊겼다가 곧 들어오란 소리가 귓가에 닿았다. 설이가 문을 열고 나오며 자리를 비켜주었고, 방으로 들어간 인후는 잘 준비를 마친 아내를 볼 수 있었다. 이불 위에 다소곳이 앉은 그녀는 흰 속치마와 속저고리 차림이었는데, 그 모습이 매우 낯설어서 그는 자리에 못 박힌 듯 선 채로 아내를 두 눈에 담았다. 혼인 후 지금까지 그녀가 자발적으로 속저고리 차림을 보여준 적이 없었기에 더 익숙하지 않은 걸지도 몰랐다. 어쩌면 이제 그런 차림새를 허용할 만큼은 가까워진 게 아닐까, 그런 생각이 들자 종일 고되던 마음도 순식간에 나아졌다.

갑자기 그의 낯빛이 환해지는 걸 본 가혜는 그 연유를 물었다. 어찌 웃느냐는 소리에 인후는 고개를 저었다.

"아니오. 부인을 보니 기분이 좋아져서 그렇소."

절 보는 것만으로도 기분이 좋아진단 소리에 말문이 막힌 가혜는 눈 밑이 화끈해져서 슬쩍 고개를 돌렸다. 직설적인 화법에는 익숙하지 않은 데다 무방비 상태에서 그런 애정 어린 소리를 듣는 건 심장에 타격이 컸다. 그래서 눈도 못 마주치고 있는데 곁으로 다가와 앉은 그가 목간에서의 일을 사과했다. 진중한 음성을 통해 느껴지는 진심에 마음이 풀린 가혜는 그를 향해 새치름하게 시선을 주었다.

"잘못한 건 아십니까?"

스스로 묻는 말투가 조금 쌀쌀맞다 싶었지만, 그는 전혀 개의치 않는지 입가에 미소를 띠며 고개를 끄덕였다. 사람 좋아 보이는 그 표정에 잠시 시선을 빼앗겼을 때 그의 손이 다리 위를 지나치는 느낌이 들고, 무릎 근처에 큼직한 손이 닿자마자 몸이 제멋대로 그를 향해 방향을 틀었다. 제 의지와는 상관없이 그를 마주 보게 된 가혜는 다친 다리를 원망했다. 다리만 멀쩡했으면 좀 멀찍이 떨어져 앉았을 텐데 그러질 못했고, 그 탓에 손이 잡히는 걸 피하기도 어려웠다. 포근하게 손등을 덮는 살갗의 온기가 낯설어서 슬그머니 빼보려 해도 그가 힘을 주어 꼭 잡으니 그마저도 여의치 않았다.

그녀가 미세하게나마 손을 빼려는 움직임을 보이자 인후는 아내의 마음속에 자리 잡은, 저를 향한 불편한 기색을 감지했다. 지금껏 자신이 해온 행동들이 차곡차곡 쌓아 올린 마음의 벽인 걸 알지만, 실제로 얼마나 높은지 확연하게 실감되는 탓에 그는 조금 복잡한 감정을 느껴야만 했다. 처음 그녀는 불필요한 존재였고 혼인 후엔 어쩐지 매일매일 말을 걸고픈 사람이었다. 그러다 지금은 저를 책임감인지 애정인지 애증인지 모를 감정의 덩어리로 변하게 만들었다. 이제 목숨을 걸어야 하는 일을 목전에 두어서일까. 일이 잘못 풀리면 아내와 이리 앉아 대화하는 것도 오늘이나 내일이 끝이 된다 생각하니 밀명지 사건을 맡으며 잠시 끊어두었던, 자신의 삶에 대해 미련이 거품처럼 올라왔다.

"내 만약, 만약에 말이오. 그대가 원하는 대로 속 썩이지 않고 아버지 말씀도 잘 듣고, 기방에도 발길을 끊는다면……."

그는 만약의 상황을 입에 담았다. 그런 그의 음성이 무척 무겁게 느껴져서 가혜는 손을 빼려던 움직임도 멈추고 그를 빤히 바라보았다. 담담한 척하지만 흔들리는 그의 눈빛이 어딘지 조금 슬퍼 보였다. 그러한 감정의 변화를 진지하게 마주 대하는 아내 앞에서 인후는 어쩌면 처음으로, 자신의 본 모습을 여과 없이 보여주었다.

"그땐, 날 서방으로 인정해 주시겠소?"

서방으로 인정해 주겠느냐는 그의 말이 지금껏 인정받지 못한 그를 대변하는 듯하여 어찌나 아프게 다가오는지, 서로의 운명을 알기에 차마 그리하겠다고 약조할 수 없는 가혜는 잠시간 침묵을 지켰다. 그가 변한다 해도 영원히 함께할 수 없는 사이란 게 이토록 야속한 밤이 또 있을까. 그가 원하는 대로 좋은 아내가 되어줄 수는 없기에 가혜는 억지로 떨어지지 않는 입을 열었다.

"어찌하여 갑자기, 그런 말씀을 하십니까……."

"그게……. 그대에게도 내게도 한 번뿐인 삶인데 기왕이면 서로 다정한 것이 좋지 않을까, 문득 그런 생각이 들어 말이오."

부인을 앞에 두고 차마 제 죽음을 예견하는 소리는 할 수 없어서 그는 그리 말하며 헛헛하게 웃었다. 씁쓸한 그의 웃음을 모르는 체하지 못한 가혜는 결국 조금이나마 여지를 남겨두었다.

"마음이 가면 자연히 인정하게 되지 않겠습니까."

마음을 얻으면 그 뒤는 자연히 되리라, 그 말 속에서 가능성을 본 인후는 좀 더 밝게 미소 지었다.

"그리 말해주어 고맙소, 부인."

"어찌 자꾸 안 하던 말씀을 하십니까."

가혜는 괜히 타박하며 몸을 살짝 돌려 앉았다. 갑작스러운 그의 변화가 찜찜한 건지, 아니면 환히 웃는 그의 미소가 죄책감으로 젖어든 가슴을 껄끄럽게 하는 건지 어딘가 불편하여 차마 얼굴을 마주 대하기가 어려웠다. 그래도 잡힌 손은 빼지 않았는데, 그것만으로도 인후는 만족했다.

수년간의 임무가 막바지에 다다르는 중이었고, 위험한 전투 속에서 살아남게 된다면 그땐 아내가 저를 보며 환하게 웃는 모습도 볼 수 있으리라. 그것이 그가 마지막까지 버티고자 하는 또 하나의 원동력이 되었다.

*

이른 아침 시간부터 창덕궁의 희정당(熙政堂)에서는 매캐한 뜸 냄새가 퍼져 나왔다. 금실로 수를 놓은 노란 보료 위에 엎드려 있던 조선의 왕, 이연은 등에 올려놓은 뜸이 모두 제거되자 궁녀들의 도움을 받아 의관을 정제했다. 한창 건장해야 할 서른하나의 나이에 뜸과 침이 익숙해져 버린 그는 어의가 주의 사항을 읊기도 전에 손을 살짝 움직여 입을 봉해 버렸다.

"종사관만 남고 모두 물러나라."

잔잔한 목소리에 담긴 무게는 병색이 짙은, 유약한 왕의 것이 아니었다. 그의 명령에 모든 이가 빠르게 물러났다. 상궁이 문을 닫고 나가자 이연은 앞에 펼쳐진, 대나무와 천을 엮어 만든 발 사이로 흐릿하게 보이는 현욱을 가까이 불러들였다.

"진척이 있는가."

소리가 밖으로 새지 않도록 주의하며 묻는 말에 현욱은 제법 만족스러운 답변을 올릴 수 있었다.

"예, 전하. 예빈시 직장이었던 선민영의 실종된 여식을 찾아냈사옵니다."

"여식이 살아 있었다고?"

체통을 고려하여 크게 동요치 않으려 했지만 묻은 음성에 놀라움이 어리는 건 숨기지 못했다. 그만큼 밀명지는 나라의 중한 비밀을 간직한 물건이었다. 수년간 애태우던 군주의 마음을 알기에 현욱도 조사한 내용을 자세히 보고했다.

"홍려 상단의 부단주 유화가 구 년 전에 사라진 선민영의 여식임을 확인했사옵니다. 실종된 시점과 홍 단주가 거둔 시기가 일치하고, 남은 가족이 없었으며 나이 또한 동일한 데다 이름자가 같사옵니다."

여러 정황이 그녀가 선민영의 여식임을 가리키고 있었다. 이연도 그 점에는 동의했으나, 정확한 물증이 없다는 점이 아쉬웠다. 게다가 수년 전에 그는 이미 홍 단주를 불러 밀명지에 대해 하문한 적이 있었다. 정보력이 탁월하다는 소문을 듣고 입궐을 명하였는데, 그때 돌아온 답변은 본인이 지니고 있지 않아 진상할 수 없단 소리였다. 그건 유화가 열 살에 변을 겪으며 도망치면서 부친이 소장하고 있던 밀명지를 빼돌리지 않았단 것이었다.

"선민영의 여식이 밀명지를 가지고 도망치지 않았다면 그 서책의 행방은 여전히 알 수가 없으니, 우선 은밀히 접근하여 정보를 좀 더 알아내게."

"예, 전하."

현욱은 고개를 숙여 명을 받들었다. 그때 밖에서 내관의 목소리가 들려왔다.

"전하, 병조판서 최권식 대감이 알현을 청하옵니다."

권식이 왔다는 말에 현욱은 임금의 시선을 느끼고 자리에서 일어났다. 그가 뒷걸음질로 물러나자 이연은 알현을 허락했다. 희정당에 든 권식은 먼저 들어와 있던 현욱에게 힐끗 시선을 주고 왕에게 예를 갖췄다. 그가 자리에 앉자 현욱이 나갔고, 묵직한 기류가 감도는 방 안에서 먼저 운을 뗀 건 이연이었다.

"과인이 경을 과대평가했나 보오. 이번에도 양묘를 놓치다니."

속이 쓰릴 만큼 따끔한 질책이었으나 권식은 눈 하나 깜짝하지 않았다. 저번에는 몰라도 이번엔 확실한 변명거리가 있었다.

"송구하옵니다, 전하. 하오나 놓친 것이 아니라 놓아준 것이옵니다."

"놓아주었다? 그게 무슨 말이오."

"양묘를 놓아주는 대가로 홍 단주가 선대왕 전하의 유지와 관련된, 어떠한 중한 정보를 전하께 올린다 하여 그리했습니다만……."

권식은 뒷말을 흐리며 슬쩍 용안을 살폈다. 선대왕의 유지가 무엇인지는 알 수 없으나 굳어 있던 용안에 기대감이 어리는 걸 보면 홍 단주의 말이 거짓은 아닌 듯했다. 실제로 이연은 그를 매우 칭찬하며 기뻐했다.

"쉽지 않은 결정이었을 텐데, 역시 경이오. 마침 홍 단주에게 하문할 것이 있던 차였소."

그녀가 밀명지와 관련된 중요한 정보를 넘길 것이라 확신한 이연은 서둘러 내관을 들이고 속히 그녀를 입궐시키라 명했다.

권식이 입궐한 직후, 인후는 사랑채에 있는 자신의 방에 우두커니 서 있었다. 그의 앞에는 병풍에 가려져 있던 벽장이 활짝 열려 제 속을 드러낸 상태였고, 그 안에는 빛바랜 흰 천으로 감긴 장검 한 자루가 고이 걸려 있었다. 한때 그가 가장 아꼈고 보유한 것 중에서 여전히 제일 명검인 흑산이 오랜만에 저를 찾은 주인의 손길을 요구하듯 괴괴한 기운을 풍겼다. 하나 인후는 좀처럼 움직이지 않았다. 열일곱, 그가 처음으로 사람을 죽였던 나이였다. 죄인을 추포하고 심문하는 일이 주 업무인 금부도사에게 사람 피를 보는 일이야 종종 발생하고 가끔은 불가항력이라지만, 애초에 상대의 목숨을 앗을 생각이 없던 인후에게 그건 여전히 괴로운 기억이었다. 명검을 버티지 못한 상대의 무기가 깨져 나가면서 검을 회수할 시간조차 얻지 못했고, 그날 인후는 제 손에 익어버린 흑산이 얼마나 무서운 존재인지 깨달았다. 그때부터 그는 분신처럼 여겼던 검을 벽장에 봉인하고 힘없는 자들을 베는 일을 항상 경계했다.

이제는 까마득하게 느껴지는 과거를 쓰린 마음으로 훑던 인후는 손을 뻗어 검을 잡았다. 낡은 천에 가려져 있어도 손이 닿는 순간 몸은 검을 기억했다. 적당한 무게감과 길이. 탁월한 그의 감각은 소름 끼칠 만큼 완벽하게 흑산의 능력을 알아차렸다. 모든 것을 베는 힘. 그것이 설령 사람의 육신이라 하여도 그 검은 능히 베어낼 것이었다.

어명을 받든 내관이 홍려 상단 안으로 들어가고, 조금 더 시간이 지나자 상단 입구로 홍 단주와 유화의 가마가 검은 삿갓을 눌러쓴 비영단원들의 호위 속에서 모습을 드러냈다. 그 수가 족히 서른은 되었고, 부하들과 마찬가지로 삿갓으로 얼굴을 가린 월령이 가장 앞에서 말을 타고 길을 잡았다.

그 모든 과정을 조금 떨어진 거리에서 찬찬히 살피던 인후는 홍 단주와 유화의 행렬이 시야에서 사라진 뒤에도 오랫동안 그 자리에 머무르며 때를 기다렸다. 얼추 시간이 흐른 뒤에야 그는 비로소 근처 샛길에서 매복하고 있던 장정들에게 신호를 보냈다. 밀명지를 위해 경녕군주가 보내준 그들은 일사불란하게 복면을 썼고, 인후도 품에 넣어두었던 복면을 꺼내 얼굴을 가렸다.

손에 든 흑산을 반쯤 뽑아 검날을 한 번 더 확인한 인후는 장정들과 시선을 교환했다. 이제 들어가면 몇이나 살아서 나올지 모르니 마지막을 함께한 이들의 눈을 차례대로 기억하고서, 그는 가장 앞에 서서 스무 명의 장정을 이끌었다.

주인이 없는 틈에 습격당한 상단 내부에서 호위들의 고함이 연달아 터지고, 병장기 부딪치는 소리가 상단의 고요함을 찢어발긴 건 순식간이었다.

임금의 명을 받아 창덕궁으로 향하는 홍 단주의 행렬은 그 어떤 고관대작의 행차보다도 화려하고 강렬했다. 무엇보다 검은 삿갓으로 얼굴을 가린 비영단원 수십 명이 물샐틈없이 지키는 모습은 위압감마저 풍겼다. 감히 가까이 다가갈 엄두조차 나지 않게 하는 그들의 행렬은 창덕궁 앞에 당도해서야 멈췄다. 그곳에서부터는 걸어가야만 했다.

홍 단주와 유화가 가마에서 내려 월령만 대동하고 궐로 들어가려 할 때, 멀리서 홍려 상단의 호위 한 명이 거칠게 말을 몰아 달려왔다.

"단주!"

절박함이 담긴 음성에 모두의 시선이 그쪽으로 향하고, 말에서 구르듯이 뛰어내린 호위는 급히 홍 단주에게 다가가 상단의 다급한 상황을 알렸다.

"정체를 알 수 없는 자들이 침입하였사온데, 막아내기 버거운 실력자가 있습니다. 지원이 필요합니다."

간도 크게 상단을 침입한 자들의 얘기에 홍 단주는 눈살을 찌푸렸다. 호위들을 대거 차출했다지만 침입자를 못 막아낼 정도는 아니었다. 그러나 지금은 질책하기보다는 침입자를 막고 그들의 목적을 알아내야 할 때였다.

"월령!"

조금은 신경질적인 홍 단주의 짧은 호명에는 많은 뜻이 깃들어 있었다. 수많은 비영단을 두고 그를 홀로 보낸다는 건 생포보다는 징벌의 의미가 강했다. 그런 주군의 마음을 읽은 월령은 군말 없이 말머리를 돌리면서 그대로 말의 배를 박찼다. 베어버려야 할 적의 머릿수가 몇이나 되는지는 관심 없었다. 그저 처리해야 할 임무가 하나 생겼다는 것, 그뿐이었다.

홍려 상단을 기습한 이들 중 일부는 금세 홍 단주의 처소까지 진입했다. 서른여 명이 차출되어 나간 상태라 앞을 막는 이들이 그리 많지 않은 덕분이었다. 문제는 건물에 들어선 뒤부터였다. 좁은 복도는 장검을 쥔 그들에게 득보다 실이 더 많았는데, 특히 양옆으로 늘어선 방에서 창호지 문을 뚫고 날아오는 암기는 인후의 주위에 있던 이들을 차근차근 줄여 나갔다. 그것들을 막아낼 실력자는 그리 많지 않았고, 끊임없이 터지는 비명만큼 핏방울이 주위로 산산이 흩뿌려졌다. 제대로 서 있는 자들의 수가 손으로 꼽을 만큼 적어지자 인후의 표정에도 갈등의 빛이 어렸다.

'이대로 시간만 소모할 순 없거늘.'

지금쯤이면 홍 단주에게 소식이 닿아 지원 병력이 오고 있을 터였다. 그들이 도착하기 전에 밀명지를 찾아 상단을 빠져나가지 못한다면 이곳에서 숨을 거둔 이들의 죽음은 헛된 것이 되고, 저도 더 큰 위험에 노출될 게 빤했다. 뜻을 함께하는 이들이 하나둘씩 고꾸라지는 걸 본 인후는 옆에서 날아오던 암기를 쳐내며 이를 악물었다. 살육은 최대한 피하고 싶었으나 이젠 어쩔 수가 없었다.

복면 위에 자리한 그의 눈매가 매서워지고, 인후는 주저 없이 암기가 날아오던 방문을 베어버렸다. 안쪽에 있던 두 비영단원이 눈을 부릅뜨자마자 인후의 옷자락이 팔락였다. 어느새 적과의 거리를 좁힌 그의 손이 한일자로 휘둘러지고, 살갗이 잘리는 느낌과 함께 뜨끈한 핏물이 얼굴 쪽으로 튀었다. 손에 쥔 흑산의 예리함에 몸서리칠 틈도 없이 그는 곧바로 몸을 회전하며 검날을 오른쪽 사선으로 올렸다. 근거리에 있던 또 다른 자의 목뼈가 썰리는 감각이 전해지면서, 반 바퀴 회전 후 잘린 문을 바라보고 서게 된 인후의 뒤쪽으로 죽은 자의 육신이 쓰러지는 소리만 요란하게 남았다.

검을 휘두름에 있어 더는 자비를 베풀지 않게 된 인후는 두 명의 비영단원을 처리한 후 복도로 나가지 않고 옆쪽 창을 부쉈다. 그제야 동료들이 당한 걸 안 옆방의 비영단원들이 반격을 가하려 했지만, 그들도 금세 몸의 일부를 잃으며 바닥에 쓰러질 수밖에 없었다. 인후가 앞장서서 길을 뚫자 다른 이들도 좀 더 넓은 공간에서 암기를 막으며 간신히 전진할 수 있었다.

그렇게 몇 개의 방을 거쳐 인후는 일전에 봐두었던 홍 단주의 방으로 진입했다. 그러나 난관은 거기서 끝나지 않았다. 가장 중요한 곳이 뚫린 걸 알아차린 비영단원들이 전부 모습을 드러냈고, 인후는 물밀 듯이 쏟아져 들어오는 방 안에서 어딘가에 숨겨져 있을 밀명지를 찾아내야만 했다.

조선 팔도에서 모은 보물과 외국에서 들여온 물품들로 잘 꾸며두었던 홍 단주의 방은 눈 깜짝할 새에 난장판이 되었다. 책을 넣어두었던 장은 부서져서 귀한 서책들을 다 쏟아내었고, 누구의 것인지도 모를 핏물이 여기저기 그림을 그려댔다. 열 명은 족히 넘는 단원들을 상대하고 있는 이들은 마지막까지 살아남은 여덟 명이었으나 그들 중 한 명은 얼마 버티지 못하고 비명횡사해 버렸다. 그나마 비영단원들의 실력을 훨씬 웃도는 인후가 있어서 근근이 버티고 있었지만, 앞과 양옆에서 쏟아져 들어오는 비영단원들의 기세는 잘 벼린 검처럼 예리하면서도 광포했다. 그 와중에 또 한 명이 죽어 나가고, 그 자리를 채우며 공격해 오는 단원을 인후는 사정없이 걷어찼다. 육중한 사내의 몸이 우당탕, 거친 소리를 내며 방 안을 어지럽히고, 난전은 계속되었다. 도자기든 가구든 제 형태를 갖춘 물건이 없었다. 그때, 경녕군주의 부하 중 한 명이 균형을 잃고 넘어지면서 그의 몸 위로 내리꽂히려는 비영단원의 검을 인후가 때맞춰 쳐냈다. 그의 곁에 있어서 간신히 목숨을 부지한 사내는 급히 몸을 일으키려다가 부서진 서안의 잔해 사이로 드러난 밀명지를 발견하고 낚아챘다.

"찾았습니다!"

해방감 어린 그의 외침에 비영단원들의 안색은 흙빛으로 변색되고, 그와 달리 희망을 얻은 인후는 사방에서 날아드는 검을 막아내며 엄호할 테니 얼른 나가라 외쳤다. 그가 홀로 비영단원 넷을 상대하는 동안 남은 이들은 길을 뚫어주었다. 그 과정에서 몇 명이 더 죽었지만, 밀명지를 지닌 이는 뒤뜰로 이어진 창을 부수고 빠져나갔다. 그가 무사히 담을 넘을 때까지 시간을 끌어주던 인후도 한 번에 둘을 베어 넘기고 이제 셋밖에 남지 않은 동료들과 함께 홍 단주의 방을 빠져나갔다. 그러나 저잣거리와 가까운 뒷담으로 가는 동안 비영단원들의 거친 공격에 죽는 이들이 속출하고, 결국 모두 사망하고 나자 홀로 남은 인후는 제게 몰리는 공격을 피해 높은 담을 단번에 뛰어넘었다. 다행히 밖에는 숨을 곳이 많았다. 인후는 비영단원들의 추적을 피해 가며 근처에 미리 준비해 두었던 빈집으로 들어가 피에 젖은 도포와 복면을 벗어버리고 밝은 하늘색 도포로 환복했다. 누가 봐도 바람 쐬러 나온 도련님 느낌으로 갖춰 입은 그는 곧바로 경녕군주와 약속한 장소로 향했다. 사람들의 눈을 피해 샛길로만 움직이면서 바삐 걸음을 옮기던 그의 시야에 인적 없는 길목 구석에 쓰러져 있는 한 사내가 들어왔다. 갓 습격당한 듯한 사내의 얼굴이 어딘가 낯익음을 깨달은 인후는 다급히 그에게 달려갔다.

"이보게!"

부르는 소리를 들었는지 힘겹게 눈을 뜨는 사내는 의식을 간신히 붙잡고 있었다. 그러나 날카로운 무기에 관통당한 배에서 불룩불룩 뿜어져 나오는 피의 양을 보니 치료한다고 목숨을 부지하긴 어려워 보였다. 그도 자신의 운명을 직감했는지 무언가 말하려는 듯 입을 달싹였다. 그 소리가 매우 작아서 잘 들리지 않는 탓에 귀를 가까이 가져다 댄 인후는 믿을 수 없는 이름을 들었다.

"양묘가……."

사내는 양묘가 나타나 밀명지를 앗아갔다는 말을 하고 있었다. 정확히 그렇게 듣고 있음에도 인후는 차마 믿기가 어려웠다. 살생을 않는다는 그녀가 왜 사람을 해하고 밀명지를 가져갔는지 이해하기 어려웠지만, 홍 단주와 양묘의 관계가 매우 깊다는 게 떠오르자 그의 눈에 살며시 적의가 어렸다. 그것이 어떤 물건인데 사사로운 감정으로 대의를 무너뜨리려는 건지, 배신감으로 두 눈이 싸늘하게 변한 인후는 좀 전까지 함께 등을 맞대고 싸우던 사내를 내려다보았다. 피가 새는 배를 붙잡고 가쁜 숨을 내쉬던 그는 그리 오래지 않아 다사다난하던 삶을 놓았다. 축 늘어진 사내를 바닥에 조심히 눕히고 몸을 돌려 자리를 뜨는 인후는 손을 꽉 움켜쥐었다.

대낮에 양묘의 복장을 하고 살인까지 저지르며 밀명지를 훔친 사내는 도성 외곽의 한 창고로 들어갔다. 빈 상자만 두어 개 굴러다니는 공간에서 그를 기다리고 있던 여인은 인기척에 몸을 돌렸는데, 놀랍게도 그녀는 좀 전에 습격당한 자의 주인인 경녕군주였다.

그녀는 마치 양묘의 옷을 입은 자가 올 걸 알고 있었다는 듯이 작은 동요도 보이지 않고 그에게 밀명지의 소재를 물었다. 그에 양묘로 분한 이는 품속에서 밀명지를 꺼내 건넸다. 빛바랜 책을 받자마자 안을 살펴보는 경녕군주의 눈에는 울분과 기쁨, 회한 같은 감정들이 한꺼번에 밀려들었다. 무려 이십여 년이었다. 그 지난한 세월 동안 이 저주받을 서책은 여러 번 주인이 바뀌었다가 드디어 그녀에게로 돌아왔다.

'드디어, 드디어 다시 손에 넣었구나.'

떨리는 그녀의 손가락이 피로 얼룩진 밀명지의 겉표지를 매만졌다. 그녀는 인후를 이 일에 끌어들이면서 밀명지가 현 임금, 이연을 독살하려는 자들의 명부가 담긴 서책이라 하였으나, 실상은 그의 힘과 집

념을 이용하기 위한 거짓말일 뿐이었다.

밀명지의 진짜 정체는 지금으로부터 이십여 년 전, 인조(이연의 할아버지)가 조선을 다스리던 시대로 거슬러 올라가야 알 수 있었다. 을유년(1645년), 늦은 밤에 인조는 세 명의 대신을 창덕궁의 인정전으로 불러들여 자신의 맏아들인 소현세자에 대한 견해를 물었다.

"세자가 청을 가까이하니 우려하지 않을 수가 없소. 경들은 그에 대해 어찌 생각하시오."

임금의 질문을 받은 대신들은 빠르게 머리를 굴렸다. 그들은 구 년 전에 있었던 병자호란(청나라에서 조선을 침략한 전쟁) 때의 치욕을 인조가 아직도 마음에 담아두고 있음을 알고 있었다. 전쟁에서 이긴 청나라는 소현세자와 봉림대군(인조의 둘째 아들)을 인질로 데려갔고, 구 년이 지난 지금에서야 조선으로 돌려보냈다. 문제는 소현세자가 청나라를 대함에 있어 인조와는 판이한 정책을 펼친다는 점이었다. 그건 매우 심각한 문제였고, 불편한 왕의 마음을 능히 짐작한 대신 중 한 명이 고개를 숙이며 조심스럽게 의견을 제시했다.

"전하께옵서 우려하시는 바를 소신들도 모르지 않사오나, 이미 장자를 세자로 책봉하였사온데 지금에 와서 무엇을 바꿀 수 있겠사옵니까."

이미 세자로 책봉까지 한 마당에 청나라와 친하게 지낸다는 이유로 세자를 폐할 수는 없단 소리였다. 명분이 부족하다는 그의 의견에 다른 신하도 힘을 실어주었다.

"세자를 폐한다 한들 우애 깊은 봉림대군이 형님의 자리에 앉으려 할지도 의문이옵니다."

둘째 아들인 봉림대군을 은근슬쩍 대화 속에 끼워 넣은 그는 폐세자를 해봤자 소용없다는 뜻을 전했다. 폐세자가 아니라면 소현세자에게 남은 길은 단 하나뿐이었다. 죽어서 자리를 비우는 것. 그들의 뜻이 매우 잔인하였으나 임금도 친아들을 죽일지 살릴지 고뇌하고 있는 건 사실이었다. 그런 주상의 마음과 둘째인 봉림대군을 세자로 책봉해서 훗날 더 많은 권력을 주무르고자 하는 대신들의 욕망은 어딘가 맞아떨어지는 곳이 있었다. 그렇게 두 신하가 인조의 불편한 심기에 마구 돌을 던져 흔들어댈 때, 남은 한 명은 상처 난 그의 가슴에 부러 약을 발라주었다.

"전하와 저하는 부자의 연이 닿아 있사온데 소신들이 어찌 감히 험한 언사를 입에 담으며 토로하겠사옵니까. 그저 현명하신 전하께옵서 택하신 대로 받들 따름이옵니다."

대신들은 이 안건에서 한발 물러나 모든 선택을 인조에게 떠넘겼다. 아들의 잔혹한 운명을 목전에 두고 한 사내의 아버지이자 임금인 그는 깊은 고뇌 끝에 침묵으로 그 대화를 마무리 지었다. 그러나 그가 어떠한 결단을 내렸음을 그곳에 있는 자들은 알 수 있었다.

그로부터 며칠 후, 소현세자는 시름시름 병을 앓았다. 인조는 의관 이형익을 보내 세자를 치료하게 했으나 병세는 점점 악화하였고 결국 소현세자는 온몸이 거멓게 변한 채 사망했다. 그의 코와 귀에서 많은 양의 피가 흘러나와 얼굴의 반을 덮었는데 그 모습이 마치 독살당한 자와 같았으니, 일각에선 세자의 죽음에 의혹을 제기하며 이형익의 처벌을 주장했다. 하지만 인조는 그런 신하들을 귀양 보내면서 사건을 마무리 지었고 세자의 죽음에 대한 의문은 그렇게 덮이는 듯했다. 창덕궁의 인정전에서 인조와 대신들의 대화를 적은 사관의 개인적인 기록, 사초가 빼돌려져 밀명지라는 이름을 달고 조선의 명운을 뒤흔들기 전까지는 그러했었다.

경녕군주의 시선이 밀명지의 마지막 장에 작게 덧붙여진 글에 오래도록 머물렀다.

「침묵을 견디지 못하고 어찌 감히 천안을 올려다보았는가. 용의 눈이라 그러한가, 천륜을 아는 범인은 전하의 신단이 두렵도다.」

아들을 죽이겠다고 입을 열어 말하지는 않았지만, 사관이 본 임금의 눈은 결코 천륜을 아는 평범한 사람의 것이 아니었단 소리였다. 떨림이 묻어 있는 필체로 천륜이란 단어를 적으면서 사관은 소현세자의 죽음을 직감한 게 분명했다.

부친의 억울한 죽음을 되짚다가 치솟는 분노와 슬픔을 억지로 씹어 삼킨 경녕군주는 몸종이 들고 있는 상자에 밀명지를 넣었다. 이제 그녀는 그 서책을 이용해 현 임금과 뜻이 다른 세력을 규합하고 청나라에 병력을 요청할 생각이었다. 청국을 가까이한다는 이유로 살해당한 소현세자의 사연을 전하며 지원을 요청하면 청의 황제도 움직일 가능성이 있었다. 청의 군사력을 등에 업고 현 임금을 왕위에서 끌어내려 부모와 형제들의 복수를 하는 게 그녀의 최종 목적이었다. 물론 그러려면 인후부터 제거해야만 했다. 한때는 가장 강력한 아군이었으나 임금에 대한 충심 또한 굳건한 그와 함께 역모를 꾀하기는 어려웠다. 이제는 적이 된 그가 밀명지의 진짜 정체를 알아차리기 전에 그녀는 그를 처리할 마음을 품었다. 다만 한 가지, 그의 검술 실력이 거대한 걸림돌이 되어 선뜻 부하들을 움직여 처리하기가 어려웠다. 허술하게 함정을 팠다가는 되레 당할 수도 있기에 방법을 찾을 때까지 시간을 벌고자 그의 시선을 양묘 쪽으로 돌려두었지만, 그것도 한계가 있을 터였다. 머지않아 제 꼬리가 밟힐 것임을 직시한 경녕군주는 양묘로 분한 충복부터 창고 밖으로 내보냈다.

"우선 환복하고 다시 부르기 전까진 산채에 숨어 있어라."

서둘러 그를 내보낸 건 현명한 처사였다. 얼마 지나지 않아 눈빛마저 살벌한 인후가 나타났기 때문이었다. 그를 맞이한 경녕군주는 아무것도 모르는 듯이 밀명지부터 찾았다.

"어찌 빈손인가. 홍 단주가 밀명지를 가지고 있지 않았나?"

"가지고 있었습니다만, 이곳으로 운반하던 자가 중간에 습격당하면서 다시 빼앗겼습니다."

최대한 담담하게 빼앗겼다고 말하면서 인후는 아연실색하는 경녕군주의 주위를 눈여겨보았다. 창고 안에는 그녀와 시중드는 몸종만 있었다. 함께 거사를 치른 이들 중에서 살아남아 이곳까지 온 건 자신뿐이었다. 이번 일로 밀명지가 확실히 존재함을 알았고 잠깐이나마 손에 넣기도 했으나 그만큼 잃은 것도 많았다. 그런 손실이 너무나도 가슴 아픈 자신과 달리, 경녕군주는 살아 돌아온 부하가 없다는 점보다 밀명지에 대해 묻는 데 더 열심이었다.

"대체 누가 가로챈 겐가."

"그건……. 모릅니다."

인후는 양묘가 밀명지를 가져갔을 가능성에 대해서는 거론하지 않았다. 그가 양묘를 의심하도록 일부러 충복을 즉사시키지 말라고 지시했었던 경녕군주는 의아한 감정을 애써 숨겨야만 했다. 하지만 그녀의 머릿속에서는 이미 온갖 이유가 부유하며 뇌리를 어지럽혔다. 양묘가 밀명지를 가져갔다는 말을 전해 듣지 못한 건지, 아니면 자신에게 감추는 건지 그 의중을 알기 어려웠다. 물론 어느 쪽이든 시간을 벌려던 계획에 차질이 빚어지는 건 마찬가지였다.

경녕군주가 난감함에 입술 안쪽을 잘근잘근 깨무는 동안, 인후도 입을 다물고 창고 내부에서 느껴지는 위화감을 주의 깊게 살폈다. 창고 안을 떠도는 피 냄새가 그의 신경을 자극했는데, 그 이유는 경녕군주와 몸종만 있는 창고 안에서 피비린내가 날 이유가 없기 때문이었다. 그것이 양묘로 분한 이가 피 묻은 옷을 입은 채로 창고에 왔다 간 탓임을 모르는 인후는 경녕군주에게 의심의 눈초리를 주었다가 슬그머니 감추고 대신 극도로 말을 아꼈다. 그런 인후의 변화를 예민하게 감지한 경녕군주는 양묘 대신 홍 단주를 의심하는 발언을 하며 그의 관심사를 돌렸다.

"만약 다시 홍 단주의 손으로 넘어갔다면 이번과 같은 방식으로 빼돌리긴 쉽지 않을 것일세. 그러니 앞으로 홍 단주를 유심히 살펴주게나."

"알겠습니다. 차후에 기회가 생기면 다시 연통을 넣도록 하겠습니다."

인후는 끝까지 양묘에 대한 이야기는 빼놓고 경녕군주와 헤어졌다. 이제부터 양묘를 찾아 밀명지의 향방을 알아내고 다시금 그 의문의 서책을 손에 넣어야 하겠지만, 굳이 그런 사실을 경녕군주와 공유할 마음은 들지 않았다.

*

상단이 습격을 받았음에도 홍 단주는 유화와 함께 임금을 알현해야만 했다. 습격자들로 인해 얼마나 큰 손해를 입었을지 모르니 마음 한구석이 불편했지만, 그러한 내색은 빠르게 없애고 내관을 따라 희정당으로 들었다.

방바닥에 머리가 닿을 듯이 절을 올린 홍 단주와 유화에게 군왕은 친절한 면모를 가감 없이 내보였다. 편히 앉으라 배려해 주는 그 덕분에 허리를 펼 수 있게 된 두 여인은 임금의 붉은 용포 자락이 시야에 닿을 만큼만 고개를 들었다.

현욱으로부터 유화가 선민영의 여식임을 전해 들었던 이연의 시선이 잠시 그녀에게 머물렀다가 곧 홍 단주에게로 옮겨갔다. 일순 임금의 눈빛이 매섭게 돌변했다.

"병판에게 듣자 하니 양묘를 놓아주는 대가로 과인에게 정보를 제공한다고 하였다고? 죄인을 숨겨준 죄를 덮을 수 있다고 생각하다니, 네 참으로 방자하지 않느냐."

좀 전의 그 친절함은 다 어디로 갔는지 꾸짖는 소리가 따가웠다. 하지만 홍 단주의 얼굴빛은 조금도 변하지 않았다. 조선뿐만 아니라 여러 나라에 존재하는 홍려 상단은 임금도 단번에 뿌리 뽑기 어려운 조직이었다. 그 세력의 힘을 알기에 그녀는 임금이 제게서 더 중한 정보를 캐내기 위한 포석으로 양묘를 거론하고 있음을 모르지 않았다. 대신 더 귀 따가운 소리를 듣기 전에 순순히 밀명지에 대한 정보를 원하는 만큼 들려주었다.

그녀가 밀명지의 존재를 알게 된 건 아주 오래전의 일이었다. 그럼에도 오랫동안 찾아내지 못했는데, 구 년 전에 예빈시의 직장 선민영이 밀명지를 습득해 숨겨두었다는 사실을 알게 되었다. 그러나 그 정보를 알아냈을 땐 이미 선민영의 일가족이 살해당한 뒤였다. 사라진 밀명지와 유화를 찾아 헤매던 끝에 그녀는 가혜와 함께 있는 소녀가 유화임을 알았지만, 밀명지는 그녀의 손에 없었다. 그 후 몇 년 지나지 않아 이연이 그녀를 불러들여 밀명지의 소재에 대해 하문했다.

"당시 소인은 알지 못한다 답하였습니다. 하오나 그 뒤로도 꾸준히 추적한 끝에 소인은 밀명지의 소재를 파악하였사옵니다."

"그곳이 어디더냐!"

소재를 알아냈다는 소리에 이연은 급히 그녀의 말을 자르고 답을 재촉했다. 그에 청나라라 답하는 홍 단주의 목소리는 이연에게 충격을 주기에 충분했다. 밀명지가 청나라로 건너간 적이 있다는 사실은 전쟁의 가능성을 충분히 시사하고 있었다. 홍 단주도 그 점을 경고했다.

"소인은 급히 사람을 풀었사오나, 이미 청의 관리 몇이 밀명지를 확인한 뒤였사옵니다. 그들은 전쟁을 치러서라도 조선에 더 큰 영향력을 행사하길 원하는 자들이었고, 밀명지를 통해 명분을 쥐었으니 그것으로 황제를 부추길 요량이었지요."

우려했던 것보다 일이 더 진행된 상황에 이연은 저도 모르게 탄식을 터뜨렸다. 가뜩이나 청나라와 사이가 좋지 않은 판국에 먼저 빌미를 제공해 준 꼴이었다. 앞으로 어찌해야 하나 눈앞이 암담한 그에게 홍 단주는 그나마 희망적인 이야기를 들려주었다.

"하여 소인은 자객을 보내 밀명지를 보관하던 청의 관리를 처리하고 얼마 전에는 밀명지를 조선으로 들여왔습니다."

"그 말이 참이렷다!"

"그러하옵니다, 전하."

그녀는 담담히 말했으나 밀명지를 조선으로 들여오기까지의 과정은 사실 꽤 힘겨웠다. 가혜의 검술 스승도 청에서 죽었고 월령까지 보내서 밀명지를 들여와야만 했다. 하지만 임금은 그녀의 고생에 대해서는 별다른 관심이 없었다. 지금 이 순간, 나라의 명운이 흔들리고 있단 사실이 더 중하기 때문이었다.

"네가 관리를 죽였다면 그 사실을 알고 있는 자들은?"

"소인, 뒤처리와 관련하여 신충을 일으킬 일은 없사옵니다."

월령이 밀명지를 습득한 걸 아는 이들은 모두 죽였으니 조선에서 일을 벌였다는 심증은 있어도 물증까지 찾긴 어려울 것이었다. 다만, 일이 커질 것이 우려되어 밀명지의 존재를 확인한 청의 관리들까진 죽이지 못했다. 그들이 다시금 움직이기 전에 전쟁의 씨앗이 될 밀명지를 찾아 없애야만 했다. 이미 정묘호란과 병자호란으로 막대한 피해를 입은 상황에서 천재지변도 끊이지 않아 민심이 극도로 불안한데, 이럴 때 밀명지가 청나라로 넘어가 또 전쟁이 터진다면 조선의 상황은 얼마나 악화될 것인가. 그건 정말 상상도 하기 싫은 일이었다. 애가 탄 이연은 홍 단주에게 당장 밀명지를 가져오라고 어명을 내렸다. 그러나 그녀의 입에서 나온 소식은 그가 원하던 내용이 아니었다.

"소인이 입궐한 틈을 타 상단을 침입한 자들이 있사온데, 밀명지가 무사한지는 상단으로 가 확인을 해봐야 합니다."

홍 단주는 사실대로 솔직히 말했다. 밀명지를 넘겨주기 직전에 최대한의 이익을 볼 요량으로 상단에 두고 온 게 상황을 꼬이게 만들었다. 일이 이렇게 되었으니, 밀명지를 손에 넣고도 지금껏 숨긴 죄는 피할 수 없었고, 이연도 그 점을 노려 그녀에게 책임을 전가하고자 했다.

"김현욱 종사관과 함께 가서 밀명지의 소재를 파악하고, 혹여 사라졌다면 책임지고 찾아내야 할 것이다."

"……예, 전하."

홍 단주는 무거운 마음으로 어명을 받들고 물러날 수밖에 없었다. 임금을 알현하고 나와 올려다본 하늘은 비구름이 몰려든 탓에 어둑어둑했다.

그 회색빛 하늘 아래, 그녀가 직접 본 상단의 모습은 처참하기 이를 데 없었다. 현욱은 물론이고 유화와 홍 단주까지도 이토록 작살난 홍려 상단은 본 적도 들은 적도 없을 정도였다. 특히 침입자들이 난입했던 건물은 문이 부서지고 핏물이 사방에 튀어 그 모습이 폐가보다 더 흉흉할 정도였다. 물론 그보다 홍 단주의 심장을 더 철렁이게 한 건 밀명지를 넣어두었던 서안의 박살 난 형태였다. 그 서안 조각을 직접 헤치며 밀명지가 사라졌음을 확인한 그녀는 이를 꽉 악물었다가 비영단원들에게 살벌한 시선을 주었다.

"어찌 이리 쉽게 뚫린단 말이더냐!"

그녀의 노호에 근처에 있던 비영단원들이 고개를 숙였다. 다른 나라로 물건을 팔러 다니는 상단의 호위로 과반이 차출되었고, 홍 단주의 호위를 위해 남은 자들 중 또 일부가 빠져나갔으니 상단에 남은 단원의 수가 그리 많지 않았다. 게다가 습격자들은 대부분 오래 훈련받은 이들이었고, 뛰어난 실력자인 인후를 막을 자도 없어서 피해가 막심할 수밖에 없었다. 하지만 아무리 그렇다 하더라도 중요 물품을 빼앗긴 상황에서 그들에게는 변명의 여지가 남아 있지 않았다. 비영단원들이 아무 말도 못 하자 홍 단주는 시선을 돌려 부서진 방문 근처에 기대 서 있는 월령에게 일말의 희망을 걸었다.

"생포한 자는?"

"없습니다."

그가 도착했을 땐 이미 모두 사망했고 두 명은 내뺀 뒤였다. 도망친 두 명 중에서도 하나는 길에서 시신으로 발견되었으니 살아남은 건 한 명이라고 봐도 무방했다. 그 한 명이 비영단원을 한 번에 셋 이상 상대한 실력자였고, 월령은 부하들에게서 들은 내용을 종합해 살아남은 자가 누구인지 추측할 수 있었다. 체격과 실력, 그리고 무엇보다 밀명지에 관심을 지닌 자. 일전에 소향에게서 인후의 목적이 밀명지임을 들었던 월령은 그가 이 난장판의 주인공임을 확신했다. 이토록 무모하고도 대범하게 쳐들어올 줄은 몰랐기에 미처 대비하지 못했던 월령은 심각한 얼굴로 서 있는 현욱을 힐끗 보았다. 그를 앞에 두고 그의 친우가 범인이라고 말할 수는 없었다. 현욱을 의식하는 월령의 눈짓을 발견한 홍 단주는 비영단원들을 내보내고 현욱과도 눈치껏 작별 인사를 했다.

"나리, 의도치 않게 일이 이리되었으나 소인은 우선 상단부터 수습해야 할 것 같습니다. 단서를 찾게 되면 바로 연통을 넣겠습니다."

"그리해 주시오. 전하께는 잘 말씀드려 놓겠소."

"감사합니다, 나리."

홍 단주는 유화에게 그를 배웅토록 했다. 이로써 모두가 나가자 그녀는 손짓으로 월령을 가까이 불렀다. 어찌 된 건지, 누가 가져갔는지 단서라도 찾았느냐 묻자 월령은 거리낌 없이 인후를 거론했다. 그의 신분과 집안, 그리고 무엇보다 가혜의 서방이란 점에서 홍 단주는 부디 그가 자신의 적이 아니길 바랐지만, 월령에겐 그가 범인일 수밖에 없는 증거가 있었다.

"소향이 일전에 말하기를 그가 밀명지를 찾고 있다고 했습니다. 미심쩍으시다면 그 계집을 불러 확인해 보십시오."

밀명지를 찾고 있었다면 그일 가능성을 더는 무시할 수가 없었다. 홍 단주는 지친 얼굴로 방 안을 쓱 훑어보았다. 제 아내를 농락하였다고 화를 내던 인후의 모습이 떠올랐다. 왜 하필 그인지, 그가 만약 밀명지를 손에 넣고 조선을 무너뜨리려 한다면 가혜의 마음에 상처를 주는 한이 있더라도 제거할 필요가 있었다. 다만 인후가 머리를 다치기 전엔 나라를 위한 충심이 매우 깊었다는 점이 그녀의 태도에 조심성을 불어넣었다.

'그에겐 좀 더 신중하게 접근해야겠어. 비영단을 이리 제압할 정도면 그간 감시자들의 눈을 피하는 것도 충분히 가능했을 터.'

지금껏 그에 대해서 제대로 된 정보를 모으지 못한 이유에 생각이 닿은 홍 단주는 인후에 대한 중요 정보를 미리 알리지 않은 월령을 짧게 타박했다. 가혜와 관련된 일이니 본인에게 이득이 될지 판단하고자 밝히지 않은 것임을 알지만 그래서 더욱 못마땅했다.

"네 어찌 사사로운 감정으로 나를 배반하려 드느냐. 미리 알았더라면 대비할 수도 있었을 것을. 오늘 상단이 입은 손실은 네 잘못도 있으니 따로 명이 있을 때까지 근신하도록 하여라."

홍 단주는 당분간 월령의 자유를 앗기로 했다. 이제부터 신중하게 인후의 주위를 감시해야 하는데 그런 일에 월령이 개입하는 걸 그녀는 원치 않았다. 그의 감정을 모르지 않으니 돌발 상황이 생길 수도 있음을 우려한 것이었다. 특히 부부 사이의 일을 보기라도 하면 마음이 뜻대로 통제되지 않을 가능성이 컸다. 그러나 그러한 홍 단주의 걱정은 바로 그날 밤에 현실이 되었다.

해가 진 뒤, 내당 마루로 나온 가혜는 휘영청 뜬 달을 하염없이 바라보았다. 세상 만물 중 가장 아름답다 할 만한 보름달은 따스한 노란 빛과 차가운 하얀 빛을 동시에 뿜어냈는데, 그런 이면적인 모습이 본인의 마음속에도 들어앉아 있음을 가혜는 요즘 들어 더욱 자주 느꼈다. 공존할 수 없는 집안에 시집와 도망치려는 마음만 강하던 이전과 달리 저를 아내로 여겨주는 누군가를 위해, 그리고 본인을 위해서라도 조금은 노력해야 하지 않을까, 그런 생각이 문득문득 파고들었다. 생각할 거리가 많아지는 밤에 고개 숙인 가혜의 시선이 마당을 떠돌다가, 대문간과 연결된 중문에 닿았다. 그 앞을 지나치는 연하늘빛 도포 자락이 눈에 띈 탓이었다.

'서방님?'

귀가가 늦는 날엔 술을 마시고 떠들썩하게 들어오던 것과 달리 그는 오늘 유독 차분해 보였는데, 도포 차림으론 잘 소지하지 않던 검까지 손에 들려 있었다. 그걸 본 가혜가 소리 내어 불러볼까 하다가 잠시 주저하는 사이, 그는 대문간을 지나쳐 사랑채 쪽으로 가버렸다. 때를 놓친 가혜는 다친 다리에 눈길을 주었다가 이내 사랑채와 연결된 내당의 회랑으로 천천히 걸음을 옮겼다.

한 번도 이용해 본 적 없는 회랑을 따라 조금 걷자 담벼락 사이에 난 작은 쪽문이 나왔고, 그 문을 여니 큼직한 사랑채가 바로 시야에 들어왔다. 늦은 밤에 불 켜진 사랑채의 모습이 조금 낯설어서 주저하던 그녀는 용기를 내 쪽문을 건넜고, 곧 마루에 도달했다. 연노란 등잔의 불빛이 하얀 창호지에 스며든 방문 앞에 서서 그녀는 심호흡을 두어 번쯤 했다. 혼인한 사이라곤 하나 늦은 밤, 장성한 사내의 방에 들어가려니 조금 어색하기도 하고 긴장되기도 한 탓이었다. 그 마음을 채 정리하기도 전에 안쪽에서 문이 덜컥 열렸다.

서로 예상하지 못한 상황에 잠시 정적이 감돌았다. 혼인 후 사랑채에 자발적으로 걸음한 일이 한 손으로도 꼽는 그녀가 제 방 앞에 서 있을 줄 몰랐던 인후도, 말소리를 내기 전에 들킬 줄 몰랐던 가혜도 잠시간 그저 눈만 마주치고 있었다. 그러다 먼저 입을 연 건 인후였다.

"부인께서 예까지 어인 일이시오?"

"아, 그것이……."

당황한 가혜는 뒷말을 살짝 흐렸다. 딱히 연유가 있어서 온 건 아니었다. 그냥 와야 할 것 같았고, 평소와 다른 그가 마음에 걸려 얼굴 한 번 보고자 했을 뿐이었다. 다행히 그는 더 묻지 않고 몸을 살짝 틀어서 들어갈 공간을 만들어주었다.

가혜는 그와 몸이 닿지 않도록 조심하며 문지방을 넘었다. 혼인 후 한 달이 넘어서야 구경하게 된 그의 방은 정갈하면서도 나름의 화려함을 품고 있었다. 한쪽 벽을 장식한 십여 종의 검과 부채가 그런 분위기를 자아냈는데, 옥과 은, 비취나 호박 같은 화려한 선추를 매단 부채들은 한눈에 봐도 사치스러웠다. 그야말로 곳간이 새는 이유가 그곳에 있었다. 부챗살을 철로 만든 천강벽수선과 상아로 만든 것도 몇 개 보였고, 장식품으로 전락한 지 오래된 검들도 상당한 실력의 장인에게서 탄생한 게 분명했다.

'휘둘러보면 좋은 소리를 낼 아이들이구나.'

가혜는 검에서 눈을 떼지 못했는데, 검집만 봐도 장인이 얼마나 심혈을 기울였는지 알 수 있었다. 그 속에 자리한 검날은 또 얼마나 아름답고 두려울지, 시원하게 뽑아보고 싶어서 손이 간질간질할 정도였다. 사랑채에 온 이유도 잊어버릴 만큼 검에 홀린 그녀는 저를 지나쳐

간 서방이 보료 위에서 옷을 벗는 것도 몰랐고, 덕분에 인후는 갓을 벗고 도포 앞섶을 다 풀어 헤치는 동안 아내를 마음껏 구경할 수 있었다. 그러다 그는 그녀가 보석이 주렁주렁 달린 부채들보다 검에 더 관심을 기울인다는 걸 발견했다. 취향이 참으로 독특하다 싶었는데, 벽에 걸린 다섯 자루 중에서도 제일 아래에 둔 검에 시선을 고정하는 건 의외였다. 그 검이 그중에서도 가장 좋은 것이기 때문이었다.

"검을 좀 볼 줄 아시오?"

"예?"

갑자기 주의를 끄는 목소리에 놀란 가혜는 저도 모르게 대꾸하며 고개를 돌렸다가 그대로 얼어붙었다. 풀어 헤쳐진 그의 앞섶 사이로 잘 여문 살구색이 보이는 데다가 그는 괘념치 않는지 도포와 함께 속적삼까지 훅 젖혀 버렸다. 그건 정말 생각지도 못한 공격이었다. 완전히 드러난 어깨부터 적당히 근육이 붙은 가슴과 군살 하나 보이지 않는 배까지 그 굴곡을 따라 시선이 내려가던 가혜는 그대로 넋이 나갔다. 눈을 돌리든 고개를 돌리든 뭔가 해야 한다는 생각조차 나지 않았다.

질문을 던졌으니 대답을 기다리던 인후는 아내의 상태가 조금 이상하단 걸 뒤늦게 깨닫고 제 몸과 그녀를 번갈아 보았다. 흉터 하나 없는 몸은 본인이 봐도 매우 잘났는데, 뭐가 문제라 저렇게 얼어붙은 건지 알 수가 없었다.

"부인?"

왜 그러느냐는 의문이 담긴 어조로 부르자 문득 정신을 차린 그녀는 얼른 고개를 벽 쪽으로 돌리며 시선을 피했다. 입을 꾹 다물어 답은 들을 수 없었으나, 치맛자락을 꼼질거리는 손가락과 점점 붉어지는 볼을 보고 나서야 인후는 저 때문에 아내가 놀랐음을 알았다. 사내의 벗은 몸을 본 일이 많지 않은 데다 부부의 연을 맺고서도 잠자리 한 번 제대로 해보지 않은 사이였다. 더구나 그녀는 자신을 서방이 아닌, 한 명의 사내로 보았기 때문에 더더욱 당혹스러울 만했다.

그 사실을 깨닫자 종일 굳어 있던 인후의 얼굴에 처음으로 웃음이 어렸다. 낮의 일로 마음이 무겁고 머리가 복잡했는데 그녀를 마주한 지 얼마 되지도 않아 이리 기분이 좋아지니 참으로 신기한 일이었다. 그 기분을 더 향유하고자 그는 옷을 추스르는 척하며 아내의 뒤쪽으로 접근해서 그녀를 놀렸다.

"그리 마음에 드시면 보기만 하지 말고 좀 만져 보오. 내 특별히 부인께는 밤새 내어드리리다."

장난치는 걸 알면서도 스스로 부끄러워 두 볼이 익어버린 가혜는 더 참지 못하고 문 쪽으로 가고자 했다. 그러나 그걸 막는 서방의 손이 배에 닿았고, 그 접촉을 피하고자 반사적으로 몸을 돌렸다가 그와 눈이 딱 마주쳐 버렸다.

놀란 만큼 자연히 벌어지는 입술과 깜박이는 눈 속에 자리한 여린 눈동자, 저 때문인 게 분명한 발간 볼까지. 사내의 욕망에 불을 질러대는 아내의 모습을 인후는 참기가 쉽지 않았다. 그녀의 입술이 가진 감촉을 기억하기에 그는 천천히 접근했고, 그런 그를 그녀는 피하지 못했다. 다가온 입술이 가볍게 닿고, 그 감각은 가혜의 굳은 몸을 녹였다. 그 덕에 움직일 수 있게 된 가혜는 고개를 돌려 그의 입술을 거부했으나, 방향이 썩 좋지 못했다. 시야에 들어오는 그의 목선과 어깨가 그러한 생각을 부추겼고, 가까운 거리 탓에 더욱 확실히 느껴지는 그의 체향도 그녀에겐 큰 충격을 안겨주었다. 작년 가을에 그녀의 마음을 흔들었던 한 사내가 지닌 체향과 똑같았다. 너무나 청명해서 사람의 것이라 느껴지지 않던 그 향이 그의 몸에 배어 있었다. 믿기지 않는 일에 가혜는 상황도 잊고 그의 몸에 반쯤 걸쳐진 옷을 잡은 채 얼굴을 최대한 밀착해 향을 맡았다.

입맞춤을 피하던 아내가 갑자기 적극적으로 돌변한 이유를 모르는 인후는 그녀의 입술이 쇄골에 닿자 놀라 신음이 터지려는 걸 아랫입술을 꽉 깨물어 참았다. 맨살에 스치는 느낌도 문제지만 이토록 적극적인 그녀는 상상해 본 적도 없어서 더욱 아찔함이 깊었고, 아랫배가 뻐근해지는 느낌에 일이 났음을 깨닫자마자 아내의 허리를 감은 손에 힘이 살짝 들어갔다.

그가 끌어안을 때 좀 전과는 달리, 불뚝 솟은 부분을 알아차린 가혜는 무심코 고개를 숙였다가 귀에 닿는 촉촉한 감촉에 정신이 확 들었다. 제가 호랑이 소굴에서 너무나 안일했다.

“서방님.”

떨림이 스민 음성에 인후는 아내의 귀를 애무하는 걸 잠시 멈췄다. 그녀가 먼저 시작한 일이었기에 오늘 밤은 끝까지 갈 수 있다고 생각해서 보인 빈틈이 가혜에게는 절호의 기회였다.

“그만 건너가야겠습니다. 일찍 주무셔요.”

그녀는 서방과 눈도 마주치지 못하고 도망치듯이 방을 나가 버렸다. 휑하니 사라져 버린 그녀의 흔적을 황당한 얼굴로 보던 인후는 팔짱을 끼고 눈썹 끝을 씰룩였다. 제 몸에 불을 질러놓고 도망간 아내를 당장 잡으러 가고는 싶은데, 이 꼴로 가면 또 거부당할 게 빤해 보였다. 간신히 얻은 기회를 날려 먹고 싶지 않았던 인후는 깨끗한 옷과 잘 어울리는 상투관, 풍류를 즐길 때 사용하기 딱 좋은 부채를 골라 들고 목간으로 향했다. 깨끗하게 씻어 몸을 정갈하게 하고 아내와 제대로 된 첫날밤을 보낼 생각이었다.

내당으로 도망친 가혜는 방으로 들어가 문을 닫고 나서야 한숨 돌릴 수 있었다. 다행히 뒤쫓아 오는 기척은 없었는데, 마음을 놓자마자 다리에 통증이 느껴졌다. 다친 다리도 생각 못 하고 갑자기 뛴 탓이었다.

'바보같이…….'

체향에 정신이 팔려 그의 몸에 생긴 특별한 변화도 눈치채지 못했다. 그걸 떠올리자 또 얼굴이 화끈해진 가혜는 두 손을 볼에 대고 열기를 식히려 애썼다. 그런 와중에 머리로는 의문의 사내와 김현욱 종사관, 그리고 서방의 체향을 떠올렸다. 셋이 같은 인물일 리는 없고, 현욱이 있을 때 서방의 품에 안겨 있었던 점을 보면 가장 유력한 인물은 역시나 남편이었다. 하지만 그 사실이 좀처럼 믿기지 않는 가혜는 어쩌면 사람의 체향이 몇 개의 종류로 나뉘고, 그래서 같은 이들도 있을 수도 있다는 결론을 내렸다. 그렇게 정하고 나자 다시금 다리의 통증이 느껴졌다. 그때까지 문간에 서 있었던 가혜는 보료로 가서 몸을 눕혔다. 조금 쉬면서 통증을 가라앉힐 참이었지만 시간이 지나도 찌릿찌릿한 감각은 쉬이 사라지지 않았다.

별수 없이 자리에 앉은 가혜는 치마와 품이 넓은 속바지들을 모두 걷어 올렸다. 허벅지에 감긴 붕대의 일부가 갈색으로 변해 굳어 있었는데, 그 위로 새빨간 색이 살금살금 퍼지는 중이었다. 다시 피가 새고 있음을 확인한 그녀는 상처를 확인하고 약도 새로 바를 겸 창가 아래에 있는 문갑에서 새 붕대와 가위, 약병 두 개를 꺼내왔다.

보료 위에 앉아 다리에 감겨 있던 붕대를 풀자 한 겹 더 덧댄 천이 드러났다. 상처에 앉은 딱지가 떨어지지 않도록 조심하며 천도 마저 떼어버린 가혜는 다행히 찢어진 부위가 크지 않음을 확인했다. 그래도 얼추 낫기 전까지 달리는 일은 최대한 자제하기로 마음먹고 서안 위에 올려둔 약병 중 지혈에 좋은 가루를 조금 덜어 피가 나는 부위에 뿌렸다. 깨끗한 천을 덧대고 새로운 붕대로 감아 얼추 일을 끝냈을 때, 문밖에서 헛기침 소리가 들렸다.

"부인, 좀 들어가겠소."

대뜸 들어오겠단 소리에 가혜는 저도 모르게 안 된다고 외쳤다. 조금 떨떠름해하는 그의 목소리에 신경 쓸 겨를도 없이 가혜는 피 묻은 붕대부터 서둘러 보료 밑으로 쑤셔 넣었다. 곧바로 서안 서랍을 열어 쓰다만 붕대와 가위를 넣고 있을 때 그가 문을 열겠다는 의사를 표했다. 잠깐만 기다리라 말하면서 가혜는 걷어 올렸던 속바지와 치마를 황급히 내리려 했다. 그러나 마음이 급해서인지 세 겹의 바지와 두 겹의 치마는 서로 엉켜서 좀처럼 내려가질 않았고, 그녀가 낭패감을 짙게 느끼자마자 그의 참을성도 바닥났다.

아예 거부하지 못하도록 들어간다 말하면서 문을 열어버린 인후의 눈에 가장 먼저 들어온 건, 선이 고운 아내의 다리였다. 매끈함을 그대로 간직하고 있는 다리가 고스란히 노출된 걸 본 그는 그대로 말문을 잃었다.

서방의 시선에 민망해진 가혜는 바지를 포기하고 최대한 치마를 넓게 펼쳐 다리를 감췄다. 다행히 문이 열리기 전에 허벅지에 감긴 붕대는 가렸지만, 맨다리를 보이는 것까지는 막을 수 없었다. 그러는 사이 다가온 그가 곁에 앉았고, 가혜는 애써 그를 외면했다. 부러 딱딱한 말투로 어이하여 잠을 청하지 않고 넘어왔느냐 묻자 투덜투덜 돌아오는 답변이 가관이었다.

"부인께서 유혹하여 놓고 어찌 그냥 자라 하오. 아래가 성이 났는데 곱게 자면 그게 사내요? 고자지."

아내를 위해 몸을 정갈히 하고 잘 보이려 단장까지 했건만 반겨주진 않고 차갑게 타박하니 눈이 샐쭉해진 인후는 고자까지 운운했다. 그 소리에 경악하며 그를 쳐다본 가혜는 그제야 그가 몸을 깨끗이 씻고 왔음을 알아차렸다. 좀 전엔 다리를 보인 일로 정신이 없어 미처 눈치채지 못했는데, 옷도 풀어 헤쳤던 아까와는 때깔부터가 달랐다.

그녀가 저를 유심히 봐주자 기분이 좀 나아진 인후는 표정을 풀고 준비를 끝냈음을 강조했다. 그 속에 담긴 뜻이 무엇인지 가혜는 능히 알아차렸지만, 아까처럼 넋을 놓는 대신 정신을 바짝 차리고 그게 무슨 상관이냐는 듯 멀뚱멀뚱 쳐다보기만 했다. 묘한 분위기를 만들지 않기 위해 온 힘을 기울였으나, 그는 결코 만만치 않은 상대였다.

"제대로 한번 해보자, 이 말이오."

그는 아예 대놓고 말했다. 오늘 밤엔 당신을 가져야겠으니 각오를 하란 느낌까지 풍겨대는 통에 가혜는 그의 방에서 겪었던 떨림이 다시금 되살아나는 듯했다. 그래도 그걸 인정할 수는 없어서 무슨 소리냐 되물으니, 빤히 쳐다보던 그가 능글맞은 미소를 지었다.

"부부가 이 밤에, 이불 위에서 할 만한 일이 몇 가지나 있겠소. 윷놀이나 하잔 소린 아니잖소. 부인께서도 아실 터인데 어찌 이리 빼시오."

그러니 아까운 시간 이리 보내지 말고 얼른 아까처럼 적극적으로 안기라는 소리에 화들짝 놀란 가혜는 고개를 돌렸다가 서안 위에 얌전히 놓여 있는 약병들을 발견했다. 붕대를 숨기고 다리를 가리는 데

급급해 미처 치우지 못한 약이 눈앞에 떡하니 버티고 서서 자신들이 자상을 치료하는 데 쓰이는 약임을 주장하는 듯했다. 혹여나 서방이 보면 어딜 다쳤느냐고 추궁할 게 빤한데, 양묘와 동일한 부분에 자상이 난 걸 알기라도 하면 끔찍한 일이 벌어질 터였다. 마음 같아선 그냥 모르고 넘어가길 원했지만 그러기엔 약병의 위치가 썩 좋지 않았고, 들키지 않을 방법은 그가 오로지 자신에게만 관심을 가지도록 하는 것뿐이었다.

결국, 가혜는 그를 향해 슬그머니 돌아앉으면서 몸으로 약병을 가렸고, 더불어 그의 주의를 사로잡는 효과도 얻었다. 하지만 감이 좋은 금부도사의 면모는 이럴 때마다 어김없이 발휘되는지, 그는 갸웃거리듯이 슬쩍 고개를 옆으로 기울이며 약병 쪽으로 시선을 돌렸다. 그 모습에 당황한 가혜는 손을 뻗어 그의 어깨를 밀어 눕혀 버렸다.

졸지에 그의 위에 올라타게 된 가혜는 눈앞이 암담해졌다. 그의 시선을 약병에서 떨어뜨린 건 다행이지만 상황이 수습할 수 없을 만큼 이상해져 버렸다. 앞으로 어떻게 해야 할지 결정을 내리지 못했는데, 그는 그걸 신호로 받아들인 건지 상체를 일으켜 눈높이를 맞췄다. 반쯤 내리깔린 그의 눈이 제 입술에 시선을 고정하자 가혜는 본인의 운명을 직감했다. 북처럼 울려대는 제 심장이 그리 말해주고 있었고, 입맞춤을 하는 동안은 서로 눈을 감을 테니 그가 약병을 보지 못할 것이란 이유도 합당하게 따라붙었다.

혹시나 또 그녀가 도망갈까 불안한 인후는 한쪽 팔로 아내의 허리를 감싸 안고 다른 손으론 그녀의 턱도 가볍게 잡아 고정하며 반응을 살폈다. 웬일인지 아내는 거부하지 않았고 시선만 낮출 뿐이었다. 그 표정이 또 고혹적인지라 인후는 떨리는 감정을 애써 억누르며 천천히,

하지만 설렘을 간직한 채로 그녀의 입술을 찾아 머금었다. 적당히 도톰한 걸 위아래로 꾸준히 건드리는 데 몰두하다 보니 어느새 안쪽으로 들어갈 길이 열렸다. 당연히 인후는 그 속에 있는 걸 맛볼 기회를 거부하지 않았다. 그는 안으로 진입했고, 오랜만에 달콤함을 느꼈다.

그 순간만큼은 가혜도 약병을 잊고 그에게 젖어들었다. 저를 찾는 그의 움직임에는 조금 성급하면서도 조심하려는 마음이 담겨 있었다. 그건 갑작스럽게 당하던 목간 때와는 또 다른 감정을 느끼게 했다. 당시엔 저를 가지지 못해 성난 들짐승 같았다면, 이번엔 조금 수줍으면서도 열렬한 애정을 지닌 도령 같았다. 이전보다 훨씬 다정한 그의 변화 덕에 기분 좋은 느낌이 배가되자 항상 피하기만 하던 가혜도 이성은 잠시 접어두고 분위기에 몸을 맡겼다.

적극적으로 변한 그녀는 그 존재 자체만으로도 그에겐 자극이었다. 몸을 이룬 모든 근육에 빳빳하게 힘이 들어가고, 그런 그와 달리 가혜는 녹녹하게 녹아들었다. 그나마 버티고 있던 다리마저 풀리자 그녀는 그의 몸 중앙에 주저앉았다. 그 순간 살짝 생긴 입술의 틈 사이로 두 사람의 신음이 옅게 흘러나왔다. 가혜는 튼실한 섬의 존재를 다리 사이에 닿는 느낌으로 알아차렸고, 인후는 이미 통제 범위를 벗어난 제 신체의 일부가 더 아우성을 쳐댔기 때문이었다.

그렇게 솟아오른 존재의 위치가 부담스러운 탓에 가혜는 허리를 뒤로 빼며 피하려고 했으나, 허리에 둘러져 있던 그의 팔에 가로막히면서 다시금 제 위치로 돌아갔다. 그때 그녀가 남겨 버린 감촉이 인후를 더욱 힘겹게 했다. 더는 참을 수 없게 된 그는 놀고 있는 오른손을 아내의 치마 속으로 넣었다. 더할 나위 없이 매끈한 허벅지가 만져지고, 예상했던 것만큼 만족스러운 감촉을 그는 마음껏 누리고 다녔다. 급기야 반밖에 내리지 못한 속바지 사이까지 그의 손이 올라가자 가혜가 그걸 급히 잡아 제지했다. 그러나 인후는 멈출 생각이 없었다. 그녀의 다리를 봤을 때부터 만지고 싶은 욕망을 느꼈던 그는 지금껏 부드럽기만 하던 입맞춤을 격렬하게 바꾸고 아내의 의식이 그쪽으로 쏠린 틈을 타 제일 안쪽까지 진입했다. 부드러운 화초가 자란 땅에 빗물이 충분히 내려 경작하기 좋을 만큼 적셨음을 안 그는 제 손을 느끼고 바르작거리는 아내를 더 꽉 껴안았다. 놓아주면 도망칠지도 모르기에 허리와 손을 한꺼번에 잡아 제압하려 했지만, 이성을 찾은 가혜의 반항도 만만찮았다.

고개를 틀어 입술부터 떼어버린 가혜는 이를 꽉 악물어 신음을 흘리지 않도록 하면서 영역을 침범한 그의 손을 빼내려 했다. 그제야 그녀의 표정에 불쾌감이 어린 걸 확인한 인후는 곱게 손을 뗐다. 다리 사이를 다 덮던 큼직한 손이 떨어져 나가자 휑한 느낌마저 찾아들었지만, 가혜는 은밀한 곳을 건드리던 손을 그리워하진 않았다. 대신 그를 있는 힘껏 노려보았는데 그녀가 입을 열어 화를 내려 했을 때 밖에서 달수로 추정되는 목소리가 들려왔다.

"나, 나리……."

떨림이 전해지는 목소리는 울먹이고 있었다. 구박을 주든 면박을 주든 발칙할 만큼 항상 당돌하던 달수였기에 가혜와 인후는 그에게 무언가 일이 터졌음을 직감했다. 실제로 달수는 위기에 내몰린 상황이었다. 내당 마루에 엉덩이가 닿아서 더 도망칠 곳도 없는 그는 목에 겨눠진 날카로운 검을 흔들리는 눈으로 힐끗 쳐다보았다.

의금부만큼 안전한 공간에서 인질이 된 그의 사연은 약 일다경(5~15분) 정도 거슬러 올라가면 알 수 있었다. 늦게 귀가한 주인 나리가 갑자기 목욕하겠다고 해서 시중을 들어주고 그는 사랑채로 가 이부자리를 준비했다. 인후가 내당으로 건너간 걸 알지만 곧 쫓겨나리라 예측하고 미리 준비한 것인데, 그 방엔 인후의 목숨을 노리는 자객이 이미 들어와 있었다.

'우리 나리를 해하려나 본디……. 이를 워쩐다냐.'

제 목숨도 간당간당하긴 했지만 내당까지 데려와 주인을 부르게 하는 걸 보면 자객의 최종 목적은 방에 있는 주인 나리가 분명해 보였다. 아마도 그가 밖으로 나오는 순간을 노리지 않을까 싶은데, 도망가라 외치고 싶어도 목에 닿은 검날이 소리가 나올 구멍을 콱 틀어막고 있었다.

자신은 아무것도 해줄 수 없음을 상기한 달수는 차라리 인후가 방 밖으로 나오지 않길 원했지만, 그의 소소한 바람은 이루어지지 않았다. 덜컥 문이 열리고 등장한 이는 매우 무덤덤한 표정의 주인이었다. 자객을 눈앞에 둔 자라 하기엔 너무나도 무감각한 시선이 달수로 하여금 위화감을 느끼게 했다. 그것은 목숨을 거두러 온 자객에게 줄 만한 눈빛이 결코 아니었고, 심지어 그의 손에 들린 건 겨우 부채 하나였다.

"나리……."

우려 섞인 달수의 부름을 뒤로하고 인후는 검은 삿갓을 눌러쓴 인물을 빤히 쳐다보았다. 그가 저를 찾아온 이유를 모르지 않았다. 낮에 상단을 습격했던 일 때문일 것이고 언젠가 그와 겨뤄야 함을 인지하고 있었다. 다만 그 시기가 생각보다 빠르단 점이 거슬렸다.

그런 인후와 달리 월령이 찾아온 이유를 모르는 가혜는 서방의 뒤를 쫓아 나왔다가 그를 발견하고 낯빛이 굳었다. 달수의 목에 검까지 겨눴으니 이번에야말로 쉬이 해결하기 어려울 게 빤한 터라, 초조해하는 그녀를 남몰래 달래듯이 월령은 무기를 거둬들이고 마당으로 나아가 거리를 두었다. 하지만 그것이 물러나겠다는 뜻은 아니었다. 월령은 인후에게 검을 가져올 시간을 주었다.

"무기를 가져오십시오."

그는 정면승부를 원했다. 자객으로서 지닌 특기를 살리는 쪽이 정면승부보다 더 우위에 서기 좋겠지만, 인후의 실력을 가늠해 보고 싶었다. 그러나 상대는 장단을 맞춰줄 생각이 없어 보였다.

"내가 왜 자네의 뜻대로 해줘야 하지?"

월령과 싸우게 되면 아내와 달수에게 숨겨왔던 실력을 들킬 수도 있었다. 그걸 원치 않는 인후는 겨루기를 거부했으나 삿갓 밑으로 언뜻 보이는 월령의 입술이 삐뚜름한 호선을 그리자 싸움을 피할 수 없음을 깨달았다. 그와 동시에 월령은 그 사실을 확실시했다.

"그럼 검을 들고 싶게 만들어 드리겠습니다."

월령의 고개가 들리고, 그는 마루 위로 올라서서 제 쪽으로 고개를 돌리는 달수를 목표로 삼았다. 그런 마음을 먹자마자 월령의 손이 움직이고, 그의 허리춤에 달려 있던 작은 단검이 순식간에 뽑혀 나와 달수를 향해 쏘아졌다. 그걸 본 가혜가 손을 뻗어 그를 피하게 하려 했으나 굳어버린 달수의 다리는 움직여지지 않았고, 그는 그대로 위기에 노출되었다.

그때, 접힌 부채가 그의 앞을 가로막았다. 종이와 나무로 이루어진 부채는 너무나도 약해 보였고, 달수는 눈을 질끈 감았다. 이제 저는 죽으리라. 그리 여겼으나, 시간이 지나도 통증이 느껴지지 않았다. 두려움에 움찔거리는 눈두덩이를 살며시 뜨자 나무로 된 부챗살에 막힌 단검 손잡이가 보였고, 살았음을 깨달은 달수는 주저앉아 가쁜 숨을 몰아쉬었다. 직접 눈으로 보고 있음에도 믿기지 않았다. 얇은 부채로 단검을 잡아낸 이가 항상 문제만 일으키던 자신의 주인이란 사실이, 그의 표정이 그 어느 때보다 진지하단 점도 현실처럼 느껴지지 않았다.

그러한 달수의 감상은 가혜가 받은 느낌과 별반 다르지 않았다. 서방이 묵형단 두목을 상대할 때의 움직임을 본 적이 있었기에 가혜는 그가 사고를 당하기 전의 실력을 완전히 잃었다곤 생각하지 않았었다. 그러나 월령이 던진 검을 그리 쉽게, 그것도 부채 하나로 막아내는 배포와 실력은 좀처럼 받아들이기 어려웠다. 무엇보다 그의 몸에서 풍기는 기세는 월령 못지않았다.

인후는 광기가 집약되어 싸하게 가라앉은 월령의 눈을 지그시 응시했다. 저를 자극하기 위해 달수를 이용한 걸 알지만, 제 몸종을 위협한 일을 그냥 넘어가 줄 수는 없었다. 그것만으로도 검을 들 이유는 충분한데, 죽은 부하들의 복수를 위해 혹은 그 분노를 표출하기 위해 저를 공격하고 싶은 월령의 심정 또한 충분히 이해가 되었다.

"밖으로 이동하지."

그가 결투를 받아들이자 놀란 건 가혜였다. 월령의 실력이 얼마나 뛰어난지 알기에 서방의 안위가 걱정되었고, 한편으론 양반을 공격한 월령이 금부의 표적이 되는 것도 그녀가 원하는 바가 아니었다. 그래서 두 사내를 말리려고 하였으나 인후의 결심은 굳건했고, 월령 또한 죄인이 되어 쫓길 각오쯤은 하고 찾아왔다. 다만 그는 가혜를 안심시키고자 말을 덧붙였다.

"죽이지는 않을 겁니다. 그저 소인의 부하들을 몰살한 자의 실력이 궁금해 찾아왔을 뿐이니, 부군의 안위는 염려치 마십시오."

부하들을 몰살했단 소리를 가혜는 단번에 이해하지 못했다. 그게 무슨 말이냐 되물어도 월령은 침묵으로 일관했고, 그녀는 뻣뻣한 고개를 억지로 돌려 무표정한 서방의 얼굴을 쳐다보았다. 그가 비영단 원들을 죽인 것일까.

"서방님……."

무슨 짓을 저지른 것인지 묻는, 충격받은 그녀의 눈빛이 인후의 가슴을 아프게 했다. 그에게도 상단을 습격할 수밖에 없었던 이유가 있지만 그걸 사실대로 말해줄 수는 없었다. 밀명지 건이 완벽하게 정리된 것이 아니기 때문이었다. 다시금 조속히 일을 처리해야겠다는 마음을 먹으면서 그는 아내의 시선을 외면했다.

"부인께서는 안으로 들어가 계시오."

그가 더 말해줄 의향이 없음을 에둘러 밝혔지만 가혜는 이대로 물러날 수가 없었다. 그 어느 때보다 지금 이 순간, 그녀는 그와 자신이 공존하기 어려운 삶을 살아왔다는 걸 너무나도 여실하게 느꼈다. 부부의 연을 맺었어도 본래 적대적인 관계라는 것, 그 거리감이 그녀의 목소리마저 딱딱하게 만들었다.

"상단에 무슨 짓을 하신 겁니까."

"…… 달수야, 아씨를 안으로 뫼시어라."

인후는 달수에게 아내를 맡기고 사랑채로 연결된 회랑으로 걸음을 옮겼다. 그의 뒷모습을 바라보며 가혜는 아랫입술을 꽉 깨물었다. 어쩐지 멀어지는 거리만큼 그와의 관계도 돌이킬 수 없을 것만 같았다.

월령과 인후가 다시 만난 장소는 숙정문 근처에 자리한 대나무 숲이었다. 북악산 초입과도 이어지는 그곳에서 두 사내는 아무 말 없이 서로 마주 보고 섰다. 바람에 사악사악 댓잎이 흔들리는 소리가 마치 칼을 가는 듯하고, 차가운 밤공기는 전신을 파고드는 살기와 온도가 같았다. 인후의 손에 들린 검이 흐릿한 달빛 아래 은빛 검신을 드리우고, 구름이 달을 온전히 가리자 대나무들은 숯덩이처럼 까맣게 변해버렸다. 그와 함께 두 사람의 그림자도 지워지고, 곧바로 바람을 가르는 소리가 들려왔다. 그것이 신호가 되어 섬뜩한 금속성이 정적을 깨뜨렸다. 보이는 건 아무것도 없었지만 두 사내는 서로의 존재를 느꼈고, 곳곳에 서 있던 대나무는 치열한 공방을 막지 못했다. 소리와 직감에만 의지한 채 누구 하나는 죽일 듯한 공격이 오갈 때마다 쓰러지는 대나무의 수가 늘어났다.

인후는 몸을 틀어 정면에 있는 대나무를 뚫고 나오는 검을 피하면서 그 회전력을 그대로 이용해 대나무와 함께 월령을 베어버렸다. 그러나 살덩이를 베는 느낌이 없었다. 신묘한 월령의 움직임은 변수가 많아 어디서 튀어나올지 짐작조차 하기 어려웠고, 순간순간 목을 노리고 찔러 들어오는 공격은 군더더기 하나 없이 깔끔했다. 조금만 방심해도 곧바로 목이 날아갈 것이 자명한 만큼 인후는 단 한 순간도 긴장의 끈을 놓을 수 없었다. 눈이 제 기능을 못 하는 상황에서 오로지 감각에만 의존한 채 공방을 주고받을수록 그의 육체에 쌓이는 피로도는 점점 커져만 갔다.

그런 인후와 마찬가지로 월령의 상황도 썩 좋지 않았다. 스승의 실력을 웃돌기 시작한 뒤부터 자신을 상대할 만한 적수가 없으리라 생각했으나, 인후의 실력은 그의 예상을 훨씬 뛰어넘었다. 괜히 조선 최고라 불렸던 것이 아니었다. 타고난 재능이 두각을 드러낸 시기도 빨랐고 천부적인 재능에 부친의 전폭적인 지지, 더불어 본인의 노력까지 일치되었으니 어둠이 아니었다면 이미 승부가 났을지도 몰랐다.

그런 생각을 하는 와중에 월령은 눈 쪽으로 찔러 들어오는 검을 피해 고개를 옆으로 기울이며 최소한의 움직임으로 공격을 파훼했다. 그러나 삿갓의 일부가 베이는 건 피할 수 없었고 그 순간 검이 기형적으로 꺾이며 그의 목을 노렸다.

바람이 멈추고 구름 사이로 드러난 달빛이 두 사람을 비췄다. 대나무 하나를 사이에 두고 월령의 목에는 검이 닿아 있었고, 인후의 가슴 춤에 매여 있던 술띠도 툭 소리를 내며 끊어졌다. 서로 조금만 더 움직였더라면 숨이 붙어 있는 이는 없었을지도 몰랐다. 잠시 찾아온 소강상태에 두 사람 모두 팔이 저릿함을 느꼈다. 온 힘을 다해 검을 휘두른 탓이었다. 서로가 만만치 않은 상대임은 익히 짐작하고 있었지만, 이 정도로 호각일 줄은 몰랐기에 내심 놀랍기도 했다. 특히 월령은 자신에게 유리한 어둠이 지천으로 깔린 상황에서도 인후의 몸에 상처 하나 내지 못한 점이 마음에 걸렸다. 그런 그와 달리 인후는 스스럼없이 검을 거뒀다. 승부를 냈다고 하기엔 어렵지만 더는 피를 보고 싶지 않았다. 그게 설령 제 아내에게 연심을 품은 사내라 해도 마찬가지였다. 부하를 잃은 마음을 이해하기에 말없이 검을 내리는 인후를 빤히 쳐다보던 월령은 삿갓을 더 깊게 눌러써서 눈을 가렸다.

자객은 동료애 따위를 썩 두텁게 쌓지 않는다. 서로 언제 스러질지 모를 목숨임을 알고 있었고, 그건 제 밑에 속한 부하여도 마찬가지였다. 필요에 따라서는 직접 죽여 없앨 수도 있었다. 그래서 처음엔 담담한 척했으나 짧게는 수년에서 길게는 십여 년을 함께한 부하들의 주검이 마당에 늘어서 있는 걸 보고 있자니 문득 분노가 치밀었다.

그 살심을 가라앉히기 어려운 탓에 홍 단주의 명령도 어겨가며 그를 찾았을 땐 죽여 없앨 각오도 품었다. 가혜에게는 부군의 실력만 확인하겠다고 했지만, 어차피 양반에게 검을 겨눈 순간부터 자신의 운명은 정해져 있었다. 그런데 다 이긴 싸움에서 먼저 검을 내려 버리는 그의 눈을 마주하자 갑자기 다른 감정이 파고들었다. 무언가 무거운 것을 어깨에 올려둔 동질감. 그는 부하를 잃은 자신의 마음을 이해하고 있었다. 가해자로부터 그런 감정을 느낀다는 게 참으로 기가 막힌 일이지만 더는 검을 휘두를 기분마저 나지 않았다. 결국, 월령도 검을 내렸다.

결투가 끝나고, 끊어진 술띠만 대숲에 남겨둔 채 집으로 돌아온 인후는 호들갑을 떠는 달수를 뒤로하고 여전히 불이 켜져 있는 내당 앞을 서성였다. 안으로 들어가 이러저러한 사정이 있었다고 설명하고 싶지만 그건 불가능한 일이었다. 부친에게도 비밀로 해왔는데 임무 완수를 목전에 두고 사사로운 감정으로 일을 그르칠 수는 없었다. 다만 한시라도 빨리 해결해야 해명할 기회라도 잡을 수 있다는 조급함이 그를 흔들었고, 그 후로 며칠간 아내의 얼굴을 보지 못한 인후는 양묘를 잡는 쪽으로 마음을 굳혔다. 그러려면 숨어버린 양묘를 불러내야 하기에 그는 해 질 녘에 서찰 하나를 품에 넣고 홍화루로 향했다.

아직 손님을 받지 못한 기생들이 몰려와 양팔에 달라붙었지만, 인후는 소향에게 간다는 핑계를 대고 붙어 있던 기생들을 전부 떼어냈다. 그는 혼자서도 익숙하게 길을 잡고 소향의 침방이 있는 가장 안쪽의 전각으로 들어섰다. 아직 밤이 그리 깊지 않아 다들 누각이나 큰 방에 모여 술을 마시는 터라 침방으로 쓰는 전각은 대부분 불이 꺼진 채로 조용했다.

'필시 침방에 두었을 텐데.'

인후는 아무도 없는 방만 골라가며 내부를 살폈다. 여섯 개쯤 되는 방을 뒤졌을 즈음, 방 한구석에 놓인 나무함이 눈에 띄었다. 사람 머리만 한 궤짝 안에는 종이 몇 장이 잘 접힌 채 들어 있었고, 그것이 홍 단주에게 갈 정보임을 확인한 그는 품속에 갈무리해 두었던 서찰을 꺼내서 그 안에 섞어 넣었다. 이제 기다리기만 하면 양묘를 만날 수 있을 터였다.

인후는 오래전에 만났던, 마음씨 고운 검은 옷의 의적을 기억했다. 비록 금부의 적이긴 해도 이 난세에 백성을 위해주는 그녀에게 고마운 마음이 있었고, 종종 그녀의 활동을 응원하기도 했으나 이젠 아니었다. 양묘가 밀명지에 손을 댄 순간부터 그는 필요하다면 베어버려야 함을 인지했다.

'그래, 어차피 처음부터 이리될 운명이었다.'

어쩌다 함께 등을 맞대고 부친이 파놓은 덫을 파훼하기도 했지만, 본디 서로 검을 겨눌 운명이었다. 양묘를 잡으라는 어명이 금부에 떨어지고 총책임자가 자신의 부친인 이상 언젠가는 직접 양묘를 추포하여 사살해야만 했다. 그 사실을 다시 곱씹은 그는 눈빛마저 차갑게 가라앉히고 어둠 속에서 일어나 방을 나섰다.

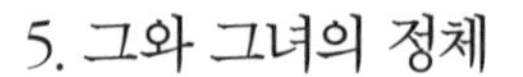

5. 그와 그녀의 정체

추적추적 비가 내리는 엄숙한 분위기 속에서 추국이 열리는 의금부 마당에는 도사들과 나졸들이 시립해 있었고, 마루 위에 놓인 의자에는 붉은 곤룡포를 입은 임금이 자리했다. 임금보다 한 단 아래 선 권식은 노기와 수치에 젖은 눈으로 마당에 무릎 꿇린 두 죄인을 내려다보았다.

"죄인, 양묘는 들으라!"

빗속을 뚫고 들려오는 엄중한 음성에 붉은 오랏줄로 묶여 있는 여린 몸이 움찔했다. 굳어 있던 고개를 힘겹게 들어 올린 가혜는 곧 숨이 넘어갈 듯 파리하기 그지없었다. 피딱지가 앉은 입술 사이로 흘러나온 입김이 시야를 뿌옇게 만들고, 흐릿한 눈에 섞여든 빗물은 전하지 못하는 마음만 머금은 채 바닥으로 추락했다.

누구를 원망하고 누구를 탓해야 할까. 아무것도 판단하지 못하는 그녀의 머리 위로 죄목이 줄줄이 읊어졌다.

"이가 가혜는 그 죄가 하늘에 닿아 어심을 어지럽히고, 절도를 일삼으며 민심을 혼란케 했으니 이것이 역심이 아니라면 무엇을 역심이라 하겠는가. 반가의 재산을 탐하고 사사로이 처분한 죄를 물어 교수형에 처해야 마땅하나, 어명에 따라 특별히 사사토록 할 것이다."

목을 매는 대신 특별히 사약을 내려 죽이는 것이 그가 며느리에게 해주는 마지막 호의였다.

흰 사기그릇에 담긴 거뭇한 사약이 그녀의 앞에 놓이고, 며칠간 몸을 옥죄던 오랏줄이 풀렸다. 힘이 없어 더 떨리는 손으로 사약을 받아 든 가혜는 고개를 돌려 옆쪽, 조금 떨어진 곳에서 저와 같이 처참한 몰골로 무릎 꿇려 있는 부친을 보았다. 땅에 머리를 박을 듯이 기력이 없는 그에게서 억지로 시선을 뗀 그녀는 그릇을 입에 가져다 댔다.

그릇을 기울일수록 조금씩 입안으로 흘러들어 오는 사약이 쓴 건지, 단 한 번도 눈을 마주치지 않는 서방이 야속해서 쓴 건지, 그도 아니면 저를 보는 시아버지의 눈빛에 담긴 수치심이 쓰게 느껴지는 건지 알 수 없었다.

다 비운 그릇을 바닥에 내려놓고 좌중을 훑어본 가혜는 마지막으로 아버지를 보았다. 딸의 마지막을 바라보는 그의 눈은 쏟아지는 빗방울보다 처연했다.

타들어가듯 뜨거운 가혜의 몸이 차가운 바닥으로 기울어지고, 바닥에 부딪치기 직전에 그녀는 보았다. 부친의 짓밟힌 눈이, 그의 노쇠한 입술이 저를 원망하는 것을.

"왜 그랬느냐. 왜, 들켜 버렸더냐."

그 순간 땅에 고여 있던 물이 튀어 올라 그녀의 눈을 덮쳤고, 가혜는 꺼져 가던 숨을 크게 들이쉬었다.

"허억!"

막혔던 숨통이 터지자 그녀의 가슴이 짧고 가쁘게 오르내렸다. 어둡던 시야에 흐릿하게 잡힌 익숙한 천장과 열두 폭짜리 병풍은 그곳이 내당임을 증명해 주었다. 덕분에 좀 전에 본 장면이 꿈이었음을 깨달았지만, 부친의 마지막 모습은 여전히 생생하게 뇌리를 떠돌았다.

'들키지 않아요. 들키지 않을게요, 아버지.'

꿈이라는 안도감보다 악몽이 새기고 간 고통이 더 짙게 남은 탓에 가혜는 눈을 감고 마른침을 삼켰다. 아직도 배 속에 사약이 들어 있는 것처럼 몸이 뜨거웠다. 결국, 그녀는 자리를 털고 일어나 해가 뜰 때까지 마루에 앉아 하염없이 하늘만 바라보고 앉아 있었다.

아침 일찍 기생들이 가져온 정보들을 확인하던 유화는 나무 상자 속에서 낯선 필체로 적힌 종이를 발견했다. 언제 어디서 섞여들었는지 모를 종이는 읽으면 읽을수록 유화의 눈매를 좁아들게 만들었다.

"스승님."

유화는 앞쪽에 앉은 홍 단주를 부르며 그녀에게 의문의 서찰을 내밀었다. 서찰 속에는 그녀에게 보내는 부분과 양묘에게 보내는 부분이 나뉘어 적혀 있었는데, 홍 단주는 우선 제게 온 부분부터 살폈다.

-단주가 양묘에게 정보를 넘겨주고 있음을 압니다. 나는 그녀와 만나야 하고, 이 문제는 양묘에게도 매우 중한 일입니다. 그러니 선택은 그녀의 몫으로 남겨두고 이 서찰을 전해주십시오.

필체를 숨기고자 생김새를 다 제각각으로 적은 글자들을 가만 보던 홍 단주는 이번엔 좌측에 세로로 쓴, 양묘에게 보내는 내용을 읽어보았다.

-좌포도청에서 시작된 우리의 첫 만남을 기억한다면, 달포 뒤의 초하룻날에 두 번째 만남이 있었던 곳에서 봅시다. 그대에게도 중한 일이니 와주길 바라오. 그곳에서 기다리고 있겠소.

어딘가 의미심장한 서찰이었다. 거기다 양묘가 여인이란 걸 알고 있었고, 두 번이나 만났다는 것으로 보아 금부나 포도청에서 파둔 함정이라고 결론짓기가 어려웠다. 유화도 그 점이 마음에 걸려 홍 단주에게 의견을 물었다.

"어찌하는 것이 좋겠습니까."

그녀의 물음에 홍 단주는 답이 없었다. 대신 서찰을 한 번 더 훑어보다가 선택은 양묘의 몫으로 남겨두라는 부분에 시선이 가 닿았다.

지난밤, 꿈자리가 뒤숭숭했던 가혜는 내당에 눌러앉아 해가 지기만을 기다렸다. 주고에 숨겨둔 양묘의 옷과 검이 계속 거슬렸다. 다른 곳으로 옮기거나 적어도 다른 이가 손댄 흔적이 없는지 확인해 볼 필요가 있었다.

기다리던 밤이 오고, 그녀는 사랑채의 불이 꺼지는 걸 확인한 뒤에야 조심스럽게 주고로 향했다. 인적 없는 초당을 지나 사당에 도달할 때까지 그녀는 주위를 경계하는 걸 늦추지 않았다. 들킬 염려가 적은 사당에 진입한 뒤에도 조심히 주고로 향하던 가혜는 사당의 뒤쪽 담을 넘는 자객을 발견했다. 자신의 손에 몸을 보호할 만한 무기가 없다는 점을 인식하자마자, 바닥에 착지한 자객과 눈이 딱 마주쳐 버렸다. 그도 그녀가 거기 있을 줄은 몰랐기에 당황하다가 행여나 소리라도 지를까 싶어 서둘러 말을 걸었다.

"놀라지 마십시오. 단주님께서 보내셔서 왔습니다. 아씨께 서찰을 전해 드리라 하여……."

신분을 밝혀 가혜의 긴장을 풀어준 그는 단단히 밀봉된 서찰을 건넸다. 그녀가 밖으로 나온 덕분에 생각보다 손쉽게 임무를 끝낸 비영단원은 유유히 담을 넘어 사라졌고, 서찰을 받은 가혜는 주위를 살피다가 다시 주고로 향했다. 주고에 가져다 둔 초에 불을 붙여 빛을 만든 뒤, 서찰의 겉면부터 세세히 확인하는 그녀의 눈빛은 매우 진지했다.

'밀봉된 부분은 건드린 흔적이 없고.'

딱히 수상쩍은 부분은 없다 판단한 뒤에야 가혜는 서찰을 열어보았다. 홍 단주 앞으로 적은 부분을 읽고 제게 보내는 부분을 읽어 나가는 그녀의 눈동자가 흔들렸다. 좌포도청에서의 첫 만남, 그리고 자신이 여인인 걸 알고 있는 인물이라면 단 한 사람뿐이었다. 여전히 정체가 혼란스러운 미지의 사내, 혹은 현욱일 가능성이 큰 그가 만나자고 하는 부분에 가혜는 매우 당황했다. 갑자기 무슨 일로 저를 찾는 것인지, 홍 단주를 통해 서찰까지 보내며 만나자고 하는 부분이 의문을 일으켰다. 많이 중한 일일까, 꼭 나가야만 하나, 갈등하는 가혜의 시선이 양묘의 옷가지와 검을 넣어둔 궤짝으로 향했다. 다행히 누군가 억지로 열려 한 흔적은 없었지만, 꿈자리가 하도 사나워서 마음이 뒤숭숭했다. 어찌할지 결정을 내리지 못한 가혜는 우선 옷과 검을 들고 내당으로 돌아갔다.

피 냄새가 배어 있는 물건들을 궤짝에 넣어 개인 서고에 숨겨둔 가혜는 서안 위에 서찰을 올려두고 고민에 빠졌다. 며칠 전에 월령과 대치하던 서방도 어딘가 수상쩍은 부분이 있었지만, 그를 복면의 사내라 하기엔 확실한 증거가 부족했다.

'나가서 직접 부딪쳐 봐야 판단할 길이 생기겠지.'

대체 그가 누구인지, 이 서찰을 보낸 이유는 또 무엇인지 알 수 있는 가장 정확한 방법은 약속된 날에 그 장소에 나가보는 일뿐이었다. 달포 뒤의 초하룻날, 서찰에 적혀 있던 날이 다가올 때까지 가혜는 오로지 집 안을 돌보는 데에만 공을 들였다. 다행인지 불행인지 서방은 그날 이후로 더는 접근하지 않았고, 그저 먼 거리에서 이따금 눈길을 줄 뿐이었다. 대화를 나누는 일도 부쩍 줄어든 아들 내외 때문에 시아버지가 골머리를 앓는 것 외엔 그녀가 신경 쓸 만한 일들은 그리 많지 않았다. 그럼에도 하루하루가 썩 즐겁지 않은 탓에 웃는 일은 더 줄어들었고, 종종 사랑채로 시선이 가면 다급히 고개를 저어 떠오르는 누군가를 털어내려 애썼다. 그가 무얼 하고 있는지 궁금할 때면 노비들이 과한 노역에 시달리진 않는지 살폈고, 그의 목소리가 생각날 때면 알뜰히 모은 은자를 백성들에게 베풀었다. 그럴수록 최씨 집안의 평판은 나날이 좋아졌고, 시간도 빠르게 흘렀다.

낫을 닮아 파랗게 날 선 달이 산머리를 베는 밤에 양묘로 분한 가혜는 내당을 벗어났다. 다리의 부상은 거의 회복되었고, 짙은 어둠은 몸을 숨기기에 적합했다. 양묘가 활동하기에 더없이 좋은 날이었으나 어쩐 일인지 가혜는 옷이 불편하기 짝이 없었다. 피에 젖었던 옷은 깨끗이 삶았고 찢어졌던 바지도 꿰매 입었으니, 이전과 달라진 부분이 있다면 그건 그녀의 마음가짐뿐이었다.

꿈에서 본, 시아버지의 돌변한 눈빛과 부친이 쏟아내던 원망 그리고 무엇보다 제게 애정을 갈구하던 서방의 차디찬 외면이 그녀의 내면에 깊이 새겨진 탓이 컸다. 그 누구에게도 정체를 들키면 안 된다는 부담감을 안고 가혜는 길을 재촉했다.

어둠에 둘러싸인 산은 달빛조차 제대로 들어오지 않았다. 오로지 발에 밟히는 감각만으로 나무뿌리와 돌을 구분하고, 흐릿한 시야에 정신을 집중한 채 길을 찾아야만 했다. 그래도 한 번 갔던 길은 또렷이 기억하는 능력이 방향을 잡는 데 도움을 주었고, 오랜 시간 산을 탄 뒤에야 그녀는 마치 저를 부르는 듯한 불빛을 볼 수 있었다.

폐허나 마찬가지인 암자의 마당을 밝히는 모닥불은 그가 먼저 도착해 있음을 능히 짐작케 했다. 그럼에도 가혜는 섣불리 다가서지 않고 암자 근처의 나무 뒤에 몸을 숨겼다.

'나졸들의 기척은 느껴지지 않는데.'

의금부가 만든 덫에 두 번이나 빠지고 나니 모든 일에 조심스러웠다. 혹여나 주위에 나졸들이 숨어 있진 않을까 주의를 기울일 때, 그녀를 부르는 소리가 있었다.

"양묘, 당신이오?"

낮은 음색이 귀를 파고들어 가슴까지 울리는 음성은 묘하게 익숙한 탓에, 가혜는 의금부에서 입직을 서고 있을 제 서방을 떠올렸다. 다시 들어도 정말 닮았다. 처음엔 행실부터가 괴리감이 컸고 서방이 검을 제대로 다루지 못한다 생각해서 서로 다른 인물이라 여겼지만, 지금은 확신하기가 어려웠다. 왔으면 모습을 드러내라는 그의 목소리가 다시 한 번 들리고, 가혜는 천천히 나무 옆으로 발을 옮겨 섰다.

모닥불 옆에 자리한 그와 달리 나무 곁에 있는 가혜는 어둠 속에 반쯤 파묻혀서 그 모습이 온전히 보이지 않았다. 그럼에도 인후는 모닥불의 불빛이 간신히 닿는 부분만 보고도 양묘인 걸 알 수 있었다. 유월에 손가락까지 꽁꽁 싸맨 인물은 양묘 외엔 없기 때문이었다.

"예까지 불러내어 미안하오. 내 그대를 만나 확인할 일이 있어 위험한 걸 알면서도 홍 단주에게 서찰을 보내야 했소."

인후는 간략하게 자초지종을 설명하였으나, 그의 말은 가혜에게 닿지 못했다. 지금 그녀는 믿기 어려운 현실과 직면하고 있었다.

'저 검은 분명…….'

그는 손에 들린 장검을 하얀 천으로 칭칭 싸매놓았는데, 뽑기 좋도록 내놓은 손잡이가 가혜의 눈에 매우 익숙했다. 묵색 자루에 음각을 넣어 화려함을 더하고, 그 끝에 옥과 붉은 술을 달아 멋을 낸 모양새가 필시 서방의 방에서 본 검이었다. 거리가 멀고 모닥불 옆이라 색이 조금 불그스름하게 보이긴 했지만, 그의 방에 들어갔을 때 인상 깊게 보았던 검을 구별 못 할 리는 없었다. 똑같은 검, 비슷한 목소리, 흔치 않은 체격, 한때는 조선 제일 검이라 불리던 실력까지.

'설마…….'

심증뿐이었던 이전과 달리 확실한 정황 증거가 드러나자 가혜는 말을 잃었다. 좋고 싫은 감정을 느낄 새도 없었다. 상상치 못했던 그의 정체였고, 짐작조차 할 수 없었던 서방의 이면이었다.

충격을 받아 예전처럼 가까이 다가가지도, 말을 섞지도 않는 그녀의 태도에 인후는 어딘가 꺼림칙함을 느꼈다. 그럼에도 한 번쯤은 기회를 주고 싶었기에 그는 단도직입적으로 그녀를 찾은 이유를 밝혔다.

"그대가 일전에 앗아간 밀명지라는 서책, 어찌 사용하려는지 묻고 싶어서 불렀소."

인후의 물음에 가혜는 간신히 정신을 붙잡았다. 하지만 무언가 생각하기엔 어려운 상태였고, 그녀가 답하지 않자 인후의 눈매는 점점 더 좁아들었다.

"밀명지가 어떤 서책인지 그대도 모르지 않을 것이오. 아무리 홍 단주라 하여도 한낱 상인이 지닐 물건이 아니오. 그대가 진실로 백성을 위한다면, 날 믿고 내게 넘기시오."

홍 단주까지 엮여 있는 이야기에 가혜는 그가 원하는 것이 밀명지라는 서책임을 인지했다. 하지만 그것뿐이었다. 대체 왜 자신이 그것을 가져갔다고 확신하는지조차 알 수 없었다. 그 점을 지적하고 무고함을 밝히고 싶었지만, 입을 열 상황이 아니었다.

'목소리를 내면 들킬 수도 있어.'

이렇게 복면을 하고 만난 건 작년 가을이 마지막이었고, 그는 자신과 달리 혼인 첫날밤에야 배우자의 목소리를 들었다. 그때까지 반년이 넘게 걸렸으니, 자신의 목소리가 양묘와 닮았음을 인지하기는 어려웠을 테지만 지금은 아니다. 매일 듣는 목소리를 구별 못 할 리 없었다.

어찌해야 하는지, 암담해진 그녀가 이번에도 반응하지 않자 인후는 그녀를 향해 한 걸음 다가섰다. 거리가 좁혀지자 무언의 압박을 느낀 가혜는 그만큼 뒤로 물러났다. 가까워지는 건 위험했다. 자칫하면 얼굴을 들킬 수도 있었다. 가혜는 한 걸음 더 다가오는 그를 피해 뒷걸음질을 치면서 슬쩍 주먹을 쥐었다. 항상 맨손이던 그가 검을 들고 나온 이유를 충분히 알 것만 같았다. 그 밀명지란 서책 때문에 저를 죽일 마음마저 먹은 것이다. 능히 짐작할 수 있는 사실에 목덜미를 타고

식은땀이 흘렀다. 그는 예전처럼 양묘에게 호의를 지닌 사람이 아니었다. 맞서 싸운다 해도 얻을 것이 아무것도 없는 상황에서 가혜가 선택할 수 있는 건 도망치는 길뿐이었다.

최악의 현실을 직시하자마자 그녀는 몸을 돌렸다. 그 순간, 날아온 단검이 귓전을 매섭게 스치고 지나가 곁에 있는 나무에 콱 박혔다. 숨이 멎을 만큼 빠르고 강렬한 기세에 얼어버린 그녀의 등 뒤로 접근하면서 인후는 마지막 경고를 흘렸다.

"움직이지 않는 게 좋을 거요."

제게 협력하지 않는다면 잡아서 홍 단주와 거래할 패로 사용해야만 했다. 놓치지 않겠다는 그의 의지에 가혜는 입술을 악물었다. 그는 자신을 적으로 인지하고 있었고, 여기서 정체가 탄로 났다간 정말 감당할 수 없는 상황에 처할 터였다. 그런 생각이 들자마자 그녀는 달렸다. 도망쳐야 했다. 들킨다면 며칠 전 꾸었던 꿈이 현실이 될지도 몰랐다.

어둠 속으로 빠르게 사라지는 그녀의 뒤를 쫓으면서 인후는 미간을 찌푸렸다. 그간의 인연을 생각하여 최대한 곱게 생포하고 싶었지만 이렇게 된 이상 몸에 흠집을 낼 수밖에 없었다. 내리막길에서 거리를 좁힌 그의 손이 검 손잡이에 닿고, 서늘하게 발검하는 소리가 가혜의 청각에 잡혔다. 그 순간, 본능적으로 검을 뽑으며 몸을 돌린 가혜는 검날을 후려치는 힘을 이기지 못하고 손아귀에 힘이 풀렸다.

"윽!"

소리가 새려는 입은 간신히 악물어 참아냈으나, 저만치 날아가 버린 검과 욱신거리는 손목은 그녀의 마음마저 처참하게 만들었다. 단 한 번의 방어가 그녀가 할 수 있는 전부였다. 본 실력을 드러내는 그 앞에서 가혜의 힘은 곧바로 한계를 보였다. 지리적으로 아래에 위치했고 몸을 돌리느라 제대로 자세를 잡기 어려웠다지만 그래도 뼈아픈 패배였다. 방어할 수단도 없이 서너 걸음 뒤로 물러난 그녀를 향해 인후는 검을 겨눴다.

"어차피 이리될 거, 도망치지 말라 하지 않았소."

제 뜻을 이해하고 최대한 협조해 주길 바랐으나 그녀는 여전히 묵묵부답이었고, 말을 하지 않는 이유를 캐묻던 인후는 결국 포기한 채 모닥불이 있는 암자 쪽으로 돌아가도록 지시했다. 불빛에 얼굴을 확인하고 미리 챙겨둔 밧줄로 포박해서 암자 내부에 가둬둘 요량이었다. 적어도 홍 단주와의 거래가 끝날 때까지는 그녀를 묶어두어야만 했다.

목에 검 끝이 겨눠진 채로 왔던 길을 되돌아가는 가혜의 머릿속은 엉망이 되어버렸다. 그가 자신의 얼굴을 확인하기 전에 도망쳐야 하는데, 어찌해야 할지 도무지 방법이 보이지 않았다. 유일하게 습득할 만한 무기는 암자 근처 나무에 꽂힌 단검이었지만, 그마저도 그가 먼저 회수해 버렸다. 결국, 모닥불 앞에 당도하여 그를 마주 보고 선 가혜는 흔들리는 그의 눈동자를 보았다. 복면을 착용했어도 이렇게 환한 곳에서 천천히 얼굴을 살필 기회는 여태껏 없었으니, 어쩌면 그는 이미 양묘의 얼굴에서 아내를 보았을지도 몰랐다.

가혜의 짐작대로 인후는 그녀의 눈과 이마의 둥그스름한 모양새가 자신의 부인과 많이 닮았다고 생각하고 있었다. 특히 아내의 눈을 유달리 매력적이라 여겼던 그는 양묘가 비슷한 분위기를 풍긴다는 점이 조금 당혹스럽기까지 했다.

그가 혼란을 겪고 있다는 걸 느끼고 그 속에서 답을 찾아낸 가혜는 기회가 오기를 얌전히 기다렸다. 마침내 그가 복면을 벗기기 위해 목에 대고 있던 검 끝을 옆으로 옮기고 다가와 손을 뻗자 가혜는 순간 거리를 좁혀 그에게 입을 맞췄다.

복면을 한 채 살짝 닿는 입술의 감촉은 그리 선명하지 않았지만, 인후의 신경을 분산시키기엔 충분했다. 전혀 예상치 못한 일에 아주 잠깐 반응이 늦어진 사이, 그의 목에는 쇠붙이가 닿았다. 좀 전에 회수하여 허리춤에 꽂아두었던 단검이었다. 이로써 서로의 목에 검을 겨눈 꼴이 되자 인후는 헛웃음을 흘렸다. 실력은 확실히 제가 더 뛰어나지만, 빠르고 독특한 발상은 그녀가 한 수 위였다. 미처 대응하기도 전에 검을 뽑는 손놀림이 혀를 내두를 수준인 데다, 힘주어 찌르면 끝나는 그녀와 달리 저는 팔을 뒤로 빼며 베어야 하니 자세마저 불리했다.

상황이 역전되었고 가혜는 서방의 눈을 지그시 응시하며 제 목을 노리는 검을 천천히 빼앗았다. 턱밑에 단검 끝이 닿아 있는 상황에서 반항은 무의미했기에, 그는 순순히 검을 넘겨야만 했다. 그의 검을 빼앗은 가혜는 뒷걸음질 치며 거리를 벌렸다. 딱 봐도 달아날 준비를 하는 모양새였다. 그에 인후의 눈매가 가늘어졌다.

"지금 내게서 도망칠 수 있다 생각하오? 차라리 기회가 있을 때 날 죽이는 게 나을 거요. 나 또한 그대를 죽일 각오까지 하고 왔으니 쓸데없는 자비는 넣어두시오."

지금이 아니면 저를 제압할 가능성은 없다는 투로 말했으나 그녀는 듣지 않았다.

바람이 불고, 가혜는 서둘러 몸을 돌렸다. 그 움직임에 복면이 흔들리면서 반쯤 드러난 그녀의 얼굴이 그대로 인후의 동공에 맺혔다. 범인이라면 알아차리지 못할 만큼 짧은 순간이었으나 집중하면 날아가는 화살도 보이는 그의 시력은 그 찰나를 놓치지 않았다.

'부인?'

아내와 너무나도 닮은 양묘의 얼굴에 인후는 숨이 멎는 듯해 단 한 발짝도 움직이기 어려웠다. 도망치는 그녀의 뒷모습만 멍하니 바라보며 선 그는 문득 상상조차 하고 싶지 않은 결론에 도달했다. 자신의 부인이 양묘일지도 모른다는, 그런 말도 안 되는 생각이 그의 뇌리를 붙잡고 놔주질 않았다.

그건 절대 일어나서는 안 되는 일이었다. 지금껏 양묘가 해온 활동들을 존중해 왔고 백성을 위하는 그 마음을 높게 샀으나, 그녀를 잡아 하옥시키라는 어명이 떨어진 상태였다. 게다가 그 어명을 받든 이는 그 누구도 아닌 자신의 아버지였고, 금부에 속한 이상 그도 양묘를 추포하는 일에서 벗어날 수는 없었다. 자칫하다간 제 손으로 아내의 운명을 절단 낼지도 모를 상황에 인후는 소름이 돋았다.

'부인이 양묘라니 말도 안 되지……. 확인, 확인해 보자. 그리하면 될 일이야.'

그는 힘겹게 충격을 수습하고 양묘의 뒤를 쫓았다. 그러나 그 잠깐 새에 그녀는 이미 모습을 감췄고, 그가 얻은 건 그녀가 버리고 간 두 자루의 검뿐이었다. 검을 회수한 즉시 하산한 인후는 더 생각할 겨를도 없이 집으로 방향을 잡았다.

몸을 감아오는 서늘한 새벽바람이 유달리 거슬리는 걸 무시하며 걸음을 재촉하자 해가 뜨기 직전에 그는 집에 당도할 수 있었다. 저를 발견하고 달려오는 달수에게 두 자루의 검을 떠맡긴 인후는 표정마저 딱딱하게 굳은 채 아내가 있을 내당으로 직행했다.

"부인, 안에 계시오?"

조금 격양된 그의 음성을 들은 가혜는 말소리가 나오지 않아 쉬이 대답하지 못했다. 그러다 힘겹게 승낙의 말을 꺼내자 문이 열리고 그가 안으로 들어왔다. 그사이 가혜는 경대를 꺼내 모습을 비춰보는 척하며 저를 빤히 쳐다보는 시선을 회피했다. 그와 눈을 마주치는 것조차 두려웠다. 그러나 그 방법도 오래 써먹지는 못했다.

등청도 미루고 꼭두새벽부터 서안 앞에 눌러앉은 그는 한동안 아무 말도 하지 않았다. 그가 시작하지 않으니 가혜도 침묵을 지켰다. 의심을 피하려면 적극적으로 나서서 분위기를 환기시키는 것이 좋겠지만, 굳이 그리하고 싶진 않았다. 그녀도 심경이 복잡한 탓이었다.

서방이 한량인 척하며 저와 부친 몰래 다른 일을 하고 다녔다는 건 잠시 제쳐 두더라도 지금 그가 저로 인해 겪고 있을 혼란이 괴로웠다. 지금이라도 그에게 사실대로 털어놓으면 나을까, 정말 의금부에 하옥시킬까, 그런 생각이 들다가도 가차 없이 날아오던 단검과 일전에 꾼 악몽이 문득 떠올랐다. 심지어 암자에서 만난 그는 죽일 각오까지 하고 왔다고 말했었다. 양묘에 대한 적개심이 극에 달해 있는 그에게 차마 솔직히 밝힐 수 없는 상황에서 숨 막힐 듯 무거운 침묵을 먼저 깨뜨린 건 서방이었다.

"내 오늘 기이한 일을 겪었소. 매우 당혹스럽지만, 아무리 생각해봐도 부인에게 직접 묻는 것이 좋겠구려."

인후는 가혜에게 직접 확인하는 걸 택했다. 지금껏 아내를 향해 키워온 믿음과 마음이 그리하는 것이 옳다고 말하고 있었다. 그녀에게 해명의 기회를 주어야 한다고, 양묘이든 아니든 저를 믿는다면 솔직하게 말해주리라 믿어 의심치 않았다. 그렇게 결론 내린 그는 최대한 대답에 영향을 주지 않고자 담담하게 물었다.

"혹, 그대가 내가 아는 그 의적이오?"

현 시국에 의적이라 칭송받는 건 양묘, 오로지 그녀뿐이었으니 이

보다 더 직설적인 질문은 없었다. 그렇다, 아니다, 두 가지 답 중 하나를 택해야 하는 가혜는 심장이 옥죄어오는 걸 느끼며 천천히 입을 열었다.

"그게, 무슨 말씀이십니까."

양묘라고 밝히는 건 위험부담이 너무 컸기에 그녀는 일단 모르는 척했다. 그러한 사실을 잘 알고 있는 인후는 좀 더 세세하게 상황을 설명했다. 양묘는 소문과 달리 여인인데, 그 얼굴을 보니 부인과 매우 닮았더란 말에 가혜는 사실을 즉각 부정했다.

"그럼 소첩과 닮은 사람인가 보지요."

그도 처음엔 그리 생각했었다. 그녀만큼 미색이 뛰어난 여인은 흔치 않겠지만, 없다고 할 수도 없으니 닮았다는 이유만으로는 양묘라 확신하기는 어려웠다. 문제는 지금껏 가벼이 여겨왔던 그녀만의 특이점들이었다. 얼굴뿐만 아니라 체격도 양묘와 비슷하고, 홍 단주와 깊은 친분을 맺은 점, 검에 관심이 많고 사람들에게 베푸는 걸 좋아하는 것도 닮았다. 실로 참담한 감정을 맛보고 있는 인후는 애써 침착함을 쥐어짰다.

"부인은 지난달, 주고에서 옷을 벗은 이유를 날벌레 때문이라 하였지만 내 믿진 못하였소. 그래도 언젠가 그대가 내게 마음을 열면 솔직히 말해주겠지 싶어서 기다려 온 거요. 그때 주고에서 옷을 벗은 이유, 그리고 목간에서 불도 때지 않고 여분의 옷도 없이 몸을 씻었던 이유……. 이젠 내게 말해줄 수 있소?"

오랫동안 홀로 품어왔던 의문이었고, 그 답을 이젠 어렴풋이 알 것만 같았다. 아마도 양묘의 일과 관련이 있으리라. 그러나 그녀의 대답은 나오지 않았다.

서방이 이미 제 정체를 능히 짐작하고 있다는 걸 알지만, 가혜는 차마 진실을 말할 수가 없었다. 양묘라는 사실을 인정하고 나면 이제 저를 어찌할 것인지 물어야 하기 때문이었다. 비탄에 젖어 충분히 괴로워하는 그에게 아내를 죽일지 살릴지 정하라고 하는 건 너무 잔인한 일이었다.

믿기 싫은 침묵 속에 담긴 확언을 견디기 힘든 인후는 자리를 박차고 일어났다. 양묘가 왼쪽 다리를 다쳤으니 상처를 확인하면 더욱 확실해지겠지만, 그는 굳이 그럴 필요성을 느끼지 못했다. 그녀의 침묵이 이미 진실을 말하고 있었다. 그는 치마를 꽉 움켜쥐는 가혜를 내려다보다가 몸을 돌렸다. 그러나 몇 발짝 가지 못하고 멈춰 서서 말을 덧붙였다.

"이제부터 양묘로 사는 일은 더는 없어야 할 거요."

인후는 그녀가 자신의 부친과 대립하는 존재로 살아가는 걸 원치 않았다. 정체가 드러나는 위급한 순간이 오면 가혜는 자신의 목숨만 포기하면 되지만, 인후는 아버지와 아내 중에 어느 한쪽의 죽음을 선택해야 할 수도 있었다. 그럴 바엔 차라리 그런 날이 오지 않도록 미리 아내의 활동을 제지하는 것이 그의 처지에는 옳았다. 또한, 인후는 부친의 성향을 잘 알기에 가혜가 양묘인 걸 들켰을 때 터질 참혹한 현실을 염려했다.

"아버지께서 그대를 어여삐 여기시지만, 그건 어디까지나 양묘가 아닐 때의 얘기니까. 절대 걸리지 마시오."

아마 그보다 더 끔찍한 일은 없으리라, 그는 스스로 확신할 수 있었다.

그가 나가고, 가혜는 눈을 질끈 감았다. 충격을 받은 걸 가리려 애

쓰지만 다 감추지 못하던 서방의 얼굴이 떠올랐다. 이래서 들키지 말았어야 했는데, 이제 자신의 운명은 그의 손에 달렸고, 그는 금부도사로서의 책임과 부친에 대한 도리와 아내를 향한 애정 사이에서 고통받을 터였다.

그녀의 우려대로 인후는 처참한 감정을 주체하지 못하고 비척대며 사랑채로 돌아갔다. 방문을 열자 가장 먼저 눈에 들어온 서안 위에는 달수가 가져다 둔 제 검과 양묘의 검이 나란히 놓여 있었다. 깊은 한숨을 내쉬며 새까만 검을 들어 올린 인후는 병풍을 한쪽으로 밀고 그 뒤쪽에 가려져 있던 벽장을 열었다. 천으로 칭칭 감아둔 흑산이 고이 걸려 있는 곳 아래에 양묘의 검을 두고 벽장문을 닫은 인후는 한기가 올라오는 벽에 뜨겁게 달궈진 이마를 가져다 댔다.

'이제 어찌한단 말인가.'

스스로 그리 물었으나, 그의 마음속에선 이미 답이 내려져 있었다. 제 손으로 아내를 금부로 끌고 가 고신하는 건 원치 않았다. 고통 속에서 죽어가는 부인의 모습을 지켜보는 것도 못할 짓이었다. 게다가 요즘 들어 부쩍 아내에게 기우는 마음을 주체하기 어려우니 이제 와 그녀를 포기할 수가 없었고, 남은 건 다른 이들에게 들키지 않도록 주의하는 것뿐이었다. 특히 부친에게는 작은 단서도 흘러들어 가는 일이 없어야만 했다.

한바탕 폭풍이 휩쓸고 간 듯, 싸늘한 한기가 맴도는 방 안에서 가혜는 두 시진 째 앉아 있었다. 시아버지의 등청 길에 배웅만 간신히 하고 방에 틀어박힌 그녀의 얼굴에는 매우 복잡한 감정이 깃들어 있었다. 앞으로 양묘로 사는 일은 포기하라는 서방의 말이 귓가에서 맴돌았다. 두 번이나 목숨을 구해주며 돕던 그가 이제 더는 양묘로 살지 말라고 하는 걸 이해 못 할 바는 아니었다. 시아버지가 추포해야 할 대상이 본인의 며느리였다는 게 드러나면 최씨 집안은 온 세상의 웃음거리가 되는 건 물론이고, 임금의 신뢰를 잃어 중앙 권력에서 밀려날 게 자명했다. 그렇다고 정체를 끝까지 숨기면 양묘를 잡지 못한 시아버지에게 처벌이 내려질 터였다. 그 벌이 어떤 것이냐에 따라 남편은 아버지를 구하기 위해 아내의 정체를 발설하게 될지도 몰랐다. 물론, 양묘가 활동을 종결하고 사라지는 것으로 사건이 일단락될 수도 있겠지만 지엄한 어명이 내려진 이상 그리 쉽게 마무리되기도 어려웠다. 일전에 꾼 꿈과 동일한 결말을 맞이할 수도 있는 상황에 가혜는 깊이 침중한 눈을 하고 고개를 들었다.

'우선 양묘라는 걸 입증할 물건부터 없애 버려야 해.'

검은 빼앗겼으니 옷만 태우면 정체를 드러낼 만한 물건은 없었고, 옷이야 언제든지 다시 만들 수 있으니 지금은 없애는 것이 나았다. 이런 때일수록 차분하게 대처하고 신중하게 판단하는 것이 중하다는 걸 인지하고 있는 가혜는 입술을 깨물고 힘겹게 자리에서 일어났다. 산에서 급히 내려오느라 무리를 한 탓에 아릿한 통증이 허벅지를 덮쳤다. 상처가 벌어지기라도 했는지 피가 흐르는 느낌도 있었지만 육체의 안위 따위는 그녀의 관심을 끌지 못했다.

'서방님은…….'

그는 괜찮을까, 너무 큰 상처를 받진 않았을까. 그것이 가혜에겐 더 중한 문제였다. 그가 당장 저를 추포하여 금부로 끌고 간 게 아닌 건 천만다행이지만, 상처받은 그의 표정은 쓰리도록 속을 긁어댔다. 자연히 흘러나오는 깊은 한숨으로 무거운 마음을 달래던 가혜는 그가 말하던 밀명지란 서책에 생각이 닿았다.

'기회를 봐서 그 밀명지라는 것도 확인해 보는 게 좋겠어.'

그가 찾는 밀명지가 무엇인지, 대체 왜 자신이 가져갔다고 하는지 물어보고 오해를 풀어야만 했다.

요 며칠 새 갑작스러운 사건들로 마음이 번잡한 가혜처럼 인후도 속을 달랠 길이 없어 제 방에서 연거푸 술만 들이켜는 중이었다. 아내와의 첫 만남부터 상기하던 그는 혼인을 치르던 밤에 있었던 일이 문득 떠오르자 입안에 머금은 술이 목구멍으로 넘어가질 않았다.

'그래, 그때도…….'

눈에 꿀을 발라 앞이 보이지 않았음에도 그녀는 턱을 쥐려던 자신의 손길을 회피했었다. 감각이 발달하지 않으면 불가능한 일이었다. 그때는 우연이겠거니 하고 말았지만, 가만 생각해 보면 정황 증거는 넘쳐 났다. 양묘가 다리를 다쳤을 때 부인도 몸이 좋지 않아 의원을 들였었다. 박씨에게 비녀를 빼준 날, 창백한 얼굴로 의연하게 대처하던 그녀의 모습이 기억 속에 선명히 남아 있었다. 숨겨져 있던 거대한 비밀 하나가 풀리고 나니 자잘한 것들은 손쉽게 답이 나왔다. 상황이 이러하니 며칠 전엔 평소답지 않다고 여길 만큼 저를 순순히 받아주던 그녀의 태도도 곱씹어보게 되었다.

'그날은 유독 이상했지…….'

당시 그녀가 먼저 저를 넘어뜨렸었다. 적극적인 모습에 자극받아 다른 건 생각지 못했지만, 저를 향해 돌아앉는 움직임이 무척 부자연스러웠다. 무언가 몸으로 감추려는 느낌이 들어 의아하게 여겼을 때 아내가 덮치는 바람에 미처 확인하지 못했다. 저를 눕혀놓은 상태로 당황해하던 그녀의 표정을 기억하는 인후는 쓰디쓴 술을 삼키며 탁 소리가 나게 술잔을 내려놓았다. 답이 나왔다. 그녀는 의도적으로 제 신경을 분산시킨 것이다. 저를 원해서가 아니라 무언가를 숨기기 위하여, 입을 맞춰도 가만히 받아들여 준 것이리라. 그리 결론을 내리고 나자 입맛이 쓰고 술맛은 떨어졌다.

"난장맞을……."

술상 위에 올려둔 손을 꽉 움켜쥐었다. 그건 정말로 불쾌하기 짝이 없는 일이었다. 신뢰로 똘똘 뭉쳐도 부족할 부부 사이에 금이 쩍쩍 가니 관계가 회복되는 건 요원해 보였다. 가슴이 뻐근한 게 하도 아파서 술을 부어 소독하는 것도 포기해 버렸을 때 현욱이 찾아왔다.

입궐했다가 잠시 짬을 내 인후를 찾은 현욱은 그를 대면하자마자 목 끝까지 올라와 있던 잔소리가 몸속으로 다시 되돌아가는 걸 느꼈다. 오랜만에 만난 친우는 어딘가 달라져 있었다. 칼날처럼 매서우면서도 심연까지 가라앉은 느낌이 그답지 않았다. 괄괄한 성격의 권식이 찾아와 아들 내외가 서로 어울리지 못하고 부딪치는 이유가 무엇인지 알아봐 달라고 조심스럽게 부탁한 게 이해가 될 만한 분위기였다. 인후와는 막역한 사이고 가혜와도 안면이 있으니 좀 더 수월하리라 생각한 것이겠지만, 현욱은 제가 끼어들 만한 상황이 아님을 직감적으로 알아차렸다.

"내 날을 잘못 잡았는가. 대화 좀 하고자 했더니, 자넨 그럴 기분이 아닌 듯하네."

현욱이 맞은편에 자리를 잡으며 슬쩍 물어보았지만, 인후는 대꾸조차 하지 않았다. 그의 말이 맞았다. 지금은 누구와도 대화할 기분이 아니었다. 아내가 양묘라는 사실도 충격적이지만 그보다 더 괴로운 건, 그녀는 처음부터 저를 서방으로 인정하고 받아들일 수 없었단 점이었다. 차라리 내치라던 소리가 그냥 하는 말이 아니라 진심이었음을, 그녀가 가장 바라는 게 저와 멀어지는 것이었음을 깨닫는 건 생각보다 더 고통스러운 일이었다. 그것도 모르고 바뀌려 노력하면 서방으로 인정해 줄 수 있느냐고 물었던 제가 참으로 바보 같았다.

현욱이 따라주는 술을 한 잔 더 들이켠 인후는 깊은 한숨을 내쉬고 옷을 갈아입고 싶다는 뜻을 내비쳤다. 그제야 현욱은 그가 야행복을 입고 있음을 알아차렸다. 대체 무슨 일인지 묻고 싶지만 차마 먼저 질문을 꺼내지는 못하고 그는 순순히 일어나 밖으로 나가주었다. 달수를 안으로 들여보낸 뒤에 사랑채 마당을 서성이면서 고개를 들어 하늘을 보니 먹구름이 낀 것이 영 날이 궂었다. 한바탕 비가 쏟아질지도 모른다고 생각하며 조속히 입궐할 생각으로 대문간 쪽으로 이동한 현욱은 옷 보따리를 들고 나오던 가혜와 딱 마주쳤다. 서둘러 고개를 숙이고 인사를 나눈 두 사람 사이에서는 한동안 정적만 오갔다. 그러다 현욱은 그녀의 손에 들린 보따리를 발견했다.

"비가 올 듯한데 어디 멀리 출타하십니까?"

"아, 아닙니다."

가혜는 서둘러 부정했다. 그녀가 든 보따리 속에는 태우려고 챙겨나온 양묘의 옷이 들어 있었다. 내당 부엌은 여종들이 수시로 드나드는 탓에 다른 곳으로 가 태워 없애려 들고 나온 것인데 하필 그와 딱 마주칠 줄은 몰랐다. 옷 보따리에 대한 그의 관심이 부담스러운 가혜는 마침 그가 주고 간 종이 구체에 대해 인사 한마디 못 했던 것을 떠올렸다.

"일전에 내당 마루에서 종이 구체 하나를 주웠는데, 좋은 말이 많이 적혀 있어서 큰 힘이 되었습니다. 감사하단 말조차 전하지 못하였는데 언젠가 주인에게 감사했다, 하고 싶습니다."

내당 마루에서 발견된 구체를 외간 남자인 그가 주었다고 대놓고 말할 수는 없는 노릇이라 가혜는 마치 다른 사람에게 받은 것처럼 에둘러 표현했다. 그 속에 담긴 뜻을 능히 이해한 현욱은 작게 웃으며 그녀의 화법대로 호응해 주었다.

"부인께 힘이 되었다니 만든 이도 뿌듯할 겁니다."

평소처럼 담백하고 깔끔한 대화의 마무리였으나, 현욱은 아까부터 가혜의 낯빛이 어두운 것이 좀 위태로워 보이는 탓에 저도 모르게 농담을 곁들였다.

"반딧불을 잡겠다고 산천을 두루 쏘다니는 자들을 지금껏 이해하지 못했는데, 부인께 이리 감사 인사를 듣는다면 두 번이라도 할 만할 것 같습니다."

해가 진 뒤에 물가와 산을 뒤적이고 다니면서 조그마한 것들을 잡느라 고생 좀 했을 그를 떠올리자 가혜의 얼굴에도 잔잔한 웃음기가 올라왔다. 그러나 그것도 잠시, 곧 또다시 서방 생각에 그녀의 눈이 슬퍼졌다. 제가 준 상처가 지금쯤 그를 얼마나 괴롭히고 있을지 알기에 웃는 것조차 어려웠다. 그런 가혜의 안색을 보고 부부 사이에 무언가 일이 벌어졌음을 재차 확인한 현욱은 조심스럽게 운을 떼었다.

"부인께 이런 말씀, 옳지 못하단 걸 알지만……."

인후가 많이 힘들어하니 그를 외면하기보단 대화로 해결하는 게 어떻겠느냐고 묻고 싶었지만, 현욱은 차마 그 말을 입 밖으로 꺼내지 못했다. 둘 사이에 벌어진 문제가 정확히 무엇인지 몰랐고, 부부 사이에 끼어들기도 어려웠다. 그래서 뒷말을 하지 못했는데, 갑자기 사랑채

중문 쪽에서 기척이 느껴졌다.

고개를 돌리자 아까보다 더 표정이 나빠진 인후가 서 있었다. 대체 언제 그리 가까이 왔는지, 다가오는 기척을 전혀 느끼지 못했던 현욱은 당황한 시선을 그에게 주었다.

"자네……."

"입궐까지 시간이 되면 잠깐 나 좀 보세."

그리 말하고 인후는 현욱의 곁을 지나쳐 대문으로 향했다. 무심한 친우의 뒷모습을 멍하니 바라보던 현욱은 그의 손에 한 자루의 검이 들려 있는 걸 보고 급히 가혜에게 인사를 한 뒤 인후를 따라나섰다.

어디로 간다고 말 한마디 없이 성큼성큼 앞서 나간 인후가 도착한 곳은 궐 뒤쪽, 북악산과 이어진 자락에 마련된 적당한 크기의 공터였다. 곳곳에 훈련용 짚단이나 대나무가 꽂혀 있는 그곳은 현욱에게도 익숙한 장소였다. 이 년 전, 인후가 사고 후 검을 놓기 전까지만 해도 두 사람이 함께 훈련하던 공간이기 때문이었다. 그 뒤로 발길을 끊었던 현욱은 최근까지 사용한 흔적이 있는 공터의 모습에 어찌 된 건지 묻는 시선을 인후에게 주었다. 그러나 인후는 의문을 풀어주는 대신 다른 소리를 했다.

"나를 좀 상대해 주겠는가."

대련 상대가 되어달라는 말에 의문만 어려 있던 현욱의 눈빛에 진중함이 섞여들었다. 사고 이후 대련은 물론이고 검술 훈련을 하는 것도 본 적이 없던 친우의 갑작스러운 요청이라 더 그러했다. 연유라도 묻고 싶은 마음이 다시금 속을 건드렸지만, 현욱은 검을 뽑아 드는 것으로 답을 대신했다. 땀을 좀 흘리고 나면 인후의 기분도 나아질 테고, 친우에게 도움이 된다면 얼마든지 상대해 줄 수 있었다.

현욱이 검을 곧추세우고 자세를 취하자 인후도 검집을 뽑아 발밑에 버렸다. 머리에 쓴 갓끈을 풀어 검집 옆에 떨어뜨리자마자 그의 몸이 신형을 남기며 앞으로 뻗어 나갔다. 빠른 움직임에 놀란 현욱은 급히 이를 악물고 검을 사선으로 휘둘렀고, 대장간에서나 날 법한 쇳소리가 하늘마저 깨먹을 듯 괴성을 지르며 울려 퍼졌다. 검을 쥔 손마저 튕겨 버릴 만한 힘이 전해지자 현욱은 반탄력을 이용해 옆으로 몸을 날리면서 두어 바퀴 굴러 일어나며 거리를 벌렸다. 찌릿한 손바닥의 감각으로 아직 제가 살아 있음을 느낀 현욱은 당혹스러운 감정을 감추지 못했다.

"대체 언제 이만큼……."

이 년 전에도 인후는 그가 유일하게 인정할 수 있는 실력자였다. 그때도 괴물 같은 친구였고, 목표로 삼을 만한 무인이기도 했다. 그래서 친우의 사고 후의 변화가 얼마나 아쉽고 씁쓸했는지 모른다. 홀로 검을 휘두르는 동안 외로웠고, 바라보며 정진할 목표가 사라졌다는 사실도 더없이 아쉬웠는데 그야말로 오산이었다.

한량 생활 이 년이면 무예로 다진 근육은 거의 다 사라졌다고 봐도 무방할 텐데, 부딪쳐 오는 힘이 예전 못지않았다. 틈틈이 몸을 단련한 게 아닐까 싶을 만큼 인후의 움직임과 힘은 여전히 대단했고 현욱은 진심으로 감탄했다. 하지만 거의 매일같이 착실하게 몸을 가꾼 현욱과 띄엄띄엄 남몰래 훈련했던 인후는 노력한 세월이 주는 보상의 차이를 정직하게 느꼈다. 현욱의 실력은 훨씬 더 발전했고, 인후는 예전과 엇비슷했다. 그 사실이 현욱의 호승심을 더욱 자극했다.

"내 이제야 자네의 뒤가 보이는군."

현욱은 몸의 감각을 끌어 올렸다. 최상의 몸 상태로 상대할 만한 가치가 있는 대련이었다. 인후의 공백기가 이 년이나 된다는 사실을 머릿속에서 완전히 지워 버린 현욱의 눈은 어느새 불타오르고 있었다. 그는 예전처럼 승부욕을 분출했고, 인후는 모든 감정을 가라앉혔다. 생사를 건 대련을 통해 검을 휘두르다 보면 그 순간만큼은 아내의 일도 잊을 수 있으리라 생각했다. 그런 바람을 가지고 시작한 대련은 처음엔 제법 효과가 좋은 듯했다.

현욱의 움직임은 눈을 현혹했고, 검을 부딪칠 때마다 나는 쇳소리는 온 정신을 집중하게 만들었다. 호각의 실력을 갖춘 상대와의 실전 같은 대련은 순간순간 목숨을 위협했고, 살벌한 기세는 다른 생각이 파고들 틈을 주지 않았다. 그러나 빗물이 후둑후둑 떨어지고 몸의 열기가 식자, 몸 곳곳에서 피어오르는 아지랑이처럼 인후는 또다시 아내 생각에 휩싸였다.

'그래, 그자의 말이 맞았다. 난 그녀를 행복하게 해줄 수 없다던 것이 이런 뜻이었구나.'

월령이 했던 말의 속뜻을 이제야 제대로 이해할 수 있었다. 금부도사가 의적을 어찌 행복하게 해줄 수 있을까. 그녀는 백성을 구하는 길이 정의 구현이라 판단했고, 그는 정의를 구현하는 일이 백성을 구하는 길이라 생각해 왔다. 서로 바라보는 곳은 비슷할지 몰라도 행하는 방식이 너무 달랐고, 그것이 두 사람을 의기투합하기 어렵게 했다.

'그래서 그토록 날 밀어내고 내가 다가서는 것도 거부했던 것인가.'

빗물에 젖은 인후의 얼굴이 고통으로 점철됐다. 월령이 혼인한 여인을 두고 그리 떳떳하게 달라고 요구할 수 있는 이유를 알아버렸고, 아내의 마음을 편히 해주기엔 저보다 그가 더 나을지도 모른다는 사실도 가슴을 아프게 했다. 점점 더 일그러지는 인후의 표정에 현욱은 휘두르는 검을 더욱 세게 움켜쥐며 그를 책망했다.

"대련 중에 무슨 생각을 그리하는가!"

그는 연달아 인후를 공격했고, 인후는 양다리를 사선으로 벨 듯이 날아오는 검날을 뒤로 피하면서도 가혜에게서 벗어나지 못했다. 현욱에게 감사 인사를 전하던 아내의 목소리와 그녀에게 농담을 건네던 현욱의 모습이 실제로 본 듯 눈에 훤했다. 빗물 때문에 뿌옇게 변한 시야에 현욱과 즐겁게 담소를 나누던 아내가 그려졌다가 사라지고, 그의 망막에는 현욱의 모습이 맺혔다. 순간 깔끔하기만 하던 인후의 검술이 변화무쌍하게 바뀌었다. 수비에서 공격으로 태세를 전환한 그는 가열하게 공격을 퍼부었다. 그 전까지만 해도 더 몰아붙였던 현욱이 뒤로 슬슬 밀리기 시작하고, 인후는 무리한 움직임에 온몸의 근육이 아우성을 지르는 걸 느끼며 그간 속에만 담아두었던 질문을 던졌다.

"자넨 내 내자에 대해 어찌 생각하는가."

그게 무슨 뜻이냐 물어야 하지만 현욱은 인후가 대뜸 그런 질문을 하는 이유를 능히 짐작하고 있었다. 좀 전에 대문간에서 그의 내자와 나눈 대화를 인후가 다 들은 것이다. 내당에 반딧불이 담긴 종이 구체를 두고 간 적이 있고, 그게 그녀에게 큰 힘이 되었다는 걸 알았으니 서방 입장에서는 기분이 나쁠 만도 했다. 가혜에게 도시락을 받고 위로도 얻은 보답으로 주었던 것이지만, 부녀자에게 외간 남자가 할 만한 적절한 행동은 아니었다. 입이 열 개라도 할 말이 없었고, 그러한 현욱의 감정은 검에도 묻어났다. 싸울 의지를 잃은 검이 인후의 힘을 이기지 못하고 저만치 날아가 바닥에 박히고, 현욱의 등이 나무에 닿았다. 그의 패배였다. 하지만 표정만 보면 누가 진 것인지 모를 만큼 두 사내 모두 어두웠다. 가슴속 깊은 곳이 아픈 건 몸을 때려대는 빗줄기 때문인지 아니면 참담한 감정을 맛보고 있는 친우의 중얼거림 때문인지 현욱은 알기 어려웠다.

"제발, 자네까지 날 괴롭게 하지 말게……."

뿌리를 내릴 곳을 잃고 흔들리는 나무가 마지막으로 내뱉는 호소처럼 그는 너무나 위태로워 보였다.

지옥불 같은 아궁이에 던져진 양묘의 옷이 점점 타들어가고, 그 앞에 앉아 있던 가혜는 두 다리를 그러모아 안았다. 수년간 자신의 삶이었던 옷이 한 줌의 재가 되는 순간에도 그녀는 제게 시선조차 주지 않고 대문간으로 가버리던 서방을 떠올렸다.

언젠가 이리될 수도 있다고 생각하고 짐작해 왔었기에 가혜는 인후보다 더 이성적으로 상황을 판단하고 대처했지만, 그의 외면이 남긴 타격은 그녀의 예상을 뛰어넘었다. 깊은 한숨을 내쉰 가혜는 무릎 위에 이마를 가져다 대었다. 대체 언제부터 서방의 태도에 이토록 영향을 받기 시작한 건지, 알다가도 모를 일이었다.

'각오했었는데…….'

소향이 첩실로 들어와 사이가 벌어지든 자신이 악처가 되어서 소박맞고 쫓겨나든 서방의 외면은 당연한 일이었고 받아들일 준비도 되었다고 여겼었다. 오히려 그의 관심과 애정 표현이 부담스러웠고, 양묘의 활동에 방해되는 혼인 생활을 조속히 끝내고 싶었다. 그런데 막상 그의 냉랭한 태도를 마주하자 속이 상하고 괜히 슬펐다. 제가 그를 거부하며 밀어냈을 때, 그도 이런 느낌이었을까. 노력하면 서방으로 인정해 줄 수 있느냐고 묻던 그의 눈빛이 떠오르자 가혜는 아랫입술을 꾹 깨물고 무릎 위에 얼굴을 묻었다. 비를 쏟아내는 하늘처럼 그녀도 울고 싶었다.

*

인후가 가혜의 정체를 안 뒤로 며칠 동안 집 안 분위기는 엉망이었다. 가혜는 최선을 다해 집안을 보듬으려 했지만, 인후는 마음을 다잡지 못하고 그 어느 때보다 더 엇나갔다. 어디서 누구랑 싸웠는지 몸에 상처를 입고 돌아오는 날도 있었고, 부친에게 문안 인사를 않는 건 물론이요, 건강을 핑계로 등청조차 거부하기 일쑤였다.

유월에 있는 인사고과인 소정에서 간신히 파직을 면한 인후는 아침 나절이 되어서야 느지막이 등청 준비를 했다. 몸종인 달수의 도움을 받아 관복을 입는 중에 밖에서 도리 아범의 목소리가 들려왔다.

"나리, 금창부위 댁에서 사람이 왔습니다."

금창부위는 경녕군주의 부마되는 사람으로, 그 집에서 사람을 보냈다면 경녕군주가 찾는다는 소리였다. 그녀를 만나고 싶은 기분이 아니었지만, 집으로 연통까지 넣을 정도면 중한 일이란 소리니 가보는 것이 좋았다.

인후에게 연통을 넣은 경녕군주는 사방의 창을 모두 연 누마루에 앉아서 나무 상자 속에든, 누르스름한 독버섯을 살펴보고 있었다. 잘 말린 독버섯에도 맹독 성분은 그대로 들어 있기 때문에 가루로 만들어 차로 우려먹으면 하루 정도는 증상이 나타나지 않다가 간에 독성이 서서히 올라와 종국에는 사망에 이르게 되었다. 그녀는 제 소망을 이루어줄, 소중한 독버섯이 든 상자 뚜껑을 조심히 닫았다.

이제 그가 오면 독버섯으로 끓인 차를 먹이기만 하면 되었다. 증상도 하루 뒤에나 나타나니 의심받을 위험을 낮출 수 있는 탁월한 방법이었다. 다만, 한 가지 마음에 걸리는 부분이 있다면 더 써먹을 수 있는 자를 너무 성급히 처리하는 건 아닌가 싶은 생각이 종종 든다는 것이었다. 고민하던 그녀가 어떠한 결론에 도달하던 참에, 몸종이 들어와 누마루 위에 걸린 대나무 발을 내렸다. 그렇게 분주히 준비를 마치자마자 그가 도착했다는 소리가 들려왔다.

"마님. 금부도사가 왔습니다."

"안으로 뫼셔라."

그녀의 허락이 떨어지자 인후가 누마루 위로 올라섰다. 그는 대나무 발을 중간에 두고 경녕군주와 형식적인 인사를 나눴고, 그녀도 마치 으레 그래왔던 것처럼 다정하게 그를 대했다. 집안사람들의 안부 인사부터 이런저런 이야기가 오가다가 경녕군주는 조심스레 밀명지를 되찾을 방도가 있는지 물었다. 혹시나 더 써먹을 데가 있을까 판단하고자 따로 세워둔 계획이 있는지 물었으나 그는 그녀가 원하는 대답을 들려주지 않았다.

"아직 마땅한 방도를 찾지 못하였습니다. 홍 단주 측에서 밀명지를 회수한 건지, 아니면 새로운 세력이 개입했는지도 파악이 안 된 상태입니다."

인후는 섣불리 판단하지 않으려 했다. 양묘가 자신의 아내인 걸 알게 된 이상 그녀의 정체를 알고 있는 홍 단주를 적으로 간주하기가 부담스러워졌기 때문이었다. 그래서 한발 물러나는 그를 경녕군주는 쉬이 놓아주지 않았다.

"최근에 입수한 정보로는 양묘가 가져갔음이 거의 확실하네. 양묘가 내 충복을 살해하고 밀명지를 훔쳐 내서 다시 홍 단주에게 가져다

준 걸세."

그녀는 인후를 떠보기 위해서 예전에 자신이 짰던 계획을 입에 담았다. 그가 제 말을 곧이곧대로 믿는지 알아보기 위함이었으나 인후로 하여금 아내를 떠올리게 한 그 질문은 그녀가 의도했던 것과는 조금 다르게 작용했다. 그는 경녕군주의 정보를 믿고 안 믿고를 떠나서 아내가 목표물이 되는 걸 원치 않았다. 때문에 좀 더 적극적으로 양묘를 비호하고 나섰다.

"그는 사람을 죽일 자가 아닙니다. 정보가 잘못되었거나 착오가 있었을 겁니다. 소관이 처음부터 다시 조사하겠습니다."

그가 아예 재조사를 하겠다고 하자 경녕은 불안한 마음을 애써 숨기고 그렇게 생각하는 연유를 물었다. 조금 고민하던 인후는 문제가 되지 않을 선에서 적당히 양묘와의 인연을 밝혔다.

"밤에 움직이다가 몇 번 그와 마주친 적이 있어 그럴 위인이 아니라는 건 잘 압니다. 홍 단주와 친분이 있다 한들 그런 소소한 이유로 사람을 죽일 자는 결단코 아닙니다."

확신에 찬 그의 대답에 더 설득해 봤자 소용이 없다고 생각한 경녕군주는 한발 물러섰다.

"자네가 그리 확신한다면야, 나도 다시 알아보겠네."

그녀가 부드럽게 응수하자 대충 정리가 되었다고 판단한 인후는 등청을 핑계로 자리를 피하려 했으나, 그러한 말을 꺼내기가 무섭게 다과상이 올라왔다. 내려졌던 대나무 발이 거둬지고, 경녕군주의 명령에 인후는 결국 다과상 가까이 다가가 앉아야 했다. 새하얀 백자 찻잔에 따끈한 찻물이 차오르자 특이한 향이 주위에 퍼졌다. 그녀는 그것이 얼마나 귀한 버섯으로 우린 차인지를 설명했다.

"청나라에서 들여온 말린 버섯으로 내린 찻물인데 풍미가 매우 좋네. 귀한 손님에게 대접하려 아껴두었다가 오늘에서야 꺼낸 것이니, 부디 사양치 말고 드시게."

인후가 차를 마시기 전엔 빠져나갈 도리가 없도록 장황하게 늘어놓은 경녕군주는 그에게 차를 들길 권했다. 하지만 인후는 찻물을 바라보기만 할 뿐 쉬이 손을 대지 않았다. 찻물보다는 차라리 술이 더 고팠고 무엇보다 경녕군주에 대한 믿음이 옅어진 지 오래였다. 한정적인 정보들과 제 행동에 대한 제약, 밀명지를 빼앗겼던 날에 창고에서 맡았던 피 냄새 등이 여전히 기억 속에 껄끄럽게 남아 있었다. 특히 양묘를 자꾸 언급하며 밀명지 사건에 끼워 넣는 행태가 유독 거슬렸다. 생각해 보면 양묘를 보호하기 위해 선왕의 유지까지 언급하며 금부와 대치했던 홍 단주가 부상한 양묘를 이용해 밀명지를 회수하려 들진 않았을 터였다. 게다가 당시엔 상단 내에서 머물던 양묘가 습격을 알고 뒤를 좇아와 밀명지를 회수했다고 여겼지만, 평소 내당에서 지내는 부인이 습격을 알고 밀명지를 회수하러 나타나기까지의 시간을 따져 보면 현실적으로 그녀의 개입은 불가능했다. 이리저리 따져 봐도 들어맞지 않는 부분을 확인한 인후는 빨리 차를 들기를 권하는 경녕군주에게 적당한 핑곗거리를 댔다.

"어찌 소관이 먼저 잔을 들겠습니까."

신분상 높낮이와 적절한 이유가 겹쳐 그럴싸한 변명이 되자 경녕군주는 제 찻잔을 들고 입술을 축였다. 찻물이 거의 줄어들지 않은 채 다과상 위에 다시 내려앉은 잔을 본 인후는 자신의 몫이 담긴 잔을 들어 입술에 가져다 댔다.

익숙하지 않은 버섯 향이 어딘지 불쾌하게 다가오고, 인후는 찻잔을 살짝만 기울여 소량의 찻물을 입안으로 흘려보냈다. 그의 잔에 담긴 물도 거의 줄어들지 않은 걸 확인한 경녕군주는 씁쓸한 미소를 지으며 한 번 더 들기를 권했으나, 인후는 다시금 등청을 이유로 자리에서 일어났다.

"소관이 소정을 통과한 걸 못마땅해하는 자들이 있으니 이만 가보아야겠습니다."

그는 거의 마시지 않은 잔을 내버려 두고 고개를 숙여 예를 갖춘 뒤에 몸을 돌렸다. 그때, 그를 부르는 목소리가 들렸다.

인후를 멈춰 세운 경녕군주는 그가 거의 건드리지도 않은 잔을 들고 입에 댄 뒤 확실하게 기울여 남아 있던 찻물을 전부 마셨다. 빈 잔을 내려놓는 그녀의 눈빛은 무척이나 서늘했다.

"큰일을 함께 도모하려면 서로 믿음이 필요한데, 언제부터인가 우린 차 한 잔조차 마음 놓고 기울이지 못하는 사이가 되었나 보네."

따끔한 질책과 섭섭함이 담긴 음성이었다. 아무런 수작질도 부리지 않은 것처럼 화끈하게 찻물을 들이켠 경녕군주에게 인후는 대답 없이 재차 고개를 숙여 인사하고 그녀의 방을 나왔다. 집으로 돌아가는 내내 당당하던 그녀의 태도를 곱씹던 인후는 괜한 찜찜함을 금할 수가 없었다. 정말 문제가 없던 차였다면 그는 오늘 그녀에게 큰 결례를 범한 것이다.

'내가 너무 예민했던 건가.'

아내의 일로 소소한 일에도 불신이 팽배해진 인후는 이젠 자신의 판단조차 믿기가 어려워졌다.

찻물을 시원하게 들이키는 모습으로 인후에게 혼란을 심어준 경녕군주는 제 옆에 두었던, 독버섯이 든 상자를 다시 한 번 열어보았다. 그 속에는 아까와 똑같은 수의 버섯이 남아 있었다. 그녀가 내오게 한 차는 그냥 평범한 찻물이었던 것이다.

'역시 날 온전히 믿지 못하고 있어.'

찻물을 거부하며 조심하는 그의 태도만 보아도 확실히 알 수 있었다. 그는 짧은 대화 속에서도 저를 믿지 못하고 양묘를 두둔했다. 혹시나 그를 더 이용할 수 있을까 싶어서 독버섯을 사용하지 않은 차를 내오게 했는데 천만다행이었다. 비록 내일 당장 그가 죽는 건 확인하기 어렵게 되었지만, 그래도 덕분에 두 가지 소득은 얻을 수 있었다. 하나는 오늘 일로 저를 향한 그의 의심이 조금은 옅어질 수도 있단 점이었고, 다른 하나는 속히 그를 죽일 필요성을 느꼈다는 것이었다.

"밖에 있느냐?"

그녀의 부름에 몸종이 들어오자 경녕군주는 밤이 깊어지거든 박씨를 데려오라 지시했다. 인후가 처음부터 다시 밀명지에 대해 조사를 시작하기 전에, 기회가 생기는 대로 바로 그의 숨통을 끊어버리려면 확실한 정보가 필요했다.

서안을 톡톡 두드리는 손가락이 경직된 분위기를 자아내고, 경녕군주는 앞에 앉은 박씨의 표정을 면밀히 살폈다. 모두가 잠든 새벽녘에 몰래 불려 나온 박씨는 사형선고를 기다리는 죄인처럼 보였다. 선고를 내리기 직전에 마지막 변론의 시간을 주는 사람처럼 군주는 다시 한 번 입을 열었다.

"네 주인 내외의 사이가 좋아졌다, 그 말이더냐."

"예, 예……."

박씨는 죽기 직전의 사람처럼 숨을 몰아쉬며 흐릿하게 대꾸했다. 그 순간 경녕군주의 손가락이 우뚝 멈추고, 박씨의 심장도 멈췄다. 왕족인 경녕군주가 제 주인 내외에 대해 깊은 관심을 가지는 이유는 정확히 몰라도 서슴없이 비녀를 빼주던 가혜의 모습을 기억하는 박씨는 들키지 않을 정도의 거짓말을 섞어댔다.

"서로 말도 나누지 않은 게 며칠 되었는데, 소인이 어젯밤에 염탐하다 보니 다시금 분위기가 풀리는 듯했습니다."

어젯밤 얘기는 물론 거짓말이었다. 그런 제 말이 어떤 영향을 끼칠지는 몰라도 부디 주인 내외를 해코지하지 않길 바라는 마음으로 한 소리였다. 그런 박씨를 가만 지켜보던 경녕군주는 훗날 다시 부르겠다며 그녀를 내보내고 혼인을 한 뒤로 한량 생활을 빨리 청산하고 싶어하던 인후의 태도를 떠올렸다. 그의 반응으로 미루어보아 박씨의 말에 신빙성이 없진 않았다.

"밖에 뉘 있느냐."

"예, 마님."

박씨를 데려왔던 여종이 조심히 방 안으로 들어왔다. 경녕군주는 그녀에게 남몰래 서찰 하나를 써주었다.

"이걸 군소에게 가져다주어라."

도성 밖에 있는 무인들의 우두머리 이름이 군소임을 상기한 몸종은 서찰을 품 안에 고이 넣고 총총히 방을 떠났다.

여종이 경녕군주의 명령을 받고 떠난 지 반나절쯤 지나서 영달의 집을 기웃거리는 낯선 사내가 있었다. 그는 방에서 글만 읽는 영달의 동태를 유심히 지켜보다가 저녁 즈음이 되어서 그가 잠시 산책을 떠나자 주인 없는 방으로 침입할 기회를 노렸다. 권식이 보내준 몸종, 두 명이 식사 준비로 분주한 틈을 타 그는 조심히 방 안으로 침입했다. 값나갈 패물 같은 건 하나도 없었지만, 사내가 원하는 건 많았다. 그는 백여 권은 족히 될 서책들을 뒤적이며 그중에서 최근 걸로 보이는 두 권의 책을 골라냈다.

그 두 서책에 한 가지 공통점이 있다면 모두 반듯한 글씨로 쓴 서책들이고 저자 서명에 영달의 호인 청문(淸文)이 적혀 있다는 점이었다.

*

가혜는 언제나처럼 이른 아침에 문안 채비를 마치고 외별당으로 들었다. 일찍 일어나 서책을 펴고 앉아 있던 권식이 정겹게 그녀를 맞이했고, 시아버지와 며느리는 즐겁게 아침 인사를 나눴다. 최근에 줄줄이 벌어진 일들로 심란함이 극에 달해 있는 가혜가 그나마 미소라도 짓는 시간이 그때였다. 시아버지를 보면 죄책감이 들었지만, 최대한 마음을 편하게 해주려 애쓰는 사람 앞에서 웃지 않을 수가 없었다. 그런데 오늘은 그로부터 생각지도 못한 얘기를 들었다.

"뱃놀이 말씀이십니까?"

"그래, 날도 좋은데 한번 다녀오는 것이 어떻겠느냐."

권식은 예전부터 벼르고 있던 뱃놀이를 추진하고자 했다. 아들 내외 사이에 굳이 끼어들고 싶지 않았지만, 마냥 내버려 두었다간 손쓰기도 어려울 만큼 나빠질 분위기라 개입이 필요하다 판단한 것이다. 일전에 현욱을 통해 사이가 급격히 나빠진 이유를 알아내려 했지만, 그것도 실패로 돌아갔으니 특단의 조처를 할 필요가 있었다.

'하룻밤만 섬에서 둘이 같이 있게 하면 서로 의지도 될 테고.'

전쟁 속에서 동료애가 끈끈해지는 것처럼 위기 속에서 사랑이 싹트도록 만들 요량으로 권식은 뱃놀이를 제안했으나, 가혜는 선뜻 받아들이질 못했다. 저는 괜찮지만, 아침 문안도 함께 오지 않는 서방이 과연 승낙할까 싶었다. 그래도 권식의 끈질긴 설득 끝에 결국 가혜는 서방에게 물어보고 결정하겠다고 대답하고 외별당에서 물러 나왔다.

한여름날 냉기만 머무는 사랑채 마당을 지나 내당으로 향하면서 가혜는 잊고 있던 허벅지의 통증을 느끼고 얼굴을 찌푸렸다. 약이 좋은 건지 상처는 덧나지 않고 잘 아물고 있었지만, 예전처럼 움직이려면 최소한 여름은 지나야 할 것 같았다. 그동안 양묘로서의 삶은 멈출 수밖에 없는 가혜는 방으로 들어갔다가 서안 위에 고이 올려져 있는 서찰을 발견했다. 외별당으로 갈 때만 해도 분명 없던 것이었다. 어찌 된 건가 싶어 서찰을 뜯어보자 익숙한 필체가 눈에 들어왔고, 그녀는 곧바로 설이부터 불렀다.

"설아!"

"예, 아씨."

서재를 정리 중이던 설이가 바로 넘어오자 가혜는 손에 든 서찰이 어떻게 된 건지 물었다. 나갈 때만 해도 없던 것인데, 혹여 네가 가져다 두었느냐는 질문에 설이는 작게 고개를 끄덕이며 설명을 덧붙였다.

"예, 웬 아낙이 와서는 어르신께서 보내온 서찰이라 하여 외별당에 계실 때 제가 받아다 두었습니다."

그 아낙이 누구인지는 알 수 없었지만 흰 종이에 가지런히 적어 내려간 필체는 분명 부친의 것이었다. 다시 한 번 서찰을 살펴보는 가혜의 안색은 썩 좋지 않았다. 그 모습을 지켜보던 설이는 안절부절못하다가 황급히 허리를 숙였다.

"송구하옵니다. 서찰을 받았다고 미리 말씀드렸어야 했는데……."

불러서 물은 뒤에야 자초지종을 설명했으니 몸종으로서 바르지 못한 처신이었다. 하지만 가혜는 그런 소소한 실수를 탓하려는 게 아니었다. 그저 다음에 더 주의하면 된다고, 설이를 잘 달래서 내보낸 가혜는 부친이 보낸 서찰로 시선을 돌렸다. 그 속에 든 내용은 건강이 갑자기 나빠져서 의원을 불렀으나 호전되지 않으니 친정집에 한번 방문해주길 바란다는 것이었다. 평소 약한 소리 한 번 하지 않는 부친의 성격이라면 절대 이런 서찰을 보내오지 않았겠지만, 다른 의미로는 그 정도로 건강이 나쁜 게 아닐까 싶어 가혜의 마음은 더욱 조급해졌다.

그녀는 시아버지가 조식을 마치고 등청 준비도 끝냈을 시각에 그를 배웅하러 대문간으로 가면서 서찰을 들고 나갔다. 친정 나들이를 허락받아야 하기 때문이었다. 대문 밖에 놓인 남여에 권식이 오르고, 가혜는 그에게 다가가 조심스럽게 자초지종을 설명했다. 사돈의 건강상에 문제가 생겼다는 얘기를 전해 들은 권식은 매우 염려하며 며느리의 친정 행을 즉시 허락했다.

"오늘 바로 떠나거라. 쾌차하실 때까지 가서 잘 보필하고 내 대신 안부 인사도 좀 전해다오."

"예, 아버님. 감사합니다."

아버지의 건강이 호전될 때까지는 친정에서 머물러도 좋다는 답을 들은 가혜는 매번 자신의 사정을 잘 헤아려 주는 시아버지에게 진심으로 감사의 인사를 올렸다. 그에게 허락을 받고 마음이 조금 편해졌을 때 어쩐 일인지 서방이 말쑥하게 관복을 차려입고 나타났다. 그와 눈이 마주친 가혜의 시선이 살그머니 바닥으로 향하고, 그런 가혜를 대신해 권식이 아들에게 사돈의 상황을 알렸다.

정정하던 장인어른이 아프다는 소식은 인후에게도 당혹스러운 것이라 그는 아내의 어두운 표정을 그냥 지나치지 못하고 며칠 만에 그녀에게 말을 걸었다.

"부인께서 먼저 가 계시면 내 급한 업무만 마무리 짓고 곧바로 뒤따라가겠소."

그냥 잘 갔다 오란 말만 해줘도 고마웠을 텐데 친정집에 들러 장인어른의 안위를 살피겠다는 그의 말은 참으로 다정하게 들렸다. 꽝꽝 얼어 아프기만 하던 가슴이 녹아내리는 기분에 가혜는 괜히 시큰해지는 눈시울을 감추며 고개를 살짝 끄덕였다.

아내의 입가에 작은 미소가 살며시 내려앉은 걸 본 인후는 이제라도 말을 걸길 백번 잘했다 싶었다. 그간 아내의 정체에 대한 충격과 그녀의 마음을 조금은 얻었다고 여겼던 것들이 모두 제 착각이란 생각에 부러 더 거리를 두고 멀어지려 했지만, 그마저도 괴롭긴 마찬가지였다. 아내의 미소를 보는 날이 사라지고, 그녀가 제 눈치를 보는 나날이 길어질수록 인후는 그것이 스스로를 얼마나 학대하는 짓인지 깨달았다. 그녀가 힘들어하면 저도 힘들었고, 그녀가 불편해하면 저도 그러했다. 제 말에 작게나마 미소 짓는 모습을 보니 더욱 확실하게 느낄 수 있었다. 그는 아내가 웃는 것이 좋았다. 새치름한 태도도 좋지만, 저를 보고 웃어줄 때가 가장 어여뻤다. 이미 제 마음이 그녀만을 바라보며 흐르고 있음을 인후는 인정할 수밖에 없었다.

인후와 권식이 등청하고, 얼마 지나지 않아 가혜를 태운 가마도 출발했다. 해가 일찍 뜨는 계절이라 대로변에는 이른 시각에도 활동하는 사람들이 많았는데, 그들 사이를 지나 남쪽으로 향하는 가혜의 가마 옆에는 젊은 호위무사 둘이 따르고 있었다. 그중 권식의 총애를 받는 무열은 천한 노비로 태어났으나 타고난 기골이 무인의 것이라 어린 나이부터 검을 쥐며 최씨 집안의 호위가 되었다. 소년기에는 도련님인 인후의 검술 상대가 되었고, 스무 살이 되기 전부터 항상 권식의 곁에서 그를 지켰다. 그렇기에 먼 길을 떠나는 아씨를 모시라는 명을 받은 그날은 그에겐 낯선 느낌으로 다가왔다.

'대감마님께서 아씨를 아끼시는 건 알지만…….'

무열은 슬쩍 눈을 돌려 네 명의 가마꾼이 제 옆에서 메고 가는 가마를 보았다. 그 안에 타고 있는 가혜는 보이지 않았지만, 그녀가 곱고 기품이 있다는 건 처음 봤을 때부터 알고 있었다. 하지만 그뿐이었다. 길에서 죽은 노모를 발견했을 때 그 아들을 도와주는 걸 직접 보았고, 그녀의 품행을 듣고 겪으며 감화되는 노비들의 수가 점점 늘고 있어도 그에게 가혜는 그저 집안의 안주인일 뿐이었다. 그는 권식을 지금껏 추앙해 왔고, 검술을 익히고 무를 숭상하면서부터는 인후도 존경하며 받들게 되었다. 하지만 가혜는 그와 별다른 접점이 없었다. 그래서 썩 내키지 않는 이번 여정이 그에겐 더욱 고역으로 다가왔다.

'언제쯤 끝날지.'

사돈의 건강이 나을 때까지 아씨를 모시라는 명을 받았으니 임무가 종결하는 날까지 며칠이나 더 걸릴지 알 수 없었다. 저번에도 한번 가혜를 모시고 그녀의 친정에 다녀왔던 무열은 매번 콕 짚어 자신을 붙여주는 권식에게 조금 섭섭할 지경이었다. 하지만 그런 여유로운 불만은 거기까지였다. 남산골에 진입해 조금 더 아래로 내려가자 마을 분위기가 급격하게 달라졌다. 거리 위의 사람들이 줄어들었고, 누군가 뒤를 밟는다는 느낌마저 들었다. 미행이 붙었다 판단한 그는 가마

반대편에서 호위 중이던 자신의 부하와 서로 눈짓을 교환했다. 그를 통해 본인만 느낀 것이 아님을 확신한 무열은 가마꾼들에게 작은 음성으로 언질을 주었다.

"속도를 유지한 채 앞에 있는 네거리에서 우측으로 꺾게."

목적지와는 다른 방향을 일러준 무열은 영문을 몰라 당황하는 설이를 진정시키기 위해 가마 안의 가혜에게도 직접 상황을 설명했다.

"아씨, 미행이 붙은 듯합니다. 길을 돌아서 안전한 곳으로 잠시 피하겠습니다."

가난한 선비들이 모여 사는 남촌이지만 그래도 개중에서 노비를 좀 거느린 양반집이 있다면 잠시 몸을 피하기엔 나쁘지 않을 터였다. 그러나 일행이 네거리에서 우측으로 꺾기도 전에 누군가의 숨통이 막히는 소리와 두려움에 찬 비명이 거의 동시에 터졌다.

소리를 꽥 지른 가마꾼의 얼굴에는 피가 튀어 있었다. 그보다 앞에 가던 호위의 팔에 화살이 박히면서 튄 피였다. 그의 비명이 신호라도 되는 양 주위의 작은 샛길에서 복면을 한 자들이 우르르 몰려나왔다. 그 수가 족히 서른 명은 되었으니 포위당하는 건 순식간이었다.

"웬 놈들이냐!"

무열은 부하의 상태도 제대로 살피지 못하고 검을 뽑아 들며 습격한 자들을 경계했다. 대범한 건지 정신이 나간 것인지, 백주에 길거리에서 양반가의 가마를 습격한 자들은 행색이 비적단처럼 보였으나, 그와 상반되게 손에는 제법 그럴싸한 검을 한 자루씩 들고 있었다. 그걸 본 무열은 검을 잡은 손에 땀이 차는 걸 느꼈다. 포위된 마당에 동행하던 부하마저 당했으니 혼자 가혜를 지켜내야만 했다. 게다가 가마에 탄 이의 신분을 알아내기도 전에 공격부터 한다는 건 가혜가 누구인지 알고 기다렸다고 봐도 무방한 일이었다. 상대는 삼십여 명이었고, 어찌어찌 길을 뚫는다 해도 오른팔을 다친 부하는 뒤를 지켜줄 수가 없었다. 그건 등 뒤를 방어할 수 없단 소리였으며, 운이 좋아 가혜만이라도 도망치게 한다 해도 다른 길에 매복한 자들이 있다면 그녀가 당하는 건 순식간일 터였다. 아무리 보아도 답이 없는 상황에 무열이 이를 아득 물었을 때, 가마 안에서 차분한 음성이 흘러나왔다.

"가마를 내리게."

열악한 현 상황에 비해 이질적일 만큼 담담한 음성은 오도 가도 못하고 방황하던 가마꾼들에게 탁월한 효과를 발휘했다. 덕분에 번뜩 정신을 차린 그들은 서둘러 가마를 내렸고, 설이가 문을 열어 그녀가 내리는 걸 도와주었다. 가마에 달린 창문으로 상황을 좀 지켜봤던 가혜는 밖으로 나오자마자 다친 호위의 상태부터 살폈다. 다행인지 불행인지 팔을 뚫린 탓에 즉사는 피했지만, 하필 오른쪽이라 검을 들고 싸우기엔 무리가 있어 보였다.

그건 상대측에 실력이 좋은 자가 섞여 있단 뜻이기도 했다. 호위를 쏘아 반항을 봉쇄했고, 숨을 끊어놓진 못했어도 정확도는 제법이었다. 적의 실력을 대충 가늠한 가혜는 그들에게 이리 과격하게 구는 이유가 무엇인지 물었다. 그러나 그 물음에 대꾸하는 이는 없었고, 재물을 요구하지 않는 것으로 보아 가혜는 그들이 원하는 게 자신임을 확신했다. 그것도 그냥 죽이려는 게 아니라 일단은 생포하는 게 목적일 터였다. 숨통만 끊으려 했다면 진즉에 수십 발의 화살을 쏘아 가마부터 벌집으로 만드는 게 더 효율적이었다. 즉, 그들은 살아 있는 자신을 원했고, 그렇기에 도망갈 가능성을 봉쇄하고자 호위만 노렸다고 보는 게 맞았다. 승기를 잡은 자들이 느긋하게 거리를 좁히는 걸 보며 빠르게 상황을 판단한 가혜는 결단을 내렸다.

"다른 이들은 놓아주게. 내 얌전히 그대들을 따라갈 테니."

"아씨!"

설이는 다급히 그녀를 부르며 말렸고, 무열은 눈을 부릅뜨며 그녀를 보았다. 주위에 있는 모든 이들이 다 경악하며 쳐다보았지만, 가혜는 그런 눈빛들을 깡그리 다 무시하고 적들의 반응만 살폈다. 그러나 딱히 협상에 응할 느낌이 아니자 더 강하게 나갈 필요성을 느낀 그녀는 팔을 다친 호위의 검을 가로채 뽑아 들고 본인의 목에다 가져다 댔다.

"이들에게 퇴로를 허락지 않고 더 다가왔다간 그대들이 얻는 건 내 주검뿐일 것일세."

가혜가 강하게 나가자 그제야 상대 무리에서 약간의 소요가 일었다. 그녀가 이런 식으로 협상을 걸어올 줄은 전혀 예상치 못한 수뇌부는 어찌 대응할지 간단하게 의견을 주고받았다. 그사이를 틈타 무열도 남몰래 가혜의 마음을 바꾸려 들었다.

"소인이 대감마님께 받은 명은 아씨를 호위하는 것입니다. 어떻게든 길을 뚫을 테니, 뒤도 돌아보지 말고 도망치십시오."

"불가하네."

가혜는 재고할 가치도 없다는 듯 그의 뜻을 단칼에 잘라냈다. 거절당한 무열은 그녀가 현실을 제대로 파악하지 못하고 그릇된 자존심만 내세운다고 생각했다.

"지금은 고집부리실 때가 아닙니다."

무열은 부글부글 끓는 속을 다스리며 좋게 말하려고 애썼다. 자신은 목숨 걸고 지키고자 하는데 그 마음을 몰라주고 이리 답답하게 행동하는 그녀가 야속했다. 그런 무열처럼 가혜도 뜻대로 되지 않는 지금 이 상황이 괴롭기는 마찬가지였다. 자신 때문에 엮인 가엾은 사람은 많았고, 다친 다리 탓에 전세를 역전시키기도 쉽지 않은 상황이었다. 설령 무열의 말대로 혼자 도망친다 하더라도 주기적으로 통증을 일으키는 다리로는 얼마 못 가 붙잡힐 게 분명했다. 그렇기에 그녀는 다른 이들에게 희망을 걸었다. 그들이 돌아가 자신이 납거당한 사실을 밝혀준다면 희미하긴 해도 구출될 가능성은 있었다. 물론 그러려면 무열부터 설득해야만 했다.

"내 아무런 연유도 없이 고집부리는 사람처럼 보이는가? 저들의 목표는 날세. 나 때문에 억울하게 죽는 이는 없어야 하네."

가혜는 인정에 호소했으나 그런 건 그에게 통하지 않았다.

"괜한 이타심에 일을 그르치지 마십시오. 이들을 구한다 한들 아씨를 잃은 대감마님께서 제 선택을 받아들이고 용서하시겠습니까?"

가마꾼과 몸종을 구해서 돌아가 봤자 그에게 남는 건 주인에게 버림받거나 죽음으로 용서를 비는 것뿐이었다. 그의 사정도 썩 여의치 않음을 인정한 가혜는 시아버지에게 가거든 제 뜻을 따라주지 않으면 이 자리에서 자결하겠다며 고집을 부렸다고 고하라 했다. 자신의 고집은 그도 인정하고 있으니 말한 대로 고하면 문책을 피할 수도 있을 터였다. 하지만 무열은 그 방법을 인정하지 못했다.

"자꾸 이런 식으로 하시면 제 손으로 모두 죽이는 수밖에 없습니다. 천한 목숨 수십보다 아씨의 목숨이 더 중합니다."

잔혹한 그의 시선을 받은 설이와 가마꾼들은 몸을 떨며 숨을 죽였다. 약자이기에 반발조차 못 하는 그들의 가여운 모습에 가혜는 치를 떨며 무열을 노려보았다. 그녀가 가장 싫어하는 행동이 약자의 목숨이라 하여 우습게 여기는 짓이었다. 그러한 권력자들의 가치관에 죽어 나간 백성이 한둘이 아니었고, 그런 모습을 목격할 때마다 가혜는 분노했다.

"두 번 다시 내 앞에서 사람 목숨을 가지고 그따위로 저울질하지 말게나. 누구에게나 목숨은 중한 것일세. 나라고 내 목숨 중한 줄 몰라 이러는 줄 아는가!"

터지려는 화를 간신히 억누른 가혜는 별수 없이 무열에게 자신의 몸 상태를 설명해야만 했다. 지금 뛰는 것이 얼마나 어려운지, 얼마 못 가 잡힐 가능성이 크다는 것도 밝혔다.

"자네 말대로 나 혼자 도망친다고 쳐도 저들을 상대로 자네는 얼마나 버텨줄 수 있는가? 내게 일각은 만들어줄 수 있는가?"

"그건……."

일각은 고사하고 다른 집으로 숨어 들어갈 시간이라도 벌어주면 천만다행이었다. 그렇기에 더욱 가혜는 이 어려운 상황에서 자신의 목숨을 담보로 최대한 이득을 취하고자 했다. 어차피 잡힐 것이라면 살 수 있는 자들은 살리는 것이 옳았고, 그래야 그녀에게도 희망이 있었다.

무열은 그녀가 그 누구보다 냉정하게 판단하고 결정을 내렸음을 인정해야만 했다. 위급한 순간에 그녀의 판단력은 빛이 났고, 대의를 위해서라면 자신의 목숨도 버릴 줄 아는 의기 있는 여인 앞에서 무열은 더 반박할 힘을 잃었다. 그는 지금껏 이보다 더 대담하고 배짱 있는 여인을 본 적이 없었다. 흔들림 없는 그녀의 자태는 권식과 과거의 인후가 가졌던 기개에 못지않았고, 그제야 그녀의 진면목을 알게 된 무열은 자신의 착오를 반성했다.

"죄송합니다, 아씨. 바로 도움을 요청할 테니 어떻게든 살아 계셔야 합니다."

"부탁하네."

그 대화를 끝으로 두 사람은 입을 다물었다. 비적들이 결정을 내린 것이다. 상의하던 수뇌부 중에서 한 사내가 처음으로 목소리를 냈다.

"그냥 아씨까지 포함해서 모두 죽이고 시신만 가져가도 크게 문제될 건 없다 합니다. 그러니 무의미한 반항은 일찌감치 포기하시는 편이 아씨의 목숨이라도 건지는 길이 아니겠습니까."

모두 죽여 시신을 챙기거나 아니면 자신만 살려서 데려가겠다는 말에 가혜는 본인의 목에 겨눴던 검을 내렸다. 제 목숨을 이용한 협상은 결렬되었고, 이제 남은 건 하나뿐이었다. 살생을 피하고자 싸움이 있을 때마다 항상 왼손에 들던 검집을 그녀는 처음으로 땅에 버렸다.

눈앞에 있는 자들을 죽여야 억울하게 휘말린, 죄 없는 이들이 살 수 있었다. 처음으로 살생을 결심한 가혜는 부디 자신의 다리가 버텨주길 바라며 일행에게만 들리도록 작게 지시를 내렸다.

"모두 내 말 잘 듣게. 좌측에 작은 길이 있네."

적들에게 포위당했지만, 일행의 좌측에 있는 두 집의 담벼락 사이에 난 작은 샛길은 상대적으로 막고 있는 적의 수가 적었다. 사람 한두 명이 간신히 들어갈 만한 좁은 길이기 때문이었는데, 가혜는 그곳을 퇴로로 정했다.

"무열이 길을 뚫고, 모두 따라서 달리게. 뒤는 내가 맡지."

"그게 무슨!"

뒤를 맡는다는 소리를 이해하지 못한 그가 되묻자마자 비적들이 달려들었고, 살벌한 공격이 시작되었다. 그리고 그 순간, 무열은 도저히 믿지 못할 광경을 보았다. 지금껏 단검조차 제대로 쥐어본 적 없을 것 같던 아씨가 능숙하게 장검을 다루며 공격을 막아내는 건 상상조차 못 해본 일이었다. 그 신묘한 움직임이 어쩌면 자신과 비등한 무위를 지닌 실력자인지라 무열은 그저 넋을 놓고 바라볼 수밖에 없었다. 이것이 가능한 일인가, 설혹 자신이 꿈을 꾸는 건 아닐까, 믿을 수 없는 현실에 몽롱해지는 그의 의식을 가혜의 외침이 일깨웠다.

"뭐하는가! 어서 달리지 않고!"

번뜩 정신이 든 무열은 가혜가 말한 쪽으로 황급히 움직여 길을 뚫었다. 그의 뒤를 가마꾼들과 다친 호위가 따랐고, 겁먹은 설이를 챙긴 가혜는 뒤를 따라가며 날아오는 공격들을 막았다. 예상치 못한 그녀의 실력에 놀라 잠시 주춤하던 적들도 정신을 차리고 맹공을 퍼부었다. 가혜는 최소한의 움직임으로 적들에게 상처를 입혔지만, 그 수가 너무 많았고 사방에서 찔러오는 공격을 한 번에 다 막아줄 수도 없었다. 그녀와 무열이 막지 못한 검은 순식간에 가마꾼의 배를 파고들었다.

"크억!"

"꺄아악!"

눈앞에서 사람이 죽어 나가자 설이는 아까부터 참고 참았던 비명을 내질렀다. 나이 어린 그녀가 감당하기에는 너무나 참혹한 광경이었다. 연이어 두 명의 가마꾼이 더 살해당하고 나서야 무열은 샛길을 뚫었고, 그 길로 사람들을 들여보낸 가혜는 홀로 입구를 막아섰다. 그들이 도망갈 시간을 벌어주어야만 했다. 모두를 구하기 위해 가혜는 치열하게 싸웠다. 그 뒷모습을 본 설이는 차마 발길이 떨어지지 않는 탓에 울먹이며 가혜를 불렀다. 혹여나 제 주인이 잘못될까 봐 두려워 떠나지 못하는 설이의 음성에 가혜는 모질게 그녀의 마음을 잘라냈다.

"어서 가거라! 네가 있을수록 내가 더 힘들어지는 걸 모르더냐!"

가혜는 더 말을 잇지 못하고 이를 악물었다. 강하게 치고 들어오는 검을 받아낼 때마다 미처 다 흘리지 못한 힘이 다리에 무리를 주고 있었다. 점점 거칠어지는 공격을 방어하기 어려운 상황에서 그나마 다행인 점은 앞서갔던 호위가 돌아와 흐느껴 울고 있는 설이를 챙겼다는 것이었다. 오른팔을 다쳐 함께 싸울 수 없는 호위는 시간을 벌어주기 위해 최선을 다하고 있는 가혜의 뒷모습을 보며 이를 악물었다. 주인을 두고 도망가야 하는 쓸모없는 자신이 혐오스러웠고, 아랫사람을 지켜주고자 검을 든 주인의 존경스러운 뒷모습도 처음 보았다. 제발 그녀가 살아남아서 은혜를 갚을 기회를 주기를 간절히 바라며, 그는 떨어지지 않는 발을 억지로 옮겼다. 살아남은 네 명 모두 그녀의 무사귀환을 간절히 기원했지만, 가혜는 이 싸움의 끝을 직감하고 있었다.

격렬한 그녀의 반항에 숨이 붙어 있는 비적의 수가 열 명 넘게 줄어들고, 주위에 널브러진 시신에 공격이 잠시 소강상태에 이르렀다. 맨 앞에서 가혜를 공격하며 대치하던 이들이 빠져나간 자리에는 느낌부터가 다른 이들로 채워졌다. 검을 뽑지 않았음에도 흉흉한 기세를 피우는 자들은 하나하나가 실력자들이었다. 그중에서도 가장 앞에 선 자가 차분하고 묵직한 음성으로 항복을 요구했다.

"아씨의 실력이 이리 뛰어날 줄은 몰랐는데, 이만하면 할 만큼 한 듯하니 그만 검을 버림이 어떻겠소이까. 그리한다면 도망친 자들은 쫓지 않겠소. 솔직히 아씨의 시신을 거두고 싶지도 않고."

경녕군주의 심복인 군소는 기왕이면 살아 있는 편이 좋다는 걸 솔직하게 드러냈다. 물론 죽여도 상관은 없었지만, 그러면 인질로서의 가치가 떨어지는 법이었다. 여전히 수적 우위에 선 군소의 자신감에 더 싸워봤자 무의미한 살생만 는다는 걸 인정한 가혜는 천천히 검을 내렸다. 치마 속, 다리를 타고 뜨거운 피가 흘러내리는 느낌도 그녀의 결정에 한몫했다. 상처 부위에 너무 격한 힘이 들어가 피가 새기 시작한 것이었다. 더 싸웠다간 정말 몸이 버티지 못함을 인정한 그녀는 손에 쥐고 있던 검을 놓았고, 무기가 바닥으로 추락하자 군소는 그녀를 가마에 타게 했다. 가마에 오르는 가혜를 확인한 그는 부하들에게 싸움의 흔적을 지우게 했다.

"핏자국은 감추고 시신은 모두 회수해라."

주위를 둘러보며 상황을 진두지휘하던 그는 매우 부자연스러운 핏자국을 발견했다. 몇 방울의 피가 한자리에 떨어져 있었는데, 그 주위에는 튄 피가 없었다. 그곳이 가혜가 서 있던 자리임을 눈치챈 군소는 가마에 눈길을 주었다. 분명 제 부하들은 그녀의 몸에 상처 하나 입히지 못했기에 피의 존재가 더욱 의아한 가운데, 그에게 한 사내가 다가와 조심스럽게 말을 걸었다.

"나리, 저희 쪽 피해가 막심하온데……."

가혜의 검에 당한 건 전부 제 부하들이었으니 콕 짚어 말하지 않을 수가 없었다. 사내가 기존에 받기로 한 은자보다 더 많은 양을 원한다는 뜻을 확실히 밝히자, 군소는 부하 하나를 불러 뒤처리를 깔끔히 하는지 확인한 뒤에 주기로 한 은자의 두 배를 주라고 명령했다. 생각보다 훨씬 더 값을 올려 받게 된 사내는 군소에게 굽실거렸다. 까딱 잘못했다가는 목이 날아갈 만한 상황인 걸 잘 알기에 그는 더 욕심 부리지 않고 조용히 물러났다. 그러나 이 일에 참여한 순간부터 그와 그의 도당들의 결말은 정해져 있었다. 부하들에게 수신호로 그들의 뒤처리를 맡긴 군소는 가혜가 탄 가마와 함께 그 자리를 떠났다.

좁은 가마 속에서 삶과 죽음의 경계가 불분명해진 가혜는 상처가 벌어져 피가 나는 다리를 꽉 움켜쥐고 있었다. 가마 안이 좁고 흔들리는 탓에 다시 붕대를 감기는 무리인지라 우선 급한 대로 지혈부터 해야만 했다. 적당한 때에 도망갈 틈도 노려야 하는데, 상처 입은 다리로는 뛰는 것도 벅찰 터였다. 본래 그녀가 생각한 최상의 계획대로라면 실력을 숨긴 채 얌전히 잡혀 있다가 상대가 방심한 사이 그나마 나은 다리 상태로 도망치는 것이었다. 하지만 협상이 결렬되면서 검을 뽑아야 했고, 그녀의 실력을 안 적들은 경계를 강화할 게 분명했다.

암담한 상황이었지만 그나마 다행인 건 자상에 바르는 약을 설이에게 맡기지 않고 직접 들고 탔다는 것이었다. 지혈이 얼추 되었을 즈음 가혜는 호박 노리개와 함께 저고리에 단 향낭 주머니를 비우고 그 속에 가루로 된 약을 채워 넣었다. 그 외에 보따리에서 더 챙길 것이 없음을 확인한 가혜는 자신이 끌려가고 있는 곳에 관심을 두었다.

'출발할 때 방향을 바꾸지 않았으니 남쪽인가.'

예측한 방향이 틀리지 않았음은 그리 머지않아 밝혀졌다. 가마가 점점 뒤로 기울고, 흔들릴 때마다 덜컹거리는 문틈 사이로 경사진 산의 모습이 보였다. 점점 더 거칠어지는 길은 가마를 처음 메어본 자들에겐 곤혹이었다. 결국, 그들은 가마를 버리기로 결정을 내리고 가혜를 내리게 했다. 가마 문을 직접 연 군소는 그녀의 목에 검을 겨누며 혹시나 생길지도 모를 반항에 대비했다. 군더더기 없이 빠르고 경쾌하던 검술 실력을 직접 보았으니 경계하지 않을 수가 없었다.

그의 검에 베이지 않도록 조심하며 가마 밖으로 나간 가혜는 단단한 밧줄에 의해 두 손과 몸이 묶인 채로 산을 올라야만 했다. 몸이 한결 가벼워진 사내들은 가마를 버리길 잘했다 여겼지만, 가혜에겐 그것이 시련의 시작이었다. 다리에 힘이 들어가야 하는 오르막길은 성치 않은 그녀의 몸에 주기적으로 고통을 새겼고 가혜의 표정은 점점 더 나빠졌다. 걷는 속도는 현저히 떨어졌고 안색은 어두워졌으며, 가쁜 호흡과 이마에 맺힌 식은땀은 그녀의 몸 상태가 얼마나 나쁜지를 여실히 증명하고 있었다. 하지만 그 사실에 관심을 두며 걱정하는 이는 아무도 없었고, 조금 더 시간이 지나자 가혜가 밟은 돌 위에는 핏자국이 찍히기 시작했다. 상처가 다시 벌어진 다리로 산을 오르는 내내 가혜는 이를 악물고 작은 신음조차 내지 않았다. 그녀의 자존심이 약한 모습을 허용치 않는 탓이었다. 물론 못 간다고 버텨봤자 좋을 것이 없다는 점도 그녀가 꿋꿋하게 산을 오르는 이유였다.

마침내 산 중턱을 지나 조금 더 올랐을 때, 규모가 그리 크지 않은 산채에 다다를 수 있었다. 정신이 곧 끊어질 듯 멍한 상태에서도 가혜는 상황을 파악하고자 굳은 뇌를 애써 움직였다.

'여기에 이런 곳이…… 있었던가?'

월령과 함께 검술 훈련을 하던 산이라 속속들이 알고 있었기에 더욱 의아한 상태로 그녀는 처음 본 산채의 모습을 흐릿한 시야에 담았다. 지어진 지 얼마 되지 않은 산채에는 약 스무 가구 정도가 모여 있었는데 사내들보다 여인이나 어린아이들이 더 눈에 띄었다. 그들의 모습에서 약자의 경계심을 느끼며 걷는 와중에 가혜는 그 길 끝에 있는 커다란 창고 안으로 밀어 넣어졌다. 이미 다리가 풀릴 대로 풀린 그녀는 넘어지면서 바닥과 부딪쳤고, 몸을 잠식하는 고통을 참아내느라 일어날 엄두조차 내지 못하는 모습을 지켜보던 군소는 밖으로 나가 문을 닫았다. 그가 창고 문을 걸어 잠그고 떠나자 가혜는 간신히 고개만 들어 내부를 둘러보았다. 많은 양의 지푸라기와 그걸 담은 나무상자들이 여기저기 굴러다니는 곳에는 밧줄을 끊을 만한 물건은 보이지 않았다. 암담함에 머리가 핑 돌았다.

'이대로 의식을 잃으면 끝이야. 여긴 안전하지 않아.'

스스로 위험하단 사실을 세뇌하며 정신력으로 어지러움을 참아낸 그녀는 이를 악물고 상체를 일으켰다. 밧줄은 잘라낼 수 없어도 어떻게든 지혈을 해야 했다.

가혜에게 너무나도 모진 수난이 벌어지는 동안, 해가 중천에 뜬 정오의 의금부는 이상하리만치 평화로웠다. 인후도 오랜만에 자리에 앉아 사건 목록을 뒤적이며 일을 했고, 그에게 발신인 불명의 서찰을 전해준 나졸은 그 모습에 때 아닌 걱정까지 하기에 이르렀다.

'사람이 안 하던 짓을 하면 죽을 때가 된 거라던데…….'

상관의 명줄이 짧아질까 우려하며 빤히 쳐다보는 나졸의 시선에 인후는 손짓으로 그를 물렸다. 신경에 거슬리던 나졸이 문을 닫고 나가자 그는 밀봉된 서찰을 뜯어서 펼쳐 보았다가 눈을 부릅뜨며 자리에서 벌떡 일어났다. 그 힘에 떠밀린 의자가 큰 소리를 내며 바닥을 뒹굴었으나, 인후는 그대로 굳은 채 서찰을 읽어 내려갔다.

-친정으로 향하던 부인을 납거하였으니, 즉시 백악의 송림정으로 와라. 누군가에게 알리거나 혼자 오지 않는다면 부인을 되찾을 길도 없을 것이다.

아내를 납거하였다는 부분을 두 번 세 번 확인하는 인후의 눈동자가 급격하게 흔들리고, 얇은 종이는 그의 손아귀 힘을 이기지 못하고 바들바들 떨어댔다. 이런 식의 서찰을 보냈다는 건 아내를 이용해 자신을 유인하기 위함이고, 어쩌면 거짓된 말로 꾀어내려는 함정일 수도 있었다. 가면 위험할 게 불 보듯 빤한 상황이지만, 인후는 더 생각할 겨를도 없이 벽에 걸어둔 검을 들고 황급히 방을 뛰쳐나갔다. 서찰을 전해준 나졸이 모퉁이를 돌아 나가는 걸 발견한 인후는 달려가 그를 붙잡아 세우고 멱살을 움켜쥐었다.

"누가 이 서찰을 전하라 주었느냐!"

인후의 매서운 시선을 처음 받아본 나졸은 두려움에 질려서 제대로 말도 하지 못했다. 그러다 자신이 얼마나 위험한 상황에 부닥쳤는지 깨닫고 나서야 달달 떨며 입을 열었다.

"어, 어떤 꼬마 놈이 전해준 겁니다. 대여섯 살 정도 되어 보였는데, 누가 나리께 전해달라 했다고……."

한 다리를 더 건너서 받았으니 서찰을 보낸 자를 당장 찾아내기란 어려웠다. 숨이 막혀 얼굴이 벌게진 나졸의 멱살을 거칠게 놓아준 인후는 이를 악물고 마구간으로 뛰었다. 서찰의 내용이 진실인지 확인할 마음의 여유 따위는 없었다. 마침 안장을 올린 말 한 마리가 있어 곧바로 꺼내 타고 박차를 가하자 앞발을 들고 투레질을 하던 말은 의금부 당직청 앞마당을 쏜살같이 달려 나갔다. 폭주하는 말을 보고 경악하며 서둘러 피한 나졸들은 어안이 벙벙하여 인후의 뒷모습만 바라보고 서 있을 뿐이었다. 그가 뛰쳐나간 지 조금 지나서 또 한 마리의 말이 거품을 물고 의금부로 뛰어들었다. 말 등에서 떨어지듯이 내린 무열은 곧바로 권식의 집무실로 난입했다.

"대감마님!"

조용히 근무에 열을 올리고 있던 권식은 귓전을 때리는 음성에 미간을 확 찌푸렸다. 이 무슨 무례인가 싶었으나 무열은 예를 갖출 정신이 없었다. 아씨가 납거당한 사실을 전해야 했기 때문이었다. 그는 비적과 같은 행색을 한 자들에게 습격을 당했고 좀 전에 가혜가 잡혀갔다고 말했다. 그러나 권식은 그가 말하는 상황을 쉬이 이해하지 못했다. 감히 자신의 며느리를 납치할 만한 간 큰 자들이 이 조선 땅에 살아 숨 쉬고 있다는 점도 인정할 수 없었고, 며느리는 빼앗겼는데 함께 간 무열은 멀쩡하다는 점도 기가 막혔다.

"네 그게 무슨 소리더냐, 누가 감히! 이 최권식의 며느리를 건드려!"

터져 나오는 노호와 함께 그의 손에 들려 있던 붓이 뚝 소리를 내며 부러졌다. 하도 힘이 들어가서 눈가 근육이 파들파들 떨리는 걸 차마 바라보지 못한 무열은 급히 무릎을 꿇고 몸을 낮췄다. 그는 송구하다 말하면서도 지금은 가혜를 구출하는 게 먼저임을 상기시켰다. 그의 말이 맞았다. 지금 이 순간에도 가혜가 무슨 고초를 당하고 있을지 알 수 없는 일이었다. 악다문 권식의 이 사이로 으르듯 살벌한 소리가 흘러나왔다.

"단서는."

이토록 살기 가득한 주인의 모습은 무열도 처음 본 터라 그는 바짝 긴장한 채 알아낸 모든 정보를 취합해서 들려주었다.

"그자들은 비적단처럼 꾸몄는데 수는 삼십여 명이 넘었고, 서로 실력 차가 컸습니다. 고수들이 제법 섞여 있었고, 소인이 죽인 비적단의 복면을 벗겨보니 얼굴에 자자형을 당한 흔적이 있었사옵니다."

가혜가 뒤를 책임져 주었으나 도망치는 길은 그리 수월하지만은 않았다. 도당이 더 있었는지 갑자기 공격해 온 자들에게 가마꾼 하나가 더 당했고, 무열도 적들 중에 둘을 죽였다. 남은 한 명은 검을 제대로 섞기도 전에 도망쳤기에 두 명만 얼굴을 확인한 무열은 이번 일에 묵형단이 개입된 것이 아닐까 싶었다. 가혜가 일전에 묵형단의 두목을 나무라고, 인후가 개입해 그에게 망신을 준 일화는 꽤 유명했다. 한양

내 사람들에게 종종 회자되는 그 사건을 무열은 물론이고 권식도 들어 알고 있었다. 제법 신빙성 있는 추측에 권식은 곧바로 등채를 들고 직접 나서서 운용할 수 있는 모든 금부 나졸과 도사들을 소집했다. 양반가 아녀자가 납치당한 사건은 의금부가 충분히 나설 만한 일이었고, 설령 그렇지 않다 하더라도 권식은 제 며느리를 건드린 자들을 곱게 살려둘 생각이 없었다. 자자형을 당한 자들이라는 단서만으로는 범인이 묵형단이라 확신할 수 없었지만, 비적단을 쓸어버리는 일에 그런 조심성 따위는 필요 없었다. 분노한 권식의 지휘 아래, 무장한 채 의금부를 빠져나오는 금부 나졸은 그 수가 무려 백여 명이 넘었다.

서찰에 적혀 있던 백악산의 송림정까지 단숨에 오른 인후는 인적 없는 정자의 기둥에 꽂힌 화살 한 대를 발견했다. 화살대에 묶여 있는 종이를 풀어내자 백악산과는 완전히 반대편에 있는 남산의 다른 장소가 적혀 있었다.

"이런 쳐 죽일 놈들이 있나."

자신이 금부의 군사들을 움직이는 걸 우려하여 이런 방법을 써먹고 있음을 익히 짐작하지만, 속이 타들어가는 그로서는 미칠 노릇이었다. 눈앞에 적이 있다면 몇십 명이든 베어버릴 수 있을 것만 같았다. 분노한 인후는 속히 하산한 뒤에 다시 말을 몰아 남쪽으로 향했다. 그가 달려가고 있는 남산의 산채에서 군소는 뒤처리를 다 끝내고 돌아온 부하들에게 상황을 보고받는 중이었다.

"병판의 수족 중에 제거하지 못한 자는 여종과 두 호위입니다. 실력이 뛰어난 자라 더 상대했다간 당할 듯하여 물러났습니다. 비적들의 얼굴을 확인하는 걸 보았으니 묵형단이라 착각하고 있을 것입니다."

자신들의 죄를 대신 뒤집어쓸 비적단을 고를 때 묵형단으로 오인할 수 있도록 자자형을 당한 자들로 고른 건 탁월한 선택이었다. 덕분에 의금부의 수사는 잠시 혼선을 빚을 것이고 그사이에 인후를 꾀어내 그의 아내와 함께 죽이면 군소의 임무는 끝이었다.

"비적들은?"

"시신을 처리할 때 남은 자들도 모두 한꺼번에 매장하였습니다. 산채에 남은 사내는 다섯뿐이니 바로 처리할 수 있습니다."

"모두 한자리에 불러서 싹 쓸어버리도록 해라. 젖먹이도 살아남아서는 아니 된다."

군소는 비적들을 모두 죽일 것을 명했다. 자신들에 대한 정보가 조금이라도 새어 나가는 걸 미리 차단하기 위함이었다. 군소의 명을 받든 경녕군주의 수족들이 나간 지 얼마 지나지 않아, 산채 곳곳에서 비명이 터져 나왔다. 그것은 어른이나 아이 할 것 없이 무차별적이었고, 한바탕 소란 후 잠잠해진 산채에서 숨이 붙어 있는 건 군소와 그의 부하들 그리고 의식을 잃은 채 창고에 갇혀 있는 가혜뿐이었다.

인후가 남산 중턱의 산채에 당도했을 때에는 해가 서쪽으로 기울어 붉은 노을빛에 어둠이 빠르게 섞여드는 시점이었다. 기이할 만큼 호젓한 산채의 입구에는 짙은 피비린내가 안개처럼 퍼져 있었다.

이곳 어딘가에 잡혀 있을 가혜를 떠올린 인후는 성큼성큼 걸음을 옮겼다. 아내는 미끼일 뿐이고 적들이 노리고 있는 건 자신임을 모르지 않았으나, 그는 단 한순간도 멈추거나 이것저것 따지지 않았다. 무기라곤 손에 든 검 한 자루뿐이지만, 지금 이 순간에도 아내가 느끼고 있을 두려움의 시간을 최대한 줄여주는 데에만 집중할 뿐이었다.

그는 가혜가 있을 만한 곳을 찾기 위해 입구에서 조금 더 들어갔다가 시신들이 길에 널브러져 있는 모습을 발견하고 눈살을 찌푸렸다. 이런 참혹함은 생각지도 못한 탓이었다. 차림새를 보면 대부분이 비적들의 아내 같았는데, 여인뿐만 아니라 어린아이들까지 함께 도망치다 죽임을 당한 상태였다. 그들의 몸에서 새어 나와 땅을 적신 피가 아직 굳지 않은 걸 확인한 인후는 눈동자만 움직여 주위를 살폈다. 곳곳에 숨어 자신을 지켜보는 시선들이 느껴졌다.

"기다려 주고 있을 때 감사히 여기고 기어 나오는 게 어떻겠나. 아니면 내가 갈까?"

그리 말하며 기회를 주었지만, 섣불리 덤비는 자들은 없었다. 그것으로 적들의 우두머리가 제법 신중한 성격을 지녔음을 파악한 인후는 주위에 있던 두 집의 사잇길로 들어가 근처에 매복해 있던 군소와 그의 부하들의 시야에서 벗어났다.

그다음은 서너 번 검이 부딪치는 소리와 함께 숨통이 끊어지면서 터지는 비명뿐이었다. 그렇게 세 명이 당하자 군소는 인후의 실력이 월등함을 인정해야만 했다. 길어야 네 합이었다. 그가 실력을 숨겨온 건 알고 있었지만, 십여 년간 훈련된 부하 중에서도 특별히 엄선해서 뽑아온 이들이 이토록 쉽게 당할 줄은 짐작조차 못 했다. 경녕군주가 조심에 조심을 기하라 해서 과하다 싶을 정도로 데려오지 않았더라면 정면승부는커녕 진즉에 와해되었을지도 모를 일이었다. 비로소 그의 아내를 인질로 잡은 일이 결코 쓸모없는 일이 아니었음을 확신한 군소는 결단을 내렸다.

"창고에 불화살을 쏴라."

군소는 가혜가 있는 곳에 불을 붙이고 인후를 유인해 함께 태워 죽일 작정이었다. 전세가 불리할 때 사용하고자 준비해 둔 최후의 수단이었으나 그는 자존심을 내세우며 아군의 희생을 키우는 무모한 짓 따윈 하지 않았다. 전세를 뒤엎을 여지가 있을 때 가진 패를 다 써서라도 승기를 잡고자 했다.

창고에 불을 붙이라는 명령을 받은 자가 활과 화전을 지니고 날렵한 몸놀림으로 지붕 위로 올라갔다. 화살 끝에 매단, 기름 먹인 솜뭉치에 불을 붙인 그는 인후의 검에 동료 하나가 더 당하는 사이에 가혜가 쓰러져 있는 창고로 활을 쏘았다. 불을 품고 날아간 화전은 나무로 된 창고 지붕에 제대로 박혔고, 연이어 한 번 더 불화살을 쏘던 그는 인후가 던진 동료의 검에 목을 뚫려 바닥으로 추락했다. 하지만 이미 날아간 화전은 창고 지붕에 박힌 뒤였다. 두 개의 화전이 한 건물에 꽂혀 연기를 피워 올리자 인후는 그곳에 가혜가 있음을 직감했다. 건물을 불태워 함께 매장해 버릴 수작임을 확신하자마자 무너지기 전에 아내를 구출해야 한다는 생각만이 그를 사로잡았다. 적의 수를 더 줄여야 한다는 것도 잊고 황급히 달려가던 인후는 길목에서 튀어나오는 복면인에 이를 악물었다. 해가 저물면서 더 강해진 바람을 타고 불길이 거세지고 있건만 방해하는 것들이 너무 많았다.

마음이 급한 인후는 그대로 검을 휘둘렀다. 손바닥을 저릿하게 만드는 힘을 이기지 못한 상대가 중심을 잃는 순간에 등 뒤에서 위험이 감지되었다. 수년간 호흡을 맞춘 자들의 완벽한 합공이었다. 위기를 느낀 인후는 반사적으로 몸에 회전을 주어 뒤를 노리던 자의 얼굴을 차버렸다. 빽 소리와 함께 잠시 의식이 끊긴 그는 검을 놓쳤고, 그걸 그대로 낚아챈 인후는 팔을 교차하며 두 사내의 몸에 검을 박아 넣었다. 마지막 비명조차 내지르지 못하고 무너지는 육신 너머로 문이 활짝 열려 있는 창고가 보였다. 거대해진 불이 집어삼키고 있는 그곳에는 의식 없는 가혜가 밧줄에 꽁꽁 묶인 채 쓰러져 있었다.

"부인!"

가혜를 발견한 인후는 아가리를 벌린 지옥불 속으로 서슴없이 뛰어들었다. 그걸 근처 지붕 위에서 보고 있던 군소는 손을 들어 올렸고, 그의 신호에 살아남은 자들이 모두 지붕 위로 올라가 활을 메겼다. 날카로운 화살촉이 향하는 곳은 창고 입구였다. 건물이 무너지기 전에 두 사람이 나오려 한다면 활을 쏴서라도 죽여야만 했다.

"확실하게 사살해야 한다."

군소의 명령에 활을 겨누느라 가늘어진 시선들이 인후가 들어간 창고 입구로 모아졌다.

창고에 발을 딛자마자 덮쳐 오는, 뼛속까지 익을 것만 같은 열기 속에서도 인후는 가혜부터 챙겼다. 안색이 좋지 않은데 숨이 붙어 있는 건지 확인할 겨를조차 없었다. 아내의 몸을 옥죄던 밧줄부터 끊어버리고 목과 다리 아래로 손을 넣어 의식을 잃은 가혜를 번쩍 안아 든 그는 불길을 피해 밖으로 나가고자 했다. 그러나 그가 문가에 나타나는 순간 화살 비가 쏟아졌다.

팍, 타닥, 타다닥-

어림잡아도 열 대는 되는 화살이 정확히 인후가 있던 그 자리에 요란한 소리를 내며 박혔다. 활을 겨누고 있는 적을 발견하자마자 순간적으로 몸을 뒤로 물렸던 인후는 격렬한 열기 속에서도 모골이 송연해짐을 느꼈다. 방어할 수가 없었다. 두 손을 가혜를 안고 있는 데 사용하는 중이었으니 검을 휘둘러 화살을 막는 것은 애초부터 불가능했다. 그렇다고 언제까지고 불타는 창고 안에 갇혀 있을 수도 없는 노릇이었다. 화마에 휩싸인 지 오래된 지붕에서는 시뻘건 불덩어리가 뚝뚝 떨어져 내렸고, 바닥에 있는 지푸라기와 나무 상자들도 이미 제 한 몸을 소멸시키며 활활 타오르는 중이었다. 새빨간 혀를 날름거리며 잡아먹을 기회를 노리는 불길 한가운데서 인후는 밖으로 나갈 만한 길을 찾아보려 했으나 사방에 불이 붙은 창고는 작은 창문에도 나무를 덧대서 빠져나갈 틈을 모조리 막아버린 상태였다. 결국, 가혜를 데리고 나갈 수 있는 곳은 적들이 경계하고 있는 문뿐이었으나 그들 앞에 모습을 드러내면 또다시 화살이 날아올 건 자명한 일이었다. 상황이 그러하지만 지독한 열기와 매캐한 공기가 가득한 곳에 언제까지고 있을 수만은 없었다. 당장 지붕이 무너져도 이상할 것이 없는 상황이었고, 무엇보다 연기를 너무 마셔서 힘이 빠지고 어지러운 증세가 나타나기 시작했다. 어떤 방식으로든 죽는 건 마찬가지라 판단한 인후는 의식 없는 가혜를 내려다보았다. 그녀를 구하러 이 공간에 뛰어든 건 조금도 후회되지 않았다. 오히려 저 때문에 겪지 않아도 될 이런 고초를 겪게 했으니 미안한 마음이 더 컸다. 그는 유언이 될지도 모를 말을 의식 없는 아내에게 전했다.

"둘이 한날한시에 죽어 내세에 다시 만나거든, 내 월하노인께 청하여 현세에 못다 한 연을 이어달라 하겠소. 그때 이 빚을 다 갚으리다."

그 말을 끝으로 인후는 가혜를 안은 채 비장하게 걸음을 옮겼다. 화살이 쏘아진 뒤에 재장전되는 그 순간의 틈을 노려 적들의 시야에서 벗어날 수 있는 창고 뒤쪽으로 가야만 했다. 기회는 단 한 번뿐이었고, 그것이 생과 사를 가를 것이었다.

잿빛 연기가 거칠게 뿜어져 나오는 창고를 노려보며 무너지길 기다리고 있던 군소는 인후가 다시 모습을 드러내자 손을 휘둘러 신호를 보냈다. 팽팽하게 당겨져 있던 시위가 풀리고, 화살은 누군가의 몸을 뚫을 의지를 품은 채로 하늘을 갈랐다. 모든 화살이 거의 동시에 바닥에 꽂혔을 때, 연기를 뚫고 튀어나오는 인영이 있었다. 그걸 본 군소의 눈이 부릅떠졌다.

"쏴라! 어서 쏴!"

그의 고함에 다들 손이 빨라지고, 제대로 활시위를 당길 새도 없이 다시 십여 발이 허공을 갈랐다. 그런 와중에 불길 때문에 창고 옆의 샛길로 들어갈 수 없는 인후는 집 한 채를 더 지나쳐야만 했다. 그만큼 적의 시야에 노출되는 시간이 길어졌고 화살이 날아드는 파공음은 피할 수 없는 운명처럼 느껴졌다. 그는 본능적으로 가혜의 몸을 좀 더 세워 안은 채 화살을 향해 등을 돌렸다. 부디 그 날카로운 꼬챙이가 아내에게 더 큰 고통을 새기는 일은 없길 바라며 그는 모든 걸 홀로 감수했다. 한 치 앞도 내다볼 수 없는 상황에서 화살 하나가 인후의 귓가에 살벌한 소리만 남겨두고 건물 벽에 박히던 순간부터 지옥의 시작이었다. 그 짧은 찰나에 그의 주위로 여러 발의 화살이 날아들었고, 개중에는 인후의 등을 파고드는 것도 있었다.

"크윽."

등에 두 개가 박힌 것에 이어 어깻죽지를 뚫고 나오는 화살도 있었다. 귀한 집안의 외아들로 태어나 조선 최고의 무인이라 일컬어졌던 그에게는 매우 생소한 부상의 경험이었다. 그 고통은 뇌리를 후려치고 온몸을 잠식했으나 인후는 끝까지 의식을 잃지 않았다. 끝났다고 포기하는 순간이 아내에게도 마지막이 될 것임을 잘 알고 있었기에 그는 이를 악물고 다시 움직였다.

인후가 샛길로 들어가 시야에서 사라져 버리자 군소는 잠시나마 말을 잃었다. 계획은 완벽했고 인질도 있었으며, 혼자 온 사냥감을 불구덩이에 몰아넣기까지 했다. 거기다 더해 화살까지 쏘아댔으면 삶에 대한 미련을 끊고 순순히 죽어줄 만도 하건만, 그는 기어코 아내를 데리고 도망쳐 버렸다. 덫을 파놓은 걸 알면서도 혈혈단신 뛰어들고, 화살이 빗발치는 와중에도 등을 내어주며 승부를 건 그의 담력에 군소는 식은땀을 흘렸다. 임무 실패의 분노와 불안감을 넘어, 같은 무인이자 사내로서의 두려움과 함께 경이로움까지 느꼈다. 그런 감정 탓에 말없이 인후가 사라진 방향만 바라보고 선 군소의 눈빛이 어딘가 평소와 다름을 느낀 부하들 사이에선 동요가 일었다. 어떻게 움직일지 그가 계획하고 지시를 내려주어야 하는데 도통 말이 없으니 행동에 혼선이 빚어진 것이다.

"대장. 지시를 내려주십시오."

군소와 가장 가까이에 있던 부하가 그의 상념을 일깨웠다. 항상 남들보다 두 수 앞을 내다보고 계획하는 대장이니 이럴 때를 대비해 두지 않았을까, 은근히 기대하며 묻는 말에 군소는 눈살을 확 찌푸렸다.

"당장 쫓아가질 않고 뭘 하고 서 있어!"

그는 답지 않게 버럭 소리를 질렀다. 숱한 변수에 방비한 계획들을 전부 파훼하고 살아남을 줄은 그도 몰랐기에 더는 대비책이 없었다. 그냥 가서 죽여야 하건만 모든 계획을 완벽하게 세우는 자신에게 익숙해진 부하들은 맹목적인 믿음과 마음의 평안을 얻는 대신 스스로 생각하고 판단하는 힘을 잃어버렸다. 물론 지금 그걸 탓할 만큼 여유가 있는 건 아니기에 그는 속히 수색하여 둘 다 숨통을 끊어놓으라 지시했다. 드디어 명령을 받은 자들이 신속하게 움직이기 시작했고, 그 사실을 우려하듯 창고는 큰 괴성을 터뜨리며 무너져 내렸다. 해가

진 산속에서 유일하게 밝은 그 창고의 마지막 잔불이 어두운 군소의 얼굴에 더욱 깊은 음영을 드리웠다.

권식이 이끄는 의금부의 군사들에게 급습을 당한 묵형단의 산채는 순식간에 엉망이 되었다. 아수라장이 된 산채에 비하면 다친 비적들은 없는 게 신기할 지경이었는데 거기엔 권식의 인도적인 성격이 작용한 것도 있었지만, 묵형단의 두목이 산채의 문을 열고 순순히 투항한 덕분이기도 했다. 비적들의 머릿수가 금부 나졸들보다 많으니 대적해 본다면 못할 것도 없겠지만, 그는 인후와 가혜를 통해 그 집안과 싸워 봤자 좋을 것이 없음을 뼈저리게 겪은 뒤라 무모한 짓거리는 하지 않았다. 덕분에 굴비처럼 줄줄이 엮여서 권식의 앞에 무릎 꿇게 된 묵형단은 어른이나 아이 할 것 없이 숨을 죽이고 눈치를 보았다. 까딱 잘못했다가는 매질 정도로는 끝나지 않는다는 걸 의금부라는 이름만으로도 능히 짐작할 수 있었다.

"대감, 어디에도 없습니다."

거대한 산채를 전부 수색한 금부도사들은 가혜를 찾을 수 없음을 밝혔다. 가혜는커녕 이상한 서찰을 받고 뛰쳐나갔다는 인후의 흔적도 없었다. 그 사실에 심기가 불편한 권식의 눈매가 가늘어지자 묵형단의 두목은 목을 움츠렸다. 거대한 육신으로 보나 혈기 왕성한 나이로 보나 세상 두려울 것 없는 그였지만 권식의 분위기에는 압도당한 지 오래였다. 병조판서 겸 판의금부사라는 직책에 딱 어울리는 기세를 가진 권식은 제 앞에 무릎 꿇고 있는 묵형단의 두목이란 자를 내려다보았다.

"네놈이 내 며느리에게 앙심을 품었다지?"

"아, 아닙니다. 대감! 소인이 아씨께 꾸지람을 들은 적은 있으나 그런 걸 속에 담아둘 만큼 배포가 작진 않습니다."

물론 여전히 속에 담아두긴 했지만, 그걸로 가혜를 어찌해 볼 생각 같은 건 품지 않았다. 최근에 사월령이 돌아왔다는 소식을 듣기도 했고, 그녀의 서방인 인후에게 죽기 직전까지 맞아본 경험도 그로 하여금 현명한 선택을 하도록 도와주었다. 더군다나 양반들이랑 얽혀서 끝이 좋은 천민은 본 적이 없는지라, 그는 최대한 양반은 건드리지 않으려 노력하며 살고 있었다. 그런 그의 원칙은 묵형단에도 이어져서 같은 천민의 골수를 뽑아 먹는 악질로 소문난 편이었다. 그러한 사실을 권식도 모르지는 않았다.

"그럼 물으마. 너희처럼 자자형을 당하고 비적이 된 것들 중에 제법 규모가 있는 곳이 여기 말고 또 어디 있느냐."

"요즘 그런 것들이 어디 한둘……. 이, 있습죠. 있고말고요. 소인이 잘 알고 있습니다."

권식의 매서운 눈빛에 황급히 꼬리를 만 두목은 급히 말을 바꿔 자자형을 당한 자들이 꽤 많이 섞여 있는 산채를 알려주었다. 그 위치가 남산 중턱에 있음을 들었을 때, 무열과 권식은 그곳에 가혜가 억류되어 있으리라 짐작할 수 있었다. 적어도 사건이 터진 곳에서 거리상 제일 가까우니 가볼 이유는 그것만으로도 충분했다.

어둠이 짙게 내려앉은 산속에서 추격자들을 피해 거대한 바위 밑에 몸을 숨긴 인후는 가혜를 내려놓고 제 등에 박힌 두 개의 화살을 뽑아냈다. 급하게 쏜 화살이라 그리 깊게 박히진 않았지만, 살갗을 뚫고 들어간 걸 다시 빼낸다는 건 잠시나마 잊고 있던 통증을 재차 불러일으켰다. 거기다 부상당한 부위가 뽑기 불편한 등인지라 억지로 빼내면서 상처는 더 크게 벌어졌다. 등줄기를 타고 피가 흐르는 게 느껴졌지만, 인후는 지혈할 생각은 않고 아까부터 미동도 없는 아내의 맥부터 짚어보았다. 차갑고 옅은 맥이 지금 그녀가 얼마나 위태로운 상태인지 여실히 알려주고 있었다.

"부인, 부인."

인후는 가혜를 깨우고자 그녀의 어깨를 흔들어도 보고 가슴에 귀를 대 심장이 뛰는지도 확인했다. 아직 숨은 붙어 있는 게 확실하지만, 의식이 돌아오지 않고 안색도 파리한 이유를 찾을 수가 없었다. 창고에 불이 붙은 직후에 달려갔을 때는 이미 의식이 없었고, 혹여나 둔기에 머리를 맞은 건 아닐까 싶어 확인해 보았지만 큰 외상은 없는 상태였다. 그렇게 한참 아내를 살펴보던 인후는 속치마 한쪽이 붉게 물들어 있는 걸 발견했다. 그 피의 양이 달거리로는 설명되지 않는지라 조심스럽게 치마를 걷어본 그는 속곳 안쪽, 가혜의 허벅지에 붉게 젖은 천이 감겨 있는 걸 발견했다.

"이건……."

지난달에 금부에 쫓기다가 입은 상처가 오늘 다시금 벌어진 게 틀림없었다. 조심스럽게 만져 본 천에서 피가 묻어나자 인후는 서둘러 붕대를 풀었다. 매끄럽던 아내의 다리에 속이 상할 만큼 피가 엉겨 붙은 상처가 길게 나 있었는데, 지혈되다 말았지만 그나마 다행스럽게도 흘러나오는 피의 양이 매우 소량이었다. 창고에서 안고 도망칠 때 작은 틈이 생겨 다시 새기 시작한 듯 보였다. 그걸 확인한 인후는 가혜의 저고리에 달려 있던 호박 노리개에서 호박만 떼어내 구군복 자락을 찢어 감싼 뒤, 주위에 있는 돌멩이로 내리쳤다. 호박이 가루가 될 때까지 빻고 빻는 동안 여전히 화살이 박혀 있는 그의 왼쪽 어깻죽지는 통증을 유발했고, 등에서는 피가 줄줄 흘렀다. 그러나 아우성을 치는 육신의 고통 속에서도 인후는 멈추지 않았다. 어깨에 박힌 화살을 부러뜨려서 흔들림을 최소화하는 게 자신을 위한 응급처치의 전부였다. 마침내 잘게 빻은 호박을 가혜의 상처에 뿌려준 인후는 성치 않은 손으로 옷을 찢어 아내의 다리에 단단히 감아주었다. 호박은 그 값어치만큼 금창약 중에서도 최고로 치니 지혈을 돕고 상처가 아무는 데도 도움을 줄 터였다. 할 수 있는 한 최선을 다해 손을 써둔 인후는 체온이 떨어지고 있는 가혜를 꼭 안아주었다.

"미안하오, 부인."

제가 밀명지를 제대로 취하지 못한 탓에 자객들이 붙었고, 아내까지 휘말렸다고 생각하니 죄책감이 그의 심장을 옥죄었다. 더불어 그녀가 흉악한 비적들에게서 벗어나 제 품에 안겨 있다는 점에 감사하며 그는 아까부터 간신히 잡고 있던 의식의 끈을 비로소 놓았다.

인후가 기절한 뒤에 얼마 지나지 않아 가혜의 속눈썹이 파르르 떨렸다. 굳게 닫혀 있던 눈이 살며시 그 틈을 벌리고, 가혜는 끊어졌던 감각들이 하나둘씩 되살아나는 걸 느꼈다. 바람결에 나뭇잎이 사각대는 소리, 곁에서 느껴지는 온기, 마비된 후각에도 맡아지는 짙은 피 냄새, 어두운 시야를 흐릿한 형체로 파고드는 전립의 공작 깃까지.

'공작 깃?'

초점이 제대로 잡히지 않아 멍하니 앉아 있던 가혜는 나뭇잎 사이로 내려오는 옅은 달빛에 시야가 조금 더 선명해지자 그 깃을 따라 고개를 들었다. 제 머리에 턱을 괸 채 잠들어 있는 한 사내의 얼굴이 닿을 듯 가까이에 있었다.

'서방님?'

눈앞에 그가 보이는 순간 이것이 꿈인지 현실인지, 분간이 되질 않았다. 괴한들에게 납치당해 창고에 갇힌 것까지는 떠오르는데 그 이후의 기억은 뚝 끊겨 있으니 그럴 만도 했다. 그런 가혜에게 현실감각을 심어준 건 여전히 인후의 어깨에 박혀 있는 부러진 화살대였다. 그것을 보고 정신이 번쩍 든 가혜는 상체를 좀 더 세워서 부상당한 그의 어깨를 유심히 살폈다. 앞이 부러진 화살은 깃의 방향으로 보아 그의 등 뒤에서 쏜 것이었다. 그는 속수무책으로 공격당했고, 부상당한 그와 창고를 벗어나 있는 자신만 보아도 가혜는 좀 전에 벌어진 일들을 충분히 짐작할 수 있었다.

'구하러 와준 거야? 이렇게 위험한데. 날 위해서…….'

정체를 들킨 뒤로 미움받고 있다고 생각했는데, 이리 부상을 입어가며 구하러 와준 걸 생각하니 뭐라 형언할 수 없는 온기가 목 안쪽 깊은 곳에서 몽글몽글 어렸다. 괴한의 수가 적지 않았고 인질까지 있는 상황이라면 죽는 건 순식간임을 그도 잘 알고 있을 것이었다. 그런데도 그는 자신을 위해 위기를 자초했고 목숨을 걸어주었다. 그건 고고한 선비의 의기이자 굳건한 무인의 용기였으며, 서방이 부인에게 줄 수 있는 극단의 신뢰였다. 그 사실을 깨닫자 가혜의 가슴을 얽매던 끈이 끊어지고 심장은 자유롭게 뛰기 시작했다.

"서방님."

가혜는 인후가 눈을 떠주길 바라며 간절히 그를 불렀다. 그러나 그는 미동조차 없었다. 숨은 쉬는데 의식은 돌아오지 않았고 화살이 박힌 어깨에서는 여전히 피가 흘렀다. 당장 의원에게 보여줄 수 없는 상황에서 자신이 할 수 있는 최대한의 처치는 지혈뿐이었기에 가혜는 저고리에 달아두었던 호박 노리개를 사용하고자 했다. 그러나 이미 인후가 써버린 노리개는 그녀의 손에 잡히지 않았고, 당황한 가혜는 주위를 두리번거리다가 피 묻은 화살들과 찢어진 구군복 자락을 발견했다. 움직이면 통증이 이는 다리를 거의 끌다시피하며 다가가 그것들을 살펴본 가혜는 반쯤 사용하고 남은 호박 가루와 피에 젖은 붕대가 버려져 있는 걸 보고 급히 치마를 걷어 올렸다. 허벅지에는 노란 구군복 자락이 감겨 있었다. 그에게 치마 속까지 보여주었다는 사실에 가혜는 아연실색했으나 그보다 더 그녀의 심정을 복잡하게 만든 건, 그가 부상당한 어깨로 저를 먼저 치료해 줬다는 점이었다.

'내가 뭐라고 이렇게까지…….'

정체를 숨긴 것뿐만 아니라 그와 거리를 둔다고 차갑게 굴고, 잘 대해주지 못했던 일들이 와글와글 몰려들어 그녀를 괴롭혔다. 그러다 바닥을 굴러다니는 화살들이 눈길을 사로잡았을 때, 가혜는 설마 싶은 마음이 들었다. 어쩌면, 그가 다친 곳이 어깨만이 아닐지도 몰랐다. 자신이 모르는 더 큰 부상 탓에 깨어나지 못하는 걸 수도 있다는 생각이 들자, 가혜는 황급히 서방에게 다가가 다친 곳을 찾고자 했다. 그러나 흐릿한 달빛만으론 검붉은 피와 구군복의 붉은색을 구분하기가 어려웠고, 결국 손의 감각에만 의지해 상처를 찾던 그녀는 그의 등을 짚었을 때 핏물이 축축하게 배어 있음을 알아차렸다.

'대체 피를 얼마나 흘린 거야?'

몇 겹이나 되는 옷을 적실 정도면 적잖은 양이 빠져나온 게 분명했다. 그건 더 지체할 시간이 없다는 뜻이기도 했다. 조급해진 가혜는 화살촉으로 속치마의 끈을 잘라 벗어버리고 피가 묻지 않은, 깨끗한 부분만 길게 찢어 붕대로 만들었다. 준비가 얼추 끝나자 여전히 의식 없는 서방을 껴안고 그의 어깨에 박힌 화살을 힘주어 뽑아냈다. 그 순간 전달된 통증 때문인지 인후의 손가락이 살짝 꿈질했으나 가혜는 그걸 확인할 여력이 없었다. 그녀는 서방의 옷을 반쯤 벗겨내 널찍한 등에 난 두 개의 상흔을 확인했다. 등으로 화살받이를 한 게 분명한 흔적이었다.

"미쳤어, 정말……."

말은 그렇게 했지만, 눈가가 시큰해서 가혜는 떨리는 아랫입술을 꼭 깨물었다. 그녀는 남은 호박 가루와 향낭에 미리 챙겨두었던 약을 상처에 뿌려주었다. 제발 지혈이 되길 바라면서 붕대로 꼼꼼하게 감아 환부를 압박한 가혜는 마지막으로 남편의 옷을 여며주었다. 할 수 있는 모든 일을 끝냈으니 이제 남은 건 하늘에 맡기는 것뿐이었다. 그녀는 여전히 의식이 돌아오지 않은 서방의 품을 파고들며 제 체온을 나눠주었다.

그렇게 긴 시간을 보내면서 가혜는 처음으로 그를 서방님이라 칭했을 때를 떠올렸다. 아마도 묵형단의 두목을 상대하던 날이었을 것이다. 그날 그녀는 혼인 전에 그에게 가졌던 반감들을 많이 녹였다. 세상에 단 하나뿐인 자신의 짝을 부르는 그 호칭은 묘한 힘을 지녀서 부를 때마다 가슴속에서 많은 부분을 바꿔놓았다. 미움은 호감으로, 거부는 승낙으로. 부부라는 관계가 지닌 그 힘 덕에 그와 조금씩이나마 가까워졌고, 어느새 그녀는 양묘로 사는 일마저 고민하고 있는 자신을 발견하게 되었다.

가혜는 고개를 들어 이승과 저승을 넘나들며 치열하게 싸우고 있을 서방을 지그시 바라보다가 조심스럽게 그에게 입을 맞췄다. 혼인 후 처음으로 그녀가 진정한 낭군으로 그에게 먼저 한 입맞춤이었다.

하늘이 맺어준 부부의 연이 아직 끊어지지 않았길 바라면서, 여기서 이별을 맞이하지 않길 간절히 기원하면서 그녀는 진심을 다해 그에게 제 마음속에 깃든 애정을 드러냈다.

여전히 양묘로서의 삶은 그녀를 갈등하게 했고, 시아버지에게 떳떳한 며느리가 될 수 없단 사실도 달라지지 않았지만, 적어도 지금 제 눈앞에 있는 남자가 의식을 되찾고 저를 봐주기를 바라는 마음만큼은 확실했다.

'그러니 제발…….'

제발 그가 눈을 떠주기를, 자신의 곁으로 돌아와 주길 간절히 기원하고 있을 때, 근방에서 인기척이 들렸다.

군소의 발에 닿은 나뭇가지가 그의 조급한 마음처럼 뚝뚝 부러졌다. 밤은 깊어지고 시간은 흐르고 있는데 임무는 도통 끝나질 않았다. 빛이라곤 어슴푸레한 달빛과 손에 든 횃불뿐이라 이처럼 칠흑같이 어두운 밤에는 근처까지 다가가지 않는 한 사물을 분간하기조차 어려웠다. 조바심이 나서 얼굴이 일그러진 그에게 부하 하나가 눈치를 보며 다가왔다.

"대장, 의금부에서 나졸들을 이끌고 이쪽으로 올라오고 있습니다. 두 패로 나뉘어서 한쪽은 곧장 산채로 가고 있는데, 어찌할까요?"

그건 정말 좋지 않은 소식이었다. 아무리 자신과 수하들의 실력이 뛰어나다고 해도 금부 나졸 백여 명을 상대하기란 무리였다. 군소는 들고 있던 검을 땅에 던져 꽂아버리고 분노를 삭이며 명령을 내렸다.

"패를 나눠 갑조는 산채에 있는 우리 쪽 시신을 수습한 뒤 철수하고, 을조는 횃불을 끄고 어둠에 몸을 숨긴 채 산을 수색하며 내려간다. 필시 이 근방 어딘가에 숨어 있을 것이니 금부와 마주치기 직전까지는 은밀히 임무를 수행하여야 한다."

그의 짐작은 틀리지 않았다. 실제로 그가 서 있는 곳에서 그리 멀지 않은 곳에 가혜와 인후가 숨어 있었다. 정확한 대화 내용은 알지 못해도 예민한 청각으로 적들이 가까이에 있음을 알아차린 가혜는 여전히 의식 없는 서방과 점점 포위망을 좁혀오는 발소리를 들으며 고민에 빠졌다. 이대로 숨어서 적들이 지나치길 기다릴 것인지, 아니면 뛰쳐나가 그들을 유인할 것인지. 두 방법 모두 목숨을 걸어야 하는 위험한 일이었다. 하나 조금만 생각해 보면 그녀가 선택할 수 있는 답은 정해져 있었다.

'지금 내겐 무기가 없으니 여기서 들키면 그를 지켜줄 수도 없어.'

지닌 것이라곤 부러지지 않은 화살 두 개 정도였으니 그것으로는 어찌해 볼 도리가 없었다. 다친 다리로 얼마나 버틸 수 있을진 모르지만, 우선 적들부터 유인하기로 결론을 내린 가혜는 서방이 그들에게 들키지 않길 간절히 기원하며 그의 볼에 가볍게 입을 맞췄다. 그러다 문득 이것이 마지막이 될지도 모른다는 생각이 들자 그녀는 용기를 내 그의 얼굴을 감싸 잡고 원 없이 입술을 취했다. 그가 자신에게 하던 것처럼 부드러움 속에 갖은 열망을 담아서.

아내에게 탐함을 당하는 이질적인 느낌에 인후는 다시 한 번 손을 움직이려 했다. 어깨에서 화살을 뽑을 때 정신은 돌아왔는데 몸이 말을 듣질 않았다. 눈조차 떠지지 않아서 그녀를 볼 수가 없었고, 마지막 작별 인사처럼 입을 맞추는 부인을 껴안을 수도 없었다. 그런 인후의 사정을 모르는 가혜는 그를 놓아주고 줄어들지 않는 미련을 애써 억눌러 가며 속삭였다.

"이번엔 내가 구해줄게요."
"으음……."
인후는 작은 신음을 흘리며 어떻게든 말리고자 했다. 다친 몸으로 멀쩡한 무기도 없이 그들의 표적이 되면 처참한 죽음을 맞이할 거라는 건 뻔한 일이었다. 그러나 인후의 신음을 듣고 도리어 그를 살릴 수 있다는 희망을 품은 가혜는 작은 망설임도 남기지 않고 스스로 미끼가 되었다.

부하 여덟 명을 이끌고 모든 감각을 곤두세워 가며 산에서 내려가던 군소는 제법 크기가 있는 돌이 굴러떨어지다가 다른 돌에 부딪치는 소리를 들었다. 그는 작은 목소리로 이 사실을 주위에 있는 부하들에게 알렸고, 다 같이 소리가 난 쪽으로 달려 나간 지 얼마 지나지 않아 도망치는 가혜의 뒷모습을 발견했다. 목표물인 인후는 보이지 않았지만, 우선 잡고 추궁할 요량으로 그들은 미친 듯이 그녀의 뒤를 쫓았다.
빠른 속도로 가까워지는 괴한들에 가혜는 이를 악물고 뛰었다. 허벅지를 타고 통증이 올라오고 있지만, 최대한 멀리 가야만 했다. 두 번 다시 다리를 쓰지 못하는 한이 있더라도 지금은 뛰어야 서방을 구할 가능성이 커지기 때문이었다. 그래도 수년간 밤에 산을 타며 훈련한 덕에 용케도 잘 도망치던 가혜는 멀리서 수십 개의 불빛이 반짝이는 걸 보곤 금부 나졸들이 저와 서방을 찾고 있음을 직감했다. 그 선봉에는 듬직한 시아버지가 있으리라.
"아버님!"
가혜는 금부 나졸을 이끌고 올라오고 있을 시아버지를 떠올리며 크게 외쳤다. 그러나 그 순간 뒷골이 섬뜩해지는 느낌에 그녀는 급히 몸을 비틀었다. 그와 동시에 옆에 있던 나무에 검 하나가 박혔다. 가혜의 구조 요청에 당황한 군소의 부하가 던진 검이었다. 그녀의 몸을 노리고 날아왔던 검은 주인을 잃은 채 나무에 꽂혀 버렸고, 그 사실은 군소와 가혜에게 상반된 감정을 맛보게 했다.

"이런, 멍청한!"

군소의 비난이 끝나기도 전에 가혜는 곧바로 손을 뻗어 검을 뽑아 들었다. 그녀가 검을 쥐자마자 현장의 분위기는 삽시간에 돌변했다. 그녀는 더 이상 사냥꾼들에게 쫓기는 가련한 사슴이 아니었다. 아홉이나 되는 적들을 당당하게 마주 보고 서서 웃음 짓는 모습은 승기를 잡은 강자의 것이었다.

"아홉이라, 손봐주기엔 적절한 머릿수지."

그녀의 자신감 어린 도발에 군소와 그의 부하들은 기가 차서 헛웃음을 흘렸다. 검을 들긴 했어도 당장 쓰러지지 않은 게 신기할 만큼 몸 상태가 극악인 것이 한눈에 보이는데, 무슨 자신감인가 싶었다. 적어도 의금부가 도착하기 전에 그녀를 제압하거나 하다못해 죽이는 것 정도는 할 수 있을 것이었다.

"쳐라!"

군소의 명을 받은 부하 셋이 한꺼번에 가혜에게 달려들며 검을 휘둘렀다. 비탈길의 위쪽을 점한 그들은 지리적 이점에 협공까지 해가며 그녀를 몰아붙였다.

검 하나를 피하고 다른 두 개는 막고 세 걸음 뒤로 물러나며 가혜는 이를 악물었다. 단 한 번 검을 섞었을 뿐이지만, 그들의 실력이 얼마나 뛰어난지는 확실하게 느껴졌다. 그래도 그녀는 포기할 수 없었다. 적어도 시아버지가 올 때까지는 시간을 벌어야 했다. 수색조와의 거리가 먼 탓에 자신의 목소리는 닿지 않았겠지만, 검이 부딪치는 쇳소리라면 필시 더 멀리 퍼질 것이었다. 그걸 노리고 그들을 도발했던 가혜는 최대한 검에 힘을 실어 공격을 막으면서 소리가 커지도록 만들었다. 하지만 현재 그녀의 몸 상태로는 금방 한계에 다다랐고, 날카로운 금속성이 고요한 산속을 몇 번 더 헤집고 나자 체력이 떨어진 가혜는 검을 놓쳤다. 그녀의 손에서 빠져나간 검은 나무뿌리 사이를 구르며 멀어졌고, 사태의 종료를 예견하는 자객의 검 끝이 가혜의 목에 닿았다. 그녀의 패배를 지켜본 군소는 횃불의 움직임이 여전히 멀리 있는 걸 보고 안도하며 인후의 소재를 캐물었다.

"그대의 서방은 어디에 숨어 있는 거요."

그렇게 물어놓고 달빛에 비친 가혜의 얼굴을 본 군소는 후회했다. 다 부질없는 짓이었다. 묻는다고 밝힐 여자였다면 천것들을 위해 홀로 남아 뒤를 지켜주지도 않았을 것이고, 피를 흘려가면서도 앓는 소리 한 번 없이 산을 타지도 않았을 터였다. 죽는 한이 있어도 고고하게, 지금처럼 꿋꿋이 머리를 들고 죽으리라. 그녀는 그런 여자였다. 대담한 서방이나 굳건한 아내나, 감탄스러운 그들을 존중하기로 한 군소는 그녀의 죽음이 더럽혀지지 않도록 깔끔하게 죽여주는 쪽으로 생각을 바꿨다.

"목을 베라."

그의 명령이 떨어진 순간 뒤쪽에서 단말마가 터졌다. 아무런 기척도 못 느꼈던 군소는 급히 몸을 돌렸다가 부하의 검을 빼앗아 들고 있는 인후를 발견했다.

"대체 언제……."

그가 다가오는지도 모르고 있었다. 가혜에게 정신이 팔린 탓도 있었지만, 아무리 그래도 오롯이 느껴지는 실력 차에 군소는 식은땀을 흘렸다. 그간 드러냈던 그의 무위가 다가 아님을 다시 한 번 느낄 정도였다. 인후가 또다시 이 어둠 속에서 날뛴다면 패배하는 건 자신들일지도 몰랐다. 그러니 이제 그에게 남은 건 조금 치졸한 방법뿐이었다.

"한 발짝이라도 더 다가왔다간 여자를 죽일 것이오."

가혜의 목에는 여전히 검이 겨눠져 있었고, 그녀가 다치는 걸 원치 않는 인후는 미련 없이 검을 버렸다. 그러면서도 그는 아내의 목숨을 보전해 주길 군소에게 청했다.

"그대들이 원하는 건 내 목숨이 아닌가. 부인은 아무것도 모르니 놔주게."

받아들일 가능성은 매우 희박하지만 그럼에도 인후는 그 작은 가능성에 기대어 이곳까지 왔다. 애초에 그들이 노린 건 자신이었고, 아내는 이 일에 무고하게 엮인 피해자였다. 그러니 서방을 구하고자 스스로 미끼가 된 아내만큼은 살려주고 싶었다. 그걸 위해서라면 양반의 권위도 버릴 수 있었고 사내의 자존심도 굽힐 수 있었다. 오로지 아내를 위해서 그는 모든 걸 다 받아들일 각오로 검을 버렸다. 가혜가 그러지 말라 했으나, 인후는 뜻을 굽히지 않았다.

그에게 그녀는 부친이 멋대로 엮어준 여인이었다. 원치도 않았는데 갑자기 맺어져서 더욱 당혹스럽던 그런 부인이었다. 첫 만남이 주었던 호기심과 볼수록 감탄스러운 현숙함이 좋은 탓에 점점 마음을 열었지만, 그 무엇보다 자신의 아내라는 이유로 집착하고 정을 나누고자 했다. 내 것, 내 아내. 하지만 그녀가 저를 지켜주겠다며 품에서 벗어나던 그 순간에 그는 느꼈다. 이젠 그저 제 아내여서가 아니라 그녀를, 그녀의 존재 자체를 연모하고 있노라고. 그녀가 설령 자신의 적인 양묘라 해도 그 마음만큼은 절대 변하지 않을 것이었다.

군소의 부하 하나가 반항할 의지를 잃은 그에게 다가가는 걸 보며 가혜는 눈물을 흘렸다. 여기서 이렇게 그를 잃는 걸 차마 볼 수가 없었다. 그녀는 눈물 때문에 흐릿해진 눈으로 제 목 가까이에 있는 검을 보았다. 제가 죽는다면 그가 적들의 말에 휘둘릴 이유가 없어진다. 그녀가 그 검에 목을 내어주고자 몸을 앞으로 기울이려던 그때, 공기를 마비시키는 소리가 있었다.

퍼억―

가혜의 목에 검을 겨누던 자의 머리가 화살에 뚫려 반쯤 터져 나가고, 즉사한 자의 눈이 뒤집히면서 피가 튀었다. 놀라서 경직된 사람들 사이로 성큼성큼 나타난 건 구군복을 입은 권식이었다.

"네놈들인가. 감히 내 며늘아기를 울린 게."

활을 버리고 검을 뽑아 들며 다가오는 권식과 그를 호위하는 무열의 등장에 군소는 이를 악물었다. 모두의 시선이 권식에게 쏠린 틈을 타 인후의 눈길이 바닥을 굴러다니는 검에 닿았다. 그의 발이 쇠붙이를 위로 차올렸고, 공중에 뜬 검을 손이 낚아채자마자 권식에게 잠시 정신을 빼앗겼던 자가 고꾸라졌다. 아홉에서 셋이 제거되고 나니 형세는 곧바로 뒤바뀌었다.

그들이 승기를 잡게 된 건 가혜의 계책 덕분이었다. 병장기 부딪치는 소리를 듣고 방향을 잡은 권식은 부하들을 그 자리에 세워놓고 무열만 대동한 채 거리를 좁혔다. 나졸들이 든 횃불의 움직임을 보고 동태를 파악하고 있을 적들을 교란시키기 위함이었다. 그 방법은 성공을 거뒀고, 그는 아직 살아 있는 아들과 며느리를 만날 수 있었다. 다만 예쁘고 좋은 것만 보게 해도 아까울 며느리에게 잔인한 장면들을 가감 없이 보여주게 된 것이 못내 속상했다.

"아가, 괜찮으냐."

권식은 아들에겐 시선도 주지 않고 가혜부터 챙겼다. 눈앞에서 머리를 꿰뚫린 자를 본 며느리가 충격을 받진 않았는지 살뜰히 다독이는 그의 모습에서 좀 전의 그 맹수 같은 기세는 사라진 지 오래였다.

"아버님……."

"그래, 그래. 많이 힘겨웠겠구나. 이제 괜찮다. 잘 버텨주었어."

괜찮다고 말해주는 시아버지 덕에 긴장이 풀려 버린 가혜는 설움이 녹아내려서 눈시울을 더 적시려는 것을 간신히 참아냈다. 자신의 꼴을 보고 혹여나 몸이 더럽혀진 건 아닐지 의심할 법도 하건만, 그는 아무것도 묻지 않고 그저 괜찮다고 달래줄 뿐이었다. 그것이 너무나도 고마워서 가혜는 눈물을 꾹 참고 미소를 지어 보였다. 그런 며느리를 대견하게 여긴 권식은 괴한들의 수장으로 짐작되는 군소를 돌아보았다. 좀 전까지만 해도 그의 눈에 깃들어 있던 다정함은 사라지고, 매서운 살기만 검은 눈동자 속에 가득했다.

"배후를 불고 항복하라 권해야 마땅하겠지만, 네놈들에겐 베풀 자비가 없으니 이 자리에서 즉결 처형하겠다. 감히 내 며느리를 납거하고도 살 수 있으리라 생각한 건 아니었겠지?"

즉결 처형을 운운하는 그의 살벌한 음성은 좌중을 휘어잡았다. 수십 년간 수백에 달하는 군사들을 다뤄온 그의 압도적인 권위는 아군으로 하여금 수적 열세도 두렵지 않게 만들었다. 더불어 적의 기세를 질리게 하는 무언가가 어려 있었다. 그런 그의 등장과 동시에 이미 부하들의 사기가 꺾였음을 짐작한 군소는 더 따질 것도 없이 퇴각 명령을 내렸다.

"퇴각!"

적들이 도망치자 인후와 무열이 그들의 뒤를 쫓았다. 하지만 목숨을 걸고 막아서는 군소와 다른 한 명 덕에 나머지 다섯 명은 몸을 피할 수 있었다.

인후의 검을 막아내며 버티던 군소는 무열에게 부하 하나가 당하자 암담함을 느꼈다. 둘이 합공한다면 도망치기는커녕 이 자리에 제 뼈를 묻어야 할지도 몰랐다.

'벗어나야 한다. 부상당한 자이니 필시 틈이 있을 게야.'

그의 판단은 정확했다. 피를 너무 흘린 인후는 갑작스럽게 머리를 덮치는 어지럼증에 반응 속도가 느려졌다. 자칫하면 당할 위기에 그가 두어 걸음 뒤로 물러나자 군소는 더 검을 섞는 걸 포기하고 곧바로 몸을 빼냈다. 어찌 보면 목표물을 제거할 절호의 기회였을 수도 있으나, 어설프게 욕심을 부릴 상대가 아님은 그 누구보다 군소가 잘 알고 있었다. 마지막 일격이 막히면 도리어 죽는 건 자신이었고, 그럴 바엔 차라리 좀 더 철저하게 덫을 파서 훗날을 기약하는 것이 좋았다. 도망치는 그의 뒤를 무열이 쫓는 사이, 가혜와 인후는 서로의 안위부터 확인했다. 상대를 걱정하는 두 사람의 눈빛은 그 어느 때보다 따뜻하고 부드러웠다. 그렇게 의금부를 들쑤셔 놓은 가혜의 납거 사건은 반나절이 지나서 간신히 일단락되었다.

그날 밤, 산속에서 수습한 시신은 총 팔십여 구에 달했다. 그중 여인과 아이들의 수가 오십여 명이었고, 전문 자객으로 확신할 수 있는 자는 총 넷뿐이었다. 인후의 검에 당한 두 명과 권식이 활로 쏘아 죽인 자, 그리고 마지막으로 무열이 처리한 자였다. 군소는 끝내 잡히지 않았고, 그들과 관련된 정보는 산채 어디에서도 나오지 않았다. 처음부터 신분을 위장하고, 비적들의 산채에서 일을 벌였으니 당연한 걸 수도 있었다. 남은 건 수습한 자객들의 시신에서 정보를 찾아내는 것뿐이었으나 그들의 몸 어디에서도 특정한 단체를 뜻하는 흔적은 없었고, 온전한 얼굴이 남아 있는 것도 딱 둘뿐이었으니 배후를 밝혀내는 일은 어쩌면 요원할지도 몰랐다. 그래도 권식은 직접 수사를 맡고자 했다. 그래야 며느리에 대한 불필요한 소문을 차단할 수 있기 때문이었다. 권식은 산채 근처에서 치료를 받은 아들 내외에게 사건 경위를 확인하고 곧바로 금부로 가 조사를 시작했다.

그가 동지사들을 이끌고 떠나자 인후는 다른 도사들에게 뒤처리를 맡기고 아내가 잠시 기거하고 있는 천막으로 갔다. 오늘 하루는 그녀에게도 너무 버거운 시간이었을 테니 쉬게 두고 싶지만, 분위기조차 엉망인 산채보다는 집으로 가서 요양하는 게 심리적으로 더 낫지 않을까 싶어 그는 문 앞에 서서 그녀의 의중을 물었다.

산채에서 속히 벗어나고 싶었던 가혜는 함께 집으로 돌아가는 게 어떻겠느냐는 그의 제안을 순순히 받아들였다. 워낙 사나운 일을 겪은 탓에 몰골이 엉망인 데다 다친 몸으로 부친을 보았다간 되레 걱정만 끼칠 터였다. 우선 몸부터 추스르고 뵈러 갈 생각으로 천막을 나섰을 때, 문 앞에서 기다리던 서방이 불쑥 손을 내밀었다.

"다리를 다쳤으니 거동이 불편하지 않겠소?"

그러니 손을 잡고 지지대로 삼으라는 뜻이었다. 나졸들이 횃불을 들었다곤 하지만 밤이 깊어 사방이 어두웠고, 그런 와중에 하산한다는 건 성한 몸으로도 쉬운 일이 아니었다.

양묘의 일로 번잡해진 마음을 아직 정리하지 못했을 그에게 또다시 뜻하지 않은 호의를 받을 줄 몰랐던 가혜는 멍하니 서서 제 앞에 자리한 큼지막한 손을 바라만 보았다. 그 반응이 민망했는지 그가 헛기침을 했고, 그 소리에 정신이 든 가혜는 얼른 손을 내어주었다. 그걸 꼭 잡아놓고 부끄러운지 앞서 걸어가는 서방의 뒷모습에 그녀의 얼굴에도 미소가 번졌다. 어쩐지 밤중 하산도 그리 나쁘지만은 않은 것 같았다. 이렇게 곁에서 의지가 되는 그가 있으니, 두 번이든 세 번이든 얼마든지 능히 내려갈 수 있을 듯했다.

파루가 울릴 때 산 밑에 도달한 가혜는 가마를 불러 타고 그 뒤로도 한 시진쯤 지나서야 내당에 발을 들일 수 있었다. 그녀가 휴식을 위해 보료에 앉자마자 때마침 돌아온 설이가 묻지도 않고 방으로 뛰어들었다.

“아씨!”

무열에게서 일이 얼추 정리되었음을 들은 설이는 돌아오자마자 주인의 안위부터 직접 확인하고 바닥에 주저앉아 펑펑 울어댔다. 가혜가 비적들과 싸워준 덕에 어찌어찌 목숨을 부지하고 무열이 숨겨준 곳에서 다친 무사를 병간호하며 밤새 가슴을 졸였던 설이는 쉬이 울음을 그치지 못했다.

그건 매우 무례한 행동이었으나 어린 나이에 험한 일을 겪고 밤새 힘겨워했던 걸 알기에 함께 내당으로 든 무열은 그녀를 꾸짖지 못했고, 가혜 역시 설이를 가까이 불러 다독이는 데 더 힘을 쏟았다.

“네게 그런 일을 겪게 해서 미안하구나.”

가혜가 마치 친모처럼 품을 내어주고 머리를 쓰다듬어 주자 설이는 더 서러워져서 한참 동안 울었고, 그녀가 좀 진정된 뒤에야 무열은 가혜에게 찾아온 용건을 밝혔다.

“사실 아씨의 검술 실력을 보고 많이 놀랐습니다. 나리와 대감마님께서도 아십니까?"

아마도 모르고 있으리라 짐작하면서 묻는 말에 가혜는 솔직히 대답해야만 했다.

"서방님만 알고 계시네. 세상이 험한 탓에 그저 내 몸 하나 지키겠다고 배운 것인데, 몸가짐을 바르게 해야 할 여인이 검을 다룬다는 것이 그리 좋게 보이는 일은 아니지 않은가."

여성의 행동에 점점 더 많은 제약을 가하고 있는 조선에서 여인이 검을 다룰 수 있다는 것은 그다지 환영받을 만한 일이 아니었다. 특히 그 신분이 양반이라면 더 큰 논란거리가 될 수도 있었다. 무열도 그 점을 우려하여 권식과 인후에게 고하기 전에 가혜를 먼저 찾은 것이었다.

"하면 앞으로 어찌하실 예정이십니까."

임금의 윤허를 받은 권식이 사건을 조사하기 시작하면 현장에 있었던 무열도 더 자세한 상황을 설명해야만 했다. 그때 어찌 대처해야 하는지 확인하기 위해 묻는 무열을 가혜는 지그시 바라보았다. 그가 자신을 위해 시아버지에게 거짓을 고할 가능성은 과연 얼마나 될까. 그걸 확실히 알아야 답할 수 있었다.

"자네는 아버님께서 각별히 총애하는 자라 들었네. 그만큼 자네의 충심도 굳건하겠지. 한데, 어찌하여 그런 것을 내게 묻는가."

그녀의 말이 맞았다. 그는 권식을 위해서라면 목숨도 바칠 수 있었다. 그건 지금도 마찬가지였으나 조금 달라진 점이 있다면, 어제부로 그녀에게도 충심이 생겼다는 점이었다. 보잘것없는 자신과 하인들을 위하여 목숨을 걸어준 그녀에게 어떻게든 은혜를 갚고 싶음을 그는 순순히 고백했다. 머리를 깊이 숙이고 그녀에게 충성을 맹세하는 것으로 그는 검술과 관련된 일을 함구할 수도 있다는 뜻을 내비쳤다.

그의 진지함에 설이 역시 울음 뒤에 따라붙는 딸꾹질을 그치고 가혜를 바라보았다. 무열과 마찬가지로 시키는 대로 하겠다는 설이의 눈빛에 가혜는 고민에 빠졌다. 시아버지는 며느리가 검을 들고 싸우는 걸 보지 못했을 것이었다. 검을 놓친 뒤에 그가 나타났기 때문이었다. 물론 병기가 부딪치는 소리를 들었을 테니 의심을 완벽히 벗긴 어렵겠지만, 서방도 자리에 같이 있었으니 그가 나서준다면 충분히 빠져나갈 길이 생길 터였다. 다만 어제 습격당할 때 제가 검술을 구사하는 걸 본 건 무열과 설이만이 아니라는 게 문제였다.

"자네의 부하였던가, 팔을 다쳤던데 좀 어떠한가."

"치료 중입니다. 의원이 절대 안정을 요구하여 근방에 방을 얻어 머물게 하였는데, 그도 아씨 덕에 목숨을 구하였으니 소인과 뜻을 함께하기로 하였습니다."

그도 무열과 마찬가지로 가혜에게 감복했고, 그녀의 명령이라면 최선을 다해 수행할 의지가 있었다. 그렇게 유일한 목격자이자 살아남은 세 명 모두 따르겠다는 뜻을 비춰준 덕에 가혜는 조금 수월하게 일을 마무리 지을 수 있었다.

"그렇다면 훗날 내 기회를 봐서 아버님께 직접 말씀드릴 테니, 검술을 썼던 건 한동안 못 본 것으로 해주게나. 내가 몸이 좋지 않아 도망치기 어렵다 판단하여 스스로 목에 검을 대고 길을 막았다고 고해주게. 그리하면 자네가 아버님께 크게 문책당하는 일은 없을 것일세."

가혜는 이번 일로 시아버지에게 징계를 받을 무열을 걱정하며 보호해 주고자 했다. 그 마음 씀씀이에 무열은 더욱 감사하며 물러났고, 설이는 정성을 다하여 가혜를 간호했다.

가혜의 납치 사건을 조사하기 위해 금부에서 밤을 보낸 권식은 임금을 알현하여 간밤에 있었던 일을 소상히 고했다. 대낮부터 사대부가의 아녀자를 납거하고 그 서방을 유인하여 죽이려 한 파렴치한 존재들에 대해 이연은 매우 불쾌해하며 권식이 사건 수사를 전담하는 걸 윤허하였다. 또한, 고초를 겪은 인후와 가혜에 대해 걱정과 우려를 표하면서도 권식이 그 일에만 매달리는 걸 바라지 않음을 확실히 했다.

"큰일을 겪을 뻔한 경의 마음을 과인이 모르지는 않으나, 그 일로 인하여 양묘를 추포함에 있어서 소홀해서는 아니 될 것이오."

임금의 말에 권식은 바닥에 고정하고 있던 시선을 옮겨 용안을 훔쳐보았다. 일전에 홍 단주와의 거래가 어찌 되었기에 한동안 거론하지 않던 양묘를 다시 잡으라고 명하는지 의아했기 때문이었다. 그 시선에 담긴 뜻을 느낀 이연은 권식을 조금 더 가까이 불러 그가 알아야 할 정도의 내용만, 거의 속삭이듯이 작게 설명했다.

"과인은 홍 단주의 힘이 필요하오. 그러려면 저번처럼 약점을 쥐는 것이 가장 좋겠지."

밀명지가 거의 손에 들어왔을 즈음 상단이 습격을 당했고, 선왕의 유지를 이어받아 해온 노력이 눈앞에서 사그라졌다. 홍 단주가 기필코 찾아내 바치겠다고 했지만, 그렇다고 고분고분 가져올지는 모를 일이었다.

"그러니 양묘를 생포하여 데려오시오. 경은 과인의 기대를 저버리진 않으리라 믿소."

이연은 권식에 대한 믿음이 있었고, 그렇기에 군권과 의금부를 한꺼번에 맡겼다. 그런 임금의 마음을 잘 알기에 권식도 어렵게 쌓아온 신뢰를 꺾고 싶지 않았다.

“여부가 있겠사옵니까, 전하. 이번 일의 배후를 밝히고 양묘도 생포하여 금부 옥사에 하옥하겠나이다.”

“좋소. 경은 과인을 너무 오래 기다리게 하진 마시오. 믿고 있을 터이니.”

“성은이 망극하옵니다, 전하.”

양묘를 원하는 임금의 마음을 재확인한 권식은 두 개의 사건을 빠르고 확실하게 처리할 의지를 다지며 희정당에서 물러 나왔다.

*

위기는 사람을 변화시키고, 이틀 전에 있었던 가혜의 납거 사건은 부부 사이도 조금 묘하게 바꿔놓았다. 종일 누워서 치료에만 전념하는 데 지쳐 버린 인후는 이튿날에는 자리를 털고 일어나 문안 인사를 핑계로 일찍부터 내당을 찾았다. 그러나 방 안으로 들어가지도 못하고 마루 위를 서성여야만 했다. 아직 준비가 끝나지 않은 가혜가 방문을 허락하지 않았기 때문이었다. 그녀의 말 한마디에 인후는 더 재촉하지 않고 마루 위만 수십 바퀴를 돌았다.

서성거리는 그에게 온 신경이 쏠려 있는 가혜는 밖으로 말소리가 새어 나가지 않도록 조심하며 설이를 재촉했다. 사용하지 않던 비녀까지 꺼내 옷과 어울리는지 여러 번 확인하고, 입술과 색이 비슷한 분홍빛 연지를 바르는 데도 갖은 공을 들였다. 그럼에도 짙은 화장을 기피하는 양반가 여인들의 법도에 따라, 가혜가 치장한 모습은 평소와 별반 차이가 없었다. 다만 생기가 도는 두 눈과 기대로 물든 뺨이 그녀를 더 빛나게 만들었다.

"다 되었습니다, 아씨."

가혜의 마음에 생긴 변화를 그 누구보다 먼저 알아차린 설이는 웃음을 참으며 준비가 끝났음을 밝혔다. 그 소리에 누구보다 반색한 건 밖에서 기다리던 인후였다. 그는 문이 열리길 기다리다 못해 아예 신까지 다 신어놓고 섬돌 옆에서 얌전히 아내를 맞이할 준비를 했다. 그런 제 행동을 보고 기가 막혀서 얼이 빠져 있는 달수를 손짓으로 불러다 반협박하듯이 옷매무시를 다듬게 하고 바짝바짝 타들어가는 입술을 무시하며 태연한 척 뒷짐을 졌다. 나름대로 표정 관리를 끝냈을 때 문이 열리고 설이의 부축을 받으며 가혜가 나타났다.

그렇게 서로 고대하던 만남이건만, 눈이 마주치는 순간 두 사람은 시선을 다른 곳으로 돌려 버렸다. 가혜는 마룻바닥만 바라보았고 인후는 괜히 하늘을 올려다봤다가 슬그머니 아내를 두 눈에 담았다. 제 눈길에 부끄러워하며 볼을 물들이는 아내의 모습은 그 어느 때보다 아름다웠다. 마치 수줍어하는 꽃과 같은 몸짓이 다가가 품으면 향긋한 꽃향기가 흘러나와 심신을 정화해 줄 것만 같았다. 그녀의 곁을 맴도는 바람은 부드러웠고, 맑은 하늘 밑에 조잘대는 새소리는 마치 감미로운 노래처럼 듣기 좋았다.

절로 퍼지는 미소를 감추기 어려운 인후는 고개를 돌려 표정을 숨기고 신발을 신기 위해 다가온 아내에게 슬쩍 손을 내밀었다. 혼자 움직이기 위험하거나 부축이 필요한 건 아니었지만, 그래도 한 번 더 잡아보고 싶어서 쑥스럽게 내민 손을 가혜는 기쁜 마음으로 잡았다. 큼지막한 그의 손이 포근하게 감싸주니 그렇게 따뜻할 수가 없었다.

서방의 부축을 받아 시아버지에게 문안 인사를 올린 가혜는 그에게 남거 당시 겪은 일을 좀 더 소상히 들려주어야만 했다. 다만 검술에 대한 건 거론하지 않았고, 적들에 대한 단서가 될 만한 정보들 위주로 이야기가 나왔다.

"창고에 갇힌 지 얼마 지나지 않아서 비적들의 비명이 들렸습니다. 그때가 아마 미시쯤이 아닐까 합니다."

미시(오후 1~3시) 이후에 가혜의 기억이 끊긴 탓에 그 뒤부터는 인후가 설명을 이어갔다. 하지만 그 역시 이번 일이 밀명지와 관련되어 있을 가능성에 대해서는 함구했다. 그저 자신에게 앙심을 품은 이가 무리수를 둔 것이 아니겠느냐며 용의자를 특정하기 어렵다고 덧붙였다. 범인을 잡고 싶은 마음이야 굴뚝같지만 밀명지 일에, 아내에 이어 부친까지 휘말리게 할 수는 없었다.

인후가 줄 수 있는 정보가 제한적이다 보니 권식은 예측했던 것보다 시간이 더 소요될 수밖에 없음을 인정해야만 했다. 우선 급한 대로 며느리에 대한, 음해성 소문이 돌지 않도록 주의를 기울이고 범인을 추적하는 건 소란스럽지 않게 신중히 진행하는 것으로 가닥을 잡았다. 앞으로 어찌 수사를 진행할지 아들 내외에게도 알려주면서 권식은 가혜에게 외출할 일이 있다면 꼭 호위를 다섯 이상 대동하라고 신신당부했다.

"다섯도 좀 불안하다 싶으면 네 서방이라도 데려다 쓰거라. 내 언제든 허락할 테니."

어차피 잉여 인력이니 얼마든지 데려다 써먹으라고 하면서 권식은 아들 자랑을 추가했다. 다친 몸으로 자객들을 상대할 때 보니 실력이 그리 녹슬지도 않았다며 밤에 무서우면 방에 데려다가 불침번이라도 서게 하라는 그의 말에 인후는 기가 막힌 마음을 표현하지도 못하고 헛웃음만 흘렸다.

그도 그럴 것이 양묘라 하면 웬만한 나졸들 수십은 능히 상대할 만큼 무예 실력이 수준급이라 할 만했다. 솔직히 이번 사건도 가혜가 검을 능숙히 다룰 줄 알았기에 여럿이 목숨을 건졌다. 그녀가 여타의 여인들과 같았다면 지금쯤 인후는 홀아비가 되어 있었을 것이고, 가혜도 시아버지의 농 섞인 진담에 기뻐하기 어려웠을 터였다. 그 점을 인지한 인후는 처음으로 그녀가 양묘라는 사실이 감사했다. 안 그랬다면 부인이 즐겁게 웃는 걸 보진 못했을 테니.

가혜에게 농을 건네면서 분위기를 띄운 권식은 아들과 며느리를 매끄럽게 이어주려고 애썼다. 최근에 걷잡을 수 없을 만큼 사이가 나빠진 걸 우려하여 취한 행동이었나, 그가 그리 노력하지 않아도 부부 사이는 며칠 전과는 극단적으로 달라져 있었다. 서로를 향해 자꾸 눈길이 가고, 그러다 우연히 마주치기라도 하면 얼른 눈을 돌렸다. 무심코 준 눈길에도 꽃이 피는 가슴은 이미 만개한 봄이었고, 그냥 바라만 보고 있어도 웃음이 나는 풋풋함 속엔 달콤함이 배어 있었다. 눈빛 하나에 저들끼리 통해서 꽃 내음을 물씬 풍기는 아들 내외를 앞에 두고 권식은 묘하게 간지러운 목구멍을 참아내야만 했다.

인후가 며칠 병가를 내는 일로 권식과 얘기가 길어지자 가혜는 먼저 문안 인사를 마치고 설이의 도움을 받아 내당으로 돌아갔다. 그냥 방으로 들어가기에는 아까운 날씨라 가혜는 설이를 돌려보내고 홀로 마루 끝에 걸터앉아 아침 햇살을 만끽했다. 불과 이틀 전에 생과 사를 가르는 큰 사건이 있었다는 게 믿기지 않을 정도로 그녀의 주위는 평온함으로 가득했다. 마음이 정리되지 않아 불안할 땐 제대로 느낄 수 없었던 기분이 그녀의 입가에 잔잔한 미소를 새겼다. 그렇게 한동안 마루에 앉아 봄볕을 쬐던 중에 맞은편, 마당 너머에 있는 활짝 열린 내당 문 앞으로 지나가는 서방이 보였다. 어딜 그리 급히 가나 싶은 생각이 문득 들었을 때, 그가 문 앞으로 되돌아왔다.

가혜는 제게 눈길을 주는 그가 과연 다가올지 궁금했다. 그랬으면 좋겠다고 생각했지만, 굳이 소리를 내어 부르지는 않았다. 그럼에도 그 마음이 드러난 건지, 혹은 눈치껏 알아차린 건지 그는 기쁜 기색을 다 감추지 못한 채로 다가왔다.

"어이하여 예 앉아 계시오? 혹여, 나를 기다리셨소?"

방으로 들어갔을 줄 알았던 아내가 마루에 앉아 대문만 빤히 바라보고 있었으니 그런 오해를 할 만도 했다. 사실 그가 완전히 착각한 것도 아니었다. 문안 인사를 위해 만나는 시간은 매우 짧은 탓에 가혜는 내심 아쉽기도 했다. 그러나 직설적으로 물어오는 그의 화법이 여전히 익숙지 않은 가혜는 속마음을 들킨 소녀처럼 당황하며 부정했다.

"날이 좋아 볕을 좀 쬐고 있었을 뿐입니다."

그녀가 황급히 다른 이유를 댔지만, 인후는 말없이 알 것 같다는 미소만 흘리며 가혜의 곁에 자리를 잡고 앉았다. 외출하려던 그가 떠나지 않고 제 옆에 머물자 가혜는 반대쪽으로 고개를 돌렸다. 아무도 없는 내당에 단둘이 있자니 괜히 얼굴을 마주 보기가 민망한 탓이었다.

수줍음이 고스란히 드러나는 그녀의 몸짓에 인후도 커지는 심장의 떨림을 느꼈다. 제 눈길에 어쩔 줄 몰라 하는 걸 보니 적어도 사월령과 야반도주를 할까 봐 걱정하는 일은 좀 줄어들겠다는 확신이 생겨났다.

자신감이 생긴 그는 몸을 뒤로 기울이며 마루를 짚는 척하면서 아내를 향해 한쪽 손을 뻗었다. 허리 쪽을 맴도는 손의 기척은 가혜의 관심을 사로잡았다. 자연히 배에 힘이 들어갔고, 슬금슬금 어깨로 올라가는 손길에는 두근거림도 심해졌다. 그가 어깨를 감싸면 못 이기는 척 품에 안겨볼까, 그런 고민까지 하고 있을 때 그가 갑자기 기지개를 켜는 척하며 손을 제자리로 돌려놓았다. 한껏 긴장하고 있던 가혜는 황당함을 금치 못했다. 조금 흘겨보기까지 하는 그녀의 시선에 인후는 능글맞게 웃었다.

"어이하여 그리 매섭게 보시오?"

다 알면서 모르는 척하는 그가 매우 얄미워서, 가혜의 대답은 자연히 퉁명스러워졌다.

"어깨는 다 나으셨나 봅니다. 팔을 그리 움직이시는 걸 보면."

"이 정도 부상쯤이야. 별것 아니오."

말은 그리했지만, 그도 사람인지라 이틀 만에 관통상이 나을 리가 없었다. 그럼에도 인후는 아내 앞이라고 괜히 강한 척을 하며 다친 어깨를 살짝 두드렸고, 좀처럼 꺾이지 않는 그의 넉살에 가혜는 어련하겠느냐는 표정을 지었다. 그에 웃음이 터진 인후는 몸을 조금 옮겨서 아내와의 거리를 더 좁힌 뒤에 치마 위에 가지런히 놓여 있는 그녀의 손을 잡았다. 매끄러운 손등을 엄지로 살살 매만지던 그는 솔직하게 자신의 심정을 고백했다.

"내 이번 일로 그대에게 얼마나 미안하고 고마운지 모르오. 내가 부족하여 그대를 위험에 처하게 했소."

인후는 그녀가 저를 지켜주겠다며 떠날 때 잡지 못했던 순간을 거론하면서 두 번 다시는 그런 끔찍한 일을 겪고 싶지 않다고 말했다. 그의 감상에 가혜도 스스로 미끼가 되기로 했던 순간을 회상했다가 그때는 그가 의식이 없었음을 기억해 냈다.

"어찌 그 일을 아십니까?"

"그야, 어깨에 박힌 화살을 뽑힐 때 의식이 돌아왔기 때문이오. 몸에 힘이 들어가질 않아서 그렇지 당시 겪은 일을 전부 기억하오."

움직이지 못해 말은 할 수 없었지만, 정신은 또렷했단 소리였다. 그 말에 당시 그의 어깨에 박혀 있던 화살을 뽑은 뒤, 자신이 했던 짓을 상기한 가혜는 저도 모르게 절로 입이 벌어졌다. 미끼가 되기 직전, 마지막이란 생각이 들어 그의 입술을 얼마나 열심히 탐했던가. 그걸 깨닫고 넋을 잃은 그녀의 표정이 매우 귀엽다고 생각한 인후는 웃음을 참는 티를 고스란히 드러내면서, 괜히 더 아내 쪽으로 몸을 기울이고 작게 속삭였다.

"물론, 그대가 해주었던 입맞춤도 내 평생 잊지 못할 거요. 내 그리 진하게 받아본 건 처음이었소."

은근한 그의 음성은 가혜의 정신을 완전히 바스러뜨렸다. 그가 다 알고 있었다는 사실에 더할 나위 없이 얼굴이 붉어진 가혜는 서방에게 잡힌 손을 빼고 자리에서 일어나 후다닥 방으로 도망쳤다. 다리의 통증과 서방이 부르는 소리도 아득해지는 그녀의 정신을 깨우지 못했고, 덕분에 마루에 홀로 남게 된 인후는 자신의 행동을 즉각 반성했다. 제 말에 반응하는 모습이 볼수록 어여뻐서 잠시 놀렸을 뿐인데, 좀 과했나 싶었다. 그녀 곁에 더 오래도록 머물지 못한 아쉬움과 제 말 한마디에 일희일비하는 아내의 태도에 괜한 흐뭇함을 느끼면서 인후는 내당을 떠났다. 삼 일간 병가를 얻었으니, 소식을 듣고 걱정하고 있을 장인어른에게 서찰을 써서 보낼 필요가 있었다.

가혜가 겪은 사건을 소상하게 적은 인후의 서찰이 영달의 손으로 넘어갔을 무렵, 홍 단주도 비슷한 내용을 담은 서찰을 읽고 있었다.

인후의 주위에 심어둔 자들과 의금부에 있는 제 사람들에게서 이번 사건의 경과를 소상히 보고받은 홍 단주는 놀란 마음을 진정시키며 차분하게 상황을 유추했다.

'병판의 위세를 아는 자라면 최인후에게 앙심을 품었다는 단순한 이유로 아씨를 납거하진 않을 텐데.'

권식은 뛰어난 능력과 굳건한 심기를 인정받아 현 임금의 총애를 한 몸에 받고 있고, 권력에 쉬이 휘둘리지 않으니 그보다 더 지위가 높은 자들도 함부로 대하지 못하는 인물이었다. 그 때문에 임금마저 인후에 대해 눈감아주고 있는 판에 그를 건드린다는 건 웬만한 결심으론 불가능하고, 어찌 보면 미련한 짓이기도 했다. 인후와 엮여 있는 일이 제법 크지 않는 이상은 그렇다고 봐도 무방했다. 여러모로 생각해 보고 추측해 봐도 밀명지와 관련된 사건일 가능성이 가장 높은 탓에 홍 단주의 의아함은 더욱 커졌다.

'그가 밀명지를 가져갔으리라 생각하는 건 나와 사월령뿐인데, 대체 누가 어떤 목적으로 그를 위협한단 말인가?'

그건 밀명지를 노리는 새로운 세력의 등장일 수도 있었고, 한때 그를 돕던 자들이 배신한 것일 수도 있었다. 이리저리 가능성을 살피는 홍 단주의 추리는 거의 사실에 근접했다. 다만 인후를 돕던 배후가 누구인지 알지 못해 확신하기가 어려웠고, 홍 단주는 입에 문 장죽의 부리를 물고 연기를 깊이 빨아들이며 생각에 종지부를 찍었다.

'그가 청나라에 짓밟힐 조선을 걱정한다면 우리 쪽으로 회유하고 끌어들일 기회일지도.'

만약 같은 패의 배반이라면 인후의 심중이 자신들과 같은지 확인을 해볼 필요가 있었다. 그가 힘을 보태준다면 천군만마를 얻는 것이나 마찬가지였다. 그렇게 홍 단주가 인후에게 관심을 기울이는 것처럼, 그의 생사에 집착 중인 경녕군주는 임무에 실패하고 제 앞에 무릎 꿇은 군소를 향해 벼루를 집어 던졌다. 늦은 밤, 어둠을 틈타 은밀히 찾아온 그의 이마에 벼루가 부딪치면서 흘러나온 핏방울이 점점이 방바닥을 적셨다. 그녀는 그가 하는 말 한마디, 한마디가 전부 마음에 들지 않았다.

"그래서 다 잡은 걸 놓쳤단 말이더냐."

이를 악문 그녀의 입술 사이로 노기를 억누른 음성이 스산하게 흘러나왔다. 밖으로 소리가 새어 나가는 일은 없어야 하기에 참고 또 참았지만, 눈빛은 이미 그를 갈가리 찢어놓고도 남았다.

"내 그를 무시하지 말라고 몇 번이나 일렀거늘!"

"송구하옵니다."

군소는 변명을 내뱉기보다는 머리를 조아리고 자신의 죄를 시인했다. 그는 결코 인후를 무시하지 않았고 혹시 모를 일에 대비해 수많은 덫을 파두었지만, 그런 와중에도 죽이지 못한 건 자신의 잘못이라 여겼고 한 번 더 기회를 줄 것을 청했다. 인후가 부상 중이니 다 낫기 전에 다시 공격한다면 이전보다는 손쉽게 처리할 수 있으리라 여겼지만 경녕군주의 생각은 달랐다.

"호되게 당한 그의 부인은 한동안 외출을 삼갈 것이고 그 역시 더욱 주위를 경계할 터인데, 네놈들 실력으로 대체 그를 어찌 처리하겠단 것이냐. 더구나 그 일이 의금부 소관으로 떨어졌으니 작은 단서라도 흘렸다간 수년간 공들인 과업이 무너짐을 모르더냐!"

그녀는 인후와 권식의 충심을 잘 알고 있었고, 그들에게 역심을 품은 사실을 들키기라도 하면 상황이 걷잡을 수 없게 되리라 확신했다.

그러니 천재일우의 시기를 맞이할 때까지 더욱 몸을 사려야 했다.

홍 단주와 경녕군주의 관심을 한 몸에 받고 있는 인후는 현재 매우 암울한 상태였다. 어제 놀린 대가를 치르는 것인지 아침에 문안 인사를 올리는 짧은 시간을 제외하고는 아내를 볼 수가 없었다. 심지어 그녀는 눈길 한 번 주지 않았고, 관심을 끌어보려 다가가도 불편해하는 기색을 드러냈다. 그것이 속상한 탓에 인후는 제 등에 약을 발라주고 있는 달수에게 괜히 심통을 부렸다.

"이럴 땐 아씨께 가서 나리의 몸이 좋지 않으니 약을 바르고 붕대를 좀 감아주십사, 그리 청을 올려야 하는 것이 아니더냐. 네놈의 그 투박한 손 말고 부인의 곱고 고운 손길을 받고 싶다, 이 말이다."

천민인 몸종이 어디 감히 아씨께 그런 청을 올리겠느냐마는, 인후는 다 알면서도 개의치 않고 애먼 데 화풀이를 했다. 하지만 가만히 있다가 타박을 받은 달수도 보통 몸종은 아니었으니, 그는 약을 바르는 손을 더 거칠게 다루며 구시렁거렸다.

"이게 뭐 좋은 꼴이라고 아씨께 보여드린답디까. 멀리서 보면 등에 눈깔이 세 개나 달린 줄 알겠구먼……."

"이놈이!"

인후가 발끈하며 뒤를 돌아보자 달수는 잘 빻은 약초를 그의 상처에 패대기치듯이 올렸다. 감정이 실린 손길에 인후의 입에서 짧은 신음이 흘러나왔고, 그 소리에 움찔한 달수는 급히 붕대를 들며 사태를 수습하려 들었다.

"아이고, 조금만 건드려도 이리 통증이 심한 걸 나리는 참말로 잘 참아내십니다요. 역시 인내심이!"

달수는 온갖 탄성을 터뜨리며 치켜세워 주었다. 그러나 그의 몸부림은 큰 효과를 발휘하지 못했는데, 눈꼬리가 치솟은 인후에게서 그를 살려준 건 때마침 찾아온 현욱이었다.

"나리, 종사관 나리께서 오셨습니다."

도리 아범의 음성에 위기에서 벗어난 달수는 반색했고 인후는 그를 안으로 들였다. 친우를 오랫동안 밖에 세워두기가 난감하여 옷을 다 입기도 전에 안으로 불러들였으나 그건 옳지 못한 선택이었다.

예법을 중히 여기는 현욱에게 상체를 드러내 보이는 건 잔소리를 들을 만한 일이었고, 현욱은 실제로 눈살을 찌푸렸다. 양반은 몸을 씻을 때도 함부로 맨살을 드러내지 말아야 하기에, 차라리 밖으로 나가 있다가 의복을 갖추거든 들어올까 싶을 정도였다. 그러나 그는 곧 인후의 몸에 감기고 있는 붕대 사이로 보이는 근육들을 발견하고 며칠 전에 있었던 대련을 떠올렸다. 그때 공격을 주고받으면서도 느꼈지만, 몸만 봐도 오랫동안 검을 놓은 사람 같진 않았다. 검술을 구사할 때 주로 쓰는 근육들이 발달한 것이 그 증거였다.

"자네, 언제부터 다시 검을 들기 시작한 건가?"

"그건……."

인후는 말끝을 흐렸다. 저번에 대련하면서 실력을 드러내긴 했지만, 정확히 언제라고 말하기가 모호했다. 인후가 잠시 말을 멈춘 사이에 달수도 붕대를 감아주던 손을 멈췄다. 주인 나리의 몸이 날 때부터 그렇게 생겨 먹은 줄 알고 있던 달수는 새로운 정보에 관심을 기울였다. 그런 연유로 두 사람 모두 대답을 기다리자 인후는 적당히 둘러대야만 했다.

"일이 없어 적적할 때마다 조금씩 하긴 했는데, 그 덕분인지 이번에 목숨을 부지한 듯싶네. 천만다행이지."

인후는 죽다 살아난 일을 슬쩍 끄집어냈고, 현욱도 방문 목적이 문병이었음을 상기할 수 있었다. 할 일을 깨달은 그는 인후의 앞으로 다가가 앉으며 어찌 된 영문인지 소상히 물었다. 그 뒤로 한동안 사건에 대해 들은 현욱은 발끈하여 열을 냈다.

"참으로 무도한 자들이 아닌가! 연약한 아녀자를 위협하여 자네를 해하려 들다니, 그런 졸렬한 자들도 또 없을 걸세."

그는 제 일처럼 분개했다. 친우가 죽을 뻔했고, 그 부인이 고초를 겪었으니 당연한 일이었다. 한참 화를 내던 현욱은 뒤늦게 정신을 차리고 인후를 위로했다.

"그래도 목숨에 지장이 없으니 다행일세. 자네도 경황이 없었겠지만, 부인께서도 많이 놀라셨을 테니 잘 위로해 드리게나."

현욱은 꼭 위로해 주라고 신신당부했다. 저번에 인후로부터 위험한 질문을 받은 적이 있어서 조심스럽긴 했지만, 큰일을 겪은 가혜도 걱정이었고 부부 사이가 썩 좋지 않던 상황에서 납거되었으니 인후가 부인의 몸이 더럽혀진 건 아닐까 의심하고 미워할까 봐 저어되었다. 적어도 그가 본 가혜는 현명하고 심기 또한 곧고 아름다워서 이 땅에 다시없다고 칭해도 좋을 만한 여인이었다. 그러니 좀 더 믿고, 오래도록 서로 다정하게 살기를 바라는 마음으로 그는 잔소리를 펼쳤다.

"부인께서 시집와 의지할 사람이 자네밖에 더 있겠는가. 이런 때일수록 살뜰히 챙겨주게. 설마 이틀이 지나도록 한 번도 안 찾아간 건 아니겠지?"

"아닐세. 대체 날 어찌 보고……."

발끈하던 인후는 평소 현욱 앞에서 보였던 제 행실이 충분히 그런 오해를 불러일으킬 수 있음을 상기했다. 그러다가 이젠 찾아가도 만나주지 않는 아내를 떠올리고 떨떠름한 입맛을 다셨다. 기분을 풀어주긴 해야 하는데 문제는 그간 여인의 마음을 달래거나 풀어주고자 노력한 적이 없다 보니 방법을 잘 모른다는 점이었다. 항상 여인들이 먼저 그의 환심을 사고자 노력했기에 이런 생각을 한다는 것 자체가 더욱 생소했다.

그날 저녁, 노을이 질 무렵에 가혜는 서책을 펴놓고 보료 위에 멍하니 앉아 있었다. 좋아하던 글도 눈에 들어오지 않았고, 혼이 빠져나갔다가 다시 들어오기를 반복했다. 서방이 머릿속을 차지하고 마구 뛰어다니는 것만 같았다. 그 상태가 계속되다가 마침내 정신이 아찔해졌을 즈음, 우측 창밖의 쪽마루를 두드리는 소리가 그녀의 상념을 깨뜨렸다. 고개를 돌려 소리가 난 쪽을 바라보았으나 주홍빛으로 물든 창문은 고요했고, 그 너머에 있어야 할 사람의 기척은 느껴지지 않았다.

'누구지? 분명 소리가 들렸는데.'

혹여 또 자객들일까 봐 가슴 졸일 때 창호지에 사람 그림자가 비쳤다. 한 번 더 쪽마루를 두드리고 가는 그림자를 보고 그의 정체를 파악한 가혜의 입가에는 어느새 미소가 어렸다. 어제부터 피했으니 섭섭할 법도 한데 포기 않고 찾아와 주니 이젠 고맙기까지 했다. 덕분에 마음을 다잡은 가혜는 그를 만나기 위해 경대를 꺼내 머리를 한번 매만진 뒤, 설레는 마음을 숨기며 창으로 다가가 문을 열었다.

상쾌한 저녁 바람을 맞이하며 주위를 살폈으나 그는 숨어버렸는지 옷자락 하나 보이지 않았다. 대신 창과 연결된 쪽마루 위에 분홍빛을 띤 자양화(수국) 한 송이가 놓여 있었다. 자그마한 꽃들이 모여 핀 모양새가 마치 크고 둥근 꽃다발과 같으니 화려하면서도 소담한 그 자태는 가히 꽃 중에 왕이란 칭호를 노려볼 만했다. 그럼에도 가혜는 꽃을 지그시 바라보기만 하다가 창을 닫아버렸다.

그때까지 건물 옆에 숨어 있던 인후는 창문이 닫히는 소리에 슬쩍 고개를 내밀어 일이 자신의 의도대로 진행되었는지를 확인했다. 하지만 어렵사리 구한 자양화는 여전히 쪽마루 위에 덩그러니 놓여 있었고, 그걸 찾기 위해 아픈 몸을 이끌고 나갔다 왔던 그는 심통이 났다. 장난 한 번에 이런 반응은 조금 너무하지 않나 싶었다. 불만을 가득 담은 눈빛을 하고 창가로 다가간 인후는 다시 한 번 쪽마루를 두드렸다. 잠시 기다리니 창문이 열리고, 그 앞에 앉아 있는 아내에게 그는 조금 퉁명스러운 말투로 말을 걸었다.

"그대는 꽃을 싫어하오?"

아름다운 꽃을 싫어할 이유는 없었다. 실용적인 걸 더 좋아하는 편이어도 꽃은 여인의 가슴에 향기를 불어넣어 주는 존재였다. 가혜도 그 점을 인정했다.

"보기만 해도 눈과 마음이 기쁜데 싫어할 이유가 있겠습니까."

"한데 앞에 놓인 꽃을 보고도 어찌 그리 무심하시오."

아내가 책 외에 무얼 또 좋아하는지 알지 못하니 머리를 쥐어짜다가 생각해 낸 것이 꽃이었다. 여름날 흔하디흔한 것이 꽃이라지만 원하던 크기와 색을 지닌 건 찾기 어려웠고, 부지런히 발품을 판 덕에 조금 늦게 핀 자양화를 찾아서 꺾어왔다. 오로지 아내를 기쁘게 하려고 그 고생을 감수했건만, 반응이 이토록 무덤덤하니 김이 다 빠져 버렸다. 부루퉁해진 그의 모습에 웃음이 나는 걸 꾹 눌러 참은 가혜는 태연하게 대꾸했다.

"누가 가져다 두었는지도 모를 꽃을 어찌 함부로 규방에 들이겠습니까. 서방님이 주신 꽃이라면 몰라도……."

말을 하면서도 볼이 간지러운 탓에 가혜는 뒷말을 흐리며 고개를 돌렸다. 그제야 자신의 실수가 무엇인지 깨달은 인후는 좀 전의 암울함은 지워 버리고 냉큼 꽃을 집어 아내에게 바쳤다. 가까워진 꽃이 제 존재를 알아달라는 듯 향기를 흘리자 비로소 가혜는 그가 건네주는 마음을 받아 들었다. 꽃을 주고 스치면서 멀어지는 그의 손은 깊은 여운을 남겼고, 그 온기에 용기를 얻은 가혜는 이윽고 그에게 먼저 말을 걸었다.

"잠시 할 얘기가……. 귀를 좀 빌려주시겠습니까."

은밀히 전할 내용이 있는 듯한 모습에 인후는 아내 쪽으로 귀를 가까이했다. 작은 소리도 충분히 들을 수 있을 만큼 거리를 좁혔을 때, 가혜는 창틀을 살짝 짚고 몸을 기울여 그의 볼에 입을 맞췄다.

예상치 못한 부드러운 열기가 가슴 깊이 스며들어 심장을 놀라게 하고, 가혜의 입술이 떨어지면서 잠들어 있던 시간을 깨울 때까지 그는 움직이지 못했다. 비로소 바라보았을 때, 그녀는 선홍빛으로 물든 볼을 꽃으로 감추며 작게 속삭였다.

"그저 작은 보답이라 여겨주십시오."

수줍게 전하는 고마움에 기분이 좋아진 인후는 그 어느 때보다 환한 미소를 지었다. 평소 안 하던 행동을 한 탓에 스스러운 가혜가 작별의 눈빛을 남기고 창을 닫았지만 그래도 그는 계속 싱글벙글이었다. 예전 같았으면 창문을 열고 들어가 분위기를 좀 더 무르익게 했겠지만, 지금은 그녀가 느끼는 감정을 지켜주고 싶었다. 어차피 이젠 평생을 함께할 테니 서두를 것도 없었다. 가슴에 어린 여운을 오래도록 느끼며 인후는 몸을 돌렸다. 이전처럼 욕심껏 그녀의 몸을 취하거나 강요하지 않는 대신 그는 다음 날 저녁에도 자양화 한 송이를 꺾어들고 내당 창문을 다시 두드렸다.

무슨 일인가 싶어 창을 연 가혜는 불쑥 내밀어지는 꽃을 잡기도 전에 볼부터 내밀고 있는 서방을 발견했다. 바라는 게 확실한 그의 행동에 가혜는 웃음을 머금고 어제와 같은 상을 주었다. 그러다 마침내 그 이튿날에는 꽃이 다발로 변했고, 화사하게 핀 자양화 세 송이는 좀 더 진하거나, 혹은 그 수만큼의 입맞춤을 원하는 듯했다. 그 느낌이 하도 당혹스러워서 차마 받아 들지 못하는 그녀를 인후는 차분한 어투로 재촉했다.

"그대는 다리를 다쳐서 꽃을 보러 가기도 불편할 테니 몇 송이 안 되지만 그래도 보고 기분이 좀 나아졌으면 싶어서 가져왔는데……. 안 받아줄 거요?"

상처가 다 아물 때까지는 꽃구경도 제대로 하기 어려우니 그걸 안쓰럽게 여기고 가져왔다는 말이 너무나 고마워서 가혜는 제 앞으로 내밀어진 꽃들을 순순히 받았다. 그러다 손에 닿는 줄기의 감촉이 조금 이상함을 느끼고 확인하자 줄기에 꽂혀 있는 하얀 옥가락지 한 쌍이 눈에 들어왔다. 그 흔한 가락지 하나 제대로 쓰지 않는 아내에게 선물하고자 꽃에 끼워준 마음 씀씀이가 참으로 따뜻해서 가혜의 얼굴에는 환한 웃음꽃이 피었다.

기대보다 훨씬 더 좋아해 주는 아내의 모습은 바라만 보아도 흐뭇했다. 하지만 기왕이면 보상도 함께 받고 싶은 그는 뒷짐을 지고 허리를 숙여 얼굴을 가까이 가져다 대었다. 이번엔 볼 말고 입술에 해달라는 뜻을 비치자 가혜는 머뭇거리다가 매우 조심스럽게, 살며시 입을 맞췄다. 산뜻할 만큼 짧고 가벼운 접촉이었으나 그 잠깐 사이 나눈 따뜻함은 깊었고, 주위에 퍼지는 꽃 내음도 이전보다 배로 진해진 듯 향기로웠다.

"감사합니다. 서방님."

꽃과 가락지에 담긴 노력과 애정이 고마워서 가혜는 감사 인사를 전하며 어여쁘게 웃었고, 인후는 볼을 붉히며 두어 번 헛기침을 하면서 녹아내리는 마음을 다잡으려 애썼다. 요즘 들어 정말이지 그녀와 함께 있으면 세상 모든 것이 아름답고 여유롭게 흘러가는 느낌이었다. 물론 양묘의 일이 아직 다 정리되진 않았지만, 그녀가 활동을 멈춘 동안은 안전하다고 봐도 무방하기에 그것만으로도 인후는 충분히 만족하기로 했다.

"거동이 좀 편해지고 나면 함께 뱃놀이나 갑시다."

그날이 빨리 오려면 산에서 놓친 자객들의 배후를 완전히 뿌리 뽑아야만 했다. 그래야 가혜가 안심하고 밖으로 나갈 수 있었다. 아무래도 이번 납거 사건의 범인들이 밀명지와 관련된 자들이라 판단한 인후는 지금껏 아내를 곁에 두고도 회피하고 있었던 물음을 매우 어렵게 꺼냈다.

"부인, 내 이해가 되지 않는 부분이 있어서 묻는 것인데. 혹 밀명지란 서책에 대해 아시오?"

시간상 가혜가 경녕군주의 심복을 습격하여 서책을 빼돌리는 건 불가능했기에 인후는 아예 밀명지에 대해 알고 있는지를 물었다. 역시나 그녀는 고개를 저었다.

"안 그래도 한번 말씀드리려 하였는데, 소첩은 밀명지에 대해 들어본 적도 없습니다. 서방님께선 어이하여 그것을 소첩이 가져갔다고 여기신 겁니까?"

그간 밀명지에 대해 허심탄회하게 얘기를 나눌 기회가 없었던 가혜도 이번 기회에 궁금했던 부분을 물어보았고, 인후는 자신이 한량인 척 생활하게 된 배경을 밝혔다. 경녕군주를 처음 만나 밀명지의 존재를 알게 된 시점부터 홍려 상단을 습격하게 된 상황과 최근에 공격한 자들이 배후는 알 수 없어도 밀명지를 노린 게 분명함을 차근차근 설명했다.

"이것이 그간 내가 하는 일을 비밀로 해온 이유요. 내 소중한 사람들이 위험에 처하는 걸 방지하고자 거짓으로 낙마 사고까지 내가며 철저히 내 존재 자체를 숨기려 해왔소. 머리를 다쳐서 검도 제대로 다루지 못하게 된 자가 기방만 다니며 말썽을 피우는데 밀명지에 담긴 음모를 조사하리라곤 생각조차 안 할 테니 말이오."

수년간의 일을 떠올리는 인후의 얼굴에 쓰라린 자조의 빛이 언뜻 스쳤다. 부친의 가슴에 대못을 박고 친우의 속을 썩여가면서도 그는 미세한 감정의 틈조차 내비친 적이 없었다. 그만큼 철두철미하게 일을 수행하려 해왔으나, 최근에 그를 무너뜨린 건 연심이었다. 그것은 처음으로 그의 가슴에 조바심이란 감정을 새겼다. 일을 빨리 끝낸 뒤에 어엿한 서방으로 인정받고 싶다는 생각이 굳건하던 계획에 균열을 일으켰고, 결국 일을 이렇게 만들어 버렸다.

"그대가 지닌 빛은 내 눈을 멀게 하오. 나는 그대 앞에서 사고가 정지되고, 오로지 그대의 시선이 내게 머물기만을 바라오. 한때 대의를 논하고 그걸 위해 목숨을 바칠 각오를 하던 내가 어느새 그대와 함께하지 못하는 삶을 두려워하게 되었소."

그건 완벽할 만큼 강건하던 한 사내가 자신에게도 약점이 생겼음을 솔직히 고백하는 말이었다. 사실 그에게 가혜는 사약과도 같아서 독과 약이 공존하고, 쓰다고 뱉고 달다고 삼킬 수도 없는 존재였다. 그럼에도 그는 모든 걸 받아들이기로 했다. 그녀를 삼키는 순간 현실이 저를 옥죄어오고 죽음마저 가까워짐을 알면서도 아내를 포기할 수는 없었다. 그는 가혜의 손을 잡고 그녀의 손등에 오래도록 입을 맞췄다. 이미 제 마음은 그녀의 것이었다. 그리고 그날 저녁, 인후는 장인어른이 보낸 답신을 받았다. 서신 속에는 이번 사건이 일어나게 된 배경 등이 상세히 적혀 있었다.

-부상으로 몸도 좋지 않을 터인데 이리 서찰을 보내 상세히 설명하고 내 건강 또한 우려하여 주어 고맙네. 하지만 자네가 알려준 내용 중에 이상한 부분이 있어서 몇 자 적어봄세. 우선 딸에게 보낸 서찰은 내가 쓴 것이 아닐세. 아마 최근에 사라진 내 자필 서책과 관련이 있지 않을까 짐작할 따름이네.

서책은 비싼 값에 거래되기에 종종 도둑맞기도 해서 영달은 혼인하여 출가한 여식에게까지 굳이 그 일을 알리지 않았다. 이로써 인후는 영달의 자필을 흉내 낸 자가 존재하고, 그 인물이 이번 사건과 관련되어 있다는 증거를 확보했다.

-타인의 글씨를 그럴싸하게 베끼는 자들은 장안에도 제법 있으나, 자네도 알다시피 그들을 일일이 수소문하는 건 별다른 도움이 되지 않을 걸세.

의금부가 움직일 정도로 큰일을 저지르면서 장안의 사자생(남의 글씨를 베껴 써주는 자)들에게 편지를 작성하도록 맡긴다는 건 위험하고 허술하기 짝이 없는 행동이었다. 그러니 사자생을 찾는 것보다는 다른 방식으로 접근하는 게 좋았다.

-자네가 맡은 중한 임무가 아마도 이번 일과 연관되어 있지 않을까 싶네. 자네 또한 그리 짐작하고 있겠지. 그 일을 해결하면 자연히 이번 사건도 해결할 수 있을 걸세.

영달은 사건 설명을 적은 서찰 하나와 제 서책이 사라진 경과만 보고 이번 일의 정황을 정확하게 짚어냈다. 더불어 그는 서찰 말미에 사위에 대한 애정도 잔잔하게 밝혀두었다.

-여식이 염려되지 않는다면 거짓이겠으나, 사위의 안위 또한 걱정하지 않을 수가 없네. 조바심이 날 걸 내 모르지 않으나 서두르면 일을 그르칠 수 있음을 명심하고, 항상 깊이 생각하고 움직이게나.

하나뿐인 딸을 위험에 빠지게 한 사위를 질책하고 빨리 일을 해결하라 닦달할 수도 있건만, 그는 도리어 사위를 다독이고 그 안위를 염려해 주었다. 난처한 제 상황을 이해해 주는 장인의 진심 어린 걱정에 감복한 인후는 그의 당부대로 몸이 좀 추슬러질 때까지 조용히 치료에 전념했다.

그사이 납거 사건을 철저하게 파헤치기 시작한 건 권식이었다. 그는 며느리에 대한 헛소문이 퍼지지 않도록 조심하면서 직접 수사를 진행했는데, 어느 날은 무열을 데리고 가혜가 납치되었던 장소를 찾았다. 자잘한 골목길이 뚫린 네거리에서 직접 현장 검증을 하는 그의 눈빛은 그 어느 때보다 매서웠다.

'사사로운 원한 따위로 이런 일을 벌인 건 아닐 텐데.'

제 아들을 노릴 정도면 상대도 목숨을 걸고 시도한 게 분명했고, 비적들을 이용한 뒤 철저히 입막음한 것만 보아도 보통 놈들은 아니었다. 그러니 좀 더 신중하게 조사할 필요가 있는데, 당사자인 아들에게 물으면 물을수록 뭔가 숨기고 있다는 느낌을 받았다.

"그 녀석도 문제인데……."

권식은 눈매를 가늘게 좁히고 사건이 발생한 거리를 쓱 훑어보았다. 무열이 알려준 퇴로와 당시 주위를 감싼 비적들의 모습을 머릿속으로 그려보니 무언가 이상한 점이 있었다. 권식은 곧바로 무열에게 그 부분을 하문했다.

"도망칠 때 가마꾼 셋이 이 자리에서 죽었다고 하였더냐?"

"예, 대감마님."

무열의 대답에 권식은 눈살을 찌푸렸다. 가혜가 제 목숨으로 협상을 벌였다지만 어차피 인후와 함께 죽일 예정이었으니 적들은 한 명이라도 살아서 도망치는 걸 용납하기 어려웠을 것이었다. 그러다 가마꾼 셋이 살해당했고, 가혜는 인질이 되었다. 남은 건 팔을 다쳐 검을 들 수 없는 양택과 어린 설이, 가마꾼 한 명에 무열 정도였다.

"무기를 들고 방어를 할 수 있는 건 너뿐인데, 어찌하여 힘없는 자들이 셋이나 더 살아남았다고 보느냐."

그리 묻는 권식의 눈동자가 곁에서 보필하던 무열에게로 슬그머니 움직였다. 적들은 수가 많았고, 무열도 그런 상황에서는 한 명에서 두 명을 지키는 게 방어의 최대 한도였다. 그런데 그 이상이 살아남은 것이다. 대체 어떻게, 무슨 방법으로 목숨을 부지했는가. 그것이 의문이었다.

"네 내게 숨기는 것이 있느냐."

있었다. 가혜가 검을 쓸 줄 알고, 매우 고강한 실력을 지녔다는 걸 그는 권식에게 숨기고 있었다. 당분간 함구해 달라던 가혜의 부탁이 있었고, 무열은 그녀의 기대에 부응하고 싶었다. 하지만 권식의 눈빛이 점점 매서워지고 그가 몸을 돌려 마주 서자 더 심한 압박감을 느낀 무열은 그 이상 버틸 재간이 없었다. 콕 집어 질문을 한 데다가 집요한 권식의 성미를 알기에 순순히 말하는 게 더 낫지 않을까 싶었다. 결국, 그는 권식의 앞에 무릎을 꿇었다.

"아씨께옵서 검술을 할 줄 아셔서 뒤를 봐주셨습니다."

무열의 입에서 나오는 이야기는 그야말로 권식이 생각지도 못한 것이었다. 온순하고 참하기만 한 제 며느리가 무얼 할 수 있다고 말하는 건지, 한 번에 이해되지 않을 정도였다. 꽤 긴 시간 동안 곱씹고 곱씹던 그의 눈에는 여전히 믿을 수 없다는 기색이 어려 있었다.

"며늘아기가 검을 다룰 줄 안단 말이냐?"

"예, 그러합니다. 아씨께옵선 대감마님께 직접 밝히고 싶어 하셨습니다."

무열은 가혜가 말하려 했다는 부분을 덧붙이며 강조했다. 최대한 그녀에게 피해가 가지 않도록 하기 위함이었으나, 그런 노력에도 불구하고 권식의 생각은 점점 깊어졌다. 그간 겪어본 영달의 성향으로 보면 그가 여식에게 검을 익히도록 했다는 건 정말 의외였다. 영달은 유학을 배운 선비치고는 여식에게 사내 못지않은 교육을 시켰는데 한편으로는 그 선을 확실하게 그어놨다. 그러니 사내의 영역인 검술을 어쩌다가 여식에게 가르쳤을까 싶지만, 권식은 굳이 깊게 파고들지 않고 그 정도 선에서 생각을 정리했다. 며느리의 색다른 능력이 소문나지 않도록 조심할 필요는 있으나, 개인적으로 그는 여인이 무예를 익히는 걸 나쁘게만 여기진 않았다. 그 역시 문무를 두루 갖추는 걸 매우 높이 사기 때문이었다. 물론 아직까지 제게 사실을 털어놓지 않은 건 조금 괘씸해도 그 점만 제외하면 도리어 쌍수를 들고 환영할 만한 일이었다. 아들 내외의 능력을 이어받은 손주가 속히 제 품에 안기길 바라며 권식은 무릎 꿇은 무열을 내려다보았다.

"네가 나에게 함구하려 할 만큼 며늘아기에게 더 충심을 바칠 줄은 몰랐구나."

"송구하옵니다. 대감마님."

무열은 부정도 긍정도 하지 않았다. 그 태도가 더 기가 막혀서 권식은 수십 년간 쌓은 충심을 단번에 무너뜨린 며늘아기의 능력에 혀를 내둘렀다. 그만큼 그날의 기억은 무열에게 인상 깊게 남아 있는 것이었다. 이미 움직인 마음이고 그 사연을 알게 되었으니 더 탓하기 어려운 권식은 그에게 일어나라 명을 내리고 수사를 속행했다. 그러나 그 외에 달리 단서가 될 만한 건 찾지 못했고, 소득 없이 조사가 끝난 바로 그 다음 날에 경녕군주는 남몰래 역관을 불렀다. 청나라와의 통역을 업으로 삼는 역관은 매우 젊었는데, 본래 소현세자의 충신이던 그의 부친이 유명을 달리하자 그 유지를 이어받은 아들이 얼마 전부터 그녀와 함께 일을 도모하게 되었다. 젊고 혈기 왕성한 역관은 다루기 쉬운 패였다. 상인보다는 신분이 높지만, 양반보다는 대우를 받지 못하는 역관들은 능력이 좋아도 정삼품, 당하관이 그들이 오를 수 있는 최고위직이었다. 청나라와의 밀무역으로 부를 쌓아도 돈으로는 살 수 없는 관직과 명예에 역관들은 불만이 많았고 경녕군주는 그 점을 적절히 활용했다. 나라를 뒤집어 새로운 왕이 보위에 오르게 되면 능력에 어울리는 명예와 고위 관직을 하사하겠노라고 약조한 것이다. 그 점에 혹한 역관은 그녀의 모반에 동참했고, 오늘은 그에게 매우 중한 임무가 주어졌다.

"때가 되었으니, 이 서찰을 보국공께 전하게."

경녕군주는 밀명지를 펼치고 그중에 한 장을 찢어 서찰과 함께 밀봉했다. 그 서찰을 받아 든 역관은 부친을 따라 청나라에 갔을 때 만났던 청 태종의 일곱 번째 아들을 떠올렸다. 그에게 서찰과 밀명지의 일부를 보여주면 황제를 움직여 조선의 왕을 바꾸는 데 힘을 실어줄 것이었다. 다만, 이번 일을 진행하기 전에 역관은 확인받고 싶은 게 있었다.

"마마, 외람되오나 청에서는 소현세자 저하의 적장자인 임창군을 지지할 것이옵니다."

역관은 경녕군주가 본인의 아들을 왕위에 올리려 한다고 생각했다. 하지만 일이 그렇게 된다면 정통성을 두고 많은 문제가 야기될 소지가 있었다. 경녕군주는 소현세자의 피붙이지만 그녀의 아들들은 박씨이지 이씨가 아니었다. 소현세자의 셋째 아들이던 경안군의 맏아들, 임창군 이혼이 소현세자의 적장자였고 논란이 없으려면 왕위를 잇는 것도 그여야 했다. 예민한 부분을 꼬집는 그의 물음에 경녕군주는 불편한 기색 하나 드러내지 않고 덤덤하게 대응했다.

"그를 지지하는 것이 무에 문제인가. 당연히 임창군이 왕위에 올라야지."

제 아들이 보위에 오르면 더할 나위 없이 좋겠지만, 그녀가 모반을 꾀하는 가장 큰 이유는 가족들의 복수였다. 아버지는 살해당했으나 왕실에선 쉬쉬하며 덮으려 하고, 어머니는 시아버지를 독살하려 했다는 누명을 쓰고 억울하게 사사당했다. 지금까지도 그녀의 모친은 역적 강씨라 불리며 신분을 회복하지 못하였고, 남자 형제들은 유배되어 고초를 겪다가 그곳에서 두 명이 운명을 달리했다. 살아서 돌아온 건 막냇동생 하나뿐이었으며, 그녀의 유년시절은 그렇게 이별과 죽음으로 점철되었다. 머리가 차고 나이가 들어 그 사실을 알게 되었을 땐 원망을 받아야 하는 자는 이미 죽고 없었고, 풀지 못한 분노는 비뚤어진 화살이 되어 부친의 자리를 이어받은 선왕(효종)에게로 향했다. 인조의 총애를 받은 그가 형을 더 지지해 주고 힘이 되어주었더라면 이런 비극은 일어나지 않았을 수도 있다고, 정말 형을 위했더라면 세자 자리를 포기하고 당시 원손이었던 제 오라비에게 왕위를 넘겼어야 했다고 여겼다. 그러니 그녀는 아버지의 자리를 되찾아 선대의 엉킨 운명을 정리하고 복수를 마무리 지을 것이었다.

"자넨 서찰을 보국공에게 넘기는 일에만 집중하게. 청에서 군사를 모을 때까지 조선의 일들은 내가 해결할 터이니. 알겠는가."

"예, 그리하겠습니다."

역관은 서찰을 품에 잘 갈무리하고 물러났다. 그가 떠난 뒤, 경녕군주는 몸종을 불러 군소를 불러들였다. 좀 전에 입 밖으로 꺼낸 말대로 이젠 조선을 정리할 차례였다.

6. 이만큼 위험한 놀이도 없으려다

그해 여름이 끝날 무렵, 삼가일(三暇日)을 맞아 외별당에서 휴식을 취하고 있던 권식을 찾아온 이가 있었다. 바로 현욱이었다. 그는 임금이 제게 양묘를 잡는 일을 도우라 명하였음을 밝혔다.

"대감을 도와 양묘를 추포하라는 어명이 있었사옵니다. 지시를 내려주시면 따르겠습니다."

그의 합류는 큰 힘이 될 것이 자명했고, 권식도 개인적으로 현욱을 매우 아꼈다. 하지만 이번 일만큼은 그리 달갑지 않았다. 의금부가 담당한 사건에 내금위 소속의 종사관을 보내는 것 자체가 압박이었다. 빨리 일을 처리하라는 무언의 압박.

'저번에 알현하여 말씀드린 뒤로 한 달도 채 되지 않았는데, 무엇이 이리 전하를 급하게 만든단 말인가.'

권식은 제 앞에 앉은 현욱을 지그시 바라보았다. 차기 내금위장 자리는 이미 따놓았단 소문이 돌 만큼 그는 임금의 두터운 신임을 받고 있으니 필시 양묘를 이용해 홍 단주에게서 얻을 정보가 무엇인지 알고 있을 터였다.

'그걸 묻는다고 답할 녀석이었으면 내 아끼지도 않았지.'

권식은 그에게 물어보는 것 자체를 포기했다. 현욱이 제 친부 못지않게 저를 잘 따르는 걸 알고 있지만, 이렇게 공적인 일로 찾아올 때는 꼬박꼬박 대감이라 부르는 것도 모르지 않았다. 그만큼 공과 사는 확실하게 구분했고, 그 점이 임금의 총애를 얻는 밑바탕이 되었으니 제게 알려주지 않는다고 섭섭할 것도 없어서 권식은 순순히 고개를 끄덕였다.

"알겠네. 전하께옵서 자네 같은 인재를 내게 보내주시니 황송한 일이지. 하나 가서 고하여주게. 양묘가 다리를 다친 뒤로 활동을 잠정 중단하였고, 내가 파둔 덫에 두 번이나 걸릴 뻔하여 몸을 사리는 듯하니 확실히 잡으려면 시일이 좀 더 필요하다고 말일세."

다리에 자상을 입어 치료받은 자들을 수색해 보아도 양묘로 보이는 자는 나타나지 않았고, 곧 다시 활동하지 않을까 싶었지만, 그 기간이 예상보다 더 오래 걸리고 있었다. 권식의 능력이 아무리 좋아도 양묘가 활동을 중단한 상태에서는 잡기 어렵고, 홍 단주도 일전의 일로 금부에서 나온 정보는 경계할 게 분명하니 또 덫을 파기도 어려운 상황이었다. 그 점을 잘 아는 현욱은 그러한 내용을 임금에게 전하기로 약조하고 표정이 어두운 권식을 위해 그가 좋아할 만한 이야기를 꺼냈다.

"일전에 인후, 그 친구가 대련을 청해 검을 섞은 일이 있었는데 실력이 전혀 녹슬지 않았습니다."

"그러한가?"

현욱의 얘기에 권식은 흥미를 보였다. 하나뿐인 아들이 검과 서책을 놓고 놀기만 한 지 벌써 이 년 째라 걱정이 많았으니 그럴 만도 했다. 물론 가혜가 납치되었을 때 인후의 검술이 아직은 쓸 만하다 싶긴 했지만, 정확한 실력은 몰랐다.

"도태되지 않았다니 다행이나, 자네도 알다시피 무예는 꾸준히 갈고닦아야 하는 것이 아니겠는가. 이번에 목숨을 부지한 건 참으로 천운일세."

"운이 아니라 실력일지도 모릅니다. 저번에 몸을 보니 근육도 여전하고, 대련 때도 소관이 최선을 다했으나 패했습니다."

현욱은 자신의 패배를 순순히 고백했다. 그는 권식이 아들의 승리를 기뻐하리라 여겼지만, 그는 되레 표정이 경직되었다. 점점 눈매가 좁아들던 권식은 저를 보는 현욱의 시선에서 의아함을 감지하고 털털하게 웃었다.

"그리 말해주니 고맙네. 자네가 종종 불러다 대련 상대로 삼아주게."

"이를 말씀이십니까. 염려치 마십시오."

현욱은 예의 바르게 대답하고 외별당에서 물러 나왔다. 공적인 일을 끝낸 그는 친우에게 인사나 하고 갈 요량으로 사랑채로 통하는 중문을 넘었다가 누마루에서 다과상을 사이에 두고 담소를 나누고 있는 인후와 가혜를 보았다. 마주 보고 앉아서 서로에게 잔잔한 미소를 건네며 대화를 나누는 두 사람의 분위기는 이전과는 완전히 딴판이었다. 다과상 위에 아내의 손을 올려놓고 이리저리 만져 보는 인후나 그걸 피해 슬그머니 손을 거뒀다가 서방의 요청에 못 이기는 척 다시 내어주는 가혜나 표정이 밝고 즐거워 보였다.

행복해하는 두 사람의 모습에 현욱은 조금 헛헛한 웃음을 지었다.

일전에 인후가 제게 대련을 청한 사건이 어떠한 감정으로 발발한 건지 모르지 않았다. 정확한 속사정은 몰라도 아내와의 애정 문제로 힘들었고, 거기에 자신도 한몫했다는 건 확실했다. 그렇지 않았다면 인후가 제 아내를 어찌 생각하느냐, 그리 묻진 않았을 테니.

'친우의 아내라고 스스럼없이 굴었으니…….'

그날 이후로 현욱은 자신의 태도를 스스로 질책하고 반성했다. 저로 인해 마음고생 했을 친우에게 미안했고, 좋지 못한 오해를 받았을 가혜에게도 면구한 일이었다. 그래서 납거 사건 이후에 병문안을 와서도 그녀와는 마주치는 일이 없도록 했고, 그 뒤로도 종종 인후를 만날 땐 최대한 행동에 조심을 기해왔다. 그래도 마음이 편치 않았었는데, 이렇게 극적으로 분위기가 바뀌니 기쁘기도 하고 부럽기도 하고 조금 우울하기도 했다. 학문에 정진하고, 무예를 익히고 더 나아가 임금을 보필하는 데 힘써왔지만, 지금의 인후를 보니 문득 외로워졌다. 저도 그처럼 애정으로 충만한 눈을 하고 바라볼 사람이 있었으면, 서방에게 곱게 웃어주는 가혜같이 저를 사랑해 줄 여인을 만난다면 지금보다 더 행복할 것만 같았다. 지금껏 부친의 압박에도 굳건하던, 늦은 혼사에 대한 마음이 인후의 표정 한 번에 허물어졌다. 평생을 오순도순 함께해 줄 부인의 존재가 이토록 간절할 수가 없어서 씁쓸한 얼굴로 몸을 돌리던 현욱을 인후의 목소리가 붙잡았다.

"어찌 왔다가 그냥 가는가. 이리 올라오게."

인후는 현욱의 기척을 감지하고 그를 불렀다. 최근 현욱에 대한 질투심이 많이 가라앉기도 했지만, 대련 이후로 그가 가혜를 피하는 걸 알다 보니 그냥 보낼 수가 없었다. 자연스럽게, 적당한 선에서 다시금 다 같이 어울리고 싶어서 불렀는데 그건 꽤 탁월한 선택이었다.

복면을 쓴 사내의 정체가 인후인 걸 알았지만, 가혜는 여전히 현욱에게 정다웠고 현욱도 그녀와 대화를 나누는 일에 대한 부담감을 조금 떨칠 수 있었다. 그렇게 서로 즐거이 대화를 나누는 중에 예상치 못하게 유화가 방문했다.

가혜의 호박 노리개를 깨서 금창약으로 써버렸던 인후는 아내에게 새로운 노리개를 선물하고자 매분구를 불렀는데, 오라는 매분구는 안 오고 유화가 직접 온 것이다. 상단을 습격했던 적이 있는 인후는 그녀의 등장을 껄끄럽게 여겼지만, 가혜는 버선발로 뛰어나가 그녀를 반가이 맞이했고, 현욱도 안면이 있던 사이라 굳이 자리를 피하거나 하진 않았다.

누마루에 자리를 잡은 유화는 자신의 몸종이 장신구가 담긴 상자를 인후 앞에 내려놓을 때마다 설명을 곁들였다.

"소삼작노리개입니다. 최근에 찾는 규수가 많은데, 오늘은 아씨께서 좋아하시는 호박 장식을 단 것으로 준비해 왔습니다."

가혜가 좋아한다는 말에 인후의 시선이 호박 노리개 중에서도 가장 화려한 것으로 향했다. 그가 보아도 아내는 노리개를 착용하는 일이 드물었는데, 그나마 즐겨 사용하는 건 호박 노리개였다. 예쁘기만 한 다른 장식들보다 호박은 급할 때 금창약 대용으로 쓰는 등 활용도가 있기 때문이었다.

"부인은 무엇이 마음에 드오?"

그녀가 쓸 물건이니 의견을 물었으나 답은 뻔했다. 그나마 가장 수수한 걸 지목했기 때문이었다. 제일 좋은 걸 해주고 싶었던 인후는 다른 걸 내밀었으나 가혜의 취향은 확실했다.

"서방님의 마음은 감사하나 비싸고 화려하다고 다 좋은 건 아니지 않습니까. 제게 필요한 건 활용도가 있는 겁니다."

혹시 모를 사태에 대비해 금창약으로 쓰기 편하고 즐겨 입는 옷에 어울리기에도 수수한 것이 좋았다. 그렇게 노리개를 고르고 나서 네 사람은 함께 차를 마시며 담소를 나눴다. 이때 가혜는 현욱을 눈여겨 봤는데, 그가 유화에게 말을 걸 때 매우 정중하다는 점에서 인상 깊었다. 홍려 상단의 힘 때문에 그녀를 함부로 대하는 이들은 없지만, 신분이 미천한 상인이란 것을 들어 은연중에 깔보는 이들도 많았다. 그러나 현욱은 그녀를 양반가 규수를 대하듯이 했다. 말을 걸 때도 매우 조심을 기했고, 예의에 어긋나는 질문 또한 하지 않았다. 그 점이 기쁜 가혜는 두 사람이 좀 더 친밀해질 방안을 강구하다가 며칠 후에 있을 뱃놀이를 떠올렸다. 시아버지가 종종 다녀오라 권하던 뱃놀이를 드디어 하게 된 것이다. 그걸 이용하면 좋겠다는 생각에 가혜는 운을 띄웠다.

"서방님, 뱃놀이 때 쓸 배에 자리가 좀 남지 않습니까?"

자리가 남으니 같이할 수 있도록 얘기 좀 꺼내달란 뜻이었으나 인후는 잠시 뜸을 들였다. 단둘이 있고 싶은데 다른 이들이 끼면 아무래도 행동에 제약이 생기기 때문이었다. 그래서 머릿수가 맞지 않는다는 이유를 들었으나 가혜는 기회를 놓치지 않고 현욱의 의견을 물었다.

"종사관 나리는 어떠신지요? 날짜는 삼가일에 맞춰서 잡겠습니다."

"저 친구는 삼가일에도 일하는 인산데."

인후는 현욱이 뱃놀이에 참여하지 않으리라 생각했으나 그의 예상은 단박에 깨졌다. 현욱이 곧바로 수락한 것이다.

"불러주신다면야, 저도 좋습니다."

"자네……. 뱃놀이는 쓸모없는 낭비라고 싫어하지 않았는가?"

배 위에서 허송세월하기 싫다며 질겁할 때는 언제고 이토록 쌍수 들며 환영인지, 인후의 표정이 묘해졌으나 현욱은 무시했다. 부부의 오붓한 시간을 방해할 생각은 없지만, 그는 유화에 대해 알아갈 시간이 필요했다. 임금이 그리 명을 내리기도 했고, 그녀가 선민영의 여식이라면 자세한 내막도 알아두는 게 여러모로 좋았다. 어쨌거나 양반의 여식이 상인의 신분으로 사는 건 반상의 도리에 어긋나기 때문이었다.

현욱이 인후의 예상을 찢고 승낙하자 가혜는 그가 정말 유화에게 마음이 있을지도 모른다고 생각하며 이번엔 그녀의 의견을 물었다. 생에 첫 뱃놀이를 함께하고 싶은 마음을 피력하자 유화는 인후의 눈치를 보다가 은근슬쩍 고개를 끄덕여 수락했다. 그녀에게도 이번 뱃놀이는 좋은 기회였다. 상단을 습격한 자가 인후로 추측되는 상황에서 홍 단주가 그를 같은 편으로 끌어들일지 조사하라고 지시를 내렸기 때문이었다.

"함께할 수 있게 해주셔서 영광입니다, 아씨."

결국, 세 사람이 만족하고 한 명은 부루퉁해지는 결말이 도출되었다. 그러나 그것이 인후에게도 나쁘게만 작용한 건 아니었다. 미안한 마음을 품은 가혜가 손님들이 돌아간 뒤에 그의 기분을 풀어주려 애쓰다가 얼떨결에 합방을 수락했기 때문이었다. 아내를 품에 안고 잘 생각에 입이 귀까지 찢어진 인후는 종일 흥얼흥얼 콧노래를 부르며 즐거워했다. 일이 이렇게 풀리니 뱃놀이 때 현욱과 유화가 참석하기로 한 게 오히려 잘되었다 생각하면서 그는 밤이 오기도 전에 내당을 찾았다.

초저녁부터 내당으로 넘어온 서방 탓에 가혜는 좀처럼 독서에 집중할 수가 없었다. 책을 한 장 읽으면 서방이 저고리 고름을 풀어댔고,

또 한 장 읽으면 어느새 속저고리가 드러난 상태가 되었다. 밤이 되어 잠자리에 들 때까지 기다리라고 해도 그는 간질간질한 손을 참지 못하고 조금씩, 몰래몰래 옷을 벗기려 들었다.

저고리까진 성공한 인후는 치마까지 벗겨 버릴 요량으로 아내의 등 뒤로 자리를 옮겼다. 그녀의 두 팔 밑으로 손을 넣어 가슴 쪽에 있는 치마끈 매듭을 잡은 인후는 그 와중에도 독서에 열중하는 아내를 지그시 바라보다가 그녀의 귀를 살짝 물어버렸다.

놀라서 어깨를 움츠린 가혜는 눈을 질끈 감고 터지려는 신음을 억지로 삼켰다. 그러나 그는 집요하게 귀를 건드렸고, 몸은 점점 달아오르니 그에게 사정하는 수밖에 없었다.

"서방님, 놔주셔요."

"흐음."

고민해 보겠다는 듯 콧소리만 내고 계속 귀를 간질이는 탓에 가혜는 신음을 흘리지 않도록 스스로 입을 막는 수밖에 없었다. 결국, 몸에 힘이 빠진 그녀가 바르르 떨 지경이 되어서야 인후는 인질이 되어 있던 가혜의 귀를 놓아주었다.

"그러기에 누가 서방을 앞에 두고 독서에 열중하라 하였소."

저를 두고 다른 데 정신이 팔려 있으니 아예 제게만 집중하게 만든 것이다. 조금은 자극적인 방법이었으나 그녀의 관심을 끄는 데는 효과적이었다. 또 언제 물릴지 겁이 난 가혜는 두 손으로 귀를 가리고 허리를 틀어 그를 돌아보았다. 어쩐지 그 모습이 귀엽게 느껴져서 눈웃음을 짓는 서방을 가혜는 흘겨보았다.

"오늘은 손만 잡고 주무신다 하지 않으셨습니까."

그래서 승낙했더니만 하는 행동부터가 예사롭지 않았다. 이대로 가

다가는 저도 분위기에 휩쓸려 저번처럼 넘어갈 것 같은지라 가혜는 단호하게 거부의 의사를 표했다. 시간이 지나 몸이 많이 좋아졌다지만 빠른 상처 회복을 위해 금욕하라던 의원의 말까지 언급하자 그의 눈이 샐쭉해지고 볼은 부풀어 올랐다.

"내 두 번 다시 다치나 보오."

인후는 부상에 대한 불만으로 퉁퉁거렸다. 몸이 아픈 건 전혀 문제가 되질 않는데 아내가 회복을 이유로 저를 받아주지 않으니 두 번 다시는 다치고 싶지 않았다. 그렇게 다짐한 인후는 여전히 귀를 가린 채 저를 보고 있는 아내의 모습에 솟구치는 욕정을 더 참지 못하고 그대로 그녀의 입술을 덮쳤다.

갑작스러운 습격에 보료 위로 풀썩 쓰러진 가혜가 어깨를 밀어내며 말리려 하자, 인후는 입술을 떼고 정당한 이유를 댔다.

"양기만 잃지 않으면 되는 것 아니오."

그러니 입술은 가지겠다고 주장하는 그를 그녀는 거부하지 못했다. 달콤한 입술을 서로 한껏 탐하는 동안 달이 기울고 밤이 찾아오자 내당에도 불이 꺼졌다.

잠을 잘 준비를 마친 가혜는 서방의 품을 파고들었다. 천천히 등을 쓰다듬어 주는 그의 넓은 품은 최상의 잠자리였다. 도란도란 이야기를 나누다가 몰려드는 졸음을 이기지 못한 그녀의 눈이 반쯤 감겼을 때, 턱을 살짝 치켜드는 손가락이 있었다.

몽롱한 기운에 빠진 부인의 모습에 다시금 충동이 일은 인후는 그녀를 깨우지 않도록 조심하면서 입술 안쪽의 부드러운 부분을 살며시 핥았다.

잠결에 섞여 들어오는 자극을 얌전히 받아들이던 가혜는 점점 더 깊은 관계를 원하는 서방을 달래느라 내내 선잠을 자야만 했다. 만족할 만큼 충족이 되질 않아서인지 그는 여기저기에 쪽쪽대며 애정을 표현했고, 그 때문에 해가 뜰 새벽녘쯤엔 그녀의 얼굴은 퀭하기 그지없었다. 결국, 일어나 앉은 가혜는 순식간에 잠든 척하는 서방을 노려보았다.

"밤잠도 없으십니까."

가뜩이나 노곤한데 수시로 깨워대는 그에게 항의하자 그도 그 투정이 고까운지 눈을 뜨고 심통을 부렸다.

"술도 아니 마셨는데 몸이 좀 고단해야 잠이 들 것 아니오. 건장한 서방이 옆에 있는데 부인은 그리 잠이 잘 오시오?"

다소 망측한 말이었으나 부부 사이에 못할 얘기도 아니었기에 가혜는 볼만 붉게 물들였다. 부상 때문에 관계는 못 해도 잠을 잘 시간조차 아깝다는 말에 그녀가 무어라 반박하지 못하자 인후는 두 팔을 벌려 품을 열었다.

"서방을 고신하여 괴롭히려는 게 아니라면 얼른 이리 들어오시오."

그는 당장 제 품에 안기라는 눈빛을 보냈다. 확실히 그의 가슴은 넓고 따뜻했지만, 그 유혹에 넘어가면 저는 더 큰 고난에 부닥칠 게 분명했다. 밤사이 여기저기 만지려드는 서방 탓에 지금도 달아오른 몸을 식히기가 어려운 가혜는 슬금슬금 뒤로 물러나며 머리맡에 벗어둔 겉옷에 슬쩍 눈길을 주었다.

"조반 준비가 끝났는지 확인 좀 해봐야겠습니다."

아침 식사 준비가 잘 되었는지 확인해 보겠다는 핑계만 남겨두고 가혜는 서둘러 옷을 챙겨 들고 문을 나섰다. 닫히는 문 사이로 툴툴거리는 서방의 볼멘소리가 그녀의 입가에 잔잔한 웃음을 남기고, 조금씩 밝아지는 하늘은 그 어느 때보다 아름다웠다.

*

뱃놀이를 하기로 한 날은 매우 쾌청했다. 바람은 잔잔하고 햇살은 부드러우니, 이보다 더 적당한 날은 없다 싶을 정도였다. 강가에 붙은 자그마한 나루터에는 적당한 크기의 배가 기다리고 있었고, 배를 몰 사공도 대기 중이었다.

약속 장소에 먼저 와 기다리고 있던 현욱과 유화가 때맞춰 도착한 가혜와 인후를 반갑게 맞이하고, 네 사람은 곧 배에 올라탔다.

사공이 긴 노를 삐걱삐걱 저으면 배는 유유히 강을 타고 흘렀다. 잔잔하던 강물 위에 나룻배가 하얀 포말을 남기는 것처럼 조용하던 곳에 웃음기 어린 이야기가 넘실거렸다. 가혜와 인후의 표정은 단연코 밝았고, 현욱과 유화의 분위기도 괜찮았다. 두 사람이 상대에게 적극적으로 말을 거는 경우는 드물었지만, 중간에서 가혜가 대화의 물꼬를 터준 덕에 제법 정겨운 시간을 가질 수 있었다. 덕분에 현욱도 유화에게 큰 부담 없이 말을 걸 만한 내용을 찾아냈다.

"부인과는 본디 알던 사이였나 보오."

서로를 대하는 모습이 정다워서 보기 좋다는 얘기를 덧붙이는 그에게 유화는 오래전부터 인연이 닿아 가혜가 저를 잘 챙겨준다고 대답했다. 그래도 현욱이 보기엔 신기한 인연이긴 했다. 양반과 상인으로 서로 신분이 달랐고, 개인적인 이득을 위해 거짓된 행동을 하는 것처럼 보이지도 않았다. 순수하게 서로를 아끼는 마음으로 진실한 친구처럼 우정을 나눴다.

그런 이야기들로 화기애애하게 대화를 이어가는 중에 마침내 강가에 닿아 있는 큼직한 산이 보였다. 꼭대기가 봉긋하게 솟은 바위산은 소나무와 흙으로 덮여 그 형세가 아름다우니 예전부터 뱃놀이를 즐기는 이들이 주로 찾던 선유봉이었다. 그곳에서 잠시 머물면서 휴식을 취하기 위해 일행을 태운 배는 선유봉으로 뱃머리를 맞추고 천천히 나아갔다. 그때 강 밖의 남쪽 기슭에 눈길을 주던 인후는 배를 따라 말을 모는 자들을 발견했다. 약 스무 명 정도 되는 이들은 하나같이 타고 있는 말의 옆구리에 활통을 매달아두었고, 손에는 언제든지 쏠 수 있도록 줄을 팽팽하게 걸어둔 활을 잡고 있었다. 제철을 맞이한 사냥꾼 무리라 하기에는 떼 지어 말을 모는 모습이 너무나 체계적이었고, 들이나 산에서 짐승을 잡는 사냥꾼들이 모일 만한 장소도 근방에는 썩 마땅치가 않았다.

"이보게, 탁영."

인후는 현욱을 불렀다. 잘 이어가던 대화를 끊은 그에게 모두의 시선이 모이고, 이어서 그의 눈길이 닿는 곳으로 한꺼번에 시선이 쏠리자마자 말을 몰던 자들이 화살을 꺼내 들었다. 활줄에 건 화살 끝이 그들을 향해 겨눠지는 건 순식간이었다. 미처 대응하기도 전에 화살이 하늘을 가리고, 인후와 현욱은 거의 동시에 배를 뒤집었다.

차갑다는 느낌을 받자마자 물에 잡아먹힌 소리가 웅웅대며 들려오고, 공포심에 눈조차 제대로 뜨지 못하는 유화는 저도 모르게 강물을 들이마셨다가 고통에 몸부림쳤다. 이대로 죽을지도 모른다는 공포가 엄습하자마자 그녀는 숨통이 탁 트이는 느낌과 함께 격한 기침을 내뱉었다. 잘못 들어간 물 때문에 목은 따갑고 눈물은 핑 도는데 이 와중에 주변 상황도 아수라장이 따로 없었다. 저를 물속에서 꺼내준 누군가가 괜찮은지 물어왔지만 대답할 정신이 없었고, 엎어진 배의 바닥면에 화살이 퍽퍽 박히는 소리가 살벌하게 귓전을 울렸다.

유화보다는 그나마 상황이 나았던 가혜는 수면 위로 올라오자마자 참았던 숨을 몰아쉬었다. 물에 빠지기 직전에 감싸 안아준 서방이 끝까지 손을 놓지 않고 챙겨준 덕에 여러 겹의 치마가 다리를 휘감는 상황에서도 버티기가 한결 수월했다. 문제는 여전히 많은 수의 화살들이 머리 위를 날아다닌다는 것이었다. 그래도 가혜는 그의 시선이 제게 닿는 그 순간만큼은 공포심이나 두려움 따윈 느껴지지 않았다.

"괜찮소?"

서방의 걱정 어린 목소리에 가혜는 급히 고개를 끄덕였다. 어깨너머로 수영을 배워 대충이나마 할 줄 알았던 것이 큰 도움이 되었다. 그러다 문득 유화가 수영을 할 줄 모른다는 걸 떠올린 그녀의 얼굴이 하얗게 질려 버렸다.

"유화! 서방님, 유화가!"

가혜는 서방의 팔에서 벗어나 물속으로 뛰어들려 했다. 하지만 인후는 놔주지 않았다.

"탁영이 물속으로 다시 들어가는 걸 봤으니 진정하시오. 우선 여기서 벗어나는 게 급선무요."

지금은 배 곁에 딱 붙어 있어서 어찌어찌 버티고는 있지만, 언제 눈먼 화살에 머리를 꿰뚫릴지 모를 일이었다. 그걸 알면서도 가혜는 제 목숨을 부지하는 데 집중하기보다는 주위를 빠르게 훑어보며 유화와 현욱부터 찾았다. 다행히 두 사람은 곧 수면 위로 올라왔다. 유화는 물을 좀 먹었는지 창백한 얼굴로 쉼 없이 콜록거렸고, 몸에 바짝 힘이 들어가서 구명줄 하나 간신히 잡은 사람처럼 매달리는 그녀를 지탱해

주고 있는 건 현욱이었다. 그러나 현욱의 상황도 썩 좋은 건 아니었다. 유화가 공포심에 달라붙는 힘이 더 강해진 데다가 그녀가 여인이라는 건 금욕과 절제를 미덕으로 삼는 그에겐 더 큰 악재였다. 결국, 현욱은 인후에게 이 상황을 빨리 끝내야 함을 알렸다.

"예서 더 있다간 몰살당하니 수면 아래로 들어가야 하네."

그의 의견에 인후도 공감했다. 이동하는 중에 날아오는 화살을 피하고 적들의 시선에서도 벗어나려면 물속밖에 답이 없었다. 인후는 선유봉으로 가자고 하면서 유화를 현욱에게 맡겼다. 수영할 줄 모르는 그녀를 맡을 사람이 필요했는데, 가혜는 치마 때문에 본인 몸도 가누기 힘든 상황이라 지금으로서는 현욱 외엔 달리 방법이 없었다. 그걸 알기에 현욱도 흔쾌히 승낙했다. 그가 유화를 맡은 것처럼 아내를 책임져야 하는 인후는 가혜를 바라보았다. 딱히 말을 하지 않아도 그가 무슨 말을 하려는지 아는 가혜는 고개를 끄덕인 뒤, 숨을 가득 들이마셨다. 이젠 눈빛만으로도 서로에 대한 믿음을 확인할 수 있는 두 사람은 물속으로 깊이 들어가 섬을 향해 헤엄쳐 나아갔다. 문제는 여전히 잔기침이 남아 호흡도 불편한 유화였다. 수영은 전혀 할 줄 모르는 데다가 발이 닿지 않는 곳에 빠진 탓에 물을 많이 먹어버린 그녀는 이미 창백하게 질린 상태였다. 상황이 이러하니 현욱은 그나마 안전한 나룻배 곁에 유화를 더 가까이 붙여 저 외에도 잡을 걸 만들어 주고 다급히 그녀의 의식을 일깨웠다.

"낭자, 예서 의식을 놓으면 우리 둘 다 죽소. 내가 그대를 붙잡고 이동할 터이니 그냥 눈을 감고 숨만 참으시오. 할 수 있겠소?"

할 수 있는 것이 아니라 해야만 했다. 그녀를 설득하는 그 짧은 순간에도 나룻배에는 많은 화살이 날아와 박히고 있었고, 먼저 헤엄쳐 도망치던 뱃사공은 축 늘어진 채 수면 위로 둥실 떠올랐다. 시신 주위로 붉은 물이 퍼지는 걸 본 현욱은 제 몸에 완전히 밀착해 있는 유화를 달래며 다시 한 번 차분히 설득했다.

"날 믿어야 하오. 어떻게든 구해줄 테니까, 아래로 들어가면 숨만 조금씩 내뱉으시오."

극악이라 할 만한 상황에서도 침착함을 유지하는 음성 덕에 정신이 든 유화는 어렵사리 고개를 끄덕였다. 다행히 얼마 지나지 않아 기침이 멈춘 그녀가 숨을 크게 들이마시는 걸 확인한 현욱은 유화를 데리고 물속으로 몸을 던졌다.

화살 수십 발이 공격할 대상을 찾아 물을 뚫고 파고드는 소리는 살벌하게 귓전을 울렸다. 눈을 감은 탓에 소리에 더 집중하게 된 유화는 당장에라도 벌어질 것만 같은 입을 한 손으로 막고 다른 손으로는 현욱을 꽉 끌어안았다. 온몸을 짓누르는 공포심을 간신히 억누르고 턱턱 막혀오는 숨을 겨우겨우 참고 있는 그녀에게 발장구를 치거나 눈을 뜨는 행동은 사치일 뿐이었다.

그녀의 몸이 굳고 다리가 경직될수록 힘이 드는 건 현욱의 몫이었다. 그래도 나름대로 얌전히 매달려 있어서 크게 움직임을 방해하진 않았지만, 빳빳한 사람을 옮긴다는 건 생각만큼 쉬운 일이 아니었다. 힘들어도 조금씩이나마 앞으로 나아가는 것에 집중하던 현욱은 유화의 숨이 점점 고갈되고 있음을 알아차리지 못했다. 견디다 못한 그녀가 입에서 손을 떼고 고개를 저어 고통스럽다는 신호를 주고 나서야 아차 싶었으나, 화살이 여전히 쏟아지고 있는 탓에 수면 위로 올라가기가 쉽지 않았다.

'이런!'

평범한 여인이 각종 훈련으로 다져진 저와 호흡량이 같을 리가 없건만, 이런 상황에 처한 건 처음이다 보니 그 점을 간과한 현욱의 미간에 깊은 주름이 졌다. 그렇게 지체하는 사이에 숨이 바닥난 유화의 몸부림은 더 격해졌고, 그 끝은 죽음뿐이었다.

그녀의 코끝에 남은 마지막 숨이 공기 방울이 되어 멀어지는 걸 본 현욱은 별수 없이 유화의 볼을 두 손으로 감싸 잡고 입을 맞췄다. 정신이 들고 나면 그녀가 매우 수치스러워할지도 모르지만, 살리려면 달리 방법이 없었다.

억지로 숨을 참느라 정신이 혼미해지던 유화는 무언가 따뜻한 것이 입술 사이를 비집고 들어오는 감촉에 놀라 눈을 떴다. 조금은 짙은, 검푸른 물빛과 함께 바로 앞에 있는 그가 시야에 잡혔고, 벌어진 입술 틈새로 그토록 간절히 원하던 공기가 들어왔다. 숨이 부족해서 쥐어짜는 것처럼 아프던 가슴이 한결 편안해지면서 몸을 잠식하던, 죽음에 대한 공포도 그가 전해주는 온기에 서서히 밀려났다. 몸이 수면을 향해 조금씩 올라가는 것조차 느껴지지 않았고, 정신은 몽롱한 게 기분이 이상했다. 그러다 마침내 물 밖으로 나왔을 때 입을 다물지 못하도록 막던 그의 혀가 빠져나가고, 유화는 가쁜 숨을 내쉴 수 있었다.

좀 전에 막 저승의 강을 건널 뻔한 경험 때문인지, 아니면 그와 혀가 닿은 탓인지 심장이 뛰는 속도가 매우 격렬해져 있었다. 찬 강물에도 식힐 수 없을 만큼 얼굴이 뜨거워진 유화는 차마 그를 쳐다보지 못하고 시선을 돌렸고, 그녀의 외면이 더욱 민망한 현욱은 서둘러 선유봉과의 거리부터 확인했다. 좀 전에 물속에서 이동하던 속도로 남은 거리를 계산해 보면 앞으로도 최소한 대여섯 번은 더 올라와야 목적지에 도달할 수 있었다. 물론 제 호흡을 나눠주면 한 번, 혹은 두 번 정도 위로 올라오는 횟수를 줄이는 것도 가능했다. 위험에 노출되는 일을 최소화하기에 그보다 더 나은 방법은 없다고 여긴 그는 결국 그녀에게 양해를 구했다.

"낭자, 미안하지만 지금으로써는 달리 방법이 없소. 최대한 숨을 참고 가다가 힘들다 싶으면 내게 신호를 주시오. 내 숨을 좀 나눠줄 터이니, 지금은 그렇게 해서라도 수면 위로 나오는 횟수를 줄여야만 하오."

또 해야 한단 소리에 유화는 눈에 띄게 당황했다. 그와 저는 부부사이도 아니었고, 이렇게 몸을 의탁하며 안겨 있는 것도 감당이 안 되는 일이었다. 그런데 대놓고 입까지 맞추자 하니 대체 어떻게 반응해야 할지 알 수 없었다. 하지만 화살 몇 대가 근처에 떨어지자 답은 나왔다. 더 머뭇거릴 시간이 없다고 판단한 현욱의 신호에 맞춰서 유화는 크게 숨을 들이쉬었고, 그와 함께 물속 깊이 들어가 선유봉으로 향하다가 숨이 딸릴 때쯤 신호를 주었다. 그럴 때마다 현욱은 기꺼이 제 숨을 나눠주었고 유화의 아찔한 경험은 그 횟수가 차곡차곡 쌓여갔다.

강기슭에 홀로 오롯이 서서 굳건한 암석의 자태를 자랑하는 선유봉은 그 모양새가 선비의 꿋꿋한 기상을 닮아 양반들이 종종 모여 풍류를 즐기는 장소였다. 그런 곳에 생사를 넘나든 뒤에야 간신히 도착한 가혜는 한 손으론 묵직해진 치마를 부여잡고 무릎까지 오는 물을 가르며 걸었다. 오랫동안 참은 호흡은 가쁘고, 안전한 곳으로 이끄는 서방은 손을 놓으면 영영 잃어버리는 줄 아는 사람처럼 절대 놓아주질 않아서 그녀는 마른땅에 발자국을 찍은 뒤에야 멈춰 설 수 있었다.

"서방님, 유화와 종사관 나리가 안 보입니다."

숨 쉬는 것도 빠듯한 탓에 작게 흘러나온 아내의 목소리를 용케 알아들은 그는 뒤를 돌아보았다가 강물에 젖어 조금 헝클어진 머리카락 마저도 사랑스러운 아내의 모습에서 좀처럼 눈길을 떼지 못했다. 그러다 얼른 정신을 차리고 강줄기를 따라 고개를 돌렸다. 아까보다는 좀 뜸해진 화살 사이로 보이는 건 그녀의 말대로 아무것도 없었다. 이동하던 중간에 부상을 입은 건 아닐까 싶어 가슴을 졸이고 있을 때, 반가운 얼굴들이 수면 위로 모습을 드러냈다. 지친 몸을 이끌고 기슭에 닿은 두 사람은 물을 좀 먹었는지 힘겨워 보이긴 해도 혈색은 발그스름한 것이 몸 상태는 썩 나쁘지 않아 보였다.

그때, 선유봉에서 수풀을 헤치고 다급히 다가오는 한 무리의 사람들이 있었다. 그들 중에서도 가장 앞서서 달려 내려오던 달수는 인후를 보고 가슴을 쓸어내렸다.

"나리!"

아침 일찍 선유봉 꼭대기에 있는 정자에 음식을 차려놓고자 먼저 와 있던 달수와 호위들은 다친 사람이 없는 걸 확인하고 나서야 비로소 놀란 마음을 놓을 수 있었다. 술과 음식을 차려두고 기다리던 중에 주인을 태운 배가 공격받는 걸 보자마자 급히 내려온 보람이 있었다.

"무사하셔서 다행입니다."

호위에게 인후는 고개를 끄덕이는 것으로 답했으나 안도하기에는 일렀다. 반대편 강가에 있던 적 중에 스무 명쯤 태운 네 척의 쪽배가 벌써 강의 중앙까지 와 있는 상태였다. 현욱도 그걸 발견하고 적들의 동태를 살피면서 곁에 선 인후에게 말을 걸었다.

"화살이 떨어져서 검을 들고 예까지 오려나 본데, 짐작 가는 자들이 있는가."

한 번 습격당한 적이 있었으니 이번에도 인후를 노리고 온 자들이 아닐까 싶었다. 그 점을 짐작하고 묻는 말에 인후는 담담한 어투로 답했다.

"아니. 없네."

그리 말하긴 했으나 머릿속으로는 배후를 추리는 중이었다. 저번과 마찬가지로 밀명지가 원인일 가능성이 큰데, 가혜와 유화를 한꺼번에 죽이려 했으니 홍 단주는 범인이 아니란 소리였다.

'그렇다면 내가 밀명지와 관련되어 있음을 아는 또 다른 인물이란 소리인데.'

자신이 밀명지를 찾아다닌 걸 아는 인물은 월령과 소향이었고 최근에는 가혜도 알게 되었다. 셋 중에서 그나마 의심되는 건 소향이고 그녀가 다른 곳에 말을 퍼뜨렸을 가능성도 있지만, 인후는 곧 또 다른 인물 하나를 더 떠올렸다.

'경녕군주…….'

얼마 전에 저를 불러놓고 버섯 차를 나누며 믿음을 운운하던 그녀만큼은 제발 아니길 바랐다. 수년간 믿고 함께 일을 처리해 왔기에 더욱 아니어야만 했다. 그런 불편한 생각을 가슴속에 묻어놓고 인후는 달수에게 지금 몇 마리의 말이 있는지 물었다. 하지만 달수의 답은 부정적이었다.

"짐수레를 끌던 말을 데려오긴 했는데 짐수레만 이곳에 두고 근처 마구간에 맡겨두었습니다."

그 말은 빠르게 도망칠 수단이 없고 한 번의 전투도 없이 도망치기는 불가능하단 소리였다. 그야말로 최악의 상황이었다. 적들이 언제 습격할지 모르는데 무기라고는 호위 네 명이 지닌 장검뿐이었고, 무기도 없이 버텨야 하는 사람의 수는 그보다 더 많았다. 게다가 인후는 검을 마음껏 휘두를 만큼 몸이 다 회복된 상태가 아니었다. 다들 표정이 썩 좋지 않은 상태에서 그나마 희망을 불어넣어 준 건, 간신히 정신을 유지하고 있던 유화였다.

"소인의 호위들이 먼 거리에서 따라붙고 있었으니 지금쯤 상황을 알았을 것입니다."

"그 수가 어찌 되오?"

현욱의 물음에 유화는 셋이라 답했다. 그리 많은 인원은 아니지만, 부단주를 호위하는 자들이니 실력은 확실하다고 볼 수 있었다. 인후는 설마 그들 중에 월령이 있을까 싶어 괜히 신경이 쓰였지만, 지금은 자신이 할 수 있는 일에 집중할 때였다.

"평지는 우리에게 불리하니 차라리 선유봉으로 올라가서 대비합세."

인후의 의견에 현욱이 동조하면서 두 사람의 뜻에 따라 일행은 곧장 선유봉을 오르기 시작했다. 암석과 나무가 뒤엉킨 선유봉은 물먹은 치마를 입은 채로 오르기에는 매우 험준한 곳이었다. 그래도 단련이 된 가혜는 큰 무리 없이 따라 올라갔지만, 유화는 뒤처지기 일쑤였다. 그럴 때마다 가혜가 도와주었으나, 양반가 며느리가 상인에게 손을 내어주는 건 예법에 맞지 않는다는 이유로 어느 순간부터는 현욱이 나서서 유화를 챙기기 시작했다.

"미끄러우니 조심하시오."

물기 묻은 신발을 우려한 그는 유화를 배려하여 넓은 소매로 덮은 손을 내밀었다. 이미 입까지 여러 번 맞춘 사이지만 그래도 맨살이 서로 닿지 않도록 조심하는 그의 마음 씀씀이에 감사하며 유화는 조심스럽게 그의 손을 잡고 큼직한 돌 하나를 넘었다.

우여곡절 끝에 오른 선유봉 산턱의 정자에는 네 명이 배불리 먹고도 남을 만큼 거하게 음식이 차려져 있었다. 습격이 아니었다면 탁 트인 경치를 보며 기분 좋게 한잔 걸쳤을 테지만, 지금으로선 술상에 눈길을 주는 이는 단 한 명도 없었다. 대신 절벽 너머로 보이는 강기슭에서 말을 지키던 자들이 풀썩풀썩 쓰러지는 걸 발견했다.

그 모습에 선유봉에 착륙한 습격자들 사이에서도 소요가 일었다. 고르고 고른 최고의 부하들만 이끌고 인후의 뒤를 쫓으려던 군소는 강기슭에 나타난 월령과 두 명의 비영단원을 보고 이를 악물었다.

'사내와 계집이 하나씩 더 있을 때부터 일이 꼬여간다 싶더니만.'

그가 들은 지시는 인후와 가혜가 뱃놀이를 가니 그날 중간 지점에 잠복하고 있다가 활을 쏘아 수장시키라는 것이었다. 그런데 그 배를 탄 자는 두 명이나 더 있었고, 철수를 고민하던 군소는 일전에 경녕군주가 던진 벼루에 맞았던 때가 생각나자 큰맘 먹고 일을 강행했다. 그 탓에 지금 적에게 뒤를 선점당하는 등 조금 후회스러운 상황에 부닥쳐 버렸다.

"을패가 이곳에 남아서 뒤를 맡아라."

군소는 월령과 그의 부하를 처리할 이들을 몇 남겨놓고 인후가 있을 선유봉을 올려다보았다. 오늘 그를 죽이지 못한다면 이러나저러나 제가 죽는 것엔 변함이 없을 터였다.

강바람이 배를 밀어내며 전쟁의 서막을 알리고, 월령은 배가 강기슭에 닿기도 전에 뛰어내렸다. 물을 즈려밟으며 적들을 향해 다가서는 월령의 눈빛은 흡사 죽음의 세계에서 삶을 불태우는 저승사자와 닮아 있었다. 날 선 그의 검이 한 번 휘둘러질 때마다 뿜어져 나온 피가 붉은 물뱀이 되어 강을 헤엄쳐 떠나가고, 선유봉을 오르다가 그 모습을 본 군소는 손에 든 검을 움켜쥐었다.

'잘하는 짓인가…….'

삶의 끄트머리에 다다라서야 제 행동이 옳은지 그른지 의문이 들었다. 하지만 그가 탄 배는 이미 삼도천을 건넜고, 헛된 자존심은 그를 부추겼다. 조금 늦었어도 잘못을 바로잡을 용기가 없는 그는 부하들을 이끌고 선유봉을 올랐다. 몇몇은 검을 뽑아 든 채 대장의 뒤를 묵묵히 따랐고, 몇몇은 주위를 경계하며 조심히 움직였다. 그렇게 봉우리의 중턱에 다다랐을 때 전방에서 움직이던 이들 중 하나가 군소에게 조용히 신호를 보냈다. 전방 사선에 멀찍이 떨어진 나무 뒤로, 흑색의 옷자락이 보였다가 사라지곤 했다. 거리를 좁히라는 군소의 수신호와 함께 모두의 시선이 그 옷자락에 박혔다. 그 순간, 자객들의 양 측면을 파고드는 두 인영이 있었다.

"으악!"

"컥!"

갑작스러운 비명이 터지면서 세 명이 당했고, 그 소리를 따라 몸을 돌린 군소는 검을 휘두르는 현욱과 호위 한 명을 발견할 수 있었다. 특이한 건 호위가 입고 있어야 할 겉옷이 없어서 흰 속저고리가 드러나 있다는 점이었다. 설마 싶은 마음에 다시 나무 뒤를 확인한 군소는 현욱과 인후가 파둔 함정이었음을 깨달았다. 수적 열세를 메우기 위해서 미리 나무에 옷을 걸어놓고 시선을 끈 뒤, 대열의 측면을 공격한 것이다.

"포위해서 처리해라!"

뒤탈이 없도록 죽이고 갈 생각에 군소가 처리를 명하자마자 바로 옆에서 피가 튀었다. 곁에 서 있던 부하의 몸이 고꾸라지는 걸 비현실적인 시선으로 쳐다본 군소는 검이 날아오는 방향으로 고개를 돌렸다가 인후를 발견했다. 이젠 맨손이 된, 그를 본 군소의 눈이 적개심으로 번뜩였다.

"잡아!"

그 외침에 남은 자들이 달려들고, 그걸 피해 도망치던 인후는 나무가 빼곡한 지형에 박아둔 검집 옆에서 멈춰 섰다. 이제 휘두를 만한 것은 속이 텅 빈 검집뿐이지만, 그의 표정에 두려움 따위는 존재하지 않았다. 어차피 일부는 살려놔야 배후에 대해 캐물을 수 있었다.

인후가 자객들을 맞이할 때, 선유봉 꼭대기에서 남은 일행들과 함께 있던 가혜는 적당히 떨어진 거리에서 주위를 경계하고 있는 세 명의 호위에게 시선을 주었다. 비록 호위는 셋이나 되지만 지닌 검은 하나뿐인지라 아래에서 싸우고 있는 사람들이 뚫리면 전부 위험해질 게 빤했다. 무언가 특단의 대책이 필요한 시점이었다.

가혜와 인후의 실력을 직접 확인했었던 군소는 부하 중에 최상위 실력자들만 추려서 데려온 덕을 톡톡히 보는 중이었다. 예상치 못하게 현욱이 끼어들어 손쉽게 승리를 선점하긴 어려워졌지만, 이전만큼 쉽게 당하지도 않았다. 치열한 접전 속에서 분전은 계속되었고, 승패의 행방은 보이지 않았다. 그래도 더 시간을 끄는 건 군소에게 불리했다.

아래에서 올라오고 있을 사월령을 떠올린 군소는 한 발짝 떨어져서 상황을 살피는 대신 인후와 검을 섞는 걸 택했다. 여덟 명을 한꺼번에 상대하고 있던 상황에서 군소까지 끼어들자 인후는 점점 힘에 부치는 걸 느꼈고, 그것은 곧 그의 위기가 되었다.

'이런!'

미처 쳐내지 못한 검 하나가 등줄기를 노리며 달려들었다. 예민한 감각은 곧바로 위험을 감지했지만, 완벽히 막기에는 사정이 여의치 않았다. 별수 없이 한쪽 팔을 내어줄 각오로 몸을 틀자마자, 둔탁한 소리와 함께 작은 발 하나가 그를 공격하던 적의 옆머리를 강타했다.

분노가 담긴 발길질에 눈이 휙 뒤집힌 자가 쓰러지고, 돌려차기 후에 빠르고 매끄럽게 착지하는 가혜의 모습이 드러났다. 겁도 없이 맨손으로 끼어든 그녀는 좀 전의 공격으로 쓰러진 자의 검을 발로 차올려 잡았다.

"부인!"

인후는 말을 더 꺼낼 새도 없이, 제 어깨를 노리고 찔러 들어오는 검을 쳐냈다. 놀람으로 가득한, 그 짧은 부름만으로도 속뜻을 간파한 가혜는 근처에 있던 자객을 베고 남편과 등을 맞댔다.

"소첩의 두 손이 멀쩡한데 어찌 숨어만 있겠습니까."

"아무리 그래도 그렇지. 내 죽는 한이 있어도 그대가 위험에 처하는 건 싫단 말이오."

그래서 무기가 부족함을 이유로 숨어 있게 했건만, 평소에는 얌전히 뜻을 따라주다가도 부정한 일만 터지면 가만 보고 있질 못하니 대체 어디로 튈지 종잡을 수 없는 여인이었다. 그런 그의 걱정 어린 타박에 가혜는 적들의 공격을 방어하면서도 적절하게 응수했다.

"좀 전에 소첩의 도움으로 구명받아 놓으시고 그런 말씀은 마십시오. 저번에는 다리를 다쳐 실력을 발휘하지 못했지만, 처음 만났을 때는 충분히 입증하지 않았습니까."

그녀의 말이 맞았다. 사방의 적을 혼자 상대할 때보다 훨씬 더 마음이 든든했고 아내가 와준 덕분에 팔을 보전했으며 대화를 나눌 만큼의 여유도 생겼다. 덕분에 인후는 처음 그녀를 만났던 날을 떠올렸다. 그때도 이렇게 서로 등을 맞대고 나졸들을 상대했었는데, 그날의 아련한 기억은 이제 따뜻함을 덧입은 추억이 되었다.

"그대와 처음 만났을 땐 우리가 부부가 될 줄은 꿈에도 생각지 못하였는데 말이오."

이런 인연으로 다시 만날지 누가 알았겠는가. 참으로 신묘한 운명이었다. 가혜도 그 점에 공감하며 애먼 곳에서 그를 찾았음을 밝혔다.

"이리 옆에 있는지도 모르고요."

"그대가 날 찾으려 했단 말이오?"

"예, 종사관 나리가 아닐까 하여 음식이라도 싸서 보답하고자 했지요."

그제야 아내가 제 친우에게 관심을 가졌던 이유를 알게 된 인후는 적들에게 공격을 받는 와중에도 펄 듯이 기뻐했다. 부럽다 못해 처음으로 현욱에게 질투 어린 검을 휘두를 만큼 저를 괴롭히던 감정들이 애초부터 부질없던 것이었다. 확 뚫리는 속에 미소를 머금는 일도 잠시, 그는 점점 더 치열해지는 적들의 공격을 막고 반격할 틈을 노려야만 했다. 한 명씩 차분차분 처리해 나갔지만, 쓰러지는 적의 수만큼 체력도 빠른 속도로 바닥났다. 근처에서 싸우던 현욱도 고전 중인지 승기를 완벽히 잡기 어려울 때, 인후는 가장 원치 않았던 이의 개입을 겪어야만 했다. 바로 월령이었다.

자객답게 화려함을 버린 대신 실속을 챙긴 검이 가볍고 빠르게 적의 뒤를 점하자, 미처 대비하지 못한 자들이 우후죽순으로 쓰러졌다. 그의 등장으로 팽팽하던 전세는 완전히 한쪽으로 기울었고, 격렬하던 싸움의 끝에 붉어진 땅과 굴러다니는 몸뚱이 그리고 군소만 남았다. 현욱의 공격을 막지 못한 그의 무기가 멀리 날아가 버리고, 이를 악문 채 거친 숨을 삼키는 그의 목에 검을 겨눈 인후는 배후를 물었다.

"누가 시킨 짓이더냐."

혹시나 싶었지만 역시나 그는 대답하지 않았다. 음지에서 생활해 온 군소에게도 삶은 소중했지만, 춥고 배고픈 시절부터 돌봐주었던 경녕군주를 저버리기엔 그녀에게 받은 은혜가 너무 컸다.

'여기까진가…….'

아까 자신의 선택을 바로잡았더라면 주위에 널브러진 부하들은 살릴 수 있었을까. 어쩌면 그랬을지도 몰랐다. 그러나 이제 와서 후회한들 죽은 이는 살아 돌아올 리 없었고, 저는 혼자 남았으니 이곳에서 도망칠 수도 없었다. 굳게 다물린 군소의 입에서 한 줄기 붉은 선혈이 흘러내렸다. 힘이 풀린 다리는 더 견디지 못하고 땅에 무릎을 박았고 피를 울컥 뱉어낸 머리부터 서서히 기울다가 완전히 쓰러져 버렸다.

살리기엔 이미 늦은 상황에 인후는 눈살을 찌푸리며 쓰러진 자들 중에서 숨이 붙은 자가 있는지 확인했다. 그러나 다른 이들도 이미 유명을 달리한 뒤였다. 수적 열세에도 최대한 죽이지 않으려고 조심한 게 무색할 지경이었다.

맥이 뛰는 자가 있는지 확인하는 작업이 끝나고 나자 살아 있는 네 사람 사이에서는 정적만 오갔다. 월령과 인후, 심지어 가혜와 현욱까지도 서로에게 말을 걸지 않았다. 이유는 묻지 않아도 뻔했다.

두 사내 사이로 묘하게 날이 선 시선이 오가는 통에 가혜는 월령에게 구해줘서 고맙다는 말 한마디도 기름에 불을 붙이는 꼴이 될 수 있음을 충분히 짐작하고 있었다. 그런 연유로 침묵하는 가혜와 달리 현욱은 그녀로 인해 매우 놀라서 선뜻 목소리가 나오지 않았다. 뒤늦게 정신을 차린 그는 당황스러운 감정을 다 가라앉히지 못한 채 혼잣

말하듯이 물었다.

"부인께서는 어떻게……."

직접 보고도 쉬이 믿기지 않는 상황에 뒷말이 반쯤 먹혀 버린 그의 질문에는 많은 물음이 함축되어 있었다. 가혜가 검술을 구사할 줄 알고 그것도 실력이 매우 좋다는 사실에 혼란스러운 그의 표정을 보니 다른 세 사람은 아차 싶었다. 가혜의 정체는 물론이고 그녀가 검을 다룰 수 있다는 것조차 모르고 있다가 예고조차 없이 갑자기 봐버렸으니 경악스러울 만도 했다. 수습하기엔 이미 제 본 실력을 다 드러낸 상황에서 가혜는 최대한 별것 아니라는 투로 태연하게 대처하려 애썼다.

"제 몸 하나 건사하려고 배우다 보니 이리되었습니다."

그녀의 설명으로 모든 의문이 해소되는 건 아니었지만, 인후가 적절하게 개입해 하산하는 쪽으로 화제를 돌린 덕에 검술 얘기는 더 진행되지 못했다. 그의 말대로 우선 내려가는 게 먼저였기 때문이었다. 인후의 제안에 따라 뿔뿔이 흩어져 있던 일행은 다시 합쳐졌다. 현욱과 함께 있던 호위 한 명이 당했지만 그래도 걱정했던 것보단 많은 이들이 무사히 위기를 극복했고, 생존자들은 가슴을 쓸어내리며 선유봉에서 내려갔다.

시신을 수습할 여력도 없이 하산한 사람들은 앞으로 어떻게 할지 결정을 내려야만 했다. 몸을 숨기고 경계만 서던 호위들은 덜했지만 직접 검을 들고 싸운 양반네들은 다들 지쳐서 쉴 공간이 간절했고, 몰골도 말이 아닌지라 몸에 묻은 피를 씻을 필요가 있었다. 인후는 강물에 몸을 씻고 귀택하여 쉬자 했지만, 현욱은 그 꼴로 먼 집까지 가는 건 체통을 지키지 못하는 일이라며 반대했다. 두 사내가 실리냐 체면이냐를 두고 설왕설래하는 동안 그때까지 거의 실어증을 앓던 것처럼 말이 없던 유화가 다른 사람들을 대신하여 끼어들었다.

"근처에 저희 상단의 지부가 있으니, 우선 그곳으로 가시지요."

아직 해도 저물지 않았는데 험한 일들을 겪은 몰골로 집까지 말을 몰았다가는 단박에 소문나기 좋았다. 인후는 월령과 같이 있는 시간이 늘어난다는 점에서 매우 못마땅했지만, 가혜의 체력을 우려하는 현욱의 말을 듣고 나자 순순히 받아들일 수밖에 없었다. 그렇게 일행은 선유봉에서 가깝다는 홍려 상단의 지부로 향했고, 권식은 그 시각에 아들의 방을 샅샅이 수색하는 중이었다. 그는 인후가 제게 뭔가 숨기고 있단 느낌을 지울 수가 없었다. 게다가 얼마 전에는 며느리를 이용해서 아들의 목숨을 거두려는 자들까지 나타났으니 의문은 덩치를 키우다 못해 폭발할 지경이었다. 그래서 그는 도리 아범을 시켜 뱃놀이 중에 선유봉에서 오랫동안 시간을 보낼 수 있도록 술상을 차려놓게 하고 아들의 방을 수색했으나 적당한 단서를 찾지 못하자 병풍 쪽으로 눈을 돌렸다.

'저기에는 그 검만 두었을 텐데.'

인후가 벽장을 건드리는 걸 싫어함을 알면서도 권식은 병풍을 한쪽으로 밀었다. 미닫이문으로 되어 있는 벽장을 활짝 열자 깨끗한 하얀 천에 감긴 검과 어딘가 낯설면서도 익숙한 먹색의 검이 차례로 놓여 있었다.

"이 검은……."

대체 어디서 봤는지, 눈은 기억하는데 머리는 선뜻 떠올리질 못했다. 특별한 장식이 없어 더 그러했는데, 밤하늘을 닮아서 어둠 속에 그대로 융화될 듯한 자태는 검은색이 가장 사랑하는 자를 떠올리게 만들었다. 깊은 밤에 주로 활동하는 인사, 그제야 검의 출처를 눈치챈 권식은 눈썹 사이에 깊은 주름을 잡았다.

"양묘의 검이, 왜 여기에……."

생각지도 못한 일에 심각한 음성이 작게 흘러나왔다. 그가 알기로 양묘의 마지막 공식 활동이었던, 한두 달 전쯤 다리를 다치던 날에 검을 흘렸다는 말은 들은 적이 없었다. 뒤로 의금부와의 접촉이 없었는데 대체 어떻게 아들의 방에 양묘의 검이 있는지, 고민하는 권식의 눈빛이 깊어졌다.

강나루에서 그리 멀지 않은 곳에 자리한 홍려 상단의 두 번째 지부는 홍 단주가 머무는 본채 못지않게 큰 규모를 자랑하는 곳이었다. 특히 복층으로 된 숙박 시설은 손님들에게 안락하기 그지없는 공간을 제공했는데, 내부에 목간이 여러 곳 있어 뜨끈한 목욕물에 다사다난했던 하루의 피로를 풀 수 있었다.

옷을 벗고 몸에 남아 있던 핏물을 씻어낸 가혜도 꽃잎을 띄운 목간통으로 들어갔다. 오늘 하루 제 검에 숨을 다한 사람들을 떠올리는 그녀의 얼굴에는 지친 기색이 역력했다. 최근 들어 더욱 자주 휘두르게 되었던 검의 무게가 전신을 짓누르고 있었다. 제게 검을 가르쳐 준 스승은 매일 이런 기분으로 살았던 것인지, 항상 검을 휘두를 때마다 그것이 얼마나 무섭고 버거운 결말을 가져올지를 상기하라던 그의 말이 머릿속에서 어지러이 떠돌았다. 그걸 여실히 느낀 하루에 어제보다 더욱 뭉쳐 버린 어깨를, 그녀의 목욕 시중을 들던 유화가 고운 손가락으로 주물러 주었다. 부단주라는 신분상 굳이 할 필요가 없음에도 시중을 드는 그녀의 손을 가혜는 제 어깨에서 조심히 잡아 내렸다.

"유화, 스승님의 기일이 얼마 남지 않았지?"

“예, 벌써 사흘 뒤네요.”

“그래, 그러네…….”

유독 스승이 보고 싶은 날이라 가혜의 목소리는 점점 힘을 잃었다. 처참히 살해당했던 스승을 떠올리는 가혜의 속을 능히 짐작한 유화는 눈치껏 화제를 바꿨다.

“한데, 아씨. 아까 그자들은 아씨를 노린 자들입니까? 일전의 납거 사건도 그러하고, 혹여 정체가 드러난 건 아닌지…….”

권식이 소문을 일축할 요량으로 정보가 새는 걸 차단한 터라, 유화도 그들이 인후를 노리고 가혜를 미끼로 삼은 것까지는 모르고 있었다. 그런 그녀의 질문에 가혜는 확실한 답변을 줄 수 없었다.

“그건 아마 아닐 거야. 하지만 앞으로 활동하기가 쉽진 않을 것 같아.”

이전보다 훨씬 조심스러워진 그녀의 발언에 유화는 잠시간 아무 말도 하지 않았다. 언젠가 이리되리라고 짐작하고 있었고 제가 먼저 종용한 적도 있었지만, 막상 듣고 나니 만감이 교차했다.

“유랑 나리 때문이시겠지요?”

그와 함께하는 삶을 다시 생각해 보게 되었느냐는 물음이었다. 금부가 끼어들면서 나졸들과 자주 부딪치고 살생에 대한 검의 무게가 심한 압박으로 다가오는 탓도 있었으나, 가혜는 그저 말없이 고개를 끄덕였다. 어쨌거나 가장 큰 이유는 이제 그가 없는 삶을 상상조차 할 수 없게 되었기 때문이니, 동의를 뜻하는 그녀의 고갯짓에 유화는 뱃놀이까지 참여해 가면서 묻고자 했던 질문 중 하나를 조심스럽게 꺼냈다.

“하면 저번에 단주님께 서찰을 보내서 아씨를 불러낸 자는 누구입니까? 그자는 아씨와 친분이 있다는 걸 드러냈으나, 아무리 알아보려고 해도 정체를 알 수가 없었습니다. 혹여 잘 아는 이입니까?"

인후가 양묘를 꾀어내기 위해 홍단주 앞으로 보낸 서찰 얘기에 가혜는 문제 될 자가 아니니 신경 쓰지 말라며 유화의 호기심을 자르려 했다. 양묘로 활동하면서 위험에 처했을 때 우연히 저를 도와준 은인이라 덧붙이며 무난하게 넘어가려 했지만, 유화는 홍 단주에게 서찰까지 보내면서 양묘를 불러내던 자의 대범함이 무척 거슬렸다.

"그자가 왜 아씨를 보자고 합니까?"

"그의 개인적인 일로 한 가지 물을 것이 있다고 날 찾은 거야. 더 자세한 설명은 어려워."

가혜는 개인적인 일이니 말할 수 없음을 확실히 했지만, 유화는 지난 십 년간 마음을 터놓고 지내왔던 그녀와 저 사이에 비밀이 있다는 점이 괜히 섭섭해서 지금 홍 단주가 얼마나 곤란한 상황인지를 대놓고 밝혔다.

"저번에 병판 대감께서 상단을 수색하려던 일을 무마하느라 단주님이 주상 전하께 약점을 잡히셨습니다. 아씨께서 이제 위험한 일을 그만두신다니 저 또한 기쁘지만, 지금껏 고생하신 단주님을 생각해서라도 양묘에 관한 일만큼은 알려주시면 아니 되겠습니까?"

유화의 호소는 가혜로 하여금 옛 기억을 떠올리게 했다. 양묘가 되었을 때부터 지금껏 홍 단주는 저를 위해 위험을 감수해 주었고, 일전에 쫓기는 몸이 되어 홍려 상단에 몸을 숨긴 날에도 그녀는 아무것도 아깝지 않다 말해주었었다. 그 모습이 떠오른 가혜는 서방의 정체가 드러나지 않는 선에서만 솔직하게 알려주었다.

"단주가 밀명지란 서책을 가지고 있진 않은지 물어보려고 날 부른 거야."

가혜가 거론하는 밀명지란 말에 유화는 표정을 가다듬느라 고생해야만 했다. 지금 단주의 목숨을 쥐고 있는 것이 바로 그 밀명지였다. 의외의 곳에서 얻은 밀명지에 대한 단서에 유화는 애써 조바심을 숨기고 무어라 답하였는지 물었다. 그에 가혜는 작게 고개를 저었다.

"당연히 모른다 하였지. 들어본 적도 없다고. 실제로 단주께선 나와 관련이 없는 건 잘 알려주지 않으시잖아."

그건 유화도 알고 있었다. 자칫하면 죽음을 불러올 수 있는 위험한 서책인 밀명지는 매우 극소수만 그 존재를 알고 있었고, 굳이 가혜에게 거론할 필요가 없는 내용이기도 했다. 그러나 이젠 아니었다. 서방이 엮인 일인 만큼 가혜는 고개를 돌려 유화를 올려다보면서 그녀의 눈동자에 떠오른 감정을 읽었다.

"너는 그것이 무엇인지 아는구나."

가혜에게 쉽게 표정을 읽힌 유화는 수련이 부족함을 여실히 느끼며 최대한 차분하게 들리도록 천천히 입을 열었다.

"위험한 서책이라 엮여서 좋을 것이 없는 일입니다. 아씨께서도 관심을 두지 마십시오. 한데 대체 그자가 누구이기에 밀명지를 찾는단 말입니까?"

유화는 대화의 초점을 사내의 정체에 맞추려 했고, 그녀의 반응을 통해 더 정보를 얻기 어렵다고 판단한 가혜는 처음부터 복면을 한 채로 만나서 누군지는 잘 모른다고 대답했다. 유화는 마지막 희망으로 다시 만날 방도가 있는지 물었지만, 가혜는 고개를 저었다. 그 이상의 정보는 줄 수 없었다. 그렇게 대화를 마무리 짓고 목욕을 끝낸 그녀가 옷을 입기 시작했을 때, 밖에서 서방의 목소리가 들리며 약간의 소란이 일었다.

인후는 아내와 시간을 보내고 싶은 마음에 후다닥 목욕을 끝내고 그녀를 찾아갔다. 그러나 가혜가 있는 목간 앞을 떡하니 지키고 선 월령을 발견한 순간 불쾌감이 피어올랐다. 아내의 정체를 알았으니 그가 제게 그녀를 내어놓으라고 당당히 요구한 이유도 알고, 상단을 습격한 일로 일말의 미안함도 지니고 있었으며, 오늘은 그의 도움으로 좀 더 수월하게 승리를 거머쥐기도 했다. 그러나 그 모든 연유에도 불구하고 다른 곳도 아닌 목간 앞에, 제 아내가 얇은 옷 한 벌만 걸치고 쉬고 있을 공간 앞에 서 있는 그의 행태가 심기를 건드려댔다.

"안에 있는 이가 남의 부인인 걸 모르진 않을 테고, 참으로 경우 없는 짓거리라 생각지는 않나?"

목간 안의 기척이 둘임을 느꼈지만, 하나는 몸종이라 판단한 인후는 월령이 또 제 아내와의 관계를 이어가려 수작을 부린다고 여기고 날이 선 감정을 드러냈다. 요즘 가혜와 사이가 좋긴 하지만 그녀에게 연정을 품은 자를 경계하지 않을 수는 없었다. 그런 인후에게 월령은 섬뜩한 눈빛으로 답을 대신했다.

뜨거운 감정과 냉정한 상황에 잘 담금질된 자객의 눈빛은 묵직하기만 하던 과거와는 달랐고, 혼란 속에 방황하던 일전의 모습도 존재하지 않았다. 그는 가혜를 얻고자 아무것도 돌아보지 않았던 자신의 경솔함을 무던히도 자책했었다. 섣부른 제 마음 때문에 홍 단주에게 알려야 할 정보를 숨겼고, 그것이 동고동락하던 부하들을 대거 잃는 데 일조했다는 점에서 괴로웠었다. 그 덕분인지 월령은 완벽하진 않지만, 가혜를 향한 감정을 조금은 조절할 수 있게 되었다. 그럼에도 그는 그녀에 관한 관심을 완전히 끊어내진 못했다.

"아씨가 검술을 구사할 줄 안다는 걸 언제부터 안 겁니까."

월령은 인후의 비아냥에 대답하는 대신 전혀 다른 걸 물었다. 오늘 선유봉에서 가혜가 검을 다루는 걸 보면서도 의연하게 받아들이고 심지어 현욱이 그 부분을 놀라워하며 물었을 때는 나서서 화제를 바꾸기까지 했었다. 그건 가혜가 검을 다룰 줄 안다는 걸 납득했단 소리고, 더 나아가 그녀의 정체를 이미 눈치챘을 수도 있다는 뜻이었다.

제 질문은 곱게 씹어 삼켰다는 사실이 인후는 매우 불쾌했지만, 월령의 질문을 거부하지는 않았다. 그간 월령이 저보다 더 우위에 섰던 유일한 부분이 아내의 비밀을 안다는 점이었지만 이젠 그것이 통하지 않음을 알려줄 좋은 기회였다.

"내 부인에 대해, 내가 네놈보다 모를 리가 없지 않더냐."

대놓고 내 여자라, 떳떳하게 주장할 수 있는 인후에게 질 수밖에 없는 위치인 월령은 입술 끝을 삐뚜름하게 끌어 올렸다. 연모하는 여인을 눈앞에 두고 물러서야만 하는 사내에게 그런 식의 대답은 완전한 도발이었다. 자존심을 사정없이 건드려 대는 걸 그냥 웃어넘길 수는 없는 월령은 별것 아니라는 듯 어깨를 으쓱였다.

"그럼 소인이 검술을 가르쳐 드린 것도 이미 알고 계시겠군요."

"뭐?"

스승이 부재중일 때는 제가 대신하였다는 소리를 월령이 덧붙였지만, 그건 인후의 귀에까진 닿지 못했다. 늦은 밤에 달무리를 한가득 끌어당기며 빛났을 아내와 그녀의 곁에서 검술을 지도해 주었을 월령의 모습이 자꾸 떠올라서 머릿속을 뒤집어놓으니 말소리가 온전히 들릴 리가 없었다. 가혜의 신분과 성별 때문에 검술 훈련은 대부분 야심한 시각에 달빛 하나에 의지하며 어둠 속에서 이루어졌을 테고, 무예 훈련의 특성상 신체 접촉도 다른 이들보다는 자연스러웠을 것이었다.

그것이 수년간 반복되다 보면 특별한 관계가 되는 것도 무리는 아니었다. 두 사람의 사이가 제 생각보다 더 깊을지도 모른다고 느낀 인후는 최근에 아내와의 사이가 좋아지면서 좀 가라앉았던 질투가 다시금 불붙듯이 일어나는 걸 느꼈다. 때마침 문이 열리면서 가혜가 모습을 드러내자마자 인후는 아내의 팔을 낚아채 제가 머물던 방으로 데려갔다.

보료가 펼쳐진 정갈한 방은 상단 내에서 가장 좋은 두 개의 방 중 하나로, 인후가 편히 쉴 수 있도록 유화가 내어준 공간이었다. 그곳으로 거의 끌려가듯이 들어가게 된 가혜는 마주 보고 서는 서방의 표정에 불쾌감이 어린 걸 보고 낯빛을 굳혔다.

"서방님?"

"내 듣기로 그대가 저자에게 검술을 배웠다는데, 맞소?"

뜨거운 눈빛과는 상반된, 인후의 차분한 음성은 매우 이질적이었다. 굳이 묻지 않아도 월령의 말이 거짓이 아님을, 낮에 본 그의 검술만 떠올려 보아도 충분히 간파할 수 있었다. 그럼에도 아니라는 말이 듣고 싶어서 그는 조용히 기다렸으나 그녀의 대답은 무척이나 솔직했다.

"스승님께서 임무로 자리를 비우시는 일이 왕왕 생기다 보니 그럴 때는 그에게서 검술 지도를 받았습니다."

정체까지 들킨 마당에 이제 더는 그와의 관계를 숨겨야 할 이유가 없었다. 떳떳하기에 더욱 솔직하게 말한 그녀는 또박또박 자신의 결백을 주장했다.

"서방님께서 무얼 불쾌히 여기시는지 압니다. 하나, 의심하시는 일은 결코 일어난 적이 없습니다."

월령이 연심을 품었다곤 하지만 그는 언제나 가혜의 의견이 먼저인 사람이었다. 그렇기에 그토록 열렬한 마음을 품고 수년간 곁을 지키면서도 손 한 번 함부로 잡아본 적이 없었다. 혼인을 한 사이라는 명목하에 저돌적으로 구는 인후와 달리, 그는 신분 차이와 영달의 반대라는 벽에 부닥쳐 있었고 마음을 얻기도 전에 억지로 취했다간 가혜가 극단적인 선택을 할지도 몰라서 그런 태도는 절대 하지 않았었다. 그가 허락도 없이 몸에 손을 댄 건, 일전에 가혜가 다리를 다쳤을 때 안아 든 것 외엔 없었다. 그러나 좀 전에 막 연적과 부딪쳤던 서방을 몇 마디 말로 안심시킬 수 없었다.

그의 손이 허리 뒤쪽에 닿고, 끌어안고 싶어 하는 마음을 느낀 가혜는 순순히 그에게 안겼다. 몸을 감싸는 팔에 적당한 힘이 들어가니 기분마저 좋아져서 미소를 머금자 그가 귓가에 입을 맞추며 애정을 표현했다. 처음엔 가볍게 서너 번의 입맞춤을 했으나 그것이 그를 더 자극한 건지, 혹은 그 정도론 성에 안 차는 건지 팔 근육에 힘이 들어간 그가 귓바퀴를 살짝 깨무는 것이 느껴졌다.

가혜는 눈을 질끈 감고 서방 때문에 일어나는 몸의 반응을 감당하려 애썼다. 그러나 그녀의 노력이 무색할 만큼 그의 치명적인 음성이 야릇함을 품고 귓가를 흔들었다.

“지금 당장 그대를 가져야겠소.”

〈2권에 계속〉